시조의 넓이와 깊이

푸른사상
학술총서

40

시조의
넓이와 깊이

조 동 일

푸른사상
PRUNSASANG

시조는 우리문학의 고향이고, 시조 연구는 우리학문의 종가이다. 이제는 멀리 나다니지 않고, 고향으로 돌아와 종손 노릇을 착실하게 하겠다고 작심한다. 지나치게 넓힌 논의를 안으로 모아들여 시조를 깊이 있고 알뜰하게 살피려고 한다.

그동안 너무 많은 일을 하면서 땀을 흘렸다. 한국문학의 여러 영역을 편답하다가 문학사의 전개를 통괄하고, 동아시아 문학사를 거쳐 세계문학사로까지 나아갔다. 문·사·철학의 관련을 밝히고, 인문학문을 바탕으로 학문일반론을 이룩하려고 애쓰기도 했다.

내놓은 논저가 헤아리기 어려울 만큼 많다. 이것은 자랑일 수 없고 깊이 반성할 일이다. 읽기도 전에 또 써낸다는 핀잔을 들어도 변명할 말이 없다. 이제 여든 가까이 되어 반성하고 속죄해야 할 나이이다. 파란 많은 학문의 여정을 조용하고 알차게 마무리하려고 한다.

시조를 제대로 돌보려면, 넓이를 알아야 하고 깊이 들어가기도 해야 한다. 넓이에서는 역사와 만나 세상 시비에 동참하고, 깊이에서는 철학으로 영글기까지 한 사상을 찾고자 한다. 시조가 하는 말을 받아들여 글을 시조처럼 알차게 쓰고 싶다.

세상을 마음대로 하겠다고 하는 잘못을 뉘우치고, 내 마음은 마음대로 하자고 마음을 돌린다. 시조를 만나 시조 속으로 들어가면, 시조의 마음이 내 마음이다. 시조의 마음을 지혜로 삼아 누적된 미혹이 스러지게 되기를 바란다.

  여기서 다루는 시조는 고시조이다. 고시조를 시조라고 한다. 고시조와 현대시조의 관계, 현대시조에 관한 고찰은 별개의 과제로 남겨둔다. 시조는 음악이면서 문학인데, 음악에는 가까이 가지 못하고 문학만 살피는 한계도 있다.

2017년 가을

조 동 일

차례

차례

1

무엇을 어떻게 하려는가?

1 무엇을 어떻게 하려는가?

11 기존 연구와의 관련

시조는 역대 선학이 우리문학의 소중한 유산으로 평가하고 힘써 돌보았다. 金天澤,『靑丘永言』(1728) ; 金壽長,『海東歌謠』(1763) 이하 여러 歌集에서 자료를 모았다. 그 작업을 정병욱,『시조문학사전』(신구문화사, 1966) ; 심재완,『교본역대시조전서』(세종문화사, 1972) 등에서 이어받고 보완했다. 김흥규 외『고시조대전』(고려대학교 민족문화연구원, 2012)에서 5,563수나 되는 작품을 총정리했다.

시조 연구는 국문학 연구가 시작될 때 중심 과제로 등장했다. 조윤제가 앞서서 율격론「시조자수고」(1930), 문헌 연구「역대가집 편찬 의식에 대하여」(1935), 총괄론「시조의 본령」(1940)을 논문으로 발표하고,『조선시가의 연구』(을유문화사, 1948)에 수록했다. 시조의 문학사적 위치를『조선시가사강』(동광당서점, 1937),『국문학사』(동국문화사, 1949)에서 고찰했다.

「시조의 본령」에서 한 말을 들어보자. "전 계급을 통해 작가를 망라한" 문학은 시조 이외에 없다. 시조는 우리의 "율동적 생활에 합치하고", "천년이 가까운 시조문학사는" "정신생활사"로 소중한 의의가 있다.[1] 이런 이

---

1   조윤제,『조선시가의 연구』(을유문화사, 1948), 184면

야기는 너무 많이 해서 흥미를 잃은 것은 아니고, 다시 새롭게 해야 한다. 더 잘하기 위해 노력해야 한다. 조윤제의 뒤를 이어 많은 후속 연구가 이루어졌으나 아직 만족스러운 것은 아니다.

문헌 연구는 심재완, 『시조의 문헌적 연구』(세종문화사, 1972)에서 크게 확대되었다. 총괄론은 이태극, 『시조의 사적 연구』(선명문화사, 1974) ; 박을수, 『한국시조문학전사』(성문각, 1978) 등에서 시대별 고찰로 전개되고 ; 김대행, 『시조유형론』(이화여자대학교출판부, 1986), 정혜원, 『시조문학과 그 내면의식』(상명여자대학교출판부, 1992) ; 조규익, 『가곡창사의 국문학적 본질』(집문당, 1994) ; 임종찬, 『시조학원론』(국학자료원, 2014) 등에서 내질 연구로 성장했다. 박미영, 『한국시가론과 시조관』(박이정, 2006)에서 역대 시조론을 고찰했다. 성호경, 『시조문학』(서강대학교출판부, 2014)에서 그동안 이루어진 시조 연구를 정리했다. 김흥규, 『옛 시조 모티프·미의식과 심상공간의 역사』(소명출판, 2016)에서는 전산화된 자료의 통계 처리를 했다. 박용식·황충기, 『고시조주석사전』(국학자료원, 1994)이 소중한 기여를 했다.

시조의 율격은 자수를 헤아려 고찰하다가, 음보율로 방법을 바꾸어 다시 살폈다. 조동일, 『한국민요의 전통과 시가 율격』(지식산업사, 1996)에서 얻은 결과를 셋으로 간추릴 수 있다. (1) 시조는 네 토막 3행시이다. (2) 한 토막을 이루는 기준음절수는 4이고, 종장의 첫째 토막은 기준음절수 미달이고, 둘째 토막은 기준음절수 초과이다. (3) 이상의 공통율격이 작품마다 각기 다르게 실현되는 개별율격이 있다. 개별율격에 대한 고찰은 이제부터 해야 한다.

시조의 문학사적 성격과 위치에 관해서도 많은 연구가 있었다. 조동일, 『한국문학통사』(지식산업사, 제4판 2005)에서 문학사를 총괄해 고찰하면서 시조의 내력에 관한 견해에서도 진전을 이루었다. 얻은 결과를 요약하고 재론하면 다음과 같다.

시조는 서정시이다. 향가가 사라진 다음 다시 정립한 서정시이다. 서정시인 시조와 교술시인 가사가 중세 후기에 병행해 출현하고 상보적인 관계를 가졌다. 근대문학이 서정·서사·희곡을 큰 갈래로 삼자, 가사는 퇴장하고 시조는 지속되었다.

향가 가운데 다섯 줄 사뇌가는 마지막 줄 서두에 종결을 위한 신호가 있어 홀수 줄로 끝나는 것이 시조와 같다. 사뇌가는 다섯 줄이고, 시조는 세 줄인 것이 미적 범주 선택과 관련된다. 사뇌가에서는 숭고를 추구하고, 시조는 우아를 소중하게 여겼다. 사뇌가의 주인인 중세 전기의 귀족은 주관적 관념론자여서 현실을 넘어서는 숭고를, 시조를 만들어낸 중세 후기의 사대부는 객관적 관념론자여서 현실 안팎의 우아를 선호했다. 사뇌가 시대에는 서정시만 있고, 시조는 교술시인 가사와 공존한 것도 세계관 차이의 반영이다.

시조는 고려 말에 신흥 사대부가 중세 후기를 이룩하는 선도자로 대두해 문학 갈래를 비롯한 문화 양상을 대폭 개편할 때 출현했다. 禹卓, 李兆年, 李存吾, 李穡 등 일련의 작자가 남긴 작품이 안정되고 성숙된 모습을 보인 것이 시조가 정착된 증거이다. 그때의 시조가 구두로 창작되어 구전되다가 후대에 정착된 것은 자연스러운 일이다. 훈민정음이 창제되어 표기 문자가 마련된 다음에도, 시조는 구두로 창작되고 전달되는 것이 상례였다. 문헌 기록은 부수적인 방법이었다.

시조 자료는 세 가지 경로로 전해진다. (가) 여러 가집에서 구전을 수집해 수록한 것들이 있다. (나) 작자가 남긴 문헌에 전하면서 가집에도 수록된 것들도 있다. 李滉의 「陶山十二曲」이 좋은 본보기이다. (다) 작자가 남긴 문헌에만 전하는 것들도 있다. 李世輔의 시조가 대표적인 예이다. (가)가 가장 흔하고, (나)가 그다음이며, (다)는 예외라고 할 수 있다.

시조는 노래이다. 시조를 노래하는 기본적인 방식은 단조로운 가락으로 읊조리는 것이다. 읊조리는 시조에서는 문학이 양이라면 음악은 음이다. 시조를 歌曲唱으로 노래하면, 노랫말과 맞지 않게 가락을 길게 늘려 변화시키고 악기 반주까지 갖추어 음악이 양이 되고 문학은 음이 된다. 상당한 수련을 하지 않으면 감당하지 못하는 가곡창을 누구나 부를 수 있는 時調唱으로 만들었어도 노랫말과 맞지 않게 가락을 길게 늘이는 것은 달라지지 않았다. 가곡창을 하는 歌客들이 공연용 대본 가집을 만들면서 악곡은 분류명을 적는 데 그치고 노랫말을 많이 모은 것을 자랑으로 삼아, 문학이 양이 되고 음악은 음이 되는 역전이 일어났다.

시조의 작자는 有名氏가 적고, 無名氏가 많다. 유명씨라도 가집에 따라 다르게 표기된 사람이 대부분이다. 유명씨는 사대부·기녀·가객만이다. 가사의 경우와는 다른 점이 있다. 가사의 유명씨 작자는 사대부·사대부여성·승려이다. 사대부가 양쪽에 다 있는 것은 당연하다. 기녀와 가객은 시조를, 사대부여성과 승려는 가사를 지은 것이 주목할 만한 차이점이다. 시조는 풍류객이 애호하는 노래여서 기녀가 짓고, 사대부여성은 멀리했다. 가사는 교양이며 교훈이어서 사대부여성이 작자로 참여하고, 기녀는 돌보지 않았다. 가객은 시조를 지어 노래하면서 영업하고, 승려는 가사를 지어 노래하면서 포교한 것이 대조가 된다.

무명씨 작자가 시조에 많고, 가사에는 적다. 가사는 기록으로 전하고, 시조는 구전된 것이 그 이유라고 할 수 있다. 가사를 베낄 때에는 작자 이름은 뺄 해야 할 이유가 없고, 시조는 듣고 노래하면서 작자를 의식하지 않는 것이 오히려 자연스럽다. 유명씨의 시조에는 작자가 처한 특별한 상황과 관련지어 이해해야 할 것들이 있다. 무명씨의 시조에는 누구나 자기 말로 삼을 만한 공통된 내용이 흔하다. 유명씨의 시조라도 자기 노래라고 여기고 불러야 감흥이 커지고, 무명씨의 시조는 이렇게 하기 더 쉽다.

시조를 지은 그 많은 무명씨는 누구였던가? 사대부·기녀·가객도 이름이 잊혀 무명씨가 될 수 있지만, 이 셋 가운데 어느 쪽도 아닌 사람들일 가능성이 더 크다. 그래서 시조는 모든 사람의 노래라고 한다. 각계각층 참여자들이 하고 싶은 말을 각기 하면서 논란을 벌인다.

무명씨의 시조는 작자와 관련시킬 수 없어 작품론이 아니면 다룰 방도가 없다. 유명씨의 시조도 작품론을 힘써 해야 한다. 양쪽을 구별하지 않고, 시조 작품이 무엇인지 넓고도 깊게 밝혀야 한다.

시조 한역에도 관심을 가질 필요가 있다.[2] 107종 문헌에 2,500여 수의 시조가 한역되어 전하니 대단한 분량이다. 시조가 한역된 이유는 무엇인지 몇 가지로 생각할 수 있다. (가) 한시를 지으면서 사는 사람들도 시조에 대해 깊은 관심과 애정을 가졌다. (나) 시조가 구전되다가 사라질 것을 염려해 기록해두고자 했다. (다) 시조를 받아들여 한시 창작을 새롭게 하려고 했다.

(가)는 시조에 대한 평가를 높였다. (나)는 국문을 사용하는 기록을 대신할 수 없어 평가할 만한 의의가 없다. (다)를 하고자 하는 시인들은 세 줄인 시조를 네 줄 한시로 바로 옮길 수 없는 차이점을 두고 고심하면서 시조를 재인식했으며, 시조의 문학사적 기여를 확대했다. 시조는 우리문학의 고향이고, 시조 연구는 우리학문의 종가라고 할 수 있게 되기까지 시조 한역도 적지 않은 기여를 했다.

12 글 쓰는 방법 구상

머리말에서 시조가 하는 말을 받아들여 글을 시조처럼 쓰고 싶다고 했다. 그러면 어떻게 해야 하는가? 시제는 어떻게 해야 하는가? 어떤 어법으로 글을 풀어나가야 하는가? 어휘는 무엇을 선택할 것인가? 한자어는 어떤 것을 얼마나 사용하고, 한자로 적을 것인가? 이런 문제를 해결하는데 필요한 지침을 시조에서 찾고자 한다.

2 조해숙, 『조선후기 시조 한역과 시조사』(보고사, 2005)에서 이에 관해 고찰했다.

시조는 우리말 글쓰기의 모범을 보여준 언어 유산이다. 노래이고 시여서 일상어나 산문에서보다는 더욱 생각을 깊이 하고 표현을 절실하고 알뜰하게 다듬어, 우리말의 가치를 발현한다. 그 짜임새와 아름다움을 찾아내 평가하는 것이 마땅하다. 시조의 유산을 오늘날 시 창작에서 이어야 한다고 하는 데서 머무르지 말고, 학문 글쓰기의 지침으로도 삼아야 한다. 이런 착상을 입증하고 활용하려고 노력한다.

시조의 서술 어미를 보면 "하노라"가 대부분이고, "하더라"나 "하리라"도 더러 있다.[3] 이 셋은 시제를 들어 말하면 모두 현재형이면서, "하노라"는 직설법, "하더라"는 회상법, "하리라"는 추측법인 것이 다르다. 회상법인 "하더라"가 과거형 대신, 추측법인 "하리라"가 미래형 대신 쓰인다. 중세국어에는 시제 구분이 없고 서법이 시제를 대신하는 특징을 시조는 계속 잇는다. 17세기 이후 과거형과 미래형이 등장한 변화가 시조에는 거의 나타나지 않는다.

소설은 어떤가? 고소설의 서술 어미는 과거형 노릇을 하는 회상법 "하더라"로 거의 일관되어 있다. 이것이 현대소설에서 애용하는 과거형 "했다"와 상통하는 기능을 하면서 소설의 특징을 나타낸다. 자아와 세계의 대결이라는 과거의 사실을 작품외적 자아가 개입해 과거형으로 알려주는 소설은 세계의 자아화인 서정이 현재형으로 진행되는 것과 뚜렷이 구별된다. 현대시는 현재형의 시제를 사용하면서 과거형이나 미래형도 이따금 사용한다. 그 선행 형태인 시조는 "하노라" 사용이 압도적이어서 현재의 상태를 나타내는 성향이 더욱 두드러진다.

소설을 고찰할 때에는 과거형을 사용하는 것이 마땅하다. 과거형으로 서술되어 완결된 작품을 시간적인 거리를 두고 이해하고 논의해야 하기

---

3 고영근, 『한국어의 시제 서법 동작상』(태학사, 2004)에서 제공하는 자료를 참고로 삼아 이 대목을 서술한다.

때문이다. 시조도 과거형으로 고찰할 수 있다. 다루는 대상인 시조와 오늘날의 고찰 사이에 시간적 거리가 있고, 창작의 주체와 연구의 주체가 다르다는 것을 명시하고 진행하는 역사적 연구에서는 과거형을 사용한다.[4] 그러나 특징이나 변이를 변별되는 사실로 고증하지 않고 공통된 원리와 관련시켜 이해하고, 이론 정립의 성과를 기대할 때에는 과거형을 버리고 현재형을 사용해야 한다. 자아와 세계의 대결인 소설은 생성이나 존재에 관한 역사적 고찰을 요구하지만, 세계의 자아화인 서정은 시대의 변화를 넘어선 철학을 근거로 한다.

시조 이해의 핵심 작업은 작품론이다. 작품론은 현재형으로 진행해야 한다. 시조를 만나 그 속으로 들어가면 시조의 마음이 내 마음이다. 시조의 마음을 느끼고 살피고 가다듬어 내 마음속 깊은 곳에서 어둠을 밝히고 슬기를 얻을 수 있다. 이 작업은 현재형으로 해야 한다. 과거형에 매인 구속을 떨쳐버리고, 현재형에 열려 있는 자유를 누려야 한다. 미래의 자유라야 자유라는 착각을 버리고, 현재의 자유가 자유인 줄 마음속으로 알고 최대한 활용하라고 시조는 말한다.

현재형은 과거나 미래와 구별되는 현재라는 특정 시점에서 이루어지는 동작을 나타내기만 하는 것은 아니다. 과거형이나 미래형까지 포함한 모든 시제를 함께 말해주는 통괄시제이기도 하다. 현재형을 통괄시제로 사용해 구체적인 시기가 한정되어 있는 일반적인 사실을 제시하고, 경우에 따라 다르게 구체화될 수 있는 가능성을 열어두는 것이 시조의 기본 특징이다. 이에 관한 고찰이 시조론의 핵심 과제이다.

과거형을 사용하는 사학이라야 믿을 만하고, 현재형으로 논의되는 철

---

4 『서정시 동서고금 모두 하나』 전6권(내 마음의 바다, 2016)에서는 시 작품을 과거형으로 고찰했다. 동서고금 여러 시를 대등한 거리를 두고 이해하면서 차이점과 공통점에 대한 비교론을 전개하고자 했기 때문이다.

학은 의심스럽다고 여기는 학풍 때문에 시조 연구가 막혀 있다. 구하기 어려운 자료를 찾아 사실 고증이나 하려고 하고, 시조 작품이 더 많은 것을 말해준다고 여기지는 않아 노력을 낭비하고 성과가 모자란다. 시조시학이라는 것이 실현 가능성이 없는 동경의 대상인 것은 사학을 추종하는 과거형 사고를 벗어나지 못한 탓이다.

아무리 오래된 작품이라도 현재형으로 접근해야 안에 들어가 깊이 있는 이해를 할 수 있고, 얻은 결과를 일반화할 수 있다. 사학의 시간적 고찰을 넘어서서 철학의 공간적 사고를 갖추어야 시조 작품론에서 얻은 성과를 일반화해 시조시학을 이룩하고, 문학뿐만 아니라 철학까지도 새롭게 성찰할 수 있다. 이 작업을 확장해 재검토를 해야 역사적 이해도 쇄신된다.

현재형으로 서술하는 문장의 주어는 시조 작품이기도 하고, 시조 작자이기도 하고, 안에 들어가 작품과 일체를 이루는 감상자이기도 하고, 작품과 함께 이 글을 읽는 독자이기도 하다. 이 여러 경우를 구별할 수 없고 구별할 필요도 없어, 주어를 밝히지 않고 주어 없는 글을 쓰기로 한다. 주어 공유가 최대의 소통임을 확인하고 기뻐한다.

우리말은 주어를 밝히지 않아도 되는 것이 얼마나 큰 축복인가. 각기 다른 주어를 명시해야 하는 말을 쓰는 쪽은 이런 일을 할 수 없어 불행하다. 이 책을 원문에 충실하게 번역해 읽을 수도 없어 불행에서 벗어나지 못한다.

시조는 우리말의 형태소, 어휘, 구문 등을 풍부하게 갖추고 다양하게 활용한다. 형태소, 어휘, 구문 등에 대한 어학적 설명을 하나씩 하면 할 일을 한다고 여기지 말고, 서로 얽혀서 사용되는 방식의 특성과 의의에 대한 총체적인 해명을 해야 한다. 건축 자재의 출처를 말하면 된다고 여기지 않고, 건물의 구조와 용도를 말해야 하는 것과 같다.

이것은 어학으로 감당할 수 없는 문학의 작업을 요구한다. 말할 것을 알아낸다고 해도 말하기는 무척 어려워 가능한 방법을 찾아야 한다. 내용과 언술을 최대한 근접시켜 시조를 손상되지 않게 옮겨놓으면 어느 정도 할 일을 한다. 시조를 글쓰기의 스승으로 삼아 부지런히 공부하면 얻는 것이 있으리라고 기대한다. 어려운 개념을 만들어 멀리 돌아가려고 하지 않고, 쉽게 이해할 수 있는 어법으로 깊은 진실을 바로 깨우쳐주는 글을 간결하면서 알차게 쓸 수 있으면 공부한 보람이 있을 것이다.

시조의 철학은 우리말의 형태소나 구문을 다채롭게 활용하는 용언의 철학이고, 개념어에 의존하는 체언의 철학이 아니다. 글보다 말이 선행해서 생겨난 본원의 철학, 기록철학 이전 구비철학의 모습을 생생하게 보여주고 있다. 이것을 알아차리고 받아 적으려면 개념어의 지배에서 벗어나야 한다. 이것은 철학 글쓰기의 혁명이다. 시조가 가르쳐주고 이끌어주는 혁명이다. 우리말로 철학을 하는 획기적인 지침이다.

우리말로 철학을 하자는 논자들은 서양철학 용어를 일본에서 한 번역과 다르게 번역하자고 하고, 우리 고유어 철학 용어를 만들어내자고 한다. 앞의 방법을 쓰자는 것은 서양철학을 우리 방식대로 따라가자는 것이다. 뒤의 방식을 쓰면 원천이 허약해 쉽게 흔들리는 사고를 하고, 개념 규정을 위해 서양철학 번역 용어의 도움을 받아야 한다.

그 두 가지 잘못을 한꺼번에 시정하는 획기적인 대안이 우리말 언어 자산을 활용하는 철학의 유산을 발견하고 계승하는 것이라고 생각한다.[5] 지금부터 하는 시조 작품론이 우리말로 철학하는 새로운 방법의 좋은 본보기가 될 수 있다. 문학에서 시작한 논의가 어학을 거쳐 철학에 이르러 기

---

5 「우리말로 철학하기의 세계사적 과업」,『인문학문의 사명』(서울대학교출판부, 1997) ;「구비철학을 찾아서」,『세계 · 지방화시대의 한국학 5 : 표면에서 내면으로』(계명대학교출판부, 2007)에서 우리말로 철학을 하는 방안을 두고 거듭 논의했으나 이런 생각은 하지 못했다.

대 이상의 성과를 거두기를 기대한다.

시조는 우리말 노래이지만, 한자어가 많이 들어 있다. 이것은 언어 사용의 일방적인 현상으로 돌릴 것이 아니다. 한자어를 우리말로 만드는 공적을 시조가 크게 이룩한 것을 평가해야 한다. 한자어 체언과 순우리말 용언을 절묘하게 얽어 놀라운 경지에 이른 것이 많다. 한자어를 제거하고 남는 말이 우리말이라고 하면 이런 성취가 무시되고, 시조에 대한 평가가 절하된다. 한자어를 배격하면 시조를 죽인다. 시조를 살려두고 이해하고 논의하려면 역대 가집에서 한자어를 한자로 적은 것을 살펴야 한다.

다루는 자료는 『고시조대전』에서 가져와 정규화된 표제작으로 제시된 것들을 옮겨 적는다. 정규화된 표제작은 각 이본의 공통점을 간추려 한글로 적고 현재의 정서법에 맞게 가다듬어 편의상 이용하는 자료이며 원문은 아니라고 불신할 것은 아니다. 이것이 표기의 변이 때문에 흔들리지 않는 작품의 실체이다.

시조에는 오늘날은 사용하지 않거나 뜻이 달라진 한자어가 적지 않다. 이런 한자어를 한글로 적으면 무슨 말인지 알 수 없다. 한자를 괄호 안에 넣으면 번다해지나 한다. 순우리말로 바꾸려고 하면 원래의 모습이 더욱 손상되고 논의가 산만해진다. 한자어를 한자로 이해할 수 있어야 소중한 유산을 제대로 계승한다.

오늘날의 독자는 한자를 잘 모르니 한글 전용으로 글을 써야 한다는 데 동의하지 않는다. 나는 지금까지 글의 내용과 독자의 수준에 따라 한자혼용을 하기도 하고, 한글전용을 하기도 해왔다. 이것은 한자혼용론과 한글전용론 양극단 사이의 중도노선 국한병용론이다.[6] 국한병용론을 택하면

시조의 넓이와 깊이

6　동아시아 문학을 고찰할 때에는 한자 표기 외국인명의 독음을 알 수 없는 것이 많아 한글전용이 불가능하다. 『문학사는 어디로』(지식산업사, 2015)도 이런 경우이다. 『한국문학통사』는 독자를 확대하기 위해 한글전용을 했다. 『서정시, 동서고금

다툴 것이 없다.

이 책은 한자혼용으로 쓴다. 논의의 핵심이 되는 긴요한 한자어는 한자로 쓴다. 한자는 모르고 관심도 없다는 독자를 위해 봉사하지는 못한다는 것을 밝히고 양해를 구한다. 한자를 더 알아야 하고, 한자어로 창조한 문화유산을 계승해야 하겠다는 분들이 찾아와 읽고 많은 공부를 했다고 하기를 기대한다.

다루는 자료는 이미 말한 바와 같이 『고시조대전』에서 가져온다. 정규화된 표제작을 그대로 이용하면서 아래에 적힌 이본을 보고 일부 수정한 것도 있다. 처음 두 토막에 있는 말을 작품 제목으로 삼고 「 」안에 적는다. 작품 번호를 ( ) 안에 밝힌다. 작품을 거론할 때 「제목」(번호)를 든다. 제목이 같아도 번호가 달라 구별된다.

작자명은 인정할 만하다고 판단되는 것만 옮겨 적는다. 상단에 적은 현대 표기의 표제작을 이용하면서 부적절하다고 판단되는 대목은 하단에 있는 변이형들 가운데 적절한 것을 선택해 교체한다. 선택하지 않은 변이형도 이따금 비교고찰에 이용한다.

작자는 작품만큼 소중하지 않다고 여긴다. 중요하거나 특이한 작자만 필요한 장소에서 소개한다. 생애를 자세하게 들지 않고 작품과 관련된 설명한 조금 한다. 같은 작가를 필요한 경우에는 거듭 소개하기도 한다.

고찰하는 시조를 국내외의 다른 여러 시와 비교해 공통점과 차이점을 밝히는 것도 해야 할 일이다. 다른 시와 비교해야 시조의 특성이 더욱 분명하게 확인된다. 이 작업을 본격적으로 하려면 책을 몇 권 더 써야 하므로, 여기서는 간략하게 시도하는 데 그친다. 비교해야 할 중요한 사항이 있으면 이따금 각주에서 조금 거론한다.

모두 하나』도 널리 관심을 가지고 읽도록 하려고 한글전용을 택했다.

13 새로운 작업의 방향

시조 연구를 다시 어떻게 해야 하는가? 연구의 기본원리를 확인하면서 이제부터 하는 작업의 진로를 찾자. 연구를 잘 하려면 거시와 미시, 시간과 공간, 외연과 내질이 둘이면서 하나이고 하나이면서 둘이라고 해야 한다. 이에 따라 시조 연구사를 점검해보자.

시조사에 관한 거시·시간·외연의 연구는 버려두고 개별적인 작품의 미시·공간·내질의 연구에 일방적으로 애착을 가지는 것이 마땅하지 않다고 여겨, 시정 방안을 찾고자 했다. 시조가 문학사 전개의 전폭에서 시조가 어떤 위상을 지니는지 밝히는 작업을 위에서 정리한 바와 같이 했다. 이제 방향 전환이 필요하다.

거시·시간·외연의 연구는 넓이를, 미시·공간·내질의 연구는 깊이를 찾는다. 시조의 넓이를 찾는 작업도 다시 한다. 작품이 다루고 있는 영역에 관한 거시·시간·외연의 연구를 해서 넓이를 알아내는 것은 새로운 시도이다. 시조의 깊이를 밝혀내는 것은 작품론의 필수 과제인데, 제대로 하지 못하고 있다가 본격적인 시도를 처음 한다. 일관된 방법을 갖추고 작품을 면밀하게 분석해 얻은 결과를 일반화하려고 한다.

시조가 무엇인지 다시 밝힌다. 체계적인 방법을 갖추고 면밀한 분석을 해서 논의의 진전을 기대한다. 시조가 시조이게 하는 기본 요건(율격, 구성), 시공 설정(시간, 공간), 전달 방식(소통, 생략, 불통), 전환 어구(아마도, 어즈버, 두어라, 하물며, 차라리)를 새롭게 고찰해 얻은 결과를 다음 작업을 위한 출발점으로 삼는다.

작품에서 무엇을 말하는지 밝히기 시작하면서, 세계를 자아화하는 자아 자체에 대한 자각부터 다룬다. 내면의 움직임(마음, 웃음, 눈물)을 첫 항목으로 하고, 애정의 표리(사랑, 이별, 꿈속), 즐거움을 찾아(노래, 놀이, 음주)로 나아간다. 끝으로 떠나는 길(백발, 죽음)을 다룬다.

세계를 자아화하는 세계에 대한 고찰이 그다음 작업이다. 세계는 인생이기도 하고 자연이기도 하다. 자아와의 근접 정도를 가려, 인생에 관한 노래를 먼저, 자연에 관한 노래를 나중에 다룬다. 논의가 잡다해질 염려가 있으므로 적절한 방법을 사용해 체계를 갖춘다. 빈도수를 조사해 추출한 항목을 개념 범주에 따라 분류하고, 내용의 관련을 살피면서 배열하고 고찰한다.

세상살이라고 하는 항목에서 사회적 관심사를 두루 포괄한다. 그 내역을 큰 데서 작은 데로, 밖에서 안으로 나아가는 순서로 고찰한다. 설정한 항목은 관심의 영역(역사, 강토, 고향), 크나큰 과업(나라, 위국, 우국), 생업 갖가지(관직, 농사, 어업, 장사), 처신의 어려움(지체, 안분, 세태, 시비, 무지)이다.

자연과의 만남에서 자연관 또는 자연물에 대한 소견을 고찰한다. 그 영역을 전체에서 부분으로, 먼 데서 가까운 데로 나아가면서 정리한다. 대자연의 모습(산수, 달, 구름, 바람), 계절의 변화(네 계절, 봄, 여름, 가을, 겨울), 초목을 벗 삼아(매화, 이화, 소나무, 오동, 대나무), 반려자들(나귀, 백구, 두견, 기러기, 까마귀)이라는 항목을 설정한다.

시조의 깊이에 관해서는 이런 구상을 미리 제시하기 어렵다. 위에서 든 항목에 포함되는 개개의 작품을 분석하는 작품론을 제대로 해야 결과를 기대할 수 있다. 작품론은 내용을 소개하고 풀이하는 작업이 아니다. 내용 풀이가 필요해서 서두에서 하지만 그 이상의 경지로 나아가야 한다. 몇 가지 긴요한 작업은 여기서 말하고, 더욱 진전된 성과는 미리 말할 수 없으므로 결과를 보여주기로 한다.

율격 검토에서 작품론을 시작하면서, 시조의 공통율격을 작품에 따라 구체화한 개별율격에서 작품 이해의 긴요한 단서를 얻는다. 내용 풀이는 안내자 노릇이나 하도록 하고, 명사 개념어 위주로 내용 이해를 하는 잘못에서 벗어나 서술어 활용에서 말하는 것을 힘써 찾아낸다. 표면을 더듬고 말지 않도록 경계하고, 이면에 숨어 있거나 반대가 되는 의미, 작품이 말해주는 않는 것까지 찾아낸다.

이런 작업을 치밀하고 정확하게 해야 뜻한 바를 이룰 수 있지만, 작품 속에 매몰되지 않아야 한다. 한 발 물러나 멀리서 보면서 작품에서 말한 바를 예시나 예증으로 삼아 어떤 일반론을 이룩할 수 있는지 생각한다. 시조의 넓이와 깊이는 둘이면서 하나이고 하나이면서 둘이다. 문화 영역을 넓게 보여주면서 깊은 사고를 하는 것이 시조의 특징이고 가치라고 생각하고 탐구를 시작한다. 시조의 넓이를 정리해 한국문화론을 새롭게 하면서, 깊이를 재서 철학관을 혁신하고자 한다.

연구를 잘 해야 한다고 다짐하면 좋은 결과를 얻을 수 있는 것은 아니다. 지금까지의 시조 연구가 작품 문면에 나타나 있는 의미를 설명하는 데 그친 잘못을 되풀이하기 않기 위해 관점이나 방법을 쇄신하는 획기적인 대책이 필요하다. 이를 위해 스승으로 삼을 만한 善知識을 찾아가 깊은 대화를 나누기로 한다.

義湘이 천지만물의 이치가 무엇이며 어떻게 깨달아야 하는지 밝혀 논한 말을 보자. 그 한 대목에서 "無緣善巧促如意 歸家隨分得資糧"(인연이 없는 훌륭한 솜씨로 뜻대로 하는 것을 잡고, 집에 돌아와 분수에 따라 양식을 얻는다)고 했다.[7] 뜻이 아주 다른 두 말을 나란히 놓은 데 깊이 생각해야 할 사유가 있다.

이 말을 하기 전에 한정되지 않은 시공에서 커다란 깨달음을 얻는다고 했다. "無緣"으로 "如意"를 얻는다고 한 것은 인연을 벗어난 경지에서 무엇이든 뜻대로 할 수 있는 절대적 자유를 얻는다는 말이다. 뒤에서는 집

---

7 「華嚴一乘法界圖」 제25 · 26시구에 있는 말이다. 원문과 김시습, 『華嚴一乘法界圖註』의 해당 대목을 『철학사와 문학사 둘인가 하나인가』(지식산업사, 2000)에서 고찰했다.

26

에 돌아와 일상생활을 한다고 했다. "隨分"으로 "資糧"을 얻는다는 것은 주어진 조건에서 가능한 방법으로 살아간다는 말이다.

앞에서는 각성을, 뒤에서는 생활을 말하고, 둘이 하나라고 했다. 무슨 까닭인가? 각성을 얻었다고 생활을 버리는 것은 아니다. 생활을 하면 각성을 버려야 하는 것도 아니다. 각성하면서 생활하고 생활하면서 각성한다. 각성이 생활이고, 생활이 각성이다.

이 말을 지침으로 삼아 시조가 어떤 노래인지 다시 생각해보자. 시조는 각성의 노래이면서 생활의 노래이고, 생활의 노래이면서 각성의 노래이다. "집에 돌아와 분수에 따라 양식을 얻는" 생활이 없으면 시조가 아니다. 그러면서 "인연 없는 훌륭한 솜씨로 뜻대로 하는 것을 잡"는다. 하나는 표면이고 하나는 이면이다. 표면과 이면이 둘이면서 하나이고, 하나이면서 둘이다. 이 점을 밝혀 논하는 것이 시조 연구의 핵심 과제이다.

시조는 "집에 돌아와 분수에 따라 양식을 얻는" 노래여서 이해하는 데 어려움이 없다. 누구나 아는 말을 쉽게 해서 박식이 필요하지 않고, 전거를 대고 주석을 해야 할 것이 얼마 되지 않는다. 누구나 집에서 편안하게 지내는 느낌을 준다. 그러나 편안하다고 하고 말면 소득이 없다. 편안한 느낌을 주는 쉬운 말이 "인연 없는 훌륭한 솜씨로 뜻대로 하는 것을 잡"는 경지를 향해 열려 있어 둘이 하나임을 알아야 한다.

시조에서는 각성이 생활이고, 생활이 각성이다. 생활의 표면과 각성의 이면이 둘이면서 하나이고 하나이면서 둘이다. 이렇게 말하는 것은 生克論의 명제이다.[8] 시조는 생극론의 철학을 구현한다. 相生이 相克이고 상

---

8 생극론에 관해 여러 차례 논의할 것들을 『세계 · 지방화시대의 한국학 4 : 고금학문 합동작전』(계명대학교출판부, 2006)의 「제14강 생극론을 다시 말한다」에서 모아 총괄해 검토했다.

극이 상생인 생극론을 시조가 말해준다. 이렇게 말하면 많이 모자란다. 용언의 철학, 서술어미의 철학인 시조는 상생과 상극의 관계를 개념화하지 않고 살아 있는 말을 갖가지로 활용하면서 나타내 훨씬 풍부하고 다채롭다.

이렇게 접근하면 지금까지 간과하고 있던 시조의 진면목이 신천지인 듯이 나타나지만, 있는 그대로 받아들이면 되는 것은 아니다. 崔漢綺가 누구나 볼 수는 있는 글을 각기 다르게 이해하는 것은 "解釋旨義 究闡理致 直在於玩閱者之變通"(취지나 의의를 풀이하고, 이치를 밝히는 것은 오로지 구경하고 즐기는 사람의 변통에 달려 있는) 때문이라고 한 말을 되새겨본다.[9] 취지나 의의는 작품 창작의 의도이고, 이치라는 것은 작품에 나타난 의미이다. 구경하고 즐기는 사람 玩閱者라고 한 독자는 작품이 말하는 것을 그냥 받아들이지 말고 자기 나름대로 받아들여 자기 것으로 받아들이는 變通을 해야 한다고 한 것을 주목할 필요가 있다.

그다음 대목에서 사람은 각기 다르다고 했다. "崇虛者 不知誠實 尙文者 厭棄質直 才稟輕薄者 不能研究幽遠 見聞偏陋者 不能周察事務"("헛된 것을 숭상하는 이는 성실한 것을 알지 못하고, 글을 대단하게 여기는 이는 내용의 올바름을 싫어해 버리고, 경박한 재주를 타고난 이는 그윽하고 심오한 것을 연구하지 못하고, 견문이 편벽된 이는 사리를 널리 살피지 못한다)라고 했다. 지금까지의 시조 연구가 빗나간 여러 경우를 낱낱이 들어 나무라는 것 같다.

그러면 어떻게 해야 하는가? 이에 관해 두 가지 대책을 제시했다. 막힘이 없이 變通하는 神氣를 갖추는 것이 기본 요건으로 한다고 전제했다. "以文辭 參契於物理 以物理 證驗於文辭 表裏相應 文理無違"(글을 사물의 이치와 관련시켜 고찰하고, 사물의 이치를 가지고 글을 논하는 증거로 삼으

---

9 「文理究解在變通」,『神氣通』3에서 한 말을 계속 든다.

면, 표리가 상응하고, 글과 이치가 어긋나지 않는다)는 것을 실제 작업의 방법으로 삼아야 한다고 했다.

이 글 서두에서 한 말과 연결시켜 풀이해보자, 神氣가 어느 한쪽에 치우치지 않고 자유자재로 변통해야 거시와 미시, 시간과 공간, 외연과 내질이 둘이면서 하나이고 하나이면서 둘인 생극의 전반적인 양상이나 원리를 파악할 수 있다. "文辭"와 "物理"를 상호조명해 어긋나지 않게 하는 작업은 거시와 미시, 시간과 공간, 외연과 내질을 함께 파악하는 데서 구체화된다. 이런 원론의 타당성과 유용성을 위한 논의를 더 하지 않고 실제 작업에 들어가 얻는 결과를 보여주기로 한다.

한국문화론이 실질적인 내용을 갖추려면 이 연구가 필요하다. 철학을 찾는 기대는 더 크다. 글 이전의 본원철학, 구비철학의 발랄한 창조력을 찾아, 우리말로 철학하는 지침으로 삼을 수 있기를 바란다. 여기서 얻는 성과는 한국학을 위해 큰 의의를 가지는 데 그치지 않고, 학문을 새롭게 하는 본보기로 세계에 내놓을 수 있다. 머리말에서 시조에서 이룩한 민족의 창조가 인류의 행복임을 입증해 가업을 세계화하고 싶다고 한 말을 되풀이한다.

14 넓이와 깊이의 표리

앞 대목에서 한 말을 간추려보자. 시조의 넓이와 깊이를 찾는 것이 이 책에서 할 일이다. 넓이는 문화의 넓이이고, 깊이는 사고의 깊이다. 일상생활을 펼쳐 보여주는 것 같은 문화의 넓이에 머무르지 말고 사고의 깊이를 찾아들어가 어떤 깨달음을 알려주는지 알아내야 한다. 이 작업은 작품을 자기 것으로 만드는 변통의 능력에 따라 달라진다.

시조에 관한 사실을 펼쳐놓고 구경하라는 것은 그리 도움이 되지 않는다. 당위론적 명제를 늘어놓고 마는 것은 자기는 하지 않는 일을 다른 사람에게 시킬 때 하는 짓이다. 나는 관망이나 하는 구경꾼이 아니고, 다른 사람들이 하고 있는 작업을 마음대로 하려고 하는 간섭꾼도 아니다. 자진해서 나서서 어려움을 감당하고 새로운 성과를 내놓고자 하는 일꾼이다.

객관적 사실을 말하는 데 그치는 구경꾼의 학문이 유행한다. 지금까지의 시조 연구는 대체로 이런 것들이다. 비판적 참여가 소중하다는 이유에서 간섭꾼의 참견이 학문으로 행세한다. 시조 연구에는 시비할 것이 적어 간섭꾼이 행세하기에 부적당하므로 이따금 공연한 트집을 잡기나 한다. 창조적 연구를 하는 일꾼은 필요하지 않은 것 같은 판국이어서 재출발이 요망된다.

높고 높은 산에 한꺼번에 오르겠다고 호언장담을 하지는 말아야 한다. 어떤 순서를 밟아 올라가야 하는지 구체적으로 말해야 한다. 시조가 보여주는 문화의 넓이와 사고의 깊이를 변통하는 능력에 따라 파악하는 방법을 한 단계씩 제시해야 한다. 밖에서 안으로, 단순한 데서 복잡한 데로, 보이는 데서 보이지 않는 데로, 얕은 데서 깊은 데로, 나아가아는 작업을 하는 절차를 정해서 실행해야 한다.

작품을 들어 먼저 살리는 것은 율격이다. 율격은 밖에 드러나 있는 가장 단순한 특징이다. 율격의 원리와 고찰의 방법을 미리 말한 것을 활용해 개개의 작품이 지닌 공통율격과 개별율격을 파악한다. 율격을 작품 이해의 출발점으로 삼는다.

작품 풀이를 다음 작업으로 한다. 난해한 구절을 하나씩 주해하고, 주해의 원천을 필요 이상 길게 들기도 하는 종래의 방식을 버리고 새로운 작업을 한다. 구절보다 문맥을, 문맥보다 작품 전편의 의미를 더욱 중요시하면서 무엇을 말하는지 밝힌다. 이 단계에서는 한자어를 모두 한자로 적어 이해를 돕는다.

이어서 작품 분석에 관한 본격적인 작업을 한다. 말하는 것 못지않게 말하는 방식이[10] 소중하다고 보아, 형태소, 구문, 서법 또는 시제에 대한 고찰을 한다. 문법 선택이 작품 의미와 어떤 관련을 가지는지 필요한 범위에서 가능한 논의를 한다.

다음 순서로 밖에서 안으로 들어간다. 말하는 경과를 아는 데 그치지 않고 뜻하는 층위를 밝히는 구조 분석을 한다. 말하는 경과는 역전으로 이어지고, 뜻하는 층위는 대립적인 관계를 여러 겹 가지는 것을 알아낸다.[11] 말하는 경과의 역전에서 나타나는 시간 구조, 뜻하는 층위의 대립으로 이루어지는 공간 구조를 각기 밝히고 견주어 살핀다. 이 둘이 아주 다른 특이한 작품은 무엇이 문제인지 자세하게 고찰하기로 한다.

밖에서 안으로 들어가기 어려운 작품도 있다. 단순한 데서 복잡한 데로, 보이는 데서 보이지 않는 데로, 얕은 데서 깊은 데로 나아가는 길이 막혀 있기도 한다. 작품을 잘못 썼다고 나무라지 말고, 고의로 길을 막고 독자를 골탕 먹이기 때문인 줄 알아야 한다. 그 이유나 작전을 추정하고, 헤쳐나갈 길을 발견해야 한다.

작자와 독자는 작품을 중간에 두고 키 재기 시합을 한다.[12] 작자는 독자를 내려다보고, 우롱하려고 하기도 한다. 작품을 제대로 이해하는 독자는 작자와 대등한 위치에 서거나 더 높이 올라가 작자를 내려다보기도 한다. 작자가 독자를 우롱하려는 것을 알아내는 즐거움을 누리기도 한다.

이해가 막히는 것은 요긴한 무엇을 생략한 때문일 수 있다. 생략이 작

---

10 '말하는 것'은 記意 signifié이고, '말하는 방식'은 記票 sigifiant이다.

11 '순차적 구조'라고 번역해온 syntagmatic structure와 '병행적 구조'라고 번역해온 paradigmatic structure에 관한 논의를 이렇게 한다. 두 구조를 분석하는 방법과 그 본보기를 「구조분석의 본보기」, 『세계 · 지방화시대의 한국학 5 : 표면에서 내면으로』(계명대학교출판부, 2007)에서 간추려 제시했다.

12 이런 이론을 『문학연구방법』(지식산업사, 1980) 「3. 문학작품을 어떻게 읽을 것인가」에서 전개했다.

전인 줄 알고 무엇을 생략했는지 알아내야 일차적인 이해가 이루어진다. 생략한 의도가 무엇인지도 알아내고 작자를 내려다보면 이해가 더욱 진전된다. 이것은 쉬운 일이 아니지만 힘써 하기로 한다.

가정이나 상상을 실제 사실인 듯이 말하는 것을 문자 그대로 받아들이면 무슨 뜻인지 알기 어렵고 혼란이 생긴다. 가정이 가정이고 상상이 상상임을 알아내는 것을 진전된 이해의 출발점으로 하고 더 나아가야 한다. 무슨 이유에서 그렇게 하는지, 그렇게 하면서 무엇을 노리는지 밝혀내야 한다.

이해를 거부하는 불통을 작자 스스로 선택해 독자와 특이하게 소통하는 방법으로 삼는 작품도 있다. 모든 작품은 소통이 되어야 하고, 소통이 잘 되는 작품이 좋은 작품이라는 순진한 생각은 버려야 한다. 불통 작전을 쓰는 이유와 효과를 내려다보는 데 이르러야 한다.

이런 난관을 헤치고 도달하는 복잡하고, 보이지 않고, 깊은 의미의 층위는 개념화되지 않은 사고이고, 철학 특유의 용어를 사용하지 않는 철학이다. 너무 광막한 것을 그대로 둘 수 없어 생극론을 적용해 파악하려고 하지만 많이 모자란다. 철학이 끝난 곳에서 철학 이상의 철학인 문학이 시작된다는 것을 알고 받아들여야 한다. 생각을 너무 하다가 혼미해지면 작품 표면으로 나와 번뇌를 떨쳐야 한다.

시조는 우리를 가두는 감방이기도 하고, 가르쳐주는 스승이기도 하고, 깨닫게 하는 화두이기도 하고, 날아오르게 하는 발판이기도 하다. 모든 작품이 공유하는 이런 다면성이 시조에서는 얼마나 선명하게 부각되는지 밝히는 것이 힘써 해야 할 일이다. 이런 사실을 알려주자는 것이 아니다. 내가 배우고 깨닫고 날아오르려고 하면서, 독자의 동참을 권유한다.

시조는 별것 아니고 알 만큼 안다는 선입견을 버리자. 시조를 지나치게 숭상하면서 훌륭하다고 생각되는 본보기나 들어 좋지 못한 선입견이 생겼다. 시조에는 훌륭하다고 할 수 없는 것들도 많고, 무슨 말인지 알 수 없어 당황하게 하는 것도 적지 않다. 미지의 험로를 가면서 고행에서 깨달음을 얻고자 하면 시조를 다시 찾아야 한다.

시조 표면에서 문화의 넓이를, 이면에서 사고의 깊이를 알아내는 작업은 작품을 제대로 읽어야 기대하는 성과를 얻을 수 있다. 할 일은 하지 않고 시조를 예찬하는 것은 우상숭배이다. 할 일을 하지 않고 시조를 대수롭지 않게 여기는 것은 직무유기이다. 그 둘을 다 배제한 진실각성을 이 책의 목표로 한다.

2

틀을 짜고

2 틀을 짜고

여기서 시조는 틀을 어떻게 짜는 노래인지 살핀다. 틀이란 시조가 시조답게 하는 외형적 장치이다. 이에 관해 네 가지 작업을 한다. 기본 요건에서 율격과 구성의 특징을 밝힌다. 시공 설정에서 시간과 공간을 어떻게 작품 속에 펼쳐놓는지 살핀다. 전달 방식에서 소통과 생략을 문제 삼는다. 전환 어구에서 "아마도", "어즈버", "두어라" 같은 말의 쓰임새를 고찰한다.

21 기본 요건

시조가 시조답게 하는 기본 요건은 겉과 안에서 살핀다. 먼저 겉으로 드러나는 율격을 고찰한다. 다음에는 안에 들어 있는 구성의 특징을 해명한다. 율격론은 이미 많은 작업이 있었으나 새로운 경지로 나아가는 개척이 필요하다. 구성론은 여기서 처음 시도한다.

211 율격

시조는 정형시라고 하고, 정형시는 자수가 고정되어 있어야 한다는 것은 잘못이다. 시조는 정형시라도 자수가 고정되어 있지 않고 변한다. 시조는 정형시이면서 자유시라고 하는 것이 더욱 적합하다. 그 실상을 밝혀 정리한다. 공통율격이 달라지는 양상을 널리 고찰하면서 개별율격 분석의 본보기도 보인다. 여기서 얻는 결과를 이후의 모든 논의에서 활용한다.

「우는 것이 버꾸기가」(3568.1)　　　　　尹善道

우는 것이 버꾸기가 푸른 것이 버들숲가
어촌 두세 집이 냇 속에 날락들락
말가한 깊은 소에 온갖 고기 뛰노나다

먼저 율격을 나타내는 용어와 방법을 말하기로 한다. "우는 것이", "버꾸기가" 같은 율격 구성의 기본 단위를 '토막'이라고 한다. 두 토막이 반줄을 이룬다. 앞의 반줄은 '전반부', 뒤의 반줄은 '후반부'라고 한다. 네 토막, 두 반줄이 한 줄을 이룬다. 첫째 줄은 초장, 둘째 줄은 중장, 셋째 줄은 종장이라고 하는 관계를 이어받는다. 토막을 구성하는 자수를 숫자로 나타낸다. 반줄을 이루는 두 토막 자수가 많고 적은 것을 ">", "<"로 나타낸다. 반줄 뒤에는 " , ", 한 줄 뒤에는 " ; ", 노래가 끝나면 " : "를 넣는다.

이 노래의 율격을 이런 방법으로 나타내면 다음과 같다. 율격 다음에는 말뜻 풀이를 적는다.

- 율격 : 4 4, 4 4 ; 2<4, 3<4 ; 3<4, 4 4 :

- 풀이 : 우는 것이 버꾸기인가, 푸른 것이 버들숲인가? 漁村 두세 집이 냇 (안개) 속에 들락날락한다. 맑은 깊은 沼(물 깊은 곳)에 온갖 고기 뛰노는구나.

이 노래에서 한 토막을 이루는 자수는 전체 토막 수의 9/12=2/3가 4이다. 앞의 네 토막, 뒤의 세 토막은 4이고, 중간에 2<4, 3<4, 3<4가 있

다. 4를 반복해 안정을 얻는다. 중간의 변화에서 동요를 허용하면서, 앞은 적고 뒤는 많은 "<"만 있고, 그 반대인 ">"는 없다.

배를 타고 나가 육지를 바라보면서 부른 노래이다. 4가 되풀이되는 흐름으로 배가 조용하게 움직여, 눈앞에 펼쳐지는 것들을 마음 편하게 듣고 본다. 흔들림이 아주 없는 것은 아니어서 "들락날락"에 상응하는 정도의 잔잔한 변화가 있다.

노래가 세 줄이어야 할 이유는 없다. 다른 것들을 더 보고 느낀다고 해도 된다. 더 이어질 수 있는 노래를 세 줄만 든 것으로 생각된다. 시조는 초장, 중장, 종장 세 장이라고 하는 것이 이 경우에 해당되지 않는다. 셋째 줄이 종장은 아니다. 앞으로 더 나아가지 못하게 마무리를 해야 종장이다. 종장이 없어 앞의 두 줄도 초장이나 종장이 아니다.

이런 작품은 시조 이전의 시조라고 할 수 있다. '광의의 시조'라고 하던[1] 이름을 고쳐, 시조의 '원초형'이라고 부르기로 한다.[2] 네 토막 노래 세 줄이기만 한 것은 시조를 만드는 데 사용한 원초형이다. 원초형의 셋째 줄을 종장이 되게 다듬어야 시조가 된다.

시조를 만든 다음에는 원초형이 없어진 것은 아니다. 이 노래를 포함해 尹善道의 「漁夫四時詞」 40수는 모두 원초형이다. 하나 더 보자. (0974)(尹善道) "내일도 없으랴 봄밤이 몇덧 새리/ 낚대로 막대 삼고 시비를 찾아보자/ 어부 생애는 이러구려 지낼로라" 여기서는 셋째 줄 전반부가 2<3이다. 이런 사설을 이어나가면서 어촌의 풍광을 말하고 40수가 큰 작품 한 편을 이루게 하려고, 종장의 마무리가 없는 원초형 노래를 부른다.

원초형은 시조가 아니라는 이유에서 별도로 취급할 필요는 없다. 원초

---

1 『한국문학통사』에서 계속 사용한 용어이다.

2 성호경은 「조선전기의 유사시조」, 『한국시가의 유형과 양식 연구』(영남대학교출판부, 1995) 이래로 '유사시조'라는 용어를 줄곧 사용하고 있다.

형까지 포함해 시조의 범위를 넓게 잡는 것이 유리하고 유익하다. 자료를 함께 다룰 수 있어 유리하고, 시조의 율격을 실상대로 융통성 있게 이해하는 데 유익하다.

「오백년 도읍지를」(3431.1)   吉再

오백년 도읍지를 필마로 돌아드니
산천은 의구한데 인걸은 간 데 없네
어즈버 태평연월이 꿈이런가 하노라

- 율격 : 3<4, 3<4 ; 3<4, 3<4 ; 3<5, 4>3 :
- 풀이 : 五百年 都邑地(고려의 수도 개경)를 匹馬로 (홀로 말을 타고) 돌아드니, 山川은 依舊한데 (옛날과 같은데), 人傑(빼어난 인물난 인물)은 간 데 없네. 어즈버, 太平烟月(태평스러운 세월)이 꿈이런가 하노라.

이 노래는 앞의 것과 같이 세 줄이다. 세 줄이 초장·중장·종장의 관계를 가지고, 초장·중장에서 한 말을 종장에서 마무리한다. 종장 서두의 "어즈버"가 마무리를 위한 신호이다.

"어즈버"는 "아" 하고 탄식하는 말이면서 "더 말해서 무엇을 하겠느냐? 그만두자"고 하는 뜻도 지녀, 마무리를 위한 신호 노릇을 한다. "어즈버"가 따로 한 줄을 이루어도 되겠으나, 그 때문에 세 줄이 네 줄로 늘어날 수 없어 재조정이 필요하다.

"태평연월이 꿈이런가 하노라"는 "태평 연월이 꿈이런가 하노라"라고 하면 2<3, 4>3 온전하게 한 줄이다. "어즈버"를 앞에 넣어 3+2<3, 4>3, 이렇게 구성된 다섯 토막을 만들 수는 없다. "어즈버" 다음의 "태평 연월이" 두 토막을 합쳐 "태평연월이" 한 토막이게 하면, 3<5, 4>3 네 토막이 이루어진다.

이것이 시조의 기본형이다. 세 줄이기만 한 원초형을 종장이 분명한 기본형으로 만드니 시조다운 특징이 분명해진다. 초·중장에서 한 말을 휘어잡는 종장이 마무리를 분명하게 해서, 시조는 반드시 세 줄이어야 하고 더 길어질 수 없다.

3<4, 3<4 ; 3<4, 3<4 ; 3<5, 4>3 :, 이 자수를 다시 보자. 3<4, 3<4 ; 3<4, 3<4까지는 홀수와 짝수의 짝이 반복되다가, 3<5에서는 크기가 다른 홀수가 짝을 이루고, 4>3에서는 짝수와 홀수가 짝을 이루어 앞 대목과는 반대가 된다. 앞은 적고 뒤는 많은 "<"가 되풀이되다가 뒤집히고 마무리에 이른다. 공통율격 기본형이 안정감 있는 개별율격을 갖춘 본보기이다.

이 비슷한 것들이 많이 있어 함께 살피기로 한다. (5264.1)(金振泰) "하운이 다기봉하니 금강산이 이러한가/ 옥 같은 부용이 안중에 있다마는/ 아마도 보고 못 오르니 그를 슬퍼 하노라." 여기서는 "아마도"가 마무리를 위한 신호 노릇을 한다. "아마도"는 "그럴 수 있겠다"고 하면서 짐작하는 말이다. (2593.1) "설월이 만건곤하니 천산이 옥이로다/ 매화는 반개하고 죽림이 푸르렀다/ 아이야 잔 가득 부어라 춘흥겨워 하노라." 이런 데서는 "아이야"가 마무리를 위한 신호이면서, 불러서 일을 시키는 실질적인 의미도 지닌다.

「가다가 올지라도」(0016.1)

가다가 올지라도 오다가 가지마소
뮈다가 괼지라도 괴다가 뮈지 마소
세상에 인새 변하니 그를 슬퍼 하노라

- 율격 : 3<4, 3<4 ; 3<4, 3<4 ; 3<5, 4>3 :

- 풀이 : 가다가 올지라도 오다가 가지 마소. 미다가(미워하다가) 괼지라도
  (사랑할지라도) 괴다가(사랑하다가) 뮈지(미워하지) 마소. 世上에 人事ㅣ
  변하니 그것을 슬퍼하노라.

자수가 앞의 「오백년 도읍지를」(3431.1)(吉再)과 꼭 같다. 이것도 기본형
임은 물론이다. 그러면서 종장 서두의 "세상에"는 "어즈버", "아마도", "아
이야" 등과 다르다. 들어와 추가된 말이 아니고, 다음 말과 긴밀하게 연결
된다.

이런 것들이 아주 많다. (2595.1) "설월이 만정한데 바람아 불지 마라/
예리성 아닌 줄은 판연히 알건마는/ 그립고 아쉬운 마음에 행여 건가 하
노라" 이것은 3<4, 3<4 ; 3<4, 3<4 ; 3<6, 4>3 :이다. (2135.1)(林悌)
"북천이 맑았거늘 우장 없이 길을 나니/ 산에는 눈이 오고 들에는 찬비로
다/ 오늘은 찬비 맞았으니 얼어 잘까 하노라." 이것은 3<4, 4 4 ; 3<4, 3
<4 ; 3<6, 4>3 :이다. 종장 둘째 토막이 6이나 7이라도 기본형이다.

여기서 시조 기본형의 율격을 정리해 말할 수 있다. 시조는 네 토막 세
줄이다. 두 토막 반줄이 짝을 지어 네 토막이 한 줄을 이룬다. 이런 줄이
짝을 지어 초장과 중장을 이루고, 종장은 짝이 없는 줄 하나이다. 토막 구
성은 짝수로 나가고, 줄 구성은 짝수로 나가다가 종장은 홀수이다. 짝수
반복에 홀수가 개입해 변화를 나타낸다.

토막을 이루는 자수는 4 앞뒤의 몇이다. 2·3·4·5·6·7의 범위 안
에서 변이가 허용된다. 1은 가능하지 않고, 8은 특별한 경우에 한 토막을
이룬다고 인정된다. 이 범위 안의 자수가 반복되면서, 짝수와 홀수, 많은
숫자와 적은 숫자가 교체되는 변화가 있다.

종장 서두의 첫 토막은 4보다 적고, 둘째 토막은 4보다 많다. 4보다 적은 것은 2나 3이다. 4보다 많은 것은 5에서 8까지이다. 이런 특별한 장치가 있어, 종장에서 노래가 끝나고 더 늘어나지 않는다. 초·중장에서 하는 말을 받아 종장에서 마무리를 하면서 발상의 차원을 높인다.

반복과 변화가 여러 차원에서 공존해, 반복이 변화이고 변화가 반복이다. 기본형 반복이 가장 큰 반복이다. 기본형이 반복되면서 허용 범위 안에서 변화가 있다. 기본형의 공통율격을 작품마다 상이하게 구현해 개별율격을 이룬다. 공통율격만 율격인 줄 알고, 개별율격은 무시한 것은 큰 잘못이다. 공동율격은 밝힐 만큼 밝혔으므로, 개별율격 탐구에 힘을 써야한다. 개별율격을 살피는 것이 작품론의 필수과제이다.

「짚방석 내지 마라」(4510.1)

짚방석 내지 마라 낙엽엔들 못 앉으랴
솔불 켜지 마라 어제 진 달 돋아온다
아이야 탁주산챌망정 없다 말고 내어라

- 율격 : 3<4, 4 4 ; 2<4, 4 4 ; 3<6, 4>3 :
- 풀이 : 짚방석 내지 마라, 落葉엔들 못 앉으랴. 솔불 켜지 마라 어제 진 달 돋아온다. "아이야, 濁酒山菜일망정 없다 말고 내어라."

이것은 기본형이면서, 중장 전반부가 "2<4"여서 개별율격이 특이하다. 그럴 만한 이유를 전후 관계에서 찾을 수 있다. 초장이 4, 4 4이다가 중장 둘째 토막부터 4, 4 4이니, 중장 첫 토막을 최대한 줄여 2로 하는 것이 변화를 주기 위해 바람직하다. "켜지 마라"고 하는 "솔불"이 별나게도 2여서 돋보이는 반어를 만든다.

이런 것들이 흔히 있다. (0568.1) "기러기 우는 밤에 내 홀로 잠이 없어/ 잔등 돋워 켜고 전전불매 하는 차에/ 창밖의 굵은 빗소리에 더욱 망연하 여라", (2515.1) "서산에 일모하니 천지 가이 없네/ 이화 월백하니 임 생각 이 새로워라/ 두견아 너는 뉘를 그려 밤새도록 우나니", 이런 것들도 중장 이 2<4, 44이다.

중장이 2<3로 시작되는 것들도 있다. (1625.1)(鄭澈) "머귀잎 지거다 알 와다 가을인 줄을/ 세우 청강에 서느럽다 밤 기운이야/ 천리에 임 이별하 고 잠 못 들어 하노라" "細雨淸江"은 붙은 말인데 떨어져 "細雨"가 독립된 토막을 이룬다. (0433.1) "국화는 무삼 일로 삼월춘풍 다 버리고/ 낙목 한 천에 네 홀로 피었는가/ 아마도 오상고절은 너뿐인가 하노라", 여기서도 "落木寒天이 둘로 갈라진다. 사자성어의 앞 두 자가 독립된 토막을 이루어 의미가 강조되게 하는 것이 공통된 선택이다.

중장이 2로 시작되는 것은 이 밖에도 많이 있다. 2는 종장 전반부가 3 <5인 것과 관련된다. 2로 줄이다가 3<5로 늘어나게 하는 것이 역동적인 변화이다.

「부모 세상에 계실 때」(2083.1)

부모 세상에 계실 때 섬길 일 다 하여라
돌아가신 후면 애달픈들 어찌하리
평생에 다시 못할 일 이뿐인가 하노라

- 율격 : 2<6, 3<4 ; 4>2, 4 4 ; 3<5, 4>3 :
- 풀이 : 父母 世上에 계실 때 섬길 일을 다 하여라. 돌아가신 뒷면 애달픈 들 어찌하리. 平生에 다시 못할 일이 이뿐인가 하노라.

이것은 기본형인데, 초장 전반부는 2<6이고, 중장 전반부는 4>2인 것이 특이하다. "부모"는 더 붙일 말이 없어 2이고, "세상에 계실 때"는 6으로 늘여 그리워하는 마음 절실하게 나타낸다. 4>2의 2는 "후이면"이나 "후가 되면"이라고 해도 되지만, 부모가 이미 돌아가신 것을 생각하니 감정이 격해 말을 잇지 못하고, 중장의 다른 토막이 모두 4여서 줄여야 한다.

「상사 일념 맺힌 회포」(2440.1)　　　　　　李世輔

상사일념 맺힌 회포 자연히 일었던지
오경야 계명성에 깨달으니 일장춘몽
저 임아 꿈일망정 그러지 말게

- 율격 : 4 4, 3<4 ; 3<4, 4 4 ; 3<4, 3>2 :
- 풀이 : 相思一念(그리워하는 한 마음) 懷抱 자연히 일어나더니, 五更夜 (새벽 무렵) 鷄鳴聲(닭 우는 소리)에 깨달으니 一場春夢(이구나). "저 임 아, 꿈일망정 그러지 말게."

종장이 3<4로 시작되어 원초형으로 보이지만, 말이 마무리되고 더 이어질 수 없어 종장을 갖추고 있다. "꿈에 보여도"라고 하면 기본형인데, 느슨하지 않고 매몰차게 마무리하려고 "꿈일망정"이라고 한다.

이런 노래는 더 있다. (1428.1) "동창에 비친 달이 임의 얼굴 같으도다/ 죽림에 가는 바람 임의 오신 자취로다/ 금침에 누웠으니 임도 잠도 아니 온다"는 「535 대나무」에서 고찰한다. (2549.1)(蔡濡) "석양에 낚대 들고 조대로 올라가니/ 진실로 저 취옹이 고기잡이 마음인가/ 녹음 방주에 취적 인가 하노라." 여기서는 종장이 2<3, 4>3이다. 醉翁이 고기잡이를 하겠다는 마음인가 하고 물으니. 고기잡이는 하지 않고 綠陰芳洲 경치 좋은

곳에서 取適이라는 말로 편하게 지내고자 한다고 해서 긴장이 풀어지는
것을 2<3의 3으로 나타낸다.

이런 것들은 종장 둘째 토막은 4보다 많아야 하는 기본형의 요건을 따
르지 않아 변이형이라고 일컬어 마땅하다. 개별율격을 특이하게 만들려
고 하는 의욕이 변이형을 산출한다. 기본형의 음절수를 줄인 것이니 축소
변이형이라고 할 수 있다.

「새벽빛 나잖아서」(2476.1)　　　　　　　　李徽逸

새벽빛 나잖아서 백설이 소리한다
일거라 아이들아 밭 보러 가자스라
밤사이 이슬 기운에 얼마나 길었는고 하노라

- 율격 : 3<4, 3<4 ; 3<4, 3<4 ; 3<5, 7>3 :
- 풀이 : 새벽빛 나오지 않았는데 白舌(수많은 혀, 갖가지 새)이 소리한다.
  (소리를 내서 운다), 일어나거라 아이들아, 밭을 보러 가자꾸나. 밤사이
  이슬 기운에 (밭곡식이) 얼마나 길었는가 (궁금해) 하노라.

종장 전반부까지는 기본형의 모습을 갖추고 있다가, 종장 후반부가 7>
3이다. "얼마나 길었는고" 하는 말은 길어야 어울린다. 이런 것은 기본형
의 음절수를 늘여 확대변이형이라고 할 수 있다.

「닻줄을 길게길게」(1275.1)

닻줄을 길게길게 들여 사리고 뒤사려 담아
만경창파중에 풍덩 들이치면 알려니와 물 깊이를
아마도 깊고 깊을손 임이신가 하노라

- 율격 : 3 < 4, 5 5̲ ; 6 6, 4 4 ; 3 < 5, 4 4 :

- 풀이 : 닻줄을 길게길게 들여 사리고(안쪽으로 동그랗게 포개어 감고) 다시 사려 (그릇에) 담아 萬頃蒼波(만 이랑 푸른 물결) 가운데 풍덩 들이치면 물 깊이는 알지만, 아마도 깊고 깊기는 임인가 한다. (임의 마음은 물보다 더 깊어 잴 방법이 없다.)

이것도 특이하다. 5나 6은 허용되는 음절수이지만 거듭 해서 5 5, 6 6인 것이 특이하다, "닻줄을 길게길게 사리고 담아서"라고 해도 될 것인데, 강조해 말할 필요가 있어 "들여 사리고 뒤사려 담아"라고 하고 늘인다. "창파에 들이치면"이라고 하면 될 것도 "만경창파중에 풍덩 들이치면"이라고 해서 실감이 커지도록 과장한다. 이런 것도 확대변이형이다.

「둥덩둥덩 노세그려」(1471.1)

둥덩둥덩 노세그려 날마다 둥덩둥덩
놀리라 매양 장성 둥덩둥덩 놀아도
세월이 여류하니 둥덩둥덩 놀리라 그 얼마뇨

- 율격 : 4 4, 3 < 4 ; 3 < 4, 4˳3 ; 3 < 4, 7 > 3 : 종장 전반부가 3 < 4인 것은 축소변이형이다. 후반부가 7 > 4인 것은 확대변이형이다. 둘을 함께 말하면 축소 · 확대변이형이다.

- 풀이 : 둥덩둥덩 (북을 치고) 노세그려. 날마다 둥덩둥덩 놀리라 每樣(언제나) 壯盛(기운차게) 둥덩둥덩 놀아도 歲月이 如流하니 둥덩둥덩 놀리라. (즐거움이) 그 얼마인가?

놀이의 즐거움을 자랑스럽게 말하려고 축소 · 확대변이형을 사용한다. 북을 둥덩둥덩 치고 노는 것이 흥겨워 규칙을 무시한다. 초장 말미의 "둥덩둥덩"이 중장 처음의 "놀리라"와, 중장 말미의 "놀아도"가 종장 처음의

"세월이 여류하니"와 바로 연결되는 것도 상례에서 벗어난다.

「강호 둥실 백구로다」(0154.1)   鄭澈

강호 둥실 백구로다
우연히 뱉은 침이 지거구나 백구 등에
백구야 성내지 마라 세상 더러 하노라

- 율격 : 4 4 ; 3<4, 4 4 : 3<5 ; 4>3 :

- 풀이 : 江湖 둥실 (떠다니는) 白鷗로다. (강과 호수에 둥실 떠다니는 백구
  로다) 우연히 뱉은 침이 떨어졌구나 백구 등에. 백구야 성내지 말라, (성
  을 내면 알고서) 세상이 더러워 하노라. (더럽다고 나무랄 것이리라.)

중장과 종장은 기본형과 같은데, 초장이 특이하다. 네 토막이어야 하는
데 반만 있다. 4 4 두 토막뿐이다. 그럴 만한 이유가 있는가?

초장 "강호 둥실 백구로다"에서 말하는, 강호에 둥실 떠다니는 백구는
고결하고 여유 있는 자세를 보여준다. 말을 많이 하지 않아야 그 특성이
훼손되지 않는다. 중장 이하에서 지저분한 소리를 길게 하는 것이 이와
아주 다르다고 율격의 차이에서 명확하게 나타낸다.

백구가 노니는 곳으로 가서 같은 경지에 이르고자 하면서, 혼탁한 세상
에서 생긴 좋지 못한 버릇을 버리지 못해 함부로 뱉은 침이 백구 등에 떨
어진다. 고결함을 더럽히고 신성모독을 하니 창피스러운 일이다. 창피스
러움을 감추려고, 백구에게 성내지 말아달라고 부탁한다. 백구에게 한 짓
이 알려지면 세상 사람들이 더러운 짓을 한다고 나무랄 것을 염려한다.

이런 것은 변이형의 범위를 넘어선다. 한 줄이 네 토막이어야 하는 규
범에서 일탈해서 일탈형이라고 한다. 일탈형 가운데 축소일탈형이다.

「잘 새는 날아들고」(4161.1)

잘 새는 날아들고 새 달은 돋아온다
외나무 다리 가는 저 선사야
네 절이 얼마나 멀기에 원종성이 나나니

■ 율격 : 3<4, 3<4 ; 5>2, 3 ; 3<6, 4>3 :

■ 풀이 : (밤이 되어) 잘려고 하는 새는 날아들고, 새 달이 돋아온다. "외나무다리로 가는 저 禪師야, 네 절이 얼마나 멀기에 遠鐘聲(멀리서 나는 종소리)이 나는가?"

이것은 중장이 특이하다. "외나무다리+가는" 5>2 뒤에 한 토막뿐이어서 모두 세 토막이다. 무리한 것을 무릅쓰고 "외나무+다리 가는" 3<4라고 보아도 세 토막이다. "외나무다리"를 강조하고자 해서 예사롭지 않은 선택을 한다. 이런 것도 축소일탈형이다.

「월명 창외하고」(3645.1)   梅花

월명 창외하고 두견이 슬피 울 제
독수공방 이내 정사
아마도 세상에 짝 없는가 하노라

■ 율격 : 2<4, 3<4 ; 4 4 ; 3 3, 4>3 :

■ 풀이 : 月明 窓外하고 (달이 창밖에서 밝고), 杜鵑이 슬피 울 제, 獨守空房(홀로 외로운 방을 지키는) 이내 情事 (내 사정), 아마도 世上에 (내) 짝은 없는가 하노라.

초장은 기본형을 따랐으나, 중장부터는 그렇지 않다. 중장은 4 4 두 토막이다. "독수공방 이내 정사"에 모든 것이 함축되어 있어 길게 말하지 않는다고 할 수 있다. 종장 둘째 토막이 3이다. "세상 어디도", "세상 둘러보아도"라고 해서 4 이상이게 하지 않는다. 말을 간단하게 줄여 "세상에"라고만 해서 단호한 느낌을 준다. "세상에"는 "뜻밖의 일이 생겨서 놀랍다"는 뜻도 있어 더욱 적합한 선택이다.

종장은 축소변이형이지만, 중장이 더욱 특이해 축소일탈형이다. 중장과 종장에서 보여준 두 번의 축소로 고독한 심사를 분명하게 나타낸다. 긴 말을 하기 싫다는 것도 함께 전한다.

「생각하니 세상사」(2492.1)   俞潁

생각하니 세상사 허망하다
어제 보던 사람 오늘 죽었으니 그 아니 가련코 허망한가
아이야 술 부어라 생전에 먹고 놀리다

■ 율격 : 4, 3<4 ; 2<4, 2<4, 3, 3<4 ; 3<4, 5>3 ;

■ 풀이 : 생각하니 世上事 虛妄하다. 어제 보던 사람 오늘 죽었으니 그 아니 可憐코 虛妄한가. "아이야, 술 부어라 生前에 먹고 놀리다."

초장은 토막 수가 줄어든 축소일탈형이다. 중장은 토막 수가 늘어나고 구분해 보기도 어려운 확대일탈형이다. 종장은 전반부의 글자 수가 줄어든 축소변이형이다. 축소·확대형을 지나치게 만들어, 시조는 세 줄이라는 요건만 남아 있다. 사람이 죽는 것을 보니 세상사가 허망해 술을 먹고 놀기나 하겠다는 말을 율격을 돌보지 않고 하고 싶은 대로 한다.

「주렴에 달 비치었다 (1)」(4391.1)

주렴에 달 비치었다
만리산하 옥저 소리 들리는구나
아이야 나귀 채찍 툭툭 몰아라 옥저 소리 나는 데로

- 율격 : 3<5 ; 4, 4<5 ; 3<4<5 ; 4 4 :
- 풀이 : 珠簾(구슬로 만든 발)에 달 비치었다. 萬里山河에 玉笛 소리 들리는
  구나. "아이야, 나귀 채찍 툭툭 몰아라 玉笛 소리 나는 데로."

초장은 3<5 두 토막만이고, 중장은 4, 4<5 세 토막만이어서, 축소일
탈형이다. 종장이 3<9라고 보면 확대변이형이지만, 9는 자수가 너무 많
고 두 토막으로 분명하게 나누어져 있어 3<4<5라고 해야 한다. 이것은
확대일탈형이다. 두 토막에서 세 토막으로, 다시 다섯 토막으로 토막 수
를 늘여 옥저 소리를 가까이 들을 수 있는 데로 간다. 앞에서는 축소일탈
형을, 뒤에서는 확대일탈형을 사용해 이런 변화를 나타낸다. 축소·확대
형을 적절하게 사용한다고 할 수 있다.

「주렴에 달 비치었다 (2)」(4392.2)

주렴에 달 비쳤다 멀리서 나는 옥저 소리 들리는구나
오현금 가진 벗이 달 뜨거든 오마더니
동자야 달빛만 살펴라 하마 와도

- 율격 : 3<4, 5>4>5 ; 3<4, 4 4 ; 3<6, 4 : 마지막 한 토막이 생략되었다.
- 풀이 : 珠簾에 달 비쳤다. 멀리서 나는 玉笛 소리 들리는구나. 五絃琴 가
  진 벗이 달 뜨거든 오마더니(오마고 하더니), "童子야, 달빛만 살펴라, 하
  마 와도 (왔으리라)."

51

위의 「주렴에 달 비치었다 (1)」(4391.1)과 비슷한 노래이면서 율격은 아주 다르다. 종장은 마지막 한 토막이 생략된 기본형이다. 생략된 토막이 "왔으리라"라고 할 수 있으나, 무엇인지 확실하지 않아 궁금증을 키운다. 초장은 3<4, 9>5라고 하면 네 토막이지만, "멀리서 나는 옥저 소리"를 한 토막이라고 하면 무리이고, 5>4 두 토막이라고 보는 것이 자연스럽다. 한 줄이 다섯 토막인 확대일탈형이다.

한 노래에 축소일탈형과 확대일탈형이 공존하는 것은 앞의 노래와 같다. 그러면서 순서가 반대이다. 옥저 소리가 들린다고 확대일탈형을 사용해 길게 말하고, 벗이 오는지 궁금해 하는 마음을 축소일탈형을 사용해 짧게 나타낸다. 이것도 축소·확대일탈형을 적절하게 사용한 본보기이다.

「주렴에 달 비치었다 (3)」(4392.1)

주렴에 달 비치었다 멀리서 난다 옥저 소리 들리는구나
벗님네 오자 해금 저 피리 생황 양금 죽장구 거문고 가지고 달 뜨거든 오마더니
동자야 달빛만 살피어라 하마 올 때

- 율격 : 3<5, 5>4, 5 : 3, 3<4, 5<6, 4<5 ; 3<7 ; 4 ; 마지막 한 토막이 생략되었다.

- 풀이 : 珠簾에 달 비치었다. 멀리서 난다 玉笛 소리 들리는구나. 벗님네 오자(오겠다더니), 奚琴, 笛, 피리, 笙簧, 洋琴, 竹長鼓, 거문고 가지고 달 뜨거든 오마더니, (왜 아직 오지 않는가?) "童子야, 달빛만 살피어라 하마 올 때 (되었도다.)"

위의 「주렴에 달 비치었다 (2)」(4392.2)와 비슷한 말을 일탈이 더 심한

율격으로 전한다. 종장은 마지막 한 토막이 생략된 기본형이다. 초장은 3<u>3</u> <5, 5>4, 다섯 토막으로 이루어진 확대일탈형이다. 밑줄을 길게 그은 중장은 토막을 구분하고 수를 헤아리기도 어려운 확대일탈형이다.

중장을 다시 보자. 벗님네가 가져오는 악기를 하나만 들면 기본형을 유지하는데, 비슷한 악기를 이것저것 열거한다. 악기란 어느 것이든지 대단하다. 말만 들어도 신명이 난다. 여러 악기를 가지고 마음껏 놀자. 말을 이렇게 하려고 확대일탈형을 길게 늘인다. 그래서 사설시조로 들어간다.

「터럭은 검으나 희나」(5132.1)　　　　　　金壽長

　　터럭은 검으나 희나 세사는 같고 달코
　　거문고 한 잎 위에 내 노래 긎지 말고 우리네 벗님네와 잡거니 권하
　거니 주야장상 노사이다
　　백년이 꿈과 같다 한들 설마 어이하리오

■ 율격 : 3<5, 3<4 ; 3<4, 3<4, 3<4, 3<4, 44 ; <3<6, 4>3 :

■ 풀이 : 터럭은 검으나 희나(젊으나 늙으나), 世事(세상살이)는 같고 다르고(같은 다르든), 거문고 한 잎(곡조) 위에(위에서) 내 노래 그치지 말고, 우리네 벗님네와 (술잔을) 잡거니 권하거니 晝夜長常 노사이다. 百年이 꿈과 같다 한들 설마 어이하리오.

초장과 종장은 기본형을 따라 안정되어 있고, 밑줄을 길게 그은 중장에서는 여러 토막 많은 말을 한다. 노래 부르고 술 마시고 논다는 말은 길게 해야 흥겹다. 이런 모양의 확대일탈형을 사설시조라고 한다.

밑줄을 길게 그은 중장은 3<4가 이어지다가 44로 끝나 질서가 있다. 기본형의 기본을 활용하는 일탈이다. 사설시조에 이런 것도 있고, 토막 구분이나 토막끼리의 결합이 명확하지 않은 것도 있다.

「콩밭에 들어 콩잎 먹는」(5082.1)

콩밭에 들어 콩잎 뜯어먹는 검은 암소 아무리 이라타 쫓은들 제 어
디로 가며
이불 아래 든 임을 발로 툭 박차 미지적미지적 하면서 어서 나가라
한들 날 버리고 제 어디로 가리
아마도 싸우고 못 말을쏜 임이신가 하노라

- ■ 율격 : 5 5, 4 >3, 3 3, 3 <5 :4 >3, 5 <9, 5 >2, 4 <5 ;3 <7, 4 >3 :

- ■ 풀이 : 콩밭에 들어 콩잎 뜯어먹는 검은 암소 아무리 "이라타" 하면서 쫓
  은들 제 어디로 가며, 이불 아래 든 임을 발로 툭 박차 미지적미지적 하
  면서 어서 나가라 한들, 날 버리고 제 어디로 가리. 아마도 싸우고 못 말
  을쏜(그만두지 못하기는) 임이신가 하노라.

종장은 기본형을 따르고 있어 시조임을 알린다. 초장과 중장에서는 하
고 싶은 말을 길게 하면서 확대일탈형을 만들어낸다. 초장과 중장의 구분
이 모호하다. "콩밭에 들어 콩잎 뜯어먹는 검은 암소"만 초장이라고 할 수
도 있고, 위에 적은 것처럼 구분할 수도 있다. 토막의 경계도 명확하지 않
다. 초·중장 구분이나 토막 구분의 관습에서 벗어나 과감한 일탈을 한다.

이불 속에 들어온 임을 물리칠 수 없다고 바로 말하지 않고 콩밭에 든
암소를 앞에다 내놓고 능청을 떠는 것이 흥미롭다. 자기 행동이 달라지는
이유를 다른 데서 찾아 일관성이 없다고 나무라지 못하게 방어선을 친다.
비슷한 말을 이것저것 열거하지 않고, 기발한 역전을 갖춘 발상으로 짜임
새가 빼어난 작품을 이룬다.

초장과 중장의 구분도 토막 구분도 무시한다. 열거를 일삼는 동시적 구
성을 하지 않고, 역전을 갖춘 순차적 구성을 한다. 이렇게 하면서 확대일
탈형이 멀리까지 뻗어나는 노래는 자유시의 특성까지 지닌다.

시조의 넘어와 깊이

「저 건너 나부산 속」(4232.1)

저 건너 나부산 눈 속에 검어 우뚝 울통불통 광대등걸아
네 무삼 힘으로 가지 돋아 꽃조차 피었는가
아무리 썩은 배 반만 남았어도 봄뜻을 어이하리오

- ■ 율격 : 확대일탈형
- ■ 풀이 : 저 건너 羅浮山 속에 검어 우뚝 울통불통 광대등걸아, 네 무슨 힘
  으로 가지 돋아 꽃조차 피었는가? 아무리 썩은 배가 반만 남았어도, 봄
  뜻을 어이하리오. 羅浮山은 경북 예천에도 있고, 중국 廣東에도 있는 산
  이다. 도교적인 발상과 관련을 가지고 이 노래를 지었다면 뒤의 산을 지
  칭한다. 광대등걸은 거칠고 보기 흉하게 생긴 나무등걸이다.

율격을 이루는 토막이 불분명해 밑줄을 긋기만 했다. 세 줄이라고 구분
할 수는 있으나, 기본형과 같은 것은 하나도 없다. 사설시조라고 하기도
어렵고, 확대일탈을 하고 싶은 대로 한 자유시이다. 그런데도 여러 가집
에 실어 시조로 인정했다. 세 줄인 것이 시조를 이루는 최소의 요건임을
확인할 수 있다.

시조는 기본형을 이루는 토막의 자수가 가변적이어서, 어느 것을 택하
는가에 따라 공통율격이 개별율격으로 구체화된다고 했다. 개별율격을
특이하게 만드느라고 공통율격을 위태롭게 해서 변이형이나 일탈형이 나
타나기도 한다. 토막을 이루는 자수가 한쪽으로 치우친 것은 변이형이다.
자수를 줄인 축소변이형, 늘인 확대변이형이 있다. 토막 수를 줄이기도
하고 늘이기도 하는 것은 일탈형이다. 토막 수를 줄인 축소일탈, 늘인
확대일탈형이 있다. 사설시조는 정도가 심한 확대일탈형이다.

이렇게 해서 시조의 율격은 반복과 변화를 뚜렷하게 갖추고 있다. 둘

가운데 어느 한쪽으로 고착되기를 거부한다. 반복과 변화가 따로 놀지 않고, 밀접한 관련을 가지고 상생하면서 상극한다. 반복과 변화가 대등한 역량으로, 반복이 변화이고 변화가 반복인 상생을 해서 조화로운 노래를 다채롭게 빚어낸다. 반복과 변화가 상극의 관계를 가지면서, 정태적인 반복보다 동태적인 변화가 더욱 확대되어 역동적인 창조력을 발휘한다.

시조는 정형시이면서 자유시이다. 공통율격에서는 정형시이고, 개별율격은 자유시의 성향을 지닌다. 변이형이나 일탈형에서는 자유시가 자라난다. 확대일탈형이라도 정형시에서 아주 떠나가지는 않으면서, 자유시다운 발상과 표현을 다채롭게 보여준다. 정형시와 자유시가 별개의 것이라는 고정관념을 깨고, 둘이 하나이면서 둘이고 둘이면서 하나여서 생극의 관계를 가지는 것이 마땅하다고 알려준다.[3]

212 구성

위에서 살핀 바와 같은 율격을 갖추기만 하면 시조가 되는 것은 아니다. 율격과 함께 시조다운 구성을 갖추어야 한다. 일정한 순서에 따라 사태가 전개되면서 예상하지 못하던 반전이 일어나는 것이 적절한 구성이다. 그래서 조성된 긴장 덕분에 작품이 응결되고 독자를 사로잡는다. 구성은 율격만큼 명확하지 않지만 밝히기 위해 적극적으로 노력해야 한다. 앞으로 모든 작품을 두고 해야 할 작업의 본보기를 여기서 보인다.

---

3 시조와 같이 정형시이면서 자유시인 시형이 다른 나라에는 없다. 한시의 五言詩와 七言詩는 글자 수가 고정되어 있고 平仄의 법칙이 있다. 일본의 和歌나 俳句도 글자 수가 고정되어 있다. 유럽의 정형시도 엄격한 규칙이 있고 자유로운 변형을 허용하지 않는다. 和歌와 시조는 그림과 노래, 표면과 이면, 감각과 사고의 차이가 있다.

「태산이 높다하되」(5117.1)　　　　　　　　楊士彦

태산이 높다하되 하늘 아래 뫼이로다
오르고 또 오르면 못 오를 리 없건마는
사람이 제 아니 오르고 뫼만 높다 하더라

■ 율격 : 기본형.

■ 풀이 : 泰山이 높다 하되, 하늘 아래 뫼이로다. 오르고 또 오르면 못 오를
　리 없건마는, 사람이 제 아니 오르고 뫼만 높다 하더라.

초장은 공간만이다. 중장에서 시간의 경과를 수반하는 행위가 나타난
다. 종장에서는 행위자인 "사람"의 생각을 드러내고 평가한다. 구성에 필
요한 요건을 충실하게 갖추어 주제를 전달한다. 시공간의 경과를 수반하
는 행위, 행위자를 내세워 조리 있게 말한 것보다 말하고자 하는 뜻은 더
넓게 열려 있다. "태산"에 오르는 것을 들어, 노력하면 이루어지지 않을
것이 없다고 한다. 다른 어디에도 적용될 수 있는 말을 한다.

'행위자'라는 용어에 대한 해명이 필요하다. 행위자는 단순한 서술자가
아니고 세계를 자아화하는 주체이다. 행위자는 느낌을 가지고 행동을 하
면서 세계를 자아화한다. 행위자는 '서정적 자아' 또는 '서정적 주인공'이
라고 하는 것을 포함하고 더 넓은 뜻이다. 행위자는 서술자이기도 하고,
서술자와 분리되기도 한다. 행위자는 둘 이상일 수도 있다.

「설월이 만건곤하니」(2593.1)

설월이 만건곤하니 천산이 옥이로다
매화는 반개하고 죽림이 푸르렀다
아이야 잔 가득 부어라 춘흥 겨워 하노라

- 율격 : 기본형.

- 풀이 : 雪月이(눈과 달이) 滿乾坤하니(하늘과 땅에 가득하니) 千山이(수많은 산이) 玉이로다. 梅花는 半開하고(반쯤 피고) 竹林이 푸르렀다. "아이야, 잔 가득 부어라. 春興 겨워하노라."

초장과 중장에서는 공간에 배치되어 있는 경치를 묘사하다가 종장에 행위자가 등장해 시간의 경과가 나타난다. 초장과 중장의 경치를 보고 감흥을 느껴, 설월 · 매화 · 죽림을 자아화된 세계라고 여기고, 종장에서 술을 들면서 춘흥을 즐기겠다고 한다. 초장과 중장의 병렬적인 되풀이가 단조로워, 종장 서두에 "아이야"로 행위자를 하나 더 등장시켜 흥겨움을 키우는 비약을 한다.

"푸르더라"라고 하지 않고 "푸르렀다"라는 한 것을 주목할 만하다. "푸르더라"라는 회상법이 과거형을 대신하는 관습을 깨고 "푸르렀다"라는 과거형을 구어에서 받아들여 초중장과 종장의 차이를 명확하게 했다. 19세기 후반에 이루어졌으리라고 생각되는 『客樂譜』 소재 작품이어서 그럴 수 있었다.[4]

「보리밥 풋나물을」(2016.1)   尹善道

보리밥 풋나물을 알맞추 먹은 후에
바위 끝 물가에 슬카지 노니노라

---

4   이것은 1920년대에 김동인이 "하더라"를 버리고 "했다"를 쓰자고 해서 일어난 변화와 관련시켜 고찰할 필요가 있다. 김동인은 "하더라"와 "했다"가 둘 다 과거형이라고 생각하고 구닥다리 과거형을 버리고 참신한 과거형을 사용하자고 했다. 이 조처 때문에 버림받은 "하더라"가 구어에서는 살아 있으면서 회상법 노릇을 충실하게 수행한다. 전에는 "하더라"가 문어이고 "했다"는 구어였는데, 20세기에는 "했다"가 문어이고 "하더라"가 구어이다.

그 남은 여남은 일이야 부를 줄이 있으랴

- 율격 : 기본형이다.
- 풀이 : 보리밥과 풋나물을 알맞게 먹은 뒤에, 바위 끝 물가에서 싫도록
  노니노라. 그 밖의 남은 일이야 부러워할 줄 있으랴.

여기서는 초장 "먹은 후에", 중장 "노니로라"에서 행위자가 등장해 시간
이 전개되고, 보리밥, 풋나물, 바위 끝, 물가 등 공간에 펼쳐져 있는 세계
를 자아화해서 내심을 나타낸다. 초장과 중장에서 시간의 경과에 따라 한
말을 종장에서 총괄해 앞으로 다가올 시간에서 지속시킬 생각을 밝힌다.

尹善道(1587~1671)는 강호에서 노니는 흥취를 자랑하는 사대부시조의
가장 세련된 경지에 이르렀다. 노론과 맞선 남인 강경파여서 귀양을 다니
는 수난을 겪고, 청나라에 잡혀간 두 대군과 스승 노릇을 한 인연이 있어
병자호란 때문에 누구보다도 큰 충격을 받았으나, 모두 75수나 되는 시조
를 지으면서 현실에서 강호로 관심을 돌렸다. 전라도 해남의 자기 마을에
서 풍요로운 삶을 누리는 데 그치지 않고 바다 건너 보길도에다 호화로운
정원을 꾸며 예사 사대부로서는 바랄 수 없는 풍류를 마음껏 즐기면서 경
치·흥취·이치 가운데 흥취를 존중해 극도로 세련되게 표현하는 작품세
계를 보여주었다.

「말은 가려 울고」(1582.1)

말은 가려 울고 임은 잡고 우네
석양은 산을 넘고 갈 길은 천리로다
저 임아 가는 나를 잡지 말고 지는 해를 잡으려문

- 율격 : 기본형이지만, 초장이 4>2, 4>2인 점이 특이하다.

■ 풀이 : 말은 가려 울고, 임은 잡고 우네, 석양은 산을 넘고, 갈 길은 천 리
로다. 저 임아, 가는 나를 잡지 말고 지는 해를 잡으려무나.

말과 임이 반대 방향으로 움직인다. 말은 가려고 하고, 임은 가는 사람
을 잡는다. 말은 나를 태우고 가려고 하고, 임은 나를 잡고 운다는 말은
하지 않아도 알 수 있다. 말과 임이 나를 서로 다른 쪽으로 끌면서 "울고",
"우네"라고 하는 것이 같다. 둘의 자수가 2여서 짧게 끝난다. 길게 울고 있
을 겨를이 없다.

말과 임이 상반된 방향으로 대등한 힘을 가지고 작용하는 중간에서 나
는 난처하다. 어떻게 해야 할지 몰라 시간을 끌다가, 다음 대목에서 "석양
은 산을 넘고 갈 길은 천 리로다"라고 하고 중장에서 결말을 낸다. 할 말
을 다 한 것 같은데 종장이 있다.

말이 가자는 데로 간다는 쪽으로 기울어진 결말을 뒤집어 임에게, 미안
하게 여기고 임의 편이 되는 것 같다. 울고만 있지 말고 나를 잡는 방법이
있다고 일러준다. "가는 나를 잡지 말고"라고 거침없이 말한다. 지는 해를
잡으면 나를 잡을 수 있다고 하고서, 잡을 수 없다는 것을 더욱 분명하게
한다.

시조의 넓이와 깊이

「내 마음이 하도 심란하니」(0937.1)

내 마음이 하도 심란하니 삭발하고 중이 될까
가더라소 가더라소 절간으로 가더라소
가다가 정든 임 만나면 갈지 말지

■ 율격 : 기본형이나 초장에서 자수가 늘어났다. 마지막 토막 "하노라"가
생략되었다.

■ 풀이 : 내 마음이 하도 心亂하니 삭발하고 중이 될까. "가더라 하소, 가더

라 하소, 절간으로 가더라 하소." 가다가 정든 임 만나면 갈지 말지 (하노라).

초장에서는 마음이 하도 심란해 절간으로 갈까 한다. 왜 그런가? 중장에서는 자기가 가더라는 말을 전해달라고 한다. 누구에게 전해달라고 하는가? 종장에서 의문이 다 풀린다. 심란한 것은 임이 없는 탓이다. 전해달라는 말은 임에게 하는 것이다. 가다가 임을 만나면 갈지 말지 한다. 없는 임과의 관계를 단계적으로 나타낸다. 멀리 간다고 하면서 더욱 가까운 마음을 나타내는 반어를 만든다.

「있느니 가느니 가려」(4107.1)　　　　　　　鄭澈

　있느니 가느니 가려 한숨을 짓지 마소
　취한 이 깬 이 가려 선웃음 웃지 마소
　비 온 날 여미 찬 누역이 볕귀 본들 어떠리

- 율격 : 기본형
- 풀이 : 있느니 가느니(있겠느니 가겠느니) 가려(어떻게 해야 판단하면서) 한숨을 짓지 마소. 취한 이 깬 이 가려(구별하면서) 선웃음 웃지 마소. 비 온 날 여며 찬 누역(도롱이)이 볕귀(한 가닥 비치는 볕) 본들 어떠리?

있겠느니 가겠느니 판단을 하지 못하겠다고 한숨을 짓지 마소. 취한 사람 깬 있는 사람 구별하면서 선웃음 웃지 마소. 이 둘은 다른 사람들에게 하는 말이다. 비 온 날 비를 맞지 않으려고 도롱이를 여며 차고 있다가 한 가닥 볕을 본들 어떠리. 이것은 자기 자신에 관한 말이다.

다른 사람들이 하는 짓이 마땅하지 않다고 한다. 있겠느니 가겠느니 하는 것은 관직에 머무느냐 그만두고 떠나느냐 하는 말이다. 떠나야 하면 떠나면 그만이지 한숨을 지을 필요는 없다. 취한 사람과 깨어 있는 사람을 구별하면 그만이지, 이리저리 선웃음 치면서 돌아다니는 기회주의적인 처세를 하는 것은 마땅하지 않다. 자기는 정세가 불리해 비가 오는 날씨여서 도롱이를 여며 차고 지내지만 볕 볼 날이 있다고 믿는다.

鄭澈(1536~1593)은 서울 출신이지만, 관직에 진출했던 기간을 제외한 나머지 생애를 호남에서 지내고, 그곳 여러 사람과 교류하면서 시를 지어 재능을 발휘하는 즐거움을 누렸다. 동인과 서인이 분열된 시기에 서인의 영수로서 재상의 지위에 올라 정치적인 활동에는 시비가 있으나, 국문문학에서 이룬 업적은 탁월하다. 가사를 여러 편 짓고, 시조는 90여수나 된다. 발상이 뛰어나고 감흥이 도도하다. 한자로 표기할 필요가 없는 고유어를 몇 마디 써서, 길고 복잡한 한문 논설에서는 미처 생각하지 못한 진실을 나타내서 더욱 놀랍다.

「간밤에 꿈을 꾸니」(0081.1)

간밤에 꿈을 꾸니 임에게서 편지 왔네
일백 번 다시 보고 가슴 위에 얹어두니
각별히 무겁진 아니하되 가슴 답답하여라

- 율격 : 기본형.
- 풀이 : 간밤에 꿈을 꾸니, 임에게서 편지 왔네. (꿈을 깨서) (그 편지를) 일백 번 다시 보고, 가슴 위에 얹어두니, (그 편지가) 각별히(특별히) 무겁지는 않아도, (임 때문에) 가슴 답답하여라.

(1) 간밤에 꿈을 꾸니, (2) 임에게서 편지 왔네. (3) 일백 번 다시 보고 (4) 가슴 위에 얹어두니, (5) 각별히 무겁진 아니하되, (6) 가슴 답답하여라. 이렇게 구분한 (1)에서 (6)까지, 순차적인 전개가 간단없이 이어져 유기적인

관계를 가진다. 중심 단어 "편지"가 되풀이되어, (2)에서는 주어, (3)과 (4)에서는 목적어, (5)에서는 다시 주어를 이루고, (3)이하에서는 생략되어 있다. 이 때문에 앞뒤가 더욱 긴밀하게 연결된다.

(1) "간밤에 꿈을 꾸니"만 실제 상황이고, (2) "임에게서 편지 왔네" 이하는 모두 가상이다. "임"은 생각 속의 행위자이고, "편지"는 자기가 만들어낸 착각이다. 편지에 사연이 없다. 없는 편지의 사연을 지어내지는 못한다. 초장과 중장 사이에 한 장이 더 있어 편지에 무엇이 적혀 있는지 말하면, 편지의 의미가 약화되고 작품이 죽는다.

없는 편지가 있다고 여기는 착각이 절실한 의미를 지니고 현실로 작용한다. 임을 그리워하는 생각이 간절해 상상 속의 편지를 (3)에서 일백 번 다시 보고, (4)에서 가슴에 얹어둔다고 한다. 이 편지는 임의 소식을 알고 싶어 안달하고, 알지 못해 탄식하는 심정을 나타내는 최상의 매개체이다.

실제로는 없는 편지이니 (5)에서 무겁지 않다고 하지만, 만나지 못하고 소식조차 들을 수 없어 임 때문에 (6)에서 가슴이 답답하다. "무겁진 아니 하되"는 자수가 7이다. 무겁지 않다는 말과는 반대로 길이가 길어 무거운 것이 절묘한 역설이다.

임은 어떻게 되었는가? 왜 소식조차 없는가? 그리워하는 줄 모르는가? 싫어서 가버렸는가? 저승으로 갔는가? 행위자가 말해주지 않는 사연을 독자가 알아내려고 하면서, 각별히 무겁진 않아도 가슴 답답한 의문을 끌어안게 한다.

가상의 상황을 설정해 실제 이상의 심각한 사정을 말하는 방법이 뛰어나다. 편지라는 말을 중심에다 두고 앞뒤가 긴밀하게 연결되어, 보태거나 뺄 말이 없다. 인과관계를 제시하고는 뒤집어 충격을 주고, 언술 이면의 진상을 찾게 한다. 의문을 끌어안으라고 독자를 불러들인다.

시조의 길이가 적절해 이런 구성을 할 수 있다. 너무 짧지 않아 긴요한 사연을 순서를 갖추어 전할 수 있다. 너무 길지 않아 불필요한 말은 생략해 감칠맛 있게 마무리할 수 있다.

「촌만도 못한 풀이」(4931.1)　　　　　　　　　　朴善長

촌만도 못한 풀이 봄 이슬 맞은 후에
잎 넓고 줄기 길어 밤낮으로 불어났다
이 은혜 하 망극하니 갚을 줄을 몰라라

- 율격 : 기본형
- 풀이 : 寸(마디)만도 못한 풀이 봄 이슬 맞은 後에, 잎 넓고 줄기 길어 밤낮으로 불어났다. 이 恩惠 하 罔極하니(끝이 없으니) 갚을 줄을 몰라라.

차츰 확대되는 구성이다 초장에서 한 마디도 되지 못한다고 한 풀이 중장에서 봄 이슬을 맞고 잎 넓고 줄기 길게 밤낮으로 불어났다고 한 것은 양적 확대이다. 초·중장에서 말한 사실을 종장에서 은혜라고 받아들이고 은혜가 하도 커서 갚을 줄 모른다고 해서 사고의 확대이나 전환이 비약의 수준으로 나타난다. 사소한 것을 관찰하고서 생명 성장의 신비가 너무나도 큰 은혜로 주어져 갚을 줄 모른다고 하는 놀라운 발상에 이른다.

자료의 출처는 朴善長(1555~1616)의 문집 『水西先生文集』 1810년 간행본이고, 이본은 없다. "밤낮으로 붇더라"라고 하는 회상법이 아닌, "밤낮으로 불어났다"고 하는 과거형을 사용한 것이 과거형 출현의 이른 사례여서 주목할 만하다.[5] "밤낮으로 불어났다"는 과거형을 사용해 초·중장에서 말한 사실과 거리를 두고 종장의 생각이 시작되어 비약이 더욱 분명해진다.

5　고영근, 『한국어의 시제 서법 동작상』에서, 과거형은 그전에 싹이 보이다가 17세기 후반에 완성된 형태가 드러났다고 했다.(432면)

「달바자는 쨍쨍 울고」(1207.1)

달바자는 쨍쨍 울고 잔디 잔디 속잎 난다
    십년 묵은 말가죽은 오용오용 우짖는데 노처녀 거동 보소 함박 쪽박
드던지며 역정 내어 하는 말이 바다에도 섬이 있고 콩팥에도 눈이 있
지 봄 꿈자리 사오나와 동뢰연 보기를 밤마다 하여 뵈네
    두어라 월로승 인연인지 일락배락 하여라

- ■ 율격 : 확대일탈형. 사설시조

- ■ 풀이 : 달바자(달풀로 만든 울타리)는 쨍쨍 울고, 잔디 잔디 속잎 난다. 십
  년 묵은 말가죽은 오용오용 우짖는데, 老處女 거동 보소. 함박(함지박)
  쪽박 드던지며(던지며) 역정 내어 하는 말이, "바다에도 섬이 있고, 콩팥
  에도 눈[芽]이 있지. 봄 꿈자리 사오나와 同牢宴(혼인 예식) 보기를 밤마
  다 하여 보이네." 두어라 月老繩(혼인이 이루어지게 하는 끈) 因緣인지
  일락배락(이루어질듯 이루어지지 않을 듯) 하여라.

먼저 초장과 종장을 보자. 초장에서는 자연의 생명이 약동한다고 하고,
종장에서는 사람은 혼인할 수 있는 인연을 희구한다고 하는 것이 대조를
이룬다. 봄이 와서 햇빛이 따뜻해지니 달풀로 만든 울타리에서 생기가 돈
다는 것을 "쨍쨍 울고"라고 하고, "잔디 잔디"라는 말을 두 번 써서 잔디의
속잎이 나는 것이 감격스럽다고 한다. 그렇지만 사람은 봄의 혜택을 누리
지 못하고 밀려나 있다. 남녀 결합이 이루어지지 않아 생명의 약동을 발
현하지 못한다. 月下老人이 가지고 있다는 "月老繩"이라는 끈으로 남녀
의 발을 묶어주어야 혼인이 이루어진다고 하는데, 그럴 가능성이 있을 듯
하다가 사라져 안타깝다.

다음에는 중장을 살펴보자. 초장의 말하는 자연의 생명 약동을 사람은
따르지 못하는 사정을 중장에서 특정 사례를 들어 구체화하고 길게 서술

한다. 내면심리의 곡절이 얽히고설킨 양상을 몇 단계로 정리해 선명하게
보여준다.

"십년 묵은 말가죽은 오용오용 우짖는데"는 말가죽으로 장고를 만드는
줄 알아야 이해된다. 장고가 저절로 흥을 내서 소리를 낸다고만 해도 생
명의 약동이 얼마나 확산되는지 알 수 있는데, "십년 묵은 말가죽"이라고
일컬은 장고가 "오용오용"이라는 절묘한 소리를 낸다고 해서, 죽음을 부
정하는 삶의 절규를 들려주기까지 한다.

"노처녀 거동 보소 함박 쪽박 드던지며 역정 내어 하는 말이"에서는 사
태가 역전되어, 죽음에 이르는 억압이 나타난다. 사람의 불운을 가장 잘
보여주는 노처녀가 행위자로 등장해 자질구레한 집안일에 매몰되어 있
다가, 생명을 잃고 죽음에 다가가는 처지를 비관하고 짜증을 낸다. 달바
자나 잔디는 밖을 내다보면 보이고 말가죽으로 만든 장고는 가까이 있어,
폐쇄된 공간 부엌에 격리되어 고립을 견디도록 하는 억압에서 벗어나고
싶은 욕구를 키워 더 괴롭다.

"바다에도 섬이 있고, 콩팥에도 눈이 있지"라고 하는 것은 무슨 말인
가? 바다에 빠져도 섬이 있으면 살아나고, 콩이나 팥은 쉽게 보이지 않지
만 깨어나 자라날 수 있는 눈[芽]이 있어 새로운 생명이 된다는 것이다. 정
신을 차려 혼돈을 정리하고 짜증이나 한탄에서 벗어나, 가능성은 적어도
있으므로 신뢰하고 기다려야 한다는 슬기로운 말을 적절하고 기발한 비
유를 들어 전한다. 성인 수준의 깨우침이어서 누구나 잘 알아듣고 따라야
한다.

"봄 꿈자리 사오나와 동뢰연 보기를 밤마다 하여 뵈네"에서는 현실의
차원으로 내려와 노처녀가 당면한 구체적인 상황을 분명하게 말해준다.
봄날이라 마음을 진정하지 못하고 혼인 예식을 거행하는 꿈을 밤마다 꾼
다. 간절한 소망이 꿈에 나타난다. 실행 가능성이 의심스러우니 꿈자리가
사납다고 한다.

중장에서 이 네 단계의 전개를 보여준 다음 종장으로 넘어간다. 종장을 시작하는 말 "두어라"는 단순한 전환 어구이면서 "노처녀가 하는 말이 모두 쓸데없으니 그만두어라"고 하는 의미도 지니고 있다. "노처녀 거동 보소 함박 쪽박 드던지며 역정 내어 하는 말이"라고 할 때 잠깐 나타난 외부의 서술자가 개입을 확대하고, 월하노인이 꿈에 나타나 혼인이 이루어질 가능성은 있다고 하기도 어렵고 없다고 하기도 어렵다고 하는 능청맞은 소리를 한다.

앞뒤의 전개를 이상과 같이 풀이하면 할 말을 다 하는 것은 아니다. 말하는 경과를 아는 데 그치지 않고 뜻하는 층위도 알아야 한다. 말하는 경과는 역전으로 이어지고, 뜻하는 층위는 대립적인 관계를 여러 겹 가진다.[6]

이 노래의 행위자이고 서술자인 노처녀는 자연이 보여주는 생명의 약동에 남녀 결합을 이루지 못해 동참할 수 없다고 한탄하면서, 희박한 가능성 실현을 희구한다. 노처녀가 자연과는 다른 처지에서 겪는 사람의 불운을 보여준다. 이것이 제1층위이다.

외부의 서술자가 노처녀를 거리를 두고 바라보면서 조롱의 대상으로 삼는다. 노처녀는 혼기를 놓친 여성이라는 문자 그대로의 의미를 지니고, 외부의 서술자는 여성을 멸시하는 남성우월론자이다. 양성 불평등 때문에 겪는 여성의 수난이 문제이다. 이것이 제2층위로 등장해 제1층위를 부정한다.

노처녀가 "바다에도 섬이 있고, 콩팥에도 눈이 있지"라고 하는 슬기로운 말로 성인 수준의 깨우침을 전해, 남성은 우월하고 여성은 열등하다는 제2층위를 부정하는 제3층위가 나타난다. 제3층위는 제2층위를 부정하

6 '순차적 구조'라고 번역해온 'syntagmatic structure'와 '병행적 구조'라고 번역해온 'paradigmatic structure'에 관한 논의를 이렇게 한다.

고 제1층위를 긍정하면서 한 걸음 더 나아간다. 주어진 운명을 한탄하지 않고 고난 해결의 가능성을 찾는다.

「이제는 못 보게도 하여」(3887.1)

이제는 못 보게도 하여 못 볼시는 적실하다.

만리 가는 길에 해구 절식하고 은하수 건너뛰어 북해 가로질러 풍토 절심한데 심의산 갈가마귀 태백산 기슭으로 골각골각 우닐며 차돌도 바이 못 얻어먹고 굶어 죽은 땅에 내 어디 가서 임 찾아보리

아이야 임이 오시면 주려 죽단 말 생심도 말고 쓸쓸히 그리다가 어즐병 얻어서 갖고 뼈만 남아 달비자 밑으로 아자 바짝 거닐다가 작은 소마 보신 후에 이마 위에 손을 얹고 한 기래 추켜들고 자빠져 죽다 하여라

- 율격 : 확대일탈형. 사설시조.

- 풀이 : 이제는 못 보게도 하여, 못 볼시는(못 보는 것이) 的實하다(틀림없다). 萬里 가는 길에 海口 絶息하고(바다 구멍이 막히고), 銀河水를 건너뛰어 北海를 가로질러, 風土 切甚한데(절박하고 심각한데), 심의산 갈가마귀 太白山 기슭으로 골각골각 우닐며(울고 가며), 차돌도 바이(전연) 못 얻어먹고 굶어 죽은 땅에, 내 어디 가서 임 찾아보리? 아이야 임이 오시면, 주려 죽단 말 생심도 말고(할 생각도 말고) 쓸쓸히 그리다가 어질병(어지러운 병) 얻어서 갖고, 뼈만 남아 달바자(달풀로 만든 울타리) 밑으로 아장 바짝 거닐다가 작은 소마(오줌) 보신 후에 이마 위에 손을 얹고 한 가래(가랭이) 추켜들고 자빠져 죽다(죽었다고) 하여라.

대강 읽으면 무슨 말인지 알 수 없다. 차근차근 따지면서 깊이 생각하면 놀라운 전개를 갖추고 있다. 심오한 철학을 깨닫게 하는 데 이른다.

못 보게 된 임을 찾다가 죽는다. 죽는 모습을 임에게 전해달라고 한다.

임에 대한 그리움이 극대화되어 죽음에 이른다고 한다. 사랑하는 사람인 임이 종교의 절대자와 같은 위치에 있으면서 구원의 손길을 내밀지는 않는다.

그냥 죽는다고 하지 않고, 죽어가는 과정을 두 가지로 말한다. 중장에서는 저승으로 향해 가는 마음의 행로를 말한다. 이것은 죽음의 내면이다. 종장에서는 죽어가는 모습을 타인이 관찰하라고 한다. 이것은 죽음의 외면이다.

죽음의 내면은 아득하게 먼 곳으로 가는 여행이다. 바다를 건너고, 하늘에 오르고, 산을 넘는, 임을 찾지 못해 고난을 겪는다. 죽음의 외면은 몸을 가누지 못하고 쓰러지는 모습이다. 임을 그리다가 병을 얻어 추한 몰골을 보이면서 기괴하게 죽어간다. 그 광경을 아이가 보고 있다가 임에게 전하라고 한다.

타인이 관찰하는 죽음의 외면은 기괴하기만 하지만, 당사자가 느끼는 죽음의 내면에는 어느 정도의 아름다움이 있다. 평소에 마음에 새겨두던 은하수를 건너뛰고 북해를 가로지르고, 심의산 갈가마귀처럼 태백산 기슭으로 나아간다. 육신의 구속에서 벗어나는 해방감을 누리다가 쓰러진다. 임을 찾다가 죽어도 임이 구원자 노릇을 하는 것은 아니다.

'심의산'은 '深意山'이라고도 쓰고, 불교에서 우주의 중심을 이룬다고 하는 '須彌山'이라고도 이해된다. 구체적으로 알 수는 없어도 높고 크고 신비한 산이다. 죽은 혼령이 갈가마귀처럼 떠돌면서 은하수, 북해, 심의산 등 멀고 아득한 상상의 영역으로 나아간다고 하는데 가까이 있는 태백산을 곁들여 현실과의 관련을 잊지 않게 한다. 죽은 뒤에 영혼이 여행하는 행적을 말하는 작품의 하나로 이 노래를 기억하면서 뛰어난 상상과 표현을 평가할 만하다.[7]

---

7   고대 이집트에는 『死者의 書(Book of the Dead)』라는 것이 있었다. 죽은 뒤에 혼령

사람이 죽으면 혼령이 어떻게 되는가를 두고 옛 사람들이 논란했다.[8] 육신이 죽어도 영혼은 있다고 하는 통념을 비판하고, 徐敬德은 사람의 生死는 氣의 聚散이므로 육신이 죽으면 영혼도 사라진다고 했다. 金時習은 같은 견해를 먼저 펴면서, 원통한 사정이 있는 冤鬼는 얼마쯤 떠돌다가 사라진다는 예외 조항을 두었다. 이 노래의 영혼은 죽어서도 임을 찾는 원귀여서 바로 사라질 수 없다.

외면의 죽음과 내면의 죽음은 다르다. 외면의 죽음은 육신의 죽음이고, 내면의 죽음은 영혼의 죽음이다. 육신의 죽음은 추악하기만 해도, 영혼의 죽음은 얼마 동안 해방감을 누릴 수 있다고 하니, 얼마나 놀라운가? 죽음에 관해 말하는 폭과 깊이가 이렇게 탁월한 노래를 더 찾기 어렵다.

22 시공 설정

시조는 시간과 공간에 대한 인식이고 표현이다. 시간은 작품이 시간에 따라 전개되면서 표출된다. 공간은 작품에서 말하는 내용에 따라서 설정한다. 시간과 공간에 대한 인식과 표현이 어떤가는 시조가 시조다운 특징을 밝히는 데 소중한 의의가 있다. 이에 관한 고찰로 시조의 세계관 이해에 입문할 수 있다. 世界란 시간인 世와 공간인 界로 이루어져 있다. 世를 먼저 살피고 界로 나아간다.[9]

이 저승 여행을 할 때 겪게 되는 시련과 모험을 파피루스에다 그림으로 그리고 상형문자로 적은 두루마리다. 이것을 神官에게 부탁해 미리 받아두었다가 관에 넣게 하면, 죽은 사람이 펴서 보고 안내서로 삼아 당황하지 않고 길을 찾아 좋은 곳으로 간다고 믿었다. 이 노래는 한국판『사자의 서』라고 할 수 있는 내용을 갖추었지만, 특정 종교와 관련이 없으며, 실용적인 목적과는 무관한 문학적 상상이다.

8 『한국의 문학사와 철학사』(지식산업사, 1996)의 「15세기 鬼神論과 귀신이야기의 변모」에서 이에 관해 자세하게 고찰했다.

9 이와 관련된 기존 연구에 이형대, 「사설시조에 나타난 시·공간 표상의 양상」,

221 시간

시조는 시간의 순서에 따라 말을 이으면서 시간의 경과에 관해 말한다. 시간의 경과에 관해 하는 말이 통상적인 순서와는 달라, 현재에 머무르기도 하고, 과거나 미래로 건너가기도 한다. 시간 인식을 서술 내용으로 삼기도 하면서 많은 것을 말한다.[10]

「꽃 지고 속잎 나니」(0669.1)   申欽

꽃 지고 속잎 나니 시절도 변하거다
풀 속에 푸른 벌레 나비 되어 나다닌다
뉘라서 조화를 잡아 천변만화 하는고

■ 율격 : 기본형

■ 풀이 : 꽃 지고 속잎 나니 시절도 변하거다(변하는구나). 풀 속에(속의) 푸른 벌레 나비 되어 나다닌다. 뉘(누구)라서 造化를 잡아 千變萬化하는고?

자연의 시간이 진행되는 모습을 미세하게 살펴 경이로운 발견을 한다. 시간의 흐름이 천변만화의 조화를 빚어낸다. 누가 조화를 일으켜 변화를 빚어내는가? 묻고는 대답하지 않는다. 대답을 준비해둔 것은 아니며, 의문이 소중하다.

『한국시가연구』12 (한국시가학회, 2002)가 있는데, 표현의 대상으로 삼은 시공을 전원·시정·환시로 나누어 고찰했다. 여기서는 표현의 대상으로 삼은 시공이 아닌 표현에서 인식하고 형상화한 시공을 문제로 삼는다.

10 김대행, 『시조유형론』(이화여자대학교출판부, 1986), 187~200면에서는 시조의 시간의식을 인식 대상, 표출 양식, 시간에 대한 태도의 유형으로 나누어 고찰했다.

申欽(1566~1628)은 인조반정 이후 서인정권의 중신이다. 漢文四大家의 한 사람으로 칭송되며 한문학의 높은 경지에 이르렀다. 시조 창작에도 힘쓰고 표현의 격조를 존중했다. 한시로 나타내지 못하는 심정은 시조에 담아야 한다면서, 관심을 내면으로 돌렸다. 남긴 작품을 여러 가집에서 30수쯤 찾을 수 있다.

「봄이 간다커늘」(2038.1)

봄이 간다거늘 술 싣고 전송 가니
낙화 하는 곳에 간 곳을 모를러니
유막에 꾀꼬리 이르기를 어제 갔다 하더라

- 율격 : 기본형
- 풀이 : 봄이 간다고 하거늘 술 싣고 (봄을) 餞送하러 가니, 落花하는(꽃이 떨어지는) 곳에서 (봄이) 간 곳을 모를러라. 柳幕(버들이 드리워진 장막)의 꾀꼬리가 이르기를 (봄이) 어제 갔다고 하더라.

자연의 시간이 예상보다 빨리 진행된다. 이 사실을 알아차리고 당황해 멈추려고 한다. 이런 예사롭지 않은 심정을 절묘하게 나타내 면밀한 분석이 필요하다. 율격 선택의 양상과 이유를 자세하게 살펴야 한다.

"봄이 간다거늘", "낙화 하는 곳에"는 분명한 사실이라고 2<4로 단호하게 말한다. 뒤에 붙이는 "술 싣고 전송 가니", "간 곳을 모를러니"는 별난 수작인데 예사로운 자수 3<4로 전한다. 초장과 중장에서 2<4, 3<4를 되풀이해 말이 비슷한 것처럼 보이게 한다. 정상과 비정상을 뒤바꾸면서, 봄이 가는 것을 아쉬워하는 탄식을 과장해 말하면서 비약과 착란을 나타낸다.

봄이 간다는 소식을 누구에게서 어떻게 들었나? 자연의 변화를 보면 아는 사실을 모르고 있다가 들은 뜻밖의 소식이라고 하니 과장이다. 봄이 가면 술을 가져가 마시면서 전송해야 하는가? 봄을 전송하려고 술을 들고 가는 것으로는 모자라 말이나 수레에 싣고 간다고 하면서 과장에 비약을 보탠다. 꽃이 떨어지는 것이 봄이 가는 모습인데, 꽃이 떨어지는 곳에 이르러서도 봄이 간 곳을 모른다고 하는 것은 착란이다.

사람은 착란에 빠져도 꾀꼬리는 정신이 분명하다. 버들이 드리워진 장막에 자리 잡고 있어 계절의 변화를 정확하게 안다. "유막에 꾀꼬리 말이"라고 하면 3<5인데, "유막에 꾀꼬리 이르기를" 3<7로 늘여, 봄이 어제 간 사실을 꾀꼬리가 일러준다고 강조해서 말한다. 정확하게 어제라고 알려주어 사실을 알고, 한 발 늦어 더욱 통탄스럽다.

봄은 빨리 간다. 예상 이상으로 너무 빨리 가서 전별의 기회를 주지 않는다. 봄이 가는 것은 자연의 변화를 보면 아는 사실인데 공연히 다른 생각을 하다가 착란에 빠진다. 봄은 판단이 흐려지게 하는 계절이다. 이런 말을 절묘한 표현을 갖추어 전하면서, 발상의 차원을 높인다.

시간에 자연의 시간도 있고 마음의 시간도 있다. 자연의 시간과 마음의 시간은 맞아 들어가지 않는다. 마음의 시간이 자연의 시간과 맞아 들어가지 않아, 헛된 생각을 하다가 착란에 빠질 수 있다. 이런 혼란이 봄이 온다든가 하는 특별한 계기가 있으면 더 커진다.

「해야 가지 마라」(5365.1)

해야 가지 마라 너와 나와 함께 가자
기나긴 하늘에 어디 가려 수이 가나
동산에 달이 나거든 보고 간들 어떠리

■ 율격 : 기본형

■ 풀이 : 해야 가지 마라, 너와 나와 함께 가자, 기나긴 하늘에 어디 가려고
    수이(쉽게) 가느냐? 동산에 달 나오거든 보고 간들 어떠리?

자연의 시간 진행에 대해 더 큰 불만을 말한다. 일출에서 일몰까지의 시간이 너무 빨리 흐른다고 하면서, 시간의 흐름을 늦추려고 한다. 인생의 시간은 늦게 가기를 바라는데 자연의 시간이 허용하지 않는다고 한탄한다. 동산에 달 돋거든 보고 가는 여유를 누리자는 것은 사람의 소망인데, 해가 진행을 늦추어 함께 실현하자고 한다. 해가 달을 보고 가라고 하는 무리한 주장으로 시간의 흐름을 멈출 수 없다는 것을 확인한다.

「넓으나 넓은 들에」(1915.1)

넓으나 넓은 들에 흐르니 물이로다
인생이 저렇도다 어디로 가는 게오
아마도 돌아올 길이 없으니 그를 슬퍼 하노라

■ 율격 : 기본형
■ 풀이 : 넓으나 넓은 들에 흐르는 것이 물이로다. 人生이 저렇도다. 어디로 가는 것인가? 아마도 돌아올 길이 없으니 그것을 슬퍼하노라.

자연의 시간에서 인생의 시간을 본다. 넓은 들에서 흐르는 물이 어디론가 흘러가고 돌아오지 않는 것이 인생과 같다고 한다. 사람은 물처럼 어디로 가지 않고 그냥 그 자리에서 살고 있는데, "어디로 가는 게요?"라고 묻는다. 간다는 것이 사람에게는 시간의 경과인데 공간의 이동인 듯이 말하고 행방을 묻는다.

시간은 흘러가기만 하고 돌아오지 못하는 것이 당연한데, 돌아오지 않아 슬프다고 한다. "돌아오지 않아", "돌아올 길 없어"라고 해도 되는 말을

"돌아올 길이 없으니"라고 늘여 종장 서두가 3<8이게 한다. 사람은 시간의 흐름을 거스르려고 하니 슬프지 않을 수 없다.

「오늘이 오늘이라」(3403.1)

오늘이 오늘이라 매일이 오늘이라
저물지도 말으시고 새지도 말으시고
매양에 주야장상에 오늘이 오늘이소서

- 율격 : 기본형.

- 풀이 : 오늘이 오늘이라, 每日이 오늘이라. 저물지도 마시고, 새지도 마시고, 每樣에 晝夜長常에 오늘이 오늘이소서.

여기서는 자연의 시간을 멈추어 인생의 시간도 멈추려고 한다. 현재가 변하지 않고 지속되기를 바란다. "每樣에 晝夜長常"는 모순을 내포한 말이다. "주야"는 낮과 밤이다. 낮이 끝나야 밤이 시작되니 그 사이 시간이 경과했는데, "매양" 언제나 같은 모습으로 "장상" 항상 그대로 오늘이기를 바란다.

오늘은 즐거운 날이므로 오늘이 가서 즐거움이 사라지는 것을 염려한다. 오늘이 가지 않게 잡아둘 수는 없다. 언제나 오늘은 오늘이므로 오늘이 가지 않는다. 지금 이 날이 오늘이어서 즐거운 것이 아니고, 어느 날이든지 오늘이고 오늘이어서 즐거울 수 있다.

(3404.1) "오늘이 오늘이라는 노래 뉘라서 지었는가/ 우연 즐거워야 오늘이라 하였는가/ 그날도 오늘과 같을새 오늘이라 하도다", (4457.1) "지난날 애달프다 마오 오는 날 힘써 쓰라/ 나도 힘 아니 써 이러곰 애닯도다/ 내일란 바라지 말고 오늘날을 아껴 쓰라" 이런 노래에서도 현재를 지속시

키고 시간의 경과를 부정하려고 한다.

「샛별 지고 종다리 떴다」(2490.1)　　　　　　　　　李在

샛별 지고 종다리 떴다 호미 메고 문을 나니
긴 수풀 아침 이슬 베잠방이 다 젖는다
아이야 시절이 좋을손 옷이 젖다 관계하랴

- 율격 : 기본형
- 풀이 : 샛별 지고 종다리 떴다. 호미 메고 문을 나서니, 긴 수풀 아침 이
슬 베잠방이 다 젖는다. "아이야, 시절이 좋을손 옷이 젖다 關係하랴."

여기서는 현재의 지속을 무리하게 요구하지는 않는다. 초장과 중장에
서 현재가 이어지면서 다음 일로 넘어가는 과정을 인상 깊게 그린다. 종
장에서는 현재가 종료되지 않고 미래가 열린다.

이런 작품은 많다. (2016.1) "보리밥 풋나물을 알맞추 먹은 후에/ 바위
끝 물가에 슬카지 노니노라/ 그 남은 여남은 일이야 부를 줄이 있으랴.",
(2593.1) "설월이 만건곤하니 천산이 옥이로다/ 매화는 반개하고 죽림이
푸르렀다/아이야 잔 가득 부어라 춘흥 겨워 하노라.", (5086)(李世輔) "타던
말 머무르고 손잡고 다시 앉아/ 다정히 이른 말이 울지 마라 내 속 탄다/
지금에 은원 없이 이별 되니 수이 볼까." 마지막 본보기는 종장에서 미래
를 아주 분명하게 나타낸다.

「버렸던 가얏고를」(1947.1)　　　　　　　　　尹善道

버렸던 가얏고를 줄 얹어 놀아보니

청아한 옛 소리 반가이 나는고나
이 곡조 알 이 없으니 집 껴 두어라

- 율격 : 기본형
- 풀이 : 버렸던 가야고를 줄 얹어 놀아보니, 淸雅한 옛 소리 반가이 나는
  구나. 이 曲調 알 이 없으니 집 끼워 두어라.

여기서는 과거 · 현재 · 미래가 이어진다. 초 · 중장에서는 과거에서 현
재로 나아가고, 종장에서는 현재에서 미래로 나아간다. 중장에서 보인 기
대가 종장에서 무너진다.

과거 · 현재 · 미래가 대등하지 않다. 과거의 재발견이 큰 비중을 차지
하고, 현재는 독자적인 의의를 지니지 못한 미미한 존재이다가 미래에게
자리를 넘겨준다. 「오늘이 오늘이라」(3403.1)에서 현재를 영속시키자고
하는 것과 아주 다르다. 과거와의 관계를 회복해 혼자 좋아하다가, 소통
할 사람이 없는 줄 알고 움츠러든다.

음악이 무엇인지 알려준다. 음악은 옛 소리를 이어받아 오늘날의 즐거
움으로 삼아야 한다. 혼자 즐기면 되는 것은 아니다. 알아들을 사람을 만
나 함께 즐거워하지 못하면 그만두어야 한다.

「풀꽃 뜯어 각시 하고」(5193.)

풀꽃 뜯어 각시 하고 모래 담아 밥 지어서
반주개비 살던 것이 어제 같이 역력커늘
어찌타 무정세월은 옛 일이라 하나뇨

- 율격 : 기본형
- 풀이 : 풀꽃 뜯어 각시 하고 모래 남아 밥 지어서, 반주개비(소꿉장난) 살

던 것이 어제 같이 歷歷하거늘, 어찌타 無情歲月은 옛 일이라 하는가?

어려서 하던 소꿉장난을 그려낸다. 풀꽃 뜯어 각시를 만들고, 모래 담아 밥이라고 하는 놀이가 이 노래 덕분에 기록에 올라 있다. 그 광경이 지금도 선명한데, 무정세월이 많이 흘러 아득한 과거라고 하는 것은 부당하다. 과거는 부정되지 않고 기억으로도 지속되기를 바란다. 동심으로 돌아가는 시조의 드문 예이다.

「청풍을 좋이 여겨」(4846.1)　　　　　　　　　李淨

청풍을 좋이 여겨 창을 아니 닫았노라
명월을 좋이 여겨 잠을 아니 들었노라
옛 사람 이 두 가지 두고 어디 혼자 갔노

- 율격 : 기본형
- 풀이 : 淸風을 좋이 여겨 窓을 아니 닫았노라. 明月을 좋이 여겨 잠을 아니 들었노라. 옛사람 이 두 가지를 두고 어디 혼자 갔는가?

여기서는 현재를 먼저 말하고 과거와 연결시킨다. 淸風과 明月이 주는 즐거움을 산뜻한 대구로 나타낸다. 자기만 즐기고 있는 것이 미안해 가고 없는 옛 사람을 생각한다. "어디 혼자 갔노"라는 하면서 옛사람 모두가 아닌 어느 특정인을 생각한다. 함께 있어야 할 누가 가고 없어 안타깝다. 과거와 단절되어 현재의 즐거움이 온전하지 않다고 한다.

「청초 우거진 골에」(4821.1)　　　　　　　　　林悌

청초 우거진 골에 자는다 누웠는다
홍안은 어디 두고 백골만 묻혔나니

잔 잡아 권할 이 없으니 그를 슬퍼하노라

- 율격 : 기본형

- 풀이 : 靑草 우거진 골에 자는가, 누웠는가? 紅顔은 어디 두고 白骨만 묻혔는가? 盞을 잡아 勸할 이 없으니, 그것을 슬퍼하노라.

시간 이동이 빈번하게 이루어져 생동감을 준다. 현재의 상황을 말하고, 과거를 회상하고, 다시 현재로 돌아온다. 현재는 눈에 보이고, 과거는 상상해서 그린다. "靑草"보다 "紅顔"이나 "白骨"은 색채가 더욱 강해, 상상하는 과거가 눈에 보이는 현재를 압도한다. 종장의 현재는 중장의 과거를 어떻게 할 수 없어 무력하기만 한다.

「뉘라서 나를 보고」(1126.1)　　　　　　　　金履翼

뉘라서 나를 보고 늙은이라 하던고
아이 적 하던 일이 어제런듯 하더구나
홀연히 거울을 보면 나도 어이없어 하노라

- 율격 : 기본형.

- 풀이 : 누가 나를 보고 늙은이라 하던고? 아이 적 일이 어제인가 하다가도, *忽然*히 거울을 보면 나도 어이없어 하노라.

여기서도 시간 이동이 이어진다. 초장에서 현재의 상황을 말하고, 중장에서 과거를 회상하고, 종장에서 다시 현재로 돌아온다. 타인은 없고 "나"만 있으며, 과거의 "나"와 현재의 "나"를 견주어 살핀다. 다른 사람들은 어떤지 모르지만 나는 늙는 것이 한탄스럽다고 하다가, "나도 어이없어 하노라"에서 자기가 늙는 것을 부인할 수 없다. 시간의 흐름을 거역하지 못한다.

「이바 아이들아」(3837.1)   辛啓榮

이바 아이들아 새해 온다 즐겨 마라
헌사한 세월이 소년 앗아 가느니라
우리도 새해 즐겨하다가 이 백발이 되었노라

- 율격 : 기본형
- 풀이 : 이봐 아이들아, 새해 온다고 즐겨 마라. 헌사한(요란한) 歲月이 少
  年 (시절을) 앗아 가느니라. 우리도 새해 즐겨하다가 이 白髮이 되었노
  라.

두 가지 시간이 있다. 생각하고 말하는 시간이 있고, 흘러가는 시간이
있다. 흘러가는 시간이 예상할 수 없게 빨라, 생각하고 말하는 사람이 자
기도 모르게 늙게 한다. 그냥 흘러가는 시간을 의인화하고 "헌사한"이라
는 수식어를 붙여 속도와 위세가 대단하다. 그런 줄 모르고 "새해 즐겨하
다가" 어느덧 백발이 된 것을 보고 놀란다.

「넘고 넘는 고개 길에」(1016.1)

넘고 넘는 고개 길에 쉬지 않는 나의 걸음
육십의 곡 넘고 나니 하염없이 해 저무니
묻노라 앞에 사람아 몇 고개나 남았나

- 율격 : 기본형
- 풀이 : 넘고 넘는 고개 길에 쉬지 않은 나의 걸음, 60의 고개를 넘고 나니
  하염없이 해 저무니, 묻노라 앞의 사람아, 몇 고개나 남았나?

인생행로를 고개를 넘으면서 길을 가는 행동으로 나타낸다. 시간의 흐름을 멈출 수 없어 "쉬지 않고" 간다. 그러다가 중대한 고비에 이른다. 나이 60이 되니 "하염없이" 해가 저문다고 한다. 생각하지도 않고 있는데 해가 저무는 것이 어처구니없는 일이어서 멍하니 바라보고 있기나 한다. 나이 60은 회갑이다. 시간이 제자리에 돌아온 시기이다. 그런 줄 모르고 있던 사실을 알고 할 말을 잊는다.

더 사는 것은 덤이지만, 얼마나 더 사는지 알고 싶다. 앞에 가는 사람더러 몇 고개나 남았는지 묻는다. 앞에 가는 사람이 이 말을 들을 수 없고, 들어도 대답할 수 없다. 삶이 끝나는 시기는 사람마다 다르다. 묻는 사람의 삶이 얼마나 남았는지 앞에 가는 사람이 알 수 없다. 누구도 알 수 없다. 그래도 갑갑하게 생각하고, 알고 싶어서 묻는다.

「우리 둘이 후생하여」(3571.1)

우리 둘이 후생하여 네 나 되고 나 너 되어
내 너 그려 끓던 애를 너도 날 그려 그쳐보면
이 생에 내 서러워하던 줄을 너도 알까 하노라

- 율격 : 기본형.
- 풀이 : 우리 둘이 後生하여(다음 생에 태어나서) 네 나 되고 나 너 되어, 내 너 그려 끓던 애를(창자를) 너도 날 그려 그쳐보면(끊어보면), 이 生에 내 서러워하던 줄을 너도 알까 하노라.

현재의 시점에서 말을 하면서 미래의 後生을 생각한다. 죽는 것이 끝이 아니고 다시 태어나 후생이 있다. 현생에 맺힌 한을 후생에 풀 수 있다. 이런 전제하에, "나"와 "너"의 관계가 후생에서는 반대가 되어 "내 너 그려 끓던 애를" 너도 알게 되기를 바란다.

(3826.1)(李世輔) "이 몸 죽어 임이 되고 임 죽어 이 몸 되면/ 이 생애 그리던 애를 후생에 저도 나를/ 아마도 인간지난은 상사불견인가"라고 하는 것도 거의 같은 말이다.

222 공간

시조에서 하는 말은 시간의 경과를 알리면서 공간의 전개를 나타내기도 한다. 공간인식을 확인하면 할 일을 하는 것은 아니다. 작품에서 펼쳐놓는 공간 구성을 찾아내 그 방법과 의의를 평가해야 한다. 공간이 아닌 것이 공간이게 하는 공간화 작업을 해서 표현을 구체화하고 의미를 긴장되게 하는 것을 특히 주목해야 한다.[11]

「고인도 날 못 보고」(0292.1)   李滉

고인도 날 못 보고 나도 고인 못 뵈
고인을 못 봐도 예던 길 앞에 있네
예던 길 앞에 있거든 아니 예고 어이리

- 율격 : 기본형
- 풀이 : 古人(옛 사람)도 날 못 보고, 나도 古人 못 본다. 古人을 못 보지만 예던(가던) 길 앞에 있네. 예던(가던) 길 앞에 있으니 아니 예고(가고) 어이리(어쩌리).

"古人"이라는 말을 초장과 중장 서두에서 거듭 해서, 고인을 숭앙하려고 지은 노래같이 보인다. 그러나 "나도 고인 못 뵈"를 2<4로 해서, 자수를

---

11 김대행, 『시조유형론』(이화여자대학교출판부, 1986)에서는 시조의 공간의식을 관계, 대상(강호자연, 집 혹은 방)으로 나누어 고찰했다.

줄인 "나도"에 무게를 둔다. "보다", "예다"의 주어는 "나"이다. 고인에 관해 말한다고 하고, 고인을 생각하고 따르는 "나"에 관해 알려준다.

고인을 따라야 한다고 막연하게 말하지 않고, 고인이 가던 길이 앞에 있다고 한다. 여기서 말하는 길은 추상적인 道이면서 구체적인 路이기도 하다. "예던 길 앞에 있네"는 구체적인 의미를 지녀 발상을 공간으로 나타낸다. 고인이 가던 길이 앞에 있으니 "아니 예고 어이리"라고 하는 것은 일방적인 주장인데, 자연스럽게 받아들이고 의심하거나 반발하지 않도록 한다.

고인을 숭앙하고 따른다고 하는 것이 李滉이 학문하는 자세이다. 자기 말은 하지 않고 고인의 말을 전한다고 한다. 자기가 하는 말이 고인의 말이니 타당성을 의심하지 말고 따르라고 한다. 학문을 이렇게 하는 자세를 보여주면서 본받으라고 은근히 이른다. 이런 지론을 말로 펴기나 해서는 갖추지 못하는 설득력을 이 노래가 제공한다.

李滉(1501~1572)은 성리학에 힘쓰면서 한시와 함께 시조도 지었다. 예조판서·대제학의 지위에까지 올랐다가, 관직을 번거롭게 여기고 전원으로 돌아가 마음의 안정을 얻고 심성을 가다듬어 도학의 근본을 밝히려고 했다. 세상의 구속에서 벗어나 노니는 즐거움을 찾으면서도 玩世不恭에 빠지지 않고 溫柔敦厚한 경지에 이르는 것을 강호가도의 내실로 삼고자 했다.

시조를 지어야만 했던 이유를 「陶山六曲跋」에서 밝혔다. 한시는 읊을 수 있을 따름이고 노래 부를 수는 없기에 우리말 노래를 지어 "아이들로 하여금 스스로 노래 부르고 스스로 춤추며 뛰게 해서 비루한 마음을 거의 다 씻어버리고, 느낌이 일어나 마음을 녹여 서로 통하게 한다고 했다. 「陶山十二曲」 12수 친필 목각이 전한다.

(1543.1)(金得研) "만권서를 대하고 천고 벗을 생각하니/ 천지간 예던 길이 일흉중에 다 오나다/ 진길로 옛 벗과 옛 길을 알면 아니 예고 어찌리오"도 비슷한 발상이다.

「동짓달 기나긴 밤을」(1422.1)　　　　　　　　黃眞伊

동짓달 기나긴 밤을 한 허리 베어내어
춘풍 이불 아래 서리서리 넣었다가
어론 임 오신 날 밤이어든 굽이굽이 펴리라

■ 율격 : 기본형

■ 풀이 : 冬至ㅅ달 기나긴 밤을 한 허리 베어내어 春風 이불 아래 서리서리 넣었다가, 어론(사랑하는) 임 오신 날 밤이어든(밤이면) 굽이굽이 펴리라.

여기서는 시간을 공간으로 나타낸다. 임이 오지 않는 동짓달에는 밤이 너무 길고, 임이 오는 봄에는 밤이 너무 짧아 한탄스럽다. 이렇게 말하면 너무나도 범속한 사연을 긴 밤을 베어내어 짧은 밤에다 보태고자 한다는 기발한 발상으로 바꾸어놓는다.

긴 밤의 한 "허리"를 베어내어, 춘풍 "이불 아래 서리서리 넣었다가", 임이 오는 밤이면 "굽이굽이 펴리라"라고 한다. 밤을 "서리서리" 넣고 "굽이굽이" 편다는 것은 시간의 시각화이면서, 시간을 줄이고 늘리고 싶은 의지의 표현이다. 같은 말을 되풀이해, 사랑의 행위가 시원스럽게, 만족스럽게 진행되는 것을 암시하기도 한다.[12]

黃眞伊는 명종 때쯤 송도에서 명기로 이름이 난 기녀이다. 뛰어난 재능과 발랄한 개성을 자랑하며 여러 명사들과 어울리고, 徐敬德만은 유혹하지 못했다는 일화를 남겼다. 기녀가 갖추어야 할 기예에 두루 능해 한시

---

12 신은경, 「시조의 시어와 서정 : '구비구비'형, '오락가락'형 시어를 중심으로」, 『고전시 다시 읽기』(보고사, 1977)에서 '굽이굽이'형의 單聲和音과 '오락가락'형의 多聲和音을 비교해 고찰했다.

도 잘 지었지만, 시조는 더욱 뛰어났다. 사랑과 이별의 노래가 여덟 수쯤
된다. 사대부는 생각할 수 없던 표현을 개척해 관습화되어가던 시조에 생
기를 불어넣었다.

(3255.1) "어제던지 그제던지 속절없이 밤 길던지/ 그 밤 베어내어 오늘
밤 잇고저라/ 오늘이 내일이 되어 모레 새다 어떠하리." 비슷한 발상이 여
기도 보이지만, 공간화가 덜 되어 묘미가 부족하다.

「이러 하나 저러 하나」(3763.1)

이러 하나 저러 하나 이 초옥 편코 좋다
청풍은 오락가락 명월은 들락날락
이 중에 병 없는 몸이 자락깨락 하리라

■ 율격 : 기본형
■ 풀이 : 이러 하나 저러 하나 이 草屋(초가) 편하고 좋다. 淸風은 오락가
  락, 明月은 들락날락. 이 중에 病 없는 몸이 자다가 깨다가 하리라.

초옥은 좁고 불편한 집이지만 우주를 향해 열려 있다. 청풍과 명월이
찾아와 상쾌하게 한다. 청풍은 "오락가락", 명월은 "들락날락"하는 데 맞
추어 "자락깨락"하면서 자연과 율동을 맞추니 병이 없다. 어느 하나로 정
해져 있지 않고 이리저리 움직이는 것이 모든 존재가 공유하는 근원적인
원리이다. 집은 크고 화려해야 한다는 생각을 버리고 거처를 최소한으로
줄여 이 원리 구현에 동참해야 고립에서 벗어날 수 있다.

「내 생애 담박하니」(0953.1)

내 생애 담박하니 그 뉘라서 찾아오리

입오실자는 청풍이요 대오음자는 명월이라
이내 몸 한가하니 주인 될까 하노라

- 율격 : 초장은 기본형이다. 중장의 5 >4, 5 >4는 기본형을 가지고 만든 특이한 개별율격이다. 종장 전반부의 3 <4는 축소변이형이다.
- 풀이 : 내 生涯 澹泊하니(욕심이 없고 마음이 깨끗하니) 뉘라서(누가) 찾아오리, 入吾室者(내 방에 들어오는 이)는 淸風(맑은 바람)이고, 對吾飮者(나와 마주앉아 술 마시는 이)는 明月(밝은 달)이라. 이내 몸 한가하니(청풍과 명월을 손님으로 맞이하는) 주인(이) 될까 하노라.

초장에서는 대수롭지 않은 말을 한다. 욕심이 없고 마음이 깨끗하게 사니 누가 찾아오지 않아 외롭다. 그러면 어떻게 해야 하는가? 세상 사람들을 찾아 나서면 창피스럽다. 그냥 견딘다고 하면 우습다.

중장에서 기발한 발상을 해서 예상을 깬다. 두 분 손님을 맞아들인다고 한다. 청풍과 명월이 손님이다. 청풍과 명월이 대단한 손님이라고 소개하려고, 5 >4, 5 >4의 5로 "入吾室者는", "對吾飮者는"라고 하는 부피 크고 무게 있는 말을 한다. 청풍과 명월이 품격 높은 사람 모습을 하고 방에 들어와 함께 술을 마신하고 한다. 발상을 공간화하고 장면화하는 방식이 기발하다.

종장에서는 3 <4의 4로 "한가하니"를 가볍게 이르고. 청풍과 명월을 손님으로 맞이하는 주인 노릇을 할까 한다고 한다. 한가하지 않은 사람은 청풍과 명월을 손님으로 맞이할 겨를이 없다. 욕심이 없고 마음이 깨끗해야 청풍과 명월이 벗을 해주어 작은 집이 우주로 통할 수 있게 한다.[13]

---

13 Gaston Bachelard, "Maison et Univers", *La poétique de l'espace*(Paris : Presses Universitaires de France, 1957)에서는 작은 집이 거대한 우주로 통하는 시의 원리를 밝히고자 했는데, 이 두 노래처럼 명확한 사례를 찾지 못해 말이 길고 복잡하고 적실

「옛적에 이러하면」(3373.1)

옛적에 이러하면 형용이 남았을까
수심이 실이 되어 굽이굽이 맺혀 있네
아무리 풀려 하되 끝 간 데를 몰라라

- 율격 : 축소변이형. 종장 전반부가 3<u>3<4</u>이다.
- 풀이 : 옛적에 이러하면 形容(모습)이 남았을까? 愁心(근심)이 실이 되어 굽이굽이 맺혀 있어, 아무리 풀려 하되 끝 간 데를 몰라라.

여기서는 마음을 공간으로 나타내, 수심이 실이 된다고 한다. "실이 되어 굽이굽이 맺혀 있네"라는 말로, 수심이 복잡하게 얽혀 있는 양상을 적절하게 나타낸다. 수심은 "굽이굽이 맺혀 있네"라고 하는 단계를 거쳐, "아무리 풀려 하되 끝 간 데를 몰라라"라고 하는 데 이르러 해결의 단서를 찾을 수 없다고 한다. "풀려 하되"를 4로 줄여 미궁에 빠진 느낌이 들게 한다.

초장에서 "옛적에 이러하면 형용이 남았을까"라고 한 말은 왜 했을까? 공간만으로는 모자라 시간의 경과까지 갖춘 것이 아닐까? 초장과 중장 사이의 상당한 시간이 경과해 전에 없던 수심이 생겨난 것은 있을 수 있는 일이다. 중장에서 종장까지의 아주 짧은 시간 동안 수심 맺히기가 걷잡을 수 없게 진행되어 당황해 한다. 수심이 끝 간 데를 모르게 뻗어나는 방대한 공간, 제어 불능의 변화가 이루어지는 짧은 시간, 이 둘 다 헤아려 대처할 수 있는 범위를 넘어서서 사람을 초라하게 한다고 한다.

「동창이 밝았느냐」(1430.1)　　　　　　　　南九萬

동창이 밝았느냐 노고지리 우지진다

한 맛이 모자란다.

소치는 아이는 여태 아니 일었느냐
재 너머 사래 긴 밭을 언제 갈려 하느냐

- 율격 : 기본형
- 풀이 : 東窓이 밝았느냐? 노고지리 우지진다. "소치는 아이는 여태 아니
  일었느냐(일어났느냐)? 재 넘어 사래 긴 밭을 언제 갈려 하느냐?"

여기서도 부지런하게 움직여야 하는 때가 왔다고 한다. 서술자가 행위
자로 나서지 않고 아직 자리에서 일어나지 않고 있다. 자기는 무얼 하겠
다고 말하지 않고, "소치는 아이"가 어서 일어나 일을 하기 바란다.

의식의 영역에서 부산한 움직임이 있다. "동창이 밝았느냐"에서 "노고
지리 우지진다"를 거쳐 "재 너머 사래 긴 밭"까지 의식이 확대되는 과정을
한 단계씩 아주 생동하게 보여주었다. 자고 있는 사람을 깨워 생기를 얻어
일하게 한다고, 한 해의 시작인 봄, 하루의 시작인 새벽을 예찬한다.

「물 아래 그림자 지니」(1742.1)

물 아래 그림자 지니 다리 위에 중이 간다
저 중아 게 섰거라 너 가는 데 물어보자
손으로 흰 구름 가르치고 돌아 아니 보고 가노매라

- 율격 : 기본형이면서, 종장 후반부 6>4에서 자수가 늘어난 개별율격이
  다.
- 풀이 : 물 아래 그림자 지니, 다리 위에 중이 간다. "저 중아 게 섰거라,
  너 가는 데 물어보자." 이렇게 말해도, 중은 손으로 흰 구름 가리키고 돌
  아 아니 보고 가는구나.

물 아래 그림자, 다리 위로 가는 중, 손으로 가리키는 흰 구름으로 옮아 가면서 낮은 데서 높은 곳으로, 막힌 데서 열린 데로 나아간다. 묻는 사람의 소견 좁은 愚問에 대해 초탈한 승려가 賢答을 한다는 것을 공간의 확대를 통해 알려준다. "흰 구름 가르치고 돌아 아니 보고"를 길게 늘여 無言으로 無限을 無言을 지시하는 것을 주목하라고 한다.

「천척루 두렷이 앉아」(4675.1)

천척루 두렷이 앉아 대해를 굽어보니
억만 시름이 가노(라) 하직한다
사공아 돛 달아라 시름 재송 하여라

- 율격 : 기본형
- 풀이 : 千尺樓에 두렷이 앉아 大海를 굽어보니, 億萬 시름이 가노라고 下直한다. "沙工아, 돛 달아라, 시름 載送하여라."

千尺樓라는 높은 다락에 넉넉하고 편안한 자세로 앉아 큰 바다를 굽어보니 시름이 다 없어진다. 그것을 억만 시름이 가노라 하직한다고 한다는 말로 의인화하고 시각화해 나타낸다. 사공을 불러 배에 돛을 달고 시름을 싣고 가라고 하면서 시각을 더욱 구체화한 장면을 그린다. 마음속의 시름을 해결하려면 밖으로 꺼내 구경거리로 만들어야 한다고 일깨워준다.

(2857.1) "술을 취케 먹고 두렷이 앉았으니/ 억만 시름이 가노라 하직한다/ 아이야 잔 가득 부어라 시름 전송 하리라" 여기서는 시름을 의인화하는 데 치중하고 시각화는 미흡하다.

「대천 바다 한가운데」(1314.1)

대천 바다 한가운데 뿌리 없는 나무 하나
가지는 열둘이요 잎은 삼백예순 잎이로다
그 남게 열매가 열렸으되 다만 둘이 열렸더라

- 율격 : 기본형
- 풀이 : 大川 바다 한가운데 뿌리 없는 나무 하나, 가지는 열둘이요 잎은
  삼백예순 잎이로다. 그 나무에 열매가 열렸으되 다만 둘이 열렸더라.

　나무 가지가 열둘이고, 잎은 삼백예순이라고 하는 것은 한 해의 달 수
와 날 수와 같다. 그 나무에 열린 열매 둘은 해와 달이라고 할 수 있다.
"그 남게 열매는 일월인가 하노라"라고 한 이본도 있다. 한 해의 시간이
가고 해와 달이 떠 있는 것을 두고 하는 말이다.

　大川 바다 한가운데 뿌리 없는 나무 하나라고 한 것은 무슨 뜻인가? 여
기서 말하는 大川 바다는 광대한 우주 공간이라고 할 수 있다. 광대한 우
주 공간에 뿌리 없이 솟은 나무가 우리가 사는 곳이다. 오늘날의 地球 인
식과 상통하는 발상이다.

　위에서 든 「천척루 두렷이 앉아」(4675.1)에서 "大海를 굽어보니"라고 한
것보다 훨씬 큰 최대의 상상을 펼친다. 인생에 관한 말은 없으나 보탤 수
있다. 너무나도 미미한 시름 거리에 매이지 말고 생각을 넓히자고 한다.

「이 몸 헐어니어」(3830.1)　　　　　　　　　　　鄭澈

이 몸 헐어내어 냇물에 띄우고저
이 물이 울어 예어 한강 여울 되다 하면
그제야 임 그린 내 병이 헐할 법도 있나니

■ 율격 : 기본형

■ 풀이 : 이 몸 헐어내어 냇물에 띄우고저. 이 물이 울어 예어 漢江 여울 된다고 하면, 그제야 임 그린 내 病이 헐할(나을) 법도 있나니.

몸을 헐어내서 냇물에 띄우고 싶다는 1단계의 소망에서 공간 만들기가 한 번 이루어진다. 자기 마음을 띄운 물이 울어 예어 한강 여울이 되기를 바라는 2단계의 소망에서 공간이 확장된다. 공간이 연결되면 마음의 거리가 가까워져서, 한강 가에 있는 임을 멀리서 그리워하는 자기 병이 덜해질 수 있다고 한다.

냇물에서 시작해서 한강에 이르는 확대 과정을 보여주다가, 한강은 넓고 큰 강인데 "한강 여울"이라고 한다. "여울"은 깊이가 얕고 경사가 심해 물이 빨리 흐르는 곳이다. 한강은 서울로 흘러가고, 서울은 임이 있는 곳이다. "울어 예어" 거기까지 이르는 자기 마음이 편안하지 않아 힘들게 흐르는 여울을 이룬다고 한 것 같다.

「내 마음 베어내어」(0929.1)　　　　　　　　鄭澈

내 마음 베어내어 저 달을 맹글고저
구만리 장천에 번듯이 걸려 있어
고운 임 계신 곳에 가 비추어나 보리라

■ 율격 : 기본형

■ 풀이 : 내 마음 베어내어 저 달을 만들고저. 九萬里 長天에 번듯이 걸려 있어 고운 임 계신 곳에 가 비추어나 보리라.

앞에서 든 「이 몸 헐어내어」(3830.1)와 비슷한 발상을 공간화 방식을 바꾸어 나타낸다. 자기 마음을 베어내어 달을 만들고자 한다. 몸을 헐어 냇물에 띄우고자 한다는 것보다 더욱 파격적인 발상이다. 물은 흘러가서 임과 연결되지만, 달은 九萬里 長天에 높이 떠서 임이 있는 곳을 비춘다. 그래서 자기가 임이 연결되게 하고, 어둠에 잠긴 임을 밝게 한다.

「이 몸 헐어내어」(3830.1)에서는 임과 이별하게 된 이유에 관해서는 아무 말도 없으나, 여기서는 임과 이별한 것은 임이 혼미해 어둠에 잠긴 탓이라고 암시한다. 물이 되어 흘러가 임보다 낮은 자리에 있다고 한 것도 고쳐, 달이 되어 비추는 자기는 임보다 위에 있다. 위에 있으면서 어둠을 밝히는 달이 되고 싶다고 한 데 임이 사리분별을 바르게 하도록 하겠다는 생각이 나타나 있다.

「인생 실은 수레」(3928.1)

인생 실은 수레 가거늘 보고 온다
칠십 고개 넘어 팔십 들로 진동한동 건너가거늘 보고 왔노라
가기는 가더라마는 소년행락 못내 일러 하더라

- 율격 : 확대일탈형. 중장은 4 4가 들어가 여섯 토막이고, 종장은 4가 들어가 다섯 토막이다.
- 풀이 : 인생 실은 수레 가거늘 보고 온다. 70 고개 넘어 80 들로 진동한동 (흔들흔들) 건너가거늘 보고 왔노라. 가기는 가더라마는 少年行樂 못내 일러 하더라 (마음에 두어 잊지 못한다고 하더라.)

세월이 흐르는 것을 수레가 가는 것으로 시각화해서 나타낸다. 70 고개를 넘어 80 들로 흔들흔들 건너가는 것을 보고 왔다고 한다. 가기는 가지만 소년 시절의 행락을 마음에 두어 잊지 못해 하더라고 한다. 수레를 타고 가는 사람이 있고, 그것을 보고 온 사람도 있다. 남의 인생을 구경하면서 자기를 되돌아본다는 말이다.

「산외에 유산하니」(2322.1)

산외에 유산하니 넘도록 뫼이로다
노중 다로하니 예도록 길이로다
산부진 노무궁하니 옐 길 몰라 하노라

- 율격 : 기본형

- 풀이 : 山外에 有山하니, 넘을수록 뫼가 더 많아진다. 路中에(길 가운데)
  多路하며(길이 많아지며), 갈수록 길이 더 많아진다. 山不盡(산이 없어
  지지 않고) 路無窮(길이 무한하니) 갈 길 몰라 하노라.

인생행로를 산을 넘고 길을 가는 데다 견주어 시각화해서 보여준다. 산
뒤에 산이 있어, 산은 넘을수록 더 많아진다. 길 가운데 길이 여럿이라,
갈수록 길이 더 많아진다. 산이 없어지지 않아 고난이 지속되고, 길이 너
무 많아 선택하기 어렵다. 어떻게 하면서 앞으로 나아가야 하는지 알지
못한다. 복잡하게 얽힌 그림을 보고 그 속에 들어가 길을 찾지 못하는 느
낌으로 인생을 되돌아본다.

종장 전반부까지는 같고 후반부는 다른 변이형이 여럿 있다. (2322.2)에
서는 "그를 슬퍼 하노라", (2322.3)에서는 "임 가는 데 몰라라", (2322.4)에
서는 "아니 가고 어이리"라고 한다.

「창 내고자 창을 내고자」(4522.1)

창 내고자 창을 내고자 이내 가슴에 창을 내고자
고모장지 세살장지 들장지 열장지 암톨쩌귀 수톨쩌귀 배목걸쇠 크
나큰 장도리로 뚝딱 박아 이내 가슴에 창 내고자
이따금 하 답답할 제면 여닫아볼까 하노라

- 율격 : 확대일탈형. 사설시조.

- 풀이 : 창 내고자, 창을 내고자, 이내 가슴에 창을 내고자. 고모장지, 세살장지, 들장지, 열장지(창의 종류). 암톨쩌귀, 수톨쩌귀, 배목걸쇠(창을 매다는 장치), 크나큰 장도리로 뚝딱 박아 이내 가슴에 창 내고자. 이따금 하 답답할 때면 여닫아볼까 하노라. "장지"는 방과 방, 방과 마루 사이에 끼우는 문이다. "고모장지"는 거북무늬 龜紋이 있는 장지이다. "세살장지"는 창살이 가는 장지, "들장지"는 들어 올려 매달 수 있는 장지, "열장지"는 열 수 있는 장지이다.

마음을 공간으로 나타내는 별난 방식을 보여준다. 마음은 가슴에 자리 잡고 있고, 마음이 울적하면 가슴이 답답해 창을 열듯이 열고 싶다고 한다. 이런 생각을 흥미롭게 형상화해 창을 만드는 작업을 길게 말한다.

"고모장지 세살장지 들장지 열장지"에서 창의 종류를 열거하고, "암톨쩌귀 수톨쩌귀 배목걸쇠"로 창을 기둥에다 매다는 장치를 들고, "크나큰 장도리로 뚝딱 박아" 창을 만든다고 한다. 창을 만드는 공사를 이렇게 진행한다고 상상하기만 해도 조금은 후련해질 수 있다. 비슷한 말을 이것저것 가져다 붙이면서 웃음을 자아내다가 "이따금 하 답답할 제면 여닫아볼까 하노라"라는 말로 결말을 삼는다. 가슴 답답한 것이 현재의 상황이 아니고 미래의 가정이라고 하는 여유를 보인다.

「한숨아 세한숨아」(5310.1)

한숨아 세한숨아 네 어느 틈으로 들어온다
고모장지 세살장지 가로다지 여닫이에 암톨쩌귀 수톨쩌귀 배목걸쇠
뚝닥박고 용거북 자물쇠로 수기수기 채웠는데 병풍이라 덜컥 접고 족
자라 댁대굴 만다 너 어느 틈으로 들어논다
어인지 너 온 날이면 잠 못 들어 하노라

- 율격 : 확대일탈형. 사설시조

- 풀이 : 한숨아 세한숨아 네 어느 틈으로 들어오는가? 고모장지, 세살장지, 가로다지 여닫이(창의 종류)에, 암톨쩌귀, 수톨쩌귀, 배목걸쇠(창을 매다는 장치) 뚝닥박고, 용거북 자물쇠로 수기수기 채웠는데, 병풍이라 덜컥 접고, 족자라 댁대굴 만다, 너 어느 틈으로 들어오는가? 어인지, 너 온 날이면 잠 못 들어 하노라.

이것도 마음을 공간으로 나타내는 별난 방식을 보여준다. 앞에서 든 「창 내고자 창을 내고자」(4522.1)는 창 노래라면, 이것은 벽 노래이다. 창을 내고자 한다고 하지 않고, 벽을 막고자 한다. 한숨이 나오지 않게 마음을 단단하게 먹는다는 것을 벽에 빈틈이 없게 단단히 막는다고 한다. 창을 낸다고 할 때와 거의 같은 말을 되풀이하고 "용거북 자물쇠로 수기수기 채웠는데"라는 말을 덧보탠다. 벽 안에다가 친 병풍을 접고 족자를 말고, 어느 틈으로 한숨이 들어오는가 하고 묻는다.

한숨은 어떻게 해도 막을 수 없다고 한다. 한숨을 막을 수 없다는 것을 알면서 공연한 노력을 한다고 장황하게 말한다. 한숨을 막으려고 거창한 공사를 해도 소용이 없는 것은 무슨 까닭인가? 한숨이 밖에서 들어오지 않고 안에서 생기기 때문이다. 한숨이 안에서 생기고 자기가 만들어낸다는 것을 부인하려고 아무 효과가 없는 방어 공사를 길게 한다고 했다.

(5311.1) "한숨아 세한숨아 네 어디로 들어온다/ 바람에 날려 든다 구름에 품겨 든다/ 아마도 너 온 날이면 잠 못 이뤄 하노라"라고 하는 것도 있다. 간략하게 말하면 이런 것을 길게 늘였다.

23 전달 방식

시조는 말하고자 하는 바를 수용자에게 전달한다. 전달의 내용은 장차 자세하게 살피기로 하고 전달하는 방식은 여기서 고찰한다. 전달 방식은 소통이기만 하지 않고 생략이기도 하다. 불통인 것도 있어, 그 나름대로의 기능이 있는 전달 방식 노릇을 한다.

231 소통

시조는 지은이 서술자가 내면의 생각을 나타내는 독백이다. 그러면서 독백을 들어줄 사람이 필요해 소통하기를 바란다. 소통은 작품 내부에서도 이루어져야 한다. 작품 내부의 소통이 들어주는 사람과의 소통과 직결된다. 작품 내부의 소통이나 들어줄 사람과의 소통을 시조에서는 최소한의 범위 안에서 구체하고 나머지는 생략한다. 정보 부족으로 소통에 차질이 생길 수도 있다.

「봄이 왔다 하되」(2040.1)   申欽

봄이 왔다 하되 소식을 모르더니
냇가의 푸른 버들 네 먼저 아도고야
어즈버 인간이별은 또 어찌하리오

- 율격 : 기본형
- 풀이 : 봄이 왔다 하되 소식을 모르더니, 냇가의 푸른 버들 네 먼저 아는구나. 어즈버 人間離別은 또 어찌하리오

버들에 온 봄의 소식을 말하다가 "어즈버"를 중간에 넣고 인간이별을 한탄한다. 정보 부족 때문에 이해할 수 없다고 물러서지 말고, 둘의 연관

이 어떻게 되는지 알면 작품 내부의 소통이 이루어진다. 봄이 왔다고 즐거워하지 않고 이별을 한탄하는 사람이 누구이며, 누구에게 하는 말로 이 노래를 하는가 알면 들어줄 사람과의 소통에 동참한다.

봄이 온 것은 반갑지만 곧 갈 것을 염려한다. 봄이 오자 가듯이 사람은 만나면 헤어진다. 이렇게 이해하면 인간이별을 한탄하는 연유를 알 수 있다. 이런 말을 왜 하는가 하는 의문은 노래하는 사람과 들어줄 사람의 관계를 알아야 풀리므로 정답은 없고 추측 가능성이 열려 있다. 한시를 여러 편 쓰거나 소설을 지을 만큼 생각해볼 수 있다.

시조는 제목이 없다. 다루는 사연이 구체화되어 있지 않다. 남녀노소가 각기 자기 말이라고 여길 수 있다. 한시는 이럴 수 없어 申欽이 시조도 지어 고위 관원이면서 문장 대가여서 지는 무거운 짐에서 벗어나 불특정의 창조자가 되어 누구와도 소통하는 자유를 누리려고 했다고 할 수 있다.[14]

「늙어도 막대 짚고」(1158.1) 金得研

늙어도 막대 짚고 병들어도 눕지 않아
솔 아래 두루 걸어 못 위에 앉아 쉬니
묻노라 이 어떤 할아비요 나도 몰라 하노라

■ 율격 : 기본형

■ 풀이 : 늙어도 막대 짚고 병들어도 눕지 않는다. 솔 아래를 두루 걸어 못 위에 앉아 쉬니, "묻노라, 이 어떤 할아비요?" "나도 몰라 하노라."

스스로 자문자답을 한다. "묻노라 이 어떤 할아비요?"라고 하고, "나도

---

14 정소연, 「신흠의 한시와 시조 비교」, 『조선 전·중기 시가의 양층언어문학사』(새문사, 2014)에서 이에 관한 자세한 고찰을 했다.

몰라 하노라"라고 대답한다. 자기가 누군지 자기에게 묻고, 자기를 누군지 모른다고 자기가 자기에게 대답한다. 절묘하게 얽힌 자문자답으로 늙고 병든 것을 마음에 두지 않아 모르고 살아가는 초연한 자세를 말한다.

「지란을 가꾸려 하며」(4465.1)　　　　　　　　　姜翼

지란을 가꾸려 하여 호미를 둘러메고
전원을 돌아보니 반이나마 형극이라
아이야 이 기음 못다 매어 해 저물까 하노라

- 율격 : 기본형
- 풀이 : 芝蘭을 가꾸려 하여 호미를 둘러메고 田園을 돌아보니 半이나마 荊棘(가시)이라. "아이야, 이 기음 못다 매어 해 저물까 하노라."

서술자가 하고 싶은 말을 다 하고, 종장 서두에서 "아이야"라고 소통 상대자를 부른다. 밭에 나갈 때 아이를 데리고 갔는지, 아이에게 어떤 일을 시키는지 불분명하다. 자기 말을 혼자 하고 말려고 하니 허전해 만만한 대화 상대를 막연하게 불러본다고 할 수 있다. 혼자만의 행동과 생각에 머무르지 않으려고 최소한의 소통을 시도한다.

(2593.1) "설월이 만건곤하니 천산이 옥이로다/ 매화는 반개하고 죽림이 푸르렀다/ 아이야 잔 가득 부어라 춘흥 겨워 하노라." 이것도 같은 본보기이다. (2955/1)(尹善道) "심심은 하다마는 일 없을쏜 밤이로다/ 답답은 하다마는 한가할쏜 밤이로다/ 아이야 일찍 자다가 동트거든 일러라." "아이야"는 상투어여서 많이 쓰이고, 할 말이 없으면 부른다고까지 할 수 있다. (4859.1) "초당에 곤히 든 잠을 학의 소리에 놀라 깨니/ 벽오동 이운 가지에 석양이 거의로다/ 동자야 낚싯대 가져 오너라 고기 낚게." "아이야"

와 함께 "동자야"도 많이 등장하는 상투어이다. 여기서 동자를 부른 것도 앞 대목과 이어지지 않는다.

「바람이 불려는지」(1800.1)

바람이 불려는지 나무 끝이 흐를긴다
밀물은 동으로 가고 혀는물은 서으로 돈다
사공아 넌 그물 걷어 사리 담고 닻 들고 돛을 높이

- 율격 : 확대일탈형. 종장에 4>3이 더 들어가 여섯 토막이다. 마지막 토막 "올려라"는 생략되었다.

- 풀이 : 바람이 불려는지 나무 끝이 후들긴다. 밀물은 동으로 가고, 혀는물은(썰물) 서으로 돈다. "沙工아, 넌 그물 걷어 사려 담고, 닻 들고 돛을 높이 (올려라)."

서술자가 초장과 중장의 말을 하고, 종장 서두에서 "사공아"라고 불러 말을 전한다. 사공에게 배를 띄워 출항하는 필요한 작업을 하라고 한다. 주문을 많이 해서 종장이 여섯 토막으로 늘어난 확대일탈형이다. "사공아"는 "아이야"나 "동자야"와는 다른 대화 상대이다. 앞뒤의 말과 관련 없이 마구 부를 수 없다. 배를 타는 곳이어서 사공이 있을 만해야 사공을 부른다.

(3652.1) "월명정 월명정커늘 배를 타고 추강에 드니/ 물 아래 하늘이고 하늘 위에 달 돋아 온다/ 사공아 저 달 건져라 완월장취 하리라." 여기서는 사공에게 무리한 주문을 한다. (1795.1) "바람은 지동치듯 불고 물결은 저절로 철철 뱃전을 친다/ 순풍도 아니요 왜풍도 아니요 세우강남에 일엽풍도 아니요 만경창파에 물바람이로다/ 사공아 노대로 저어라 경포대로."

여기서는 사공이 고난의 해결자이다.

「등 빗긴 들소 등 위에」(1491.1)

등 빗긴 들소 등 위에 피리 부는 저 아이야
너의 소 짐 없거든 나의 슬픔 실어다오
싣기는 어렵지 아니하나 풀 곳 없어

- 율격 : 기본형. 마지막 토막 "하노라"는 생략되었다.
- 풀이 : "등 빗긴 들소 등 위에 피리 부는 저 아이야, 너의 소 짐 없거든 나의 슬픔 실어다오," "싣기는 어렵지 아니하나 풀 곳 없어 (하노라)."

여기서는 "등 빗긴 들소 등 위에 피리 부는 저 아이야"라고 아이가 어떤 아이인지 초장에서 명시한다. 아이에게 하는 말에 대해 아이가 대답해서 대화가 성립된다. 슬픔을 소에게 실어달라고 하자 아이가 능숙하게 대답해 생각이 모자라는 것을 깨우쳐준다. 슬픔은 실어내면 없어진다고 생각하는데, 아이는 누가 풀어주어야 없어진다고 한다. 바보 같은 제안에 대해 슬기로운 대답으로 응수한다.

「달 뜨자 배 떠나니」(1274.1)

달 뜨자 배 떠나니 인제 가면 언제 오리
만경 창파에 가는 듯 돌아옴세
밤중만 지국총 소리에 애 끊는듯 하여라

- 율격 : 기본형
- 풀이 : "달 뜨자 배 떠나니 인제 가면 언제 오리?" "萬頃 蒼波에 가는 듯 돌아옴세." 밤중만 지국총(배 저으면서 하는 소리)에 애 끊는 듯하여라

초장에서 묻는 말에 대해 중장에서 대답한다. 묻는 사람이 누구이고 대답하는 사람이 누구인지 명시하지 않았으나, 문답의 내용을 보아 알 수 있다. 이별을 아쉬워하니 가는 듯이 돌아온다고 한 두 사람은 다정한 사이이고 신뢰가 두텁다. 대화가 끝난 다음 종장에서 보내는 사람의 심정을 말한다. 밤중에 배 젓는 소리를 들으면 창자가 끊어지는 듯한 슬픔을 느낀다고 한다.

「저 건너 월암 바위 위에」(4236.1)

> 저 건너 월암 바위 위에 밤중만치 부엉이 울면
> 옛 사람 이른 말이 남의 시앗 되어 잔밉고 얄미워 백반 교사하는 젊은 첩년이 급살 맞아 죽는다네
> 첩이 대답하되 아내님께서 망령된 말 마오 나는 듣자오니 가옹을 박대하고 첩 시샘 심히 하시는 늙은 아내님 먼저 죽는다네

- 율격 : 확대일탈형. 사설시조.
- 풀이 : "저 건너 月巖 바위 위에 밤중만치 부엉이 울면, 옛 사람 이른 말이 남의 시앗 되어 잔밉고 얄미워 百般 巧邪하는 젊은 妾년이 急煞 맞아 죽는다네." 妾이 對答하되, "아내님께서 妄靈된 말 마오 나는 듣자오니 家翁을 薄待하고, 妾 시샘 심히 하시는 늙은 아내님 먼저 죽는다네."

"저 건너"라는 말로 거리를 두고 한밤중의 어둠으로 흐린 시야를 더욱 불분명하게 해서, 月巖이라는 바위 위에서 부엉이가 울면 누가 죽는다는 전설을 신비스럽게 한다. 적대관계에 있는 처첩이 월암 바위 위에서 부엉이가 울면 사람이 죽는다는 전설을 각기 자기에게 유리하게 해석해 상대방이 죽는다고 했다.

어느 쪽이 죽을지는 전설이 어둠에 가려 있어 알 수 없지만, 둘이 다투

면서 하는 말은 비교해 평가할 수 있다. 아내가 "잔밉고 얄미워 백반 교사하는 젊은 첩년"이라고 하는 말은 감정에 들떠 있고 추상적이다. 첩이 "가옹을 박대하고 첩 시샘 심히 하시는 늙은 아내님"이라고 한 말은 정중하면서 구체적이다.

「이르랴 보자 이르랴 보자」(3770.1)

이르랴 보자 이르랴 보자 내 아니 이르랴 네 남진더러

거짓 것으로 물 긷는 체하고 통일랑 내려서 우물 전에 놓고 또아리 벗어 통조지에 걸고 건넛집 작은 김서방을 눈개어 불러내어 두 손목 마주 덥석 쥐고 쑤군쑤군 말하다가 삼밭으로 들어가서 무삼 일 하는지 잔 삼은 쓰러지고 굵은 삼대 끝만 남아 우줄우줄하더라 하고 내 아니 이르랴 네 남진더러

저 아이 입이 보드라워 거짓말 말아스라 우리는 마을 지어미라 실삼 조금 캐더니라

- 율격 : 확대일탈형. 사설시조.

- 풀이 : "이르랴 보자, 이르랴 보자 내 아니 이르랴 네 남진(남편)더러. 거짓 것으로 물 긷는 체하고 통일랑 내려서 우물 전에 놓고, 또아리 벗어 통조지(통꼭지)에 걸고, 건넛집 작은 김서방을 눈개어(슬쩍) 불러내어, 두 손목 마주 덥석 쥐고 쑤군쑤군 말하다가, 삼밭으로 들어가서 무슨 일 하는지 잔 삼은 쓰러지고 굵은 삼대 끝만 남아 우줄우줄하더라 하고 내 아니 이르랴 네 남진더러." "저 아이 입이 보드라워 거짓말 말아스라(말아라). 우리는 마을 지어미라 실삼 조금 캐더니라."

여인의 일탈 행위를 목격한 아이가 남편에게 이른다고 하고, 이에 대해 여인이 대답한다. 아이가 하는 말이 구체적인 내용을 자세하게 갖추고 길게 이어진다. 이에 대한 여인의 대답은 논리가 어긋나 해명이 되지 못한

다. 아이는 소통을 정확하게 하려고 하고, 여인은 소통에 차질이 생기게 해서 위기를 모면한다. 소통 경쟁에서 진 쪽이 이긴다.

"우리는 마을 지어미라 실삼 조금 캐더니라"는 파탄이 거듭되는 말이다. "나는 실삼 조금 캐었도다"라고 하면 말이 되지만 의혹 해명에는 미흡하다. 사람이 둘인 것을 아이가 보고 있어 "우리"라고 한다. "우리는 실삼 조금 캐었도다"는 것도 말이 되지만, 남의 밭 들어가 실삼을 캐는 이유를 밝힐 필요가 있어 "마을 지어미라"라고 하니 남녀로 이루어진 "우리"와 어긋난다. 실삼을 "캐었도다"라고 하면 사실과 명백하게 어긋나므로, "캐더니라"라고 해서 목격담을 전하듯이 말을 흐린다.

파탄이 거듭되는 말로 소통에 차질이 생기게 하는 것이 미숙한 임기응변으로 보이지만 능글맞은 작전이다. 소통이 불통이게 해서 불리한 처지에서 벗어나면서. 사회적 통념의 경직된 논법을 거부한다. 소통과 불통의 관계가 작품의 주제라고 할 수도 있다.

「달 밝고 서리 찬 밤에」(1212.1)

> 달 밝고 서리 찬 밤에 울고 가는 외기럭아
> 상사로 병이 되어 차마 못 살레라 전하여 주렴
> 우리도 짝 잃고 가는 길이라 전할지 말지

- 율격 : 기본형. 마지막 한 토막 "하노라"는 생략되었다.
- 풀이 : "달 밝고 서리 찬 밤에 울고 가는 외기러기야, 相思로 병이 되어 차마 못 살레라 전하여 주렴," "우리도 짝 잃고 가는 길이라 전할지 말지 (하노라)."

기러기는 멀리까지 날아가 말을 전하는 전달자로 생각한다. "相思로 병이 되어 차마 못 살레라"라는 말을 전해달라고 한다. 그런데 기러기는 "짝 잃고 가는 길이라"고 하는 자기 나름대로 절박한 사정이 있어 그 말을 전할지 말지 알 수 없다고 한다. 기러기에게 말을 전하는 첫 단계 소통은 이루어지나, 기러기가 말을 전하는 둘째 단계의 소통은 이루어질지 의문이다. 소통하기 어려운 것을 절감하게 한다.

(4807.1) "청천에 떠서 울고 가는 저 기럭아/ 너 가는 길이로다 한양성내 들어가서 부디 내 말 잊지 말고 외외쳐 이르기를 월침침 야삼경인 제 임 그려 차마 못 살러라 하고 부디 한 말 조금 전해주렴/ 우리도 임보러 가는 길이오매 전할동말동 하여라"는 「542 기러기」에서 고찰한다. 기러기가 말을 전달한다는 생각의 유래도 거기서 말한다.

「앞내나 뒷내나 중에」(3086.1)

앞내나 뒷내나 중에 소 먹이는 아이들아
앞내 고기와 뒷내 고기를 다 몰속 잡아내 다래끼에 넣어 네 쇠 궁둥이에다 얹어다가 주렴
목동이 대왈 서주 일이 많아 바삐 가는 길이오매 전할동 말동 하여이다

- 율격 : 확대일탈형. 사설시조.
- 풀이 : "앞내나 뒷내나 중에(둘 가운데 어느 쪽에서) 소 먹이는 아이들아. 앞내 고기와 뒷내 고기를 다 몰속(몽땅) 잡아내 다래끼에 넣어(넣어줄 터이니) 네 쇠 궁둥이에다 얹어다가 (전해) 주렴." 목동이 對曰(대답해 말하기를) "西疇(서쪽 밭) 일이 많아 바삐 가는 길이오매 전할동 말동 하여이다."

앞의 노래와 "전할동 말동"을 결말로 삼은 공통점이 있으면서 많이 다

르다. 기러기가 아닌 지나가는 아이를 전달자로 하고, 말이 아닌 물건을 전해달라고 부탁한다. 물건은 냇물에서 잡은 물고기이고, 전달하는 방식은 쇠궁둥이에 얹어 가는 것이다. 물고기를 누가 잡았는지, 누구에게 전달한다는 것인지 분명하지 않다. "전할동말동"이라고 하는 이유는 일이 많기 때문이라고 하기만 하지만, 더 많은 것을 생각하게 한다. "앞내나 뒷내나 중에 소 먹이는 아이들아"라고 불러 기분이 나쁜가? 하는 수작이 아니꼽다는 말인가? 남의 일에 관여하지 않겠다는 것인가?

「어디야 낄낄 소 몰아가는」(3146.1)

어디야 낄낄 소 몰아가는 노랑 대궁이 아이놈아 게 섰거라 말 좀 물어보자 저기 저 건너 웅덩이 속에 지지난 밤 장마에 고기가 매우 많이 모였기로 조리 종다래끼에 가득히 담아 짚을 많이 추려 먹에를 찔러 네 쇠 궁둥이에 얹어줄게 지나는 연로에 임의 집 전하여주렴

우리도 사주팔자 기박하여 남의 집 머슴 사는 고로 식전이면 여물을 하고 낮이면 농사를 짓고 밤이면 새끼를 꼬고 정밤중이면 언문자나 뜯어보고 한 달에 술 담배 곁들여 수백 번 먹는 몸이기로 전할동 말동

- 율격 : 확대일탈형. 사설시조. 마지막 토막 "하여라"가 생략되었다.

- 풀이 : "어디야 낄낄 소 몰아가는 노랑 대궁이 아이놈아, 게 섰거라. 말 좀 물어보자. 저기 저 건너 웅덩이 속에 지지난 밤 장마에 고기가 매우 많이 모였기로, 조리 종다래끼에 가득히 담아, 짚을 많이 추려 마개를 찔러 네 쇠궁둥이에 얹어줄게. 지나는 沿路에 임의 집 전하여주렴." "우리도 四柱八字 奇薄하여 남의 집 머슴 사는 고로 식전이면 여물을 하고 낮이면 농사를 짓고 밤이면 새끼를 꼬고 정밤중이면 諺文字나 뜯어보고 한 달에 술 담배 곁들여 수백 번 먹는 몸이기로 전할동 말동 (하노라.)"

냇물에서 잡은 물고기를 쇠궁둥이에 얹어 가서 전달해달라는 것은 앞의 노래와 같으면서, 전달하는 상대가 "임"이라고 명시되어 있다. 부탁하는 사람과 아이 양쪽 다 자기 말을 길게 한다. 핵심에서 벗어난 잡소리가 너무 장황해 용건 전달이 흐려진다. 각자 자기 말을 하면서 용건과는 무관하게 자기가 상대방과 어떻게 다른지 밝히는 간접적 대화가 더 큰 비중을 차지해 실질적인 주제를 이룬다.

초장에서 "어디야 낄낄 소 몰아가는 노랑 대궁이 아이놈아"라고 한 것은 상대방을 직분, 연령, 외모 등에서 낮추어본 말이다. 중장에서 많이 잡은 고기를 임의 집에 전해달라고 하면서 말을 길게 늘여 자기는 행운을 만나고, 풍요로움을 즐기고, 사랑하는 사람이 있다고 자랑해 아이를 비참하게 하려고 한다. 이에 대해 아이는 머슴살이를 하면서 하루 종일 하는 일이 많아 바쁜 몸이라고 하면서, 한가하게 놀러 다니는 사람과 처지가 얼마나 다른지 말한다. "정밤중이면 諺文字나 뜯어보고 한 달에 술 담배 곁들여 수백 번 먹는" 것도 들어, 예속 상태에서 벗어나 남들처럼 떳떳하게 살려는 의지가 있다고 한다.

이렇게 진행되는 간접적인 대화는, 처지와 의식이 상이한 집단이 어떤 말을 주고받을 수 있는가 보여준다. 이것은 사회문제를 두고 벌어지는 계층간의 대화이다. 간단한 용건에 관한 개인간의 대화로 작품을 구성하고서, 사회문제에 관한 계층간의 대화로 의미를 확대한다. 계층간의 대화는 主張竝行의 東問西答일 수 있다는 것까지 보여준다.

「달 밝고 서리 찬 밤에」(1212.1), 「앞내나 뒷내나 중에」(3086.1), 「어디야 낄낄 소 몰아가는」(3146.1), 이 세 작품은 소통과 불통의 관계를 앞에서 든 「이르랴 보자 이르랴 보자」(3770.1)와 같으면서 다르게 다룬다고 할 수 있다. 불통을 방어의 수단으로 삼는 것은 같으면서, 선행 화자와 사회적 위치에서 강약의 관계를 가지는 후행 화자는 자기 방어를 위해 일시적인 임

기응변이 아닌 지속적인 전략이 필요하다. 강자의 일방적인 요구를 불통으로 차단하고, 약자도 당당하게 살아간다는 것을 독자에게 알린다.

232 생략

시조는 짧은 노래이므로 할 말을 다 할 수 없다. 할 말을 다 하면 산문이 되고 만다. 생략할 수 있는 말은 최대한 생략해야 묘미가 있고 긴장이 조성된다. 생략된 말을 찾아내야 뜻하는 바를 알 수 있다. 찾아내는 능력에 따라 이해가 심화된다. 단서를 감추거나 진술이 당착되어 무엇을 생략했는지 알기 어려운 것들도 있다.

「무삼 일 이루리라」(1692.1)　　　　　　　　鄭澈

무삼 일 이루리라 십년지이 너를 좇아
내 한 일 없어서 외다 마다 하나니
이제야 절교편 지어 전송한들 어떠리

- 율격 : 기본형

- 풀이 : 무슨 일 이루리라 십년이나 되도록 너를 좇아도 내가 한 일 없다고, 그르다느니 그르지 않다느니 하는가? 이제야 絶交篇 지어 傳送한들 어떠리?

"무슨 일"이라는 것이 무엇인지 말하지 않는다. "너"라고 불러 "나"와 가깝다고 하는 대상을 십년이나 따라도 이룬 것이 없다고 한다. 이룬 것이 없다는 것이 시비의 대상이 되니 "너"와 "나"는 개인적인 관계는 아니다. 이제야 절교하는 글 써서 보내는 것이 어떤가 하는 말은 공개적인 선택이고 선언이다.

"너"는 무어인가? 공연히 탐닉하고 있는 무엇이다. "술"이라고 보면 쉽게 이해되지만, "벼슬"이 아닌가 하는 생각도 해볼 수 있다. 무언지 명시하지 않아 생각의 폭을 넓히도록 한다. 헛것에 집착하지 말아야 한다는 뜻으로 받아들이면 품격이 아주 높아진다. 생략법의 묘미를 말해주는 본보기로 삼을 만하다.

「우부도 알며 하거니」(3580.1) 　　　　　李滉

우부도 알며 하거니 그 아니 쉬운가
성인도 못다 하시니 그 아니 어려운가
쉽거나 어렵거나 중에 늙을 줄을 몰라라

- 율격 : 기본형

- 풀이 : 愚夫도 알며 하거니(하니) 그 아니 쉬운가. 聖人도 못다 하시니 그 아니 어려운가. 쉽거나 어렵거나 하는 가운데 늙을 줄을 몰라라.

무엇을 한다는 말이 없다. 가장 요긴한 말이 생략되어 있어 생각해 보충해야 한다. 愚夫도 알며 하고 聖人도 못다 하는 것이 무엇인가? "사람의 도리"이겠다.

사람이 사람답게 하는 도리는 우부도 알며 행하지만 성인도 못다 한다. 누구나 할 수 있는 일이지만 계속 노력해서 더 잘 해야 한다. 완성은 없으므로 꾸준히 노력해야 한다.

"쉽거나 어렵거나 중에 늙을 줄을 몰래라"라고 하는 것은 무슨 말인가? 하기는 쉬워도 잘 하기는 어려운 것을 더 잘 하려고 노력하면 늙지 않는다. 의욕을 지니고 노력하는 보람이 뿌듯한 덕분이 아니겠는가?

「고인을 찾으리라」(0294.1) 　　　　　權益隆

고인을 찾으리라 흘리저어 건너오니

수운 골 깊은 곳에 여기 일정 있으련만
승흥래 흥진거하니 아니 본들 그 어떠리

- 율격 : 기본형
- 풀이 : 故人을 찾으리라 흘리저어(물을 흘리며 배를 저어) 건너오니 水雲
  (물과 구름) 깊은 곳에 여기 一定(일정하게) 있으련만 乘興來(흥이 일어
  나면 오고) 興盡去하니(흥을 다하면 가니) 아니 본들 그 어떠리.

"乘興來 興盡去"는『世說新語』라는 데 있는 말이다. 중국의 서예가 王
羲之의 아들 王徽之는 아버지를 닮아 풍류를 즐기며 세속을 멀리했다.
어느 날 그는 달밤에 혼자 술을 마시며 풍류를 즐기다가 마음이 잘 맞는
친구가 보고 싶어 즉시 배를 띄우고 만나러 가다가 뱃머리를 돌렸다. 누
가 그 이유를 묻자 "吾本乘興而來 興盡而返 何必見安道"(흥을 타고 왔다
가 흥이 다해 돌아오니 반드시 만나야 하겠는가?)라고 대답했다고 한다. "乘
興來 興盡去"는 일시적인 흥은 오래가지 않는다는 뜻으로 풀이하기도 하
지만, 흥에 따라 자유롭게 노닌다는 말로 이해하는 것이 더욱 적합하다.
　이 노래에서 하는 말을 보자. 전에 가까이 지내던 사람인 故人이 물과
구름이 깊은 곳에 지금도 있는가 하고 서둘러 찾아보니 없다고 한다. "없
다"는 말은 생략되었다. 고인은 "乘興來 興盡去"하는 자유로운 사람이라
고 인정하고, "아니 본들 어떠리"라고 하면서 물러난다. 위에 든 고사에서
는 王徽之가 만나러 간 사람을 만나지 않고 돌아왔다고 한 말을 여기서는
새로운 뜻으로 사용한다. 흥에 따라 자유롭게 오가는 사람은 행방을 알
수 없으니 만나보지 않아도 무방하다고 한다.
　좀 더 생각하면 한층 깊은 뜻이 있다. 흥에 겨워 물과 구름을 따라 다니
는 고인을 세속에서 지내는 자기는 만나지 못하는 것이 당연하다. 전에는
가까이 지냈어도 그 뒤에 노니는 곳이 달라 재회가 가능하지 않다. 仙人

은 "水雲"을 오가면서 "乘興來 興盡去" 하고, 俗人은 "市井"에 머무르면서 "乘利來 利盡去"하는 것까지 일러주고자 한 줄 알아차려야 한다.

「내 말도 남이 마소」(0933.1)   張復謙

내 말도 남이 마소 남의 말도 내 아니네
고산 불고정에 좋아 늙는 몸이로세
어디서 망녕의 손이 검다 세다 하나니

- 율격 : 기본형
- 풀이 : 내 말도 하지 마소, 남의 말도 내 아니 하네. 孤山 不孤亭에서 (이곳이) 좋아 늙는 몸이로세. 어디서 忘倭된 손(손님)이 (머리가) 검다 세다 하는가.

"孤山 不孤亭"은 자기가 전라북도 임실군 孤山이라는 곳에 지은 정자이다. 말뜻을 새겨보면 "외로운 산에 있는 외롭지 않는 정자"이다. "외로운 산"은 사는 형편이라면, "외롭지 않는 정자"는 마음가짐이다.

외로워도 외롭지 않게 지내면서 시간의 진행에 순응해 늙는 것이 당연하다. "망녕의 손"이라고 하는 쓸데없는 간섭꾼이 머리가 검었다느니 세었다느니 하면서 늙음이 마땅하지 않다는 것은 잘못이다. 간섭꾼은 누구인지 분명하지 않으며, 또 하나의 자기일 수 있다.

"내 말도 남이 마소 남의 말도 내 아니네"라고 한 것이 험담을 금하는 도덕적 나무람만은 아니다. 작가 자기 인생관대로 사는 것이 당연하므로 간섭을 하지 말라는 말이다. 간섭꾼이 또 하나의 자기라면, 한 번 작정한 마음이 흔들리지 않게 하려고 이 노래를 지었다고 할 수 있다.

「전산에 놀던 사슴」(4292.1)   趙榥

전산에 놀던 사슴 뿔 간 후로 못 보거다
세상에 죄 없이 장종비적 무삼 일고
아마도 추풍에 뿔 굳거든 다시 볼까 하노라

- 율격 : 기본형
- 풀이 : 前山에 놀던 사슴 뿔 간 후로(갈이를 한 다음에는) 못 보겠다. 世上에 罪 없이 藏蹤秘跡(자취를 감추고 행적을 비밀로 함) 무슨 일인고? 아마도 秋風에 뿔 굳거든 다시 볼까 하노라.

"앞산에서 놀고 있던 사슴이 뿔 갈이를 한 다음에는 보이지 않는 것이 무슨 까닭인가?" 하고 묻는다. "가을바람이 불어 뿔이 굳으면 다시 볼까 하노라"라고 대답한다. 사슴은 해마다 뿔이 떨어지고 다시 난다는 것을 알려주려고 지은 노래는 아닐 것이다. 藏蹤秘跡이 사슴에게는 어울리지 않는 말이다.

사람의 행적을 사슴에다 견주어 말한다고 이해하면 왜 이런 말을 하는 지 알 수 있다. 힘을 잃으면, 죄를 짓지 않았어도 藏蹤秘跡을 처세술로 삼아 자취를 감추고 행적을 비밀로 하다가, 때가 되면 다시 나타나는 것이 마땅하다고 한다. 자문자답을 들려주면서 세상에 다시 나가겠다는 포부를 전한다.

「내라 내라 하니」(0925.1)

내라 내라 하니 내라 하니 뉘런고
내 내면 낸 줄을 내 모르랴
내라서 낸 줄 모르니 낸동만동 하여라

- 율격 : 축소일탈형. 중장이 3 3, 4만이어서 한 토막 모자란다.

- 풀이 : "내라 내라"하니 "내라고" 하는 이가 누구인고? "내가 내면" 낸 줄을 내 모르랴? 내라서 낸 줄 모르니 낸동만동 하여라.

시조에서는 찾기 어려운 "내"라는 말이 아홉 번이나 나와 특이하다. 그때문에 갈피를 잡기 어렵다. 차근차근 읽으면서 무슨 말을 하는지 알아보자.

초장에서는 "내가 내라고 하는 사람이 누구인고?"라고 묻는다. "누구"가 당연히 "내"인 것이 불분명해 문제가 생긴다는 말이다. 중장에서는 "내가 내면 낸 줄 내가 모르겠는가?"라고 반문했다. "누구"가 "내"라는 해답에 확신을 가지지 못하고 반문을 하는 소극적인 태도를 보여 문제가 해결되지 않는다. 종장에서는 "내가 낸 줄 모르니 내가 낸동만동 하여라"라고 했다. 내가 내인 줄 아는 것이 마땅하다고 하지 못해 내가 낸 것이 의미 없게 되지 않는가 염려한다.

"내가 내인 줄 모르지 않는가"라고 하는 것이 핵심이다. "내가"의 "내"는 인식의 주체이고 "내인 줄"의 "내"는 인식의 대상이다. 인식의 주체인 "내"가 인식의 대상인 "내"가 누구인지 모른다는 말이다. 인식의 주체인 "내"가 인식의 대상인 "내"를 안다는 것은 무엇을 말하는가? 이에 대한 해명은 생략되어 있으므로 생각해내야 한다.

인식의 주체인 "내"와 인식의 대상인 "내"는 동일체이므로 주객을 갈라거리를 두고 인식하려고 고민을 할 필요가 없다고 하지는 않는다. 그것은 자아 망각이다. 인식의 주체인 "내"가 인식의 대상인 "내"가 지닌 능력, 의지, 가능성 등을 알아차려 자신을 가지고 주체성을 확립하는 것이 마땅하다. 이것은 자아 각성이다. 자아 망각의 행복에서 벗어나 자아 각성으로 나아가는 진통을 보여주는 것이 작품 전체의 의미라고 할 수 있다.

「삼각산 비췬 곳에」(2379.1)　　　　　　李世輔

삼각산 비췬 곳에 한강수 푸르렀다
태산을 증인 삼고 녹수로 언약이라
지금에 산무궁수부진하니 네나 내나

- 율격 : 기본형. 마지막 한 토막 "다르랴"가 생략되었다.

- 풀이 : 三角山 비췬 곳에 漢江水 푸르렀다. 泰山을 證人 삼고 綠水로 言
  約이라. 지금에 山無窮水不盡(산은 무궁하고 물은 무진)하니 네나 내나
  (다르랴).

수수께끼 같은 말이다. "삼각산이 비췬 곳에 한강수 푸르렀다"는 것은
무슨 뜻인가? 서울을 상징하는 산과 물을 들고 국가가 "푸른" 기상을 지
니고 잘 되어 나간다고 말하는 것이 아닌가? "태산을 증인 삼고 녹수로 언
약이라"라고 한 것은 삼각산보다 더 큰 "태산"을 증인으로 두고, 한강수의
바탕을 이루는 녹수로 언약을 삼아, 왕조가 잘 되어 나가는 것을 영험한
山水가 보장한다는 말인 듯하다.

"山無窮水不盡"은 무엇인가? 서울을 떠나 멀리 귀양 가서 고난을 겪고
있는 상황에 관한 말인 것 같다. 무궁한 산과 끝없는 물이 앞을 가로막고
있어 귀양살이하는 곳에서 벗어날 수 없다. 산이 무궁하고 물은 끝이 없
다는 것이 현상 이면에 잠재되어 있는 가능성이다. 고난의 山水가 영험한
山水이기도 하다.

마지막의 "네나 내나"에는 "다르랴"라는 말이 더 있어야 하는데 생략되
었다. 삼각산과 한강수 곁에서 벼슬을 하는 "네"와 "山無窮水不盡"한 곳
에서 귀양살이하는 "내"가 다르지 않다고 한다. 나는 이곳 산수의 무한한
가능성을 알아차리고 있어, 삼각산과 한강수에 의지하는 너희들과 다르
지 않고, 오히려 더욱 우뚝할 수 있다. 한양 도읍의 삼각산과 한강수는 운

세가 소진되는 것을 막기 위해 증인이나 언약이 새삼스럽게 필요하지만, 이곳뿐만 아니라 전국 도처의 "山無窮水不盡"은 무한한 영험을 지니고 있어 빛나는 미래를 창조할 수 있지 않는가.[15]

李世輔(1832~1895)는 왕족이고 철종과 6촌 사이였으나, 안동김씨 세도 정권의 미움을 사서 수난을 겪었다. 고종이 즉위하는 1863년까지 3년 동안은 귀양살이를 하다가, 벼슬길에 올라 공조판서 · 형조판서를 역임했다. 근래에 개인 시조집『풍아(風雅)』및 그 초고와 이본이 발견되어, 남긴 작품이 무려 459수임이 판명되었다. 시조가 작품 수에서 누구도 따를 수 없는 우뚝한 위치를 차지할 뿐만 아니라, 경향이 다양해서 더욱 주목된다. 말을 다듬지 않고 쉽게 써서 다작할 수 있었다. 맨 마지막 토막은 생략하는 것을 보면 시조창을 전제로 해서 창작을 했다. 젊은 시절에 시조창을 하는 사람들과 어울려 놀면서 익힌 수법을 다채롭게 활용했다. 귀양살이를 하는 쓰라림을 토로하고, 백성이 살기 어려운 사정을 들어 정치를 비판했다.

「청산이 높다 한들」(4774.1)

청산이 높다 한들 부운을 어찌 매며
난석이 쌓였은들 유수를 막을쏘냐
이 몸이 걸인 되어 부니 그를 즐겨 하노라

- 율격 : 기본형
- 풀이 : 靑山이 높다 한들 浮雲을 어찌 매며. 亂石이 쌓였은들 流水를 막

---

15 동학을 창건해 새 시대를 위한 각성을 고취한 崔濟愚는 "한양 도읍 사백년이 지난 후의 하원갑에" 금강산 상상봉에서 신선을 만나 上元甲의 이상 세계가 시작된다고 알려주는 말을 들었다고 「몽중노소문답가」를 지어 노래했다.

을쏘냐? 이 몸이 乞人 되어 (바람처럼) 부니 그것을 즐겨 하노라

"靑山"과 "浮雲", "亂石"과 "流水"가 대조를 이루고 있다. 청산이 아무리 높아도 부운이라고 한 뜬 구름을 매달아 정지시키지 못한다. 난석이라고 한 함부로 쌓은 돌무더기가 엄청나도 유수라고 한 흐르는 물을 막을 수는 없다. 청산과 난석이 장애물 노릇을 해도, 부운과 유수는 제지되지 않고 가고 싶은 곳으로 어디든지 가는 자유를 누린다.

종장에서 "이 몸이 걸인 되어"는 왜 한 말인지 그 자체로는 알 수 없다. "乞人"을 부운과 유수와 연결시켜 보면 의문이 풀리기 시작한다. 걸인은 부운이나 유수처럼 한 곳에 머물지 않고 떠돈다. 부운이나 유수처럼 어디든지 가는 자유를 누리려면 걸인 노릇을 할 수밖에 없다. 행동을 제약하는 장애물을 넘어서서 걸인이 되어 떠돌아다니는 것을 즐긴다고 하려고 부운이나 유수부터 말한다.

"이 몸이 걸인 되어 부니"라고 한 "부니"는 무슨 말인가? "부니"는 "바람이 불다"라고 하는 "불다"의 활용형이 아닌 다른 말일 수 없다. "이 몸이 걸인 되어 바람처럼 부니"라고 하는 데서 "바람처럼"이 생략되었다고 보면 앞뒤가 연결된다. 앞에서 浮雲과 流水는 말하고 狂風이라고 할 만한 바람은 말하지 않아 보충한다. 걸인 노릇을 하면서 부운이나 유수와 짝을 이루는 광풍처럼 떠돌아다니는 방랑의 생애를 즐긴다는 시조가 있어 놀랍다.[16]

---

16 유랑인이 되어 떠돌아다닌다고 하는 동서고금의 시가 아주 많아 『서정시 동서고금 모두 하나 3 : 유랑의 노래』에다 모아 고찰했다. 시조에는 유랑의 노래가 없어 실망하다가 이것을 하나 찾아냈다. 하나만이라도 乞人이 되어 浮雲, 流水, 狂風처럼 떠돌아다니고자 한다고 해서 할 말을 다 하는 유랑의 노래이다. 누가 지었는가? 이름을 남기지 않은 것이 당연하다. 金時習은 유랑의 노래 한시를 여럿 지었으나 자기가 걸인이라고 하지는 않았다. 金炳淵은 乞食하면서 유랑의 시를 짓고

「세상에 사람들이」(2660.1)   金得研

세상에 사람들이 모두 채 어리다
살 줄만 알고 죽을 줄을 모르노라
<u>엇다 엇다</u> 두고 두고서 먹을 줄을 모르는다

- 율격 : 확대변이형. 종장 전반부가 $\underline{4}<5$이다.

- 풀이 : 세상의 사람들이 모두 채(아직) 어리석다. 살 줄만 알고 죽을 줄을
  모르노라 엇다 엇다 두고 두고서 먹을 줄을 모르는가?

세상 사람들이 모두 아직 어리석다고 한다. 중장에서는 죽을 줄을 모른
다고 하고, 종장에서는 먹을 줄을 모른다고 한다. "죽다"는 자동사이므로
주어만 필요하니 사람들이 죽는다는 말이다. "먹다"는 타동사이므로 목적
어가 있어야 한다. 무엇을 먹는다는 말인가? 앞의 말과 연결시켜보면, 먹
으면 죽는 것을 먹지 않고 죽을 줄 모른다고 한다. 무엇을 먹으면 죽는가?
해답은 "나이"이다. 사람들은 모두 살 줄만 알고 죽을 줄은 몰라 나이를
어디다 두었는지 모르고 먹을 줄을 모른다고 한다.

문맥이 이렇게 연결되는 것을 알면 작품이 이해되는 것은 아니다. 중요
한 의문이 남아 있다. 살 줄만 알고 죽을 줄은 모르는 것이 나쁜가? 나이
를 어디 어디가 두고 먹지 않을 수 있는가? 뒤의 의문부터 풀어보자. 나
이를 먹지 않는 것은 불가능한데 나이를 어디 둔지 모르게 버려두고 먹지
않으려고 하니 어리석고 잘못되었다. 살 줄만 알고 죽을 죽을 모르는 것

다니면서 삿갓 뒤에 자기 모습을 감추었다. 각설이는 求乞 광고판인 얼굴을 내놓
고 각설이타령을 불러댔다. 각설이타령이야말로 유랑의 노래 가운데 으뜸이다.
각설이 타령이 밀치고 들어오지 못해 시조에는 유랑의 노래가 이것 하나만이 아
닌가 한다.

도 어리석고 불가능하다. 공연히 딴 생각을 하지 말고, 먹을 나이를 기꺼이 먹고 죽을 때가 되면 당연하다고 여기고 죽는 것이 슬기로운 태도임을 은근히 깨우쳐준다.

金得硏(1555~1637)은 평생 벼슬하지 않고 경상도 禮安에서 산 선비이다. 선비의 처신과 고민을 다룬 시조를 74수나 지었는데 가집에 실린 것은 하나도 없고 필사본에만 남아 있다. 임진왜란 때 의병에 가담하고, 병자호란 때 국왕이 항복한 소식을 듣고 비분강개해 병을 얻어 세상을 떠났다.

「가고 가고 또다시 가도」(0001.1)

가고 가고 또다시 가도 오고 오고 또 고쳐 오네
제 나 되어 생각하면 나를 응당 한하련만
아마도 <u>세상사 뜻 같이 못하니</u> 그를 설워

- 율격 : 확대변이형. 종장 전반부가 3<9이다. 마지막 한 토막 "하노라"가 생략되었다.

- 풀이 : 가고 가고 또다시 가고, 오고 오고 또 고쳐 오네, 제 나 되어 생각하면 나를 응당 限(怨望)하련만, 아마도 세상사 뜻 같이 못하니 그를 설워 (하노라).

더 풀이할 말이 없으나, 무슨 뜻인지 알기 어렵다. 초·중·종장에서 한 말 (가) "가고 가도 또다시 가도 오고 오고 또 고쳐 오네", (나) "제 나 되어 생각하면 나를 응당 한하련만", (다) "아마도 세상사 뜻 같이 못하니 그를 설워 (하노라)"의 관련을 살펴보자. 말을 되풀이하지 않고 (가)·(나)·(다)로 일컫기로 한다.

(가)에서 가려고 해도 가지 못하고 온다는 것을 (다)와 연결시켜 보자. (가)가 (다)에서 세상사를 뜻 같이 하지 못하는 이유라고 할 수 있다. 그래

서 우선 최소한의 이해가 가능하다.

중간에 들어 있는 (나)에서는 무엇을 말하는가? 가려고 해도 가지 못하고 오는 사람이 "나"이다. "저"라고 한 상대방을 버리고 가다가 온다. 그 때문에 "저"가 "나"를 원망하고 말 것은 아니다. "저"가 "나" 되어 "나"의 입장에서 자기를 돌아보아도 뜻한 대로 되지 않는다고 한탄할 것이다.

(다)에서 세상사를 뜻대로 하지 못하니 서러워하는 사람은 누구인가? 당연히 "나"이지만, (나)에서 말한 바와 같이 "저"도 "나"라면 같은 생각을 할 것이다. 세상사를 뜻대로 하지 못하니 서러워한다는 것은 누구나 겪는 인생의 행로가 아닌가 한다.

「가난을 팔려 하니」(0003.1)　　　　　金應鼎

가난을 팔려 하고 세류영 돌아드니
연소 호걸들이 살 이야 많지마는
이내 풍월 겸하여 달라기로 팔지 말지

- 율격 : 확대변이형. 종장 전반부가 2<8이거나 4 >7이다. 마지막 한 토막 "하노라"가 생략되었다.
- 풀이 : 가난을 팔려고 細柳營 돌아드니, 年少 豪傑들이 살 사람이야 많지마는, 이내 風月 兼하여 달라기로 팔지 말지 (하노라).

細柳營은 이름이 중국에서 유래된 기율이 엄한 군영이다. 가난을 팔려고 細柳營 돌아든다는 것은 이해하기 어려운 말이다. 年少 豪傑들은 細柳營 군인일 것인데, 가난을 살 희망자가 많다는 것은 무슨 말인가?

끝까지 다 읽으면 이해의 단서를 가까스로 찾아낼 수 있다. 가난은 風月과 밀접한 관련이 있다. 가난하게 살면서 더 바라는 바가 없으니 풍월을 즐기는 마음의 여유가 있다. 다른 사람은 물론이고 細柳營의 年少 豪

傑들조차도 이런 줄 안다. 무예를 익히고 전공을 세워 입신하는 것보다 가난하게 살면서 풍월을 즐기는 것이 더 좋은 줄 안다.

가난을 팔려고 하니 희망자가 많은 것은 가난을 원해서가 아니고 가난과 밀접한 관련이 있는 풍월이 탐나기 때문이다. 가난만 팔아 넘겨주고 풍월은 간직하겠다는 것은 부당하다. 풍월을 원하면 가난을 감수해야 한다. 가난도 즐겁다고 해야 풍월을 즐길 수 있다는 것을 별난 방법으로 일깨워주는 노래이다.

「사랑이 사설과」(2246.1)

> 사랑이 사설과 둘이 밤새도록 힐우더니
> 사랑이 힘이 몰려 사설에게 지단말가
> 사랑이 사설더러 이르기를 나중 보자

- 율격 : 기본형. 마지막 한 토막 "하더라"가 생략되었다.

- 풀이 : 사랑과 辭說과 둘이 밤새도록 힐우더니(다투더니), 사랑이 힘에 몰려 辭說에게 지단 말가? 사랑이 辭說더러 이르기를 나중 보자 (하더라)

무슨 이상한 말인가? "사랑"과 "사설"은 왜, 어떻게 다투는가? 이에 관한 설명은 생략되고, 다툼이 전개되는 과정만 나타나 있다. 다툼이 전개되는 과정에 무엇이 생략되어 있는지 찾아내야 작품이 이해된다. 최소한의 단서만 제공하고 독자의 능력을 시험하는 작품이다.

장시간에 걸쳐 밤새도록 다투면 사설이 이기고 사랑이 진다. 사설은 여러 단계에 걸쳐 전개되는 논리이므로 장기전을 하면 유리하다. 사랑은 단계를 거치지 않고 논리를 넘어서는 이끌림이다. 오랜 시간을 두고 점차 성장하는 것이 아니다. "사랑이 힘이 몰려 사설에게 지단말가"라고 한

"힘"은 누구나 공유할 수 있는 합리적이고 도덕적인 설득력이다. 사설은 이런 힘으로 사랑을 누를 수 있다. 사랑은 공유자나 지지자를 모을 수 없고, 논리적이지도 않고 도덕적이지도 않아 통상적인 척도로 판정하면 무력하다. 사설과 싸워서 이기려고 하지 말고 물러나야 한다.

"사랑이 사설더러 이르기를 나중 보자"는 것은 무슨 말인가? 졌다고 시인해 사설을 안심시켜 물러나게 한 다음, 논리나 도덕의 간섭이 없는 틈을 타서 사랑이 사랑다울 수 있는 영역을 따로 마련하겠다는 말이다. 이기려고 하면 지고, 져야 이긴다. 일시적인 후퇴를 승리를 위한 작전으로 삼는 것이 슬기롭다.

「피좁쌀 못 먹던 해에」(5222.1)

> 피좁쌀 못 먹던 해에 무리꾸럭도 하도 하다
> 양덕 맹산 주탕이와 영유 숙천 화냥이년들 저 다 타 먹은 환자를 이 늙은이에게 다 물릴쏘냐
> 변리란 네 다 물지라도 밑을랑 내 다 담당하오리라

- 율격 : 확대일탈형. 사설시조
- 풀이 : 피좁쌀 못 먹던 해에 무리꾸럭(빚을 대신 물어주기)도 하도 하다(심하기도 심하다). 陽德 孟山 주탕이(술 파는 여자)와 永柔 肅川 화냥이년(서방질하는 여자)들, 저 다 타 먹은 還子를 이 늙은이에게 다 물릴쏘냐. 변리란 네 다 물지라도 밑을랑 내 다 담당하오리라.

陽德·孟山·永柔·肅川은 평안도의 고을 이름이다. 그런 고을의 술 팔고 몸 파는 여자들에게 늙은이가 하는 말이다. 피좁쌀도 못 먹을 정도로 흉년이 든 해에 그런 여자들이 환자를 타서 살고는 갚는 것은 자기에게 맡겨 빚을 대신 물어주는 무리꾸럭이 너무 심하다고 한다.

말이 되지 않는 말을 하니 있는 그대로 받아들이지 않고 뒤집어 생각해야 한다. 종장 말미에 "밑을랑 내 다 담당하오리라"라고 한 데 뒤집어 생각할 단서가 있다. "밑"은 앞에서 한 말과 연결시켜보면 환자 탄 곡식 元穀을 뜻하면서 여자의 생식기를 암시하는 말이기도 하다. 자기는 흉년이 든 해에 환자를 타서 花代로 삼더라도 여러 고을 몸 파는 여자들과 놀아나고 싶다고 한다. 자칭 늙은이가 어처구니없는 짓을 하면서 손해를 혼자 덮어쓴다고 엄살을 부리니 웃긴다. 환자의 변리는 상대하는 여자들이 물라고 하니 억지가 심하다. 色情의 욕구가 거듭되어 가만있지 못한다. 무슨 수를 써서라도 욕구를 충족시키면서 즐겁게 살자. 웃기는 짓을 하고 억지를 부리는 것이 멋들어지지 않는가. 평안도 사나이가 이렇게 하는 말이 기발한 상상을 갖추어 나타나 있다.

「얽거든 멀지 마나」(3282.1)

얽거든 멀지 마나 멀거든 얽지 마나
자른 키 큰 얼굴에 가잠도 가잘시고
경상도 일흔 두 고을에 수차 일어났구나

- 율격 : 기본형

- 풀이 : 얽거든 멀지(눈이 멀지) 마나(말거나), 멀거든 얽지 마나(말거나),
  짧은 키 큰 얼굴에 가잠도 가잘시고(모습들 잘도 갖추었다). 慶尙道 일흔
  두 고을에 수차 일어났구나.

무엇을 말하는가? 기이하게 생긴 사람 모습이다. "얽거든"이 앞에 있어 누구인지 알아내는 단서가 된다. 마마라고도 하는 천연두를 일으키는 귀신을, 경남 일대의 탈춤에 등장하는 손님탈에서 볼 수 있는 바와 같이 사람의 모습으로 상상한 것이라고 생각된다. "손님탈"의 "손님"은 천연두를

일으키는 귀신을 말한다. 손님탈은 크고 넓은 얼굴에 검은 반점이 잔뜩 찍혀 있다. 쓰고 노는 사람이 눈이 멀고 키는 작으면 더 어울린다.

　종장에서 하는 말은 경상도 일흔 두 고을에 마마가 몇 차례 유행했다는 것이다. "일어나더라"라는 회상법을 버리고 "일어났구나"라는 과거형을 사용해, 시조의 관습을 넘어서서 구어를 반영한 데서도 의사 표시가 확인된다. 뒤로 물러나지 않고 직접 보고 판단한 사실을 전해 실감을 돋우고자 한다.

　이렇게 풀이해도 소통이 이루어지는 것은 아니다. 마마가 유행한다는 것은 사실 보고에 그쳐 노래를 이룰 만한 내용일 수 없다. 다음 노래와 문답 관계에 있다는 것을 알아야 비로소 무슨 말을 하는지 알 수 있다.

「어깨는 사나이요」(3144.1)

어깨는 사나이요 낯 크기는 한 길이라
영남서 예 오니 멀긴들 아니 멀랴
각시님 아흔 아홉 사님에 일백 수차 일어 왔노라

- 율격 : 기본형
- 풀이 : 어깨는 사나이요(사나이답게 넓고), 낯 크기는 한 길이라, 嶺南서 여기 오니 멀긴들 아니 멀겠는가? 각시님 아흔 아홉 사님에 일백 數次 이루려고 이리 왔노라.

앞뒤 노래를 맞추어보면 소통이 이루어진다. 두 노래는 문답의 관계에 있다.[17) 문답요는 당사자들은 아는 사항을 생략해 국외자에게는 소통이

17　이 두 노래는 『古今名作歌』에 나란히 실려 있다. 자료 발견자 구사희가 『한국 고전 시가의 작품 발굴과 새로 읽기』(보고사, 2014), 326~327면에서 비교론을 했다.

되지 않을 수 있는데, 이것이 그 좋은 사례이다.

앞의 노래는 경상도 사나이가 못났다고 여인이 흉을 본 것이다. 이에 응답하는 뒤의 노래에서 경상도 사나이는 체구를 자랑하면서 그 여인의 백 번째 서방 노릇을 하려고 멀리서 온다고 한다. 누가 우위인지 가리기 어렵다.

앞뒤 노래에서 유사한 말이 대조를 이루고 있다. 원문을 들고 의미를 한자로 적는다. 얽거든(痘) : 어깨는(肩) ; 멀거든(盲) : 멀긴들(遠) ; 수츠(回數) : 수츠(序次) ; 이러낫구나(起) : 이러왓노라(至). 기발한 말장난이다.

233 불통

소통의 반대는 불통이다. 소통이 되지 않고 불통인 노래도 있다. 문맥의 의미는 알겠으나 그런 말을 왜 하는지 알지 못하는 불통도 있다. 문맥의 의미조차 알 수 없는 불통도 있다. 작자가 할 말을 다 하지 않고 고의적으로 불통을 만들 수도 있다. 불통은 실패작이라고 할 것이 아니다. 모든 노래에 어느 정도는 있는 불통의 요소가 정도 이상으로 확대될 수 있다는 것을 보여주어 그 나름대로 소중하다. 불통인 노래를 납득할 수 있게 풀이하는 것은 불가능하다, 가능한 추측을 빗나갈 것을 각오하고 하다가 말 수밖에 없다.[18]

------

18 禪詩는 고의적으로 불통을 만든 시이다. 통상적인 사고를 깨고 기존의 관념에서 벗어나도록 하려고 하려고 이해할 수 없는 말을 늘어놓는다. 고려 禪僧 慧諶은 "言路理路不得行"(말 길이나 이치 길을 가지 말라)는 지침을 제시했다. 근대의 惺牛가 「悟道頌」에서 "忽聞人語無鼻孔 頓覺三千是我家 六月鳶巖山下路 野人無事太平歌"(홀연히 콧구멍이 없다는 사람 말을 듣고 갑자기 삼천 세계가 내 집인 줄 깨닫는다. 유월 솔개 바위 산 아래 길에서 들사람은 일 없이 태평가를 부른다)고 한 것이 좋은 본보기이다. 『서정시 동서고금 모두 하나 4 : 위안의 노래』(내 마음의 바다, 2016)에서 이에 관해 고찰했다. 불통이 선시에서는 필수이고, 시조에서는 어쩌다가 보인다. 선시에서는 불통을 생각을 무한히 확대하는 방법으로 삼고, 시조

「닭은 시를 보고」(1245.1) 金履翼

> 닭은 시를 보고 개는 도적을 살피고
> 우마는 큰 구실 맡겨 다 기름직 하건마는
> 저 매는 <u>꿩 잡아 절로 바치던가</u> 나는 몰라 하노라

- 율격 : 확대변이형. 종장 전반부가 3 <9이다.
- 풀이 : 닭은 時(時間)을 보고, 개는 도적을 살피고, 牛馬는 큰 구실을 맡겨 기름직하건마는, 저 매는 꿩을 잡아 저절로 바치던가? 나는 몰라 하노라.

문맥의 의미는 모를 것이 없으나 왜 이런 말을 하는지는 알기 어렵다. 누가 매도 닭, 개, 우마와 같이 유익한 가축이라고 하는 부당한 주장을 해서 반론을 제기하는가? 닭, 개, 우마, 매 같은 사람들이 있다고 하고, 매 같은 사람을 평가절하하는가? 이 밖의 다른 추측이 가능한가?

「내 집이 길가이라」(0990.1) 鄭澈

> 내 집이 길가이라 풍설귀인 아자 하고
> 내 나쁜 밥 먹여 길러 내였거든
> 뉘라서 <u>내 개를 남의 개라</u> 하느뇨

- 율격 : 축소변이형. 종장 전반부가 3 <u>3</u>이다.
- 풀이 : 내 집이 길가이라 風雪歸人(바람 불고 눈 날리는데 오는 사람) 알자하고, 내 나쁜 밥 먹여 길러내었거든, 뉘라서(누가) 내 개를 남의 개라

의 불통은 착상을 특이하게 하려다가 생긴다. 선시는 멀리 떠나자고 하고, 시조는 지금 이곳의 삶을 되돌아보자고 한다.

하느뇨?

모르는 말은 없지만, 문맥이 연결되지 않는다. "내 집이 길가이라"라는 것은 왜 하는 말인가? 세상일을 살펴야 하는 위치에 있다는 말인가? 바람 불고 눈 날리는데 온다는 사람 "風雪歸人"은 누구인가? 박해를 받는 사람들인가? "風雪歸人"을 개가 아는가? 개를 기르면서 왜 나쁜 밥을 먹였는가? "내 개를 남의 개"라고 하는 사람은 누구인가? 풀 수 있는 의문이 하나도 없다.

정철은 시조를 잘 짓는데, 왜 이런 작품이 있는가? 능력 부족이나 실수는 아니리라. 자기는 할 말을 하고 즐거워하면서 다른 사람들은 알아보고 탈잡지 못하게 하려고 고의로 불통을 만들었다고 할 수 있다.

「이것이 무엇인가」(3738.1)

이것이 무엇인가 <u>듣도보도 못하던 것이로다</u>
우물 안 고길런가 널리 못 논 탓이로다
동자야 신 돌려놓아라 문외송출

- 율격 : 확대변이형. 초장 후반부가 7 > 4이다. 마지막 한 토막 "하여라"가 생략되었다.

- 풀이 : 이것이 무엇인가? 듣도 보도 못하던 것이로다. 우물 안 고길런가? 널리 못 논 탓이로다. 童子야, 신 돌려놓아라, 門外送出(하여라).

무엇을 못마땅하게 여긴다. 듣도 보도 못하던 것이라고 하고, 우물 안의 고기인가 한다. 널리 못 논 탓이라는 것은 식견이 부족해 옹졸하다는 말로 이해된다. 그런 것을 문밖으로 내보내야 하니 신을 돌려놓으라고 한다. 마음에 들지 않은 사람을 나무라고 배척하는 말이다.

모를 말이 없으나, 안 것은 아니다. 특정한 인물을 일방적인 기준에서 혼자 나무라는 수작이고, 받아들이는 사람이 공유하고 공감할 수 있게 하는 사안이 없다. 소통을 할 만한 내용이 없어 소통이 되지 않는다.

「내 쇠스랑 잃어버린 지가」(0960.1)

내 쇠스랑 잃어버린 지가 오늘날조차 찬 삼년이라
전전 끝에 문전하니 가시네 방구석 서 있다 하데
가지란 다 찢었을지라도 <u>자루 들일 구멍이나</u> 보내게

- 율격 : 확대변이형, 종장 후반부가 8 >3이다.

- 풀이 : 내 쇠스랑 잃어버린 지가 오늘날까지 찬 三年이라. 展轉(이리저리 함)끝에 聞傳하니(전하는 말을 들으니) 각시네 방구석에 서 있다 하데. 가지란 다 찢어졌을지라도 자루 들일 구멍이나 보내게.

문맥의 의미는 알겠으나, 왜 이런 말을 하는지 알기 어렵다. 각시의 사랑을 받으려고 찾아갔다가 천대받은 사실을 생각해낸다는 말인가? 잊고 있던 일에 관한 말이 전해지는가? 쇠스랑은 무엇을 말하는가? 남성의 상징물인가?

(1025.1) "네 이름 대라 하니 반죽인가 시죽인가/ 소상강 어디 두고 내 앞에 와 넘노난다/ 청풍아 하 불지 마라 유흥겨워 하노라", (0492.1)(高應陟) "그리 그러므로 그리 그러덧다/ 그렇지 아니면 이대도록 그러하랴/ 진실로 그러하덧다 그런 줄이 깃거라". 이런 것들도 불통이다.

24 전환 어구

시조는 네 줄일 수 있는 노래를 세 줄로 줄이느라고 종장 서두에 전환 어구라고 할 수 있는 특별한 장치가 있다. 이것이 시조가 시조다운 중요한 특징이다. 그 가운데 빈도 수가 높고 의미 변화가 있는 "아마도"·"어 즈버"·"두어라"·"하물며"·"차라리"를 들어 고찰한다.[19]

241 아마도

종장 서두의 전환 어구로 "아마도"가 가장 많이 쓰인다. "아마도"는 추측을 나타내는 말이다. 중장까지 한 말에다 추측을 보태 종장에서 마무리하는 데 쓰인다. 추측에 염려가 추가되기도 한다. 추측의 의미는 적게 지니고 전환의 기능을 수행하는 데 치중하기도 한다.

"아마도"는 예사 문장 어느 대목에든지 내놓을 수 있는 일반적인 언사이지만, 시조에서는 사용이 제한되어 있다. 종장 서두가 아닌 곳은 초장 서두에서만 아주 드물게 "아마도"가 보인다. 해당되는 사례가 (2990.1) "아마도 태평할쏜 우리 군친 이 시절이야…"(2991.1) "아마도 호방할쏜 청련거사 이적선이라…" 이 둘뿐이다.

「밭 갈아 소일하고」(1849.1)

밭 갈아 소일하고 약 캐어 봄 지나거다
유산 유수처에 임의로 소요하니
아마도 영욕 없는 몸은 나뿐인가 하노라

■ 율격 : 기본형

---

19 김대행, 『시조유형론』에서는 "종장의 套語"라고 하면서 이에 관한 고찰을 했다.

■ 풀이 : 밭 갈아 消日하고, 약 캐어 봄 지나거다(지났구나). 有山 有水處
(산이 있고 물이 있는 곳에) 任意로(뜻대로) 逍遙하니(거닐고 다니니), 아
마도 榮辱 없는 몸은 나뿐인가 하노라.

초장에서는 구체적인 작업을, 중장에서는 추상적인 행적을 말한 다음,
종장에서 총괄하면서 "아마도"라는 말을 앞세웠다. 종장에서 "영욕 없는
몸이 나뿐인가"라고 하는 것은 추측해서 하는 말이다. 추측해서 하는 것
이 마음에 들어 "하노라"라는 말로 결말을 맺는다. "아마도 … 나뿐인가
하노라"는 더러, "아마도 … 하노라"는 자주 쓰이는 말이다.

「이롱과 목고함을」(3769.1)

이롱과 목고함을 웃지 마소 벗님네야
청산에 눈 열리고 녹수에 귀가 밝아
아마도 고치기 쉽기는 이 병인가 하노라

■ 율격 : 기본형

■ 풀이 : 耳聾(귀 먹음) 目瞽(눈 멀음)함을 웃지 마소 벗님네야. 靑山에 눈
열리고, 綠水에 귀가 밝아, 아마도 고치기 쉽기는 이 병인가 하노라.

자기 병이 고치기 쉽다고 하는 이유는 한참 생각해야 한다. 혼탁한 세
상에 나갔다가 정신이 혼미해져 귀 먹고, 눈 멀었다가 깨끗한 자연으로
돌아와 마음을 맑게 하니 병이 나았다는 말이다. "아마도"는 추측을 위한
말이면서 생각을 가다듬도록 한다.

(1173.1) "늙은이 불사약과 젊은이 불로초는/ 봉래산 제일봉에 건너가
면 얻어오려니와/ 아마도 이별 없을 약은 못 얻을까 하노라", (0606.1) "까

128

마귀 검다 하고 백로야 웃지 마라/ 겉이 검은들 속조차 검을쏘냐/ 아마도
겉 희고 속 검을쏜 너뿐인가 하노라", (2200.1)(朴良佐) "사람들 자식 낳거
든 부디 충효를 가르치소/ 충효를 못하면 난신적자에 가까우니/ 아마도
가국흥망이 자식과 신하에 있느니라" 이런 데서도 "아마도"가 추측을 하
는 본래의 의미를 지닌다.

「고성을 벌써 지나」(0277.1)

> 고성을 벌써 지나 통천을 거의 오니
> 석로 험한데 세우는 무삼 일고
> 아마도 안개 깊으니 갈 길 몰라 하노라

- 율격 : 기본형
- 풀이 : 高城을 벌써 지나 通川을 거의 오니, 石路(돌길이) 險한데 細雨
  (가는 비)는 무삼(무슨) 일고(일인고)? 아마도 안개 깊으니 갈 길 몰라 하
  노라.

高城과 通川은 강원도의 고을 이름이다. 산이 많아 길을 가기 어려운
곳이다. 高城을 지나 通川에 오니 石路 험한데 細雨가 오는 것은 무슨 일
인가 하고 자기의 행로를 말하다가, 화제를 전환해 "안개 깊으니"라고 하
고, 추측을 보태 "갈 길 몰라 하노라"라고 한다. "아마도"가 전환의 기능과
추측의 기능이 대등하다고 할 정도로 함께 지닌다.

「청풍대 바삐 올라」(4837.1)   徐文澤

> 청풍대 바삐 올라 사선암을 건너오니
> 천간 지비하여 몇 천 년을 기다린다
> 아마도 갈 길이 천리니 다시 볼까 하노라

- 율격 : 기본형

- 풀이 : 淸風臺 바삐 지나 四仙巖을 건너오니 天慳地秘(하늘과 땅이 신
  비)하여 몇 千年을 기다리는가? 아마도 갈 길이 千里니 다시 볼까 하노
  라.

四仙巖은 전라북도 무주군 무풍면 철목리에 있는 바위이다. 주위가 절
경이어서 옛적의 신선 商山四皓가 놀다 갔다고 하고, 신라 때 永郎, 述
郎, 南郎, 安詳, 네 화랑이 머물렀다고도 한다. 淸風臺는 확인되지 않으
나 그 근처에 있을 듯하다.

둘 다 어디 있는지 몰라도 이름을 보면 맑은 바람이 불고 신선들이 노
는 곳임을 알 수 있다. 바삐 오르고 건너와 바라보는 두 곳의 빼어난 경치
는 하늘과 땅의 신비를 간직하고 몇천 년을 기다리고 있는가 하고 묻는
다. 갈 길이 천리여서 이번에는 오래 보고 있지 못하고 다시 와서 볼까 한
다.

"아마도"는 다시 와서 보게 되리라고 추측하는 말이면서, 화제를 전환
하는 표시이기도 하다. 기다린다는 "千年"이 갈 길 "千里"와 짝을 이룬다.
"아마도"가 대조를 이루는 것들의 경계를 만드는 또 하나의 기능을 수행
한다.

「철없는 아이들은」(4704.1)   金履翼

철없는 아이들은 덩덩하면 굿만 여겨
동서로 분주하여 섰을 줄을 모르는구나
아마도 그렁 굴다가는 네 매우 상할까 하노라

- 율격 : 기본형

- 풀이 : 철없는 아이들은 덩덩하면 굿만 여겨, 東西로 奔走하여 섰을 줄

을 모르는구나. 아마도 그렁(그렇게) 굴다가는 네 매우 傷할까 하노라

"아마도 … 하노라" 중간에 "나"가 아닌 "너"가 들어가 있다. 굿 구경을 다니면서 동서로 분주해 섰을 줄 모르면 "너"는 몸이 상할 것이니 조심하라고 한다. "아마도"를 앞세워 잘못될 가능성을 추측하면서 염려한다.

「꿈으로 차사 삼아」(0698.2)

꿈으로 차사 삼아 먼 데 임 오게 하면
천리 만리라도 순식간에 가련마는
아마도 꿈이 허망하니 임을 오게 할까

- 율격 : 기본형
- 풀이 : 꿈으로 差使 삼아 먼 데 임 오게 하면, 千里 萬里라도 瞬息間에 가련마는 아마도 꿈이 虛妄하니 임을 오게 할까?

초 · 중장에서 확실한 듯한 말을 하다가 생긴 의심을 종장 서두의 "아마도"에서 나타냈다. 꿈으로 차사를 삼을 수 있다고 생각을 뒤집어 꿈이 허망하다고 한다. 여기서도 "아마도"는 추측을 나타내면서, 실현 가능성이 없지 않는가 하고 의심하는 것을 더욱 구체적인 의미로 한다.

「벽해에 몸을 두니」(1993.1)   李世輔

벽해에 몸을 두니 상전을 생각하고
기곤이 자심하여 농업을 경륜이라
아마도 예로부터 풍상 없는 호걸 적어

- 율격 : 축소변이형. 종장 전반부가 3<4이다.

■ 풀이 : 碧海(푸른 바다)에 몸을 두니 桑田(뽕나무 밭)을 생각하고, 飢困(배고픔)이 滋甚하여 農業을 經綸이라. 아마도 예로부터 風霜 없는 豪傑 적어.

"桑田碧海"는 "뽕밭이 푸른 바다가 되었다"는 뜻이다. 이 말을 이용해 碧海의 患亂을 겪으면서 예전 좋은 때의 桑田을 생각한다. 飢困이 자심해서 평소에 하지 않던 농업을 經綸하지 않을 수 없다고 하는 것으로 말이 이어졌다. 이런 사정을 들어 말하고자 한 바를 종장에서 밝혀 "예로부터 풍상 없는 호걸 적어"라고 하려고 "아마도"를 말머리로 삼는다. "아마도"가 추측의 의미는 적고, 화제 전환을 위한 표시로 쓰인다.

「청산에 눈이 오니」(4761.2)

청산에 눈이 오니 산 빛이 옥이로다
저 산 푸르기는 봄비에 있거니와
아마도 백발 검은 약은 못 얻을까 하노라

■ 율격 : 기본형
■ 풀이 : 靑山에 눈이 오니 산 빛이 玉이로다. 저 산 푸르기는 봄비에 있거니와, 아마도 白髮 검을(백발을 검게 할) 약은 못 얻을까 하노라.

청산에 눈이 와서 옥빛이지만, 봄비가 오면 다시 푸르러진다. 이렇게 말한 다음 "아마도"를 앞세워 검은 머리가 백발이 된 것을 되돌리는 봄비와 같은 약은 얻을 수 없다고 한다. "아마도"는 백발을 되돌리는 약은 얻을 수 없다고 추측하는 의미를 지니기도 하지만, 눈에서 백발로 화제를 전환하기 위해 잠시 멈추는 것을 더욱 중요한 기능으로 한다.

「자규야 울지 마라」(4118.1)

자규야 울지 마라 네 울어도 속절없다
울거든 너만 울지 나를 어이 울리는다
아마도 네 소리 들을 제면 가슴 아파 하노라

- 율격 : 기본형

- 풀이 : 子規(두견이)야 울지 마라, 네 울어도 속절없다(어쩔 수 없다). 울 거든 너만 울지 나를 어이 울리느냐? 아마도 네 소리 들을 제면 가슴 아 파 하노라.

자규가 울어도 속절없다. 자규가 울어 나를 울린다. 이 두 말을 한 다 음, "아마도"를 앞세우고 자규 우는 소리를 들으면 내 가슴이 아프다고 하 는 다른 말을 한다. "아마도"가 어떤 구실을 하는가?

추측의 의미가 조금은 있다. 자규의 울음과 내 가슴 아픈 것이 관련을 가진다고 조금만 추측한다. 더 중요한 것은 말을 바꾸기 위해 멈추도록 하는 휴지의 기능이다. 가슴 아프다고 하는 말은 조금 쉬었다가 해야 한 다.

(5311.1) "한숨아 세한숨아 네 어디로 들어온다/ 바람에 날려 든다 구름 에 품겨 든다/ 아마도 너 온 날 밤에 잠 못 이뤄 하노라", (1778.1) "바람 불 어 쓸어진 남기 비 오다 싹이 나며/ 임 그려 든 병이 약 먹다 하릴쏘냐/ 아 마도 너로 둔 병이나 네 고칠까 하노라", (1523.1) "마음아 너는 어이 늙을 줄 모르는다/ 네 늙지 아니커든 이 얼굴 젊게 하렴/ 아마도 못 젊는 인생 이 아니 놀고 어이리", (2483.1) "새 짐승 못된 것이 두루미 네로구나/ 겉풍 신 헛소리로 사람을 어리온다/ 아마도 주인을 위하여 때때 우는 닭만 못 할까 하노라", 이런 데서도 "아마도"는 추측보다 휴지를 더 중요한 기능으

로 한다.

「오수를 늦이 깨어」(3436.1)　　　　　　　　　金天澤

오수를 늦이 깨어 취안을 열어 보니
밤비에 갓 핀 꽃이 암향을 보내나다
아마도 산가에 맑은 맛이 이 좋은가 하노라

■ 율격 : 기본형
■ 풀이 : 午睡를 늦이(늦게) 깨어 醉眼을 열어 보니, 밤비에 갓 핀 꽃이 暗香을 보내는구나. 아마도 山家의 맑은 맛이 이 좋은가 하노라.

여기서는 "아마도"가 추측한다는 뜻은 지니지 않는다. 산가의 맑은 맛이 좋다는 것은 추측할 일이 아니다. 초·중장에서 한 말을 다른 것으로 전환시켜 종장에서 마무리를 하려고 "아마도"를 앞에 넣는다. "아마도"가 전환의 기능을 수행하기만 한다.

金天澤은 생몰연대 미상이고, 숙종 때 포교를 했다고 한다. 가객으로서의 활동에 전념해서 가단의 중심인물이 되었다. 1728년(영조 4)에 『靑丘永言』을 편찬해서 시조 집성의 획기적인 업적을 이룩하고, 시조 창작에도 계속 힘써 73수쯤 되는 작품을 남겼다. 한시에서 마련된 규범이 문학의 척도라고 믿고 그만 못한 시조도 같은 위치에 올려놓고자 했으며, 사대부의 풍류를 가객들의 시조에서도 재현할 수 있다는 것을 보여주어 인정을 받고자 했다.

242 어즈버

"어즈버"는 감탄사이다. 오직 종장 서두에서, 중장까지 하는 말을 감탄하면서 마무리한다. 종장 서두가 아닌 다른 곳에는 사용되지 않는다. 위에서 살핀 "아마도"는 초장 서두에도, 다음에 드는 "두어라"는 중장 서두에도 등장하는 것과 다르다. 그러나 감탄은 적게 하고 마무리하는 기능이 두드러진 것도 있어 "아마도"로 바꾸어놓을 수 있다.

「서까래 기나 자르나」(2506.1)

서까래 기나 자르나 기둥이 기우나 트나
수간 모옥이 작은 줄 웃지 마라
어즈버 만산나월이 다 내 것인가 하노라

- 율격 : 기본형
- 풀이 : 서까래 기나 짧으나, 기둥이 기우나 트나. 數間 茅屋(초가)이 작은 줄(것을) 웃지 마라. 어즈버 滿山(산에 가득한) 蘿月(담쟁이덩굴 사이로 바라보는 달)이 다 내 것인가 하노라.

초 · 중장에서 집이 초라해도 웃지 말라고 한 것과 종장에서 "滿山蘿月이 다 내 것"이라고 한 말 사이에는 상당한 거리가 있다. "어즈버"가 전환의 기능을 담당해, 당황하지 않고 무슨 말을 하는지 생각해서 이해하도록 한다. 이 경우에도 "어즈버"를 "아마도"로 바꾸어놓을 수 있다. 이것도 "어즈버 …인가 하노라"이다.

「적객의 벗이 없어」(4265.1)　　　　　　　　李慎儀

적객의 벗이 없어 공량의 제비로다
종일 하는 말이 무삼 사설 하는 것고
어즈버 내 품은 시름은 너로만 하노라

- 율격 : 기본형

■ 풀이 : 謫客의 벗이 없어 空樑(빈 서까래)의 제비로다. 종일 하는 말이 무슨 辭說 (말)하는 것인가? 어즈버 내 품은 시름은 너로만 하노라. (너에 의해서만 나타나노라).

귀양살이하는 사람의 벗은 없어 빈 서까래의 제비를 벗으로 한다고 한다. 제비가 종일 하는 말이 무슨 사설인가 하고 묻는다. "어즈버"가 감탄과 전환 두 가지 기능을 하도록 하고, 자기가 품은 시름은 제비에 의해서만 나타난다고 한다. "어즈버"를 "아마도"로 바꾸어놓을 수 있다.

(1978.1)(金振泰) "벽상에 걸린 칼이 보믜가 났단 말가/ 공 없이 늙어가니 속절없이 만지노라/ 어즈버 병자국치를 씻어볼까 하노라"는 「422 위국」에서 고찰한다.

「세우 지는 날에」(2681.1)　　　　　　　　　　　徐文澤

세우 지는 날에 빈 배 혼자 앉아
낚시 들이치고 연파에 잠겼으니
어즈버 미끼에 드는 고기 내 분인가 하노라

■ 율격 : 기본형
■ 풀이 : 細雨 지는(떨어지는) 날에 빈 배 혼자 앉아 낚시 들이치고 煙波(안개 낀 물결)에 잠겼으니, 어즈버 미끼에 드는 고기 내 分인가 하노라.

초 · 중장에서 한 말과 종장 사이에는 거리가 있다. "어즈버"에서 말을 멈추어 "미끼에 드는 고기"라는 말을 왜 하는지 생각할 수 있게 한다. 細雨 지는 날에 빈 배에 홀로 앉아 낚시를 들이친다고 하고, 煙波에 앉았다고 부언한 것은 月山大君, 「추강에 밤이 드니」(4939.1)에서처럼 마음을 비웠다는 말이다. 그런데 자기 미끼에 고기가 든다고 하니 뜻밖의 행운인가? 숨은 의도가 적중했는가? "어즈버"가 들어가, 고기가 든다고 감탄하는 말이 전환을 위해 더 큰 구실을 한다. 이것도 "어즈버 …인가 하노라"이다. "어즈버"를 "아마도"로 바꾸어놓을 수 있다.

「환자 타 산다 하고」(5482.1)　　　　尹善道

환자 타 산다 하고 그를사 그르다 하니
이제의 높은 줄을 이러구러 알관지고
어즈버 사람이 외랴 해운의 탓이로다

- 율격 : 기본형

- 풀이 : 還子 타 산다 하고 그르고 그르다 하니, 夷齊(伯夷와 叔齊)의 (뜻이) 높은 줄을 이러구려 알겠구나. 어즈버 사람이 잘못되었는가? 海運의 탓이로다.

나라에서 빌려주는 곡식 환자를 타서 산다고 하고, 이것은 그르고 그른 짓이라고 하니, 나라를 등지고 굶주려서 죽은 伯夷와 叔齊의 지조가 높은 줄 이렇게 해서 알겠다고 한다. 초·중장에서 이렇게 말하고, "어즈버"로 화제를 전환해 그르다고 스스로 말하는 짓을 하는 것이 사람이 그른 까닭이 아니고 해의 운수가 흉년이 들어 나쁜 탓이라고 했다. "어즈버"는 전환을 담당하면서 감탄을 한탄으로 나타내기도 한다. 이 경우에도 "어즈버"를 "아마도"로 바꾸어놓을 수 없다.

「흐린 물 얕다 하고」(5538.1)　　　　鄭希良

흐린 물 얕다 하고 남에 먼저 들지 말며
지는 해 높다 하고 번외의 길 예지 마소

어즈버 날 당부 말고 네나 조심 하여라

- 율격 : 기본형
- 풀이 : "흐린 물 얕다 하고 남보다 먼저 들지 말며, 지는 해 높다 하고 藩
  外(영역 밖)의 길 예지(가지) 마소." "어즈버 날 당부 말고 너나 조심하여
  라."

두 사람의 대화이다. 한 사람이 흐린 물 얕다고 하면서 남보다 먼저 들
어가지 말고, 지는 해 높다고 하면서 늘 다니던 길이 아닌 길은 가지 말라
고 충고한다. 다른 사람이 "날 당부 말고 너나 조심하여라"고 한다.

여기서는 "어즈버"가 감탄은 아닌 전환의 기능을 한다. 초 · 중장에서
하는 말을 종장에서 되받아친다. 화자가 바뀌고 수비가 공격으로 전환된
다. "어즈버"를 "아마도"로 바꾸어놓을 수 없다.

鄭希良(1469~ ?)은 과거에 급제해 벼슬길에 나아갔다가 士禍를 만나
귀양 갔다가 자취를 감춘 사람이다. 강변에 신발만 남기고 종적이 없어,
신선이 되었다는 말을 듣는다. 화를 당하지 않으려면 조심해서 살아야 한
다고 하려고 이런 노래를 지었다.

「녹양 홍료변에」(1066.1)   桂月

녹양 홍료변에 계주를 느짓 매고
일모 강상에 건널 이 하도할사
어즈버 순풍을 만나거든 혼자 건너 가리라

- 율격 : 기본형
- 풀이 : 綠楊(푸른 버들) 紅蓼邊(붉은 여뀌가 있는 강변) 桂舟(계수나무 배)
  를 느직이 매고, 日暮 江上에 건널 이 많기도 많구나. 어즈버 順風을 만
  나거든 혼자 건너가리라.

"綠楊 紅蓼邊"에 "桂舟"를 느짓 매고, "日暮 江上"에 건널 이가 많다는 것은 무슨 말인가? 이상향에 대한 동경이라고 할 수 있다. 동경을 한다고 해서 이상향에 이를 수 있는 것은 아니다. 이렇게 말해놓고 생각을 돌리도록 하고, 가능한 기회를 얻으면 혼자 가겠다고 한다. "어즈버"가 감탄은 없고 전환만이다. "아마도"로 바꾸어놓을 수 없다.

243 두어라

"두어라"도 "아마도"나 "어즈버"와 함께 종장 서두에 자주 나타난다. 어떤 행동을 더 하지 말고 중단하라는 "그만두어라"의 준말인데, 독자적인 의미와 쓰임새를 갖추고 있다. 다른 사람들에게 권유하지 않고, 스스로 자기를 위해 결단을 내릴 때 사용한다. 영탄조의 언사여서 감탄을 내포한다. 감탄의 비중이 큰 것은 "어즈버"로 바꾸어놓을 수 있다. "두어라"가 중장 서두에 나타나는 사례는 하나 (5026.1) "…두어라 어찌하여 천분이 그렇거니…"라고 하는 것이 있다. "두어라"와 비슷한 말에 "아서라"가 있는데, 종장 서두에 사용된 용례가 일곱 개 정도 된다.

「삭풍이 되오 불어」(2293.1)   李蒔

삭풍이 되오 불어 대해를 흔들치니
일엽 편주로 갈 길이 아득하다
두어라 이 배 한 번 기운 후면 붙일 곳이 없으리라

- 율격 : 기본형인데 종장이 길어졌다.
- 풀이 : 朔風이 되게 불어 大海를 흔들치니(흔들고 치니), 一葉 片舟로 갈 길이 아득하다. 두어라 이 배 한 번 기운 후면 붙일 곳이 없으리라.

바람이 불어 바다가 흔들리면 작은 배가 갈 수 없다고 하고, "두어라"로 그렇게 되는 모험을 거부하라고 한다. "이 배 한 번 기운 후면 붙일 곳이 없으리라"라고 한 것은 같은 말을 이은 듯하지만, 배가 벼슬살이를 일컫는 줄 알면 화제의 전환을 확인할 수 있다. 배를 갈아타듯이 벼슬을 할 수는 없다고 한다. "두어라"를 "아마도"나 "어즈버"로 바꾸어놓을 수 있으나 의미가 약화된다.

李茳(1569~1636)는 李賢輔의 증손이다. 벼슬하기를 단념하고 처사로 지내면서, 이 노래에서 벼슬살이의 위험을 경계하고 경고했다. 자기가 하는 말에 대해서 있을 수 있는 여러 반론을 물리치는 "두어라"를 앞세워 결론을 맺었다.

「백수에 벼를 갈고」(1911.1)　　　　　　　　**柳樸**

백수에 벼를 갈고 청산에 섶을 친 후
서림 풍우에 소 먹여 돌아오니
두어라 야인생애도 자랑할 때 있으리라

- 율격 : 기본형
- 풀이 : 白水에 벼를 갈고, 靑山에 섶(땔나무)을 친 後, 西林 風雨에 소 먹여 돌아오니, 두어라 野人生涯도 자랑할 때 있으리라.

논을 갈아 벼를 심고, 땔나무를 해오고, 소를 먹이는 농사일을 白靑, (東)西의 색채와 방위를 들어 거창하게 말하면서 자기를 무지한 농부로 여기지 말라고 은근히 이른다. 나는 말을 더 하지 않고, 다른 사람들도 내게 대해 쓸데없는 말을 하지 말라는 뜻을 함축한 "두어라"에서 화제를 전환한다. 야인생애에도 자랑할 것이 생기는 때가 있다는 총괄론을 제시해 말을 줄인다. "두어라"를 "아마도"나 "어즈버"로 바꾸어놓을 수 있으나 뜻이 약화된다.

柳樸(1730~1787)은 명문에서 태어났으나 벼슬하지 않고 농촌에서 살면서 화초 가꾸기를 도락으로 삼은 것으로 알려져 있다. 이 노래에서 자기는 직접 하지 않은 일을 들어 농민 생활을 자랑하고, 자기는 예사 농민과는 수준이 다르다고 하는 이중의 발언을 했다. "두어라"를 적절하게 활용해 엉성할 수 있는 말이 짜임새를 갖추게 되었다.

「내 벗이 몇이냐 하니」(0944.1)　　　　　尹善道

내 벗이 몇이냐 하니 수석과 송죽이라
동산에 달 오르니 긔 더욱 반갑고야
두어라 이 다섯밖에 더하여 무엇 하리

- 율격 : 기본형
- 풀이 : 내 벗이 몇이냐 하니 水石과 松竹이라. 東山에 달 오르니 그것 더욱 반갑구나. 두어라 이 다섯밖에 더하여 무엇 하리?

"두어라"가 "그만두어라"라고 하는 거부의 의미를 지니고 있다. 다섯 벗외에 더 많은 벗이 필요하지 않으니 들지 말라고 한다. "두어라"를 앞에내세우니 복잡한 논의를 더 하지 않고 다섯 벗을 사랑한다는 「五友歌」 명단 작성에 결론이 난다. "두어라"는 "어즈버"로 바꾸어놓을 수 있으나 의미가 약화되고, 단정하는 말이어서 "아마도"일 수는 없다.

「이별 모여 뫼가 된들」(3847.1)　　　　　梅花

이별 모여 뫼가 된들 높은 줄 뉘가 알며
눈물 흘러 강이 된들 깊은 줄 뉘 알리
두어라 높고 깊음을 임이 알까 하노라

- 율격 : 기본형

- 풀이 : 離別 모여 뫼가 된들 높은 줄 뉘가 알며, 눈물 흘러 江이 된들 깊은 줄 뉘 알리? 두어라 높고 깊음을 임이 알까 하노라.

이별의 뫼와 눈물의 강은 알 이가 없다고 하다가, "두어라"로 그런 생각은 그만두라고 한다. 절망에서 희망으로 화제를 전환해 이별의 뫼가 높고 눈물의 강이 깊음을 임이알 것이라고 한다. "두어라"를 "아마도"나 "어즈버"로 바꾸어놓을 수 있다.

「세상사 모를 일이」(2651.1)

세상사 모를 일이 하나둘이 아니로다
제 일도 모르니 남이 어이 나를 알까
두어라 알고도 모를 일을 알아 무삼

- 율격 : 기본형. 마지막 토막 "하리오"가 생략되었다.

- 풀이 : 세상사 모를 일이 하나둘이 아니로다. 제 일도 모르니 남이 어이 나를 알까? 두어라 알고도 모를 일을 알아 무엇 (하리오).

여기서도 "두어라"가 세상사 모른다는 걱정을 "그만두어라"라고 하고, 화제를 전환한다. 알고도 모를 일은 알 필요가 없다고 한다. "아마도"를 "어즈버"로 바꾸어놓을 수 있다.

「달이 있을 때는」(1240.1)

달이 있을 때는 저 본 듯 사랑터니
사랑은 달을 좇아 무정히 어디 간고

두어라 유정한 달이니 임 데리러 간가 하노라

- 율격 : 기본형
- 풀이 : 달이 있을 때는 저 본 듯 사랑터니, 사랑은 달을 좇아 無情히 어디 간고 두어라 有情한 달이니 임 데리러 간가 하노라.

"달이 있을 때는 저 본 듯 사랑터니"는 "달이 떠 있을 때에는 임이 저것 이라고 한 달을 보는 듯이 나를 사랑하더니"라는 뜻으로 생각된다. 달을 좇아 무정히 가버린 사랑이 덧없다고 원망한다. "두어라"를 경계로 無情 이 有情으로 바뀐다. "두어라"가 원망을 그만두라고 하는 거부의 의미이 면서, 절망에서 희망으로 전환하는 기능을 수행한다. 전환에 추측이 가미 되어 있어 "두어라"를 "아마도"로 바꾸면 뜻이 더욱 분명해진다. "두어라" 가 "어즈버"일 수는 없다.

「송음에 옷 벗어 걸고」(2776.1)

송음에 옷 벗어 걸고 물소리에 누웠으니
삼복서증 잊은 곳이 청량대를 부를쏘냐
두어라 폭양에 저 농부는 병드는 줄 내 아노라

- 율격 : 기본형
- 풀이 : 松陰에 옷 벗어 걸고 물소리에 누웠으니, 三伏暑蒸 잊은 곳이 淸 凉臺를 부러워할 것인가? 두어라 曝陽에 저 農夫는 병드는 줄 내 아노 라.

松陰에 옷 벗어 걸고, 물소리를 듣고 누워 있으니, 三伏暑烝 잊는다는 곳인 별세계 淸凉臺를 부러워할 것인가? 초·중장에서 이렇게 말하다가 종장에서는 농부가 폭양에서 병이 드는 줄을 안다고 한다. "두어라"가 화제의 전환을 담당한다. 그러면서 초·중장에서 말한 사치스러운 생각을 "그만두어라"라고 하는 말이기도 하다. 이 경우에는 "두어라"를 "아마도"나 "어즈버"로 바꾸어놓을 수 없다. "아마도"의 추측이 "내 아노라"로 부정되고, "어즈버"라고 하면서 뒤로 물러나지 않고 폭양에 병드는 농부를 향해 앞으로 나서기 때문이다.

「나의 졸함이」(0754.1)   金得研

나의 졸함이 졸한 중에 더 졸하다
생애도 졸하고 학업도 졸하여라
두어라 본성이 졸하거니 무엇이라 아니 졸하리

■ 율격 : 기본형

■ 풀이 : 나의 拙함이 拙한 중에 더 拙하다. 生涯도 拙하고 學業도 拙하여라. 두어라 本性이 拙하거니, 무엇이나 아니 拙하리.

拙하다는 것은 拙劣하다는 말이다. 못나고 모자란다는 뜻이라고 할 수 있다. 자기가 拙한 것을 계속 열거하다가, "두어라" 다음에서 本性이 拙하니 무엇인들 拙하지 않은 것이 있겠는가 한다. "두어라"가 거부는 하지 않고, 전환만 한다. 자기가 졸한 것은 본성이 졸한 탓이라고 하면서 근본을 말하는 데 이른다.

「뫼는 높고 높고」(1668.1)

뫼는 높고 높고 물은 깊고 깊다
무너질 줄 모르거든 끊어질 줄 어이 알리

두어라 우리 인생은 칠월칠석을 기다린다

- 율격 : 기본형
- 풀이 : 뫼는 높고 높고, 물은 깊고 깊다. 무너질 줄 모르거든 끊어질 줄 어이 알리. 두어라 우리 人生은 七月七夕을 기다린다.

초 · 중장과 종장이 어떻게 이어지는지 한참 생각해야 한다. 높은 뫼가 무너지지 않고, 깊은 물이 끊어지지 않아 만남이 이루어지지 않는 것이 인생의 고민이다. 牽牛와 織女가 天上에서 만나는 七月七夕과 같은 계기가 있어 장애를 넘어설 수 있기를 고대한다. "두어라"가 거부의 기능은 하지 않고, 전환의 기능만 한다. "두어라"를 "어즈버"로 바꾸어놓을 수 있다.

「백일은 서산에 지고」(1928.1)

백일은 서산에 지고 황하는 동해에 들고
고금 영웅은 북망으로 든단 말가
두어라 물유성쇠하니 한할 줄이 있으랴

- 율격 : 기본형
- 풀이 : 白日은 西山에 지고 黃河는 東海에 들고, 古今 英雄은 北邙으로 든단 말가? 두어라 物有盛衰하니(만물에는 성하고 쇠하는 것이 있으니) 恨(恨歎)할 줄이 있으랴.

白日은 西山에 지는 것은 당연한데 유감이라고 한다. 黃河는 東海로 든다는 말은 이상한데, 납득할 수 없는 일의 본보기라고 하면 이해 가능하다. 古今 英雄은 北邙으로 든단 말인가 하는 것이 가장 심각한 말이다. 더 말할 필요가 없다고 "두어라"라고 하면서, 생각을 전환해 物有盛衰하니 한탄할 것 없다고 한다. "두어라"가 거부의 의미는 없고, 전환을 만든다. "두어라"를 "아마도"나 "어즈버"로 바꾸어놓을 수 있다.

244 하물며

"하물며"는 앞의 것이 그렇다면 뒤의 것은 더 말할 나위가 없다는 말이다. 종장 서두에서 사용되어, 중장까지에서 든 것이 당연하면 종장에서 말하는 것은 너무나도 당연하다고 한다. 더 말할 나위가 없는 이유가 앞에서 든 것에 비해 너무나도 초라하기 때문이기도 하고, 너무나도 훌륭하기 때문이기도 하다. 두 가지 경우가 표리관계를 가지기도 한다. "하물며"는 초장 서두에서는 사용할 수 없는 말이고, 중장 서두에는 몇 개 보인다.

「간밤에 불던 바람 (1)」(0087.1)　　　　　　俞應孚

간밤에 불던 바람 눈서리 치단 말가
낙락 장송이 다 기울어 가노매라
하물며 못다 핀 꽃이야 일러 무삼 하리오

- 율격 : 기본형
- 풀이 : 간밤에 불던 바람 눈서리 치단 말가. 落落長松이 다 기울어 가노매라(가는구나). 하물며 못다 핀 꽃이야 일러 무엇 하리오.

엄청난 시련이 닥쳐 견딜 수 없다는 말이다. 바람이 불고 눈서리가 쳐서 落落長松이 다 기울어가는데, 못다 핀 꽃이야 말할 필요가 없다. 못다 핀 꽃은 落落長松에 비해 너무나도 초라하기 때문이다. "하물며 … 무삼 하리오"는 여러 노래에 나타난다.

俞應孚(?~1456)는 死六臣의 한 사람이다. 왕위를 찬탈한 세조에게 맞서다가 죽게 되어 이 노래를 지었다. 자기를 못다 핀 꽃에다 견준 것은 지나치다고 할 겸양이다.

「뉘라서 장사런고」(1101.1)

뉘라서 장사런고 이별에도 장사 있나
명황도 눈물지고 항우도 울었거늘
하물며 필부단신이야 일러 무삼 하리오

- 율격 : 기본형

- 풀이 : 뉘라서 壯士런고 (누가 장사라고 하던고)? 離別에도 壯士 있나?
  明皇皇(唐玄宗)도 눈물지고 項羽(楚覇王)도 울었거늘, 하물며 匹夫單
  身이야 일러 무엇을 하겠느냐?

누가 장사라고 하던고? 이별에도 장사가 있나? 楊貴妃와 이별하고 당
현종도 눈물을 흘리고, 虞美人과 이별하고 초패왕 항우도 울었거늘, 하물
며 변변치 못하고 거느린 이 없는 사나이야 일러 무엇을 하겠느냐? 당현
종이나 초패왕보다 훨씬 초라해 장사라고 할 수 없는 사람이 이별을 서러
워하는 것은 당연하다. 이것도 "하물며 … 무삼 하리오"이다.

「이런들 어떠하며」(3766.1)   李滉

이런들 어떠하며 저런들 어떠하료
초야 우생이 이렇다 어떠하료
하물며 천석고황을 고쳐 무삼 하료

- 율격 : 기본형

- 풀이 : 이런들 어떠하며, 저런들 어떠하리오. 草野愚生(시골 사는 어리석
  은 사람)이 이렇다 어떠하리오. 하물며 泉石膏肓(샘과 돌을 좋아해 깊이

든 병)을 고쳐 무엇 하리오.

이것도 "하물며 … 무삼 하리오"이다. 시골에서 어리석은 사람으로 살아가는 것만 해도 부끄러운데, 泉石 山水를 사랑하는 병이 깊이 든 것은 더욱 못난 짓이다. 부끄러워도 어쩔 수 없고, 못난 짓을 고쳐서 무엇을 하겠느냐? 고칠 수도 없고 고쳐도 이로울 것이 없다.

이렇게 하는 말이 전부일 수는 없다. 표면과는 다른 이면의 뜻이 있지 않는가? 시골에서 살아가는 것이 어리석기만 한가? 산수를 사랑하는 병이 병인가? 못났다고 나무라야 할 병인가? 다시 생각하면, 세상의 혼탁에서 벗어나는 길을 극도로 겸양하는 말로 일러주는 것을 알 수 있다. 초라하다는 것이 훌륭하다.

「해 다 저문 날에」(5354.1)

해 다 저문 날에 지저귀는 참새들아
조그만 몸이 반가지도 족하거늘
하물며 크나큰 수풀을 띠어 무삼 하리오

- 율격 : 기본형
- 풀이 : 해 다 저문 날에 지저귀는 참새들아, 조그만 몸이 (거접하는 장소로) 반가지도 족하거늘, 하물며 크나큰 수풀을 띠어(몸에 둘러) 무엇 하리오.

참새가 시조에 등장하는 드문 예이다. 해 다 저문 날에 떼를 지어 지저귀는 참새들을 보고 말한다, 참새는 몸이 작아 나뭇가지 반 개라도 거접하는 장소가 충분한데, 크나큰 숲을 몸에 둘러 무엇 하겠느냐고 한다. 분에 넘치는 짓을 한다고 나무란다. "하물며" 이하의 것이 앞의 것보다 못하다는 말이다. 이것도 "하물며 … 무삼 하리오"이다.

그런데 참새가 한두 마리 아니다. 엄청나게 많이 떼를 지으면 숲을 몸에 두를 수 있다. 참새는 참새 같은 사람이라고 이해할 수도 있는가? 세상이 그릇되어 "해 다 저문 날"이라고 한 때에 참새 같은 소인배들이 분수를 모르고 무엇이든지 다 차지한다고 나무라는가? 나무라면 소용이 있는가? 거역할 수 없는 시대 변화를 감지하는 것은 아닌가? "하물며" 전후에서 말하는 것들의 우열이 단순하지 않다.

「바람 불어 죽엽은 거문고 되고」(1780.1)

바람 불어 죽엽은 거문고 되고 달 밝아 만수청산에 백설이라
산적막 운하지에 귀촉도 불여귀를 일삼는데
하물며 천리 원객이야 오죽하리

- 율격 : 확대 · 축소일탈형. 토막 수가 초장과 중장에서는 너무 많아 확대일탈형이고, 종장에서는 너무 적어 축소일탈형이다.

- 풀이 : 바람 불어 竹葉은 거문고 되고, 달 밝아 萬樹靑山에 白雪이라. 山寂寞(산은 적막하고) 雲霞地에(구름과 안개 낀 곳에) 歸蜀道 不如歸를 일삼는데, 하물며 千里 遠客이야 (쓸쓸함이) 오죽하겠느냐?

바람이 불어 댓잎서 거문고 소리가 나고, 달이 밝아 수많은 나무가 선 청산에 흰 눈이 온 것 같다. "歸蜀道 不如歸"는 두견이 우는 소리에 의미를 부여한 말이다. 망한 나라 임금이 자기 나라로 돌아가고 싶어서 운다고 한다. 이런 광경을 보고 소리를 듣는 千里 遠客은 초라한 신세여서 쓸쓸함이 더욱 심하다. 그래서 부끄러운가? 느낌이 더욱 절실해 훌륭하다고 해야 할 것이 아닌가? 이 경우에도 초라하다는 것이 훌륭하다.

「거문고 빗겨 안고」(0209.1)　　　　　　　　　申濈

거문고 빗겨 안고 산수를 희롱하니
청풍은 건듯 불고 명월도 돌아온다
하물며 유신한 갈매기는 오명가명 하나니

- 율격 : 기본형
- 풀이 : 거문고 빗겨 안고 山水를 戲弄하니, 淸風은 건듯 불고 明月도 돌아온다. 하물며 有信한 갈매기는 오며 가며 하나니.

　거문고를 빗겨 안고 산수를 희롱하면 함께 즐거워하는 知音이 있어야한다. 淸風이 불고 明月이 돌아오니 흐뭇하다고 해야 하는가? 갈매기가오며가며 날아다니는 것이 더욱 반갑지 않은가? 갈매기는 有信하다고 한다. 교신이 가능하고, 소통이 이루어진다는 말이다. 갈매기는 앞에서 든것들에 비해 초라하지 않고 훌륭하다.

「청산아 좋이 있더냐」(4759.1)　　　　　　　　　裵世綿

청산아 좋이 있더냐 녹수ㅣ 다 반갑다
무정한 산수도 이다지 반갑거늘
하물며 유정한 임이야 일러 무삼 하리오

- 율격 : 기본형
- 풀이 : 靑山아 좋이 있더냐 綠水가 다 반갑다. 無情한 山水도 이다지 반갑거늘, 하물며 有情한 임이야 일러 무엇 하리오.

　이것도 "하물며 … 무삼 하리오"이지만, 위에서 든 것들과는 다르다. 앞에 든 山水보다 뒤에 말하는 임이 더욱 반갑고 훌륭하다. 無情과 有情이라는 말이 짝을 이루게 해서, 등급의 차이를 분명하게 한다.

「내 뜻 아는 벗님네는」(0921.1)　　　　　金得研

내 뜻 아는 벗님네는 모두 오소 한 데 노세
모두 와 한 데 놂이 그 아니 즐거운가
하물며 풍월이 무진장하니 글로 놀자 하노라

- 율격 : 기본형.
- 풀이 : 내 뜻 아는 벗님네는 모두 오소. 한 데 노세. 모두 와 한 데 노는 것이 그 아니 즐거운가. 하물며 風月이 無盡藏하니 그것으로 놀자 하노라.

뜻을 아는 벗님네가 모두 와서 함께 노는 것이 즐겁지만, 風月을 놀이로 삼으니 더욱 즐겁다. 風月은 문자 그대로 바람과 달이기도 하고, 바람과 달을 노래하는 시이기도 하다. 둘이 겹친 의미의 風月이 無盡藏하다고 한다.

(0662.1)(李愼儀) "꽃이 무한하되 매화를 심은 뜻은/ 눈 속에 꽃이 피어 한 빛인 줄 귀하도다/ 하물며 그윽한 향기 아니 귀코 어이리"는 「531 매화」에서 고찰한다.

245 차라리

"차라리"도 "하물며"처럼 앞뒤의 것들을 견주어 말한다. 앞뒤의 것들이 다 불만이지만, 뒤의 것은 불만이 적어 원하지 않으나 선택한다는 것이 기본적인 의미이고, 변형이 여럿 있다. 앞의 것을 원하지만 이루어지지 않으니 차선책으로 뒤의 것을 선택한다고도 한다. 앞의 것을 어떻게 해볼 수 없어 포기하고 물러난다고도 한다. 앞의 상태에 머무르기 위해 뒤의 일이 이루어지지 않기를 바란다고도 한다. "차라리"는 "하물며"처럼 초장 서두에서는 사용할 수 없고, 중장 서두에 보이는 것이 "하물며"보다 몇 개 더 많다.

「설울사 또 설울사」(2587.1)　　　　　　　　鄭光天

　　설울사 또 설울사 근심이 가이없다
　　국파 가망하니 어디로 가려니고
　　차라리 심산으로 들어가 아사하리라

■ 율격 : 기본형

■ 풀이 : 서러울사, 또 서러울사 근심이 가이없다. 國破 家亡하니 어디로 가려는고? 차라리 深山으로 들어가 餓死하리라.

「어와 설운지고」(3192.1)　　　　　　　　鄭光天

　　어와 설운지고 태평은 언제런고
　　임금은 어디고 노친은 어이하리
　　차라리 자는 듯이 죽어 아무런 줄 모르리라

■ 율격 : 기본형

■ 풀이 : 어와 서러운지고, 太平은 언제런고? 임금은 어디(있)고, 老親은 어이하리? 차라리 자는 듯이 죽어 아무런 줄 모르리라.

　　앞뒤의 것들이 다 불만이지만, 뒤의 것은 불만이 적어 원하지 않으나 선택한다고 한다. 임진왜란의 참상을 말한 연작이다. 나라가 격파되고 집 안이 패망하니 서럽고 서럽다. 임금은 어디 갔는지 알지 못하고 아버지를 받들 길도 없다. 어떻게 해야 하는지 알지 못해 죽고 싶다고 한다. 죽어서 잊는 것밖에 선택할 길이 없다고 한다. 경상도 선비 鄭光天(1553-1594)은 임진왜란 때문에 통탄하면서 이런 노래 연작을 지었다.

「검으면 희다 하고」(0230.1)　　　　　　　　　　　金壽長

검으면 희다 하고 희면 검다 하네
검거나 희거나 옳다 할 이 전혀 없네
차라리 귀 막고 눈 감아 듣도 보도 말리라

■ 율격 : 기본형

■ 풀이 : 검으면 희다 하고, 희면 검다 하네. 검거나 희거나 옳다 할 이 전혀 없네. 차라리 귀 막고 눈 감아 듣도 보도 말리라.

검고 흰 것을 바꾸어 말하니 불만이다. 검거나 희거나 옳다고 할 사람이 없으니 또한 불만이다. 귀 막고 눈 감는 것은 앞의 둘보다 불만이 적어 원하지 않으나 선택한다. 세상의 잘못을 바로잡을 수 없어 물러나 잊어버리리라.

金壽長(1690~?)은 김천택과 여러모로 비교된다. 병조 書吏였다고 하니 김천택과 같은 신분이다. 김천택이 하던 일을 이어받아 더 잘 하는 것을 자랑삼았다. 『청구영언』의 뒤를 이은 『海東歌謠』를 1763년(영조 39)에 편찬했다. 가객 노릇을 부끄럽게 여기지 않고, 사대부의 풍류와는 다른 하층의 풍류를 고양시키는 것을 자기 사명으로 여겼다. 지은 작품은 125수쯤 된다. 가객 노릇을 자랑스럽게 노래한 것이 많다. 김천택에게서는 찾을 수 없던 사설시조도 적지 않게 포함되어 있다. 두 사람 사이에는 개성의 차이도 있었지만, 몇십 년 사이에 세상이 달라진 탓에 가객들이 사대부보다 중인 이하 층의 부호를 더욱 소중한 고객으로 삼을 수 있게 되어 상당한 변화가 이루어진 것 같다.

(3524.1) "외어도 옳다 하고 옳으여도 외다 하니/ 세상 인사를 아마도 모를로라/차라내 내 왼 체하고 남을 옳다 하리라"는 「444 시비」에서 고찰한다.

「내 본시 남만 못하여」(0946.1)

내 본시 남만 못하여 하온 일이 없네그려
활 쏘아 한 일 없고 글 읽어 인 일 없네
차라리 강산에 돌아가서 밭갈이나 하리라

- 율격 : 기본형
- 풀이 : 내 本是 남만 못하여 하온 일이 없네그려. 활 쏘아 한 일 없고, 글 읽어 이룬 일 없네. 차라리 江山에 돌아가서 밭갈이나 하리라.

"차라리" 앞의 것을 원하지만 이루어지지 않으니, 차선책으로 뒤의 것을 선택한다는 말이다. 앞의 것은 활 쏘아 武臣으로, 글 읽어 文臣으로 진출하는 것이다. 둘 다 뜻한 대로 되지 않고 이룬 것이 없으므로, 시골에서 농사나 짓겠다고 한다.

「조문도 석사 가의라 하니」(4357.1)　　　　朴文郁

조문도 석사 가의라 하니 뉘더러 물을쏘냐
인정은 알았노라 세사는 모를노라
차라리 백구의 벗이 되어 낙여년을 하리라

- 율격 : 기본형
- 풀이 : 朝聞道 夕死 可矣(아침에 도를 들으면 저녁에 죽어도 좋다)라 하
  니, 뉘더러 (누구에게) 물을쏘냐? 人情은 알았노라, 世事는 모를노라. 차
  라리 白鷗의 벗이 되어 樂餘年을 하리라.

"朝聞道 夕死 可矣"는 『論語』에 나오는 孔子의 말이다. 孔子의 가르침
에 따라 道를 듣고자 하면 누구에게 물어야 하는가? 물을 사람이 없어 공
부를 더 하지 못한다. 인정과 세태 가운데 인정은 알았어도 알지 못한다.
여기서는 하고 싶은 것이 벼슬이 아니고 공부이다. 공부는 불운해서가 아
니고 힘이 모자라 제대로 하지 못한다. 공부가 원하는 대로 이루어지지
않아 차선책으로 갈매기를 벗 삼아 만년을 즐겁게 보내는 것을 택하고자
한다.

「충성이 첫 뜻이러니」(5026.1)

충성이 첫 뜻이러니 임으로야 말은지고
두어라 어찌하리 천분이 그렇거니
차라리 강호에 주인 되어 이 세계를 잊으리라

- 율격 : 기본형
- 풀이 : 忠誠이 첫 뜻이러니 임으로야(임에게로야) 말은지고(그만두는구
  나). 두어라 어찌하리 天分이 그렇거니, 차라리 江湖에(에서) 主人 되어
  이 世界를 잊으리라.

임금에게 충성하겠다는 뜻을 세웠으나, 임금에게로 나아가지 못해 그
만둔다. 벼슬을 하고 싶어도 하지 못해 단념한다. 江湖에서 主人이 되어
이 世界를 잊는 것을 차선책으로 삼지 않을 수 없다. 이 세계를 잊는다는

말은 무슨 뜻인가? 관직에 대한 미련을 버린다는 말일 수도 있다. 세계는 원래의 의미가 시간과 공간이므로, 사람 사는 세상의 시간과 공간에 대해 관심을 가지지 않는다는 말일 수도 있다.

「가시 울 에운 곳에」(0037.1)   尹陽來

가시 울 에운 곳에 고향 멀기 잘 하였데
만일 가깝던들 생각이 더할러니
차라리 바라도 못 보니 잊을 날이 있어라

- 율격 : 기본형
- 풀이 : 가시 울타리 에운(둘러싼) 곳에(서) 故鄕(이) 멀기 잘 하였데. 만일 가깝던들(가까우면) 생각이 더할러니(더할 것이니), 차라리 바라도 못 보니 잊을 날이 있으리라.

가시 울타리가 둘러싼 귀양살이 거처에서 고향을 그리워한다. 고향이 가까우면 생각을 더 할 것이라는 것이 먼저 할 말인데 중장으로 돌리고, 고향이 바라보지도 못하는 먼 곳인 것이 잘되었다고 초장에서 먼저 이른다. 그리워도 가지 못하는 고향은 잊어야 한다고 다짐한다. 초장에서 한 말을 종장에서 받아서, 바라보지도 못해 잊게 되는 날이 있는 것이 더 낫다고 한다. "차라리" 이하에서 말하는 것이 최악의 경우이지만, 수난이 해결된다는 희망을 버려 고통을 줄일 수 있다는 점에서는 상책이다.

「기러기 풀풀 다 날아나니」(0573.1)

기러기 풀풀 다 날아나니 소식인들 뉘 전하리
수심이 첩첩하니 잠이 와야 꿈인들 아니 꾸랴
차라리 저 달이 되어서 비취어나 보리라

- 율격 : 기본형
- 풀이 : 기러기 풀풀 다 날아나니 消息인들 뉘 전하리. 愁心이 疊疊하니 잠이 와야 꿈인들 아니 꾸랴. 차라리 저 달이 되어서 비추어나 보리라.

그리운 사람에게 소식을 전하려고 하는데, 소식을 전할 기러기가 다 날아가고 없다. 잠들어 꿈에서나 만나려고 하는데, 수심이 첩첩해 잠이 오지 않는다. 바라는 것이 다 이루어지지 않으니 모두 포기하고, 차선책을 택해 차라리 달이 되어 모습 비추어나 보리라.

「올 제는 임 보러 오니」(3501.1)

올 제는 임 보러 오니 높은 뫼도 낮았더니
필연히 갈 제는 낮은 뫼도 높으려니
차라리 높은 뫼 채 높아 못 넘은들 어떠리

- 율격 : 기본형
- 풀이 : 올 적에는 임 보러 오니 높은 뫼도 낮았더니, 必然히 갈 적에는 낮은 뫼도 높으려니. 차라리 높은 뫼 채(더욱) 높아 못 넘은들 어떠리?

임을 보러 왔다가 돌아가고 싶지 않다. 올 때에는 높은 뫼도 낮게 넘었으나, 갈 때에는 낮은 뫼도 높이리라고 염려한다. 뫼가 너무 높아 못 넘기를 바란다. 앞의 상태에 머무르기 위해 뒤의 일이 이루어지지 않기를 바란다.

3

삶에 대한 성찰

3 삶에 대한 성찰

시조는 틀을 짜서 만든 노래로 삶을 성찰한다. 人情과 世態라고 하는 것 가운데 人情에 관한 노래로 삶을 성찰하는 양상을 여기서 다룬다. 내면의 움직임을 어떻게 다루는지 먼저 살피고, 사랑과 이별의 노래를 듣고, 즐거움을 찾아 노는 모습을 보고, 백발과 죽음에 이르러 떠나가는 길을 알아본다.

31 내면의 움직임

삶을 성찰하는 일은 내면의 움직임을 살피는 데서 시작된다. 먼저 내면의 중심을 이루는 마음을 어떻게 노래하는지 알아보기로 한다. 마음이 즐거우면 흥이 난다는 것이 무엇인지 말하고, 마음이 웃음과 눈물로 나타나는 모습을 살핀다.

311 마음

마음은 형체가 없지만 작용을 알 수 있다. 마음의 작용을 파악하고 그 근원을 감지해야 한다. 이 일을 누가 하는가? 마음이 한다. 마음이 마음을 돌아보고 살피고 바로잡는 노래가 노래 가운데 으뜸이다. 어떻게 하면 이럴 수 있는가? 心性論이라는 것을 내세워 마음을 맡아 다룬다고 하는 性理學을 따라야 하는가? 다른 길로 나아가 마음 노래를 더 잘 지을 수 있는가?

「천지도 광대하다」(4661.1) 黃胤錫

천지도 광대하다 내 마음 같이 광대
일월도 광명하다 내 마음 같이 광명
진실로 내 마음 천지일월 같게 하면 요순동귀 하여라

- 율격 : 확대일탈형형. 종장 둘째 토막 7에 4가 추가되었다.
- 풀이 : 天地도 廣大하다, 내 마음 같이 廣大(하다). 日月도 光明하다, 내 마음 같이 光明하다. 眞實로 내 마음 天地日月 같게 하면 堯舜과 同歸하여라(함께 가리라).

천지가 광대한 것이 내 마음 같고, 일월이 광명한 것이 내 마음 같다는 것은 이룩하고자 하는 이상이다. 마음이 천지와 같이 광대하고, 일월처럼 광명해서 우리도 성인인 요순의 경지에 이르기를 바란다. 이상을 사실인 듯이 말해 실현 가능하다고 생각하도록 한다.

「천군이 태연하니」(4585.1) 金壽長

천군이 태연하니 백체 종령하고
마음을 정한 후니 분별이 다 없거다
온몸에 병 된 일 없으니 그를 좋아 하노라

- 율격 : 기본형
- 풀이 : 天君이 泰然하니 百體 從令하고, 마음을 정한 후니 分別이 다 없도

다. 온몸에 病 된 일 없으니 그를 좋아하노라.

얼핏 보면 무슨 말인지 알기 어려우나, 초 · 중 · 종장이 질서정연하게 구성되어 있는 것을 발견할 수 있다. '天君' · '마음' · '몸'이라는 말을 앞세우고 세 단계의 논의를 편다. (가) 마음과 몸의 관계, (나) 마음, (다) 몸이 어떻게 되어야 하는지 살핀다.

(가) 天君이란 하늘의 임금이라는 말이다. 마음이 몸을 다스리는 것이 하늘의 임금이 땅을 다스리는 것과 같다고 여겨, 마음을 天君이라고 한다. 天君이 태연하니 百體라고 하는 모든 신체가 명령을 따른다.

(나) 마음을 그 자체로 살피려고, 天君이라고 뽐내는 威儀를 벗어버리고 마음이라고 하는 本名을 사용한다. "마음을 정한"이라고 하는 것은 마음을 정리해 편안하다는 말이다. 마음이 편안해 모든 것을 원만하게 받아들이고 공연히 나누고 구별하지 않는다.

(다) 天君의 명령을 받는다는 百體를 몸이라고 다정하게 부른다. 몸은 마음을 따르기만 하면 되는 것이 아니며, 그 자체로 바라는 바가 있다. 병나지 않고 건강해야 몸이 즐겁다.

(가)에서 마음이 올바른 도리를 실행해 몸이 함부로 움직이지 않도록 다스려야 한다는 것은 정통 儒學의 性情論에서 가져온 지론이다. 몸에 이끌릴 수 있는 情을 누르고 마음의 바탕인 性에 입각해 불변의 규범을 수립해야 한다고 한다. 「天君傳」, 「天君演義」, 「天君實錄」 등에서 길게 펴는 논의의 한 줄 요약이다.[1]

삶에 대한 성찰

---

1 마음을 의인화한 가전체 작품은 金宇顒(1540~1604)의 「天君傳」에서 비롯했다. 黃允中(1577~1648)은 「天君記」·「四代記」·「玉皇記」 연작, 일명 「三皇演義」를 지으면서 소설의 수법을 차용해 흥미로운 읽을거리를 만들고자 했다. 규모나 내용에서 본격적인 성장을 보인 작품은 鄭泰齊(1612~1669)의 「天君演義」이다. 「천군연의」는 심성의 본체인 天君이 다스리는 나라가 타락의 위기를 겪다가 올바른 질

(나)에서는 당위론적인 관념을 버리고 마음을 어떻게 지녀야 하는지 생각한다. 마음을 편안하게 정리해 나와 남, 이것과 저것을 공연히 나누고 구별하지 않는다면 더 바랄 것이 없다. 유학과는 거리를 두고 불교와 가까워지는 발상인가? 살아가는 동안에 깨달을 수 있는 지혜이기도 하다.

(다)에서는 복잡한 생각을 하지 않는다. 유학뿐만 아니라 불교에도 관심이 없다. 몸이 성하기를 바라고, 어느 곳에도 병이 없고 건강하면 즐겁다. 이것은 모든 사람의 한결같은 소망이다.

(가)·(나)·(다)는 미묘한 관련을 가진다. 층위가 다른 사고여서 상극이다. 이어지기도 하고 겹치기도 해서 상생이다. 작은 노래 한 편이 놀라운 내용을 지닌다.

「소리는 혹 있은들」(2711.1)   尹善道

소리는 혹 있은들 마음이 이러하랴

서를 되찾는 과정을 그려 사건 설정을 구체화한 점이 새롭다. 타락의 위기를 그린 대목은 남녀 관계의 노골적 묘사를 갖추어 흥미를 끌었다. 서문에서 허황한 소설이 풍속을 타락시킨다고 나무라고, 주색을 멀리하고 마음을 바르게 가져야 한다고 한 표면적인 주제와 어긋나는 수법을 사용해 연의로 알고 읽다가 감화를 받도록 하려고 했다. 후속작품이 계속 나와 같은 목표를 달성하려고 했다. 林泳 (1649~1696)은 「義勝記」에서 도적이 침범해서 나라가 곤경에 처하고 천군이 도망쳐 황야에서 헤매는 사태를 그렸다. 鄭琦和(1786~1840)는 史書의 本紀의 체제를 충실하게 본뜬 「天君本紀」를 지어 일명 「心史」라고 하고, 충신은 천군을 바르게 보좌하고 간신은 천군을 타락시키려 하기에 벌어지는 당쟁을 연도별로 서술하면서 논평을 달았다. 그런 일련이 작품이 흥미 본위의 서술로 기울어지는 것을 스스로 경계하고 정론을 세워야 한다면서 柳致球(1793~1854)는 「天君實錄」을 지었다. 그러나 이룬 성과가 의도한 바를 따르지 못했다. 사소한 이익을 추구하고 여자나 술에 탐닉하도록 하는 것이 간신의 짓이라고 나무라기나 했다. 마음의 바른 도리를 흥미로운 이야기를 사용해 나타내는 우언 창작에서는 쇄신이 가능하지 않은 한계를 드러냈다.

마음은 혹 있은들 소리를 뉘 하나니
마음이 소리에 나니 그를 좋아 하노라

- 율격 : 기본형
- 풀이 : 소리 或 있은들 마음이 이러하랴. 마음은 或 있은들 소리를 뉘 하
  나니. 마음이 소리에서 나니 그것을 좋아하노라.

마음과 소리의 관계를 말한다. 소리는 겉으로 나타나 들리는 외형이고, 마음은 안에 있어 직접 감지할 수 없는 본질이다. 둘은 어긋날 수도 있고 합쳐질 수도 있다.

"소리는 혹 있은들 마음이 이러하랴"는 들리어오는 소리가 있어도 나타내야 할 마음을 나타내는지 의심스럽다는 말이다. 나타내야 할 마음을 나타내지 않는 소리는 잡음이다. "마음은 혹 있은들 소리를 뉘 하나니"는 나타내야 할 마음이 있어도 소리를 하는 사람이 없으면 헛되다는 말이다. 나타내지 못하는 마음은 무용하다.

"마음이 소리에 나니 그를 좋아하노라"는 나타내야 할 마음이 소리에서 나타나 마음과 소리가 합치되니 좋다는 말이다. 나타내야 할 마음이 소리에서 나타나는 것을 들어, 음악이 어떻게 되어야 하는지 말한다. 소리가 음악만이 아닌 말소리 전반을 뜻한다고 보면, 언어표현에 널리 적용되는 원리를 제시한다.

「마음이 지척이면」(1528.1)

마음이 지척이면 천리라도 지척이요
마음이 천리면 지척이라도 천리로다
우리는 각재천리오나 지척인가 하노라

■ 율격 : 기본형

■ 풀이 : 마음이 咫尺이면 千里라도 咫尺이요, 마음이 千里면 咫尺이라도 千里로다. 우리는 各在千里오나(각기 천리에 있으나) 咫尺인가 하노라.

마음의 거리와 실제의 거리 두 가지 거리가 있다. 마음의 거리는 실제의 거리를 줄일 수도 있고 늘일 수도 있다. 마음은 千里를 咫尺으로 단축시킬 수도 있고, 咫尺을 千里처럼 멀게 할 수도 있다. 우리는 千里나 되는 곳에 헤어져 있어도 마음이 咫尺이니 지척에 있는 것과 다름이 없다.

마음과 실제의 관계에 관해 세 가지 말을 한다. 마음은 실제와 분리되어 독립성을 지닌다. 마음은 실제의 지배를 받지 않는 자율성을 지닌다. 마음은 실제에 대한 인식을 바꾸어놓는 지배력을 지닌다.

(4594.1) "천리로다 천리로다 지척간이 천리로다/ 천리라도 가면 지척이요 지척이라도 못 가면 천리로다/ 우리도 언제나 지척 천리 오락가락", (4602.1) "천리 천리 아녀 지척이 천리로다/ 보면 지척이요 못 보면 천리로다 / 지척이 천리만 못하니 그를 슬퍼하노라", (4056.1) "임 보러 갈 적에는 검각이 평지러니/ 이별코 돌아오니 지척이 천리로다/ 기약을 기다리니 일각이 여삼추라"라는 것들도 있다.

「청천 구름 밖에」(4802)

청천 구름 밖에 높이 떴는 백송골이
사방 천리를 지척만 여기는데
어떻다 시구창 뒤져 얻어먹는 오리는 제 문지방 넘기를 백천리만 여기더라

■ 율격 : 확대일탈형. 종장이 3<11, 7<8이다.

■ 풀이 : 靑天 구름 밖에 높이 떴는 白松鶻이 四方千里를 咫尺만 여기는
데, 어떻다 시궁창 뒤져 얻어먹는 오리는 제 문지방 넘나들기를 百千里
만 여기더라.

여기에도 千里를 咫尺으로, 咫尺을 千里로 여긴다는 말이 나온다. 하
늘을 나는 커다란 매 白松鶻은 구름 밖의 千里를 咫尺으로 여기고, 시궁
창에서 기어 다니는 오리는 咫尺에 있는 제 문지방을 千里로 여긴다고
한다. 이것은 사람 됨됨이의 차이를 조류에 빗대 한 말이라고 할 수 있다.
서술자인 여인이 상상 속의 연인보다 너무나도 못난 남편을 빈정대며 나
무란다고 보아도 잘못이 아니다.[2]

「관산천리 멀다 마라」(0374.1)

관산천리 멀다 마라 구름 아래 그곳이라
마음은 가건마는 몸은 어이 못 가는고
지금에 심거신불치하니 그를 설워 하노라

■ 율격 : 기본형

■ 풀이 : 關山千里 멀다고 하지 말라. 구름 아래 그곳이라. 마음은 가건마
는 몸은 어찌 못 가는고? 지금에 心去身不致하니(마음은 가고 몸은 이
르지 못하니) 그것을 서러워하노라.

관산은 관문이 있는 산이기도 하고 고향의 산이기도 하다. 천리나 되는
곳에 있는데 멀다고 하지 말라는 것은 무슨 말인가? 몸이 가기에는 멀지

---

2 조규익, 『우리의 옛 노래문학 蔓橫淸類』(박이정, 1996), 92~93면에서는 이렇게
   보았다.

만 마음이 가기에는 멀지 않다.

마음은 가건마는 몸은 어찌 가지 못 하는고? 마음은 마음이고 몸은 몸이어서, 마음과 몸이 따로 놀기 때문이다. "心去身不致하니"라고 하면서 마음은 가고 몸은 이르지 못하는 것을 서러워해도 소용이 없다.

마음이 가면 가는 것이 아니다. 마음만 가는 것은 헛되다. 몸이 가야 간다. 마음이 소중하다고 하지만 몸이 더 소중하다.

「늙었다 물러가자」(1165.1)

늙었다 물러가자 마음과 의논하니
이 임을 버리고 어디러로 가잔 말고
마음아 너만 있거라 몸만 물러 가리라

- 율격 : 기본형
- 풀이 : 늙었다고 물러가자 하고 마음과 議論하니, 이 임을 버리고 어디로 가잔 말인가? 마음아, 너만 있거나 몸만 물러가리라.

시조의 넓이와 깊이

여기서도 마음과 몸이 따로 논다. 마음은 마음이고 몸은 몸이어서, 마음과 몸이 따로 노는 것은 위의 노래와 같다. 마음은 있으라고 하고 몸이 물러간다는 것은 반대이다.

임이라고 하는 임금을 섬겨야 하는 도리를 다하지 못하고 늙어서 물러난다는 말을 마음은 두고 간다고 한다. 아쉬운 이별을 해야 할 때는 이런 말을 흔히 한다. 마음은 두고 떠나간다고 한다.

떠나가는 몸에는 마음이 없는가? 마음이 있어서 몸이 떠나간다. 그런데도 마음은 두고 간다는 것은 마음이 둘이기 때문이다. 떠나가고 싶은 마음은 떠나가고 머무르고 싶은 마음은 두고 간다.

「마음이 어린 후니」(1526.1)　　　　　　　　徐敬德

마음이 어린 후니 하는 일이 다 어리다
만중 운산에 어느 임 오리마는
지는 잎 부는 바람에 행여 긘가 하노라

■ 율격 : 기본형

■ 풀이 : 마음이 어리석으니 하는 일이 다 어리석다. 萬重(만 겹) 雲山(구름
덮인 산)에 어느 임이 오리마는(올까마는), 지는 잎 부는 바람에 행여 그
인가 하노라.

　마음이 어리석어 사태 판단을 그릇되게 한다. 구름 덮인 산이 만 겹이
나 되어 임이 오지 않는 것을 모르니 잘못이다. 지는 잎 부는 바람에 행여
임이 오는가 하는 것은 착각이다.

　임이 오리라고 기다리는 마음은 어리석다고 할 수 없다. 지는 잎 부는
바람에 임이 오는가 하면서 임을 맞이하려는 간절한 소망을 지니는 것은
잘못이 아니다. 구름 덮인 산이 만 겹이나 되는 장애가 있다는 이유를 들
어 임이 오지 못한다고 단언할 수 없다.

　마음은 하나가 아니고 둘이다. 마음이 어리석다고 나무라는 것도 또한
마음이다. 대상인 마음과 주체인 마음이 있다. 대상인 마음에 앞에서 든
잘못이 있다고 나무라는 주체인 마음은 뒤의 생각을 말한다. 둘의 관계가
핵심이 되는 주제이다. 이런 노래를 누가 왜 지었는가?

　이 노래를 지은 徐敬德(1489~1546)은 심오한 깨달음을 얻어 氣철학을
일으켰다. 「原理氣」에서 "一不得不生二 二自能生克 生則克 克則生"(하
나는 둘을 낳지 않을 수 없으며 둘은 스스로 능히 생하고 극하나니, 생하면 극
하고 극하면 생한다)고 해서 생극론을 선도했다. 철학을 제시하는 논설과

함께 한시도 여러 편 지었으나, 이 시조는 다른 데서는 미처 하지 못한 말을 생생하게 했다. 徐敬德의 다른 면모를 우리말 노래에서 확인할 수 있는 것이 놀랍다.

이 노래는 사랑하는 사람을 기다리는 사연이어서 쉽게 공감을 얻을 수 있으면서 조금 어설프다. 사랑에 들뜬 마음이 어리석다는 것은 적절하지 않다. 구름 덮인 산이 만 겹이나 된다는 것은 지나친 장애이다. 사랑의 노래로는 수준 미달이거나 실패작이어서, 생각을 다시 하게 한다. 임이 온다는 것은 간절하게 기대하는 가능성을 모두 함축하는 상징적인 언사이다. 이렇게 생각하면 실패작인 증거가 모두 적절한 기능을 한다.

간절한 기대를 말하려고 임을 기다린다고 한다. 기대하는 것이 무리라고 마음이 어리석다고 한다. 기대 실현에 난관이 많다고 경고한다. 그러면서 기대를 버리지 않고 실현 가능성을 믿는다. 그래서 말한다. 어리석음이 슬기로움이고, 슬기로움이 어리석음이다. 기대는 부정되면서 실현된다. 가능은 불가능이어서 가능이다. 기대와 가능, 부정과 불가능 양쪽 두 마음의 마주침을 겪어야 이 원리를 알 수 있다. 생극론의 한 측면을 이렇게 일깨워준다.

312 흥

흥은 마음속에서 일어난다. 한자로는 '興'이라고 적으나, 그냥 '흥'이라고만 해도 된다. 즐거움이 물결치듯이 일어나 그대로 둘 수 없는 것이 흥이다. 노래를 부르고, 악기를 연주하고, 춤을 추어 흥을 밖으로 나타낸다. 아름다운 자연의 움직임과 호응해 物我一體를 확인하면 흥이 더 커진다. 시조는 이런 흥을 찾고 자랑하는 노래이다.

흥을 충분히 느끼는 것은 '흥겹다'고 한다. 흥을 나타내는 행위를 하는 것은 '흥치다'라고 한다. '興味'는 '興'과 '味'을 합친 말이며, 형이상의 흥을 형이하의 맛으로 감지한다는 뜻이다. 흥과 연관되는 말에 '風流'가 있다. 이것은 흥겨움이 바람 불듯이 흐른다는 뜻이다.[3] '신명'도 함께 고찰할 말인데, 시조에서는 보이지 않는다.

흥이나 풍류를 말하는 노래는 이해하기 쉽다고 할 것은 아니다. 복잡한 사정을 거친 변이형도 있다. 마지막으로 드는 '豪興'이 그런 것이어서 자세하게 고찰할 필요가 있다.

「벽산 추월야에」(1977.1)　　　　　　　　　　安玟英

벽산 추월야에 거문고 비껴 안고
흥대로 곡을 짚어 솔바람을 화답할 제
때마다 소리 영령함이여 추금호를 가졌더라

- 율격 : 기본형
- 풀이 : 碧山(푸른 산) 秋月夜(가을 달 밤)에 거문고 비껴 안고. 흥대로 곡을 짚어 솔바람을 화답할 적에, 때마다 소리 泠泠(맑고맑음)함이여, 秋琴號(가을 거문고라는 호칭)를 가졌더라. 秋琴은 거문고의 명인 姜大雄의 호이다.

마음에서 나는 흥대로 거문고를 타면서 솔바람 소리와 화답한다. 흥이 마음속에서 나와서, 악기 연주에서 감지할 수 있는 형태로 구체화되고, 아름다운 자연의 움직임과 호응해 감동을 더욱 키운다고 알려준다. 거문고로 솔바람과 호응하는 맑은 가을 소리를 내는 것을 흥을 예술로 만드는 본보기로 삼는다. 흥에 대한 총론을 갖춘 노래라고 할 수 있다.

삶에 대한 성찰

3　최재남, 「시조의 풍류와 흥취」, 『시조학논총』 17(한국시조학회, 2001)에서 이에 관해 고찰했다.

마지막 말을 "가지더라"라고 하지 않고 "가졌더라"라고 한 것을 주목할 필요가 있다. 회상법을 일관되게 사용하는 시조의 관습에서 벗어나 당대의 구어를 받아들였다. 이것은 19세기 후반에 활동한 가객 安玟英(1816~1885)이 고풍을 지닌 작풍을 창작하면서 대중 취향의 어법을 사용한 양면성이 있었음을 말해준다.

「전원에 남은 흥을」(4297.1)

전원에 남은 흥을 전나귀에 모두 싣고
계산 익은 길로 흥치며 돌아와서
아이야 금서를 다스려라 남은 해를 보내리라

- 율격 : 기본형
- 풀이 : 田園에 남은 흥을 전나귀에 모두 싣고, 溪山 익은 길로 흥치며 돌아와서, "아이야, 琴書를 다스려라. 남은 해를 보내리라."

전원을 즐기면서 기른 흥이 마음속에 얼마 남지 않아 재충전이 필요하다. 재충전을 하려면 가만있지 말아야 한다. 남은 흥이 얼마 되지 않아도 돌아다닐 수 있는 최소한의 동력으로 삼아, 다리를 절어 길을 제대로 걷지 못하는 전나귀 등에라도 싣고 떠나간다. 가까이 있는 전원을 넘어서서, 전에 늘 다녀서 익은 개울과 산까지 가서 흥 키우는 짓을 무엇이든 한바탕 하고 나니 살 것 같다.

그 기쁨을 전하려는 마음이 급해 아이를 불러 "琴書를 다스려라"고 하는 엉뚱한 말을 한다. 거문고를 연주하고 책을 읽는 일을 다스리듯 착실하게 하면서 남은 해를 유용하게 보내겠다고 아이에게 자랑하려는 것이다. 할 일을 제대로 하려면 흥이 필요하고, 흥이 소진되면 밖으로 나가 자연에서 충전해야 한다고 한다.

「미끼 가진 아이」(1754.1)　　　　　　　　　朴權

　　미끼 가진 아이 안개 속에 나를 잃고
　　나도 저를 잃고 조대로 찾아가서
　　석양에 낚싯대 들고 나니 흥을 겨워 하노라

■ 율격 : 기본형
■ 풀이 : 미끼 가진 아이 안개 속에 나를 잃고, 나도 저를 잃고 釣臺(낚시하
　는 자리)로 찾아가서, 夕陽에 낚싯대 들고 나니 흥을 겨워 하노라.

　고기를 잡으러 간 것은 아니다. 미끼 가진 아이와 자기가 서로 헤어져도
상관없다. 낚싯대를 들고 나서기만 해도 흥이 난다. 석양이어서 더욱 흥겹
다. 낚시를 할 수 있는 곳으로 나가니 안에 있던 흥이 밖으로 나온다. 눈앞
에 펼쳐진 공간에다 상상을 보태 흥이 발동할 영역이 더 넓어진다.

「강호에 버린 몸이」(0174.1)　　　　　　　　金聖器

　　강호에 버린 몸이 백구와 벗이 되어
　　어정을 흘리 놓고 옥소를 높이 부니
　　아마도 세상 흥미는 이뿐인가 하노라

■ 율격 : 기본형
■ 풀이 : 江湖에 버려진 몸이 白鷗와 벗이 되어, 漁艇(고깃배)을 흘러가게
　놓고 玉簫(옥피리)를 높이 부니, 아마도 世上 興味는 이뿐인가 하노라.

　세상에서 쓰이지 못하고 강호에 버려진 몸이라 백구와 벗이 된다. 고기
를 잡을 뜻은 없이 어부 노릇을 하므로 고깃배를 흘러가게 놓아두고, 옥
피리를 높이 부니 즐겁다. 세상에서 으뜸인 "興味"는 이것뿐인가 하노라.

여기서 말하는 흥미는 형이상의 흥과 형이하의 맛을 아우르고 있다. 세상에서 벗어나 초탈한 흥과 맛이 으뜸이라고 단아한 자세로 말하려고 기본형 가운데서도 가장 기본인 글자 수를 갖추고 있다.

金聖器(1649~1724)는 원래 활을 만드는 장인이었는데, 거문고를 배워 높은 경지에 이르고 전문적인 가객으로 나섰다. 이 노래에서처럼 산수를 찾아 노니는 고결한 자세를 보여주고 또한 잔칫집에 가서 돈을 받고 공연을 하는 이중생활을 하면서 갈등을 느꼈다. 부당하게 득세한 부호가 부르자 단호하게 거절했다는 일화가 있어, 예술가의 자부심을 잃지 않으려고 한 것을 알려준다.

「일어나 소 먹이니」(4006.1)

일어나 소 먹이니 효성이 삼오로다
들을 바라보니 황운색도 좋고 좋다
아마도 농가의 흥미는 이뿐인가 하노라

- 율격 : 기본형
- 풀이 : (아침 일찍) 일어나 소를 먹이니, 曉星(새벽별)이 三五(셋이나 다섯)로다. 들을 바라보니 黃雲色(누른 구름 색)도 좋고 좋다. 아마도 農家의 興味는 이뿐인가 하노라.

세상에서 쓰이지 않은 탓에 벗어난 사람은 아니다. 언제나 농촌에서 사는 농민에게도 흥을 느끼는 맛 興味가 있다. 일찍 일어나 소를 먹이면서 바라보는 새벽별, 들 위의 누른 구름 색이 마음을 흥겹게 하고 살맛이 나게 한다. 흥은 멀리 있는 것도, 특별한 사람만 자랑으로 삼을 것도 아니다. 누구나 가까이서 흥을 발견하고 느낄 수 있다.

「꽃아 너를 보니」(0648.1)

꽃아 너를 보니 춘흥이 절로 난다
붉거든 너만 붉지 나는 어이 붉히느냐
진실로 너를 대하면 술 취한 듯

- 율격 : 기본형. 마지막 토막 "하노라"가 생략되었다.

- 풀이 : 꽃아 너를 보니 春興이 절로 난다. 붉거든 너만 붉지 나는 어이 붉
  히느냐? 眞實로 너를 대하면 술 醉한듯 하노라

봄에 꽃을 보니 춘흥이 일어난다. 춘흥이 꽃에서 사람에게로 이전된다.
꽃이 붉어 보는 사람의 마음마저 붉다. 붉은 춘흥에 도취되어 술 취한 듯
하다. 春興이라는 말은 많이 하고, 夏興 · 秋興 · 冬興은 들먹이지 않는
다.

「봄비 갠 아침에」(2033.1)　　　　　　　　　金壽長

봄비 갠 아침에 잠 깨어 일어 보니
반개 화봉이 다투어 피는구나
춘조도 춘흥을 못 이겨 노래 춤을 하느냐

- 율격 : 기본형

- 풀이 : 봄비 갠 아침에 잠 깨어 일어나 보니, 半開(반쯤 핀) 花封(꽃봉오
  리)이 다투어 피는구나. 春鳥(봄새)도 春興을 못 이겨 노래 부르고 춤을
  추느냐?

여기서도 봄날 아침에 꽃이 피는 것을 보고 春興을 느낀다. 마음속의
흥이 밖으로 봄의 아름다움과 만나 춘흥이 된다. 춘흥은 사람인 나만 느

끼는 것은 아니다, 春鳥라고 한 봄새도 나처럼 춘흥을 느껴 노래 부르고 춤을 춘다. 내가 노래 부르고 춤을 추고 싶은 소망을 새가 풀어주니 더욱 흥겹다.

「천운대 돌아들어」(4629.1)　　　　　　　　　　　李滉

　　천운대 돌아들어 완락재 소쇄한데
　　만권 생애로 낙사 무궁 하여라
　　이 중에 왕래 풍류를 일러 무삼 할꼬

- ■ 율격 : 기본형
- ■ 풀이 : 天雲臺 돌아들어 玩樂齋 瀟灑(맑고 깨끗함)한데. 萬卷 生涯로 樂事(즐거운 일) 無窮하여라. 이 중에 往來 風流를 일러 무엇 하리오.

天雲臺와 玩樂齋는 李滉이 시를 지어 기린 陶山 18絶景에 드는 바위와 재실이다. 더럽혀지지 않고 고결하기만 한 그 모습을 보니 정신이 맑고 깨끗해진다. 그러면서 만권이나 되는 책 읽기를 일삼으니 즐거운 일이 무궁하다. 마음에도 맑은 바람이 불어 오가는 風流를 두고 더 말할 것이 없다.

「옥같이 고운 임과」(3456.1)　　　　　　　　　　扈錫均

　　옥같이 고운 임과 눈과 같이 밝은 달에
　　금준에 술이 있고 무릎 위에 거문고라
　　평생에 풍류 주인 되어 백년안락

- ■ 율격 : 기본형. 마지막 토막 "하리라"가 생략되었다

■ 풀이 : 玉같이 고운 임과 눈과 같이 밝은 달에, 金樽에 술이 있고 무릎 위
에 거문고라. 平生에 風流 主人 되어 百年安樂 (하리라).

여기서는 風流가 즐거움을 말한다. 즐거운 것은 모두 풍류이다. 술을
마시고, 거문고를 연주하고. 여인과 애정을 나누는 것이 모두 자랑할 만
한 풍류이다. 이 모든 풍류를 평생토록 누리는 주인이 되어 백년안락하기
를 바란다. 최상의 희망이 무엇인지 말한다.

「환자 값에 볼기 서른 맞고」(5481.1)

환자 값에 볼기 서른 맞고 장리 값에 동솥을 떼어 가네
사랑 둔 여기 첩을 원의 차사 등 밀어 간다
아이야 죽탕관에 개 보아라 호흥겨워 하노라

■ 율격 : 기본형

■ 풀이 : 還子 값에 볼기 서른 맞고, 長利 값에 동솥(작은 솥)을 떼어 가네.
사랑 둔 女妓 妾을 원님의 분부를 거행하는 差使가 등을 밀어 (데리고)
간다. 아이야, 粥湯罐(죽을 끓이는 그릇)에 개 보아라, 豪興(호기 있는 흥
취)겨워 하노라

나라의 환자를 갚지 못해 볼기를 서른 대나 맞는다. 이자를 쳐서 갚기
로 하고 꾸어 먹은 곡식인 장리 값에, 채권자가 동솥이라고 하는 작은 솥
을 가져간다. 사랑을 둔 女妓 첩을 원님이 보낸 관원이 등을 밀어 데리고
간다. 관가에 소속되어 원님 차지인 官妓를 함부로 범접한 잘못이 징치
감이다. 가난하고 무력한 탓에 파멸에 이른 신세이다. 밑바닥 인생의 비
애를 말한다.

종장에서는 말이 달라진다. 아이·죽탕관·개가 있다. 가난하고 무력

한 처지여도 다 잃어 아무것도 없는 것은 아니다. 소통하면서 일을 시키는 상대인 아이는 있다. 동솥을 빼앗겼어도 죽을 끓이는 작은 그릇 죽탕관은 남아 있다. 기르는 개가 가까이 있다. 이 셋을 들어 최악의 상태에서는 벗어날 수 있는 희망을 암시한다. 마지막에는 "豪興겨워 하노라"라고 한다. 비애는 어디 가고, 자랑스럽게 외친다. 어째서 이런 비약에 이르는가?

"죽탕관에 개 보아라"가 비약의 이유라고 넌지시 이르니 뜻하는 바를 새겨보자. 작은 그릇에 죽을 쑤자 굶주린 개가 먹고 싶어 설치어대는 모습이 주인인 자가와 다름없는 줄 알고, 빈곤 탄식을 억지 웃음으로 대신하는가?[4] 개가 설치어대는 모습을 보고 "豪興겨워 하는구나"라고 하면, "可觀이구나"라고 하는 말의 반어적 과장법이어서 웃음이 억지임을 더욱 분명하게 한다. 그러나 삼인칭 대신 일인칭을 주어로 해서 "豪興겨워 하노라"고 한다. 이 말로 "내 모습이 可觀이구나"를 야단스럽게 일컫는다고 하고 말 것이 아니다. "호탕한 흥겨움"으로 이해해야 할 '豪興'을 내세워 부정에서 긍정으로 나아가고, 절망이 희망임을 말하는 것이 아닌가?

'豪興'이 이 시에서 지니는 일차적인 의미는, 굶주리다가 먹을 것을 보고 느끼는 삶의 약동이라고 규정할 수 있다. '豪興'이 그것만이 아니고, 무력해 파멸에 이른 처지를 그냥 받아들이지 않고, 삶의 의지를 찾는 정신력의 격양이라고 할 수 있는 이차적인 의미도 지니는 줄 알아야 깊은 이해에 이른다, 사람은 일차적인 "豪興"을 다른 생명체와 공유하면서, 그 이상의 이차적인 "豪興"까지 갖추고 있다고 삼인칭의 주어를 일인칭으로 바꾸어 말한다.

'豪興'은 국어사전에 올라 있지 않다. 어느 문헌에서도 찾을 수 없다. 이

4   김흥규, 『사설시조의 세계 ─ 범속한 삶의 만인보』(세창출판사, 2015), 88면에서는 이렇게 이해했다.

노래에서 지어낸 말이라고 할 수 있다. 이 노래의 두 이본에는 '豪氣'라는 말이 보인다. "호탕한 기운"을 뜻하는 '豪氣'는 일상생활에서도 흔히 사용하는 단어이고, 국어사전에 올라 있다. 뜻이 쉽게 통하는 '豪氣'를 쓰지 않고 '豪興'이라는 말을 지어내 당황하게 하는 것은 豪氣를 지니고 발휘하는 것이 아주 흥겹다고 하는 의미를 추가하고자 했기 때문이라고 할 수 있다. 수용자들이 그 의도를 이해하고 인정해 이 노래의 여덟 이본 가운데 여섯에 '豪興'이 그대로 나타나 있다.

'豪興'은 다른 용례가 없더라도 사전에 올리고, "호기를 지니고 발현하는 흥거움"이라고 의미 규정을 해야 한다. 좀 더 살피면, 이 말은 삶을 누리는 것이 선이라고 하는 주장과 밀접한 관련을 가지고 출현했을 수 있다. 삶을 누리는 것이 선임을 자각하니 흥거워 신명 난다고 하려고 '豪興'이라는 말을 지어냈다고 할 수 있다. '豪'는 삶을 거침없이 즐기는 자세이고, '興'은 그래서 신명 난다는 말로 다시 풀이할 수 있다. 빈곤에 시달리는 하층에서 '豪興'의 각성을 얻어냈다고 이 노래가 말해준다.

313 웃음

마음을 나타내는 방식에 웃음도 있고 울음도 있다. 즐거우면 웃고 슬프면 운다고 하겠지만 반드시 그런 것은 아니다. 즐거워서 웃는 것만 아니고, 웃음이 다 같은 웃음은 아니다. 웃음 노래에는 웃는 소리를 늘어놓기만 하는 것부터 사연이 복잡한 것까지 여러 가지가 있다.

「히히 히히」(5554.1)   金得研

히히 히히 또 히히 히히
이래도 히히 히히 저래도 히히 히히
매일에 히히 히히하니 일일마다 히히 히히로다

- 율격 : 기본형이라고 하겠지만, 자수의 변이가 심하다.
- 풀이 : "히히 히히", 또 "히히 히히". 이래도 "히히 히히", 저래도 "히히 히히". 매일에 "히히 히히"하니, 일마다 "히히 히히"로다.

유쾌하게 웃는다. 계속 웃기만 한다. 웃으면서 나날을 보낸다. 웃음소리를 "히히"라고만 하고 다른 말은 쓰지 않으면서, 단조롭고 바보스러운 웃음이 웃음 가운데 으뜸이라고 한다.

「가만히 웃자 하니」(0030.1)

가만히 웃자 하니 소인의 행실이요
허허쳐 웃자 하니 남 요란히 여길세라
웃음도 시비 많으니 잠깐 참아보리라

- 율격 : 기본형
- 풀이 : 가만히 웃자 하니 小人의 行實이요. "허허" 하고 소리 쳐 웃자 하니 남 요란히 여길세라. 웃음도 是非 많으니 잠깐 참아보리라.

웃음은 종류가 많다. 웃는 사람이 혼자 웃지 않고 남들과 관계를 가지고 웃는다. 남들 모르게 가만히 웃는 것은 小人의 행실인 비웃음이다. 남들은 웃지 않는데 허허허 하고 요란하게 웃으면 이상하게 생각한다. 웃음에도 시비가 많으니 참을 필요가 있다.

「이바 우습고나」(3838.1)   權燮

이바 우습고나 웃음도 우스울사
우습고 우스우니 웃음 겨워 못할로라
아마도 허허호호 하다가 하하허허 할세라

- 율격 : 기본형

- 풀이 : 이봐, 우습구나. 웃음도 우습구나. 우습고 우스워, 웃을 일이 너무 많아 견디지 못하겠구나. 아마도, "허허호호" 하다가 "하하허허" 하리라.

"이봐" 하고 말 들을 사람을 부른다. 웃음 총론이라고 할 것을 전개하려고 하니 청중이 필요하다. 청중이 없어도 있다고 생각하면 된다. 체계를 분명하게 갖추어 전에 없던 탐구를 모범이 되게 해내면 자랑스럽다.

우습구나라고 하는 데 이어서 웃음도 우습구나 하는 것은 동어반복이 아니다. 웃을 일도 우습지만 웃는 행위도 우습다고 하는 줄 알아야 한다. 대상과의 관계와 행위 자체에 웃음의 특성이 있다고, 둘을 갈라 말한다. 대상과의 관계를 열거하면 말이 푸석한 수다쟁이가 되지만, 웃음 행위 자체에 관한 논의는 옹근 알맹이를 갖추어야 한다.

우습고 우스워, 웃을 일이 너무 많아 견디지 못하겠구나. 이런 말로 웃음의 시작을 고찰한다. 웃음을 참으려고 해도 참을 수 없다. 웃을 일이 많아지면 참지 못하고 웃음이 터진다. 고인 물이 많아지면 물레방아가 돌아가는 것과 같다. 웃을 때에는 우리 몸이 의지와는 무관하게 자동적으로 움직인다.

아마도, "허허호호" 하다가, "하하허허" 하리라. 이렇게 말하는 데서는 웃음의 진행 을 해명한다. 처음에는 "허허호호" 하면서 예사로 웃기 시작하다가, "하하허허" 하면서 크게 웃게 된다. 새로운 작용이 없어도, 자가발전이 가속되는 것과 같다. 웃음이 웃음을 키워 자동적으로 커진다.

앞에 "아마도"라는 말을 넣은 이유는 몇 가지로 이해된다. 웃기 시작하는 사람이 웃음의 진행을 어느 정도는 짐작하리라고 여긴다. 웃음의 진행에 관한 견해가 대체로 타당하다고 한다. 진해에 관한 해명뿐만 아니라 웃음 총론 전체가 정설이 될 만한 요건을 높이 평가할 만큼 지닌다고 자부한다.

權燮(1671~1759)은 시조를 혁신해 삶의 실상을 노래로 삼았다. 놀이라는 풍속을 다루고, 웃음에 관한 연작 시조를 지어 「笑矣乎」라고 했다.[5] 첫수 이것과 다음 두 수를 든다.

「아귀 찢어진들」(2977.1)　　　　　　　　　權燮

아귀 찢어진들 웃는 것을 어이하리
우슨 일 실컷 하고 웃기조차 말라 하난
이 사람 저만 싫거든 웃슨 일을 말구려

■ 율격 : 기본형

■ 풀이 : 아귀가 찢어진들 웃는 것을 (웃고 싶은 것을) 어이하리 (어찌 참으리). 웃을 일 실컷 하고 (다른 것들은 물론이고) 웃기조차 말라고 하는가. 이 사람아. 저만 싫거든 웃을 일을 말구려.

웃고 싶으면 참고 견딜 수 없다. 아귀가 찢어져도 웃어야 한다. 마땅하지 않은 일을 실컷 하고서, 나무라거나 욕하지 못하게 하고 웃지도 말아야 한다고 할 수 없다. 여럿이 보고 웃는 것이 자기만 싫으면 웃을 일을 하지 말아야 한다.

이렇게 말하는 웃음은 부당한 행위에 대한 징벌이다. 나무라거나 욕하는 것보다 가벼운 징벌이 효과는 더 크다. 웃음은 갑자기 터져 나와 당하는 쪽을 당황하게 하고, 동참자가 늘어나 난처하게 만든다. 웃음의 대상이 되면 방어할 수 없으니, 웃음거리가 되지 않아야 한다.

웃음은 유쾌한 일탈행위이다. 유쾌한 행위로 불쾌한 짓거리를 씻어내

5　최규수, 「권섭 시조에 나타난 웃음의 문학적 형상화와 그 의미」, 『한국시가연구』 15 (한국시가학회, 2004)에서 이에 관해 고찰했다.

는 공동의 작업이다. 생리적인 일탈로 사회적인 일탈을 치유한다. 불쾌하다고 지목되어 치유의 대상이 되지 않으려면, 탈춤판에 나온 양반처럼 웃음 공동체를 등지지 말아야 한다.

「하하 허허 한들」(5266.1)　　　　　　　　　權譿

　　하하 허허 한들 내 웃음이 정 웃음가
　　하 어척없어서 느끼다가 그리 되게
　　벗님네 웃지를 말구려 아귀 찢어지리라

- 율격 : 기본형

- 풀이 : "하하 허허" 한들 내 웃음이 참된 웃음인가. 하(너무나도) 어척없어서(어처구니없어서) (울음이 나와) 흐느끼다가 그리(웃게) 되는 거지. 벗님네, 웃지를 말구려. (함부로 웃다가는) 아귀 찢어지리라.

　참된 웃음만 웃음이 아니고, 거짓 웃음도 웃음이다. 너무나도 어처구니없는 일을 당하면 울음이 나와 흐느끼다가 웃고 만다. 울음으로 감당할 수 없으면 거짓 웃음을 곤경에서 벗어나는 방책으로 삼는다.

　참된 웃음은 행복한 웃음이라면, 거짓 웃음은 불행한 웃음이다. 그러나 불행이 웃는 동기이고 결과는 아니다. 불행을 그냥 견디지 않고 벗어나려고 거짓 웃음을 웃는다. 불행을 가져오는 가해자에게 지지 않고, 불행 때문에 상처를 받지 않으려고 웃음을 방어책으로 삼아 불행이 행복이게 한다. 웃음의 효능을 거짓 웃음에서 참된 웃음 이상으로 나타내 진위가 역전된다.

　거짓 웃음은 작전이므로 무턱대고 웃어서는 안 된다. 속없는 사람처럼 함부로 웃다가는 아귀가 찢어진다. 남이 웃는다고 따라서 웃지 말라고 벗님네를 불러 알려준다.

「아무리 말자 한들」(2992.1)　　　　　　　　權燁

아무리 말자 한들 웃음이 절로 나네
내가 이만할 제 자네네야 다 이를까
싫도록 히히 하하 하다가 박장대소 하시소

- 율격 : 기본형
- 풀이 : 아무리 말자 한들 웃음이 절로 나네. 내가 이만할 제 자네네야 다
  이를까. 싫도록 히히 하하 하다가 拍掌大笑하시소.

"자네네"라고 한 사람들이 우스운 짓을 하는 것을 보니 웃음이 절로 난
다고 한다. 구경꾼도 웃지 않을 수 없는데, 당사자들이야 오죽 하겠느냐
하면서 "싫도록 히히 하하 하다가 拍掌大笑하시소"라고 한다. 당사자들
이 누구이며, 왜 우스운가는 말하지 않아 의문으로 남는다.

「풍설 산재야에」(5204.1)

풍설 산재야에 상대 일수매라
웃고 저를 보니 저도 나를 웃는구나
웃어라 매즉농방이오 농즉매인가 하노라

- 율격 : 기본형
- 풀이 : 風雪 山齋夜(바람 불고 눈이 와도 산이 깨끗한 밤)에 相對 一樹梅
  라(한 그루 매화를 마주한다). 웃고 저를 보니 저도 나를 웃는구나. 웃어
  라 梅則儂方(매화는 나)이고 儂則梅(나는 매화)인가 하노라.

바람 불고 눈이 와도 산이 깨끗한 밤에 매화를 보니 반갑다. 반가움을
웃음으로 나타내 매화를 보고 웃으니 매화도 자기를 보고 웃는다고 한다.

매화를 보고 너는 나로구나, 나는 너로구나 하면서 다정함을 확인한다.
웃음이 자연과 하나가 되어 만족을 얻는 징표이다.

「청강에 비 듣는 소리」(4719.1)　　　　　　　　孝宗

청강에 비 듣는 소리 그 무엇이 우습관대
만산 홍록이 휘드르며 웃는구나
두어라 춘풍이 몇 날이리 웃을 대로 웃어라

- ■ 율격 : 기본형

- ■ 풀이 : 淸江(푸른 강)에 비 듣는(내리는) 소리 그 무엇이 우습관대, 滿山
  (산 가득) 紅綠(붉고 푸름)이 휘드르며 웃는구나. 두어라 春風이 몇 날이
  리 웃을 대로 웃어라.

여러 말이 겹쳐 있다. 하나씩 들어보자 (가) 청강에 비가 내리는 소리를
듣고 온 산의 붉고 푸른 초목이 듣는다. (나) 빗소리를 듣고 초목이 웃는
다. (라) 무엇이 우습다고 웃는가 하고 사람은 말한다. (라) 이런 일은 봄에
만 있고, 봄이 지나면 없어지니, 웃는 대로 두고 다른 말을 하거나 간섭하
지 말라고 한다.
　자연의 모습을 그리면서 자기 마음을 나타낸다. (가)에서 청강에 비가
내리고 온 산에는 초목이라고 하면 그만인데 비 내리는 소리를 초목이 듣
는다고 한다. 자기가 들으면서 초목이 듣는다고 한다. (나)에서 비 내리는
소리를 듣고 초목이 웃는다고 한다. 자기가 웃으면서 초목이 듣는다고 한
다. (다) 자기가 하는 짓에 대해 의문을 제기한다. 무엇이 우습다고 초목이
웃는가 하는 말이 무엇이 우습다고 자기가 웃는가 하고 반문하는 말이다.
(라)에서 초목이든 자기든 봄이어서 잠시 웃으니 간섭하지 말고 내버려두
라고 한다.

여러 가집에서 이 노래의 작자가 조선왕조 제17대 임금 孝宗(재위 1619~1659)이라고 한다. 효종은 병자호란으로 청나라에서 8년간 볼모생활을 하고 돌아와 설욕하려고 북벌을 준비하다가 뜻을 이루지 못했다. 잡혀가면서 지은 노래 「청석령 지나거다」(4782.1)가 전한다. 이 노래는 어려운 가운데 잠시 자연을 보고 기쁨을 누리고 웃음을 되찾아 지었다고 할 수 있다. 생애를 고려하면서 이해하면 비통한 웃음이다.

「아이 제 늙은이 보고」(3041.1)   辛啓榮

아이 제 늙은이 보고 백발을 비웃더니
그 덧에 아이들이 날 웃을 줄 어이 알리
아이야 하 웃지 마라 나도 웃던 아이로다

■ 율격 : 기본형

■ 풀이 : 아이 적에 늙은이 보고 白髮을 비웃더니 그 덧(사이)에 아이들이 날 웃을 줄 어이 알리. 아이야 하 웃지 마라 나도 웃던 아이로다.

아이들이 늙은이의 백발을 보고 웃는 것은 비웃음일까? 늘 보는 모습과 달라 우습게 보인 것이리라. 그 웃음이 비웃음이라는 것은 어릴 때의 생각이 아니고, 늙은이가 자기를 되돌아보면서 하는 말이다. 그냥 웃는 웃음이라도 열등의식을 가진 사람에게는 비웃음으로 보인다.

「웃음이 변하여」(3626.1)   李世輔

웃음이 변하여 설움이 되고
설움이 변하여 웃음이 된다
아마도 애락 두 자는 사람의 평생인가

- 율격 : 확대변이형, 종장 후반부가 7 > (3)이다. 마지막 한 토막 "하노라"
  가 생략되었다.
- 풀이 : 웃음이 변하여 설움이 되고, 설움이 변하여 웃음이 된다. 아마도
  哀樂 두 자는 사람의 平生인가 (하노라).

웃음이 웃음이기만 하지 않고 설움이 된다. 설움도 설움이기만 하지 않
고 웃음이 된다. 슬퍼서 울고 즐거워서 웃는 것이 사람 평생인가 한다. 웃
음과 울음의 상대적인 관계를 말한다.

314 눈물

즐거우면 웃고 슬프면 운다. 울면 눈물을 흘려, 눈물이라는 말로 울음
을 대신할 수 있다. 웃음 노래보다 눈물 노래가 훨씬 많다. 이별의 슬픔을
눈물로 나타내는 사연이 복잡하게 얽혀 있다.

「울어서 나는 눈물」(3622.1)　　　　　　　　　　朴英秀

울어서 나는 눈물 우으로 솟지 말고
구회 간장에 속으로 흘러들어
임 그려 다 타는 간장을 녹여볼까 하노라

- 율격 : 기본형
- 풀이 : 울어서 나는 눈물 위로 솟지 말고, 九回(아홉 겹 굽은) 肝腸에 속
  으로 흘러들어 임 그려 다 타는 肝腸을 녹여볼까 하노라.

(가) 울어서 눈물이 난다. 이것은 확인할 수 있는 사실이다. (나) 임이 그
리워 아홉 겹 굽은 간장이 타들어 가기 때문이다. 이것은 사실의 원인에
다 추가한 과장된 진술이다. (다) 눈물이 위로 솟지 않고 안으로 흘러들어

타들어가는 간장을 녹이게 하고자 한다. 이것은 사실의 원인을 불합리하고 불가능한 방법으로 없애려는 시도이다.

눈물에 관해서 이 세 가지 말을 한다. (가) 눈물은 울음에 딸린 생리적 현상이다. (나) 눈물은 슬픔을 보여주는 심리적 표현이다. (다) 눈물은 삶이 어처구니없다고 하는 데 쓰이는 철학적 상징이다. 이 세 말이 눈물에 관한 서론이고 결론이다.

「웃기도 정이러니」(3624.1)　　　　　　　　　柳道貫

웃기도 정이러니 울기도 정이러니
부질없는 정을 맺어 못 잊어 한이로다
아마도 이 정이 원순가 하노라

- 율격 : 축소변이형. 종장 전반부가 3 3이다.
- 풀이 : 웃기도 情이러니, 울기도 情이러니. 부질없는 情을 맺어 못 잊어 恨이로다. 아마도 이 情이 怨讐인가 하노라.

위에서 든 「웃음이 변하여」(3626.1)(李世輔)와 비슷한 말을 다르게 한다. 웃음이 변해 울음이 되고, 울음이 변해 웃음이 된다고 하면서, 울음에 중점을 둔다. 웃음도 울음도 정으로 맺어져 나온다고 하고, 정을 잊지 못해 우니 정이 원수인가 한다. 비통한 말을 하면서 운다.

「달이야 임 본다 하니」(1238.1)

달이야 임 본다 하니 임 보는 달 보려 하고
동창을 반만 열고 월출을 기다리니
눈물이 비 오듯 하니 달이 좇아 어두워라

■ 율격 : 기본형

■ 풀이 : 달이야 임을 본다고 하니, 임을 보는 달을 보려 하고 東窓을 반만 열고 月出을 기다리니, 눈물이 비 오듯 (솟아나) 달이 (또한) 좇아(따라서) 어두워라.

달은 높이 떠서 밝은 빛을 비추므로 다른 것들은 할 수 없는 일을 한다. 멀리 있는 임을 나는 보지 못하지만 달은 본다. 누구나 할 수 있는 이런 말이 절실하게 다가온다.

임을 보지 못하니 임을 보는 달을 보려고 한다. 임을 직접 보지 못하니 달을 통해 간접적으로나마 보려고 한다. 그리움이 너무나도 간절해 이런 생각을 한다. 임을 만나볼 다른 방법이 없어 먼 길이 가깝게 느껴진다.

동창을 반만 여는 것은 가슴 설레기 때문이다. 임의 모습을 달을 통해 간접적으로 보는 것도 기대가 너무 커서 마음을 진정할 수 없다. 임이 달처럼 다가올 것 같은 느낌이 들기까지 한다. 월출을 기다리니 마음이 초조하다. 언제나 있는 월출이 오늘은 너무 더디다.

월출을 기다리고 있는 동안에 눈물이 난다. 이별의 서러움이 눈물이 되어 흐른다. 눈물이 비 오는 듯이 쏟아져 진정할 수 없다. 달에서 임을 보려고 하는 것이 얼마나 비참한가. 헛된 희망, 공연한 상상이 부끄럽다. 아아, 나약해진 몸으로 나락에 떨어진다.

눈물이 시선을 가리니 달이 떠도 소용이 없다. 눈물이 어둠을 내려 달도 어둡다. 모든 기대가 무너지고 슬픔에 잠긴다. 잠깐 동안의 기대가 이별당한 처지를 더욱 처참하게 한다. 그래도 파탄을 보이지 않고, 어조를 낮추어 품격 있는 노래를 부른다.

「한 자 쓰고 한숨 쉬고」(5322.1)

한 자 쓰고 한숨 쉬고 두 자 쓰고 눈물지니

자자 행행이 수묵산수가 되었구나
저 임아 울고 쓴 편지이니 눌러 보소서

- 율격 : 기본형

- 풀이 : 한 字 쓰고 한숨 쉬고, 두 字 쓰고 눈물지니, 字字 行行이 水墨山
水가 되었구나. 저 임아 울고 쓴 편지이니 눌러보소서.

임에게 편지 쓰면서 눈물이 흘러 편지를 적신다는 것을 흥미롭게 전한
다. "字字 行行이 水墨山水가 되었구나"라고 하면서 구경거리인 듯이 말
한다. 눈물을 흘릴 만큼 흘리니 자기 심정을 거리를 두고 살필 수 있다.
"눌러보다"는 "잘못을 탓하지 않고 너그럽게 보아준다"는 말이다. 한 단어
가 두 토막으로 나누어져 있다.

「사랑 모여 불이 되어」(2251.1)

사랑 모여 불이 되어 가슴에 피어나고
간장 썩어 물이 되어 두 눈으로 솟난다
일신이 수화상침하니 살동말동 하여라

- 율격 : 기본형

- 풀이 : 사랑 모여 불이 되어 가슴에 피어나고, 肝腸 썩어 물이 되어 두 눈
으로 솟난다. 一身이 水火相侵하니 살동말동 하여라.

"간장 썩어 물이 되어 두 눈으로 솟난다"는 여러 노래에서 되풀이되
어 조금 진부하다고 할 수 있다. 비슷한 말을 새로 만들어 "사랑 모여 불
이 되어 가슴에 피어나고"라고 하는 것을 앞에다 놓으니 절묘한 對句가
이루어진다. "사랑 모여 불이 되어"는 이루어지지 않은 사랑이 쌓이고 짓

눌려 불이 일어난다는 것이며, 그리움으로 肝腸이 썩어 물이 되는 것과 같다고 하려고 만든 말이다. 앞에서 불과 물을 말하고는 水火相侵해 "살 동말동 하여라"라고 하는 것도 더욱 기발한 발상이다.

「이별이 불이 되어」(3855.2)

이별이 불이 되어 간장이 타노매라
눈물이 비 되니 끌 듯도 하건마는
한숨이 바람이 되니 끌동말동 하여라

- 율격 : 기본형
- 풀이 : 이별이 불이 되어 간장이 타는구나. 눈물이 비 되니 끌 듯도 하건 마는, 한숨이 바람이 되니 끌동말동 하여라

여기서는 쉬운 말을 자연스럽게 한다. 이별이 불이 되고, 눈물이 비가 된다는 데다 보태서 한숨이 바람이 된다는 것까지 말한다. 눈물이 이별의 불을 끄지 못하게 한숨 바람이 막는다는 것은 말장난이다. 심각한 사태를 가볍게 받아들이려는 자기 위안이다.

(5093.1) "타향에 임을 두고 주야로 그리면서/ 간장 썩은 물은 눈으로 솟아나고 첩첩한 수심은 여름 구름 되었어라/ 두어라 내 마음 절반을 임께 보내어서 서로나 그리어볼까 하노라"는 「323 이별」에서 고찰한다.

「눈물이 진주라면」(1109.1)

눈물이 진주라면 흐르지 않게 싸 두었다가
십년 후에 오신 임을 구슬 성에 앉히련만
흔적이 이내 없으니 그를 설워 하노라

- 율격 : 기본형

- 풀이 : 눈물이 眞珠라면 흐르지 않게 싸 두었다가, 십년 후에 오신 임을 구슬 城에 앉히련만, 흔적이 이내 없으니 그것을 서러워하노라.

눈을 두고 흥미로운 관찰을 장난스럽게 하면서 눈물이 서럽지 않게 한다. "오실 임"이라고 하지 않고 "오신 임"이라고 해서 막연하게 기대하지 않고 가정을 분명하게 하고는 슬픔의 결실을 영광스러운 선물로 삼겠다고 한다. 어떤 서러움이라도 세월이 지나면 없어진다고 한다.

32 애정의 표리

애정을 말하면서 사랑과 이별을 노래하는 시조는 아주 많고 사연이 절실하다. 사랑하고 이별하는 상대방은 '임'이라고 총칭한다. 임이 시조 이전에 이미 임금이기도 하고 사랑하는 異性이기도 한 전례를 이었다.[6] 임이 누구이든 사랑을 바라고 이별을 싫어하는 심정은 그리 다르지 않지만, 남성에게 바치는 여성의 노래가 간절한 심정에서 우러나는 곡진한 표현을 특히 잘 갖추어 듣는 이의 마음을 사로잡는다. 임 사랑과 이별의 노래를 여성이 주도해 발전시켜 시조가 뛰어난 서정시이게 하고, 남성도 여성의 어법을 사용해 사랑을 노래하도록 했다.[7]

6   임이 鄭敍의 「鄭瓜亭曲」에서 "내 니믈 그리ᄉ와 우니다니"라고 한 데서는 임금이고, 「滿殿春別詞」에서 "님과 나와 어러주글망졍"이라고 한 데서는 사랑하는 異性이다.

7   불 · 독 · 영어에는 '임'에 해당하는 사랑하는 사람 총칭이 없다. 일본 『萬葉集』의 노래에는 임이 남녀로 나누어져 있다. '君'이나 '公'이라고 쓰고 'きみ'라고 읽는 남성인 임도 있으나, '妹'라고 쓰고 'いも'라고 읽는 여성인 임이 더 자주 나온다. 사랑의 노래를 한국에서는 여성이, 일본에서는 남성이 주도했다. 한국 여성의 사

321 이런 사랑

사랑의 노래는 사랑의 기쁨을 말하는 데 그치지 않는다. 할 말이 많아 사연이 다양하고 표현이 현란하다. 서술자가 여성인 것이 많고, 기존의 관념을 뒤집는다. 육체관계를 숨기지 않고 드러내놓고 말하기도 한다. 사랑이 무엇인가 깊이 생각하고 따져 철학이라고 할 것을 펼쳐 보인다. 여기서는 정신적 이끌림이 앞서는 사랑 노래를 다룬다.

「사랑이 어인 것이」(2261.1)

사랑이 어인 것이 싹 나고 움 돋는다
장안 백만가에 넌추러도 지건지고
아무리 풀려 하여도 못다 풀까 하노라

- 율격 : 기본형

- 풀이 : 사랑이 어인 것이 싹 나고 움 돋는다. 長安 百萬家에 넝쿨져 있구나. 아무리 풀려 하여도 못다 풀까 하노라.

어찌 된 것인지 모를 사랑이 생겨나는 것을 알아차리고 "어인 것이 싹 나고 움 돋는다"는 말을 내뱉는다. 아직 출발 단계라고 여겨 눌러두고자 한 사랑이 삽시간에 "장안 백만가"를 덮을 정도로 자라나 더욱 놀랍다. 사랑이 더 진행되자, 넝쿨이 길게 뻗고 여러 겹 엉켜 아무리 풀려고 해도 풀

랑 노래는 복잡하게 얽혀 시조 기본형에 머무르지 않고 확대변이형이나 일탈변이형으로 나아가는 것들이 적지 않지만, 일본 남성의 사랑 노래는 사연이 단순해 57577의 글자 수가 모자라지 않았다. 이러한 사실은 고소설이 한국에서는 여성소설이어서 男女離合의 얽히고설킨 과정을 펼치고, 일본에서는 남성소설이어서 好色逸話의 연속인 것과 관련된다. 두 나라 소설의 이런 차이점을 『소설의 사회사 비교론』(지식산업사, 2001)에서 밝혀 논했다.

삶에 대한 성찰

수 없는 것과 같다.

장안 백만가를 말한 것은 무슨 이유인가? 사랑이 산이나 들을 덮는다고 하면 크기를 과장하는 데 그쳐 말이 공허하다. 장안 백만가를 덮는다고 해서 남들과의 관계를 생각하게 하고, 세상 사람이 다 알게 되었거나, 세상을 내려다보게 되었거나, 세상을 다 차지한 듯이 자랑스럽다고 말한다.

사랑은 예상을 넘어서서 출현하고 성장한다는 사실을 체험을 통해 발견하고 세상에 전한다. 사랑이 출현하고 성장하는 단계를 명확하게 밝히기까지 한다. 서술자가 초장에서는 사랑보다 크다고 여기다가, 중장에서는 사랑보다 작아진 것을 알고 대소의 비교를 다시 한다. 종장에서는 사랑에 묻혀서 헤어나지 못하게 되었다고 하고, 사랑은 크기는 물론 형체도 알 수 없다고 한다. 자기를 상실하면서 사랑이 절정에 이른다.

사랑에 대해 많이 생각하고 지은 작품이다. 체험에서 통찰을 얻어, 사랑의 철학을 시로 지었다. 누가 지었을까? 생각을 크게 펼친 것을 보면 남성의 작품인 것 같지만, 섬세한 느낌에서는 여성의 마음씨가 확인된다. 사랑이 여성을 놀랄 만큼 키웠다고 보는 것이 어떨까?

(4576.1)(金友奎) "처음에 모르더면 모르고나 있을 것을/ 어인 사랑이 싹 나며 움 돋는가/ 언제나 마음에 열매 맺어 휘들거든 보리라"라고 하는 것도 있다. (2246.1) "사랑이 사설과 둘이 밤새도록 힐우더니/ 사랑이 힘이 몰려 사설에게 지단말가/ 사랑이 사설더러 이르기를 나중 보자"는 「232 생략」에서 고찰한다.

「사랑 사랑 긴긴 사랑」(2253.1)

사랑 사랑 긴긴 사랑 개천 같이 내내 사랑
구만리 장공에 너즈러지고 남는 사랑

아마도 이 임의 사랑은 가없는가 하노라

■ 율격 : 기본형
■ 풀이 : 사랑, 사랑, 긴긴 사랑, 개천 같이 내내(끊임없는) 사랑. 九萬里 長空에 너즈러지고 남는 사랑. 아마도 이 임의 사랑은 가없는가 하노라.

사랑은 길다고 거듭 말한다. "개천 같이 내내 사랑"에서 "개천"은 이중의 의미를 지닌다. 사랑이 개천 같아 줄곧 이어지고 중단되지 않는다고 한다. "개천"이 다른 말로 "내"인 것을 이용해 계속된다는 뜻의 "내내"로 말을 잇는다. 사랑이 크게 자라는 모습을 말하려고 "구만리 장공에 너즈러지고 남는 사랑"이라고 한다. 무한히 크다는 것을 말하는 최상의 언사를 사용했다.

여기서는 사랑의 성장이나 중단은 말하지 않는다. 길고 큰 모습으로 충만한 사랑을 누리면서 즐거움에 들떠 있다. 사랑은 항상 그런 것이 아니다. "아마도 이 임의 사랑은 가없는가 하노라"라고 한다. 자기의 임은 세상에 흔히 있는 다른 이들과 달라 무한한 사랑을 베푼다고 칭송한다. 좋은 사람을 만나 최상의 사랑을 누리고 있는 행복을 마음껏 자랑한다. 만인 공유의 사랑 찬가이다.

(1275.1) "닻줄을 길게길게 들여 사리고 뒤사려 담아/ 만경창파중에 풍덩 들이치면 알려니와 물 깊이를/ 아마도 깊고 깊을손 임이신가 하노라"는 「211 율격」에서 고찰한다.

「연 심어 실을 뽑아」(3330.1)

연 심어 실을 뽑아 긴 노 비벼 걸었다가
사랑이 그쳐갈 제 찬찬 감아 매오리다

우리는 마음으로 맺었으니 그칠 줄이 있으랴

- 율격 : 기본형
- 풀이 : 蓮 심어 실을 뽑아 긴 노 비벼 걸었다가, 사랑이 그쳐갈 제 찬찬 감아 매오리다. 우리는 마음으로 맺었으니 그칠 줄이 있으랴.

여기서는 사랑을 노끈으로 감아 맨다고 한다. 「사랑이 어인 것이」 (2261.1)에서의 "넝쿨"과 여기서 말하는 "노끈"은 묶는 데 사용하는 끈인 점이 같으면서 차이점이 더 크다. 넝쿨은 저절로 생기고, 노끈은 사람이 만든다. 사랑이 그치는 단계로 들어서면 잡아두는 노력이 필요하다고 한다. 노끈으로 찬찬 감아 매고서 마음으로 맺었으니 사랑이 그치지 않는다고 하고자 한다.

연을 심어 실을 뽑아 노끈을 만든다는 것은 무슨 말인가? 연은 고귀한 꽃이라고 하는 데서 의문을 푸는 단서를 찾을 수 있다. 연꽃처럼 고귀한 사랑을 하기를 바란다. 연을 심어 연잎에서 뽑아내 만든 노끈으로 묶어야 고귀한 사랑이 그치지 않는다고 하려고 한 것 같다.

「사랑을 사려 하니」(2257.5)

사랑을 사려 하니 사랑 팔 이 뉘 있으며
이별을 팔자 하니 이별 살 이 뉘 있으리
아마도 이 두 흥정은 못 이룰까 하노라

- 율격 : 기본형
- 풀이 : 사랑을 사려 하니 사랑 팔 이 뉘 있으며, 離別을 팔자 하니 離別 살 이 뉘 있으리. 아마도 이 두 흥정은 못 이룰까 하노라.

사랑은 바라고, 이별은 싫어한다는 말을 흥미롭게 한다. 세상에서 모든 것을 흥정해서 거래하지만, 사랑뿐만 아니라 이별도 흥정의 대상이 되지 못한다. 흥정은 여러 사람들 사이에서 하지만, 사랑이나 이별은 혼자만의 일이다. 이런 말도 함께 한다.

(2257.1) "사랑을 사려 하니 사랑 팔 이 뉘 있으며/ 이별을 팔자 하니 이별 살 이 뉘 있으리/ 사랑 이별 팔고 살 이 없으니 장 사랑 장 이별인가 하노라"는 것도 있다.

「내 사랑 남 주지 말고」(0951.1)

내 사랑 남 주지 말고 남의 사랑 탐치 마라
우리 둘 사랑에 잡사랑 섞일세라
일생에 이 사랑 가지고 백년동락 하리라

- 율격 : 기본형
- 풀이 : 내 사랑 남 주지 말고, 남의 사랑 탐치 마라. 우리 둘 사랑에 雜사랑 섞일세라. 一生에 이 사랑 가지고 百年同樂 하리라.

내 사랑 남 주지 말고, 남의 사랑 탐내지 말라고 하면서 배타적인 사랑을 선언한다. 둘만의 사랑을 순수하게 간직하고 일생을 함께 즐기자고 한다. 사랑을 지키고 자랑하는 사랑가이다.

「사랑이 웬 것인지」(2262.1)

사랑이 웬 것인지 잠들기 전에 못 잊겠네
잠시나 잊자 하고 향벽하고 누웠더니

그 벽이 거울이 되어 눈에 암암

- 율격 : 기본형. 마지막의 한 토막 "하도다"가 생략되었다.
- 풀이 : 사랑이 웬 것인지 잠들기 전에 못 잊겠네, 暫時나 잊자 하고 向壁
  하고 누웠더니, 그 壁이 거울이 되어 눈에 暗暗(하도다).

사랑은 잠들기 전에 잊을 수 없다. 잠들지 못하니 잊지 못한다, 잠시나
잊으려고 向壁하고 누웠으니 벽이 거울이 되어 눈에 "暗暗"하다고 한다.
이 말은 "보이지 않아도 눈에 남는다"는 뜻이다. 자기 마음속에 있는 임의
모습이 거울 노릇을 하는 벽에 반사되어 보인다고 생각한다. 그 때문에
잠들 수 없어 절박하면서 황홀하다. 사랑하는 사람의 모습이 마음속에 계
속 떠오르고 사라지지 않는 놀라운 체험을 전한다.

「사랑을 칭칭」(2258.1)

사랑을 칭칭 얽동여 뒤짊어지고
태산준령 허위허위 올라가니 그 모를 벗님네야 그만 하여 버리고 가
라 하건마는
가다가 지즐려 죽을 망정 나는 아니 버리고 갈까 하노라

- 율격 : 확대일탈형. 사설시조.
- 풀이 : 사랑을 칭칭 얽동여 뒤짊어지고 泰山峻嶺 허위허위 올라가니, 그
  모를 벗님네야 그만하여 버리고 가라 하건마는, 가다가 지즐려 죽을 망
  정 나는 아니 버리고 갈까 하노라.

사랑하는 사람을 사랑이라고 한다. 사랑이 큰 부담이 되고 시련을 가져
온다고 한다. "칭칭 얽동여 뒤짊어지고"는 짐을 제대로 싸지 못하고 대강

꾸려 짊어진 모습이다. "태산준령 허위허위 올라가니"는 견디기 어려운 시련을 겪는다는 말이다.

그래도 사랑을 버리지 않는다고 했다. "가다가 지즐려 죽을 망정"은 "가다가 과중한 부담 때문에 짓눌려 죽을지라도"라는 뜻이다. 그래도 사랑을 버리지 않는다고 단호하게 말했다. 사랑은 어떤 고난이 있어도 지켜야 할 가치가 있다는 것을 알려준다.

이것은 남성의 노래이다. 어떤 어려움이 있더라도 사랑하는 사람을 보호하고 돌보면서 살아가는 것을 보람으로 여긴다고 한다. 사랑받는 사람이 장애인일 수도 있다.

「사랑이 어떻더냐」(2260.3)

사랑이 어떻더냐 둥글더냐 모나더냐
길더냐 자르더냐 자힐러냐 발힐러냐
각별히 길든 아니되 끝 간 곳을 몰라라

- 율격 : 기본형
- 풀이 : 사랑이 어떻더냐, 둥글더냐 모나더냐? 길더냐 짧더냐, 자힐러냐 (한 자 두 자 잴 길이더냐), 발일러냐(한 발 두 발 잴 길이더냐)? 恪別히 길든 아니되 끝 간 곳을 몰라라.

사랑하는 마음을 공간으로 나타내는 문답을 한다. 초장과 중장에서 질문이 이어지고, 이에 대한 대답이 종장이다. 愚問이 길고, 賢答은 짧다.

사랑이 "둥글더냐 모나더냐", "자힐러냐 발힐러냐"라고 하는 데 대해서는 대답하지 않는다. 자기도 모르게 빠져 들어가는 사랑의 형체를 그려내지 못하고, 길이를 측정하는 방법을 알 수 없다. 환자가 검사를 담당하는 기사인 줄 잘못 알고 어긋난 질문을 한다.

사랑의 지속은 눈을 감고도 말할 수 있는 자각증세여서 "각별히 길든 아니되 끝 간 곳을 몰라라"라고 대답하는 것만 가능하다. "각별히 길든 아니되"라는 것은 실제의 시간이 유한하다는 말이다. "끝 간 곳을 몰라라"라는 말은 심리적인 시간은 무한하다는 뜻이다.

「사랑 사랑 고요히 맺힌 사랑」(2252.1)

사랑 사랑 고요히 맺힌 사랑 왼 바다 다 덮은 그물처럼 맺힌 사랑
왕십리라 답십리라 참외 넌출이 얽어지고 틀어져서 골골이 두루 뒤틀어진사랑
아마도 이 임의 사랑은 가 없는가 하노라

- 율격 : 확대일탈형. 사설시조.
- 풀이 : 사랑, 사랑, 고요히 맺힌 사랑, 왼 바다 다 덮은 그물처럼 맺힌 사랑, 往十里라 踏十里라 참외 넌출이 얽어지고 틀어져서 골골이 두루 뒤틀어진 사랑. 아마도 이 임의 사랑은 가이(끝이) 없는가 하노라.

여기서는 사랑을 눈으로 볼 수 있는 것으로 공간화해 온 바다를 다 덮은 그물처럼 맺혀 있다고 한다. 무한하다는 것과 결속이 강하다는 것을 함께 나타낸 표현이다. 바다만 말하면 너무 멀고 아득하므로, 가까이 있는 일상생활의 터전 왕십리 답십리 참외 넌출처럼 사랑이 얽혔다고 한다.

"참외 넌출이 얽어지고 틀어져서 골골이 두루 뒤틀어진 사랑"이라는 말로 얽힘을 실감나게 나타낸다. 거기다 다른 말을 보태 "틀어져서 골골이 두루 뒤틀어진 사랑"이라고 한다. 이런 말에는 시련이나 갈등에 대한 암시도 포함될 수 있다. 그래도 아무 문제가 없다고 "아마도 이 임의 사랑은 가 없는가 하노라"라고 하는 말을 「사랑이」(2260.3)에서처럼 한다.

「모시를 이리 저리」(1654.2)

모시를 이리 저리 삼아 감삼다가
가다가 한가운데 뚝 끊쳐지옵거든 호치단순으로 흠빨아 감빨아 섬
섬옥수로 두 끝을 마조 잡아 바비어 이으리라 저 모시를
우리 임 사랑 그쳐갈 제 저 모시같이 이으리라

- 율격 : 일탈변이형. 사설시조.
- 풀이 : 모시를 이리 저리 삼아, 감아 삼다가, 가다가 한가운데 뚝 끊어지
  거든 皓齒丹脣으로 흠빨아(흠뻑 빨아) 감빨아(감칠맛 나게 빨아), 纖纖
  玉手로 두 끝을 마주 잡아 비비어 이으리라 저 모시를. 우리 임 사랑 그
  쳐갈 제 저 모시같이 이으리라.

모시와 사랑은 공통점이 많다. 둘 다 여인이 만들어내고, 부드럽게 길
어지고, 끊어지다가 다시 이어진다. 끊어진 모시를 이으려고 皓齒丹脣으
로 빨고 纖纖玉手로 잡아 비비는 것은 사랑의 애무이다. "우리 임"이라고
한 남성은 어디 있단 말인가? 존재하는지도 알 수 없다.

「개를 여나믄이나 기르되」(0189.1)

개를 여나믄이나 기르되 요 개 같이 얄미우랴
미운 임 올 양이면 꼬리를 홰홰 치며 반기어 내닫고 고운 임 올 양
이면 무르락 나으락 쾅쾅 짖어 도로 가게 하네
쉰 밥이 그릇 그릇 난들 너 먹일 줄이 있으랴

- 율격 : 확대일탈형. 사설시조.
- 풀이 : 개를 여나믄이나 기르되, 요 개같이 얄미우랴. 미운 임 올 양이면
  꼬리를 홰홰 치며 반기어 내닫고, 고운 임 올 양이면 무르락 나으락(물

것같이, 놓을 것같이) 쾅쾅 짖어 도로 가게 하네. 쉰 밥이 그릇 그릇 난들 너 먹일 줄이 있으랴?

개가 하는 짓이 얄밉다고 나무라면서 자기 마음을 개에게 투영한다. 개가 설치고 다니는 모습으로 마음의 동요를 나타낸다. "꼬리를 홰홰 치며", "무르락 나으락 쾅쾅 짖어"라고 하는 것만큼 동요가 격심하다.

미운 임과 고운 임이 엇갈린다. 밉게 여기는 임이 반갑기도 하고, 곱다고 받들고 싶은 임이 싫어 물리치기도 한다. 미운 개를 나무라면서 야릇한 심정을 되돌아본다. 개를 내세워 내면심리를 묘사하는 솜씨가 뛰어나다.

사랑의 심리가 야릇하다는 것을 잘 보여주는 놀라운 작품이다. 이것도 기녀가 지었다고 생각된다. 미운 임과 고운 임의 엇갈림을 기녀라야 제대로 체험할 수 있다. 참신한 발상과 기발한 어법이 모작에는 있기 어려운 것이다.

「바람도 쉬어 넘는 고개」(1772.1)

바람도 쉬어 넘는 고개 구름도 쉬어 넘는 고개
산진이 수진이 해동청 보라매도 다 쉬어 넘는 고봉 장성령 고개
그 너머 임이 왔다 하면 나는 아니 한 번도 쉬어 넘으리라

- 율격 : 확대일탈형. 사설시조.
- 풀이 : 바람도 쉬어 넘는 고개 구름도 쉬어 넘는 고개, 산진이 수진이 海東靑 보라매도 다 쉬어 넘는 高峰 長城嶺 고개, 그 너머에 임이 왔다 하면 나는 아니 한 번도 쉬어 넘으리라.

"산진이 수진이 해동청 보라매"는 매의 종류이다. 여러 종류의 매가 날아오르는 놀라운 광경을 생각하게 한다. "高峰 長城嶺"은 높고 긴 고개이다. 전라남북도 사이에 있다. 바람도 구름도, 온갖 매들도 힘겨워 쉬어 넘어야 하는 높고 긴 고개의 우람한 모습을 그려내 우러러보면서 감탄하게 한다. 그러고는 "그 너머 임이 왔다 하면 나는 아니 한 번도 쉬어 넘으리라"라고 단숨에 말한다.

사랑은 큰 힘이 있다. 어떤 어려움도 넘어설 수 있다. 불가능을 가능하게 한다. 이렇다고 하는 범속한 언사를 넘어서서, 고결하고 긴장된 표현으로 사랑이 얼마나 위대한지 알려준다. 바람도 구름도, 온갖 매들도 힘겨워 쉬어 넘어야 하는 높고 긴 고개를 한 번도 아니 쉬고 넘어가는 것은 중력을 무시한 기적이다. 적절한 비유를 들어 사랑은 기적을 만들어낸다고 한다.

임을 만나러 단숨에 산을 넘어가겠다는 사람은 누구인가? 남자라야 그럴 수 있는가? 사랑이 여자에게 뛰어난 용기와 힘을 주어 적극적으로 나서도록 한다는 것인가? 여성의 노래로 이해해야 더욱 뛰어난 작품이다.

(3501.1) "올 제는 임 보러 오니 높은 뫼도 낮았더니/ 필연히 갈 제는 낮은 뫼도 높으려니/ 차라리 높은 뫼 채 높아 못 넘은들 어떠리"는 「245 차라리」에서 고찰한다.

「어저 내 일이여」(3242.1)   黃眞伊

어저 내 일이여 그릴 줄 모르더냐
있으랴 하더면 가라마는 제 구태여
보내고 그리는 정은 나도 몰라 하노라

- 율격 : 기본형
- 풀이 : 어저 내 일이여 그릴 줄 모르더냐. 있으랴 하더면 가라마는, 제 구태여 보내고 그리는 情은 나도 몰라 하노라

사랑하는 사람을 보내고 바로 후회하면서 사랑을 재확인한다. "어저 내 일이여"라는 서두로 낭패하는 심정을 전하고, 무슨 일이 있었는지 말했다. "제 구태여"는 양쪽에 다 걸려, 형식상 중장 말미이고, 내용에서는 종장 서두이다. 머뭇거리다가 한 행동을 말해준다. "보내고 그리는 정"이 사랑의 특징을 말해주는 역설이다. 사랑은 '정'인데, 헤어지면 더욱 절실해진다.

예사로 하는 말을 아무런 꾸밈새 없이 그대로 적어 구구절절이 절실한 사연이다. 체험의 진실성이 선행해 자연스럽게 얻은 결실이다. 시조 짓기의 관습에서 완전히 벗어나 독자적인 세계를 보여준다. 표현을 꾸미고 다듬어서는 이런 경지에 이를 수 없다.

(1422.1)(黃眞伊) "동짓달 기나긴 밤을 한 허리 베어내어/ 춘풍 이불 아래 서리서리 넣었다가/ 어론 임 오신 날 밤이어든 굽이굽이 펴리라"는 「222 공간」에서 고찰한다.

「묏버들 가려 꺾어」(1672.1)   洪娘

묏버들 가려 꺾어 보내노라 임의손대
자시는 창밖에 심어두고 보소서
밤비에 새잎 곧 나거든 나인가도 여기소서

- 율격 : 기본형
- 풀이 : 묏버들 가려 꺾어 보내노라 임의손대(임에게), 자시는(주무시는) 窓 밖에 심어두고 보소서, 밤비에 새잎 곧 나거든 나인가도 여기소서.

사랑에는 이별이 있지만, 한탄하기만 할 것은 아니다. 잠시 이별하고 사랑이 더욱 새로워질 수 있다. 여기서는 사랑하는 사람에게 정겨운 선물을 보내고, 자기인가 여기라고 한다. 묏버들을 가려 꺾어 임에게 보낸다고 한다. 보내는 것은 종이에 적은 글이고, 글에 담아 보내는 사연은 자기 마음이다. 자기가 묏버들 같은 자태로 다가가 임이 자는 방 창밖에서 지켜보고 싶다고 하고, 밤에 비를 맞아 새잎이 나는 것처럼 신선한 느낌으로 사랑을 확인하고 돌아보아달라고 한다.

산뜻하고 순수한 사랑을 최상의 표현을 갖추어 노래했다. 재능이 뛰어나 좋은 작품을 쓴 것은 아니라고 생각한다. 사랑이 묏버들처럼 자라나 詩心을 키운다. 사랑하면 시인이 되고, 사랑을 절실하게 하면 뛰어난 시인이 된다고 알려준다.

「솔이라 솔이라 하니」(2763.1) 　　　　　　松伊

솔이라 솔이라 하니 무삼 솔만 여기는가
천심 절벽에 낙락장송 내 긔로다
길 아래 초동의 접낫이야 걸어볼 줄 있으랴

■ 율격 : 기본형

■ 풀이 : 솔이라 솔이라 하니 무삼(무슨) 솔만 여기는가? 千尋絕壁에 落落長松 내 그것이로다. 길 아래 樵童의 접낫이야 걸어볼 줄 있으랴.

이름이 松伊니까 "솔이라 솔이라 하니"라고 한다. 이름을 쉽게 부르면서 대단치 않게 여기지 말라고 경고한다. "千尋絕壁 落落長松" 같은 존재라고 자부한다. 작고 보잘것없는 접낫이나 가지고 다니는 못난 사내는 소용없으니 가까이 오지 말라고 한다.

黃眞伊 · 洪娘 · 松伊는 기녀이다. 기녀는 남자를 위한 기쁨조 노릇이나 하면 되는 賤役이었으나, 스스로 노력해 주어진 처지를 넘어설 수 있었다. 즐겁게 하는 기능으로 익히는 歌舞의 하나인 시조 부르기를 자기

창작의 영역으로 휘어잡아 구애자들과의 우열관계를 뒤집었다. 주체의식을 자각하고 상대방을 선택해 능동적인 사랑을 하는 체험을 창작의 원천으로 삼아 詩作의 독보적인 경지를 개척했다.[8]

기녀 시인은 다른 부녀자들에게는 허용되지 않은 자유를 누리면서, 깊고 진실한 사랑의 체험을 기발하게 표출해 문학사에 새 바람을 일으켰다. 작자 이름이 망각된 것들도 적지 않으나, 결격 사유 없이 충격 확대에 기여했다. 有·無名 기녀 작품을 모형으로 삼아 사랑 노래 짓기가 크게 유행해, 남성들도 가담했다.[9]

模作은 원본처럼 참신할 수 없어 격식을 갖추고, 사랑 체험이 모자라는 것을 상상으로 메워 절심함이 덜했다. 그런 약점을 기발한 생각으로 메우려는 것들이 적지 않아 그 나름대로 명편을 산출했다. 어느 한쪽의 것이 아닌 만인 공유의 사랑 노래가 다양하게 창작되었다.

(1794.1) "바람은 지동 치듯 불고 굳은비는 담아 붓듯 온다/ 눈정에 걸은 임이 오늘밤 서로 만나자 하고 판칙쳐 맹세 받았더니 이러한 풍우에 제 어이 오리/ 진실로 오기 곧 올 양이면 연분인가 하여라"는 「514 바람」에서

---

8 黃眞伊, 李桂娘, 李玉峰, 金芙蓉堂, 姜澹雲 등의 기녀는 한시도 창작했다. 중국에도 오래전부터 기녀가 있고 한시 작품을 적지 않게 남겼다. 李麗秋, 「中·韓 妓女 詩人 薛濤와 李梅窓의 비교연구」(서울대학교 석사논문, 2003)에서 밝힌 바와 같이, 두 나라에서 자랑하는 이 두 기녀 시인의 한시는 신세 한탄의 애절한 사연을 뛰어나게 표현한 것이 흡사하다. 그렇지만 한시는 남성이 주도하는 영역이어서, 기녀가 들어서 사랑의 즐거움을 마음껏 구가하는 독보적인 작풍을 만들어내기에는 부적당했다. 시조처럼 휘어잡을 수 있는 구어 노래 갈래가 없어, 중국의 기녀 문학은 문학사에서 차지하는 위치가 한국의 경우만큼 두드러지지 않다. 일본에는 藝者(げいしゃ)라는 기녀가 있어, 歌舞 수련을 받고 노래를 불렀으나 시인으로 평가되는 작품 창작은 하지는 않은 것 같다.
9 김상진, 「억압과 보상, 기녀와 기녀시조」, 『시조학논총』 43 (한국시조학회, 2015)에서 기녀시조에 대한 전반적인 고찰을 했다.

고찰한다.

322 저런 사랑

사랑의 노래가 너무 많아 둘로 나눈다. "이런 사랑"이라고 한 앞 대목에
서는 정신적 이끌림이 앞서는 사랑 노래를 살폈다. "저런 사랑"이라고 하
는 이곳에서는 육체적인 욕망이 절실한 노래를 다룬다. 이런 사랑과 저런
사랑, 정신적 이끌림이 앞서는 사랑이나 육체적 욕망이 절실한 사랑은 다
른 것처럼 말한다.

「옥이 옥이라거든」(3486.1)   鄭澈

　　옥이 옥이라거든 번옥만 여겼더니
　　이제야 다시 보니 진옥일시 적실하다
　　내게 살송곳 있으니 뚫어볼까 하노라

- 율격 : 기본형
- 풀이 : 옥이 옥이라거든 燔玉만 여겼더니, 이제야 다시 보니 眞玉일사
  的實하다. 내게 살송곳 있으니 뚫어볼까 하노라.

「철을 철이라커늘」(4706.1)   眞玉

　　철을 철이라커늘 섭철만 여겼더니
　　이제야 다시 보니 정철일시 분명하다
　　내게 골풀무 있으니 녹여볼까 하노라

- 율격 : 기본형
- 풀이 : 鐵을 鐵이라커늘 섭鐵만 여겼더니, 이제야 다시 보니 正鐵일시

分明하다. 내게 骨풀무 있으니 녹여볼까 하노라.

이 둘은 시인 鄭澈과 기녀 眞玉이 주고받은 노래라고 하는데, 사실이라고 보기는 어렵다. 후대인이 두 사람 이름과 남녀 성기를 적절하게 연결시키는 말장난을 자랑하면서 지은 노래라고 생각된다. 眞玉과 짝을 맞추려고 鄭澈을 正鐵이라고 하고, 돌가루를 구워 만든 가짜 玉인 燔玉에 상응하는 섭鐵이라는 말을 지어내 부스러기 가짜 철을 뜻하게 했다. 眞玉을 뚫는 살송곳, 正鐵을 녹이는 骨풀무가 절묘한 대구를 이룬다. 남성이 여성을 조롱하고 여성에게 조롱당하는 결과에 이른다.[10]

「임으란 회양 금성 오리나무 되고」(4067.1)

임으란 회양 금성 오리나무 되고 나는 삼사월 칡넝쿨이 되어
그 남게 그 칡이 납거미 나비 감듯 이리로 칭칭 저리로 칭칭 외오
풀어 옳게 감아 얽어져 틀어져 밑부터 끝까지 조금도 빈틈없이 찬찬
굽이 나게 휘휘 감겨 주야장상 뒤틀려져 감겨 있어
동섣달 비바람 눈서리를 아무만 맞은들 떨어질 줄 있으랴

- 율격 : 확대일탈형. 사설시조
- 풀이 : 임으란(임은) 淮陽 金城 오리나무 되고, 나는 삼사월 칡넝쿨이 되어, 그 남게 그 칡이 납거미(거미의 일종) 나비 감듯, 이리로 칭칭 저리로 칭칭, 외오 풀어 옳게 감아, 얽어져 틀어져, 밑부터 끝까지 조금도 빈틈없이 찬찬 굽이 나게 휘휘 감겨, 晝夜長常 뒤틀려져 감겨 있어, 동섣달(동지섣달) 비바람 눈서리를 아무만 맞은들 떨어질 줄 있으랴.

---

10 임종찬, 『시조학원론』(국학자료원, 2014), 236~239면에서 이 두 노래를 분석하고 이런 결론을 내렸다.

淮陽과 金城은 강원도 북부 지명이다. 산골의 본보기로 선택된 것 같다. 오리나무는 흔히 있는 나무이다. 삼사월 칡넝쿨은 새로 돋아 싱싱하다. 임은 산골의 오리나무가 되고, 나는 새로 돋아 싱싱한 칡넝쿨이 되어 임에게 항상 빈틈없이 칭칭 감겨 어떤 시련이 있어도 떨어지지 않고 싶다.

임과 헤어질 염려가 있어 이런 말을 한다. 떨어지지 않고 붙어 있고만 싶다는 말을 뛰어난 비유를 갖추어 거듭 하는 것이 사실 확인이 아니고 소망 표현이다. 적절한 언사를 묘미 있게 끌어다 붙여, 사랑노래 장식용으로 널리 쓰일 만하다.[11] 이 작품도 기녀가 지었을 것 같다.

「어젯밤 곱송그려」(3261.1)

어젯밤도 곱송그려 새우잠 자고 지난밤도 혼자 곱송그려 새우잠 자
니
어인 놈의 팔자가 주야장상에 곱송그려 새우잠만 자노
오늘은 그리던 임 만나 두 발 펴고 칭칭 휘감아 잘까 하노라

- 율격 : 확대일탈형. 사설시조.
- 풀이 : 어젯밤도 곱송그려 새우잠 자고, 지난밤도 혼자 곱송그려 새우잠 자니. 어인 놈의 팔자가 주야장상에 곱송그려 새우잠만 자노. 오늘은 그리던 임 만나 두 발 펴고 칭칭 휘감아 잘까 하노라.

"곱송그려"는 "몸을 잔뜩 움츠리다"이다. "새우잠"은 "새우처럼 몸을 오그리고 자는 잠"이다. "晝夜長常"은 "밤낮 언제나"이다. 혼자 잘 때에는 언제나 곱송그려 새우잠을 자지만, 그리던 임을 만나면 "두 발 펴고 칭칭

---

11 성호경, 『시조문학』(서강대학교출판부, 2014)에서는 이 노래를 京板 16張本 『春香傳』 이몽룡과 춘향 결연 대목에서 차용했다고 했다(427면).

휘감아" 자겠다고 한다.

사랑을 상실한 괴로움과 사랑을 획득한 기쁨이 얼마나 다른지 다른 모든 것을 버려두고 잠을 자는 모습을 들어 말한다. "두 발 펴고 칭칭 휘감아" 자겠다는 것은 비유이면서 실상이다. "칭칭 휘감아"는 「연 심어 실을 뽑아」(3330.1), 「사랑이 웬 것인지」(2261.1), 「사랑을 칭칭 얽동여」(2258.1) 등에서 말하는 사랑의 얽힘을 범위를 좁혀 육감적으로 나타낸 말이다. "어인 놈의 팔자"라는 말이 있어 이것도 남성의 노래이다.

(5082.1) "콩밭에 들어 콩잎 뜯어먹는 검은 암소 아무리 이라타 쫓은들 제 어디로 가며/ 이불 아래 든 임을 발로 툭 박차 미지적미지적 하면서 어서 나가라 한들 날 버리고 제 어디로 가리/ 아마도 싸우고 못 말을쏜 임이 신가 하노라"는 「211 율격」에서 고찰한다.

「춥다 네 품에 들자」(5025.1)

춥다 네 품에 들자 베개 없다 네 팔 베자
입에 바람 든다 네 혀 물고 잠을 들자
밤중만 물 밀어오거든 네 배 탈까 하노라

- 율격 : 기본형
- 풀이 : 춥다, 네 품에 들자. 베개 없다, 네 팔 베자 입에 바람 든다 네 혀 물고 잠을 들자 밤중만 물 밀어오거든 네 배 탈까 하노라. 더 풀이할 말이 없다.

춥고, 베개도 없고, 입에 바람이 들기나 하는 결핍을 사랑하는 사람은 다 해결해준다고 한다. 고독의 탈출, 결핍의 해결이 잠자리 만남에서 완성된다고 하면서 사랑의 절정을 조용한 어조로 칭송한다. 외면에서 내면으로 진행하는 동작을 순서대로 따르면서 정겹고 아름답다고 느끼고 생략되어 있는 사연을 생각하게 한다.

"밤중만 물 밀어오거든 네 배 탈까 하노라"라고 한 것은 "배"가 "腹"이면서 "船"이기도 하므로 한 말이다. 밤중에라도 물이 밀려오면 부력이 생겨 배가 떠 탈 수 있듯이, 적절한 시간에 감흥이 고조되면 사랑을 완결하겠다고 한다. 배를 타는 것과 같이 흥겨운 놀이를 하면서 기대에 찬 여행을 하겠다고 한다. 이것도 남성의 노래이다.

「여산 단천 떡갈나무 잎도」(3307.1)

> 여산 단천 떡갈나무 잎도 새로 속잎 나니
> 치마끈 졸라매고 전에 하던 행실 버리자 하였더니
> 밤이면 궁벽국새 우는 소리에 버릴지 말지

- 율격 : 확대일탈형. 중장의 토막 수가, 종장은 글자 수가 늘어났다.
- 풀이 : 礪山 端川 떡갈나무 잎도 새로 속잎 나니, 치마끈 졸라매고 전에 하던 行實 버리자 하였더니, 밤이면 궁벽국새(뻐꾹새) 우는 소리에 버릴 지 말지.

여산은 전라북도 익산의 옛 지명이고, 지금은 여산면이 있다. 단천은 그곳에 있는 냇물인 것 같다. 자기가 사는 고장을 말하고, 떡갈나무 잎이 새로 나는 봄이라고 한다. "치마끈 졸라매고" 버리자고 하는 "전에 하던 행실"은 남자와 육체관계를 가지는 것 외에 다른 무엇일 수 없다. 그런 전력이 지나치다고 생각되어 그만두려고 치마끈을 졸라매면서 다짐한다.

그러나 밤에 뻐꾹새가 울면서 가만있지 못하게 마음을 움직여 그 행실을 버릴지 말지 결정하지 못한다. 마음이 움직여 욕정이 일어나고, 욕정이 일어나면 남녀가 만나 풀어야 한다. 이것이 사랑을 해야 하는 직접적인 이유이다.

「각시님 물러 눕소」(0067.1)

각시님 물러 눕소 내 품에 안기리 이 아이놈 괘씸하니 네 나를 안을
쏘냐각시님 그 말 마소 조그만 딱따구리 크나큰 고양나무 뼹뼹 돌아
가며 제 혼자 다 안거든 내 자네 못 안을까 이 아이 괘씸하니 네 나를
휘울쏘냐 각시님 그 말 마소 조그마한 도사공이 크나큰 대중선을 제
혼자 휘우거든 자네 못 휘울까 이 아 이놈 괘씸하니 네 나를 붙을쏘냐
각시님 그 말 마소 조고만 벼룩 불이 일어곧 나면 청계라 관악산을 제
혼자 다 붙거든 내 자네 못 붙을까 이 아이놈 괘씸하니
　네 나를 그늘을쏘냐 각시님 그 말 마소 조그만 백짓장이 관동팔면을
제 혼자 다 그늘으거든 네 자네 못 그늘올까
　진실로 네 말 같을작시면 백년동주 하리라

- 율격 : 확대일탈형. 사설시조.

- 풀이 : 각시님 물러(가) 눕소. 내(가) 품에 안기리. 이 아이놈 괘씸하니, 네
　나를 안을쏘냐? 각시님 그 말 마소. 조그만 딱따구리 크나큰 고양나무
　뼹뼹 돌아가며 제 혼자 다 안거든, 내 자네 못 안을까. 이 아이 괘씸하니
　네 나를 휘울쏘냐(휘어잡을쏘냐)? 각시님 그 말 마소. 조그마한 都沙工이
　크나큰 大中船을 제 혼자 휘우거늘, 내 자네 못 휘울까. 아 이놈 괘씸하
　니, 네 나를 붙을쏘냐? 각시님 그 말 마소. 조그마한 벼룩 불(벼룩처럼 작
　은 불)이 일어곧 나면 淸溪라 冠岳山을 제 혼자 다 붙거든, 내 자네 못 붙
　을까. 이 아이 괘씸하니 네 나를 그늘올쏘냐(돌볼쏘냐)? 각시님 그 말 마
　소. 조그만 白紙장이 關東八面을 제 혼자 다 그늘올거든(종이 한 장에 다
　그려넣거든), 네 자네 못 그늘올까. 眞實로 네 말 같을작시면(같으면) 百
　年 同舟(한 배를 타고 감) 하리라.

각시는 할 수 없다고 하고 아이는 할 수 있다고 하면서 말이 오고간다. 무엇을 한다는 말인가? 남녀관계를 한다는 말이다. 안고, 휘어잡고, 불붙이고, 돌보아주는 것이 남녀관계의 순서이고 내용이다.

각시가 아이가 작다고 염려하자, 아이는 그 모든 것을 할 수 있다고 한다. 딱따구리가 큰 나무를 안고, 도사공이 큰 배를 휘어잡고, 작은 불이 청계산이나 관악산에 다 붙고, 종이 한 장에 관동팔면(관동팔백리)을 다 그린다는 비유를 든다. 뒤로 갈수록 본론에서 더 멀어지는 비유이지만 발상이 신선해 호감을 준다.

아이가 하는 말대로 하면 각시는 언제까지나 함께 지내겠다고 하면서 백년동주라는 말을 한다. 백년동주는 한 배를 타고 간다고 하는 동행의 의미를 지니면서 그 이상 암시하는 것이 있다. 배[船]는 배[腹]이다. 남자가 여자의 배를 타고 간다.

「사람마다 못할 것은」(0539.1)

사람마다 못할 것은 남의 임께다 정들여 놓고 말 못하니 애연하고 통사정 못하니 내 죽겠네
꽃이라고 뜯어를 내며 잎이라고 훑어를 내며 가지라고 꺾어를 내며 해동청 보라매라고 제 밥을 가지고 꾀어 낼까 추파 여러 번에 남의 임을 후려를 내어 아닌 밤중에 짚신 감발하고 월장도주 담 넘어갈 제 시아버지 귀먹쟁이 잡녀석은 남의 속내는 조금도 모르고 아닌 밤중에 밤사람 왔다고 소리를 칠 제 요 내 간장 다 녹는구나
참으로 네 모양 그리워서 나 못살겠네

- 율격 : 확대일탈형. 사설시조.

- 풀이 : 사람마다 못할 것은 남의 임께다 情들여 놓고 말 못하니 哀然하고, 通事情 못하니 내 죽겠네. 꽃이라고 뜯어내며, 잎이라고 훑어내며,

가지라고 꺾어내며, 海東靑 보라매라라고 제 밥을 가지고 꾀어낼까. 秋
波 여러 번에 남의 임을 후려내어, 아닌 밤중에 짚신에 감발하고 越牆逃
走 담 넘어갈 적에, 시아버지 귀먹쟁이 잡녀석은 남의 속내는 조금도 모
르고 아닌 밤중에 밤사람 왔다고 소리를 칠 적에, 요 내 肝腸 다 녹는구
나. 참으로 네 模樣 그리워서 나 못살겠네.

시아버지와 함께 사는 과부가 이웃집 有婦男을 유혹한다는 말이다. "남
의 임"이라고 한 그 남성에게 혼자 정을 들이고, 그리워서 못 살겠다고 한
다. 말 못해서 슬프고 통사정을 할 수 없어 죽겠다고 한다.

어떻게 하면 유혹해 사랑을 이룰 것인가? 꽃이라면 뜯어내고, 잎이라
면 훑어내고, 해동청 보라매 같은 날짐승이라면 밥을 가지고 꾀어내면 되
지만, 사람은 그럴 수 없다. 유혹하는 눈길인 추파를 여러 번 보내 후려낼
수밖에 없다.

상대방의 반응은 확인하지 않고 찾아가서 유혹하기로 하고, 아닌 밤중
에 짚신 감발하고 담을 넘는다. 그러자 "귀먹쟁이 잡녀석"이라고 매도하
는 시아버지가 어두운 귀로도 무슨 소리가 나는 것을 듣고 밤사람 도둑이
들었다고 소리친다. 담을 넘어가지도 못하고 "요내 간장 다 녹는다"고 하
고, 상대방 남성을 향해 "네 모양 그리워 나 못살겠네"라고 한다.

맨 앞에서 말한 "사람마다 못할 것은"과 호응되는 술어는 생략되어 있
어 보충하면 "사랑을 이루지 못하고 억눌러두는 고통이다"이다. 이 여인
은 과부의 행실, 며느리의 도리에 관한 규범은 조금도 주저하지 않고 거
부하고, 남의 남편을 사랑하고, 어떻게 하든지 사랑을 실현하려고 한다.
대담한 생각이나 파격적인 행동이 당연한 듯이 말한다.[12]

12 김흥규, 「사설시조 愛慾과 性的 모티프에 대한 재조명」, 『시가학연구』 13 (한국시
    가학회, 2003)에서 이 작품을 소중한 자료로 들고 분석했다.

「간밤에 자고 간 그놈」(0092.1)

간밤에 자고 간 그놈 아마도 못 잊을다

와얏놈의 아들인지 진흙에 뽐내듯이 두더지 영식인지 샅샅이 뒤지듯이 사공의 성영인지 사앗대 지르듯이 평생에 처음이요 흥증코도 야릇해라

전후에 나도 무던히 겪었으되 참 맹세치 간밤 그놈은 차마 못 잊을까 하노라

- 율격 : 확대일탈형. 사설시조.

- 풀이 : 간밤에 자고 간 그놈 아마도 못 잊겠다. 瓦冶(기와 굽는 사람)ㅅ놈의 아들인지 진흙에서 뽐내듯이(우쭐대듯이), 두더지 슈息(자식)인지 샅샅이 뒤지듯이, 沙工의 成伶(자란 하인)인지 사앗대(상앗대)로 지르듯이, 평생에 처음이요, 凶證(음흉하고 험상궂음)코도 야릇해라. 前後에 나도 무던히 겪었으되, 참 盟誓치, 간밤 그놈은 차마 못 잊을까 하노라.

여성 서술자가 놀라운 성 경험을 했다고 토로하는 노래이다. 사설시조에 흔히 있는 음란한 노래 가운데 특히 음란하다. "전후에 나도 무던히 겪었으되"라고 하면서 남성 편력이 많다고 자랑하는 여성이 정력과 기술이 탁월한 남성을 만나 놀랐다고 하면서 성행위가 어떻게 진행되었는지 구체적으로 말한다. 사대부의 江湖 노래와는 정반대가 되는 수작을 하면서 시조의 영역을 크게 넓히는 충격을 준다.

李鼎輔(1693~1766)가 이 노래의 작자라고 작품을 수록한 가집 여섯 가운데 세 곳에 나타나 있다. 이정보는 대제학과 예조판서를 한 고위 관직자인데 이런 노래를 지었을까 의문이다. 18세기 이후 京華士族이라고 지칭되던 노론 집권층은 과거의 鄕村士族이 지녔던 유교윤리의 구속에서

벗어나 향락을 추구하는 예술을 기녀들과 함께 즐겨 음란한 시조를 짓기도 했으며 그 대표자가 이정보라고 하는 견해가 있다.[13] 이에 대해 수정 의견을 낸다. 경화사족의 향락적인 기풍은 인정되지만, 대제학이고 예조 판서인 사람이 이런 노래를 직접 지었을 수 없다. 기녀가 지어 부른 이런 노래를 이정보가 은밀하게 즐긴 것을 폭로해 웃음거리로 만들려는 하는 시정의 장난꾼들이 이정보가 노래의 작자라고 꾸며냈다고, 풍자적인 의미를 가진 명예훼손을 했다고 보아 마땅하다.

「얼굴 검고 키 크고」(3284.1)

얼굴 검고 키 크고 구레나룻 제 것조차 특별히도 길고 넓다

젊지 아니한 놈이 밤중만 하여서 조그만 굼게다가 큰 연장을 넣어두고 흘근흘근 훌쩍이니 애정은 커니와 잔방귀 소리에 예 젓 먹던 힘이 다 쓰이거다

아무나 이 임 데려다가 백년동주한들 새울 줄이 있으랴

■ 율격 : 확대일탈형. 사설시조.

■ 풀이 : 얼굴 검고 키 크고 구레나룻 제 것조차 특별히도 길고 넓다, 젊지 아니한 놈이 밤중만 하여서 조그만 굼게다가 큰 연장을 넣어두고 흘근 흘근 훌쩍이니 愛情은 커니와(애정이 생기지 않는 것은 물론이고) 잔방 귀 소리에 예(옛적에) 젓(을) 먹던 힘이 다 쓰이는구나. 아무나 이 임 데 려다가 百年同住한들(백 년 동안 같이 산들) 새울(샘을 낼) 줄이 있으랴.

위의 노래와 이 두 노래는 남자와의 성행위에 관해 여성이 말하는 공통

세로쓰기 측면 텍스트: 시조의 넓이와 깊이

---

13 박노준, 「이정보와 사대부 사유의 극복」, 『조선후기 시가의 현실의식』(고려대학교 민족문화연구소, 1998); 남정희, 『18세기 경화사족의 시조 창작과 향유』(보고사, 2005)

점이 있다. 감춤이 없이 대담하게 말해 충격을 주는 것도 다르지 않다. 앞의 노래에서는 몸을 파는 賣淫女가 우연히 만난 남자와 아주 즐겁고 행복한 밤을 보낸 것이 감격스러워 가버린 사람을 잊을 수 없다고 한다. 뒤의 노래에서는 有夫女가 밤이면 자행되는 남편의 횡포를 지긋지긋하게 여기고 자기를 버리고 떠나가기를 바란다.

사랑은 육체관계에서 완성된다. 육체관계가 만족스러워야 사랑이 온전하다. 이런 관점에서 판별하면 賣淫女는 불행하고 有夫女라야 행복할 것 같으나, 그렇지 않다고 이 두 노래가 말해준다. 여자의 행·불행은 남자 탓이고, 어떤 사람을 만나는가에 따라 결정되는가? 이렇게 말하면 여자는 운명적으로 주어진 존재라고 자학하고 주체성을 스스로 포기한다. 이 대목 서두에서부터 다른 妓女들의 사랑 노래가 남녀를 막론하고 사람은 운명을 스스로 만드는 존재임을 분명하게 말해준다.

323 이별

사랑의 노래는 이별의 노래와 바로 이어진다. 사랑을 하면 이별도 있다. 이별을 하면 사랑이 더 커진다. 이별의 노래가 더욱 절실한 사랑의 노래이다. 사랑이 무엇인가를 이별의 노래에서 더 깊이 생각해 놀라운 말을 하기까지 한다. 이별하는 사람이 누구인가에 따라 내용이 다양한 이별의 노래가 있을 수 있는데, 사랑하는 사람이 떠나가 이별을 슬퍼하면서 사랑을 갈구하는 여성의 노래가 압도적인 비중을 차지한다.[14] 이별의 노래는

---

14 이별을 노래하는 시는 아주 많고 성격이 다양해『서정시 동서고금 모두 하나 2 : 이별의 노래』한 권을 이루었다. 거기서 다룬 작품에 산 사람과 이별하는 것과 죽은 사람과 이별하는 것이 비슷한 비중을 가진다. 시조에는 죽은 사람과 이별하는 노래는 없고, 산 사람과 이별하는 노래만 있다. 사랑하는 사람이 떠나가 이별을 슬퍼하는 여성의 노래가 많아, 죽은 아내를 애도하는 悼亡詩라는 한시가 흔한 것과 좋은 대조를 이룬다. 李達, 任叔英, 朴趾源, 申緯, 金正喜, 李建昌의 悼亡詩를

나누지 못해 많은 것을 함께 다룬다.

「길 위의 두 돌부처」(0595.1)　　　　　　　　鄭澈

길 위의 두 돌부처 벗고 굶고 마주 서서
비바람 눈서리를 맞도록 맞을망정
인간의 이별을 모르니 그를 부뤄 하노라

- 율격 : 기본형
- 풀이 : 길 위의 두 돌부처 벗고 굶고 마주 서서, 비바람 눈서리를 맞도록 (맞을 만큼) 맞을망정, 人間의 離別을 모르니 그것을 부러워하노라.

이것은 이별 총론이라고 할 수 있다. 이별이 무엇이며 왜 해야 하는지 말한다. 그러면서 여러 층위의 뜻을 함축하고 있다.[15]

돌부처는 이별하지 않지만, 인간은 이별을 한다. 인간은 이별을 하지 않을 수 없는 운명을 타고났다. 인간의 이별이 서러워 이별을 모르는 돌부처 같은 것을 부러워한다. 이것이 첫째 뜻이다.

돌부처에게는 "벗고 굶고 마주 서서, 비바람 눈서리를 맞도록 맞을망정"이라는 말이 필요하지 않다. 돌부처를 사람이라고 여기고 하는 말이다. 사람이 비록 "벗고 굶고 마주 서서, 비바람 눈서리를 맞도록 맞으면서 살망정" 이별을 하지 않는다면 부러워할 만하다고 말하는 것으로 이해할 수 있다. 이것이 둘째 뜻임을 알아낼 수 있다.

고찰했다. 이별을 슬퍼하는 여성의 노래에는 사랑을 갈구하는 애절한 심정이 나타나 있고, 悼亡詩는 남편의 도리를 다하지 못한 회한을 표명하는 것이 상례이다.
15　동서고금의 많은 작품을 모았어도 이별 총론으로 더 나은 것이 없어 이 노래를 『서정시 동서고금 모두 하나 2 : 이별의 노래』 서두에 내놓았다.

이별의 고통을 피할 수는 없지만, 적기를 바란다. 헐벗고 굶주리면서 비바람 눈서리를 맞는 것 같은 고생을 하고 사는 하층은 자기 고장에 머물러 일생을 보내니 이별할 일은 적다. 잘 입고 잘 먹고 평소에 고생하지 않는 상층은 주거를 옮기면서 상승과 하강을 겪고, 벼슬의 영광을 누리다가 귀양 가는 신세가 되고 처형되기까지 하므로 이별의 고통은 더 많이 겪는다. 상층인 것이 싫고, 하층이 부럽다. 이렇다고 할 수 있는 셋째 뜻도 함축되어 있다.

「원수의 이별 두 자」(3634.1)　　　　　　　李世輔

원수의 이별 두 자 아주 꽝꽝 두드려서
인간에 다 없애면 청춘이 덜 늙으리니
어쩌타 이 몹쓸 글자를 이제까지

- 율격 : 기본형. 마지막 한 토막이 생략되었는데 "두다니"라고 할 수 있다.
- 풀이 : 怨讐의 離別 두 字 아주 꽝꽝 두드려서 人間에(인간 세상에서) 다 없애면 靑春이 덜 늙으리니. 어쩔다고 이 몹쓸 글자를 이제까지 (두다니).

원수의 이별이 이별이라는 글자 때문이라고 한다. 이별이라는 글자를 꽝꽝 두드려 인간세상에서 다 없애면 이별의 고통이 없어 청춘이 덜 늙으리라고 한다. 이별이라는 몹쓸 글자를 이제까지 두다니 하고 탄식한다. 이별이 생기는 이유를 엉뚱하게 들면서 이별이 없을 수 없다는 것을 익살맞게 말한다.

「못할러라 못할러라」(1664.1)

못할러라 못할러라 사람 되고 못할러라

이별 이자 만든 사람 나와 백년 원수로다
추야장 긴긴 밤에 간장만 슬어

- 율격 : 축소변이형. 종장 전반부가 3 < 4이다. 마지막의 한 토막이 생략되어 있는데 "하노라"라고 할 수 있다.
- 풀이 : 못할러라 못할러라 사람 되고 못할러라. 離別 二字 만든 사람 나와 百年 怨讎로다. 秋夜長 긴긴 밤에 肝腸만 슬어(녹이 슬어) (하노라).

이별은 사람이 못할 일이라고 한다. 離別이라는 글자 두 자 만든 사람 때문에 이별이 시작되었다고 하고 그 사람과 백년 원수라고 한다. 백년 원수란 평생 원수라는 말이다. 이별이 싫어서 해보는 소리이다.

종장에서는 정신을 차리고 말을 차분하게 한다. 이별은 어째서 견딜 수 없는지 겪고 있는 일을 말한다. "추야장 긴긴 밤에"라고 말을 거듭 하면서, 임을 이별한 슬픔을 간직하고 긴 가을밤을 보내니 간장에 녹이 슨다고 한다. 그래서 견딜 수 없다고 한다.

(1134.1)(玉仙) "뉘라서 정 좋다 하던고 이별에도 인정인가/ 평생에 처음이요 다시 못 볼 임이로다/ 아마도 정 주고 병 얻기는 나뿐인가"는 「241 아마도」에서 고찰한다. (1101.1) "뉘라서 장사런고 이별에도 장사 있나/ 명황도 눈물지고 항우도 울었거늘/ 하물며 필부단신이야 일러 무삼 하리오"는 「244 하물며」에서 고찰한다.

「울며 잡는 소매」(3618.1)   李明漢

울며 잡은 소매 떨치고 가지 마소
초원 장제에 해 다 저물었네
객창에 잔등 돋우고 새워보면 알리라

- 율격 : 기본형

- 풀이 : 울며 잡은 소매 떨치고 가지 마소. 草原 長堤에 해 다 저물었네. 客窓에 殘燈 돋우고 새워보면 알리라.

울며 잡는 소매를 떨치고 가지 말라고 하고, 그러면 어떻게 되는지 시간의 경과와 함께 장면을 바꾸어 말한다. 중장에서는 멀리까지 트여 있는 "초원 장제"에 해가 저문다고 한다. 종장에서는 "객창에 잔등 돋우고" 밤을 새운다고 하는 곳은 공간이 막혀 있다. 멀리까지 트여 무턱대고 가다가, 막혀 있자 모르던 것을 알게 된다.

무엇을 아는가는 생략되어 있다. 할 말을 다 할 수 없어 생략하고, 독자가 알아내게 한다. 이별이 무엇인지, 이별의 슬픔이 얼마나 처절한지 알게 되리라고 말하려는 것을 알아낼 수 있다.

떠나가는 사람은 남자이다. 작자가 고위 관원을 역임한 李明漢(1595~1645)이어서 이런 추정을 뒷받침한다. 떠나가면서 누구와 이별하는가? 이 물음에 대답할 직접적인 단서는 없다. 누구와 이별하더라도 이별의 슬픔은 다르지 않다고 말했다고 보면 이것 또한 이별 총론이다.

그러나 이별이 서러워 소매를 잡고 우는 사람은 남자가 아니고 여인이다. 사랑하는 여인이 만류하는 것을 뿌리치고 떠나가는 심정을 말해준다. 남자가 이별의 슬픔을 노래하니 사연이 담담하다. 객창에 殘燈 돋우고 그리움으로 밤을 새울 것을 미리 알고 떠나가야 하는 사정을 "가지 마소"라고 하면서 남의 일인 듯이 말한다.

(1582.1) "말은 가려 울고 임은 잡고 우네/ 석양은 산을 넘고 갈 길은 천리로다/ 저 임아 가는 나를 잡지 말고 지는 해를 잡으려문"은 「212 구성」에서 고찰한다.

「죽어 잊어야 하랴」(4427.1)

죽어 잊어야 하랴 살아 그려야 하랴
죽어 잊기도 어렵고 살아 그리기도 어려워라
저 임아 한 말씀만 하여라 사생결단 하리라

- 율격 : 기본형
- 풀이 : 죽어 잊어야 하랴, 살아 그려야 하랴? 죽어 잊기도 어렵고, 살아 그리기도 어려워라. 저 임아 한 말씀만 하여라, 死生決斷 하리라.

이별의 고통이 얼마나 큰지 말한다. 죽어 잊는 것도 살아 그리워하는 것도 다 어렵다고 하다가, 마지막 한 말을 듣고 사생결단을 하겠다는 끔찍한 소리를 한다. 헤어지자고 분명하게 말한다면 상대방을 죽이고 자기도 죽겠다는 것이다. 짐짓 해보는 소리라도 너무 거칠다. 여성의 작품일 수는 없다.

「나 죽어 너를 잊어야 옳으냐」(4427.4)

나 죽어 너를 잊어야 옳으냐 나 살아 너를 그리워야 옳으냐
나 죽어 너를 잊기도 어렵고 나 살아 너를 그리기는 더 어려워라
차라리 나 먼저 죽어 돌아가거든 네 나를 그리어라

- 율격 : 확대일탈형. 토막이 늘어나고 구분이 어려우나, 사설시조라고 할 것도 아니다.
- 풀이 : 나 죽어 너를 잊어야 옳으냐? 나 살아 너를 그리워야 옳으냐? 나 죽어 너를 잊기도 어렵고, 나 살아 너를 그리기는 더 어려워라. 차라리 나 먼저 죽어 돌아가거든 네 나를 그리워하라.

위의「죽어 잊어야 하랴」(4427.1)와 같은 말을 다르게 한다. 死生決斷을 하자고 하지 않고, "나 먼저 죽어" "네 나를 그리"게 하겠다고 한다. 죽어 헤어지면 그리움이 더욱 절실해지리라고 생각하고 하는 말이다.[16]

(0902.1) "내가 죽어 잊어야 옳으냐 네가 살아 평생에 그리워야 옳다 하랴/ 죽어 잊기도 어렵거니와 살아 생이별 더욱 싫다/ 차라리 내 먼저 죽어 돌아갈게 네 날 그리워라"라고 하는 것도 있다.

「내 가슴 쓸어 만져보소」(0900.2)

내 가슴 쓸어 만져보소 살 한 점 없네 그려
굶든 아니하되 자연이 그러하네
저 임아 너로 든 병이니 네 고칠까 하노라

- 율격 : 기본형
- 풀이 : 내 가슴 쓸어 만져보소. 살 한 점 없네 그려. 굶든 아니하되 自然이 그러하네. 저 임아 너로 (말미암아) 든 病이니 네 고칠까 하노라.

이별당하고 어떻게 되었는지 말한다. 굶지는 않아도 가슴에 살 한 점 없다고 한다. 가슴을 만져보라고 하는 것, "저 임아 너로 든 병이니" 하고 원망하는 것이 남성의 어투이다.

---

16 金正喜가 아내의 죽음을 애도한 「配所輓妻喪」에서 "那將月姥訟冥司來世夫妻易地爲 我死君生千里外 使君知我此心悲"(장래 일을 월로께 저승에서 하소연해, 내세에는 부부 사이의 위치를 바꾸어, 나는 죽고 그대는 천 리 밖에 살아서, 그대가 나의 이 슬픔 알게 했으면)라고 한 것과 유사한 발상이다.

「내 뜻은 청산이요」(0922.1)　　　　　　　　黃眞伊

내 뜻은 청산이요 임의 정은 녹수로다
녹수는 흘러간들 청산이야 변할소냐
녹수도 청산을 못 잊어 울어 예고 가는가

■ 율격 : 기본형

■ 풀이 : 내 뜻은 靑山이요, 임의 情은 綠水로다. 綠水는 흘러간들, 靑山이
　야 변할쏘냐. 綠水도 靑山을 못 잊어 울어 예고 가는가?

청산과 녹수를 들어 사랑과 이별을 말한다. 청산녹수의 밀접한 관련을
들어 사랑을 말한다. 여성인 자기는 청산으로 머물러 있고, 남성인 임은
녹수처럼 흘러간다고 한다. 녹수가 흘러간들 청산은 변하지 않는다는 당
연한 말로 두 사람이 상대방을 사랑하는 마음의 차이를 말하고, 녹수 같
은 임도 자기를 못 잊어 울고 가게 되기를 기대한다.

黃眞伊는 기녀이다. 자주 닥치는 체험을 근거로 삼아 사랑의 기쁨과 이
별의 슬픔을 노래해, 기녀의 존재 의의를 확인하고 세상에 대한 기여를
확대하는 데 앞장섰다. 이런 노래에서는 여성이 겪는 이별의 슬픔을 잔잔
하게 격조 높게 나타내는 슬기로움을 보여주었다.[17]

「이화우 흩뿌릴 제」(3902.1)　　　　　　　　梅窓

이화우 흩뿌릴 제 울며 잡고 이별한 임
추풍 낙엽에 저도 나를 생각는가
천리에 외로운 꿈만 오락가락 하노매

17　조성문, 「황진이 시조의 이별 형상화와 대응양상」, 『시조학논총』 30 (한국시조학
　회, 2009)에서 이 작품을 자세하게 고찰했다.

- 율격 : 기본형

- 풀이 : 梨花雨(배 꽃에 내리는 비) 흩뿌릴 제 울며 잡고 이별한 임, 秋風
  落葉에 저도 나를 생각는가? 千里에 외로운 꿈만 오락가락 하노매라.

"梨花雨"가 오고, "秋風落葉"이 흩뿌리는 모습으로 이별의 정황을 나타
내면서, 봄과 가을의 거리도 말한다. 봄에 이별한 임을 가을에 떠올리면
서 "저도 나를 생각는가"라고 하는 의문을 나타낸다. "저는 나를" 생각하
지 않고 "나는 저를" 생각할 것 같아 "천리에 외로운 꿈만 오락가락" 한다
고 한다.

천리는 실제의 거리이면서 마음의 거리이다. 「311 마음」에서 고찰하는
「마음이 지척이면」(1528.1)에서는 "마음이 지척이면 천리라도 지척이요
마음이 천리면 지척이라도 천리로다"라고 한다. 여기서는 천리 밖의 임
에게 지척으로 다가가는 꿈을 꾸니 더욱 외롭다고 한다. 이별당한 여인의
심정을 애틋하고 정겹게 나타낸다.

梅窓은 李桂娘(1573~1610)의 호이다. 李桂娘은 전북 부안 출신의 기녀
인데, 시조와 한시 양쪽의 뛰어난 작품을 남긴 대단한 시인이다. 黃眞伊
는 이별을 가볍게 여겼으나 李桂娘은 그립고 아쉬운 마음을 처절하게 나
타냈다. 이런 것이 이별 노래의 좋은 본보기라고 할 만해, 널리 알려지고
많은 영향을 끼쳤으리라고 생각된다.[18]

---

18 고려 노래 「가시리」에서는 "셜온 님 보내ᇢ노니 가시는 듯 도셔오쇼셔"라고 했다.
김소월은 「진달래꽃」에서 "나 보기가 역겨워 가실 때에는 말없이 고이 보내드리
오리다"라고 했다. 이처럼 서러움을 참고, 가는 사람을 정중하게 보내드린다고
하는 시조는 없다. 시조에서는 이별의 노래가 원망이고 비탄이다. 기녀에게는 이
별이 배신이어서 너그러운 마음을 지닐 수 없었기 때문인가? 너무 사랑해 이별을
견딜 수 없었기 때문인가? 이 두 가지 사유가 겹쳤으리라고 생각한다.

(3847.1)(梅花) "이별 모여 뫼가 된들 높은 줄 뉘가 알며/ 눈물 흘러 강이 된들 깊은 줄 뉘 알리/ 두어라 높고 깊음을 임이 알까 하노라"는 「243 두어라」에서 고찰한다.

「시비에 개 짖거늘 (1)」(2899.2)

시비에 개 짖거늘 임 오시나 반겼더니
임은 아니요 잎 지는 소리로다
저 개야 추풍낙엽을 짖어 날 놀랠 줄 있으리

- 율격 : 기본형

- 풀이 : 柴扉(사립문)에 개 짖거늘 임 오시나 반겼더니, 임은 아니요 잎 지는 소리로다. 저 개야 秋風落葉을 짖어 날 놀랠 줄 있으리.

떠나간 임이 다시 오는가 기다리는 마음을 자연스러우면서 절실한 말로 나타낸다. 시비, 개, 임이 오시나 기다리는 공간이 그림처럼 펼쳐져 있다. 개 짖는 소리, 잎 지는 소리가 선명하게 들린다. 개가 추풍낙엽을 보고 짖는다고 한 데서는 시각과 청각이 절묘하게 합쳐진다.

이별은 좋은 시를 지을 수 있게 하는 원천이다. 이별이 없으면 인생이 적막하다고 하면 이별당하고 서러워하는 사람들에게 실례가 된다. 그러나 이별이 없으면 시인의 창작 밑천이 줄어드니, 시인은 이별을 축복으로 삼는다는 말은 해도 된다.

「간밤에 지게 열던 바람」(0094.1)

간밤에 지게 열던 바람 살뜰히도 나를 속였구나
풍지 소리에 임이신가 반가온 나도 역시 외거니와
행여나 들라 하더면 남을 웃길 뻔하괘라

- 율격 : 기본형의 범위 안에 들지만, 초 · 중장의 자수가 늘어났다.

- 풀이 : 간밤에 지게(문) 열던 바람 살뜰히도 나를 속였구나. 풍지 소리에 임이신가 반가운 나도 역시 외거니와(그릇되었거니와), 행여나 들라(들어오라) 하더면(했더라면) 남을 웃길 뻔하괘라(하였노라).

오지 않는 임을 간절하게 기다리고 있어 바람소리를 임이 오는 소리로 착각한다. 자기가 착각을 한 것이 부끄러울 뿐만 아니라 남의 시선을 의식한다. 임이 온 줄 알고 들어오라고 하는 것을 남이 보면 얼마나 우스웠을까 하고 창피스럽게 생각한다.

「임이 오마 하거늘」(4093.1)

임이 오마 하거늘 저녁밥을 일찍 먹고
중문 나서 대문 나가 지방 위에 치달아 앉아 이수로 가액하고 오는가 가는가 건넛산 바라보니 거머희뜩 서 있거늘 저야 임이로다 버선 벗어품에 품고 신 벗어 손에 쥐고 곰비임비 임비곰비 천방지방 지방천방 진 데 마른 데 가르지 말고 위렁충창 건너가서 정엣말 하려 하고 곁눈을 힐끗 보니 상년 칠월 열사흗날 갉아 벗긴 삼대 알뜰히도 날 속였다
모처럼 밤일세망정 낮이런들 남 웃길 뻔하괘라

- 율격 : 확대일탈형. 사설시조

- 풀이 : 임이 오마 하거늘, 저녁밥을 일찍 먹고 中門 나서 大門 나가 지방(개울) 위에 치달아 앉아, 以手로 加額하고(손을 얼굴에 얹고) 오는가 가는가 건넛산 바라보니, 거머희뜩(검고 희뜩하게) 서 있거늘 저야(저것이야) 임이로다, 버선 벗어 품에 품고 신 벗어 손에 쥐고, 곰비임비(뒤에서 앞뒤로) 임비곰비(앞에서 뒤로) 天方地方(하늘로 땅으로) 地方天方(땅으로 하늘로) 진 데 마른 데 가르지 말고 위렁충창 건너가서, 情엣말 하려

하고 곁눈을 힐끗 보니, 上年(지난해) 칠월 열사흗날 갉아 벗긴 삼대 알
뜰히도 날 속였다. 모처럼 밤일세망정 낮이런들(낮이었으면) 남 웃길 뻔
하괘라(하였노라).

앞의 노래에 말을 많이 보태 사설시조를 만들었다. 평시조를 사설시조
로 우스꽝스럽게 개작한 것의 하나이다.[19] 앞의 노래는 상황이 불분명해
임이 온다고 착각한 것이 어울리는데, 여기서는 비슷한 말을 많이 하면서
이리저리 허둥대는 거동이 미쳤는가 의심할 정도로 과장되어 있다.

사설시조의 장기인 경망스러운 말장난이 이별의 슬픔을 구경거리로 만
든다. "남(을) 웃길 뻔하괘라"는 마지막 말이 앞의 노래에서는 自愧이고,
여기서는 可笑이다. 슬픔을 웃음으로 넘어서고자 한다고 하면 이런 노래
가 그 나름대로 소중하다.[20]

「설월이 만정한데」(2595.1)

설월이 만정한데 바람아 불지 마라
예리성 아닌 줄은 판연히 알건마는
그립고 아쉬운 마음에 행여 긘가 하노라

- 율격 : 기본형
- 풀이 : 雪月이 滿庭한데 바람아 불지 마라. 曳履聲(신발 끄는 소리) 아닌
  줄은 判然히 알건마는, 그립고 아쉬운 마음에 행여 그인가 하노라.

---

19 신은경, 「평시조를 패러디한 사설시조」, 『고전시 다시 읽기』에서 이런 사례를 여
   럿 고찰했다.
20 조성진, 「사설시조 사랑노래에 나타난 웃음의 의미」, 『한국시가연구』 35(한국시가
   학회, 2013)에서 이런 노래의 웃음은 자기풍자라고 했다.

여기서도 이별이 시의 원천이 되어, 떠나간 임을 기다리는 여인의 마음을 원망은 하지 않으면서 애틋하게 나타낸다. "눈과 달빛이 뜰에 가득하다"를 "雪月滿庭"이라고, "신발 끄는 소리"를 "曳履聲"이라고 일컬어 품위를 갖춘다. 바람소리가 신발 끄는 소리가 아닌 줄 알면서도 행여 그인가 한다.

설월이 만정하면 임 생각이 간절하고, 바람이 불기까지 하면 심란해진다. 이런 상황을 적절하게 설정하고 그리움으로 가득 찬 마음속에서 일어나는 파동을 잔잔하게 그려낸다. 경물과 심정의 호응을 적실하게 나타낸다.

「가뜩 달 밝은 밤에」(0019.1)

> 가뜩 달 밝은 밤에 초충성은 무삼 일고
> 임이 못 오거든 잠이나 보낼쏘냐
> 잠조차 기다리려 하니 더욱 설워 하노라.

- 율격 : 기본형
- 풀이 : 가뜩 달 밝은 밤에 草蟲聲은 무삼 일고(무슨 일인고)? 임이 못 오거든 잠이나 보낼쏘냐. 잠조차 기다리려 하니 더욱 설워 하노라.

이별한 임을 기다리는 연인의 예민한 심정을 나타낸다. 달 밝은 밤에 "草蟲聲"이라고 한 풀벌레 소리가 들리는 광경을 그리고, 그 때문에 이별의 슬픔이 더 커진다고 한다. 예사롭지 않은 전환을 해서 "임이 못 오거든 잠이나 보낼쏘냐"라고 한다.

이 말은 "임이 자기 대신 어찌 감히 잠을 보낼 것인가" 하고 항변하는 말인지, "임이 자기 대신 잠을 보내줄 것인가" 하고 기대하는 말인지 분명하지 않다. 종장에서 "잠조차 기다리려 하니 더욱 설워 하노라"라고 한 것은 뒤의 해석과 이어진다. 항변이 기대로 바뀌었다고 보면 앞뒤가 연결된다.

이별이 아직 심각한 상태는 아니다. 이별한 임이 잠을 보내주어 임 덕분에 임을 잊고 싶다고 했다. 이것은 임을 기다리면서 장난삼아 한 말이다. 이별이 결별이 아니어서 미련과 기대가 남아 있다.

「귀또리 저 귀또리」(0465.1)

귀또리 저 귀또리 어여쁘다 저 귀또리
어인 귀또리 지는 달 새는 밤에 긴 소리 자른 소리 절절이 슬픈 소리 제 혼자 울어 예어 사창 여읜 잠을 살뜰히도 깨우는고야
두어라 제 비록 미물이나 무인동방에 내 뜻 알 이는 저뿐인가 하노라

- 율격 : 확대일탈형. 사설시조
- 풀이 : 귀또리, 저 귀또리, 어여쁘다 저 귀또리. 어인 귀또리 지는 달 새는 밤에 긴 소리 짧은 소리 절절이 슬픈 소리, 제 혼자 울어 예어 紗窓 여읜 잠을 살뜰히도 깨우는고야. 두어라 제 비록 微物이나 無人洞房에 내 뜻 알 이는 저뿐인가 하노라. 더 풀이할 말이 없다.

위에서 든 「가뜩이나 달 밝은 밤에」(0019.1) 초장에서 한 "가뜩이나 달 밝은 밤에 초충성은 무삼 일고"라고 하는 것을 사설시조 특유의 어법으로 길게 늘어놓으면서 말을 바꾼다. 잠이 오지 않는다고 하지 않고 귀또리가 울어 "사창 여읜 잠을 살뜰히도" 깨운다고 한다. 귀또리를 원망하지는 않는다. "비록 미물이나" 귀또리는 "무인동방"에서 힘들어하는 자기 뜻을 안다고 해서 친근한 벗으로 삼는다.

"지는 달 새는 밤에 긴 소리 짜른 소리 절절이 슬픈 소리 제 혼자 울어 예"면서 귀또리는 자기의 마음을 대신 나타내기도 하고, 자기의 마음을 위로하기도 한다. 귀또리와 함께 밤을 새운다고 하면서 이별의 괴로움을

가볍게 만든다.

「사랑 거짓말이」(2245.1)

사랑 거짓말이 임 날 사랑 거짓말이
꿈에 뵌단 말이 그 더욱 거짓말이
나 같이 잠 아니 오면 어느 꿈에 뵈이리

- 율격 : 기본형
- 풀이 : 사랑 거짓말이 임 날 사랑 거짓말이다. 꿈에 뵌단 말이 그 더욱 거 짓말이다. 나 같이 잠 아니 오면 어느 꿈에 뵈이리.

이별이 심각한 상태이다. 이별을 당하고 보니 사랑은 거짓말이다. 임이 꿈에 보인다고 하는 것은 임이 한 말일 수 없고 자기가 기대하는 바이다. 그대로 되지 않으니 책임을 임에게 돌려 더욱 심한 거짓말이라고 한다.

이별 때문에 잠을 이루지 못한다는 것이 「가뜩이나 달 밝은 밤에」 (0019.1)와 같으면서, 당하는 고통이 더 크다. 그러나 임과의 관계가 단절 된 것은 아니다. 꿈에서라도 임을 보고 싶은 기대를 버리지 않고 은근히 보채는 말을 한다.

「뉘라서 정 좋다던고」(1134.1)　　　　　　玉仙

뉘라서 정 좋다 하던고 이별에도 인정인가
평생에 처음이요 다시 못 볼 임이로다
아마도 정 주고 병 얻기는 나뿐인가

- 율격 : 기본형. 맨 뒤의 한 토막 "하노라"가 생략되었다.

■ 풀이 : 뉘라서 情 좋다 하던고? 離別에도 人情인가? 平生에 처음이요. 다시 못 볼 임이로다. 아마도 情 주고 病 얻기는 나뿐인가

정이 좋다고 하는 사람이 누구인가 묻고, 이별하는 것도 인정이라고 하겠느냐고 따진다. 情을 주고 病을 얻는 것은 흔히 있는 일이겠는데, 자기 평생 처음 겪고 보니 기가 막혀 극단적인 말을 한다. 헤어진 임은 다시 못 본다고 하고, 자기 혼자 고통을 겪는다고 해서 사정이 절박함을 말한다.

「뉘라서 임 좋다더냐」(1133.1)

뉘라서 임 좋다더냐 알고 보니 원수로다
애당초 몰랐더면 이 간장 안 태울 걸
지금에 정들고 병들기는 임과 낸가

■ 율격 : 기본형. 마지막의 한 토막 "하노라"가 생략되었다.

■ 풀이 : 뉘라서 임 좋다더냐. 알고 보니 怨讐로다. 애당초 몰랐더면 이 肝臟 안 태울 것을. 지금에 情들고 病들기는 임과 낸가 하노라.

앞의 노래와 비슷한 말을 더 심하게 해서, 사랑이 "원수"라고 한다. 「사랑 거짓말이」(2242.1)에서 사랑은 "거짓말"이라고 한 것보다 더 심하다. 애당초 사랑을 몰랐으면 간장을 태우지 않을 것인데, 알고 보니 사랑이 원수라고 한다. 그러나 자기가 일방적인 피해자는 아니다. "정들고 병들기는 님과 낸가 하노라"라는 말로 마무리를 한다.

결말은 앞의 노래처럼 절망적이지 않다. 정들어 사랑하다가 이별하면 원수가 되는 점에서 임과 자기는 같다고 한다. 임은 가해자이고 자기는 피해자라고 하지는 않는다. 사랑이 대등한 관계에서 이루어지고 파탄이 난다는 것을 확인해 일방적인 고통은 거부한다. 여성의 종속적인 지위를

부정한다.

「불이 불이 아니라」(2153.1)

불이 불이 아니라 임이야 불이로다
다 썩은 가슴을 태울 줄이 무삼 일고
저 임아 적악을 이뤘으니 네 몸 조심 하여라

- 율격 : 기본형
- 풀이 : 불이 불이 아니라 임이야 불이로다 다 썩은 가슴을 태울 줄이 무삼 일고 저 임아 적악을 이뤘으니 네 몸 조심 하여라.

「사랑 거짓말이」(2242.1)에서 "거짓말"이라고, 「뉘라서임 좋다더냐」(1133.1)에서는 "원수"라고 한 사랑을 여기서는 "積惡"이라고 한다. "다 썩은 가슴을"을 사랑의 불로 태우고는 가버린 임은 적악을 했으니 "네 몸 조심 하여라"라고 한다. 험한 말로 결말을 맺는다.

「뉘라서 임 좋다더냐」(1133.1)에서는 이별을 했어도 임이 가해자이고 자기는 피해자라고 하지 않는다. 여기서는 가해자와 피해자가 분명하게 나누어진다. 이런 이별은 배신이다. 피해자가 슬픔에 잠겨 원망하고 있지만 않고, 배신자에게 앙화를 조심하라고 경고한다. 배신을 당하고 마음이 독해진다.

마음이 독해져서 보복을 할 것인가? 어떤 보복을 할 것인가? 임이 자기에게 했듯이, 자기도 임을 사랑으로 태우는 것이 가장 효과적인 보복이 아닌가?

「저 건너 검어무투룸한 바위」(4229.1)

저 건너 검어무투룸한 바위 정 대고 두드려내어

털 돋히고 뿔을 박아 맹그러 두리라 검은 암소
우리 임 날 이별하고 가오실 제 거꾸로 태워 보내리라.

- 율격 : 확대변이형. 초장 전반부가 3<8이고, 종장 전반부가 3<9이다.
- 풀이 : 저 건너 검고 뭉퉁한 바위 정 대고 두들어내어, 털 돋히고 뿔을 박아 만들어두리라 검은 암소. 우리 임 날 이별하고 가오실 적에 거꾸로 태워 보내리라.

"저 건너"를 앞에다 내놓고 상상을 펼친다. 바위를 정으로 두드려 만든 암소를 임이 자기를 이별하고 갈 때 거꾸로 태워 보내겠다고 한다. 바위로 암소를 만드는 것이 불가능하고 암소를 거꾸로 탄다는 것은 말이 되지 않듯이, 임이 자기를 이별하고 가는 것은 있을 수 없는 일이라고 한다.

「임이 가려거든」(0024.2)

임이 가려거늘 성난 김에 가라 하고
가는가 못 가는가 창틈으로 여어보니
각별히 섧든 아녀도 풍지 젖어 못 볼러라

- 율격 : 기본형
- 풀이 : 임이 가려거늘, 성난 김에 가라 하고, 가는가 못 가는가 창틈으로 여어보니, 恪別히 섧든 아녀도(아니 해도) (문)풍지 젖어 못 볼러라.

이것은 사랑하는 남자를 떠나보내는 여인의 심정을 말한다. 임이 가려거든 가라고 성낸 김에 말하고 후회한다. 임이 가는가 못 가는가 창틈으로 몰래 보다가 문풍지를 적실 정도로 눈물이 흘러서 보지 못한다. 그런데도 "각별히 섧지는 않다"는 말로 자기를 달래고, 문을 열고 나서서 가지 말라고 잡지는 않는다.

겉으로 한 말을 속으로 후회한다. 이별을 선택하고서 고통을 받는다. 이런 역설의 일단을 작은 사건에 관한 미세한 묘사에서 보여준다. 격식은 차리지 않고 실제로 겪은 일을 그대로 말해 실감이 충만하다. 작품으로 재창조할 여유를 가지지 않고 할 말을 그냥 해서 비슷한 노래가 없다.

「타향에 임을 두고」(5093.1)

타향에 임을 두고 주야로 그리면서
간장 썩은 물은 눈으로 솟아나고 첩첩한 수심은 여름 구름 되었어라
두어라 내 마음 절반을 임께 보내어서 서로나 그리어볼까 하노라

- 율격 : 확대일탈형. 사설시조.
- 풀이 : 他鄕에 임을 두고 晝夜로 그리면서, 肝腸 썩은 물은 눈으로 솟아나고, 疊疊한 愁心은 여름 구름 되었어라. 두어라, 내 마음 折半을 임께 보내어서 서로나 그리어볼까 하노라.

타향에 임을 두고 밤낮 그리워하는 절박한 심정을 그냥 되씹고 있지 않고, 대처할 방법을 찾아 생각을 펼친다. 간장 썩은 물이 눈으로 솟아나 눈물이 된다고 하기만 해서는 自省에 머물러 탈출구가 없다. 내심을 밖으로 드러내 시각화하는 쪽으로 방향을 돌려 첩첩한 愁心이 여름 구름 같다는 기발한 비유를 하고, 임과의 거리를 메울 가능성을 찾는다. 임에게로 다가간 여름 구름을 임이 바라보면 "내 마음 절반을" 임이 지녀, 서로 그리워하게 된다고 하는 놀라운 착상을 보여준다.[21]

삶에 대한 성찰

---

21 엘리엇(T. S. Eliot)이 「형이상학 시인들(On The Metaphysical Poets)」에서, 17세기 영국의 형이상학파 시가 잘 계산해 만들어낸 기발한 비유로 관념을 형상화한 것

「나무도 바위 돌도 없는 뫼에」(0738.1)

나무도 바위 돌도 없는 뫼에 매게 쫓긴 까투리 안과

대천 바다 한가운데 일천 석 실은 배에 노도 잃고 닻도 잃고 용총도 끊고 돛대도 꺾고 키도 빠지고 바람 불어 물결 치고 안개 뒤섞여 잦아진 날에 갈 길은 천리만리 남은데 사면은 검어어둑 천지적막 까치노을 떴는데 수적 만난 도사공 안과

엊그제 임 여읜 내 안이야 어디다 가을하리오

- 율격 : 확대일탈형. 사설시조
- 풀이 : 나무도 바위 돌도 없는 뫼에 매게 쫓긴 까투리 안과, 大川 바다 한 가운데 一千石 실은 배에 노도 잃고, 닻도 잃고, 용총(돛대 맨 줄)도 끊고, 돛대도 꺾고, 키도 빠지고 바람 불어 물결 치고 안개 뒤섞여 잦아진 날에, 갈 길은 千里萬里 남은데 四面은 검어어둑 天地 寂寞 까치노을 (번뜩이는 노을) 떴는데, 水賊 만난 都沙工 안과, 엊그제 임 여읜 내 안 이야 어디다 가을하리오(견주리오).

이 노래는 사설시조답게 임 여읜 사태를 두고, 단순한 구조를 교묘하게 활용하면서 많은 말을 한다. 초장 말미의 "까투리 안과", 중장 말미의 "도사공 안과", 종장의 "내 안이야", "어디다 가을하리오"라고 한다. "안"은 "마음"이다. "가을하리오"는 "견주리오"이다. 까투리의 마음, 도사공의 마음, 자기의 마음은 너무 절박해 견주어 말할 데가 없다고 한다. 까투리의

<hr />

을 높이 평가한 견해가 널리 알려져 있다. 던(John Donne)이 「고별 : 애도 금지(A Valediction : Forbidding Mourning)」에서, 고귀한 사람들은 이별해도 금을 두르려 늘이듯이 단절되지 않고, 기하 작도에 쓰는 컴퍼스의 두 다리처럼 멀리서도 함께 움직인다고 한 것이 기발한 비유의 대표적인 본보기로 거론된다. 『서정시 동서고 금 모두 하나 2 : 이별의 노래』에서 이 작품 원문과 번역을 제시하고 고찰했다.

마음, 도사공의 마음, 자기의 마음을 동격으로 열거해 자기의 마음을 이미 그 둘에 견주어 말하고서 견주어 말할 데가 없다고 하는 것은 앞뒤가 어긋난다. 앞뒤가 어긋나는 줄도 모르고 이말 저말 해서 다급한 심정을 더 잘 나타낸다.

초장에서는 "나무도 바위 돌도 없는 뫼에 매게 쫓긴 까투리 안"을 말한다. 죽지 않고 살아날 길이 없는 상황이다. 종장에서는 "엊그제 임 여읜 내 안"을 말한다. 이 둘만 연결시켜도 무엇을 제시하는지 알 수 있는데, 초장과 중장 사이에 길게 이어지는 중장이 있다. 중장에서 "도사공의 안"에 관해 하는 말은 너무 장황해 몇 토막으로 나누어 살필 필요가 있다.

"大川 바다 한가운데" 넓은 바다에 나선다. "일천 석 실은"은 짐이 과도하다. "노도 잃고 닻도 잃고 용총도 끊고 돛대도 끊고 키도 빠지고"는 배여러 곳에 고장이 생겨 항해 불능 상태이다. "바람 불어 물결 치고 안개 쉬섞여 잦아진 날" 기상 조건이 아주 나쁘다. "갈 길은 천리만리 남은데" 목적지까지 많이 남았다. "사면은 검어어둑 천지적막 까치노을 떴는데" 날이 저문다. 그런 상황에서 바다 도적 "水賊"을 만난다.

도사공의 마음을 내 마음보다 훨씬 길게 말한 것은 무슨 까닭인가? 내 마음을 그냥 말하면 말이 막힌다. 신음 소리만 늘어놓고 말 수는 없다. 도사공의 마음에다 견주어 내 마음을 말해야 말이 이어지고, 전후의 상황을 알릴 수 있고, 탄식을 하면서 자기를 돌아볼 수 있다. 인생이 항해라고 여기면, 자기도 도사공과 같은 수난을 당하고 있다. 수난 당한 사태를 파악하면 희망이 생길 수 있다. 까투리의 마음을 생각하다가 도사공의 마음으로 옮아가고 자기의 마음을 되돌아보는 것은 불행에 매몰되지 않은 열린 의식을 지녔기 때문이다.

「이별이로다 이별이로다」(3853.1)

이별이로다 이별이로다 죽어 영이별은 문앞마다 하건마는 살아 생
이별은 차마 진정 못 하겠구나

여필은 종부랬으니 그저 두고 못 가리다 청룡도 드는 칼로 요참이라
도 하고 가고 홍로화 모진 불에 사를 터이면 사르고 가고 여산폭포 짓
는 물에 던질 터이면 던지고 가고 철궁에 왜전 먹여 쏘실 터이면 쏘시
고 가고 나를 버리고 가시는 임은 오리도 못 가서 발병이 나고 십리를
못 가서 내 생각하고 다시 올 듯

차마 진정 이별이 서러워 나 못 살겠네

- 율격 : 확대일탈형. 사설시조.

- 풀이 : 離別이로다, 離別이로다. 죽어 永離別은 門앞마다 하건마는 살아
  生離別은 차마 진정 못 하겠구나. 女必은 從夫랬으니 그저 두고 못 가
  리다. 靑龍刀 드는 칼로 腰斬(허리를 자름)이라도 하고 가고, 紅爐火(붉
  은 화로 불) 모진 불에 사를 터이면 사르고 가고. 廬山瀑布(중국의 이름
  난 폭포) 짓는 물에 던질 터이면 던지고 가고, 鐵弓(쇠 활)에 矮箭(짧은
  화살) 먹여 쏘실 터이면 쏘시고 가고. 나를 버리고 가시는 임은 五里도
  못 가서 발병이 나고 十里를 못 가서 내 생각하고 다시 올 듯. 차마 眞情
  이별이 서러워 나 못 살겠네.

"女必從夫"라는 말이 있어 여인의 노래임을 명시한다. 이별당하는 여
인이 원망하는 말을 마구 쏟아놓는다. 그냥 두고 가지 말고, 칼로 베거나,
불로 사르거나, 물에 던지거나, 활로 쏘고 가라고 한다. 이별의 고통이 그
렇게 죽는 것보다 크다는 말이다.

그러다가 "나를 버리고 가시는 임은 오리도 못 가서 발병이 나고 십리
를 못 가서 내 생각하고 다시 올듯"이라고 한다. 「아리랑」에서 가져온 말
을 묘미 있게 다듬어 희망을 가져본다. 끝으로 "차마 진정 이별이 서러워

나 못 살겠네"라고 하는 말은 상투적인 언사이다. 다 읽고 나면 앞에서 길게 원망한 말이 과장된 수사라는 생각이 든다. 이별당한 서러움보다 현란한 말솜씨가 더 두드러진다.

「독수공방 심란하기로」(1372.1)

독수공방 심란하기로 임을 따라 갈까 보고나

오늘 가고 내일 가며 모레 가며 글피 가며 나흘 곱집어 여드레 팔십 리 석달 열흘에 단 천리 가고 부러진 다리를 좌르르 끌면서 천창만검·지중에 부월이 당전할지라도 임을 따라서 아니 갈 수 없네 해 가고 달 가고 날 가고 시 가고 임까지 마저 가면 요 세상 백년을 눌 믿고 사노 석신이라고 돌에다 접을 하며 목신이라고 고목에다 접을 하며 어영도 갈매기라고 창파에다 지접을 할까

접할 곳 없고 속내 맞는 친구 없어 나 못 살겠네

- 율격 : 확대일탈형. 사설시조.

- 풀이 : 獨守空房 心亂하기로 임을 따라 갈까 보고나. 오늘 가고 내일 가며, 모레 가며 글피 가며, 나흘 곱집어 여드레 팔십 리, 석달 열흘에 單千里 가고, 부러진 다리를 좌르르 끌면서 千槍萬劍之中에 斧鉞(형구로 쓰는 크고 작은 도끼)이 當前(앞에 닥침)할지라도 임을 따라서 아니 갈 수 없네. 해 가고 달 가고 날 가고 시 가고, 임까지 마저 가면, 요 세상 百年을 눌 믿고 사노? 石身이라고 돌에다 接을 하며, 木身이라고 古木에다 接을 하며, 魚泳島 갈매기라고 滄波에다 止接을 할까. 接할 곳 없고, 속내 맞는 친구 없어 나 못 살겠네. 魚泳島는 평안북도 칠산군에 있는 섬이며, 물고기가 많이 모여든다.

「귀또리 저 귀또리」(0465.1)에서는 "無人洞房"이라고 한 말을 여기서는 "獨守空房"이라고 한다. 초장에서 "독수공방 심란하기로 임을 따라 갈까

보고나"라고 하고, 종장에서 "접할 곳 없고 속내 맞는 친구 없어 나 못 살겠네"라고 한 것은 쉽게 할 수 있는 말이다. 그런데 임을 따라 가서 "接"할 곳을 얻겠다는 말을 중장에서 이것저것 둘러대면서 길게 한 것이 대단한 말솜씨이다.

"오늘 가고 내일 가며 모레 가며 글피 가며 나흘 곱집어 여드레 팔십 리 석달 열흘에 단 천리 가고"에서는 날마다 길을 가서 멀리까지 간다고 한다. "부러진 다리를 좌르르 끌면서"에서는 몸이 불편한 것을 무릅쓴다고 한다. "千槍 萬劍之中에 斧鉞이 當前할지라도"에서는 엄청난 시련이 닥치는 것을 한자어를 써서 나타낸다. 그래도 "임을 따라서 아니 갈 수 없네"라고 하고, "해 가고 달 가고 날 가고 시 가고 임까지 마저 가면 요 세상 백년을 눌 믿고 사노"라고 한다. "石身이라고 돌에다 接을 하며 木身이라고 古木에다 接을 하며 어영도 갈매기라고 滄波에다 止接을 할까"라고 한다.

붙는다는 뜻의 "接"이 긴요한 말이다. 천지만물이 각기 그 나름대로 붙듯이 사람은 사람과 붙어서 살아야 한다. 붙어서 사랑을 누려야 살아갈 수 있다. 이별의 괴로움을 노래하면서 이렇게 말해 사랑이 무엇인지 깊이 알게 한다. 사랑의 즐거움을 노래할 때보다 한 걸음 더 나아가 사랑을 예찬한다.

(0104.1) "갈까보다 말까보다 임을 따라서 아니 갈 수 없네/ 오늘 가고 내일 가고 모레 가고 글피 가고 하루 이틀 사흘 나흘 곱잡아 여드레 팔십 리를 다 못 갈지라도 임을 따라 아니 갈 수 없네 천창만검지중에 부월이 당전할지라도 임을 따라서 아니 갈 수 없네 나무라도 향자목은 음양을 분하여 마주나 싯고 돌이라도 망주석은 자웅을 따라서 마주나 섰는데/ 요내 팔자 왜 그리 망골이 되어 간 곳마다 있을 임 없어 나 못 살겠네"라고 하는 것도 있다. (3855.2) "이별이 불이 되어 간장이 타노매라/ 눈물이 비 되

니 끌 듯도 하건마는/한숨이 바람이 되니 끌동말동 하여라"는 「314 눈물」
에서 고찰한다.

324 꿈속

사랑과 이별의 노래는 꿈속과 깊은 관련이 있다. 평소에 이루지 못하는
소망을 꿈에서 이루려고 한다. 깨고 나서는 꿈이 허망해 탄식한다. 꿈속
에 관한 노래는 모두 잔잔하게 전개된다.

「꿈에 다니는 길이」(0684.1)

꿈에 다니는 길이 자취 곧 날작시면
임의 집 창밖에 석로라도 닳으리라
꿈길이 자취 없으니 그를 슬퍼하노라

- 율격 : 기본형.
- 풀이 : 꿈에 다니는 길에 (내가 가는) 자취가 바로 난다고 하면, 임의 집
  窓 밖에 (있는 길이) 石路(돌길)라도 닳으리라. 꿈길이 자취 없으니 그를
  슬퍼하노라.

꿈은 현실과 다른 무엇을 가정하고 상상할 수 있는 길이다. 꿈길은 열
려 있다. 임이 그리워도 갈 길이 막혀 꿈길로 간다. 꿈길에는 가는 자취가
남지 않는다. 아무리 여러 번 가도 자취가 전연 없어 슬프다.

이런 사연을 적절하게 다듬어 절실한 느낌이 들게 한다. 꿈에 가더라도
공중으로 날아가지 않고 길로 간다고 하면서 현실에 가까운 상상을 한다.
같은 길을 여러 번 간다고 알리려고, "다니는 길이"의 자수를 늘여 관심을
모은다.

다니는 길에는 자취가 남아야 한다. 돌길이라도 닳을 만하게 자주 다닌

241

다. 그런데 길이 꿈길이어서 자취가 없다. 임을 찾아가는 줄을 임이 아는 것까지는 기대하지 않지만, 혼자 간직할 만한 증거라도 있어야 하는데 없어서 허망하다. 꿈길은 길이면서 길이 아니다.

사랑이란 이처럼 허망한 것인가? 꿈길을 헤매고 다니는 착각을 사랑이라고 하는가? 이 물음에 대해 노래 속의 임은 반응을 보이지 않고, 노래를 부르는 나도 대답하지 못하고 슬프다고만 한다. 노래를 듣는 쪽에서 맡아서 해답을 찾아야 하는가?

「세류청풍 비 갠 후에」(2626.1)

세류청풍 비 갠 후에 울지 마라 저 매미야
꿈에나 임을 보려 겨우 든 잠 깨우느냐
꿈 깨어 곁에 없으면 병 되실까 우노라

- 율격 : 기본형
- 풀이 : 細柳清風(가는 버들 맑은 바람) 비 긴 뒤에, 울지 마라 저 매미야. 꿈에나 임을 보려(보려고) 겨우 든 (나의) 잠을 깨우느냐? 꿈 깨어 (임이) 곁에 없으면 병 되실까 (해서) 우노라.

가는 버들에 맑은 바람이 불고 매미가 우는 것을 보고 들으면 마음이 들떠 임이 그리워진다. 그리운 임을 꿈에서나 보려고 든 잠을 매미가 울어 깨운다고 원망한다. 매미는 잠 들어 임을 만나고, 잠깨어 임을 보내게 하는 이중의 구실을 한다.

울어서 잠을 깨게 한다고 매미를 나무라니, 꿈 깨어 임이 곁에 없으면 병이 될까 염려해 운다고 한다. 길게 자지 말고 일찍 깨라고 한다. 잠들지 않는 것이 더 좋다고 한다. 매미는 잘못을 지적하고 어리석음을 깨우쳐주는 스승 노릇을 하기까지 한다.

꿈을 함부로 이용하지 말아야 한다. 꿈에서 임을 만나고 깨고 나서 임이 없다고 한탄하는 것은 잘못이다. 꿈속의 만남이 만남이라고 착각하지 말아야 한다. 없는 임 때문에 애태우니 어리석다. 매미가 이렇게 가르쳐주는데 사람은 모르고 따르지 않아도 되는가?

버들이나 바람은 때맞추어 자라나고 움직인다. 매미는 필요한 지각만 알차게 갖추고 주어진 삶을 누린다. 사람은 분수 모르게 자라나고 함부로 움직인다. 필요 이상의 지각이 얽히고설켜 자충수를 연발하고 불행을 자초하니 부끄럽다. 가는 버들에 맑은 바람이 불고 매미가 우는 것을 조용히 보고 들으면서 마음을 씻어내야 하지 않는가?

「이리 보온 후에」(3777.1)

이리 보온 후에 또 언제 다시 볼꼬
진실로 보았는가 행여 아니 꿈이런가
꿈이야 꿈이나마 매양 보게 하소서

- 율격 : 기본형
- 풀이 : 이리 보온 후에 또 언제 다시 볼꼬. 眞實로 보았는가 행여 아니 꿈이런가? 꿈이야 꿈이나마 每樣 보게 하소서

이별한 임과 다시 만났다고 생각한 것은 꿈을 꾸었기 때문이다. 꿈은 현실이 아닌 꿈이지만 임을 매양 보게 해달라고 한다. 꿈이 있어 이별의 괴로움을 이겨낸다고 하는 노래가 많이 있다.

(0687.1) "꿈에 뵈는 임이 연분 없다 하건마는/ 답답이 그리울 제 꿈 아니면 어이하리/ 아무리 꿈이라도 매양 보게 하소서", (0692.1) "꿈에 왔던 임이 깨어보니 간데없네/ 탐탐이 괴던 사랑 날 버리고 어디 갔노/ 꿈속이

허사라망정 자로 뵈게 하여라", (0908.1) "내 그려 꿈을 꾼가 임이 그려 꿈에 뵌가/ 어여쁜 얼굴이 번듯이 뵈노매라/ 꿈이야 꿈이언마는 자로자로 뵈어라." 이런 것들도 있다.

「천리에 만났다가」(4599.1)

천리에 만났다가 천리에 이별하니
천리 꿈속에 천리 임 보거고나
꿈 깨어 다시 생각하니 눈물겨워 하노라

- 율격 : 기본형
- 풀이 : 千里에 만났다가 千里에 離別하니, 千里 꿈속에 千里 임 보는구나. 꿈 깨어 다시 생각하니 눈물겨워 하노라.

"千里"라는 말이 네 번 나온다. 임과의 거리 천리를 꿈은 넘어선다고 한다. 꿈에서 천리도 멀다 하지 않고 가서 임을 만나다가, 꿈을 깨고 나서 다시 생각하면 눈물겨워 하노라.

(0007.1) "가노라 다시 보자 그립거든 어이 살꼬/ 비록 천리라도 꿈이면 아니 보랴/꿈 깨어 곁에 없으면 그를 어이하리오" 여기서 하는 말도 비슷하다.

「꿈아 어린 꿈아」(0680.1)

꿈아 어린 꿈아 왔는 임도 보낼건가
왔는 임 보내느니 잠든 나를 깨우려문
이후란 임이 오시거든 잡고 나를 깨워라

- 율격 : 기본형
- 풀이 : 꿈아, 어리석은 꿈아 왔는 임도 보낼 건가? 왔는 임 보내느니 잠든 나를 깨우려무나. 以後란 임이 오시거든 잡고 나를 깨워라.

꿈이 어리석어 왔는 임을 보냈다고 나무란다. "온 임"이라고 해도 될 것인데 "왔는 임"이라고 해서 도착한 사실을 강조해 말한다. 다음에는 왔는 임을 잡아두고 잠든 자기를 깨우라고 한다. 전혀 부당한 말이다. 꿈이 임을 보내지 않았다. 꿈이 임을 잡아둘 수 없다. 잠든 자기를 깨우라는 것은 더욱 말이 되지 않는다. 임과 만나지 못하는 아쉬움 때문에 임과 만날 수 있게 하는 유일한 통로인 꿈을 나무라는 자기모순에 빠진다.

(2440.1)(李世輔) "상사일념 맺힌 회포 자연히 일었던지/ 오경야 계명성에 깨달으니 일장춘몽/ 저 임아 꿈일망정 그러지 말게"는 「211 율격」에서 고찰한다.

「임 그려 바장이다가」(4042.1)

임 그려 바장이다가 창을 베고 잠이 드니
덩싯 웃는 임이 번듯이 뵈거고나
일어서 반기려 하니 꿈이 나를 속여라

- 율격 : 기본형
- 풀이 : 임이 그리워 바장이다가(서성이다가) 窓을 베고 잠이 드니, 덩싯 웃는 임이 번듯이 보이는구나. 일어나서 반기려하니 꿈이 나를 속이는구나.

시간의 순서에 따라 사건이 진행되고 교체된다. 임이 그리워 바장인다.

임이 오는가 해서 자리에 눕지도 않고 창을 베고 잠이 든다. 꿈에 덩싯 웃는 임이 번듯이 보인다. 얼굴만이고, 말도 없다. 일어나서 잡으려고 하다가 잠을 깬다. 꿈이 속인 것을 알아차린다. 탄식하거나 설명하는 말없이, 영화의 한 대목 같은 것을 보여준다.

(4043.1) "임 그려 바장이다가 창을 베고 잠이 드니/ 두렷한 얼굴이 번듯이 뵈는고나/ 잠 깨어 잡으려 하니 기도망도 없어라"라는 것도 있다.(0701.1) "꿈이 날 위하여 먼 데 임 데려오니/ 탐탐이 반겨 여겨 잠 깨어 일어보니/ 그 임이 노하여 간지 기도망도 없어라"에서는 임이 노하여 갔는가 하고 의심한다. (0081.1) "간밤에 꿈을 꾸니 임에게서 편지 왔네/ 일백 번 다시 보고 가슴 위에 얹어두니/ 각별히 무겁진 아니하되 가슴 답답하여라"는 「212 구성」에서 고찰한다.

「우리 임 생각하고」(3578.1)　　　　　　金履翼

우리 임 생각하고 밤중도록 앉았다가
달 뜨자 임을 만나 반갑기도 그지없네
어디서 무심한 명계는 나의 꿈을 깨우거냐

- 율격 : 기본형
- 풀이 : 우리 임 생각하고 밤중이 되도록 앉았다가, 달 뜨자 임을 만나 반갑기도 그지없네. 어디서 無心한 鳴鷄(우는 닭)는 나의 꿈을 깨우느냐.

그리운 임을 생각하고 밤중이 되도록 앉았다가, 달이 뜨자 임을 만나 반갑기 그지없다고 하는 것이 깨고 보니 꿈속의 일이다. 어디선가 닭이 아무 생각 없이 울어 잠을 깨운 것을 원망한다.

노래 자체만 보면 애틋하기 그지없지만, 여성의 노래를 남성이 본뜬 것이어서 속았다는 느낌이 든다. 안동김씨 조정관원 金履翼이 짓고 제목을 「戀君」이라고 했다. 유배되었을 때 임금을 그리워한다고 하는 이 노래를 지어 풀려나기를 기대했다.

33 즐거움을 찾아

사람은 즐겁게 살기를 바란다. 가만있으면 즐거움이 찾아오지 않으니 즐거움을 찾아 나서야 한다. 즐거움을 찾아 노래도 부르고 놀이도 하고 음주도 한다. 이렇게 해서 지은 시조가 아주 많아 둘러보기 벅차다.

331 노래

노래에 관한 노래는 노래 원론이다. 마음에 관한 노래와 함께 노래에 관한 노래가 시조 작품 세계의 중심을 이룬다. 부르는 사람에 따라, 곡조나 내용에 따라 노래가 각기 달라 각론이 다양하다. 음악 일반에 관한 노래도 여기서 다룬다.

「노래 삼긴 사람」(1039.1)   申欽

노래 삼긴 사람 시름도 하도할사
일러 다 못 일러 불러나 푸돗던가
진실로 풀릴 것이면 나도 불러보리라

■ 율격 : 기본형

■ 풀이 : 노래 삼긴(만든) 사람 시름도 많기도 많구나. 일러 다 못 일러 불러나 푼다는 말인가? 眞實로 풀릴 것이면 나도 불러보리라.

247

말은 이르고, 노래는 부른다고 한다. 시름이 많으면 말로 이르지 못하고 노래로 부른다고 한다. 다른 사람들이 그렇게 해서 자기도 따른다. "이르다"보다 "부르다"는 한층 고조된 표현이다. 시름이 많으면 고조된 표현을 요구한다. 맺혀 있어 괴롭게 하는 시름을 풀어내 없애려면 말로 이르는 것으로는 부족하다. 노래는 말보다 더 큰 힘을 가진다. 말보다 더욱 고조된 표현인 노래는 시름이 풀려 들어가 없어지게 할 수 있다.

「울며 가던 길에」(3621.1)

울며 가던 길에 노래 부르며 오는 사람
슬플 이 즐길 이 한갓지도 아닐시고
하늘이 이렇게 삼기시니 그를 슬퍼 하노라

- 율격 : 기본형
- 풀이 : 울며 가던 길에 노래 부르며 오는 사람, 슬플 이 즐길 이 한결같지도 않구나. 하늘이 이렇게 생겼으니(이렇게 하라고 정해놓았으니), 그것을 슬퍼하노라.

울며 가는 인생의 길에 노래 부르며 오는 사람도 있다. 가는 것은 소멸이고, 오는 것은 생성이다. 즐거움이 소멸되어 슬픔이 되었다가, 슬픔에서 즐거움이 생성되기도 한다. 즐거우면 노래를 부른다. 이런 이치를 하늘이 마련한 것을 슬퍼한다고 하고서, 내심으로는 이치를 깨달은 것이 자랑스럽다고 여기는 것 같다.

「풍악이 즐겁다 하나」(5209.1)

풍악이 즐겁다 하나 듣기로서 다르도다
즐거운 이 들으면 즐기고 슬픈 이 들으면 슬퍼하네

아마도 심락이 본이고 악락은 말인가 하노라

- 율격 : 기본형인데, 자수는 조금 늘어났다.

- 풀이 : 風樂이 즐겁다 하나, 듣기로서 다르도다. 즐거운 이 들으면 즐기고 슬픈 이 들으면 슬퍼하네. 아마도 心樂(마음의 즐거움)이 本이고 樂樂(음악의 즐거움)은 末인가 하노라.

　음악은 듣는 사람의 마음에 따라 달라진다. 같은 음악이라도 즐거운 사람이 들으면 즐겁고, 슬픈 사람이 들으면 슬프다. 그래서 樂樂(음악의 즐거움)은 말단이고, 心樂(마음의 즐거움)이 근본이라고 한다.
　「311 마음」에서 고찰하는, (2711.1)(尹善道) "소리는 혹 있은들 마음이 이리 하랴/ 마음은 혹 있은들 소리를 뉘 하나니/ 마음이 소리에 나니 그를 좋아 하노라"에서는 소리와 마음이 대등한 자격을 가지고 합쳐져야 한다고 한다. 여기서는 마음은 근본이고 소리는 말단이라고 해서 차등을 둔다. 두 작품이 견해차를 보여준다.

「격 모르고 지은 가사」(0237.1)　　　　　李世輔

　격 모르고 지은 가사 삼백여 편 되단 말가
　높일 데 못 높이고 낮출 데 못 낮췄으니
　아마도 훗사람의 시비는 못 면할까

- 율격 : 기본형. 마지막 토막 "하노라"는 생략되었다.

- 풀이 : 格 모르고 지은 歌詞 삼백여 편 되단 말인가? 높일 데 못 높이고 낮출 데 못 낮췄으니, 아마도 훗사람의 是非는 못 면할까 (하노라).

歌詞는 노랫말이라는 뜻이다. 여기서는 문학작품인 시조를 지칭한다.

格은 작품 창작의 규범이다. 창작의 규범을 따르지 않고 자기 좋은 대로 노래를 짓는다고 한다. 노래의 기능이 칭송과 비판에 있다고 여기고, 높여 칭송할 것을 칭송하지 못하고, 낮추어 비판해야 할 것을 비판하지 못했으니 훗사람의 시비를 면하지 못하리라고 한다.

李世輔(1832~1995)는 왕족이고 철종과 6촌이었으나 안동김씨 세도정권의 박해를 받아 귀양살이를 하다가, 고종이 즉위하자 석방되어 벼슬길에 올라 공조판서와 형조판서를 역임했다. 남긴 시조가 459수나 되어 수가 으뜸이다. 작품이 3백 수쯤 되었을 때 이 노래를 지은 것 같다. 쉬운 말을 다듬지 않고 사용하면서 어렵게 사는 백성을 동정하고 수탈을 나무란 작품이 적지 않다. 현실을 과감하게 비판한 시조를 풍부한 내용을 갖추어 처음 창작해 높이 평가되는데, 과감한 발언을 뜻한 것만큼 하지 못한 것을 아쉽게 여겼다.[22]

「내 눈에 드는 임이」(0920.1)

내 눈에 드는 임이 차방중에 있건마는
노래라 불러 내며 해금이라 켜 낼소냐
밤중만 이내 몸 송골매 되어 차고 날까 하노라

- 율격 : 기본형

- 풀이 : 내 눈에 드는 임이 此房中(이 방 안)에 있건마는, 노래라 불러 나오게 하며, 奚琴이라 켜서 (밖으로) 내놓을소냐? 밤중만 이내 몸 松鶻매 되어 차고 날까 하노라

---

22 『한국문학통사』 3(지식산업사, 제4판 2005), 304~306면에서 이세보를 고찰하면서 이 노래는 거론하지 못했다.

"此房中"은 다음에 한 말과 연결시켜보면 자기의 사랑을 받아들이지 않고 임이 폐쇄적인 자세를 지닌 것을 말한다. 임이 밖으로 나오게 하려면 노래를 불러야 하는가, 해금을 켜야 하는가? 노래를 부르기나 해금 연주는 임에게 자기 마음을 전하는 방법이다. 소리가 마음에서 나온다고 하는 데다 보태, 소리로 마음을 전달한다고 한다.

"밤중만 이내 몸 송골매 되어 차고 날까 하노라"라고 한 것은 무슨 뜻인가? 밤중에 하늘을 차고 날아오르는 송골매 같은 소리를 내서 임의 마음을 더욱 격동한다는 말일 수 있다. 임이 자기가 내는 소리에 반응을 보이자 기쁨이 넘쳐서 하늘로 비상한다는 말일 수 있다. 임의 마음을 소리로는 움직일 수 없어 다른 방법을 택한다는 말일 수 있다. 그 어느 것인가는 생각하기에 달려 있다.

"내"가 "내 눈에", "이내 몸"에서 거듭 등장하는 것이 특이하다. 사랑의 노래는 "임"을 기리는 것이 예사인데 여기서는 "나"를 내세운다. 임은 "임"이라는 글자 하나만이고, "나"는 말이 여럿이다. 사랑은 임이 주는 선물이 아니고 내가 만드는 창조물임을 알려준다.

「노래로 두고 보면」(1035.1)

노래로 두고 보면 세상 인심 거의 알다
휘모리 시조에는 조을던 이 눈을 뜨네
아서라 이내 노래 깨어 있는 사람 잠들일까 하노라

- 율격 : 확대일탈형. 종장이 4가 들어가 다섯 토막이다.
- 풀이 : 노래로 두고 보면 세상 人心 거의 알겠다. 휘모리 시조에는 졸던 이 눈을 뜨네. 아서라, 이내 노래 깨어 있는 사람 잠들일까 하노라.

여기에는 두 가지 "노래"가 있다. 앞에서는 일반적인 노래를 말했다. 노래가 사람의 마음을 움직여, 졸던 사람도 눈을 뜨게 한다고 했다. "휘모리 시조"를 노래의 좋은 본보기로 들었다. "휘모리 시조"는 빠른 장단으로 부르는 시조창이다. 장단이 빨라 마음을 격동하는 힘이 더 크다.

뒤의 "노래"는 다른 사람들의 노래와는 다른 "이내 노래"이다. 자기는 노래를 잘 부르지 못해 자는 사람을 깨우는 것과는 반대로 깨어 있는 사람이 잠들게 할까 염려한다고 한다. 자기를 낮추는 겸양의 언사를 내놓으면서 짐짓 물러나, 노래의 등급에 관한 발언을 한다. 잘 부르는 노래와 못부르는 노래는 마음을 움직이는 정도의 차이가 크다는 식견을 편다.

「못한 시조 불라 하니」(1663.1)

못한 시조 불라 하니 되나 안 되나 불러볼까
고저청탁 모르는데 어단성장 어이하리
아마도 차방중 주눅자는 나뿐인가

- 율격 : 기본형. 마지막 한 토막 "하노라"가 생략되어 있다.

- 풀이 : 못하는 시조 부르라 하니, 되나 안 되나 불러볼까. 高低淸濁(높고 낮음, 맑고 흐림)을 모르는데 語短聲長(말이 짧고, 소리가 김)을 어이하리. 아마도 此房中(이 방 가운데) 주눅이 든 사람은 나뿐인가 (하노라).

시조 창을 잘 못한다고 한다. 시조 잘 못하는 데 부르라고 하니 불러보지만, 高低淸濁을 모르는데 語短聲長을 어이할 것인가 한다. 창을 잘 하려면 높고 낮고, 맑고 흐린 소리를 제대로 내야 하고, 짧은 말과 긴 소리를 음률에 맞게 구분해야 한다. 그런 줄 알면서도 실행하지 못하니 창을하기는 해도 실격이다. 방 안에 앉아 있는 많은 사람 가운데 실격자인 자기만 주눅이 들어 있다고 한다. 여기서도 짐짓 겸양의 언사를 사용하면서, 노래를 제대로 부르는 방식에 관한 식견을 편다.

「흥흥 노래하고」(5544.1)

흥흥 노래하고 덩덕궁 북을 치고
궁상각치우를 맞추리라 하였더니
어기고 다 저어하니 허허 웃고 마노라

- 율격 : 기본형

- 풀이 : 흥흥 노래하고 덩덕궁 북을 치고, 宮商角徵羽(다섯 음계)를 맞추
리라 하였다가, (음률을) 어기고 다 齟齬하니(어긋나니) 허허 웃고 마노
라.

노래하고 북 치는 것을 흥겨워하면서, 宮商角徵羽 음계를 맞추려고 했
으나 다 어긴다. "어기고"라는 순 우리말과 같은 뜻의 한자어 "齟齬"를 이
중으로 사용해 같은 말을 거듭 한다. 그래서 허허 웃고 만다고 한다.

노래는 둘이 있다. 흥겨워 누구나 부르는 노래가 있고, 음계에 맞추어
제대로 부르는 전문가의 노래가 있다. 흥겨워 누구나 부르는 노래가 음계
에 맞추어 노래를 부르는 전문가의 노래이기를 바라는 것은 무리이지만,
그래도 즐겁다.

「취하느니 늙은이요」(5043.1)　　　　　　　　　魏伯珪

취하느니 늙은이요 웃느니 아이로다
흐튼 순배 흐린 술을 고개 숙여 권할 때에
뉘라서 흙장고 긴 노래로 차례 춤을 미루는고

- 율격 : 기본형

- 풀이 : 취하느니 늙은이요, 웃느니 아이로다. 흐튼 순배 흐린 술을 고개
숙여 권할 때에, 뉘라서 흙장고 긴 노래로 차례 춤을 미루는고?

농민들이 모여 노래하고 노는 모습이다. 취한 늙은이와 웃는 아이들을 대표로 삼아 모인 사람들을 소개한다. "흐튼 순배 흐린 술을 고개 숙여 권"하는 젊은이도 있다. "흐튼"은 불분명하게 흐트러져 있다는 말이다. "순배"는 술을 마시는 순서이다. "흐린 술"은 탁주이다. 순서 없이 탁주를 권하는 자리에서도, 젊은이는 고개를 숙여 늙은이를 섬긴다.

"뉘라서 흙장고 긴 노래로 차례 춤을 미루는고"는 더욱 묘미가 있는 말이다. "차례 춤"은 차례대로 추는 춤이다. "흙장고"를 치고 "긴 노래"를 하기만 하면서 자기 춤출 차례를 미루는 사람은 또 누구인가 한다. 흙을 구워 만든 "흙장고"를 두드리며 흥에 겨워 노래를 불러 "긴 노래"가 된다.

魏伯珪(1727~1798)는 농촌에 살면서 깊은 애정을 가지고 농민의 삶을 알려주는 데 힘쓴 선비 시인이다. 이 노래는 「農歌」라고 한 것 가운데 하나이다. 농민들이 흥겹게 노는 광경을 생동하게 그려 직접 보고 듣는 듯하게 한다.

「논밭 갈아 기음 매고」(1079.1)

논밭 갈아 기음 매고 베잠방이 대님 쳐 신들매고

낫 갈아 허리에 차고 도끼 벼려 둘러메고 무림산중 들어가서 삭정이 마른 섶을 베거니 버히거니 지게에 짊어 지팡이 받혀놓고 새암을 찾아가서 점심 도슭 부시이고 곰방대를 톡톡 털어 잎담배 피워 물고 콧노래 조으다가

석양이 재 넘어 갈 제 어깨를 추키면서 긴 소리 저른 소리 하며 어이 갈꼬 하더라

■ 율격 : 확대일탈형. 사설시조.

■ 풀이 : 논밭 갈아 기음 매고, 베잠방이 대님 쳐 신들매고, 낫 갈아 허리에 차고 도끼 벼려 둘러메고 무림산중 들어가서 삭정이 마른 섶을 베거니

버히거니 지게에 짊어 지팡이 받혀놓고 샘을 찾아가서 점심 도시락을
비우고, 곰방대를 톡톡 털어 잎담배 피워 물고 콧노래를 부르며 졸다가,
夕陽이 재 넘어 갈 제 어깨를 추키면서 긴 소리 짧은 소리 하며 어이 갈
꼬 하더라.

나무꾼이 하는 소리에 관해 알려준다. 마지막 말이 "어이 갈꼬 하더라"
인 것을 주목할 필요가 있다. 나무꾼이 일인칭으로 하는 말을 삼인칭인
듯이 마무리하는 어미를 사용한다. 일인칭 술회는 개인의 체험에 국한된
다고 여기고 낮추어볼 수 있어, 삼인칭 서술인 듯이 말해 나무꾼 노래의
특징과 의의를 이해하도록 한다. 노래의 한 갈래에 관한 당당한 논의를
편다.

농사일을 마치고, 산에 가서 나무를 하는 거동을 이것저것 들어 자세히
묘사하고, 끝으로 "석양이 재 넘어 갈 제 어깨를 추키면서 긴 소리 저른
소리 하며 어이 갈꼬 하더라"라고 한 데서 어떤 소리를 어떻게 하는지 적
실하게 소개했다. "석양이 재 넘어 갈 제"는 소리를 하기 좋은 시간이다.
"어깨를 추키면서"는 소리를 하는 거동이다. "긴 소리 저른 소리"는 긴 소
리도 하고 짧은 소리도 한다는 말이다. "어이 갈꼬"는 소리의 사설이다.

"어이 갈꼬"는 집까지 가는 길을 어떻게 갈까 하는 말이면서, 인생살이
의 어려움을 하소연하는 의미도 지니고 있다. 나무꾼이 부르는 소리에는
'어사용'이라고 하는 것이 흔하다. 어사용은 지게목발을 두드리면서 신세
타령을 하는 소리이다. 늦도록 장가들지 못하고 남의 집에서 머슴살이를
하는 나무꾼이 고단한 신세를 한탄하는 말을 소리에 실어 나타낸다. 그래
서 한탄이 더 깊어지는 것은 아니고 마음이 후련해진다.

(1078.1)(申欽文) "논밭 갈아 기음매고 기사미 피워 물고/ 콧노래 부르
면서 팔뚝춤이 제격이라/ 아이는 지어자 하니 후후 웃고 놀리라"도 있다.

(0882.1)(南極曄) "남풍 부는 비에 누역 삿갓 저 농부야/ 밭 갈이 밥 먹기는 그 아니 직분인가/ 고잔들 다 저문 날 아름답다 농가로다"는 「514 바람」에서 고찰한다.

「막대 짚고 나 거니니」(1532.1)   柳樸

> 막대 짚고 나 거니니 양류풍이 서래로다
> 긴 파람 자른 노래 뜻대로 소일하니
> 어디서 초동 목수는 웃고 지점 하나니

- 율격 : 기본형
- 풀이 : 막대 짚고 나서서 거니니 楊柳風(버들가지에 부는 바람) 徐來(천천히 오다)로다. 긴 파람, 자른 노래를 부르면서 뜻대로 消日하니, 어디서 樵童(나무하는 아이), 牧叟(목축하는 늙은이)는 웃고 持點(손가락질) 하는구나.

막대 짚고 나서서 버들가지에 천천히 불어오는 바람을 쏘이는 선비가 어울리지 않는 짓을 한다. 소리를 길게 지르고 노래를 짧게 부르면서 하루를 보낸다. 어디서 나타났는지 모를 나무하는 아이, 소먹이는 늙은이가 이 광경을 보고 웃으면서 손가락질한다. 나무하고 소먹이는 사람들이 부르는 노래를 선비가 흉내 내서 부르니 우습다.

「노래같이 좋고 좋은 것을」(1034.1)

> 노래같이 좋고 좋은 것을 벗님네 아돗던가
> 춘화류 하청풍과 추명월 동설경에 일등공인 갖은 해적 제일명창들
> 이 차례로 벌여 앉아 율을 불러낼 제 중화엽 삭대엽은 우탕문무주공
> 같고 후정화 낙시조는 한당송이 되어 있고 곱소용 편락은 전국이 되

었으며 도창검술은 관현성에 어리었다

　아마도 부귀 내 몰라라 공명도 내 몰라라 남아의 하올 일이 이뿐인
가 하노라

- 율격 : 확대일탈형. 사설시조.

- 풀이 : 노래같이 좋고 좋은 것을 벗님네 알던가? 春花柳 夏淸風과 秋明
月 冬雪景에, 一等 工人(연주자) 갖은 嵇笛(악기), 第一 名唱들이 차례
로 벌여 앉아, 律(음률)을 불러낼 적에, 中華葉(中大葉, 중간 속도의 곡
조) 數大葉(빠른 곡조) 禹·湯·文武·周公같고 後庭花(악곡 이름) 樂
時調(곡조 이름)는 漢·唐·宋이 되어 있고, 곱騷聳(아주 빠른 곡조) 編
樂(곡조 이름)은 戰國이 되었으며, 刀創 劍術은 管絃聲에 어리었다. 아
마도 富貴 내 몰라라, 功名도 내 몰라라. 男兒의 하올 일이 이뿐인가 하
노라.

　노래에 관한 노래가 길게 이어진다. 노래 같이 좋은 것이 더 없다 하고,
노래에 관한 온갖 것을 열거한 다음 자기는 부귀나 공명은 모르고 남아가
할 일이 노래뿐이라고 했다. 흥겨워 누구나 부르는 노래는 아니다. 음계에
맞추어 제대로 부르는 전문가의 노래를 자세하게 소개하고 예찬한다.

　노래에 관한 온갖 것을 열거하고 소개한 중장을 보자. "春花柳 夏淸風
과 秋明月 冬雪景"은 노래를 부르기에 각기 좋은 계절이다. "一等 工人
갖은 嵇笛 第一 名唱들이 차례로 벌여 앉아"는 연주하는 사람들이다. "嵇
笛"은 "奚琴"의 딴 이름인 "嵇琴"과 피리이다. "律"은 곡조이다. "中華葉
數大葉"은 중간 속도와 빠른 속도의 곡조이다. 그 곡조가 중국 고대의 이
상적인 제왕 "禹·湯·文·武·周公"처럼 품격이 높다고 한다. "後庭花"
는 곡조 이름이다. 女唱歌曲「後庭花」가『歌曲原流』에 (1101.1) "누운들
잠이 오며 기린들 님이 오랴/ 이제 누웠은들 어느 잠이 하마 오리/ 차라리
로 앉은 곳에서 긴 밤이나 새오자"라고 전한다.

"樂時調"는 곡조 이름이다. 그런 것들이 중국왕조 "漢·唐·宋"의 기풍을 지닌다고 한다. "곱騷聳"는 빠른 곡조이고, "編樂"은 곡조 이름이다. 그런 것들은 싸움 많던 시절 "戰國"처럼 요란하게 울린다고 한다. 칼과 창을 가지고 싸우는 "刀槍劍術"의 기풍이 "管絃聲"에 어리었다고 한다.

「장안갑제 벗님네야」(4208.1)　　　　　　　　金壽長

장안갑제 벗님네야 이 말씀 들으시소
몸치레 하려니와 마음 치레 하여보소
살 직령 장도리 풍류란 부디 즐겨 말으시

- 율격 : 기본형
- 풀이 : 長安甲第 벗님네야 이 말씀 들으시소. 몸치레 하려니와 마음 치레 하여보소. 살 直領 장도리 風流란 부디 즐겨 말으시소.

"長安甲第"는 서울에서 제일이라고 뽐내는 사람들이다. 그런 사람들에게 몸치레만 하지 말고, 소리 즐기는 풍류로 마음 치레를 하라고 한다. "直領"은 무관이 입는 웃옷이며, 깃이 곧고 뻣뻣하며 소매가 넓다. "살 直領"은 성기를 은근히 일컫는 말이다. "살 直領 장도리 風流"는 성기를 장도리처럼 쓰는 짓을 두고 하는 말이다. 천박한 짓을 풍류라고 하지 말고 격을 높여 소리를 즐기는 풍류를 하라고 한다.

332 놀이

악기가 명시된 기악은 여기서 다룬다. 기악 연주는 그 자체로 흥겨운 놀이이고, 춤을 추는 데 소용되고, 갖가지 다른 놀이를 위한 반주이기도 하다. 무당굿, 풍물놀이, 걸립패 놀이, 광대놀이 같은 것들이 등장한다.

놀이는 보충설명을 많이 해야 무엇인지 알 수 있다.

「거문고 대현 올라」(0207.1) 鄭澈

거문고 대현 올라 한 과 밖을 짚었으니
얼음에 막힌 물이 여울에서 우니는 듯
어디서 <u>연잎에 지는 빗소리는</u> 이를 좇아 맞추나니

- 율격 : 확대변이형. 종장 전반부가 3 < 9이다.
- 풀이 : 거문고 大絃(굵은 줄) 올려 한 棵(줄받치개) 밖을 짚으니, 얼음에
  막힌 물이 여울에서 우니는 듯, 어디서 연잎에 지는 빗소리는 이를 좇아
  맞추는구나.

거문고를 연주하기 시작하자 나오는 소리를 형용한다. "얼음에 막힌 물
이 여울에서 우니는 듯"이 막혔다가 터져 나오는 소리가 소용돌이 친다.
"연잎에 지는 빗소리"같이 맑고 시원한 소리가 어디선가 나서 그 뒤를 잇
는다.

「거문고 대현을 치니」(0208.1) 鄭澈

거문고 대현을 치니 마음이 다 녹더니
자현에 우조 올라 막막조 되온 말이
섧지는 전혀 아니되 이별 어찌하려노

- 율격 : 기본형
- 풀이 : 거문고 大絃(굵은 줄)을 치니 마음이 다 녹더니, 子絃(가는 줄)에
  羽調 올라 漠漠調로 되온 말이 "섧지는 전혀 아니하지만 이별은 어찌하
  려노?".

거문고 연주를 하면서 지은 노래여서 전문적인 지식이 있어야 이해할 수 있다. 거문고는 줄이 여섯 개이다. 연주자 쪽에서부터 첫째 줄을 文絃, 둘째 줄은 遊絃 또는 子絃, 셋째 줄은 大絃, 넷째 줄은 괘상청, 다섯째 줄은 괘하청, 여섯째 줄은 武絃이라고 일컫는다. 제일 많이 사용하는 遊絃 (子絃)에서는 가는 소리, 大絃에서는 굵고 낮은 소리가 나서 대조가 된다.

거문고 대현을 쳐서 굵고 낮은 소리를 내니 맺혔던 마음이 다 눅는다고 한다. 눅는다는 것은 부드러워진다는 뜻이다. 자현의 가는 소리로 씩씩한 곡조인 우조를 연주해 슬픔을 달래려고 하니 漠漠調가 나온다. 막막조는 조선 초기 향악에 사용된 일곱 조 중 가장 높은 것이다. "막"은 "막바지"나 "막다른" 골목처럼 더 이상 갈 수 없는 곳을 뜻하는 우리말의 한자 표기이다. 더 이상 높이 올라갈 수가 없는 조가 '막조'이다. '막막조'는 "막"을 되풀이해서 끝이라는 의미를 강조한 말이다.[23)]

그다음의 "되온 말이"에도 설명이 필요하다. 이본에서 "쇠온 말이" 또는 "쇠온 마리"라고 한 것이 아홉이고, "되온 말이"는 하나이기에 표제작을 "쇠온 마리"라고 했다. 그래서는 뜻이 통하지 않는다. "되온 말이"를 택하고 "된 말", "성립된 언사"로 이해하고자 한다. 음악의 막막조 소리가 나타내는 느낌이 말로 풀이하면 "섧지는 전혀 아니하지만 이별은 어찌하려노?"라는 것으로 이해된다. 이것은 문학의 영역이다.

서러움을 참을 각오가 되어 있어도 이별은 감당하기 어렵다고 한다. 서

---

23 李瀷, 『星湖僿說』「人事門 八邈調」에 "俗諺 以言議高抗太過者 爲邈邈調 以狹邪淫 放者 爲八八調 此出於時樂之名 時樂取淸黃鍾一宮 爲調 稱八調 並淸大呂淸大簇 爲宮 稱邈調"(속언에 자기 주장만 내세우기를 지나치게 하는 자를 막막조라 하고, 간사한 마음을 품고 지나치게 방종하는 자를 팔팔조라 한다. 이는 당시 음악 이름 에서 나온 것이다. 당시의 음악이 청성인 황종의 한 궁음을 취하여 조를 만들어 팔조라 하고 대려와 대주의 청성을 아울러 궁음을 만들어 막조라 한다)는 말이 있 다.

두에서 거문고 대현을 치니 맺힌 마음이 다 풀어졌다고 하고서도 이런 말을 하지 않을 수 없다. 음악과 문학을 호응시켜 오묘한 경지에 이른다.

(1947.1)(尹善道) "버렸던 가얏고를 줄 얹어 놀아보니/ 청아한 옛 소리 반가이 나는고나/ 이 곡조 알 이 없으니 집 껴 두어라"는 「221 시간」에서 고찰한다.

「거문고 다스림 하니」(0206.1)　　　　　　　　　金壽長

거문고 다스림 하니 노래 먼저 끼침이로다
중대엽 긴 강이 굽이굽이 용이로다
대받침 첫자진한잎이 여의주인가 하노라

- 율격 : 기본형
- 풀이 : 거문고 다스림 하니, 노래 먼저 끼침이로다. 中大葉 긴 강이 굽이굽이 龍이로다. 대받침 첫자진한잎이 如意珠(용이 물고 있는 구슬)인가 하노라. 긴 설명은 아래에서 한다.

앞 두 노래와 이 노래는 거문고를 연주하기 시작하면서 하는 말인 것이 같고, 그 뒤를 잇는 사연은 다르다. 앞의 두 노래를 지은 鄭澈은 취미 삼아 거문고를 켜는 애호가답게 혼자 즐기는 거문고 소리에다 문학의 사연을 연결시켰다. 歌客 노릇을 직분으로 삼는 金壽長은 거문고 소리에 얹어 노래를 부르면서 필요한 해설을 했다. 상당한 수준의 전문적 용어를 사용하면서 듣는 이들의 이해를 구해, 힘들여 설명하지 않을 수 없다.

"다스림"은 악기를 연주하기 전에 음률을 고르게 맞추기 위하여 적당히 짧은 곡조를 연주하여보는 것이다. 거문고를 연주하려고 우선 다스림을 하는데 "노래 먼저 끼침이로다"라고 하는 일이 벌어진다. "끼침"은 음악

용어가 아닌 예사말이며, "덮치듯이 확 밀려드는 것"을 말한다. 부르고 싶던 노래가 터져 나온다는 말이다.

"中大葉"은 노래의 빠르기에 관한 말이다. 慢大葉보다는 빠르고 數(삭)大葉보다는 느린 중간 빠르기의 노래이다. 중대엽 노래가 긴 강을 이루어 굽이굽이 龍이라고 하면서 그 흐름과 품격을 말한다. "대받침"은 「太平歌」의 다른 이름이다. 마지막으로 불러 다른 노래들을 받쳐준다는 뜻으로 하는 말이다. "자진한잎"은 빠른 곡조 삭대엽의 순우리말이다. 중대엽 노래가 용인 듯이 굽이치다가, 대받침이라고 하는 「태평가」를 빠르게 부르니, 용이 여의주를 희롱하는 것 같다고 한다.

「이종현 거문고 타고」(3890.1)　　　　　李世輔

이종현 거문고 타고 전필언 양금 치소
화선 연홍 미월들아 우조 계면 실수 없이
그중에 풍류주인은 뉘라던고

- 율격 : 기본형. 중장이 미완이다. 종장의 마지막 토막은 생략되었는데, "하던가"라고 할 수 있다.

- 풀이 : 이종현 거문고 타고, 전필언 洋琴 치소. 화선, 연홍, 미월들아, 羽調 界面 失手 없이 (하여라), 그중에 風流主人은 뉘라던고(하던가)?

이종현과 전필언은 樂工이고, 화선, 연홍, 미월은 妓女라고 생각된다. 악공들이 거문고나 양금을 연주하니, 기녀들은 羽調나 界面의 악조에 맞게 실수 없이 춤을 추라는 말이다. 춤을 춘다는 말이 없으나 보충해 넣을 수 있다. 이들 악공과 기녀는 당시에 잘 알려진 인기인인 것 같은데 다른 자료에 나타나지 않고, 이름 한자 표기가 남아 있지 않아 적어 넣을 수 없다.

「이좌수는 검은 암소 타고」(3891.1)

이좌수는 검은 암소 타고 김약정은 질장구 메고
남권롱 조당장은 취하여 빗걸으며 장고 무고에 덩더럭궁 춤추는
고야
협리에 우맹의 질박천진과 태고순풍을 다시 본 듯하여라

- 율격 : 확대일탈형. 토막 수가 늘어났으나 사설시조라고 하기는 어렵다.
- 풀이 : 李座首는 검은 암소 타고, 金約正은 질장구 메고, 南勸農, 趙堂長은 취하여 빗걸으며, 長鼓 舞鼓에 덩더럭궁 춤추는고야. 峽裏(골짜기)에 (사는) 愚氓(어리석은 백성)의 質朴天眞과 太古淳風을 다시 본 듯하여라.

농민이 술을 마시고 악기를 울리며 흥겹게 춤을 추고 노는 광경이다. 등장인물 모두 鄕約의 직함으로 불러 존칭으로 삼는다. 악기는 진흙을 구워 만든 질장구 일명 흙장구, 보통 장고, 춤을 반주하는 북 무고가 등장한다. 춤은 "덩더럭궁 춤"을 춘다.

보여주고 들려주는 것만으로는 모자란다고 여겨 종장에서 해설을 한다. 시골 사람들의 순박한 기풍이 이어진다고 하면 될 것을 "峽裏에 愚氓의 質朴天眞과 太古淳風을 다시 본 듯 하여라"라고 유식하게 말한다. 아득한 옛적의 순박한 기풍을 골짜기에 사는 어리석은 백성이 이어 다시 보는 듯하다고 한다.

(0921.1)(金得研) "내 뜻 아는 벗님네는 모두 오소 한데 노세/ 모두 와 한데 높이 그 아니 즐거운가/ 하물며 풍월이 무진장하니 글로 놀자 하노라"는 「244 하물며」에서 고찰한다.

「거문고 가얏고 해금」(0205.1)   權燮

거문고 가얏고 해금 피리 장고 섞어 타며
나삼을 반만 들어 보허자로 얼러 추니
밤중만 금연화촉에 취하는 줄 몰래라

■ 율격 : 기본형. 초장의 토막 구분이 흔들린다.

■ 풀이 : 거문고, 가얏고, 奚琴, 피리, 長鼓 섞어 타며, 거문고, 가얏고, 奚
琴, 피리, 長鼓 섞어 羅衫을 반만 들어 步虛子로 얼러 추니 밤중만 禁宴
華燭(궁중에서 불 밝히고 하는 연회)에 醉하는 줄 몰래라.

밤중에 "禁宴華燭"하면서 하는 놀이를 든다. "禁宴"은 "禁中宴會"의 준
말이다. "禁中"은 "宮中"이다. 밤에 궁중에서 촛불을 화려하게 켜놓고 연
회를 한다. 樂工들이 "거문고, 가얏고, 奚琴, 피리, 長鼓" 등을 "섞어" 연
주한다. 妓女들은 비단치마 "羅衫"을 반만 들고, "步虛子" 춤을 춘다. 「步
虛子」는 궁중에서 전하고 공연하는 악곡 · 노래 · 춤의 복합체이며, 이름
이 신선의 경지에서 노닌다는 뜻을 지녔으며, 「長春不老之曲」이라고도
했다.

權燮(1671~1759)은 예사 선비가 아니다.[24] 노론 명문 출신이지만 관직
을 외면하고 파격적인 생활을 하면서 시조 창작에 힘써 75수를 남겼다.
풍속을 노래하고 세태를 풍자하는 작품이 많다. 이것 이하 몇 작품에서
당대 공연물의 갖가지 양상을 보여주었다. 「313 웃음」에서 웃음에 관한
노래 연작을 고찰했다.

---

24 『한국문학통사』 3(지식산업사, 제4판 2005), 299~300면에서 權燮의 생애와 시조
작품을 고찰했다.

「몽도리에 붉은 갓 쓰고」(1665.1)

權鑾

몽도리에 붉은 갓 쓰고 칼 들고 너펄면서
잡소리 지껄이고 제석군웅 청하오매
새도록 장고 북 덩덩덩하며 그칠 줄을 모른다

■ 율격 : 기본형

■ 풀이 : 몽도리에 붉은 갓을 쓰고, 칼을 들고 너펄대면서, 잡소리 지껄이
고 帝釋軍雄 靑하오는 것이 (밤)새도록 장고 북 덩덩덩하며 그칠 줄을
모르는가?

이것은 무당굿을 하는 장면이다. "몽도리"는 무당이 입고 굿을 하는 노
란색 겉옷이다. 무당이 몽도리를 입고, 붉은 갓을 쓰고, 칼 들고 너펄대
는 것을 흔히 볼 수 있다. "잡소리"라고 하는 무가를 지껄이면서 天神인
帝釋, 軍神인 軍雄 같은 힘 있는 신들을 오라고 청하는 것이 굿의 내용이
다. 밤새도록 장구, 북 덩덩하면서 그칠 줄을 모르는 광경을 전한다.

「가사 장삼 갖춰 입고」(0032.1)

權鑾

가사 장삼 갖춰 입고 차례로 벌여 서서
탁하에 삼배하고 천수 공양 돋우는 양
아마도 삼대상 위의를 다시 본 듯하여라

■ 율격 : 기본형

■ 풀이 : 袈裟 長衫 갖춰 입고 차례로 벌여 서서, 卓下에 三拜하고 千手
供養을 돋우는 양 한다. 아마도 三大上 威儀를 다시 본 듯하여라. 더 필
요한 풀이를 아래에서 한다.

불교 승려들의 승무 공연이다. 法服을 갖추어 입고 도열한 모습을 "袈
裟 長衫 갖춰 입고 차례로 벌여 서서"라고 한다. 부처님 모신 탁자 아래에
서 세 번 절하고, 千手觀音에게 바치는 공양을 받들어 모시는 듯하다. 三
大는 불교에서 萬有의 體大·相大·用大, 본체·속성·작용이 절대적이
라고 하는 말이다. 그 세 가지 대단한 위의를 다시 보게 하는 듯이 한다.

「단 위에서 수기를 들어」(1191.1)　　　　　　權燮

단 위에서 수기를 들어 육화팔진 정제하고
쟁 치며 북 울리고 사오합을 싸우더니
적은듯 호령포 한 방에 만마무성 하여라

- 율격 : 기본형
- 풀이 : 壇 위에서 手旗를 들어 六化八陣 整齊하고, 錚(징) 치고 북 울리
  고 四五合을 싸우더니, 적은듯(이윽고) 號令砲 한 방에 萬馬無聲 하여
  라. 더 필요한 풀이를 아래에서 한다.

軍陣놀이를 하는 광경이다. 지휘하는 사람이 단 위에 올라 손에 든 깃
발을 흔들어 여섯 번의 변화를 거쳐 여덟 진지를 정비한다. 징을 치고 북
을 울리니 양쪽이 너댓 차례 싸운다. 호령하는 포를 놓으니, 모두 동작을
그치고 만 마리 말이 소리를 하나도 내지 않는 것처럼 고요해진다.

「저잽이 피리잽이」(4261.1)　　　　　　權燮

저잽이 비파잽이 피리잽이 셋이 나서
집마다 주값 일고 걸량조로 불며 타며
싫도록 흘라흘라하다가 멋만 듣고 가노매

- 율격 : 기본형

- 풀이 : 젓대잽이 琵琶잽이 피리잽이, (이 셋이 패거리를 지워) 나서서, 집 집마다 다니면서 酒(술)값을 얻어낸다. 乞糧調(곡식 동냥을 하는 곡조)로 (젓대와 피리를) 불고, (비파를) 타며 (논다). (듣는 사람들은) 싫도록 흉라 흉라하다가 (흥을 내면서 즐거워하다가) 멋만(멋진 소리만) 듣고 (다른 것 은 얻지 않고) 가는구나.

악기를 연주하면서 다니는 걸립패의 놀이이다. 젓은 젓대이다. 비파는 몸체가 긴 타원형인 현악기이다. 피리는 젓대보다 가늘고 짧다. 이 세 가 지 악기를 연주하면서 유랑하는 놀이패들이 집집마다 돌아다니면서 논 다. 생략된 말을 찾아내야 놀이의 전모나 앞뒤의 연관을 알아낼 수 있다.

놀이패가 술값이라고 하면서 놀이채를 받아내도, 집 주인은 마다하지 않고 호응한다. 해마다 정월 보름 무렵에 하는 행사로 집집마다 다니면서 풍물을 치고 곡식을 거두는 마을 乞粒패가 애용하는 곡조로 젓대와 피리 를 불고, 비파를 타는 것이 오랜 풍속과 연관된다. 악기 소리를 요란하게 내고 야단스럽게 놀면 잡귀를 막아 집안을 깨끗하게 하고 복을 빈다는 믿 음이 이어진다. 굿이 놀이이고, 놀이가 굿이다.

집 주인이 즐거움을 독차지하는 것은 아니다. 따라다니는 구경꾼들도 흉라흉라하면서 흥을 낸다. "흉라흉라"는 지어낸 말이지만 설명이 필요하 지 않다. 신명 난다고 하는 것보다 더욱 열띤 거동이다. 구경꾼들은 집 주 인처럼 복을 받기로 하는 것도 아니고, 놀이패가 수입을 얻는 데 참여하 지도 않는다. 굿이 아닌 놀이에만 참여해 멋진 소리를 듣고 가는 것으로 크게 만족한다.

집 주인, 놀이패, 구경꾼, 이 셋의 관계를 다시 살피자. 집 주인은 대가 를 치르고 축복과 희열을 얻는다. 놀이패는 재주를 팔아 수입을 챙긴다.

구경꾼은 주고받는 것은 없이 즐거움에만 동참한다. 놀이패의 신명을 집주인보다 더 키운다.

「아마도 이리 좋은 마음을」(2988.1)　　　　權燮

아마도 이리 좋은 마음을 남의 말 듣고 고칠쏜가
패랭이 기울여 쓰고 오락가락 청산녹수간에
세상에 <u>호화히 지내는 분네는</u> 웃지 마오 이 광생

- 율격 : 확대변이형. 종장 전반부가 3 <9이다.
- 풀이 : 아마도 이리 좋은 마음을 남의 말 듣고 고칠손가(고칠 것인가). 패랭이 기울여 쓰고 오락가락 綠水靑山間에(녹수청산 사이에서 논다). 세상에 호화롭게 지내는 분네는 웃지 마오, 이 狂生(미친 삶을).

　광대놀음을 하는 광경이다. 패랭이 기울여 쓰고 녹수청산 사이에서 오락가락 노는 놀이꾼 광대가 하는 말을 옮긴다. 패랭이는 하인의 모자이다. 기울여 쓴 것은 보는 사람들을 웃기려고 이상하게 꾸민 거동이다. 녹수청산은 물도 푸르고 산도 푸른 실제의 장소일 수도 있다. 노래를 부르는 사설일 수도 있다. 놀이에서 보여주는 장면일 수도 있다.

　그 어느 쪽이든지 녹수청산 사이에 놀이를 하니 너무 즐거워, 이리 좋은 마음이라는 말이 절로 나온다. 보는 사람들의 반응은 뒷전이다. 쥐어주는 금전을 바라고 놀이를 하는 것은 아니다. 스스로 좋아서 광대 노릇을 한다. 남이 무어라고 한다고, 얕잡아보고 험담이나 한다고 그만둘 수 없다.

　광대는 賤生이다. 모욕을 견디면서 재주를 보인다. 높은 자리에서 호화롭게 지내는 분들이 웃음거리로 삼을 만하다. 소통이 단절되어 있어, 웃기는 말에는 웃지 않고 웃기는 사람을 웃긴다고 한다. 사람을 지체에 따

라 나누어놓고 차별하다가 사람다움이 없어진다. 차별을 헐어내고 웃음이 웃음이게 하려는 놀이를 힘겹게 한다.

광대는 賤生이기만 하지 않고 狂生이기도 하다. 천하다고 억눌리고 뜻을 펴지 못해도, 광대 노릇은 미쳐서 하는 짓이라 너무나도 즐겁고 한없이 신명 난다. 狂生은 기막히게 좋은 말이다. 미치게 좋아하는 것 없이 살아서 무엇 하는가? 호화롭게 지낸다고 거들먹거리기나 하는 것은 허깨비 노릇이다.

333 음주

술을 마시는 것이 커다란 도락이다. 술을 마시고 취해 세상을 잊자는 노래가 많다. 음주 노래는 사연이 친근하고 말이 자연스럽다. 술을 마시면서 호기를 자랑하고, 인생이 허무하니 술을 마신다고 하면서, 알아듣고 공감하기 쉽게 노래한다. 여성의 사랑 노래와 남성의 술 노래가 시조에서 쌍벽을 이룬다고 할 수 있다. 술이 사랑만큼 다채로운 창작을 할 수 있는 자료이다.[25]

25 술노래에 관한 광범위한 비교가 필요하다. 유럽에도 'drinking song'(chanson à boir, Trinkenlied)이라고 하는 술노래가 있으나 술 마시기를 권유할 때나 부르는 것이 예사이고, 사설이 단조롭다. 예이츠(W. B. Yeats)의 「술노래(drinking song)」 외에는 이렇다 할 명시가 없다. 일본 『萬葉集』에는 꽃구경을 할 때에만 음주를 한다는 말이 드물게 보이고, 중국 한시에도 음주 시가 그리 많지 않다. 당나라 시인들이 음주하고 신선의 경지에서 시를 짓는다고 杜甫가 「飲酒八仙歌」에서 칭송하면서, "李白一斗詩百篇 長安市上酒家眠 天子呼來不上船 自稱臣是酒中仙"이라고 한 말이 널리 알려져 있다. 李白은 술을 마시고 취한 상태에서 뛰어난 시를 지었다. 『서정시 동서고금 모두 하나 5 : 자성의 노래』에서 이에 관해 고찰했다. 한국 한시의 술노래는 중국만큼 야단스럽지는 않으면서, 미천하고 불우한 처지에서의 인생을 성찰하는 것을 특징으로 했다. 鄭希良은 「混沌酒歌」에서 막걸리를 마시고 혼돈하게 되어 천지만물과 하나가 된다고 했다. 鄭芝潤은 미치광이로 지내느라고 근엄한 짓 그만두고, 이름을 감추고 술집에서 죽겠다는 시를 지었다. 시조의

삶에 대한 성찰

「술이 몇 가지요」(2867.1)   申欽

술이 몇 가지요 청주와 탁주로다
먹고 취할 제는 청탁이 관계하랴
달 밝고 풍청한 밤이니 아니 깬들 어떠리

- 율격 : 기본형

- 풀이 : 술이 몇 가지뇨? 淸酒와 濁酒로다. 먹고 취할 적에는 淸濁이 관
  계하랴. 달 밝고 風淸한 밤이니 아니 깬들 어떠리.

술에 관한 총론이라고 할 수 있다. 술에는 청주와 탁주가 있지만, 먹고
취하는 데는 어느 것이든지 상관없다. 달 밝고 바람 맑은 밤에 술을 마시
니 기분이 너무 좋아 깨지 않아도 그만이라고 한다.

「술은 언제 나고」(2847.1)

술은 언제 나고 시름은 언제 난지
술 나고 시름 난지 시름 난 후 술이 난지
아마도 시름 난 후에 술이 난가 하노라

- 율격 : 기본형

- 풀이 : 술은 언제 나고, 시름은 언제 난지? 술 나고 시름 난지, 시름 난 後
  술이 난지? 아마도 시름 난 후에 술이 난가 하노라.

「술은 언제 나며」(2848.1)

술은 언제 나며 이별은 언제 난고

───────

술노래는 별나게 많고, 천연스러운 사연을 뛰어난 솜씨로 엮어낸다.

술 난 후에 이별 난가 이별 난 후 술이 난가

두어라 선후 모르니 취한 후면 알리라

- 율격 : 기본형

- 풀이 : 술은 언제 나며 離別은 언제 난고? 술 난 後에 離別 난가, 離別 난
  후 술이 난가? 두어라 先後 모르니 醉한 후면 알리라.

이 두 노래는 흡사해 함께 살필 만하다. 앞에서는 술과 시름이, 뒤에서
는 술과 이별이 불가분의 관계를 가져 선후를 알 수 없다고 한다. 술이 먼
저 생겨 시름이나 이별이 생겼다는 語不成說을 시름이나 이별 때문에 술
을 마시지 않을 수 없다는 言則是也와 누가 맏이인지 모를 쌍둥이로 만드
는 농간을 부린다. 술이 없으면 시인이 이런 재간을 자랑하지 못한다.

「술 먹고 노는 일이」(2826.1)　　　　　　　申欽

술 먹고 노는 일이 나도 왼 줄 알지마는

신릉군 무덤 위에 밭 가는 줄 못보신가

백년이 역초초하니 아니 놀고 어찌하리

- 율격 : 술 먹고 노는 일이 나도 왼(그른) 줄 알지마는, 信陵君 무덤 위에
  밭 가는 줄 못 보신가? (人生)百年이 亦草草(또한 초라하니) 아니 놀고
  어찌하리

술 먹고 노는 일이 그른 줄 알지마는 어쩔 수 없다. 信陵君은 중국 전국
시대 魏 나라의 이름난 정치가이다. 上將軍이 되어 나라를 지키는 공을
세웠으며, 인품이 훌륭해 후대의 추앙을 받는다. 신릉군처럼 훌륭하다는
인물도 죽으면 남는 것이 없을 만큼 길어야 백년인 인생이 허망하고 초라

하니, 술 마시고 놀지 않을 수 없다.

「일정 백년 산들」(4021.1)

일정 백년 산들 그 아니 초초한가
초초한 부생이 무삼 일을 하려 하여
내 잡아 권하는 잔을 덜 먹으려 하는다

- 율격 : 기본형
- 풀이 : 一定(한 번 정해진) 百年(을) 산들 그 아니 草草(초라)한가? 草草한 浮生(허망한 삶)이 무슨 일을 하려 하여, 내 잡아 권하는 盞을 덜 먹으려 하는가?

술을 권하면서 하는 말이다. 위의 노래에서 "백년이 역초초하니"라고한 말을 자세하게 풀이한다. 정해진 수명을 다 누리고 백년을 산다 한들 초라하지 않은가? 허망한 삶에 어떤 기대를 가지고 무슨 일을 하려고 하는가? 삶에 기대할 것이 없으니 술을 마시지 않을 수 없다고 한다. 그래서 잔을 잡고 술을 권한다.

상대방도 같은 생각이면 다 마셔야 마땅하다. 다 마시지 않고 덜 마시는 것이 무슨 까닭인가? 권하는 사람의 호의를 무시한다고 하는 말만은 아니다. 술 먹고 취하지 않아도 될 만한 무엇이 인생에 있다는 말인가? "무삼 일"이 새삼스러운 의미를 가져, 술 먹지 않고 할 만한 무슨 일이 있는가 묻는다.

「옷 벗어 아이 주어」(3504.1)　　　　　金天澤

옷 벗어 아이 주어 술집에 볼모하고
청천을 우러러 달더러 묻는 말이

어즈버 천고 이백이 나와 어뗘 하더뇨

- 율격 : 기본형
- 풀이 : 옷 벗어 아이 주어 술집에 볼모하고, 靑天을 우러러 달더러 묻는 말이, "어즈버 千古 李白이 나와 어뗘 하더뇨?"

술을 마시고 돈이 없어 옷을 벗어 술집 아이를 두어 술값으로 잡으라고 하고 술집을 나선다. 밤이라 하늘에 달이 떠 있는 것을 보고 말한다. 달은 李白을 생각하게 한다. "李白은 술을 잘 먹어 이름을 남겼는데 나는 어떤가?" 하고 달에게 묻는다.

(2852.1) "술을 대취케 먹고 강구에 두렷이 앉아/ 이태백 벗님 물을 제/ 아이들이 나를 웃고 음주선이라 하는고"라는 것도 있다.

「술 먹고 비뚝 빗걸을 제」(2827.1)

술 먹고 비뚝 빗걸을 제 먹지 말자 맹세러니
춘하추동 호시절에 남린북촌 다 청하여 희호동락하올 적에 허허 맹
세 가소롭다
인생이 풀끝에 이슬이라 아니 놀고 어이하리

- 율격 : 확대일탈형. 중장의 토막 수가 늘어났다.
- 풀이 : 술 먹고 비뚝 빗걸을 적에 먹지 말자 盟誓러니, 春夏秋冬 好時節에 南隣北村 다 請하여 熙皥同樂(즐겁고 편안하게 함께 좋아함)하올 적에 허허 盟誓 可笑롭다. 人生이 풀끝의 이슬이라 아니 놀고 어이하리.

술을 마시지 않을 수 없다고 쉽게 말한다. 술을 마시고 취해 비뚝거리

는 걸음을 걷는 것이 싫어 마시지 말자고 맹서해도 허사이다. 좋은 시절에 여럿이 어울려 술을 마시는 것이 좋다. 인생이 허망하니 술 마시고 놀지 않을 수 없다.

「재 너머 성권농 집에」(4222.1)　　　　　　鄭澈

재 너머 성권농 집에 술 익단 말 어제 듣고
누운 소 발로 박차 언치 놓고 지즐 타고
아이야 네 권농 계시냐 정좌수 왔다 하여라

■ 율격 : 기본형

■ 풀이 : 재 너머 成勸農 집에서 술이 익었다는 말을 어제 듣고. 누운 소를 발로 박차 언치(소 등에 얹는 방석) 놓고 지즐(비스듬히 눌러) 타고, "아이야, 네 勸農 계시냐? 鄭座首 왔다 하여라."

조정의 고관들이 물러나면 권농이나 좌수 같은 직책을 맡는다. 권농은 농사를 권장하고, 좌수는 지방행정을 보좌한다지만, 시골 사람들과 가까이 지내면서 대접받으라고 하는 무보수 명예직이다. 정계 복귀를 바라면서 갈등을 겪지 않으면, 한가하게 지내면서 만년을 즐겁게 보낼 수 있다.

성권농과 정좌수는 비슷한 처지이면서 멀지 않은 곳에 살고 있다.[26] 이제는 다른 볼일이 없고, 술이 익으면 만나는 술친구이다. 술을 함께 마시면서 어울리면 친구 사이가 더 가까워진다. 이보다 더 즐거운 일이 어디 있는가? 따분한 수작을 늘어놓으면서 이렇게 설명하지 않고, 노래를 한 수 잘 지어 정신이 번쩍 들게 한다.

---

26 성호경, 『시조문학』(서강대학교출판부, 2014)에서 정철이 살던 곳의 재는 고양군 惠陰嶺이고, 성혼의 마을은 파주군 牛溪여서, 거리가 대략 40km나 된다고 했다 (388면).

성권농 집은 재 너머인데, 술이 익었다는 말을 어제 들었단다. 누가 말을 전했나? 술 냄새가 저절로 풍겨 왔는가? 술 냄새를 맡으면 참지 못한다. 걸어가기는 멀어 소를 탄다. 시골에는 말이 없어 소를 탄다. 누워 있는 소를, 마음이 급해 발로 박차 일으켜 세운다. 언치라는 방석을 얹는 것은 잊지 않지만, 바로 타지 않고 지즐 탄다. 옆으로 비스듬히 눌러 탄다는 말이다.

공연히 멋을 부리다가 소에서 떨어질 것같이 위태로운데, 어느 사이에 재를 넘는다. 가자마자 대뜸 "아이야, 네 권농 계시냐? 정좌수 왔다 하여라"고 한다. 마음이 급하다고 느린 소가 빨리 움직여준 것 같지는 않다. 몸보다 마음이 먼저 가서, 하고 싶은 소리를 하는 것이 아닌가? 술을 마시기도 전에 취흥이 도도하다.

술이 얼마나 좋은지 이 노래가 잘 말해준다. 모든 격식에서 벗어난 천연스러움을 벗과 술이 연결되어 나타내준다. 벗이 있어 술을 마시고, 술이 벗과 만나게 한다. 이해를 따지지 않고, 거리를 넘어서고, 긴 말이 필요하지 않은 만남의 즐거움이 술 덕분에 이루어진다. 술을 대신할 수 있는 다른 무엇은 없다.[27]

(2822.1) "술 깨면 시름이 하고 저물면 고향이 생각나니/ 내 언제 시름 없고 고향으로 돌아가리/ 아마도 이내 정회는 언지무궁인가 하노라"는 「413 고향」에서 고찰한다.

「술 있으면 벗이 없고」(2870.1)

술 있으면 벗이 없고 벗이 오면 술이 없더니

---

27 조규익, 『가곡창사의 국문학적 본질』(집문당, 1994)에서 이 노래는 "슬프게 풀어주기"와는 다른 "즐겁게 풀어주기"의 좋은 본보기라고 들고 고찰했다.

오늘이 무삼 날고 술이 있자 벗이 왔네
두어라 이난병이니 종일취를 하리라

- 율격 : 기본형
- 풀이 : 술 있으면 벗이 없고 벗이 오면 술이 없더니, 오늘이 무삼 날고 술
  이 있자 벗이 왔네. 두어라 二難幷(둘이 나란히 하기 어려움)이니 終日
  醉를 하리라.

칭송해야 할 술의 덕 하나는 다정한 벗을 만나도록 하는 것이다. 위의
노래 「재 너머 성권농 집에」(4222.1)(鄭澈)에서는 술 익은 소문을 듣고 벗
을 찾아간다. 여기서는 술이 있는 날 벗이 찾아온다고 한다.

술은 벗과 함께 마셔야 한다. 술과 벗이 함께 갖추어지기는 어렵다는
것을 "二難幷"이라는 문자를 써서 말한다. 술 있고 벗 있는 것은 드문 기
회이니 종일토록 취하게 마시겠다고 한다. 술은 벗과 함께 마셔야 즐겁
다. 술이 사람을 사귀고 친하게 지내도록 하는 대단한 힘을 지닌다.

「인생이 백년내에」(3941.1)   張復謙

인생이 백년내에 우환이 싸였으니
잔 잡고 웃는 날이 한 달에 몇 적인고
술 두고 벗 만난 날이야 아니 놀고 어이리

- 율격 : 기본형
- 풀이 : 人生이 百年內에 憂患이 싸였으니, 盞 잡고 웃는 날이 한 달에
  몇 적인고? 술 두고 벗 만난 날이야 아니 놀고 어이하리?

사람이 백년을 산다고 해도 근심과 질병 우환으로 둘러싸여 있고, 잔

잡고 웃는 날이 한 달에 몇 번이나 되는가? 술이 있고 벗을 만난 좋은 기회에 아니 놀고 어쩌겠는가? 근심을 잊기 위해 마셔야 할 술을 벗과 함께 마셔야 한다고 한다.

「오늘이 무삼 날고」(3400.1)

> 오늘이 무삼 날고 이것이 어디메요
> 내 집가 남의 집가 아무 덴 줄 내 몰라라
> 술 있고 벗 모인 집이면 다 내 집만 여기노라

- 율격 : 기본형
- 풀이 : 오늘이 무슨 날인고? 이것이 어디메요? 내 집인가 남의 집인가 아무 덴 줄 내 몰라라. 술 있고 벗 모인 집이면 다 내 집만 여기노라.

술과 벗이 함께 있으면 즐겁고 편안하다. 남의 집도 내 집 같다. 함께 어울리니 피차의 구분이 없어진다. 분별을 넘어서는 것이 해탈이라고 한다면, 술은 해탈을 가져다준다. 술의 힘이 대단하다.

「창밖에 국화를 심어」(4530.1)

> 창밖에 국화를 심어 국화 밑에 술을 빚어
> 술 익자 국화 피자 벗님 오자 달 돋아 온다
> 아이야 거문고 청처라 밤새도록 놀리라

- 율격 : 기본형
- 풀이 : 창밖에 菊花를 심어, 菊花 밑에 술을 빚어, 술 익자 菊花 피자, 벗님 오자, 달 돋아 온다. 아이야 거문고 청처라(맑은 소리가 나게 쳐라). 밤새도록 놀리라.

술과 벗이 갖추어져 있는 데 그치지 않고 좋은 것이 더 많다. 꽃이 피고, 달이 돋아온다. 거문고도 있어 맑은 소리가 나게 치면서 밤새도록 놀리라고 한다. 더 바랄 것 없는 완벽한 즐거움을 말한다.

「술을 취케 먹고」(2858.1)

술을 취케 먹고 송정에 누웠으니
날짐승 길버러지 등걸로 아는구나
두어라 사람 모르는 짐승을 쫓아 무삼 하리

- 율격 : 기본형
- 풀이 : 술을 醉케 먹고 松亭에 누웠으니, 날짐승이나 길버러지가 (나무) 등걸로 아는구나. 두어라 사람 모르는 짐승을 쫓아 무삼(무엇)하리?

술을 혼자 마셔도 나쁜 것은 아니다. 술을 취하게 마시고 누워 있어 날짐승이나 길버러지가 나뭇등걸로 알게 된 것은 가장 자연스러운 자세이다. 위엄이나 가식을 다 버리고, 사람이라는 우월감도 없다. 사람 모르는 짐승을 쫓을 필요가 없다고 하고 말 것은 아니다. 사람이 아니라고 여겨 짐승이 경계하지 않고 다가오는 것이 자랑스럽다. 술의 德이 이처럼 대단하다.[28]

「술을 한 잔 가득 부어」(2872.1)

술을 한 잔 가득 부어 왜반에 받쳐 면포전 보에 받쳐 초당 문갑 위에 얹어두었더니 어느 겨를에 의적이 알고 반이나 남짓이 따르어 먹

---

28 劉伶, 「酒德訟」에서 술을 마시면 취해서 몽롱한 상태에서 무엇이든 무덤덤한 것이 좋다고 하기나 하고, 술의 德이 이렇게까지 대단하다고 하지는 않았다.

었구나

　저기 저 벽공에 걸렸는 윈 달이 두렷하던 달이더니 어느 겨를에 이
태백이 짚었던 주령 막대로 꽝꽝 두드려 반이나 남짓이 이즈러졌다
　동자야 이제는 할 일 없다 남은 술 남은 달 건져 들어라 완월장취
하자

- 율격 : 확대일탈형. 사설시조.
- 풀이 : 술을 한 잔 가득 부어 倭盤(조그만 반)에 받쳐 棉布塵 보에 받쳐
草堂 文匣 위에 얹어두었더니 어느 겨를에 儀狄(중국 옛적 술 만든 사
람)이 알고 반이나 남짓이 따르어 먹었구나. 저기 저 碧空에 걸렸는 윈
(온) 달이 두렷하던 달이더니 어느 겨를에 李太白이 짚었던 주령(지팡
이) 막대로 꽝꽝 두드려 반이나 남짓이 이즈러졌다. 童子야 "이제는 할
일 없다. 남은 술 남은 달 건져 들어라 玩月長醉하자(달을 바라보고 즐
거워하면서 길게 취하자)"

　술이 기발한 표현을 위한 좋은 소재이다. 술에 취해서 이 말 저 말 하는
의식의 흐름을 당자에게는 모호하지만 독자에게는 인상 깊게 보여준다.
술을 한 잔 가득 부어 조그만 반에 받치고, 무명 파는 가게서 사온 보자기
에 얹어 초당 문갑에 얹어놓았다는 것은 술을 소중하게 여긴다는 말이다.
확실하지 않은 일을 세부까지 정확하게 기억한다고 하는 것이 기억 착오
의 한 증상이다.

　얼마 뒤에 술이 반 남짓이 없어진 것을 보고 자기가 마셨다는 생각은
하지 않고, 중국 옛적에 술을 만들었다는 儀狄이 가져갔다는 기이한 상상
을 한다. 온달이 반달이 된 것을 보고는 달을 사랑했다는 李太白이 떠올
라, 이태백이 지팡이 막대로 꽝꽝 두드려 반이나 남짓이 이즈러지게 했다
고 하는 더욱 이상한 수작을 한다. 識字憂患 탓에 더욱 헷갈린다.

　동자더러 "남은 술 남은 달 건져 들어라"라고 하면서 술과 달이 어디 빠

졌다고 한다. 자기가 술주정하다가 개천에 빠지고 술과 달이 빠졌다고 여기는 도착 증세이다. 그러고도 정신이 남아 달을 바라보고 즐거워하면서 길게 취하자고 하는 모든 취객의 공통된 소망을 말하니 가관이다. 주정뱅이의 거동을 아주 잘 그린다. 술이 없으면 시인의 상상이나 표현이 단조로워진다.

"하더랴"는 하나도 없고 "했다"는 과거형이 거듭 쓰이는 것도 주목할 만하다. 격식화된 어투를 버리고 구어를 그대로 받아들인 노래이다. 취해서 마구 지껄이는 말을 옮기니 당연하다.

「술이라고 하면」(2866.1)

술이라고 하면 말 물 켜듯 하고 음식이라고 하면 헌 말 등에 석류황 닿았듯
양수종다리 잡좆이 팔에 흘기눈 안팎 꼽장이 고자 남진을 망석중이라 앉혀놓고 보랴
창밖의 통메장사 네나 자(지)고 니거라

- 율격 : 확대변이형, 사설시조
- 풀이 : 술이라고 하면 말 물 켜듯(갈증이 나서 자꾸 마시듯) 하고, 飮食이라고 하면 헌 말 등에 石硫黃(생기가 돌게 하는 약재) 닿았듯 한다. 兩水腫다리 잡좆이(쟁기에 박은 나무) 팔에 흘기눈(눈동자가 치우쳐 흘겨보기만 하는 눈) 안팎 꼽장이(꼽추) 鼓子(생식 불능자) 남진(남편)을 망석중(나무인형)이라 앉혀놓고 보랴. 창밖의 통메장사(통을 메우라고 하는 장사), 네가 자(지)고 니거라(가거라).

여인이 술을 좋아하는 남편을 심하게 나무란다. 술에 대한 예찬과 정반대의 말을 한다. 술을 좋다하는 남편이 천덕구러기이다. 몹시 미워하면서

나무라는 말이 아주 심하다. 술을 목마른 말이 물을 자꾸 들이켜듯 마신다고 한다. 음식이라고 하면 헌 말 등에 생기가 돌게 하는 약재 석류황이 닿은 듯이 반가워한다. 남편을 말에다 견주니 건장하다. 술을 잘 마시고 음식을 좋아하니 원기가 왕성한 편이다.

그런데도 남편이 술을 좋아한다는 이유에서 폐인인 것처럼 몰아친다. 두 다리 다 부어오른 수종다리다. 팔은 쟁기에 박은 나무처럼 펴지 못하는 곰배팔이다. 눈은 동자가 한쪽으로 치우쳐 흘겨보는 꼴을 하고 있다. 안팎으로 곱추다. 생식 불능의 고자이다. 더 심한 말을 생각해내기 어렵다. 이렇다는 남편을 나무인형 망석중이라고 앉혀놓고 보겠는가 한다.

창밖에서 통을 메우라고 하면서 다니는 장사 소리가 들리자, 불러서 말한다. "네가 자고 가거라"라고 가집마다 적혀 있다고 하는데, "자고"는 "지고"라고 해야 말이 통한다. 미운 녀석을 장사더러 통을 지고 가듯이 지고 가라고 한다.

34 떠나는 길

사람은 살다가 늙고, 늙으면 세상을 떠나야 한다. 늙음을 서러워하고, 죽음을 탄식하는 노래가 많이 있다. 시조는 노년의 푸념을 듣고 전하도록 하는 아량을 베푼다. 떠나는 사람들이 쉬어 가게 한다.

341 백발

젊음이나 청춘에 관한 생각은 사랑의 노래에 포함되어 있고, 늙음이나 노년은 따로 노래한다. 사랑의 노래에서는 밀려나 있는 남성이 노년의 노래에서는 언성을 높인다. 노년을 백발을 들어 말한다. 백발 노래가 많은 것이 시조의 특징인데, 경로사상이 있어서 그런 것은 아니다. 백발 노래에는 백발을 탄식한다는 말을 겉에 내놓고는 뒤집는 표리부동한 사설이 많다. 백발을 피하고 물리치려고 한다면서 이상한 말을 만들어내는 장난을 한다. 창조적 발상에서 노년이 청년을 앞서는 것을 보여주면서, 노년의 활력을 스스로 예찬한다. 사랑 노래와 백발 노래가 양대 산맥이다.[29]

「청춘에 보던 거울」(4827.1)   李廷藎

청춘에 보던 거울 백발에 다시 보니
청춘은 간 곳 없고 백발만 뵈는고나
백발아 청춘이 제 갔으랴 네 쫓은가 하노라

- 율격 : 기본형
- 풀이 : 靑春에 보던 거울 白髮에 다시 보니, 靑春은 간 곳 없고 白髮만 보이는구나. 白髮아, 靑春이 제 갔으랴 네 쫓은가 하노라

　노년을 의미하는 '백발'과 반대가 되는 말은 '청춘'이다. 거울을 들여다 보니 청춘은 간 곳 없고 백발만 남은 것은 백발이 청춘을 쫓았기 때문이라고 한다. 거울이 알려주는 진실을 그대로 받아들이지 않고 딴소리를 한다. 백발이 저절로 생긴다는 것을 인정하지 않고, 자기가 백발이 된 것이 부당하다고 억지를 부린다.

---

29 '白髮'이 불어로는 'cheveux blancs', 독어로는 'weiße Haar', 영어로는 'white hair'인데, 사실 지적에 그치고 매력 있는 말이 아니며, 시어로 애용되지 않는다. 무슨 까닭인가 하는 의문에 대해 두 가지 대답을 할 수 있다. 옅은 색 머리칼이 희어지는 것은 심각한 감상을 자아내는 변화가 아니다. 노년은 버려두고 젊음을 예찬하는 쪽으로 나아가야 시가 시답다고 여긴다. 일본 『萬葉集』에는 白髮(しらが) 노래가 드물게 있어 노년에는 관심이 적은 것을 확인할 수 있다. 白髮에 관한 상념이 王維, 李白 이래의 중국 시에서 반복해 나타나고 한국 한시도 그 전통을 이었으나, 한국의 시조에서만큼 많고 다양하지는 않다.

(3837.1)(辛啓榮) "이바 아이들아 새해 온다 즐겨 마라/ 헌사한 세월이 소년 앗아 가느니라/ 우리도 새해 즐겨하다가 이 백발이 되었노라"는 「221 시간」에서 고찰한다. (3041.1)(辛啓榮) "아이 제 늙은이 보고 백발을 비웃더니/ 그 덧에 아이들이 날 웃을 줄 어이 알리/ 아이야 하 웃지 마라 나도 웃던 아이로다"는 「313 웃음」에서 고찰한다. (3727.1) (李鼎輔) "은한은 높아지고 기러기 우닐 적에/ 하룻밤 서릿김에 두 귀 밑이 다 세거다/ 경리의 백발쇠옹을 혼자 슬퍼하노라"라는 것도 있다.

「젊은 벗님네야」(4316.1)   金得研

젊은 벗님네야 늙은이 웃지 마라
젊기는 적은듯이오 늙기사 더 쉬우니
너희도 나 같으면 또 웃을 이 있으리라

- 율격 : 축소변이형. 종장 전반부가 3 > 4이다.
- 풀이 : 젊은 벗님네야 늙은이 웃지 마라. 젊기는 적은듯이오(잠깐이오) 늙기사 더 쉬우니, 너희도 나 같으면 또 웃을 이 있으리라. 필요한 풀이는 아래에서 한다.

젊은이들을 "벗님네야"라고 존칭으로 부르고, 늙은이보고 웃지 말라고 한다. "적은듯"하다는 말은 "인색하다", "어렵다"라는 말이다. 늙기는 쉽지만 다시 젊어지기는 어려우니 늙은이에게 관심을 두지 말고 젊은이답게 살라고 한다. "너희가 나 같이 늙으면 너희를 보고 웃을 이가 또 있을 것이다. 그것이 싫으면 지금 늙은이보고 웃는 짓은 그만두어라." 이렇게 말한다.

「천산에 눈이 오니 (1)」(4761.3)

천산에 눈이 오니 산 빛이 옥이로다
저 뫼 푸르기는 봄비에나 나려니와
희고서 검지 못할쏜 백발인가 하노라

- ■ 율격 : 기본형

- ■ 풀이 : 千山에 눈이 오니 산 빛이 玉이로다. 저 뫼 푸르기는 봄비에나 나려니와(나타나겠지만), 희고서 검지 못하는 것은 白髮인가 하노라.

산에 내린 눈과 사람 머리의 백발은 흰빛인 것이 같다. 산은 봄비가 오면 눈이 사라지고 푸름이 되살아난다. 사람의 백발은 한 번 생기면 없어지지 않는다. 겨울이 가고 봄이 오는 것은 일년 단위의 변화이고, 백발이 생기는 것은 일생이 진행된 결과이기 때문이다. 사람의 일생은 순환이 없이 단선으로 나아간다.

(4239.1) "저 건너 저 뫼를 보니 눈 왔으니 다 희거다/ 저 눈 녹으면 푸른 빛이 되련마는/ 희온 후 못 검은 것은 백발인가 하노라"라는 것도 있다. (4761.2) "청산에 눈이 오니 산 빛이 옥이로다/ 저 산 푸르기는 봄비에 있거니와/ 아마도 백발 검을 약은 못 얻을까 하노라"는 「241 아마도」에서 고찰한다.

「춘산에 눈 녹인 바람」(4983.1)   禹倬

춘산에 눈 녹인 바람 건듯 불고 간 데 없네
잠깐 빌어다가 불리고저 머리 위에
귀밑의 해 묵은 서리를 녹여볼까 하노라

■ 율격 : 기본형

■ 풀이 : 春山에 눈 녹인 바람 건듯 불고 간 데 없네. 잠깐 빌어다가 불리고 저(불게 하고 싶다). 머리 위에. 귀밑의 해 묵은 서리를 녹여볼까 하노라.

앞의 노래와 비슷한 발상을 더욱 재미있게 펼친다. 백발을 "귀밑의 해 묵은 서리"라고 하고, 봄바람으로 녹이고자 한다. 봄바람은 "'건듯 불고 간 데 없네"라고 하고서, "잠깐 빌어다가 불리고저 머리 위에"라고 한다. 봄바람으로 백발을 녹이는 것은 불가능하다. 시간이 빨리 흘러 간 데 없 는 봄바람을 되돌리는 것은 불가능하다. 이중으로 불가능한 소망을 가능 한 듯이 마음의 여유를 가지고 익살스럽게 말해 다시 젊어질 수 없다는 사실을 입증하는 반어를 만든다.

「한 손에 가시 들고」(5304.1)   禹倬

한 손에 가시 들고 한 손에 막대 들고
늙는 길을 가시로 막고 오는 백발 막대로 치렸더니
백발이 제 먼저 알고 지름길로 오더라

■ 율격 : 기본형

■ 풀이 : 한 손에 가시 들고 한 손에 막대 들고, 늙는 길을 가시로 막고 오 는 白髮 막대로 치려고 했더니, 白髮이 제 먼저 알고 지름길로 오더라.

백발이 오는 것을 막으려고 한다면서, 시간을 공간으로 나타낸다. 늙음 이나 백발이 형체를 갖추고 움직여 오는 것을 막대나 가시로 막을 수 있 다고 한다. 뜻한 대로 되지 않자, 막고 있는 것을 먼저 알고 백발이 지름 길로 왔다고 하니 놀랍다.

시간이 진행되어 늙고 백발이 되는 것은 어떻게 해서도 막을 수 없다는 사실을, 공연한 수선을 떨어 더욱 분명하게 한다. 시간의 진행을 막지 못하므로 늙어 백발이 되는 것이 자연의 필연적인 이치이다. 자연의 이치를 수긍하고 물러나기만 할 수 없어 사람은 항변을 한다. 항변을 하면 그만큼 덜 늙어 이 노래를 지을 만하다.

(4830.1) "청춘은 언제 가며 백발은 언제 온고/ 오고 가는 길을 알던들 막을랏다/ 알고도 못 막으니 그를 슬퍼 하노라"라는 것도 있다.

「백발아 너는 어이」(1887.1)   白景炫

백발아 너는 어이 무단히 절로 오나
뉘라서 보내더냐 내 언제 부르더냐
아마도 너 오는 시절은 다 늙은가 하노라

■ 율격 : 기본형

■ 풀이 : 白髮아, 너는 어이 無端히 절로(저절로) 오느냐? 뉘라서(누가) 보내더냐? 내 언제 부르더냐? 아마도 너 오는 時節은 다 늙은가 하노라.

백발이 어디서 온다고 생각하고 이런 말을 한다. "무단히 절로 오느냐"는 아무 연고도 없이 누구 말도 듣지 않고 오는 자연현상인가 묻는 말이다. 물음에 답이 있는데, 누가 보내더냐, 내가 부르더냐 하는 공연한 말을 덧붙인다. "너 오는 시절은 다 늙은가 하노라"는 알아차리기 어려운 말이다. 백발이 오는 시절에 나는 이미 다 늙었다는 말인가? 백발이 오는 시절이 다 늙어 더 늙을 것이 없다는 말인가? 백발 타령을 하는 늙은이는 정신이 오락가락하는 것을 알려주는가?

(2688.1)(白景炫) "세월이 얼핏 가니 남은 나이 그 얼마뇨/ 빈발이 한 번

희니 다시 검기 어렵도다/ 일찍이 학신선 못한 줄을 못내 한탄하도다"라
는 것도 있다.

禹倬(1263~1342)은 고려후기 士大夫이고, 白景炫(1732-?)은 조선후기
委巷人이다. 5백 년 정도의 간격을 두고 백발이 오지 못하게 하려고 하는
시조를 다시 지었다. 시조를 처음 마련할 때 선구자 노릇을 한 우탁은 발
랄한 착상으로 생동하는 작품을 남겼는데, 오랜 기간이 지나는 동안 시조
를 누구나 지어 긴장이 풀어진 탓인지 백경현은 범속한 수작에 머물렀다.

「너는 노송이고」(1008.1)

너는 노송이고 나는 노인으로
나를 상종하니 그 아니 정심하냐
설풍이 섯빚는 시절 한 뜻으로 지내자

- 율격 : 기본형
- 풀이 : 너는 老松이고 나는 老人으로, 나를 相從하니(따르면서 친하니)
  그 아니 情深하냐(정이 깊지 않으냐)?雪風(눈 바람)이 섯빚는(섞여 흩뿌
  리는) 時節 한 뜻으로 지내자.

老人은 老松과 같다고 한다. 둘 다 늙었어도 우뚝하고 건장한 공통점이
생략되어 있어도 생각해낼 수 있다. 노인이 노송과 가까이 지내 흐뭇하다
는 말을 노송이 노인과 상종해주어 정이 깊어진다는 것으로 나타낸다. 눈
과 바람이 섞여 흩뿌리는 시절을 한 뜻으로 지내자고 하면서 시련을 이겨
내고자 하는 의지를 말한다.

「가을바람 없었더면」(0040.1)

가을바람 없었더면 꽃이 아니 시들으며
유수광음 막았으면 사람 아니 늙으련만
세상사 그릇된지라 한탄한들 어찌리

- 율격 : 기본형

- 풀이 : 가을바람 없었더면 꽃이 아니 시들으며, 流水光陰(흐르는 시간)을
  막았으면 사람 아니 늙으련만, 世上事 그릇된지라 恨歎한들 어찌리.

가을바람이 없으면 꽃이 시들지 않는다고 한다. 과연 그런가? 꽃은 피
면 그 자체로 시들게 되어 있어, 가을바람은 가해자가 아니다. 꽃이 피었
다가 가을바람이 부는 시절이 오는 시간의 경과를 나무라는 것은 무리이
다. 물 같이 흘러가는 시간 流水光陰을 막으면 사람이 늙지 않는다고 하
는 것도 억지이다. 시간의 흐름을 막지 못해 사람이 늙으니 세상사 그릇
되었다고 한탄하는 말은 전혀 부당하다. 그릇된 수작을 늘어놓고서 사람
이 늙은 것은 어쩔 수 없다고 한다.

「나는 듯이 가는 해를」(0708.1)

나는 듯이 가는 해를 붙들어서 맬 것이면
나의 백발 뽑아 내어 은실 줄을 꼬련마는
허공이 하 멀고 멀어 잡아볼 길 없어라

- 율격 : 기본형

- 풀이 : 나는 듯이 가는 해를 붙들어서 맬 것이면, 나의 白髮 뽑아내어 은
  실 줄을 꼬련마는 虛空이 하도 멀고 멀어 잡아볼 길 없어라.

시간의 흐름을 멈추지 못해 백발을 어쩔 수 없다고 탄식하는 말을 그대로 하지 않고 흥미로운 착상으로 바꾸어 나타낸다. 나는 듯이 가는 해를 붙들어 매려고 하고, 백발을 뽑아 은실을 꼬겠다고 한다. 허공이 너무 멀어 해를 붙들어 맬 수 없으니 백발을 뽑아 은실을 꼬는 것도 그만둔다고 한다. 백발의 주인이 동화 같은 상상을 다채롭게 하니 아직 젊다.

(1065.1) "녹양 춘삼월을 잡아매어 둘 양이면/ 센 머리 뽑아내어 찬찬 동여 매련마는/ 해마다 매든 못하고 늙기 설워 하노라"라는 것도 있다.

「진실로 검고자 하면」(4492.1)   金天澤

진실로 검고자 하면 머리는 희는 게고
진실로 희고자 하면 마음은 검은 게고
이 두 일 서로 바꾸면 무로무욕 하리라

- 율격 : 기본형
- 풀이 : 眞實로 검고자 하면 머리는 희는 것이고, 眞實로 희고자 하면 마음은 검은 것이고, 이 두 일 서로 바꾸면 無老無慾하리라(늙지도 않고 욕심도 없으리라).

진실로 검고자 하면 머리가 희어지겠는가? 진실로 희고자 하면 마음이 검어지겠는가? 이 둘을 서로 바꾸어 머리는 검게 하고, 마음은 희게 하면 늙지도 않고 욕심도 없으리라. 이런 말인가?

마음이 희고자 해도 검어진다는 것은 말이 되지만, 머리를 검게 하고자 해도 희어진다는 것은 말이 되지 않는다. 마음은 바꾸어놓을 수 있어도 머리는 그럴 수 없다. 無慾은 바랄 수 있어도, 無老는 바랄 수 없다. 둘을 함께 말할 수 없다.

머리가 검어지지 않게 하려고 하는 무리한 욕심 때문에 말이 되지 않는 말을 한다. 그렇다고 해서 핀잔을 주면 자격 미달의 독자이다. 말이 되지 않는 말로 능청을 떨면서 늙음을 멈출 수 없는 것을 확인하는 줄 알아야 한다.

「남도 준 바 없고」(0815.1)

남도 준 바 없고 받은 바도 없건마는
원수 백발이 어디에서 온 것이고
백발이 공도 없도다 나를 먼저 늙힌다

- 율격 : 기본형
- 풀이 : 남도 준 바 없고 받은 바도 없건마는, 怨讐 白髮이 어디에서 온 것이고? 白髮이 公道 없도다. 나를 먼저 늙힌다.

백발은 남이 주지 않고, 내가 받지도 않았는데, 어디서 온 것인지 의문이다. 백발은 출처 미상이라고 하고, 저절로 생겼다고 하지 않는다. 백발에는 누구에게나 일제히 적용되는 공평한 도리인 公道가 없어 자기가 먼저 늙는다고 한다. 억지 수작을 늘어놓으면서 자기가 늙은 것이 부당하다고 하는 데 동조할 사람은 없다. 늙을 만해서 늙었다는 사실을 받아들이지 않는 것이 늙은 증거이다.

(0815.4)(尹善道) "남도 날 준 배 없고 나도 받은 배 없건마는/ 원수 백발은 어디서로 온 것인고/ 두어라 백발이 사정없으니 무가내하로다"라고 하는 것도 있다.

「백발이 공명이런들」(1894.1)

백발이 공명이런들 사람마다 다툴지니
나 같은 우졸은 늙어도 못 보랐다
세상에 지극한 공도는 백발인가 하노라

- 율격 : 기본형
- 풀이 : 白髮이 功名이런들 사람마다 다툴지니, 나 같은 愚拙은 늙어도 못 보랐다(늙어보지도 못하렸다). 世上에 至極한 公道는 白髮인가 하노라.

백발이 功名이면 자기 같은 愚拙은 차지하지 못할 것이라고 한다. 이 말에는 잘 나고 못난 사람이 차별 대우를 받는 것을 비꼬는 뜻이 있다. 잘 나고 못 난 사람에게 조금도 차등을 두지 않고 꼭 같이 적용되는 公道가 있다는 것을 백발이 입증하니, 백발을 나무라지 말고 칭송해야 한다고 넌지시 이른다. 위의 노래보다 생각의 차원이 높다.

「마음아 너는 어이」(1524.1)

마음아 너는 어이 매양에 젊었느냐
내 늙을 제면 넌들 아니 늙을쏘냐
아마도 너 좇아다니다가 남 웃길까 하노라

- 율격 : 기본형
- 풀이 : 마음아, 너는 어이 每樣에 젊었느냐? 내 늙을 제면 넌들 아니 늙을쏘냐(늙을 것인가)? 아마도 너를 좇아다니다가 남 웃길까 하노라.

여기서는 백발이라는 말을 쓰지 않고 늙음을 바로 말한다. 몸이 늙으면 마음도 늙어야 하는데 마음은 늙지 않는다고 한다, 늙지 않는 마음을 늙은 몸으로 쫓아다니다가 남 웃길까 염려한다. 위에서 든 「각시네 고와라 하고」(0057.1)와 같은 경우를 두고 다르게 말한다.

(1128.1) "뉘라서 날 늙는다고 늙은이도 이러한가/ 곷 보면 반갑고 잔 보면 웃음 난다/ 춘풍에 흘리는 백발이야 난들 어이하리오", (1155.1)(金三賢) "늙기 설은 줄을 모르고나 늙었는가/ 춘광이 덧이 없어 백발이 절로 났다/ 그러나 소년 적 마음은 감한 일이 없어라"라는 것도 있다.

「각시네 고와라 하고」(0057.1)

각시네 고와라 하고 남의 애를 끊지 마소
흐르는 세월을 자네 따라 잡았을까
백발이 귀밑에 흩날릴 제 뉘우칠 법 있으리라

■ 율격 : 기본형

■ 풀이 : 각시네 고와라 하고 남의 애를 끊지 마소. 흐르는 歲月을 자네 따라 잡았을까? 白髮이 귀밑에 흩날릴 제 뉘우칠 법 있으리라.

각시네 곱다고 자랑하면서 사랑을 거부해 남의 애를 끊지 말라고 한다. 세월이 흘러가는 것을 따라 잡아 흐르지 못하게 할 줄 아는가? 사랑을 거부하고 세월을 보내다가 백발이 귀밑에 흩날릴 때가 되면 뉘우칠 수 있다. 그럴 듯한 말이지만, 동의할 수 있는가?

"각시네"의 "-네"는 존칭 복수이다. 특정한 사람을 두고 하는 말은 아니다. 젊은 여인들에 대한 남성 노인의 질투심을 나타내는 수작이어서 설득력이 모자란다. 노년이 될 것을 염려해 노년의 사랑을 받아들이라는 것은 말이 되지 않는다. 백발 타령이나 해야 할 남성이 사랑 노래를 부르니 어울리지 않는다.

사랑 노래와 백발 노래가 양대 산맥이라고 했다. 둘 가운데 사랑의 노래가 더욱 당당해 여성의 우위를 입증한다. 백발의 노래는 늙음을, 사랑의 노래에는 젊음을 자랑하는 것은 長幼有序의 척도로 평가할 수는 없고, 승패가 이미 결정되어 있다. 남성의 위엄을 뽐내는 백발 노래는 가만 있지 못하고 영역을 넓히려고 사랑 노래에 다가가다가 품격을 잃고 허물어지기도 한다.

「백발에 소실 보니」(1889.1)　　　　　　黃胤錫

백발에 소실 보니 금슬구정 더욱 섧다
시시로 생각하면 이십구 년 어제런 듯
아마도 새오 네오 천수이오니 설움 즐김 무엇 하리

■ 율격 : 기본형

■ 풀이 : 白髮에 小室 보니 琴瑟舊情 더욱 섧다. 時時(때때로)로 생각하면 이십구 년이 어제런 듯(하다). 아마도 새오 네오 天數이오니(하늘이 정한 운수이니) 설움 즐김 무엇 하리?

백발의 노래가 사랑의 노래에 다가가다가 품격을 잃고 허물어지는 모습을 잘 보여준다. 백발노인이 젊은 여자를 탐내기만 하는 데 그치지 않고 소실을 보아 곤경에 처한다. 백발이 곤경의 이유이고 조롱의 대상이다.

"금슬구정 더욱 섧다"는 것은 전에 아내와 사이좋게 지내던 정이 소실 때문에 더욱 그리워 서럽다는 말이다. 소실과 같이 사니 기대하는 즐거움은 없고 무능을 탈잡는 박대만 돌아온다는 것을 말하지 않아도 알 수 있다. 때때로 생각나는 아내 사별 시기가 29년 전이다. 그 때가 어제인 것 같다.

"새오 네오"는 무슨 말인지 분명하지 않아 추측을 해본다. "새"는 "사이"이고, "새오 네오"는 "그 사이이고, 너이고"여서, "그 사이 지난 일이고, 네가 당면한 처지이고 하는 것이 모두 하늘이 정한 운수인 天數이니"라고 하는 말로 보면 어떨까 한다.

어쨌든 지금의 처지가 하늘이 정한 운수이니 서럽다고만 하지 말고 서러움을 즐기지는 않고 무엇 하리? 이렇게 말하고 가만있으라고 한다, 노년의 실수를 동정하고 위로한다. 행위자와 서술자가 구별되지 않는다.

「백발에 화냥 노는 년이」(1890.1)

백발에 화냥 노는 년이 젊은 서방 하려 하고
센 머리 먹칠하고 태산준령으로 허위허위 넘어가다가 꽤 그른 소나기에 흰 동정 검어지고 검던 머리 다 희거다
그라사 늙은이 소망이라 일락배락 하노매

- 율격 : 확대일탈형. 사설시조.
- 풀이 : 백발에 화냥 노는(남녀관계가 문란한) 년이 젊은 서방 하려 하고, 센 머리 먹칠하고 泰山峻嶺으로 허위허위 넘어가다가 卦(점괘) 그른(어긋난) 소나기에 흰 동정 검어지고 검던 머리 다 희거다. 그라사 늙은이 소망이라 일락배락 하노매(하는구나).

남녀관계가 문란한 여성이 늙어서도 젊은 서방과 관계를 가지려고 백발에다 먹칠을 했다가 낭패를 당한다. "태산준령으로 허위허위 넘어"간다는 말은 많은 힘이 남아 있다는 뜻이기도 하고, 욕망이 분출한다는 뜻이기도 하다. 그 어느 쪽이든지 남녀관계를 계속할 자격이 있는데, 늙었으니 물러나라고 하는 것은 무리이다.

"화냥 노는"이라는 말은 남녀관계가 문란하다는 말이다. 그런 여자를 "화냥년"이라고 한다. 남자를 두고는 이 말을 쓰지 않아 "화냥놈"이라고는 하지 않는다. "백발에 화냥 노는 년"이라고 한 것만으로도 비난할 사유가 충분하다. 거기다가 문제의 상황을 보탠다.

태산준령을 넘어가다가 "卦 그른"이라고 한 예상하지 못한 소나기 때문에 머리에 칠한 먹물이 옷으로 흘러내리고 머리는 본래의 백발로 돌아간다. 이 장면을 선명하게 그려 늙은 여성을 웃음거리로 만든다. 이 장면에서는 태산준령이 초라한 모습을 더욱 초라하게 한다.

노년에 젊은 이성과 관계를 가지려고 하다가 실수하는 것이 앞의 노래와 같다. 이노래의 여성 노인은 앞의 노래 남성 노인처럼 무력하지 않은데, 부당한 차별을 심하게 받는다. 늙은 남성은 너그럽게 보아주면서 동정하고, 늙은 여성은 괴이하다고 하면서 야유한다. 앞에서는 일치하던 행위자와 서술자가 여기서는 아주 다르다. 행위자와의 거리를 최대한 넓힌 서술자가 행위자의 잘못을 온 세상에 폭로하고 함께 야유하자고 한다.

사랑의 노래라면 이럴 수 없다. 늙은 여성의 일탈이라도 자기 일인 듯이 이해하고 감싼다. 백발 노래는 남성의 세계임을 확인하려고 여성을 끌어들여 망신을 주고, 여성의 백발은 백발로 인정하지 않는다. 남성의 백발만이 남성 우월의 상징이고, 여성 차별의 근거라고 한다. 백발의 노래가 승리를 구가하면서 나아가려고 하지만 사랑의 노래가 암초 노릇을 해서 억설이 드러나 파탄에 이른다.

종장에서는 한 발 물러나 편견을 조금 시정한다. 반발을 예상하고 말을 바꾼다. 남녀를 구별하지 않고 "늙은이"라는 말을 쓰고, "그것이라사 늙은이 소망이라"고 한다. 그리 대단하지 않은 그 정도의 소망이라도 지닌 사람이 늙은이여서 이루어질지 이루어지지 않을지 알 수 없다고 한다. 비난을 멈추고 유보적인 태도를 보인다. 過猶不及의 교훈을 얻은 것 같다.

342 죽음

죽음은 동서고금 노래의 공통된 관심사이다. 죽음을 앞두고 있다고 생각하면 시인이 철학자가 된다. 죽음에 대해 알고자 하고, 죽음을 맞이하는 자세를 가다듬고, 죽은 뒤에는 어떻게 되는지 묻는다. 시조에서도 이렇게 하면서, 죽음을 맞이하는 것이 당연하다고 한다. 죽어도 영혼은 남아 있는지 논란하면서 영혼을 부정하는 쪽으로 나아간다. 죽음에 관해 말하는 폭과 깊이가 탁월한 노래도 있다.

「늙을 줄을 모르더니」(1178.1)

늙을 줄을 모르더니 아이들이 자랐구나
이 아이 늙으면 나는 어디 가려는고
두어라 갈 곳 있으니 그를 슬퍼하노라

- 율격 : 기본형
- 풀이 : 늙을 줄을 모르더니(모르고 살아왔더니) 아이들이 자랐구나. 이 아이 늙으면 나는 어디 가려는고? 두어라, 갈 곳 있으니, 그를(갈 곳 있는 사실을) 슬퍼하노라.

늙을 줄 모르고 살아간다. 늙은 것을 모르고 젊다고 생각한다. 이런 생각이 잘못임을 아이들이 자란 것을 보고 깨닫는다. 평범한 사실의 경이로운 발견이다.

아이들이 자라고는 늙는다. 그러면 "나는 어디로 가려는고?"라고 하는 의문이 생긴다. 나도 늙고 아이들도 늙어 함께 지낼 수는 없다. 아이들에게는 흐르는 시간이 내게서는 멈추어 있으라고 요구할 수 없다. 아이들이 늙으면 나는 먼저 떠나가야 한다. 이치가 분명하다.

"어디로 가려는고?" 두말 할 것 없이, 죽음으로 간다. 죽음이라고 하는 도달점이 정해져 있다. 이것은 너무나도 당연한데, 생각하니 슬프다. 시간이 흐르고 죽음에 이른다는 것을 이치에 맞게 아무리 잘 헤아려도 죽기는 싫다. 사리를 알아도 마음을 다잡기 어렵다. 알면 행해야 한다고 훈계하면 될 일이 아니다. 죽음은 누구에게나 고민거리이다.

「낙일은 서산에 져서」(0786.1)　　　　　李鼎輔

> 낙일은 서산에 져서 동해로 다시 나고
> 가을에 이운 풀이 봄이면 푸르거늘
> 어떻다 최귀한 인생은 귀불귀를 하나니

- 율격 : 기본형
- 풀이 : 落日은 西山에 져서 東海로 다시 나고, 가을에 이운 풀이 봄이면 푸르거늘, 어떻다 最貴한 人生은 歸不歸(가서 돌아오지 않음)를 하는가?

자연은 순환하고, 생명은 성쇠한다. 성쇠 또한 순환이다. 해가 서산에서 지고 동해에서 다시 나타나는 것은 자연의 순환이다. 가을에 이운 풀이 봄에 다시 푸른 것은 자연의 순환으로 보이지만, 작년의 풀이 죽고 올해 새 풀이 돋아나 성쇠가 순환된다. 만물 가운데 가장 고귀한 사람이 가고 돌아오지 않는다고 한탄할 것인가? 노인은 가고, 아기가 태어나 성쇠를 되풀이하는 것은 외면하면 고귀하다고 할 것이 없지 않은가?

「살음이란 무엇이며」(2377.1)

> 살음이란 무엇이며 죽음이란 무엇이냐
> 살음이며 죽음이란 조화옹의 장난이라
> 장난에 노는 내 몸이 장난으로 늙으리라

- 율격 : 기본형. 개별율격은 4 4가 되풀이되어 특이하다.

- 풀이 : 삶이란 무엇이며, 죽음이란 무엇이냐? 삶이며 죽음이란 造化翁의 장난이다. 장난에 노는 내 몸이 장난으로 늙으리라.

율격이 기본형이면서 개별율격은 특이하다고 한 것을 다시 보자. 홀수와 짝수, 많은 자수와 적은 자수를 교체하는 관례가 무시되고, 초장과 중장에서 가장 안정된 숫자 4로만 이루어진 토막이 여덟 번 되풀이된다. "삶"을 "살음"이라고 해서, "살음이란 무엇이며"가 "죽음이란 무엇이냐"와 정확하게 대칭을 이루게 한다.

왜 이렇게 하는가? 가장 안정된 모습으로 되풀이되는 대칭구조를 만들어 삶과 죽음에 관한 논의를 대단한 권위를 갖추고 전개한다. 죽음에 관해 알려면 삶에 관해서도 알아야 한다고 하면서 양쪽을 대등하게 취급한다.

한다는 말은 삶과 죽음은 둘 다 장난이라는 것이다. 엄숙한 자세를 스스로 무너뜨리는 장난 같은 수작을 해서 긴장이 와해된다. 형식과 내용의 부조화 때문에 웃게 한다. 경직된 관념을 깨고 숨은 진실을 발견하는 전환을 스스로 일으킨다.

삶과 죽음은 造化翁의 장난이라고 한다. 조화옹은 천지를 창조하고 운행한다고 하지만, 정체가 모호하다. 누군지 밝히는 문건이나 경전이 없다. 신앙의 대상이 아닌 가상의 존재일 따름이다. 설명할 수 없는 것을 설명하려고 생각해 낸 최소한의 가정이다.

삶과 죽음이 조화옹의 장난이라고 하니 더 할 말이 없다. 이유니 목적이니 하는 것을 캐묻지 말자. 무엇이든지 심각하게 여기지 말고, 가벼운 마음으로 흥겹게 지내자. 조화옹의 장난으로 놀고 있으니 장난으로 늙으면 된다. 죽음이 닥쳐와도 장난이라고 받아들이면 되니 염려할 것 없다.

죽음을 심각하게 여기고 두려워하면서 비관에 사로잡히면 끝이 없다.

비명을 지르면 시끄럽기만 하다. 가엾다고 동정하면서 대신 죽어줄 사람은 없다. 내세의 구원을 기대해도 좋으나, 기대가 이루어진다는 보장은 없다. 이미 죽은 사람의 말을 들어 증거로 삼을 수는 없다.

죽음을 가볍게 여기고 장난처럼 받아들이는 것이 슬기롭다. 슬기로우면 사는 동안 즐겁고, 죽음과 미리 친해질 수 있어 부담이 없어진다. 대단한 가르침을 제공하는 이 노래가 최상의 죽음 총론이라고 할 수 있다.

「이 몸이 죽은 후에」(3814.1)　　　　　　　朴良佐

이 몸이 죽은 후에 사시풍경 되었다가
춘하 추동에 때때로 돌아와
생시에 못다 한 자미를 강산에 놀아볼까 하노라

- 율격 : 중장은 2 <3, 3 3인 축소변이형이고, 종장 후반부는 7 >3인 확대변이형이다
- 풀이 : 이 몸이 죽은 뒤에 四時風景 되었다가, 春夏秋冬에 때때로 돌아와, 生時에 못다 한 滋味를 (누리면서) 江山에서 놀아볼까 하노라.

죽음이 종말이 아니고 새로운 시작이다. 내세가 있어 새로운 시작인 것은 아니고, 사시풍경을 이루는 자연물이 된다. 자연에서 유래해 자연으로 회귀하는 것이 아닌가? 여기까지 생각하는 것이 자연스러워, 초장은 기본형에 머문다.

자연으로 회귀해도 정신이 돌아온다고 하자, 기발한 상상에 스스로 놀라 중장에서는 말이 달라진다. "춘하추동 때때로 정신이 돌아와"라고 하면 기본형을 유지하는데, "춘하 추동에 때때로 돌아와" 2 <3, 3 3을 택한다. 2나 3은 기본형에서 허용되는 자수이지만 더 많은 자수를 동반하지 않고 그 자체로 되풀이하는 것은 축소변이형이다.

종장에서 상상이 더 뻗어난다. 생시에 못다 한 자미를 누리면서 강산에 놀아볼까 하고 생각하면서 즐거워하느라고 말을 줄일 수 없다. "강산 놀이" 4나 "강산에 놀까" 5로는 성이 차지 않아, "강산에 놀아볼까" 7로 늘인다. "볼까"에 많은 사연을 함축한다.

작자 朴良佐(생몰 연대 미상)는 전라도 해남에서 태어나 남해 여러 섬에서 산수를 즐기면서 산 사람이라고 알려져 있다. 名利를 구하지 않는다면, 부러워하면서 따를 만하다. 산수를 죽어서도 즐기겠다고 하는 이런 노래를 지어 마음을 사로잡는다.

죽음을 앞두었다고 절망하지 말자. 죽음은 종말이 아니다. 죽은 다음에 새로운 세계가 전개된다. 살아서 이루지 못한 소망을 죽어서 이룰 수 있다. 이렇게 생각하면 즐겁다. 죽음을 즐겁게 맞이할 수 있다. 이 노래를 읽고 위안과 자극을 받아 다른 생각을 더 멋지게 할 수도 있다.

「늙거든 다 죽으며」(1136.1)

늙거든 다 죽으며 젊으면 다 사느냐
저 건너 무덤이 다 늙은이 무덤이랴
아마도 초로인생이 아니 놀고 어이리

■ 율격 : 기본형

■ 풀이 : 늙거든 다 죽으며, 젊으면 다 사느냐? 저 건너 무덤이 다 늙은이 무덤이랴(이겠느냐)? 아마도 草露人生이 아니 놀고 어찌리.

늙으면 다 죽으며, 젊으면 다 사느냐? 이런 말로 시비를 하는 것은 억지이다. 젊으면 다 사는 것은 아니지만, 늙으면 다 죽는다. 무덤이 다 늙은이 무덤은 아니고 젊은이 무덤도 있지만, 무덤으로 가지 않는 늙은이는 없다. 젊고 늙은 것에 관한 논란을 하다가, "저 건너 무덤"이라고 해서 무덤이 있는 곳과의 거리를 말하고, 죽음과 삶의 거리도 말한다. 죽어서 무덤에 묻힐 것을 생각하면 초로인생이 덧없어서 아니 놀 수 없다고 한다.

「낙양성외 십리허에」(0773.2)

낙양성외 십리허에 높고 낮은 저 무덤아
영웅호걸 몇몇이며 절대가인 누구누구
우리도 저러할 인생 아니 놀고

- 율격 : 기본형. 마지막 토막 "어이리"가 생략되었다.

- 풀이 : 洛陽城外 十里許에(십리쯤 되는 곳에) 높고 낮은 저 무덤아, 英雄 豪傑 몇몇이며, 絶代佳人 누구누구? 우리도 저러할 人生 아니 놀고 (어 이리)?

사람이 죽어 무덤에 묻히는 것을 보니 인생이 허무해 살아 있는 동안 즐겁게 놀지 않을 수 없다는 말을 거창한 언사를 써서 멋들어지게 한다. 무덤은 어디에도 있는데 "낙양성외 십리허에 높고 낮은 저 무덤아"라고 한다. 누구든지 죽어 묻히는데 "영웅호걸 몇몇이며 절대가인 누구누구"라 고 한다. 세상의 으뜸이라고 자랑하는 낙양성에서 가장 잘났다고 뽐내던 영웅호걸이나 절대가인도 죽어 묻혀, 높고 낮은 무덤만 남지 않는가? 무 덤이 높으면 무슨 소용이 있는가? 미천하고 이름 없는 사람이라도 살아 있는 것이 으뜸이다. 살아서 즐겁게 노는 사람이 가장 잘 났다.

(5317.1) "한양성 십리허에 높고 낮은 저 무덤은/ 제자는 몇몇이고 가인 은 얼마런고/ 우리도 한 번 가면 저 모양"이라는 것도 있다. (2492.1)(兪潁) "생각하니 세상사 허망하다/ 어제 보던 사람 오늘 죽었으니 그 아니 가련 코 허망한가/ 아이야 술 부어라 생전에 먹고 놀리다"는 「211 율격」에서 고

301

찰한다.

「호화도 거짓이요」(5423.1)   金壽長

호화도 거짓이요 부귀도 꿈이오네
북망산 언덕에 요령 소리 그쳐지면
아무리 뉘우쳐 애닯아도 미칠 길이 없나니

- 율격 : 기본형

- 풀이 : 豪華도 거짓이요, 富貴도 꿈이네. 北邙山 언덕에 搖鈴 소리(방울
  흔드는 소리) 그쳐지면, 아무리 뉘우쳐 애달파도 미칠 길이 없나니.

호화도 거짓이고 부귀도 꿈이며, 죽게 되면 다 소용 없다. 북망산 언덕
에서 무덤 쓰는 의식을 다 치르고 요령 소리 그치면 아무것도 남지 않는
다. 죽은 사람이 아무리 뉘우치고 애달파도 그 뜻이나 소리가 전달될 길
이 없다. 죽은 사람이 뉘우치고 애달파 한다는 것은 산 사람의 생각이다.
죽음이 완전한 단절이라는 사실을 산 사람은 인정하지 않으려고 한다.

「사람이 죽은 후에」(2237.1)   宋寅

사람이 죽은 후에 영혼이 온다 하거니와
본 이 없고 아는 이 없으니
아마도 예제에만 있을 뿐이지 허사인가 하노라

- 율격 : 중장 2 2, 3 3 ; 축소변이형, 종장 3<9 확대변이형

- 풀이 : 사람이 죽은 다음 靈魂이 온다고 하거니와(하지만), 본 이(사람) 없
  고 아는 이(사람) 없으니, 아마도 禮制에만 있을 뿐이지 虛事인가 하노
  라.

죽은 뒤에 영혼이 온다고 한 것은 세상에서 흔히 하는 말이어서, 초장은 기본형 율격을 따르는 것이 어울린다. 이에 대한 의문을 중장에서 제기하면서 "본 이 없고 아는 이 없으니"는 단호하게 내뱉은 말이다. "본 사람도 없으며 아는 사람도 없으니"라고 할 때에는 자수를 2 2, 3 3으로 줄인다. 2나 3은 기본형에서 허용되는 자수이지만, 더 많은 자수를 동반하지 않고 그 자체로 되풀이하는 것은 축소변이형이다.

종장에서, 사람이 죽은 뒤에 영혼이 온다는 말은 앞에서 했으므로 생략하고, 그것은 "예제에만 있을 뿐이지"라고 한다. 말을 "예제만이지"라고 줄이지 않고 자수를 9로 늘여 강조하는 의도를 나타낸다. 제사를 지내면 조상의 귀신이 와서 차려놓은 음식을 歆饗한다고 祭禮에서 말하는 것은 사실이 아니라고 힘주어 말한다.

조선왕조가 유교에 입각해 시행한 귀신 정리 사업을 기억할 필요가 있다. 귀신은 도처에 있다고 여기는 인습, 귀신은 어디에도 없다는 반론, 이둘을 다 물리치고 오랜 논란을 李珥가 해결했다. 제사를 지내면 찾아오는 祖上神만 인정하고 숭앙하고 다른 신은 다 부정해야 한다고 했다. 이것을 국가의 정통이념으로 공식화하고 어길 수 없게 했다.[30]

그런데 이 노래는 다른 소리를 한다. 제사를 지내면 죽은 사람이 영혼이 찾아온다는 말이 거짓이니 인생이 허무하다고 탄식하는 것만이 아니다. 정통이념의 귀신관을 의심스럽게 여기고 부정하는 듯 하는 데까지 이른다. 예리하게 간파하고 주목할 일이다.

작자 宋寅(1517-1584)은 중종의 부마이며, 여러 요직을 역임했다. 李滉이나 李珥와 교유하면서 성리학을 가까이했다. 사회 최상층의 명사가 공인된 이념을 받아들이지 않는 노래를 지은 것이 예사롭지 않다. 사람이

---

30 「15세기 귀신론과 귀신이야기의 변모」, 『한국의 문학사와 철학사』(지식산업사, 1996)에서 이에 대해 자세한 고찰을 했다.

죽으면 혼령도 없다고 하는 徐敬德의 지론이 국책으로 배격된 시기에 드러나지 않은 지지자가 있었음을 확인할 수 있다.

(2240.1) "사람이 죽은 후에 아는지 모르는지/ 대탁 방장을 흠향을 하단 말가/ 아마도 불여생전 일배주인가 하노라", (2238.1) "사람이 죽은 후에 다시 산 이 보았는다/ 왔노라 한 이 없고 돌아와 날 본 이 없다/ 우리는 그런 줄 모르고 살았을 제 노노라", (2233.1) "사람이 죽어가서 나올지 못 나올지/ 들어가본 이 없고 나왔단 소문 없네/ 들어가 못 나올 인생이 아니 놀고 무삼 하리"라고 하는 것도 있다.

「어와 허사로다」(3220.1)　　　　　　　　　　　　鄭澈

어와 허사로다 죽으면 다 허사로다
동풍 백오절에 자손이 제향한들
자취 없는 영혼이요 난 줄 먹는 줄 뉘 알리

- 율격 : 축소변이형. 종장 전반부가 4 4이다.
- 풀이 : 어와 虛事로다. 죽으면 다 虛事로다. 東風 百五節에 子孫이 祭享한들, 자취 없는 靈魂이요, 난 줄 먹는 줄 누가 알리?

"東風"은 봄바람이다. "百五節"은 寒食이다. 한식이 동지로부터 105일이 되는 날이어서 백오절이라고 한다. 봄바람 부는 한식날 자손이 조상을 위해 제사를 지낸다 해도 "자취 없는 영혼이요", "난 줄, 먹는 줄 뉘 알리"라고 한다. 사람이 죽어도 祭祀에 應感하는 靈魂은 남아 있다는 것을 인정한다고 해도 아무런 위안이 되지 않아, 죽으면 허사라고 탄식한다.

죽은 이의 영혼이 제사에 응감하기나 하고 다른 활동은 하지 않는다는 李珥의 견해가 국가에서 공인한 이념이다. 이에 대해 반론을 제기하려는 생각은 하지 않지만, 영혼이라는 것이 제사 때조차도 자취가 없고, 나타났는지 歆饗하는지 아무도 알 수 없지 않으니 기대할 것이 없지 않는가 하고 반문한다. 죽은 뒤에 자기가 어떻게 되는지 상상하는 데까지 나아가지는 않고, 알고 관찰한 것만 가지고 "죽으면 다 허사로다"라고 한다.

「어우와 벗님네야」(3225.1)

어우와 벗님네야 금의옥식 부러워 마소
죽어 관에 들 제 금의를 입으려니 자손의 제 받을 제 옥식을 먹으려니 죽은 후 못할 일은 분벽사창 월삼경에 고운 임 데리고 주야동처하기로다
죽은 후 못할 인생이 살아서 아니 하고 속절없이 늙으리오

- 율격 : 확대일탈형. 사설시조.
- 풀이 : 어우와 벗님네야, 錦衣玉食(비단 옷과 좋은 음식)을 부러워 마소. 죽어 棺에 들 제 錦衣를 입으려니, 자손의 祭 받을 제 玉食을 먹으려니. 죽은 後 못할 일은 粉壁紗窓(희게 칠한 벽과 깁으로 꾸민 창) 月三更(달 뜬 한밤중)에 고운 임 데리고 晝夜同處(밤낮 같이 지냄)하기로다. 죽은 後 못할 人生이 살아서 아니 하고 속절없이 늙으리오.

죽음 노래와 사랑 노래가 부딪치니, 죽음 노래가 죽고 사랑 노래가 산다. 금의옥식 같은 허식은 죽으면 소용 없으니 탐내지 말고. 오직 고운 임과 사랑을 하는 것은 죽어서는 못하니 살아 있을 때 마음껏 하라고 한다. 죽으면 못할 일을 살아서 하지 않고 속절없이 늙는 것은 어리석다고 한다.

「바람아 광풍아 불지 마라」(1786.1)

바람아 광풍아 불지 마라 송풍낙엽이 다 떨어진다

명사십리 해당화야 꽃이 진다고 설워 말고 잎 낙엽 진다고 네 울지
마라 동삼 석달 꼭 죽었다가 명년 양춘이 다시 돌아오면 너는 다시 갱
생하여 꽃이 피어 만발하고 잎은 피어 왕성할 제 우리 인생이라 하는
것은 풀끝의 이슬이오 단불에 나비로다 금조일석이라고 아차 실수되
어 북망산천에 돌아를 가면 천지로 집을 삼고 두견 접동으로 벗을 삼
아 산천초목으로 울파주 삼고 잔디 잎으로 이불을 덮고 청토 황토로
포단을 삼아 석침을 돋우 베고 잠든 듯이 누웠으니 살은 썩어 물이 되
고 뼈는 썩어 황토 되고 삼혼칠백이 흩어질 제 어느 다정한 친구가 성
분 전에 찾아와서 제전을 벌여놓고 호천망극에 애곡을 한들 우는 이
우는 줄 알며 왔으니 왔는 줄 알까 사후대탁이라도 다 쓸데없고 불여
생전일배주로구나
　　차마 진정 갈수로 설워 나 어찌 살꼬

- 율격 : 확대일탈형. 사설시조.

- 풀이 : 바람아 狂風아 불지 마라. 松風落葉이 다 떨어진다. 明沙十里 海
棠花야, 꽃이 진다고 설워 말고, 잎 落葉 진다고 네 울지 마라. 冬三 석
달(겨울 세 달) 꼭 죽었다가 明年 陽春이 다시 돌아오면, 너는 다시 更生
하여 꽃이 피어 滿發하고 잎은 피어 왕성할 적에, 우리 人生이라 하는
것은 풀끝의 이슬이오, 단불에 나비로다. 今朝一夕이라고 아차 失手되
어 北邙山川에 돌아를 가면, 天地로 집을 삼고, 杜鵑 접동으로 벗을 삼
아, 山川草木으로 울파주(울바자) 삼고, 잔디 잎으로 이불을 덮고, 靑土
黃土로 蒲團(깔고 덮는 것)을 삼아, 石枕(돌베개) 돋우어 베고 잠든듯이
누웠으니, 살은 썩어 물이 되고, 뼈는 썩어 黃土 되고, 三魂七魄이 흩어
질 적에, 어느 다정한 親舊가 成墳(무덤 만들기) 前에 찾아와서 祭典(제
물)을 벌여놓고 昊天 罔極에 哀曲을 한들(서러움이 끝이 없다고 슬피 운
들) 우는 이 우는 줄 알며, 왔으니 왔는 줄 알까. 死後 大卓(잘 차린 상)이
라도 다 쓸데없고 不如生前一杯酒로구나(살았을 적의 술 한 잔만 못하
도다). 차마 眞正 갈수로 서러워 나 어찌 살꼬?

죽으면 서럽고 비참하다는 말을 사설시조 특유의 어법으로 길게 한다. 식물은 겨울 동안 죽었다가 봄에 다시 살아나지만 사람은 그렇지 못해 한 번 죽으면 그만이라고 한탄한다. 인생은 "풀끝의 이슬"이라고 하는 데 보태 "단불에 나비"라는 신선한 비유를 든다. 죽은 뒤의 처참한 모습을 "살은 썩어 물이 되고 뼈는 썩어 황토 되고 삼혼칠백이 흩어질 제"라고 하는 말로 전한다. 죽은 뒤에 무덤에 찾아오는 것은 쓸데없으니 살아서 술 한 잔이라도 나누자고 한다. 죽음을 생각하면 할수록 더욱 서러워 어찌 살까 한다.

(3887.1) "이제는 못 보게도 하여 못 볼 시는 적실하다/ 만리 가는 길에 해구 절식하고 은하수 건너뛰어 북해 가로질러 풍토 절심한데 심의산 갈 가마귀 태백산 기슭으로 골각골각 우닐며 차돌도 바이 못 얻어먹고 굶어 죽은 땅에 내 어디 가서 임 찾아보리/ 아이야 임이 오시면 주려 죽단 말 생심도 말고 쓸쓸히 그리다가 어즐병 얻어서 갖고 뼈만 남아 달비자 밑으로 아자 바짝 거닐다가 작은 소마보신 후에 이마 위에 손을 얹고 한 기래 추켜들고 자빠져 죽다 하여라"는 더욱 처절한 사연인데 「212 구성」에서 고찰한다.

4

세상살이

4 세상살이

시조는 삶에 대한 성찰에 머무르지 않고 밖으로 나간다. 밖으로 나가 세상살이를 문제 삼고, 자연과 만나기도 한다. 세상살이는 복잡하고 노래가 갖가지여서 여러 항목으로 나누어 고찰한다.

41 관심의 영역

세상살이 노래를 살피는 작업은 관심의 영역을 정리하는 데서 시작하는 것이 마땅하다. 관심의 영역으로서 특히 중요한 것은 역사·강토·고향이다. 나라는 다음 항목에서 별도로 다룬다.

411 역사

관심의 영역에서 먼저 들어야 할 것이 역사이다. 역사를 회고한 노래도 있고, 역사의 현장에서 지어 부른 노래도 있다.

「신라 팔백년에」(2938.1)   鄭澈

신라 팔백년에 높도록 무은 탑을

311

천근 든 쇠북 소리 치도록 울릴시고
들 건너 적막강산에 모경 도울 뿐이로다

- 율격 : 기본형
- 풀이 : 新羅 八百年에 높도록 무은(쌓은) 塔을, 千斤 든 쇠북(종) 소리 치도록 (쳐서 소리를 낼 수 있을 만큼 내서) 울릴시고(울리는구나). (그렇기는 해도) 들 건너 寂寞江山의 暮景(저물녘 경치) 도울 뿐이로다.

신라의 옛 도읍을 찾은 감회를 정확하게 다듬어 나타낸다. 초장과 중장에서 2<4, 3<4를 되풀이해 위엄과 신뢰를 갖춘다. 2로 줄인 "신라"나 "천근"은 존경할 만한 무게가 있고, 일관된 토막 구성이 절도 있는 파장으로 마음을 움직인다.

다가가서 보고 듣자. 신라 팔백 년 오랜 기간 동안 공을 들여 높은 탑을 쌓고 무거운 종을 만든 것이 헛되지 않다. 무거운 종을 치는 웅대한 소리가 높은 탑에서 울려, 과거가 지금도 살아 있다. 위대한 신라가 자랑스러워 마음이 들뜰 만하다.

종장에서는 진정하라고 한다. 3<5, 4>3을 모범이 되게 갖추고 너무나도 당연한 말을 한다. 종소리가 멀리까지는 퍼져나가지 않고, 들 건너 적막강산의 저물녘 경치를 도와 더욱 쓸쓸하게 하기나 한다. 신라의 자취는 제한된 지역에만 있다. 과거는 현재가 아니다.

이 노래는 역사를 탐구하는 순서와 방법을 알려준다. 탑이나 종 같은 증거물을 찾아내자. 증거물을 이용해 과거를 현재인 듯이 되살리자. 되살린 것을 현재와 관련시켜 다시 살피자. 흥망성쇠가 무엇인지 확인하자.

「백설이 잦아진 골에」(1903.1)   李穡

백설이 잦아진 골에 구름이 머흐레라

반가운 매화는 어느 곳에 피었는고
석양에 홀로 서서 갈 곳 몰라 하노라

- ■ 율격 : 기본형
- ■ 풀이 : 白雪이 잦아진(자욱하게 내린) 골에 구름이 머흐레라(험하구나).
  반가운 梅花는 어느 곳에 피었는고? 夕陽에 홀로 서서 갈 곳 몰라 하노
  라.

백설이 잦아지고 구름이 험한 골짜기는 작자가 당면하고 있는 고난을
뜻한다. 석양은 그리는 풍경에 어울려 선택한 말에 그치지 않고, 한 시대
의 마지막을 암시한다. "석양에 홀로 서서"라는 3＜4의 축소변이형을 만
드는 것이 자연스러운데, "홀로 서서"라는 말을 분명하게 해서 기본형을
지키고 자기 혼자임을 강조해서 말한다.

고려 말의 복잡한 상황에서 이 노래를 지었다. 사대부의 사상을 지도하
는 스승으로 숭앙받는 이색이 고려를 지킬 것인지 조선왕조 창건에 동조
할 것인지 마음을 정하지 못해 고민하는 심정을 노래에서 나타냈다. 자기
주위에 아무도 없고, 혼자 판단하기에는 너무나도 어려운 문제에 봉착해
있다.

어느 곳에 피었는지 모르겠다는 반가운 매화는 무엇인가? 자기 마음에
서 얻을 수 있는 위안인가? 난국을 바람직하게 해결할 방책인가? 그 어느
쪽인지 분명하지 않다. 스스로 정한 바가 없어 해답을 제공하지 않는다.
나는 모르겠다고 하면서 물러설 수 있는 처지가 아니어서 괴롭다.

李穡(1328~1396)은 고려 말에 사상과 문학을 지도하는 위치에 있어 커
다란 영향을 끼치고 또한 시련을 겪었다. 문하생들이 다른 길로 갔다. 鄭
夢周는 고려를 수호하려고 하고, 李芳遠은 새 왕조를 창건하려고 했다. 양
쪽이 극단적인 대립으로 치닫는 것을 말리지도 못하고, 어느 쪽에 동조하

지도 못해 고민이었다. 너무 많이 알면 오히려 판단력이 흐려져 회의주의 자가 되고, 명성이 너무 높으면 부담이 가중되어 감당하기 어렵다.

「이런들 어떠하며」(3765.1)   李芳遠

이런들 어떠하며 저런들 어떠하리
만수산 드렁칡이 얽어진들 어떠하리
우리도 이같이 얽어져 백년까지 누리리라

■ 율격 : 기본형

■ 풀이 : 이런들 어떠하리, 저런들 어떠하리, 萬壽山 드렁칡이 얽어진들 어떠하리. 우리도 이같이 얽어져 百年까지 누리리라. 만수산은 고려 왕 궁 壽昌宮에 있는 假山이다.

「이 몸이 죽고 죽어」(3811.1)   鄭夢周

이 몸이 죽고 죽어 일백 번 고쳐 죽어
백골이 진토 되어 넋이라도 있고 없고
임 향한 일편단심이야 가실 줄이 있으랴

■ 율격 : 기본형

■ 풀이 : 이 몸이 죽고 죽어, 一百 번 고쳐 죽어, 白骨이 塵土 되어 넋이라 도 있고 없고, 임 向한 一片丹心이야아 가실(없어질) 줄이 있으랴.

이 두 노래는 함께, 서로 견주어 살피기로 한다. 조선왕조를 창건해 장 차 태종이 될 李芳遠(1367~1422)이 앞의 노래「何如歌」를 지어 들려주니, 鄭夢周(1337~1392)는 뒤의 노래「丹心歌」를 지어 응답했다고 한다. 새 왕 조 창건에 참여하라는 이방원의 권유를 물리치고, 정몽주는 고려를 위한 충절을 다짐했다고 한다.

두 노래는 기본형을 충실하게 지키는 점은 같으면서 문체가 상반된다. 자유로운 발상으로 참신하게 지은 앞의 노래는 우리말 서술어를 이리저리 둘러대 흐드러진 느낌을 전한다. 경색된 한자어 명사를 격식에 맞게 배치하는 데 힘쓴 뒤의 노래는 근엄한 자세를 처연하게 보여준다. 앞에서 무어라고 명시하지 않은 가능성이 무한하다고 하고, 뒤에서는 융통성 없는 불가능을 분명하게 해서 숨을 죽인다. 정치적 견해의 차이가 언어 사용에서 분명하게 나타난다.

앞에서는 고정관념을 깨자고 한다. 하고자 하는 말을 내비치지 않고 계속 풍성하게 뻗어나는 것들을 잔뜩 내놓는다. 만수산은 만년이나 수명을 누리자는 산이다. 드렁츩은 처음 보는 말이지만, 어감으로 짐작하면 마구 얽힌 츩이다. 漢譯을 찾아보면 蔓葛(만갈, 덩굴진 츩), 葛藟(갈류, 츩 덩굴), 葛虆(갈류, 츩 얽힘)이다. 만수산 드렁츩에 얽혀 함께 뻗어나면 무한한 가능성이 있으니 백년의 영화를 마음 놓고 누리자고 한다. 고려를 무너뜨리고 새로운 왕조를 창건하자고 드러내놓고 말할 수는 없다. 이 정도로 암시하고, 이미 다 된 일을 함께 추진해 보장되어 있는 행복에 떳떳하게 동참하라고 권유한다.

뒤에서는 불가능한 것들을 열거하기만 한다. 백년까지 누리리라고 한 말을 받아서 일백 번 고쳐 죽더라도 뜻이 변하지 않으리라고 한다. 일백 번 다시 죽을 수는 없다. "백골이 진토 되어 넋이라도 있고 없고"는 극언 가운데 극언이다. 생각을 바꿀 수 없는 이유가 오직 임금에 대한 충절은 절대적이라는 것이다. 충절을 되풀이해 강조하면서 불가능을 전제로 삼아, 발상이 고갈되고 출구가 없다. 고정관념을 교리로 숭앙하면서 매달리기나 하고, 고려를 지켜야 할 이유, 지킬 방책은 생각하지 않는다. 무너져 내리는 가운데서도 자기만은 충신이라는 평가를 얻어 구원받으려는 것이 아닌가?

가능과 불가능, 여유와 경색, 풍성과 고갈의 싸움은 승패가 정해져 있다. 이방원은 득의한 자세를 여유 있게 보인다. 정몽주의 비장한 충성심에는 패배의식이 짙게 깔려 있다. 정몽주를 희생시키고, 이방원이 말한 대로 역사가 진행된 것이 예상한 바와 같다. 그런데 조선왕조는 안정되자 변혁을 막으려고 「단심가」의 충절 교리를 높이 평가해 더욱 경색되게 하고, 「하여가」에서 보여준 참신하고 풍성한 발상을 잃었다.

「흥망이 유수하니」(5542.1)　　　　　　　　　　元天錫

> 흥망이 유수하니 만월대도 추초로다
> 오백년 왕업이 목적에 붙였으니
> 석양에 지나는 객이 눈물겨워 하노라

- 율격 : 기본형
- 풀이 : 興亡(흥하고 망하는 것이) 有數(운수가 있으니)하니 滿月臺도 秋草(가을 풀)로다. 五百年 王業(국왕 통치의 사업)이 牧笛(목동이 부는 피리)에 붙였으니, 夕陽에 지나는 客(나그네)이 눈물겨워 (눈물을 이기지 못해) 하노라. 만월대는 고려 궁전 뜰의 계단이다.

고려의 옛 도읍을 찾아 지난날을 회고한다. 누구나 지닐 수 있는 감회를 예사롭지 않게 토로해 빼어난 노래를 만든다. 말이 저절로 흘러나오는 듯 하는 것이, 많이 생각하면서 율격을 세심하게 다듬은 결과이다.

초장과 중장은 동일한 사연을 전하는 것 같으면서 절묘한 대조를 이룬다. 초장에서 좋은 시절의 영화를 이름에 간직한 고려 궁궐의 만월대가 황폐해져 가을 풀이 자라는 것은 현장에서 눈으로 자세히 살펴, 자수를 4가 뒤에 셋이나 되는 3 >4, 4 4로 늘인다. 중장에서는 오백년 왕조가 사라지고는 아무 일도 없는 듯이 목동이 피리를 불기나 한다고 하니 너무나도 처량해, 3이 셋 앞에서 이어지는 3 3, 3<4로 말을 줄인다.

초·중장에서는 과거의 영광과 현재의 허무를 견주어 말하다가, 종장에서는 지금 석양을 지나는 객이 눈물을 참기 어렵다고 한다. 秋草와 牧笛에다 夕陽을 보태 쓸쓸함이 더욱 심각하게 하는 배경을 펼친다. 기본자수 3<4, 4>3을 그대로 사용해 말은 순조롭게 하면서, 뜻이 아주 심각해 흥망성쇠가 무엇인지 뼈저리도록 실감하게 한다.

누구나 지닐 수 있는 감회를 예사롭지 않게 토로한다고 한 이유는 작자가 왕조교체기를 남다르게 겪은 데 있다. 元天錫(1330~?)은 고려의 벼슬을 하다가 조선왕조가 들어서자 치악산에 들어가 숨었다. 고려를 위해 충절을 지키고자 한 것은 아니고, 수단을 가리지 않는 권력 쟁패에 환멸을 느꼈기 때문이다. 제자가 되는 태종이 사람을 보내 부르다가 직접 찾아가기까지 해도 만나주지 않았다.

원천석은 망국의 도읍을 찾아 흥망성쇠가 무엇인지, 고려와 조선 그 어느 편도 아닌 견지에서 생생하게 확인했다. 오백년이나 된 왕조가 무너진 것은 슬픈 일이지만, 영속을 바라는 것은 무리이다. "興亡이 有數하니"라고 서두에서 말했다. 망할 것은 망하고, 흥할 것은 흥해야 한다. 흥할 것이 흥한다고 해서 세상이 잘되는 것은 아니다. 백성은 여전히 시달려 괴롭다. 이런 말은 한시에서 했다.

「선인교 나린 물이」(2578.1)   鄭道傳

선인교 나린 물이 자하동에 흘러들어
반천년 왕업이 물소리뿐이로다
아이야 고국흥망을 물어 무삼 하리오

■ 율격 : 기본형

■ 풀이 : 仙人橋 나린 물이 紫霞洞에 흘러들어, 半千年 王業이 물소리뿐
이로다. "아이야, 古國興亡을 물어 무엇을 하리오." 선인교는 자하동에
있는 다리이다. 자하동은 개경 松嶽山의 골짜기이다.

이 노래는 앞의 것과 거의 같은 것처럼 보인다. 고려의 옛 도읍을 찾아
간 감회를 말하는 것이 다르지 않다. 만월대 대신에 선인교와 자하동을
들어 남은 자취를 말한다. 오백년 왕업을 반천년 왕업이라고 해서 같은
말을 더 길다는 느낌을 주게 한다. 초장은 눈으로 살핀 사실을 확인해 3
<4, 4 4이고, 중장에서 소리를 들으면서 생각하고 느낀 바를 3 3, 3<4로
나타내는 것이 정확하게 일치해 놀랄 만하다.

그러면서 듣는 소리가 다르다. 앞에서는 피리 소리를, 여기서는 물 소
리를 듣는다. 피리 소리는 정경의 일부를 이루고, 들리다가 그치면서 나
그네의 수심을 돋우기나 한다. 물은 옛 도읍 전역에서 쉬지 않고 흐르면
서 변함없는 소리를 낸다. 반천년 왕업이 이제는 물소리뿐이라고 할 정도
이다. 물소리는 피리 소리처럼 쓸쓸하지 않고 힘을 내게 한다.

물은 역사의 흐름을 생각하게 한다. 물이 흘러 새로운 곳으로 가고, 역
사도 앞으로 나아간다. 물은 예정된 방향으로 흐르기만 하고 되돌릴 수
없듯이, 역사도 역행이 불가능하다. "고국흥망을 물어 무삼 하리오"라고
하는 것이 역사에 대한 정확한 견해이다. 이미 과거가 된 옛 나라의 흥망
을 캐서 물으면서 회고를 일삼고 마음 아파하는 것은 부질없는 짓이니 그
만두어야 한다. 물이 계속 흘러 멀리 가는 것을 보고 미래에 대한 희망을
가지는 것이 마땅하다.

이 모든 것을 외로운 나그네가 혼자 알고 말지 않는다. "아이야"라고 부
를 상대자가 있다. 결말을 위한 관용구 "아이야"가 여기서는 특정의 의미
를 지닌다. 위의 노래에는 "牧笛에 부쳤으니"라고만 한, 피리 부는 목동이
있으나 가까이하지 않는다. 석양에 지나는 나그네가 홀로 슬퍼한다고 하

고 만다. 여기서는 어디 있는지 모를 아이를 불러 깨달은 바를 전한다. 아이는 역사를 이어나갈 장래의 주인이다.

이 노래를 지은 鄭道傳(1342~1398)은 고려를 멸망시키고 조선왕조를 창건한 주역이다. 고려의 옛 도읍을 찾아 시대가 달라진 것을 보고, 폐허의 정적을 압도하는 힘찬 물소리를 들으면서 역사가 앞으로 나아가는 것을 확인한다. 견주어 살필 작품에 元天錫의 위의 노래와 함께 (3431.1)(吉再) "오백년 도읍지를 필마로 돌아드니/ 산천은 의구한데 인걸은 간 데 없네/ 어즈버 태평연월이 꿈이런가 하노라"도 있는데 「211 율격」에서 고찰한다.

吉再는 고려가 망한 것을 통탄하고, 충절을 지키면서 회고에 사로잡혔다. 元天錫은 고려를 애석하게 여기면서도 미련을 가지지는 않고, 권력쟁패에 환멸을 느껴 세상을 등지고 숨었다. 鄭道傳은 스스로 주역이 되어 조선왕조를 세운 것이, 앞으로 나아가는 당연한 과정이라고 했다. 세 사람의 상이한 견해가 고려의 옛 도읍을 찾은 세 노래에 분명하게 나타나 있다.

「석양 고려국에」(2543.1)　　　　　　　　　安玟英

석양 고려국에 닫는 말 멈췄으니
슬프다 오백년이 물소리 가운데라
내 어찌 술을 깨고서야 만월대를 지나리오

■ 율격 : 기본형
■ 풀이 : 夕陽 高麗國에 닫는 말 멈췄으니, 슬프다 五百年이 물소리 가운데라. 내 어찌 술을 깨고서야 滿月臺를 지나리오.

고려국의 옛 도읍을 찾은 감회가 간명한 언사 속에 비통하게 나타나 있다. 생략된 말이 많아 마음속으로 보충하면서 읽어야 한다. 마음속에서 보충할 수 있는 말은 여럿이다. 글로 적으면 한정되니 그만두기로 한다.

「이 몸이 죽어가서」(3809.1)　　　　　　　成三問

이 몸이 죽어가서 무엇이 될꼬 하니
봉래산 제일봉에 낙락장송 되어 있어
백설이 만건곤할 제 독야청청 하리라

- 율격 : 기본형

- 풀이 : 이 몸이 죽어가서 무엇이 될꼬 하니, 蓬萊山 第一峰에 落落長松 되어 있어, 白雪이 滿乾坤할 제(하늘과 땅에 가득 찰 적에) 獨也靑靑하리라(홀로 푸르고 푸르리라).

봉래산은 신선이 산다는 이상적인 산이다. 봉래산 제일봉에 낙락장송이 솟아 있다고 하니 얼마나 놀라운가. 그 낙락장송은 눈이 하늘과 땅에 가득할 적에 홀로 푸르고 푸르러 웅대하고 고결한 의지를 나타낸다.

成三問(1418~1456)은 세조의 왕위 찬탈을 용인하지 않고 단종의 복위를 꾀하다가 발각되어 사형당한 사육신의 한 사람이다. 형장으로 가면서 이 노래를 지어 불렀다고 한다. 「이 몸이 죽고죽어」(3811.1)(鄭夢周)에서 "백골이 진토 되어 넋이라도 있고 없고"라고 한 비관을 "봉래산 제일봉에 낙락장송 되어 있어"라고 하는 확신으로 바꾸었다. 생명을 바쳐야 하는 상황에 거룩한 자세로 대처했다. 죽은 다음에 땅과 하늘의 정기를 더욱 굳건하게 지니겠다고 노래했다.

(0087.1)(俞應孚) "간밤에 불던 바람 눈서리 치단 말가/ 낙락 장송이 다 기울어 가노매라/ 하물며 못다 핀 꽃이야 일러 무삼 하리오"는 「244 하물

며」에서 고찰한다.

「천만리 머나먼 길에」(4604.1)　　　　　　　　王邦衍

천만리 머나먼 길에 고운 임 여의옵고
내 마음 둘 데 없어 시냇가에 앉았으니
저 물도 내 안 같도다 울어 밤길 예놋다

- 율격 : 기본형
- 풀이 : 千萬里 머나먼 길에 고운 임 여의옵고 내 마음 둘 데 없어 시냇가
  에 앉았으니, 저 물도 내 안(마음속) 같도다. 울어 밤길 가는구나.

단종을 유배지로 압송하고 돌아오면서 禁府都事 王邦衍(생몰 연대 미
상)이 지은 노래이다. 成三問처럼 기개를 뽐내지 않고, 목소리를 낮추었
다. 성삼문의 낙락장송이 여기서는 시냇물이다.

직책 때문에 어처구니없는 일을 한 것이 너무나도 비통하다고 말로 할
수는 없다. 울음도 삼켜야 하는데 끝없이 이어진다. 마음을 둘 데 없어 시
냇가에 앉았으니, 시냇물이 자기 마음 같아 울면서 밤길을 간다고 한다.

「청령포 달 밝은 밤에」(4740.1)　　　　　　　　文守彬

청령포 달 밝은 밤에 어여쁜 우리 임금
고신 척영이 어디러로 가신 것고
벽산 중 자규의 애원성이 나를 절로 울린다

- 율격 : 기본형
- 풀이 : 淸泠浦 달 밝은 밤에 어여쁜 우리 임금 孤身(외로운 몸) 隻影(짝 없는
  그림자)이 어디러로 가신 것이고? 碧山 中 子規의 哀怨聲이 나를 절로 울

린다.

청령포는 강원도 영월 단종 임금이 귀양 갔다가 살해된 곳이다. 거기 있던 "어여쁜 우리 임금" 외로운 몸 짝 없는 그림자가 어디로 갔는가 하고 탄식한다. 그곳 푸른 산 속의 두견이 울음 슬프게 원망하는 소리가 단종의 혼인 듯이 생각되어 나를 절로 울린다. 작자는 숙종 때의 가객이어서 단종과 특별한 관계는 없다. 역사의 비극을 알려주는 현장을 찾으면 누구나 지니는 비감을 토로한다.

「설울사 설운지고」(2589.1)　　　　　　鄭光天

설울사 설운지고 민망함이 그지없다
병진 막막하니 갈 길이 어두워라
언제나 수복고국하여 군부 편케 하려뇨

- 율격 : 기본형
- 풀이 : 서럽다 서러운지고, 憫惘함(답답하고 안타까움)이 그지없다 兵塵(싸움의 먼지) 漠漠하니(아득하니) 갈 길이 어두워라. 언제나 收復故國하여 君父(임금과 아버지) 편케(편하게) 하려는가?

壬辰倭亂을 당한 참상을 말한다. 서럽고 민망하다고 하고, 싸움의 먼지가 아득해 갈 길이 어둡다고 한다. 무엇이 어떻게 되었는지 구체적으로 말하지는 못한다. "언제나 수복고국하여 군부 편케 하려뇨"라고 한 데서, 나라를 잃어 수복할 날이 아득하다고 탄식하고, 임금과 아버지를 편하게 해드리지 못해 원통하다고 한다.

鄭光天(1553~1594)은 임진왜란 때 의병으로 활약하면서 전란에 시달리는 나라를 걱정하는 「述懷歌」 8수를 지었다. 이것이 그 가운데 하나이

다. 다른 노래를 둘 더 들면 (3192.1)(鄭光天) "어와 설운지고 태평은 언제
런고/ 임금은 어디고 노친은 어이하리/ 차라리 자는 듯이 죽어 아무런 줄
모르리라", (2587.1)(鄭光天) "설울사 설울사 근심이 가이 없다/ 국파 가망
하니 어디로 가려는고/ 차라리 심산으로 들어가 아사 하리라"라는 것이
있다. 뒤의 노래는 「245 차라리」에서 고찰한다.

「한산섬 달 밝은 밤에」(5302.1)   李舜臣

한산섬 달 밝은 밤에 수루에 혼자 앉아
큰 칼 옆에 차고 깊은 시름 하는 차에
어디서 일성호가는 나의 애를 끊나니

- 율격 : 기본형
- 풀이 : 閑山섬 달 밝은 밤에 戍樓에 혼자 앉아, 큰 칼 옆에 차고 깊은 시
  름 하는 次에(하고 있는데), 어디서 一聲胡歌는 나의 애를 끊는구나. 한
  산섬은 統營 앞 바다에 있는 섬이다. 임진왜란 때 水軍統制營이 설치된
  곳이다.

달 밝은 밤에 누각에 혼자 앉아 깊은 시름을 하는 심정을 조용한 어조
로 차분하게 술회한다. 장소가 한산섬이고, 앉아 있는 누각이 경비 초소이
고, 큰 칼을 차고 있다고 하는 말로 전란을 암시할 따름이고 動中靜의 극
치이다. 깊은 시름을 한다고만 하고 무슨 시름인지는 말하지 않는다.

완벽한 정적을 깨고 갑자기 一聲胡歌가 들리니 창자가 끊어질 듯하다고
한다. 一聲胡歌는 일본군이 내는 소리일 수 있다. 극도로 긴장해야 할 상
황이다. 뒤를 잇는 소리가 없어 긴장의 고통이 더 커진다. 엄청난 격동을
내포하고 있는 극도의 정적으로 역사의 한 단면을 극명하게 나타낸다.

壬辰倭亂을 직접 다룬 시조는 더 찾기 어렵다. 한시에는 참전의 경과, 전란의 참상, 피해자들의 고난, 난후의 후유증 등을 핍진하게 그려 통탄을 자아내는 작품이 많은 것과[1] 아주 달라 무슨 까닭인지 생각해보지 않을 수 없다. 시조는 말을 길게 하지 못해 전란의 증언을 감당할 수 없었다. 분노가 너무 격렬해 시조에다 담아내기 어려웠다. 시조를 지어 부를 만한 마음의 여유가 없었다. 이런 이유를 들 수 있다. 鄭光天이 탄식을 마구 늘어놓은 것은 별난 일이다. 수군통제사 李舜臣(1545~1698)은 드문 기회를 가까스로 얻어 이 노래를 지었다.

「원산을 발로 박차」(3631.1)   閔濟長

원산을 발로 박차 대마도를 연륙하고
장검을 빼어들며 강호를 뛰어들어
장부의 백년 수치를 갚아볼까 하노라

■ 율격 : 기본형

■ 풀이 : 遠山을 발로 박차 對馬島를 連陸(육지로 연결)하고, 長劍을 빼어들며 江戸를 뛰어들어, 丈夫의 百年 羞恥를 갚아볼까 하노라

원산은 남해도에 있는 산이다. 이 산을 발로 박차 대마도가 육지로 연결되게 한다는 것은 대단한 기개이고 엄청난 상상이다. 대마도까지 육지로 연결되면 일본으로 가기 쉽다. 장검을 빼어들고 일본 수도 江戸(에도)로 뛰어든다고 한다. 자료 원문에는 "康湖"로 적혀 있는데, 정보 부족이나 전사 실수로 말미암은 착오라고 생각된다. 임진왜란 이후 백여 년이 되는

---

1 『한국문학통사』 3에서 金沔, 「行軍到新倉有感」; 趙任, 「南征」; 權蹕, 「敵退後入京」, 許筠, 「老客婦怨」 등의 작품을 소개하고 고찰했다(29~35면).

데, 그때의 수난을 대장부라면 마땅히 수치로 치부하고 반드시 갚아야 한다고 한다.

閔濟長(1671~1729)은 무과에 급제해 각처의 병마절도사를 지낸 후대의 장수이다. 백여 년 뒤에 임진왜란의 복수를 염원하면서 이 노래를 지었다. 빼어난 기상이 나타나 있다.

「청석령 지나거냐」(4782.1)　　　　　　　　　　　　孝宗

청석령 지나거냐 초하구 어디메오
호풍도 차도찰사 궂은 비는 무삼 일고
뉘라서 내 행색 그려다가 임 계신 데 드릴꼬

- ■ 율격 : 기본형
- ■ 풀이 : 靑石嶺 지났나, 草河口 어디메오? 胡風도 차도찰사(차기도 차구나), 궂은 비는 무삼(무슨) 일고(일인고)? 뉘라서 내 행색 그려다가 님 계신 데 드릴꼬? 靑石嶺과 草河口는 청나라 땅 滿洲의 지명이다.

조선왕조 제17대 국왕 孝宗(1616~1659)이 鳳林大君 시절에 丙子胡亂의 패전을 겪고 형 昭顯世子와 함께 淸나라에 볼모로 잡혀갈 때 지은 노래이다. 그런 곳들을 거치면서 먼 길을 가는데 바람이 차갑게 불고 비가 내려 고난을 가중시킨다.

그 행색을 아버지 仁祖 임금에게 알리고 싶어 "뉘라서 내 행색 그려다가"라고 한다. 수행원들이 있으니 행색을 그릴 수는 있어도 전할 수는 없다. 다행히 이 노래가 전해져 역사 한 고비의 처참한 장면을 선명하게 알려준다.

「가노라 삼각산아」(0009.1)　　　　　　　　　金尙憲

가노라 삼각산아 다시 보자 한강수야
고국 산천을 떠나고야 하랴마는
시절이 하 분분하니 올동말동 하여라

- 율격 : 기본형
- 풀이 : 가노라 三角山아, 다시 보자 漢江水야 故國 山川을 떠나고자 하
  랴마는, 시절이 하 紛紛하니(어지러우니) 올동말동 하여라.

金尙憲(1570~1652)이 병자호란 때 斥和를 주장했다는 이유로 청나라
로 잡혀가면서 지은 노래이다. 떠나간다는 인사를 삼각산에 하고, 다시 보
자는 말을 한강수에 한다. 삼각산과 한강수가 고국 산천을 대표한다. 고국
을 떠나고 싶지 않으나 떠나지 않을 수 없게 되어 산천에 하직한다. 갔다
가 돌아오기를 바라지만 시절이 어지러우니 기약할 수 없다 한다. 탄식해
야 할 심정을 직접 토로하지 않고 산천에 이별하는 말을 통해 나타낸다.

「한밤중 혼자 앉아」(1822.1)　　　　　　　　李廷煥

한밤중 혼자 앉아 묻노라 이내 꿈아
만리 요양을 어느덧 다녀온고
반갑다 학가선객을 친히 뵌 듯하여라

- 율격 : 기본형
- 풀이 : 한밤중 혼자 앉아 묻노라 이내 꿈아, 萬里 遼陽을 어느덧 다녀온
  고? 반갑다 鶴駕仙客을 친히 뵌 듯하여라.

「조그만 이내 한 몸」(4354.1)　　　　　　　　　李廷煥

조그만 이내 한 몸 하늘 밖에 떠다니
오색 구름 깊은 곳에 어느 것이 서울인고
바람에 지나는 검불 같아서 갈 길 몰라 하노라

■ 율격 : 기본형

■ 풀이 : 조그만 이내 한 몸 하늘 밖에 떠다니니, 五色 구름 깊은 곳에 어느
　　것이 서울인고? 바람에 지나는 검불 같아서 갈 길 몰라 하노라.

　李廷煥(1604~1671)은 병자호란 때문에 통분하고 두문불출한 선비이
다. 두 大君이 잡혀간 것을 참을 수 없는 치욕으로 여기고, 두 대군을 찾
아 만리 밖으로 달려가는 꿈을 꾸다가 밤중에 홀로 앉아 탄식했다고 한
다. 그런 사연을 나타낸 「悲歌」 10수 가운데 위의 두 노래가 있다.
　두 노래에서 공중에 날아오른다는 말을 거듭 하면서 구체적인 사연은
다르다. 앞의 노래에서는 청나라 수도 遼陽(審陽)까지 날아가 고귀한 모
습을 鶴駕仙客이라고 일컬은 두 대군을 직접 만나고 온 듯하다고 한다.
뒤의 노래에서는 오색 구름 깊은 곳에 있어야 하는 서울을 찾지 못하고
헤맨다는 말로 나라의 운명을 근심하고, 바람에 검불 같은 자기가 갈 길
몰라 헤맨다고 탄식한다.

「말세 인물이라 한들」(1575.1)　　　　　　　　　黃胤錫

말세 인물이라 한들 상고인물 다를런가
편방 인물이라 한들 중국인물 다를런가
어즈버 천생인물이라 고금중외 분간 말게

■ 율격 : 기본형

■ 풀이 : 末世 人物이라 한들 上古人物 다를런가, 偏邦 人物이라 한들 中國 人物 다를런가? 어즈버 天生人物이라 古今中外 分揀 말게. 더 풀이할 말이 없다.

상고를 높이고 자기 시대는 말세라고 낮추는 복고주의를 부정한다. 중국은 대단하다고 하고 자기 나라는 변방이어서 보잘것없다는 中華사상도 나무란다. 하늘이 낸 인재를 古今中外로 나누어 평가하는 것이 부당하다고 한다. 李滉이 「古人도 날 못 보고」(0292.1)에서 보인 발상에서 벗어나, 지금 이곳 사람들이 하는 일을 긍정해야 한다는 역사관을 제시한다.[2]

412 강토

강토는 살고 있는 곳일 뿐만 아니라 사랑을 쏟는 곳이다. 강토의 어느 곳 구체적인 지명을 들어 남기고 싶은 사연을 말한 노래를 여기서 든다. 북쪽에서 시작해 남쪽으로 가면서 무슨 말을 했는지 보자.

「장백산에 기를 꽂고」(4181.1)   金宗瑞

장백산에 기를 꽂고 두만강에 말 씻기니
썩은 선비야 우리 아니 사나이냐
어떻다 능연각상에 뉘 얼굴 그릴꼬

■ 율격 : 기본형

■ 풀이 : 長白山에 旗를 꽂고 豆滿江에 말 씻기니. 썩은 선비야 우리 아니

---

2   정소연, 「황윤석의 시조와 한시, 한역시 비교」, 『조선 중·후기 시가의 양층언어 문학사』(새문사, 2015), 이에 대해 고찰했다.(205~206면)

사나이냐? 어떻다 凌煙閣上에 뉘 얼굴 그릴꼬?

金宗瑞(1383~1453)가 조선왕조 세종 때에 국경을 멀리까지 확장하고 지은 노래이다. 장백산에 기를 꽂고, 두만강에 말 씻긴다고 말로 성취한 업적을 자랑해 충격을 준다. 방대한 공간에다 넘치는 기개를 펼쳐 보여 준다.

문신은 썩은 선비라고 했다. 공신의 초상을 거는 전각 凌煙閣에 누구 얼굴을 그려 걸어야 하는가? 이 질문은 무신이라는 대답을 함축하고 있다. 金宗瑞는 文科에 급제한 문신인데, 무신의 임무를 맡아 탁월하게 수행한 것을 자랑으로 삼고 상무 정신을 높이 평가했다.

장백산과 두만강은 예사 사람은 접근할 수 없는 아득히 먼 곳인데, 이런 노래가 가까이 다가오게 했다. 국토의 북쪽을 구획하고 장식하는 거대한 징표로 기억하면서 자부심을 느끼도록 했다.

長白山이라고 이름이 白頭山보다 먼저 나타난 것을 주목할 만하다. 오늘날 사람들이 우리 백두산을 중국에서 장백산이라고 한다고 분개하는 것은 근거가 없다. 두 이름이 일찍부터 공존했을 것 같다.

「삭풍은 나무 끝에 불고」(2292.1)   金宗瑞

삭풍은 나무 끝에 불고 명월은 눈 속에 찬데
만리 변성에 일장검 짚고 서서
긴파람 큰 한 소리에 거칠 것이 없어라

■ 율격 : 기본형

■ 풀이 : 朔風은 나무 끝에 불고 明月은 눈 속에 찬데. 萬里 邊城에 一長劍 짚고 서서, 긴파람 큰 한 소리에 거칠 것이 없어라.

이것도 金宗瑞가 새로 개척한 북쪽 국경에서 지은 노래이다. 이룬 공적을 자랑하면서 씩씩한 모습을 보여주고자 하는 것은 같고, 표현 방식이 대조가 될 만큼 다르다. 앞의 노래는 공간 구성을 거대하게 펼쳐 넘치는 기개를 자랑하고, 여기서는 시간의 경과에 맞추어 숨은 투지를 한 단계씩 드러내 대단한 경지에 이른다.

"삭풍은 나무 끝에 불고 명월은 눈 속에 찬데"에서는 주위의 경치를 살피면서 시련이 있어도 인내로 이겨내겠다고 한다. 국토의 끝을 이어나가는 "만리 변성"으로 시야를 확대하고, "일장검 짚고 서서"에서 어떤 시련이라도 넘어설 수 있는 용맹을 자랑한다. "긴파람 큰 한 소리에 거칠 것이 없어라"라고 하는 데서는 한정된 영역을 넘어서서 무엇이든지 제압하겠다는 포부를 말한다.

「장검을 빼어들고」(4169.1)　　　　　　　　　南怡

장검을 빼어들고 백두산에 올라 보니
대명 천지에 성진이 잠겼어라
언제나 남북풍진을 헤쳐볼까 하노라

- 율격 : 기본형
- 풀이 : 長劍을 빼어들고 白頭山에 올라서 보니, 大明天地에 腥塵(비린내 나는 티끌)이 잠겼어라. 언제나 南北風塵을 헤쳐볼까 하노라.

南怡(1441~1468)는 조선왕조 세조 때의 무장이며, 金宗瑞의 뒤를 이어 북쪽 국경을 넓히는 공적을 세우고 이 노래를 지었다. 여기서는 白頭山이라는 말을 사용했다. 백두산을 마음속에 깊이 각인해 기억하도록 하는 노래이다.

백두산에 올라가 바라본 大明天地는 넓게 바라다보이는 곳이기도 하고 중국 明나라이기도 하다. 그곳이 비린내 나는 티끌에 잠겼다는 것은 전쟁으로 살육이 자행될 혼란상이 잠재적인 형태로 내재되어 있다는 말로 이해된다. 그래서 할 일이 있다고 한다.

金宗瑞는 앞으로 어떻게 해야 하겠다고 말하지는 않았는데, 여기서는 "언제나 南北 풍진을 헤쳐볼까"라고 했다. "언제나"는 "기다리는 때가 오면"이라는 말이다. "남북 풍진을 헤쳐볼까"는 남북의 혼란상을 싸워서 정리하겠다는 말이다. "남북 풍진" 가운데 북은 "大明天地"의 "腥塵"이겠는데 남은 무엇인가? "남북"을 "여기저기"를 뜻하는 일반명사로 이해하지 않고 이런 의문을 가지면, 국내 정치를 장악하려 한다는 의심을 가질 수 있다.[3]

「백두산 내린 물이」(1873.1)　　　　　　姜膺煥

백두산 내린 물이 압록강이 되었도다
크고 큰 천지에 분계는 무삼 일고
슬프다 요동 옛 땅을 뉘라서 찾을쏘냐

3　南怡는 「北征時作」이라는 한시에서 "白頭山石磨刀盡 豆滿江水飲馬無 男兒二十未平國 後世誰稱大丈夫"라고 했다. "平國"을 "得國"이라고 고쳐 역적이 되려고 한다는 모함에 걸려 처형되었다. 남이가 대단한 용력을 지닌 장군이었다고 하는 전설이 도처에 전한다. 내 고향 영양은 서울에서 아주 멀고 지금도 교통이 불편한데 남이 장군이 와서 제어할 수 없는 도적들을 퇴치했다는 말이 전한다. 영양군 입암면 연당리 선바위[立岩] 맞은편에 있는 20미터 절벽 중간에 사람의 얼굴상이 있다. 용이 되지 못한 이무기 阿龍과 子龍 형제가 사람들을 해치면서 횡포를 부리다가 역적이 되었다. 근처에는 대적할 사람이 없어 서울에서 남이 장군이 와서 치열한 싸움을 벌였다. 아룡이 별안간 몸을 날려서 공중으로 치솟으므로 남이 장군도 몸을 날려 공중에서 격전을 벌여 아룡을 죽이고 검무를 추며 내려오면서 칼끝으로 절벽에 자신의 상을 그린 것이라고 한다. 그곳 물가를 장군의 이름을 따서 南怡浦라고 한다.

- 율격 : 기본형

- 풀이 : 白頭山 내린 물이 鴨綠江이 되었도다. 크고 큰 天池에 分界는 무삼(무슨) 일인고? 슬프다, 遼東 옛 땅을 뉘라서 찾을쏘냐?

백두산과 압록강의 관계를 알고 있다. 백두산 천지가 다 우리 것이라는 생각을 은연중 나타낸다. 分界는 白頭山定界碑를 세운 것을 말한다. 그 비를 세운 해는 1712년이다. 전에는 우리 땅인 요동을 되찾아야 한다고 한다.

姜膺煥(1735~1795)은 함경도 회령 高嶺鎭僉事를 지낸 무신이다. 백두산 일대의 사정을 알고 이 노래를 지었을 것으로 생각한다. 1912년에 편찬된 문집『勿欺齋集』에 작품이 전한다.

(1874.1) "백두산 높은 봉은 천만년 변함없고/두만강 깊은 물은 흘러 흘러 무궁이라/우리도 저 강산 같이 변함없이"라고 하는 것도 있으나, 1958년에 편찬된『雜誌 平州本』에 수록되어 있어 고시조로 인정할 수 없으며, 백두산과 두만강에 관한 최근의 인식을 보여준다.

「북궐을 하직하고」(2118.1)   申瀁

북궐을 하직하고 용만으로 돌아들어
통군정 올라앉아 호지를 굽어보니
아마도 강개우충이 더욱 무궁하여라

- 율격 : 기본형

- 풀이 : 北闕을 下直하고 龍灣으로 돌아들어, 統軍亭에 올라앉아 胡地를 굽어보니, 아마도 慷慨愚忠이 더욱 無窮하여라.

龍灣은 義州이다. 거기 군사를 거느리는 統軍亭이라는 정자가 있다. 의주 통군정을 기억하게 하는 노래이다. "호지를 굽어보니"는 南怡의 「장검을 빼어들고」(4169.1)와 상통한다. 申溥(1641~1703)는 숙종 때의 사람이라, 굽어본 곳이 청나라 땅이다. 청나라 땅을 胡地라고 하면서 낮추고 싶은 심정을 내보인다. 왕명을 받고 거기까지 가서, 분개하는 마음으로 충성하고자 하는 慷慨愚忠을 다짐한다.

「마천령 올라앉아」(1529.1)

마천령 올라앉아 동해를 굽어보니
물 밖에 구름이요 구름 밖에 하늘이라
아마도 평생 장관은 이것인가 하노라

- 율격 : 기본형
- 풀이 : 摩天嶺 올라앉아 東海를 굽어보니, 물 밖에 구름이요 구름 밖에 하늘이라. 아마도 平生 壯觀은 이것인가 하노라. 마천령은 함경남·북도 사이에 있는 높은 고개이다.

이 노래의 마천령, 거기서 굽어보는 동해는 유람하려고 찾아간 곳이다. 회고할 사연도, 탐구해야 할 과제도, 나라를 지켜야 하는 의지도, 탄식할 사연도 없다. 오직 보고 감동을 받고 즐기기만 하면 된다. 멀리까지 보면서 "물 밖에 구름이요 구름 밖에 하늘이라"라고 한다. 종장에서는 본 것을 총괄해 평생 장관이라고 한다.

(4700.1)(李恒福) "철령 높은 고개 쉬어 넘는 저 구름아/ 고신 원루를 비 삼아 띄웠다가/ 임 계신 구중심처에 뿌려본들 어떠리"는 「421 나라」에서 고찰한다.

「마니동 깊은 골로」(1516.1)　　　　　　　　朴淳愚

마니동 깊은 골로 단발령 올라서니
금강산 만이천을 역력히 다 볼로다
아이야 말 바삐 몰아라 어서 가려 하노라

- 율격 : 기본형
- 풀이 : 摩尼洞 깊은 골로 斷髮令 올라서니, 金剛山 萬二千을 歷歷히 다
  보겠구나. "아이야 말 바삐 몰아라. 어서 가려 하노라."

단발령은 강원도 김화군 통화면과 회양군 내금강면 사이에 있는 고개
이다. 올라서면 金剛山 萬二千峰이 한눈에 보인다는 곳이어서 많은 유람
객이 찾아가, 시도 짓고 그림도 그렸다. 거기서 금강산의 모습을 보고 바
삐 가자고 한다. 마음이 급하다. 금강산의 아름다움에 대해서는 아직 말
하지 못한다.

「금강 일만 이천봉이」(0524.1)　　　　　　　　安玫英

금강 일만 이천봉이 눈 아니면 옥이로다
헐성루 올라가니 천상인 되었거다
아마도 서부진 화부진은 금강인가 하노라

- 율격 : 기본형
- 풀이 : 金剛 一萬二天峰이 눈 아니면 玉이로다. 歇醒樓 올라가니 天上
  人 되었거다(되었구나). 아마도 書不盡, 畵不盡은 金剛인가 하노라.

이것도 金剛山을 찾은 노래이다. 헐성루에 올라가니 天上人이 된 것
같다고 한다. 헐성루는 금강산 正陽寺에 있던 누각이고, 올라가면 내금강

42개 봉우리를 한눈에 조망할 수 있는 곳이다. 금강산의 아름다움은 "書 不盡, 畵不盡"라고 해서 글로도 그림으로도 다 나타낼 수 없다고 한다.

「보덕굴 높은 집이」(2012.1)

> 보덕굴 높은 집이 지는 지 몇백 년고
> 천심 절벽에 외로이 붙어 있어
> 지금에 산중선경을 혼자 두려 하는가

- 율격 : 기본형

- 풀이 : 普德窟 높은 집이 지는 지 몇百 年인고? 千尋 絕壁에 외로이 붙 어 있어, 지금에 山中仙境을 혼자 두려 하는가?

보덕굴은 금강산 法起峰 중턱 굴에다 지은 절이다. 천심 절벽에 집을 지은 모습이 기이해 구경꾼이 모이고, 그림 그린 것이 많다. 보덕굴이 외 로운 자태를 홀로 지키고 있는 것을 사람에다 견주어 말한다. 찾을 것을 찾지 않아 "산중선경을 혼자 두려 하는가"는 보덕굴에게 하는 말이면서 자기에게 하는 말이다. 금강산에서 보이는 광경을 본보기로 들어, 칩거를 일삼고 天地 眞景 탐구에 나서지 않는 것은 잘못이라고 나무란다.

(2635.1)(金三賢) "세사를 다 후리치고 청려장 들어 짚고/ 금강산 들어가 니 골골마다 물소리요 가지가지 꽃빛이라/ 아이야 미지내공이 하불조입 산고"라고 하는 것도 있다. (2586.1) (趙明履) "설악산 가는 길에 개골산 중 을 만나/ 중더러 이른 말이 풍악이 어떻더냐/ 이 사이 연하여 서리 치니 때 맞은가 하노라"는 「524 가을」에서 고찰한다.

「삼곡은 어디메오」(2390.1)   權燮

삼곡은 어디메오 황강이 여기로다
양양 현송이 구재를 이었으니
지금에 추월정강이 어제런 듯 하여라

■ 율격 : 기본형

■ 풀이 : 三曲은 어디메오 黃江이 여기로다. 洋洋 絃誦 舊齋를 이었으니.
지금에 秋月亭江이 어제런 듯 하여라

셋째 노래여서 "三曲"이라고 한다. 황강을 바라보면서 자연의 경치를
묘사하지 않고 "秋月亭江" 가을 달 정자가 있는 강을 말하기만 한다. "洋
洋 絃誦"이라고 해서, 그 정자에서 시원하게 뻗어나게 현악기를 연주하고
글을 읽는 것이 "舊齋를 이었"다고 하니, 옛 사람의 품격을 계승한다는 말
이다. 그래서 지금 보는 강가의 정자가 "어제런 듯"이라고 하면서 과거와
같다고 한다.

이 노래는 權燮(1671~1759)이 자기 고장 충청도 제천 일대의 명승지를
노래한 「黃江九曲歌」의 하나이다.[4] "黃江"이라는 말이 바로 나와 이것을
든다. 권섭의 백부 權尙夏는 宋時烈의 수제자이다. 벼슬을 마다하고 제
천 황강 마을에 은거하고 학문을 했다. 그 유풍을 기리면서 이 노래를 지
었다.

「속리산 무한경을」(2747.1)   李賢輔

속리산 무한경을 곡곡 봉봉 찾아보니

---

4   이창식, 「권섭의 황강구곡가 연구」, 『시조학논총』 17(한국시조학회, 2001)에서 이
    에 관해 고찰했다.

장송은 낙락 기암이요 간수는 잔잔 두견이라
아마도 호중명산은 예뿐인가

- 율격 : 기본형. 마지막 토막 "하노라"는 생략되었다.
- 풀이 : 俗離山 無限景을 谷谷 峰峰 찾아보니, 長松은 落落 奇巖이요 澗 水는 潺潺 杜鵑이라. 아마도 湖中名山은 예뿐인가 (하노라).

속리산의 경치를 알려준다. 위의 몇 노래에서 금강산이 어떤 곳인지 말하지 못한 것과 다르다. 속리산의 경치는 말하기 쉬운 것이 이유가 아니고, 한 단계씩 펼쳐 보이는 특별한 방법을 사용하기 때문이다.

"無限景"이라고 해서 경치가 무한하다고 한다. "谷谷 峰峰 찾아보니"에서는 많은 골짜기가 봉우리를 찾아본다고 한다. "長松은 落落"에다 "奇巖"을 붙이고, "澗水는 潺潺"에다 "杜鵑"을 붙여 대구를 만든다. 낙락장송이 서 있는 곁에 기이한 바위가 있고, 개울물이 잔잔하게 흐르는 곳에서 두견이 운다는 것을 연결시키는 설명 없이 그림 그리듯이 보여준다. "잔잔"은 순우리말로 의식되는데 한자 어원이 "潺潺"이다.

보여주기만으로는 모자란다고 여겨, "湖中名山은 예뿐인가 (하노라)"라고 마무리한다. "湖中"은 "湖西中"이라는 말이다. 호서지방 가운데 명산은 속리산이라고 한다.

「백마강 배를 타고」(1882.1)

백마강 배를 타고 고란사로 돌아드니
낙화암 두견이 울고 반월성에 달 돋는다
아마도 백제 고도가 예 아닌가

- 율격 : 기본형. 마지막 토막 "하노라"는 생략되었다.

■ 풀이 : 白馬江 배를 타고 皐蘭寺로 돌아드니, 落花巖 杜鵑이 울고, 半月 城에 달 돋는다. 아마도 百濟 古都가 예 아닌가 (하노라).

백제 고도를 찾은 감회를 정다운 지명을 들어 말한다. 백마강, 고란사, 낙화암, 반월성을 열거하면서, 두견이 울고, 달이 돋는다는 말만 보탠다. 이 정도만으로도 애착을 나타내기에 충분하다.

「청량산 육륙봉을」(4732.1)   李滉

청량산 육륙봉을 아는 이 나와 백구
백구야 헌사 마라 못 믿을손 도화로다
도화야 떠지지 마라 어주자 알까 하노라

■ 율격 : 기본형
■ 풀이 : 淸涼山 六六峰(열두 봉우리) 아는 이 나와 白鷗. 白鷗야, 헌사 마라, 못 믿을손 桃花(복숭아꽃)로다. "桃花야, 떨어지지 말아라, 漁舟子 (고기잡이 배를 타는 어부) 알까 하노라."

노랫말을 풀어보자. 청량산 열두 봉우리의 빼어난 경치를 나와 백구만 안다. 백구는 곁에 있으면서 경치 구경을 함께 한다. 백구야, 경치가 좋다 고 자랑해 남들이 알게 하지 말아라. 백구는 믿을 수 있지만, 도화가 염려 된다. 도화가 물에 떠서 밖으로 흘러 나가면 고기 잡는 어부가 알고 이 좋 은 곳을 찾아올 수 있다.

청량산은 경북 봉화에 있는 산이다. 李滉(1501~1570)이 자기 고장 가까 이 있는 그곳에 가서 머무르면서 절묘한 노래를 지어 돋보인다. 곁에 洛 東江 상류가 흘러, 노래를 지을 때에는 백구가 날아들고, 고기 잡는 어부 가 배를 몰고 다녔을 수 있다. 桃花는 산에도 많이 피었을 것이다. 백구·

도화·어부는 어느 정도 사실에 근거를 두었으나, 상징으로 더 중요한 의미를 가진다.

산수를 찾아 은거하는 사람은 백구를 벗 삼아야 하므로 백구를 불렀다. 어부와 도화는 소종래가 있다. 어부가 어이 가다가 우연히 도화가 만발한 이상향을 발견하고 다시 가려고 하니 찾을 수 없었다고, 陶淵明이 「桃花源記」에서 한 말을 가져왔다.

청량산은 열두 봉우리의 경치가 빼어난 것만 아니고, 산수를 찾아 은거하는 사람의 이상향이어서 남들에게 알리고 싶지 않았던가? 이렇게 이해하면 의문이 남는다. 누구나 보고 즐길 수 있는 경치를 감추고 알리지 않을 수 있는가? 산수를 찾아 은거하는 것이 무어 그리 대단한가? 산수와 만나 누리는 物我一體의 즐거움을 누구에게나 쉽게 알릴 수 없어 혼자 간직하려고 했다고 보아야 의문이 풀린다.

「두류산 양단수를」(1463.1)　　　　　　　　曺植

두류산 양단수를 예 듣고 이제 보니
도화 뜬 맑은 물에 산영조차 잠겼어라
아이야 무릉이 어디메오 나는 옌가 하노라

■ 율격 : 기본형
■ 풀이 : 頭流山 兩端水를 예(예전에) 듣고 이제 보니, 桃花 뜬 맑은 물에 山影조차 잠겼어라. "아이야 武陵이 어디메오? 나는 옌가(여기인가) 하노라."

頭流山은 智異山의 다른 이름이다. 兩端水는 둘로 갈라진 물이다. 두류산 양단수는 경치가 가장 빼어난 곳이다. 전부터 듣기만 하던 곳에 가서 실제로 보니 감격스럽다. 보이는 광경이 "桃花 뜬 맑은 물에 山影조차 잠겼어라"라고 전한다. 그곳은 아무 근심 없이 사는 별세계인 武陵이 아닌가 하고 묻고 확인한다. 陶淵明이 「桃花源記」에서 한 말을 가져오고, 桃花가 무릉을 알리는 징표라고 한 것이 李滉의 청량산 노래와 같다.

李滉은 청량산 노래에서 경치를 말하기만 하지 않고, 物我一體의 즐거움을 혼자 간직하지 않을 수 없다고 했다. 曹植(1501~1572)도 두류산 노래에다 문면에 나타난 것 이상의 의미를 나타냈다. 일상적이고 세속적인 삶을 넘어선 궁극의 道體를 발견해낸 기쁨을 세상에 전한다고 할 수 있다. 동갑인 두 사람이 한 번도 만나지는 않으면서 당대의 스승이 누구인가를 두고 은근히 경쟁한 자취가 두 노래에도 나타나 있다.

(4926.1)(安玟英) "촉석루 난간 밖에 남강수벽 백구비라/ 슬프다 일편석은 정충고혼 실었구나/ 서풍에 잔 들어 위로할 제 눈물겨워 하노라"는 「514 바람」에서 고찰한다.

「내장은 추경이요」(0976.1)   李世輔

내장은 추경이요 변산은 춘경이라
단풍도 좋거니와 채석도 기이하다
어쩌타 광음은 때를 찾고 사람은 몰라

- 율격 : 기본형. 마지막 한 토막 "하는가"가 생략되었다.
- 풀이 : 內藏은 秋景이요, 邊山은 春景이라. 丹楓도 좋거니와 彩石도 기이하다. 어쩌타 光陰은 때를 찾고 사람은 몰라 (하는가).

오늘날 전라북도라고 하는 곳 으뜸가는 명승지 둘을 소개한다. 내장산 단풍은 가을의 좋은 경치이고, 변산 채석강의 기이한 모습은 봄에 가볼

만하다. 광음이라고 한 자연의 시간은 때를 찾아 변화를 자아내는데 사람은 모른다고 한다. 사람은 모른다는 말은 두 가지 뜻이 있다고 생각된다. 자연의 변화를 몰라 제때 찾아가지 못한다는 것이 직접적인 뜻이다. 할 일을 몰라 시대에 뒤떨어진다고 하는 것은 더 깊은 뜻이다.

「월출산이 높더니마는」(3656.1)　　　　　　　　　　尹善道

월출산이 높더니마는 미운 것이 안개로다
천왕 제일봉을 일시에 가리웠다
두어라 해 퍼진 후에 안개 아니 걷으랴

■ 율격 : 기본형
■ 풀이 : 月出山이 높더니마는 미운 것이 안개로다. 天王 第一峰을 일시에 가렸다. 두어라 해 퍼진 후에 안개 아니 걷으랴

전라도 영암의 명산 월출산 경치를 그리면서 하고 싶은 말을 한다. 높이 솟은 월출산을 제대로 보지 못하게 하는 안개가 밉다. 천왕 제일봉 정상을 일시에 가리다니. 너무 한탄하지는 말자. 햇살이 퍼지면 안개가 걷히지 않겠나.

경치를 그린 것을 비유로 이해할 수도 있다. 천왕 정상봉은 임금이고, 안개는 임금의 총명을 가린 간신의 책동이다. 간신의 책동이 언제까지나 계속되지는 않으니 낙심하지 말고 기다리자. 이런 말을 하기도 한다.

(0009.1)(金尙憲) "가노라 삼각산아 다시 보자 한강수야/ 고국 산천을 떠나고야 하랴마는/ 시절이 하 분분하니 올동말동 하여라"는 「411 역사」에서 고찰한다. (3559.1)(李庭綽) "용문산 백운봉에 높이 떴는 저 구름아/ 세상 영욕을 아는다 모르는다/ 저 구름 나와 같아서 대면무심 하도다"는

341

「513 구름」에서 고찰한다. (5144.1)(金商稷) "팔공산 좋다 말을 예 듣고 이제 보니/ 천봉에 백운이요 만학에 연기로다/ 아마도 무릉도원이 이에 긘가 하노라", (3345.1) "영남루 높은 집을 겨우 올라 굽어보니/ 강화 십리에 나드나니 백구로다/ 석양에 지나는 어적은 취한 나를 깨워라." 이런 것들도 있다.

제주도를 노래한 역대의 한시는 아주 많은데, 시조는 하나도 발견되지 않았다. 무슨 까닭인가? 본토에서 간 여행객이 기행시로 이용하기에는 한시가 적합하고 시조는 부적합해 지은 작품이 없었던 것 같다. 제주도 사람들도 한문을 공부하고 한시를 썼으나, 한글을 익혀 글쓰기에 이용했다는 증거가 없다. 諺簡이라고 한 한글 편지도 보이지 않으니, 시조를 기대하기는 더욱 어렵다. 제주도문학은 한문학과 구비문학이고 국문문학은 없었다. 구비문학이 풍부한 유산을 자랑하면서 압도적인 우위를 차지했다. 민요 창작이 다채롭게 이루어져 시조가 필요하지 않았다고 할 수 있다.

413 고향

고향을 잃고 그리워하는 것이 동서고금 서정시의 공통된 주제이다. 그런데 시조에는 고향을 그리워하는 실향의 노래가 많지 않다. 고향에서 계속 사는 사람이 대부분인 시절에는 고향 생각을 하지 않았다. 실향의 노래가 많아지고 보편적인 주제가 된 것은 한국전쟁 이후의 일이다.

옛적에 사대부가 벼슬을 하면 고향을 떠났으나 실향했다고 생각하지 않았다. 고향이 그리워 애태우는 것은 귀양 갔을 때이다. 귀향이란 원래 서울에서 벼슬하는 사람을 고향으로 돌려보낸다는 歸鄕이라는 말이었으나, 고향과는 아주 먼 곳에 보내 밖으로 나오지 못하게 하는 형벌로 정

착되었다. 귀양의 고통을 실향의 서러움으로 나타내는 노래가 이따금 있다.[5]

「철령 높은 재를」(4701.1)   申濂

철령 높은 재를 필마로 올라오니
백설이 만학인데 갈 길이 천리로다
하물며 가향이 묘연하니 자연 심란 하여라

- 율격 : 기본형

- 풀이 : 鐵嶺 높은 재를 匹馬로 올라오니, 白雪이 滿壑인데(골짜기에 가득 찬데) 갈 길이 千里로다. 하물며 家鄕이 杳然하니(아득히 머니) 自然 心亂 하여라.

강원도와 함경도 사이의 높고 험한 고개 철령을 홀로 말을 타고 올라간다. 흰 눈이 골짜기에 가득 찬데 갈 길은 천리나 된다. 멀리 가면서 고생을 해야 하는 것이 원망스럽고, 가향과 아득히 멀어지니 자연히 심란하게 된다. 고향을 家鄕이라고 일컬어, 정다운 집을 함께 생각한다. 길 가기 어

---

5 『서정시 동서고금 모두 하나 1 : 실향의 노래』에서 이에 관한 시를 모아 고찰했다. 李白이 「靜夜思」에서 "床前明月光 疑是地上霜 擧頭望明月 低頭思故鄕(침상 앞에 밝은 달 빛나 땅 위의 서리인가 싶다. 머리 들어 밝은 달 보고 머리 숙여 고향을 생각)"라고 한 것이 달밤에 고향을 생각하는 시의 원조라고 할 수 있어 서두에서 들었다. 거기서 실향에 관한 동서고금의 시를 모아 갖가지 심각한 사연을 고찰했다. 시조에는 고향에 관한 작품이 드물고 사연이 처절하다고 할 것까지는 없다. 고향에 머물러 사는 것이 예사여서 실향이 문제로 제기되지 않았기 때문이다. 한국시에서 실향을 심각하게 다루게 된 것은 한국전쟁 이후의 일이다. 시조의 실향 노래는 귀양살이를 하게 되어 지었으나, 그 나름대로 생각이 깊어 차근차근 살필 만하다.

려운 만큼 가향이 더욱 그리워진다는 말을 인생을 두고서도 할 수 있다.

(0037.1)(尹陽來) "가시울 에운 곳에 고향 멀기 잘 하였데/ 만일 가깝던들 생각이 더할러니/ 차라리 바라도 못 보니 잊을 날이 있어라"는 「245 차라리」에서 고찰한다.

「성진에 밤은 깊고」(2616.1)   趙明履

성진에 밤은 깊고 대해에 물결 칠 때
객점 고등에 고향이 천리로다
이제는 마천령 넘었으니 생각한들 어이리

- 율격 : 기본형
- 풀이 : 城津에 밤이 깊고 大海에 물결 칠 때, 客店 孤燈(외로운 등불)에 故鄕이 千里로다. 이제는 摩天嶺 넘었으니 생각한들 어이리?

성진은 함경도 해안 도시이다. 성진에서 밤이 깊고 동해 큰 바다 물결이 칠 때 귀양 간 사람이 객점 외로운 등불 앞에서 천리 밖의 고향을 생각한다. 함경남도에서 함경북도로 넘어가는 고개 마천령을 넘어 멀고 아득한 데 왔으니 고향을 생각한들 어떻게 하겠느냐? 이런 사연을 갖추어 귀양 간 나그네의 고향 생각을 전한다.

「기러기 다 날아가고」(0557.1)   趙明履

기러기 다 날아가고 서리는 몇 번 온고
추야도 길고 길사 객수도 하도 할사
밤중만 만정명월이 고향인 듯하여라

- 율격 : 기본형

- 풀이 : 기러기 다 날아가고, 서리는 몇 번 온고(왔는고)? 秋夜도 길고 길사 (길기도 길구나) 客愁(나그네 시름)도 하도 할사(많기도 많구나). 밤중만 滿庭明月(뜰에 가득한 밝은 달)이 고향인 듯하여라.

고향을 그리워하는 마음을 표준이 될 만한 사연을 갖추어 나타낸다. 가을은 고향을 그리워하는 계절이다. 쓸쓸한 느낌을 주어 고향 생각을 더욱 간절하게 한다.

기러기 다 날아가고 서리가 여러 번 와서 가을이 깊다. 관심을 안으로 돌리니, 가을밤이 긴 것만큼 나그네의 수심도 깊다. 둘이 맞물린 어둠 속에서 절망에 잠긴다.

다시 밖으로 나가 밝음을 확인하고 희망을 찾는다. 뜰에 가득한 달빛을 보니 고향인 듯하다. 이 말은 두 가지 뜻을 지닌다. 달을 보니, 고향에서 보던 달 같다는 말이기도 하고, 고향에 돌아간 것 같다는 말이기도 하다. 어느 쪽이든지 간절한 소망이 거의 이루어진 듯하다.

달이 타향의 나그네를 고향과 연결시켜주는 통로이다. 달은 고향에 대한 그리움과 공통된 느낌을 지니기 때문이다. 높이 솟아 밝고 둥글고 쓸쓸한 것이 달이기도 하고 그리움이기도 하다. 달빛을 보고 감탄하면서 달에게 갈 수는 없듯이, 고향도 가지 못하고 멀리서 생각하고 그리워하니 아름답다.

「금풍이 부는 바람」(0552.1)   宋宗元

금풍이 부는 바람 나뭇잎 다 지거다
한천 명월야에 기러기 울어 옐 제
천리에 집 떠난 객이야 잠 못 이뤄 하노라

- 율격 : 기본형

- 풀이 : 金風(가을바람)이 부는 바람 나뭇잎 다 지거다(지는구나). 寒天(찬
하늘) 明月夜(달 밝은 밤)에 기러기 울어 옐 제(울며 갈 적에), 千里에 집
떠난 客이야 잠 못 이뤄 하노라.

천리 밖에 가 있는 나그네가 고향을 그리워하는 심정을 말해준다. 가을
바람에 나뭇잎이 다 지려고 해서 쓸쓸하게 한다. 찬 하늘 달 밝은 밤에 기
러기 울며 가면서 쓸쓸함에다 외로움을 보탠다. 낙엽이, 기러기가 자기
처지와 같다고 여기면서 깊은 향수에 빠진다. 외로운 나그네의 고향 생각
을 나타내는 전형적인 설정을 갖춘 노래이다.

「봄이 오고 또 오고」(2036.1)　　　　　　　李聃命

봄은 오고 또 오고 풀은 푸르고 또 푸르네
나도 이 봄 오고 이 풀 푸르기 같이
어느 날 고향에 돌아가 노모께 뵈오려노

- 율격 : 기본형이지만, 초 · 중장의 자수가 늘어났다.

- 풀이 : 봄은 오고 또 오고 풀은 푸르고 또 푸르네. 나도 이 봄 오고 이 풀
푸르기 같이, 어느 날 故鄕에 돌아가 老母께 모습을 뵈오려나?

봄이 또 오고 풀이 또 푸른 것은 해가 가고 새해가 온다는 말이고, 절망
을 넘어서서 희망이 나타난다는 말이다. 자기도 새해가 온 보람이 있게
희망을 가지기를 바라지만 뜻을 이루지 못하는 것은 귀양살이를 하고 있
기 때문일 것이다. 고향은 노모가 있어 더욱 그립다. 어느 날 고향에 돌아
가 노모를 만날지 알 수 없어 괴롭다.

「소요당 달 밝은 밤에」(2735.1)　　　　　　　　李庭綽

소요당 달 밝은 밤에 눌 위하여 앉았는고
솔바람 시내 소리 듣고지고 내 초당에
저 달아 고향 비치거든 이내 소식 전하렴

■ 율격 : 기본형

■ 풀이 : 逍遙堂 달 밝은 밤에 눌(누구를) 위하여 앉았는고? 솔바람 시내소
리 듣고지고 내 草堂에(초당에서). 저 달아, 故鄕 비치거든 이내 消息 전
하렴(전해다오).

달을 매개로 해서 고향을 그리워하는 마음을 기본형 율격으로 나타낸
것이 앞의 노래와 같다. 상황 설정은 다르다. 지금 이곳에는 逍遙堂이라
는 정자가 있다. 멋진 이름을 밝혀야 할 만큼 좋은 정자이지만 남의 것이
다. 소요당 달 밝은 밤에 앉아 있는 것은 내게 어울리지 않아 남을 위하는
것처럼 생각된다. 자아를 상실하고 있다.

소요당은 기묘사화를 일으켜 趙光祖를 죽게 한 權臣 沈貞이 陽川(지금
의 서울 양천구)에 호화롭게 지은 정자이다. 2백 년이나 지난 뒤에 이 노
래의 작자 李庭綽(1678~1758)이 무슨 연유로 거기 갔는지 확인되지 않는
다. 관련 사실을 몰라도, 소요당이 화려하지만 낯선 곳이라고 이해하면
작품에서 무엇을 말하는지 알 수 있다.

타향에서는 대단한 것을 누려도 자아 상실에서 벗어날 수 없어, 고향으
로 돌아가야 한다. 고향에는 내 초당이 있다. 소요당에 비할 바 없이 초라
해 이름조차 없지만, 마음 편하게 앉아 있을 수 있는 내 초당이다. 내 초
당에서는 내가 나여서 자아를 회복한다. 내 초당에서는 솔바람 소리, 시
내 소리만 들어도 마음이 편안하고 즐겁다. 많은 것을 바라지는 않아 만
족스럽다.

그런 고향과 단절되어 있다. 연결을 부탁하려고 달을 부른다. 달은 고향에 가서 고향을 비추기도 하므로, 내 소식을 전해달라고 한다. 누구에게 전해달라는 말은 없고, 할 필요도 없다. 고향을 그리워하는 내 마음이 달에 들어 있으므로, 달이 고향에 가서 고향을 비추는 것 자체가 내 소식 전달이다. 소식 전달만 바라고 갈 생각은 하지 못한다.

고향에 대한 그리움은 자아 회복을 위한 염원이다. 고향이 그리워도 가지 못하는 것은 자아 회복이 가능하지 않기 때문이다. 크고 훌륭한 것을 탐내고 이름이 나기를 바라 변질된 자아가 원점으로 되돌아가지 않으려고 버티어 제어하지 못한다. 자아 회복 염원은 실현되지 않고, 고향에 대한 영원한 그리움으로 남아 있다.

「타향에 모란 피니」(5088.1)   李世輔

타향에 모란 피니 반갑다 다시 보자
사창전 옥계상에 사랑턴 네 아니냐
어쩌타 꽃조차 때를 잃고 향기 적어

■ 율격 : 기본형. 마지막 한 토막 "하노라"는 생략되었다.

■ 풀이 : 他鄕에서 모란이 피니 반갑다 다시 보자. 紗窓前(깁을 드리운 창 앞) 玉階上(옥으로 만든 계단 위)에서 (내가) 사랑하던 네 아니냐? 어쩐 일인가. 꽃조차 때를 잃어 향기 적어 (하노라)

타향에서 핀 모란을 보고 고향의 모란과 같다고 여기고 반가워 보고 또 본다. "紗窓前 玉階上" 고향의 가장 좋은 곳에서 사랑하던 모란이라고 여기고 좋아하다가 실망한다. 그때 그 꽃과 달라 향기가 적어 실망한다.

고향과 타향은 장소가 달라 꽃에 향기가 적다고 하지 않는다. "꽃조차 때를 잃고"를 잘못된 이유라고 분명하게 밝히려고 자수를 늘여 확장변이형을 한다. 꽃은 언제나 일정한 시기에 피는데 때를 잃었다는 것이 무슨 말인가?

이유라고 밝힌 것이 이유가 아니다. 다시 보면, "꽃조차"는 꽃에 관한 말이 아니다. 꽃을 들어 다른 무엇을 말하려고 한다. "무엇은 물론이고 꽃조차"라는 말에서 "무엇은 물론이고"를 생략하고 듣는 이가 알아내려고 한다. "무엇"이 물건이 아니고 사람이다. 다른 사람이 아니고 자기이다.

자기가 고향 좋은 곳에서 보내던 좋은 때를 잃고 지금 타향에서 방황하는 것이 타향에서 핀 꽃이 때를 잃어 향기가 적은 것과 같다고 한다. 고향으로 돌아가려고 하지 않고 시간이 경과한 것을 한탄한다. 시간 복귀는 불가능한 줄 알고 무리하게 시도하지 않으면서 고향이 무엇인지 깊이 성찰한다. 말은 조금만 하고 많은 것을 가르쳐준다.

고향과 타향이 좋고 나쁜 것은 공간뿐만 아니라 시간도 다르기 때문이다. 고향은 떠나온 공간이면서 잃어버린 시간이다. 떠나온 공간만이면 복귀할 수 있지만, 잃어버린 시간은 역행이 불가능하다. 고향이 떠나온 공간이라고 여기고 복귀하다가 실망하는 것은 잃어버린 시간 역행이 불가능한 것을 무시하기 때문이다.

「술 깨면 시름이 하고」(2822.1)　　　　　朴良佐

술 깨면 시름이 하고 날 저물면 고향이 생각나니
내 언제 시름 없고 고향으로 돌아가리
아마도 이내 정회는 언지무궁인가 하노라

- 율격 : 확대변이형. 초장 후반부가 7<4이고, 종장 후반부가 6>3이다.
- 풀이 : 술 깨면 시름이 많고 저물면 故鄕이 생각나니, 내 언제 시름없고 故鄕으로 돌아가리. 아마도 이내 情懷는 言之無窮(말하려면 끝이 없음)인가 하노라

술 취하면 없던 시름이 깨고 나면 많아진다. 저물면 생각나는 고향에 언제 돌아가리. 이 두 말을 섞어서 하는 것은 밀접한 관련이 있기 때문이다. 술 취해서 시름을 잊으려 하지 말고, 故鄕에 돌아가 시름의 근원을 없애야 한다고 하려는 말이 엇갈린다. 고향이 아득해 정회가 무궁하기만 하고 갈피를 잡지 못한다. 고향 상실 회복이 모든 문제의 근원적인 해결임을 어렴풋이 아는 데 그쳐 불분명한 말을 한다.

「가뜩이 먼 고향을」(0020.1)   李世輔

가뜩이 먼 고향을 장마 지니 어이하리
묘연하다 부모 동생 소식 몰라 오죽할까
지금에 생부득사부득하니 가슴 답답

■ 율격 : 기본형. 마지막 토막 "하노라"가 생략되었다.

■ 풀이 : 가뜩이나 먼 故鄕을 장마 지니 어이하리. 杳然하다 부모 동생, 소식 몰라 오죽할까. 지금에 生不得死不得하니(사는 것도 알지 못하고, 죽는 것도 알지 못하니) 가슴 답답하노라.

고향과 가족을 간절하게 그리워하고 염려한다. 고향이 너무 멀어 가지 못하고 부모와 동생의 안부를 몰라 아득한데, 장마가 지기까지 해서 더 걱정이다. 장마가 진다는 것은 이중의 의미가 있다. 고향으로 가는 먼 길이 장마 때문에 가기 더 어렵다. 안부를 모르는 부모와 동생을, 장마 때문에 걱정을 더 하지 않을 수 없다. "살았는지 알 수 없고 죽었는지도 알 수 없으니"라고 하는 말은 줄여도 "生不得死不得하니" 여덟 자이다.

「꿈은 고향 가건마는」(0699.1)

꿈은 고향 가건마는 나는 어이 못 가는고

꿈아 너는 어느 새에 고향 갔다 왔노 당상 학발양친 일향만강하옵시
며 규리에 홍안처자와 어린 동생과 각댁제절이 다 태평하더냐
　태평키는 태평터라만 너 아니 온다고 수심일래

- 율격 : 확대일탈형. 사설시조.

- 풀이 : 꿈은 故鄕 가건마는, 나는 어이 못 가는고. "꿈아 너는 어느 새에
  고향 갔다 왔노(왔느냐)? 堂上(집안 높은 곳) 鶴髮兩親(머리털이 학처럼
  흰 부모) 一向萬康(내내 아주 안녕)하옵시며, 閨裏(집 안쪽) 紅顔妻子(얼
  굴에 붉은 기색이 도는 아내와 자식)와 어린 同生과 各宅諸節(각 집안 여
  러 일)이 다 泰平하더냐?" "泰平키는 泰平터라만, 너 아니 온다고 愁心
  일래.

고향과 가족을 간절하게 그리워하고 염려하는 말을 앞의 노래에서처럼
하면서, 꿈에 기대를 건다. 가지 못하는 고향에 꿈은 간다. 고향에 갔다
온 꿈에게 말을 물어본다. 물어보는 말이 범속한 수준의 통상적인 안부이
다. 꿈이 대답하면서 모두 잘 있으면서 "너 아니 온다고 수심일래"라고 하
는 것은 조금 나은 편이다.

「그대 고향으로부터 오니」(0472.1)

그대 고향으로부터 오니 고향 일을 응당 알리로다
오던 날 기창 앞에 한매 피었더냐 아니 피었더냐
　피기는 피었더라마는 임자 그려 하더라

- 율격 : 확대변이형. 초장 전반부가 2 < 8이다.

- 풀이 : "그대 故鄕으로부터 오니, 故鄕 일을 응당 알리로다. 오던 날 綺
  窓(비단 창) 앞에 寒梅 피었더냐, 아니 피었더냐?" "피기는 피었더라마
  는, 임자 그려 하더라."

가지 못해 궁금하게 여기는 고향 소식을 묻고 답하는 것이 위의 노래와 같다. 고향에 갔다 온 꿈이 아닌 고향에서 온 사람에게 소식을 묻는다고 해서 격이 떨어진다. "고향으로부터 오니"가 여덟 자나 되어 너무 처진다. 이런 수준에서 내놓은 말이 중장에서부터 비약한다.

가족 안부를 묻지 않고 기창 앞의 한매가 피었는지 알고 싶다고 해서 예상 밖의 신선한 충격을 선사한다. 기창 앞 한매의 고결한 아름다움을 간직하고 있어 고향이 더욱 소중하다고 일깨워준다. 한매가 "임자 그려 하더라"고 하는 말을 전해 받아, 고향과의 유대가 마음속에서는 이어진다.

42 크나큰 과업

시조는 물러나 자기를 돌보고, 자연을 벗 삼아 즐기는 노래이지만 나라를 잊을 수 없다. 나라가 어떻게 되는지 걱정이다. 평생 농사나 짓는 사람도 나라가 어떻게 되는지 알고 싶다. 나라를 위해 할 일을 하고 싶다 하고, 나라를 근심하는 노래가 적지 않다. 나라가 위기에 처하면 분발하지 않을 수 없다.

421 나라

나라를 생각하는 노래는 나라가 무엇이며 나와 어떤 관계가 있는지 묻기부터 한다. 나라는 임금의 나라인가? 만백성의 나라인가? 임금의 나라와 만백성의 나라는 어떤 관계가 있는가? 임금의 나라가 만백성을 돌보는가, 괴롭히는가? 나라가 만백성의 나라라면 나의 나라가 아닌가? 이런 의문에 대한 답을 찾으면서 정치철학에 해당하는 발언을 하는 시조가 적지 않다.

「성은이 망극한 줄」(2610.1)　　　　　　　　朴仁老

　성은이 망극한 줄 사람들아 아나슨다
　성은 곧 아니면 만민이 살로소냐
　이 몸은 망극한 성은을 갚고 말려 하노라

- 율격 : 기본형
- 풀이 : 聖恩(임금의 은혜)이 罔極(지극)한 줄 사람들아 아느냐? 聖恩 곧
  아니면 萬民이 살 것인가? 이 몸이 罔極한 聖恩을 갚고 말려 하노라.

　나라는 임금의 나라이다. 만민이 사는 것은 임금의 은혜이다. 임금의
지극한 은혜를 어떻게 하든 갚고자 한다. 이렇게 생각하는 군주 중심의
국가관을 나타낸다.
　朴仁老(1561~1642)는 시골 선비인데 임진왜란 때 무관이 되어 참전했
다. 그 뒤에도 나라를 사랑하는 마음이 남달랐다. 임금의 은혜에 보답하
는 것이 나라 사랑이라고 했다. 어느 임금이 어떤 시책을 베풀어 고맙다
는 것은 아니다. 어느 임금인지 묻지 않고. 임금이 나라를 다스리는 것 자
체가 백성에게 베푸는 은혜라고 여겼다.

「글도 병 된 일 많고」(0513.1)　　　　　　　　金壽長

　글도 병 된 일 많고 칼도 험한 일 있어
　이 두 일 말자 하여 이 몸이 편차 하면
　성주 지극한 은덕을 어이 갚자 하리오

- 율격 : 기본형
- 풀이 : 글도 病 된 일 많고, 칼도 險한 일 있어, 이 두 일 말자 하여 이 몸
  이 便차(편하자) 하면, 聖主 至極한 恩德을 어이 갚자 하리오.

위의 노래에서 "聖恩"이라고 한 말을 여기서는 "聖主 至極한 恩德"이라고 한다. 임금은 누구나 "성주"이고, 통치 행위는 모두 "지극한 은덕"이라고 한다. 임금의 은혜를 갚을 방법을 위의 노래에서는 말하지 않았는데, 여기서는 글을 하거나 칼을 쓰는 것이라고 한다.

글하는 데도 "病"이라고 하는 어려움이 있고, 칼을 쓰면 "險"하다고 하는 고난이 있지만, 모두 감내해야 한다고 한다. 글을 하지도 않고 칼을 쓰지도 않고 몸 편하게 지내면 임금의 은혜를 갚을 길이 없다고 한다.

金壽長(1690~?)은 글하는 문반도 칼을 쓰는 무반도 아닌 중인이었다. 가객이 되어 노래를 짓고 부르는 데 힘쓰면서 살아갔다. 이 노래에서 말한 대로 말하면, 글도 칼도 쓰지 않고 가객 노릇이나 하면서 편안하게 지내기나 했다. 가객 노래로 임금의 은혜에 보답한다는 생각은 전혀 하지 않았다. 文武兩班이 아니면 임금의 은혜를 받기만 하고 갚지는 못한다고 여겼다.

그런데 왜 이런 노래를 지었는가? 가객은 자기 처지를 노래하고 말 수 없는 직업이다. 사회적 통념을 전하고, 고객이 바라는 바를 대변하는 노래를 만들어 상품으로 내놓아야 했다. 주어진 조건이 어쨌든 문무양반이기를 바라는 사람들이 널리 환영할 만한 노래를 만들어야 했다.

「나라이 굳으면」(0734.1)　　　　　　　　　李德一

　　나라이 굳으면 집이 좇아 굳으리라
　　집만 돌아보고 나라 일 아니 하네
　　하다가 명당이 기울면 어느 집이 굳으리오

■ 율격 : 기본형

■ 풀이 : 나라가 굳으면 집이 좇아(따라서) 굳으리라. 집만 돌아보고 나라 일 아니 하네. 하다가(그러다가) 明堂이 기울면 어느 집이 굳으리오.

위의 노래에서처럼 여기서도 "나라"만 말하고 임금은 말하지 않는다. 나라는 임금의 나라가 아니고 만인의 나라라고 여긴다. 만인의 나라는 각자 집을 짓고 사는 땅과 같아서, 명당이어야 할 땅이 기울면 집이 어떻게 되겠느냐고 묻는다.

자기 집만 돌보고도 땅은 어떻게 되든지 버려두어 우려할 만한 사태가 생긴다고 한다. 여기서 말하는 집은 건축물이 아니고 가문이다. 땅은 국가이다. 가문의 이익을 추구하느라고 국가를 망치는 처사를 문제 삼는다. 명문거족이 세력 확장을 위해 당쟁을 하면서 만백성의 삶을 침해하는 것을 규탄한다. 국가를 지탱하는 땅과 같은 만백성이 침해당해 기울면 아무리 명문거족이라도 견디지 못한다고 경고한다.

「삼동에 베옷 입고」(2401.1)   曹植

삼동에 베옷 입고 암혈에 눈비 맞아
구름 낀 볕뉘도 쬔 적이 없건마는
서산에 해 지다 하니 그를 설워 하노라

- 율격 : 기본형

- 풀이 : 三冬에 베옷 입고 巖穴에 눈비 맞아, 구름 낀 볕뉘도 쬔 적이 없건마는, 西山에 해 지다(진다고) 하니 그것을 설워하노라.

성은이 망극하다고 하지 않는다. 임금의 다스림은 언제나 누구에게나 크나큰 은덕이라는 생각을 부정한다. "삼동에 베옷 입고", "암혈에 눈비 맞아"라고 하는 고난을 겪으면서, 임금의 은덕은 "구름 낀 볕뉘도 쬔 적이 없"다고 할 만큼 받지 못했다고 한다.

양반이라도 아무 소용이 없다. 관직에 나아가지 않고 은거하는 선비는 가난한 처지에서 어렵게 살아야 한다. 일반 백성이라면 더 말할 나위도 없다. 임금이 베푸는 혜택은 그 주위에 있는 소수자에게 국한되어 있다. 환상을 버려야 한다.

그런데도 임금이 세상을 떠나는 것은 서산에 해 지는 것 같아 서럽게 생각된다. 아쉬움인가? 동정인가? 혜택을 누리지 못한 아쉬움은 아니다. 누가 죽어도 동정하는 것이 마땅한데, 임금의 죽음에 무관심할 수 없다.

「철령 높은 고개」(4700.1)   李恒福

철령 높은 고개 쉬어 넘는 저 구름아
고신 원루를 비 삼아 띄워다가
임 계신 구중심처에 뿌려본들 어떠리

- 율격 : 기본형
- 풀이 : 鐵嶺 높은 고개 쉬어 넘는 저 구름아, 孤臣 冤淚를 비 삼아 띄워다가, 임 계신 九重深處에 뿌려본들 어떠리.

鐵嶺은 넘어가기 어려운 험한 고개이다. 강원도와 함경도 사이에 있다. 철령 높은 고개를 쉬어 넘는 구름을 보고, 귀양 가는 처지의 외로운 신하가 원망하는 눈물을 비 삼아 띄웠다가 임금이 계신 곳에 뿌려보면 어떻겠는가 하고 말한다. 귀양 보내는 것이 부당하다는 원망을 직접 할 수 없고, 할 길도 없어, 구름을 매개자로 선택한다.

임금은 구중심처에 들어앉아 있어 세상을 모르고 사리 분별에 어둡게 마련이다. 간신을 사랑하고 충신을 내치는 일이 적지 않다. 그래도 떠나는 신하가 자기를 내친 임금을 "임"이라고 부르며 그리워하고, 마음 돌리기를 바라는 노래가 무수히 많다. 성은이 망극하다고는 하지 않고 임금을 사랑한다.

임금이 분별력을 잃으면 나라가 어떻게 되는가? 나라가 망하니 큰일이지만, 내치지도 못하고 바꾸지도 못한다. 어떻게 해서든지 마음을 돌려야하는 것이 충신의 임무이다. 그리워하고 사랑한다는 말을 지나칠 정도로거듭 늘어놓아 영향력을 조금이라도 행사하려고 한다.

「나라 없는 번신 보며」(0732.1)　　　　李世輔

나라 없는 번신 보며 번신 없는 나라 본가
가련한 저 백성을 포복같이 사랑하면
아마도 타일 선음이 자우손을

■ 율격 : 기본형. 마지막의 한 토막은 생략되었는데 "돌보리라"라고 할 수 있다.

■ 풀이 : 나라 없는 藩臣(지방관원)보며, 藩臣 없는 나라를 보는가? 가련한 저 백성을 袍服(옷)처럼 사랑하면, 他日(나중에) 善音(착하다는 소리)가 子又孫을(자식이나 손자를) 돌보리라.

일반 백성은 국왕과 직접 관련이 없다. 국왕의 명을 받아 백성을 다스리는 지방관원 藩臣이 나라이고, 나라가 번신이다. 번신에게 하는 말로노래를 짓는다. 번신이여, 그대가 나라임을 명심하라. 백성을 입은 옷처럼 사랑하라.

백성을 입은 옷처럼 사랑해 善治를 하면 무슨 소득이 있는가? 임금이알아서 칭찬하고 더 좋은 자리를 주는 것은 기대하지 못할 수 있다. 착하다는 소문이 나는 것이 최대의 소득이다. 착하다는 소문이 자식이나 손자를 돌보리라.

종교는 선행하도록 유도하는 말을 갖가지로 하는 시합을 벌인다. 선행을 하면 신이 알아주고 천상이나 내세에 복을 받는다는 종교가 여럿 있다. 유교는 신도 천상도 내세도 없으니 선행을 해도 소용이 없다고 할 것은 아니다. 조상 선악의 평판이 자손에게 상속되는 것을 기본적인 교리로 삼는다. 조상의 악행이 후손을 괴롭히고, 조상의 선행은 자손을 돌본다. 유교에서 이렇게 말하는 것이 선행 유도 시합에서 단연 돋보인다.

신·천상·내세 같은 것들은 보이지 않고 직접적인 증거가 없으니 불신하면 무효이다. 선조의 선악이 후손에게 작용하는 것은 검증 가능한 사실이어서, 선행을 하도록 유도하는 효과가 명백하다. 지방관원이 백성을 사랑해 착하다는 소리를 들으면 후손이 그 혜택을 받으리라고 하는 이 노래는 상당한 설득력을 지닐 수 있다.

李世輔(1832~1895)는 왕족이고 철종과 6촌 사이였으나 편안하게 지내지 못했다. 귀양살이를 하면서 백성들이 어렵게 지내는 사정을 잘 알고, 시조를 지어 고발했다. 개인 시조집『風雅』및 그 초고와 이본이 발견되어 남긴 작품이 459나 되는 것으로 판명되었다. 다른 어느 작가보다 작품 수가 많고, 현실 문제에 대해 깊은 관심을 가진 것을 주목할 만하다. 아래에 작품 세 편을 더 든다.

「저 백성 거동 보소」(4251.1)　　　　　　　　　李世輔

　저 백성 거동 보소 지고 싣고 들어와서
　한 섬 바치려면 두 섬 쌀이 부족이라
　약간 농사 지었은들 그 무엇을 먹자 하랴

- 율격 : 기본형

- 풀이 : 저 백성 擧動 보소. 지고 싣고 들어와서, 한 섬 바치려면 두 섬 쌀이 不足이라. 若干 農事 지었은들 그 무엇을 먹자 하리.

백성은 살기 어렵다, 추수한 쌀을 지게에 지고 수레에 싣고 관가에 들어와서 한 섬을 바치니 두 섬이 모자란단다. 還穀에서 생기는 사태라고 생각된다. 나라 곡식 한 섬을 꾸어 먹어 가져와 바치니, 어찌 된 계산인지 두 섬이 모자란다고 한다. 백성을 위해 만든 제도인 환곡에 농간이 개재되어 백성을 죽인다. 농사 약간 지었으나 먹고 살 것이 없다.

「우리 생애 들어보소」(3574.1)   李世輔

우리 생애 들어보소 산에 올라 산전 파고
들에 내려 수답 갈아 풍한서습 지은 농사
지금에 동징이징은 무삼 일고

- 율격 : 기본형. 마지막 토막 "하노라"가 생략되었다.
- 풀이 : 우리 生涯 들어보소. 산에 올라 山田 파고, 들에 내려 水畓(논) 갈아 風寒暑濕(바람 추위 더위 습기)에 지은 農事, 지금에 洞徵里徵 무삼 일고(일인가) (하노라).

농사짓는 백성이 "우리 생애 들어보소"라고 하면서 하는 말이다. 산에 올라가 山田 파고, 들에 내려와 水畓 간다. 바람, 추위, 더위, 습기 등의 장애를 무릅쓰고 농사를 짓는다. 온갖 수고를 해서 가까스로 곡식을 조금 거둔 것을 이제 와서 洞徵里徵이라면서 앗아가는 것이 무슨 짓인가?

동징이징은 도망가고 없는 사람의 세금을 동이나 이 단위로 연대보증을 했다고 하면서 남아 있는 사람들에게서 받아가는 제도이다. 나쁜 제도로 나라가 백성을 살지 못하게 한다. 이러고도 성은이 망극하다고 해야 하는가?

「설상가상 더 어렵다」(2585.1)   李世輔

설상가상 더 어렵다 철모르는 장교 아전

틈틈이 찾아와서 욕질 매질 분수 없다
지금에 대전통편 다 어디 간고

- 율격 : 기본형. 마지막의 한 토막은 "하노라"가 생략되었다.

- 풀이 : 雪上加霜(눈 위에 서리 내린 듯이) 더 어렵다. 철모르는 將校 衙
  前 틈틈이 찾아와서 욕질 매질 분수없다. 지금에 大典通編 다 어디 간고
  (하노라).

백성의 수난은 겹겹이다. 세금이 가혹한 것이 눈이 덮인 것과 같다면,
그 뒤에 더 보태 서리가 내린 것 같은 고난이 더 있어 雪上加霜이다. 할
일과 하지 말아야 할 일을 분별하지 못해 철모른다고 해야 할 장교와 아
전이 틈틈이 찾아와서 욕질하고 매질하고 분수없이 날뛴다.

장교와 아전은 지방관아에 소속된 실무자이다. 요즈음 말로 하면, 장교
는 경찰직이고 아전은 행정직이다. 장교, 아전 같은 녀석들이 가련한 백
성 위에 군림하면서 함부로 행패를 부려도 되는가? 『大典通編』이 다 어디
가고 소용없는가? 어쩌다가 나라가 이 지경이 되었는가?

『大典通編』은 『經國大典』, 『續大典』, 그 밖의 여러 법령을 통합한 법전
이다. 조선왕조는 『經國大典』에 입각해 나라를 세울 때부터 법치국가였
다. 행정, 조세, 형벌 등 모든 통치 행위를 법에 의거해 하도록 규정하고
제도화했다. 그런데도 법을 어기고 백성을 못 살게 하는 권력의 횡포가
말단에서까지 자행되었다.

422 위국

나라가 나에게 무엇을 해주기를 바라지 말고, 내가 나라를 위해 무엇이
든지 해야 한다. 나라가 위기에 빠지면 해줄 수 있는 것은 없고, 구해주기
위해 나서야 한다. 나라를 위기에서 구하려면 글은 무력하므로 칼을 써야

한다. 이런 생각을 하면서 지은 爲國의 노래도 적지 않다.

「녹이상제 살찌게 먹여」(1074.1)   崔瑩

녹이상제 살찌게 먹여 시냇물에 씻어 타고
용천설악 들게 갈아 둘러메고
장부의 위국충절을 세워볼까 하노라

- 율격 : 축소일탈형. 중장이 4 4 4 세 토막이고, 한 토막 모자란다.

- 풀이 : 綠駬霜蹄(아주 좋은 말) 살찌게 먹여 시냇물에 씻어 타고, 龍泉雪
  鰐(보검 날카로운 날) 들게 갈아 둘러메고, 丈夫의 爲國忠節(나라를 위
  하는 충성스러운 절개)을 세워볼까 하노라.

　아주 좋은 말을 綠駬霜蹄라고 하고, 보검의 날카로운 날은 龍泉雪鰐이
라고 하는 문구를 사용해 말과 칼이 빼어나다고 한다. 그 말을 살찌게 먹
여 씻어 타고, 그 칼을 들게 갈아 둘러메고 나가 싸울 준비를 한다. 대장
부답게 爲國忠節을 세우는 싸움을 하려고 한다. "나라를 위한다"고 하면
말이 길어지므로 두 자로 줄인 한자어 '爲國'을 사용한다. '위국'이라는 말
을 사용해 이 대목의 표제로 삼는다.
　기개를 뽐내는 말을 무디게 하고 만다. 중장은 한 토막 모자라는 축소
일탈형이다. 고려 말의 무장 崔瑩(1316~1388)이 지은 노래이다. 최영은
군사령관이었으나, 李成桂가 국권을 장악하는 과정에서 제거되고 처형되
었다.

「녹이상제 역상에서 늙고」(1075.1)   金天澤

녹이상제 역상에서 늙고 용천설악은 갑리에서 운다
장부의 혜은 뜻을 속절없이 못 이루고

귀밑에 흰 털이 날리니 그를 설워하노라

- ■ 율격 : 확대일탈형. 초장이 4<6, 4<6이다.
- ■ 풀이 : 綠駬霜蹄는 櫪上(말구유 위에서)에서 늙고 龍泉雪鰐은 匣裏(칼집 속)에서 운다. 丈夫의 헤은(헤아린) 뜻을 속절없이 못 이루고, 귀밑의 흰 털이 날리니 그것을 서러워하노라

위의 노래를 고쳐서 부른다. 綠駬霜蹄는 밖으로 나다니지 못하고 말구 유 위에서 늙고, 龍泉雪鰐은 칼집 속에 들어 있는 채 운다고 한다. 절박한 사정을 납득할 수 있게 말하느라고 초장이 확대일탈형이다. 세월을 헛되 게 보내면서 늙어서 귀밑에 흰 털이 나니 서럽다고 한다.

이 노래를 지은 金天澤(생몰연대 미상)은 숙종 시절 중인 출신의 가객이 다. 무장이 아니고, 국권을 다툴 위치에 있는 것은 더욱 아니었다. 崔塋의 옛 노래를 이용해, 처지가 불우한 탓에 綠駬霜蹄나 龍泉雪鰐에다 견줄 수 있는 능력을 떨치지 못하고 늙어가는 처지를 한탄했다.

「아버님 가노이다」(3002.1)

아버님 가노이다 어머님 좋이 계오
나라이 부르시니 이 몸을 잊었네다
내년에 이 시절 오나도 기다리지 말으소서

- ■ 율격 : 기본형
- ■ 풀이 : 아버님, 가나이다. 어머님, 좋이 계시오. 나라가 부르시니 이 몸을 잊었네다(잊었도다). 來年에 이 時節이 오더라도 기다리지 말으소서.

나라에서 불러 쉽게 돌아오지 못할 길을 떠나면서 부모에게 하직한다. 전쟁이 나서 싸우러 나가는 것 같다. 내년 이 시절에도 돌아오지 못할 테니 기다리지 말라고 한다. 하는 말이 씩씩하고 이별을 서러워하는 기색이 없다.

이 사람은 무반이라 나라를 위해 칼을 들고 나서는 것 같지 않다. 병졸로 징집되어 나간다고 보는 것이 마땅하다. 병졸로 징집되어 가면서도 나라라고 한 국가가 부르니 가야 한다고 한다. 부모를 모시지 못하고, 걱정을 끼쳐드려도 가야 한다고 한다. 돌아올 기약이 없어도 가야 한다고 한다. 공을 세워 이름을 내고 가문을 빛내겠다는 생각은 전연 없다.

문무양반이라야 국은을 갚는다고 위의 노래에서 말한 것과 다르다. "나라"라고만 하고 임금이라는 말은 하지 않은 것도 주목할 만하다. 임금이 은혜를 베풀지 않아도 나라를 위해서 할 일이 누구에게든지 있다고 한다.

「벽상에 걸린 칼이」(1978.1)　　　　　　金振泰

벽상에 걸린 칼이 보미가 났단 말가
공 없이 늙어가니 속절없이 만지노라
어즈버 병자국치를 씻어볼까 하노라

- 율격 : 기본형

- 풀이 : 壁上에 걸린 칼이 보미(녹)가 났단 말인가. 功 없이 늙어가니 속절없이 만지노라. 어즈버 丙子國恥를 씻어볼까 하노라.

벽에 걸어둔 칼을 쓰지 않아 녹이 났다는 말인가. 칼을 써서 아무 功도 세우지 못하고 늙어가니 속절없이 만지기나 한다. 무엇을 바라는지 중장까지는 말하지 않다가 종장에서 밝힌다. 병자호란 때 패망하고 국왕이 降伏한 국치를 씻어볼까 한다.

작자는 가객이다. 칼을 들고 나가 싸울 일을 맡은 사람은 아니다. 누구나 지닌 분노를 나타냈다.

「말은 크고 닫고」(1584.1)

말은 크고 닫고 칼은 길고 들고
위국 정충은 굽이굽이 맺혔어라
어느 때 개가반사하여 안락태평 하리오

■ 율격 : 기본형

■ 풀이 : 큰 말은 달리고 긴 칼을 들고, 爲國 精忠(빼어난 충성)은 굽이굽이 맺혔어라. 어느 때 凱歌班師(승리의 노래를 부르면서 군사를 이끌고 돌아옴)하여 安樂太平하리오(태평한 세월을 안락하게 보낼 것인가?)

큰 말은 달리고 칼을 들고 하니, 달려 나가고 싶다. 나서 싸워 위국의 충정을 빼어나게 펴고 싶은 욕구가 굽이굽이 맺혀 있다. 어느 때 승리의 노래를 부르면서 군사를 이끌고 돌아오는 凱歌班師를 하고, 태평한 세월을 안락하게 보낼 것인가 하고 묻는다.

나가 싸우는 것이 나라를 위하는 길이라고 한다. 왜 싸워야 하며, 적이 누군지는 말하지 않는다. 크나큰 무공을 세우고 만년을 편안하게 보내고자 한다. 특정 상황과 관련되지 않은 소망을 전형적인 문구로 나타낸 것 같다.

(1204.1) "닫는 말 서서 늙고 드는 칼이 보미거니/ 장부의 하올 일을 속절없이 못 이루고/ 귀밑에 백발이 흩날리니 그를 슬퍼하노라"라고 하는 것도 있다.

「나라이 태평이라」(0735.1)　　　　　　　　張鵬翼

나라이 태평이라 무신을 버리시니
나 같은 영웅은 북새에 다 늙거다
아마도 위국정충은 나뿐인가 하노라

■ 율격 : 기본형

■ 풀이 : 나라가 太平이라 武臣을 버리시니, 나 같은 英雄은 北塞에(서) 다
늙거다(늙는구나). 아마도 爲國精忠은 나뿐인가 하노라.

　나라가 태평해 "무신을 버리시니"라고 하는 구절에 존칭이 있는 것은
무신을 임금이 버린다는 말이다. 북쪽 국경의 요새 북새에서 하는 일 없
이 세월을 보내니 영웅이 무슨 소용이 있겠는가 하고 탄식한다. 그러면
서도 나라를 위하는 충성스러운 마음을 온전하게 지닌 사람은 자기뿐인가
한다고 한다. 칼을 쓰는 무인은 영웅이라고 자부해도 평시에 나라를 위해
할 일이 없다.

「벽상에 칼이 울고」(1982.1)

벽상에 칼이 울고 흉중에 피가 된다
살 오른 두 팔뚝이 밤낮에 들먹인다
시절아 너 돌아오거든 왔소 말만 하여라

■ 율격 : 기본형

■ 풀이 : 壁上에 칼이 울고 胸中에 피가 뛴다. 살 오른 두 팔뚝이 밤낮에
들먹인다. 時節아. 네 돌아오거든 "왔소"라는 말만 하여라.

「벽상에 걸린 칼이」(1978.1)와 벽상에 칼을 걸어둔 것은 같으면서, 갑갑한 심정과는 다른 열렬한 소망을 나타낸다. 벽상의 칼이 울어 그대로 둘수 없고, 흉중에 피가 뛰어 떨쳐 나서야 한다. 살 오른 두 팔뚝으로 칼을 휘두를 날이 빨리 오기를 고대한다.

그래서 무엇을 하겠다는 말은 없다. 나라를 위해 외적과 싸우려 하는 것 같지는 않다. 혁명을 하려는 듯한 느낌을 준다.

(0907.1)(李鼎輔) "내게 칼이 있어 벽상에 걸렸으니/ 때때로 우는 소리 무삼 일이 불평한지/ 두우에 용광이 뻗혔으니 사람 알까 하노라"라고 하는 것도 있다.

423 우국

앞에서 다룬 爲國의 노래는 전시에 나라를 위해 칼을 들고 나가고자 한다는 것이다. 여기서 살피는 憂國의 노래는 평시인데도 나라가 잘못되고 있다고 염려하고 고민한다. 그 이유가 단순하지 않아 생각을 많이 한다. 우환을 해결하는 방법을 두고 논란을 하지 않을 수 없다.

「학문을 후리치고」(5267.1)　　　　　　　　李德一

학문을 후리치고 반무를 하온 뜻은
삼척검 둘러메고 진심보국 하렸더니
한 일도 하옴이 없으니 눈물겨워 하노라

- 율격 : 기본형
- 풀이 : 學文(글 배움)을 후리치고 班武(武班)을 하온 뜻은 三尺劍 둘러메고 盡心報國하렸더니, 한 일도 함이(한 것이) 없으니 눈물겨워 하노라. 원문에는 "反武"라고 되어 있는데 "班武"라고 해야 앞뒤와 호응된다.

문반이 하는 글공부를 그만두고 무반이 되어 임진왜란에 참전한 것을 말한다. 三尺劍을 둘러메고 있는 마음을 다해 나라의 은혜에 보답하려고 했으나 이룬 것이 없다. 그 때문에 눈물겨워한다.

임진왜란 때 종군한 무장 李德一(1561~1622)이 고향으로 돌아가 나라를 근심하는 「憂國歌」 28수를 지었다. 패전을 통탄하고, 당쟁을 개탄하고, 백성을 근심하는 내용이다. 이것이 1번이다. '憂國歌'에서 '우국'이라는 말을 가져와 이 대목의 표제로 삼는다.

「베 나아 공부 대납」(1961.1)　　　　　　　李德一

베 나아 공부 대납 쌀 찧어 요역 대납
옷 벗은 적자들이 배고파 설워하네
원컨대 이 뜻을 알아서 선혜 고루 하소서

- 율격 : 기본형

- 풀이 : 베 나아(짜서) 貢賦 代納, 쌀 찧어 徭役 代納, 옷 벗은 赤子들이 배고파 서러워하네. 원컨대 이 뜻을 알아서 宣惠 고루 하소서

이것은 「우국가」 11번이다. 백성들이 세금을 내는 貢賦, 노동력을 제공하는 徭役의 의무를 힘겹게 지는 상황을 말한다. 베를 짜서 공부 대신 내고, 쌀을 찧어서 요역 대신 내야 하니 견디기 어렵다. 이런 사정을 국가에서 알아 宣惠를 공평하게 하라고 한다. 선혜는 국가가 백성을 대상으로 하는 조세, 곡식 대여, 구호 등의 경제 분야 행정이다.

「힘써 하는 싸움」(5555.1)　　　　　　　李德一

힘써 하는 싸움 나라 위한 싸움인가

옷밥에 묻혀 있어 할 일 없어 싸우놋다
아마도 그치지 아니 하니 다시 어이하리

- 율격 : 기본형
- 풀이 : 힘써 하는 싸움, 나라 위한 싸움인가? 옷밥에 묻혀 있어 할 일 없
  어 싸우는구나. 아마도 그치지 아니 하니 다시 어이하리오.

이것은 「우국가」 13번이다. 黨爭이 잘못이라고 개탄한다. 힘들여 하는
싸움이 나라 위한 싸움인가? 옷밥에 묻혀 있어 할 일 없어 싸우는구나,
이렇게 말하고는 그치지 않으니 다시 어떻게 하겠느냐고 하면서 물러난
다. 공연히 싸운다고 하고, 싸우는 이유를 묻지 않으며 해결책을 찾지도
않는다.

(0733.1)(李德一) "나라에 못 잊을 것은 예밖에 전혀 없다/ 의관 문물을
이대도록 더럽히고/ 이 원수 못내 갚을까 칼만 갈고 있노라"라는 것은 「우
국가」 3번이다. (3173.1)(李德一) "어와 거짓 일이 금은옥백 거짓 일이/ 장
안 백만가에 누구누구 지녔는고/ 어즈버 임진년 티끌이 되니 거짓 일만
여기노라"는 것은 「우국가」 27번이다.

「어와 동량재를」(3179.1) 鄭澈

어와 동량재를 저리 하여 어이할꼬
헐뜯어 기운 집에 의논도 하도 할사
뭇 지위 고자 자 들고 헵뜨다가 말려노라

- 율격 : 기본형
- 풀이 : 어와 棟梁材(기둥과 들보 재목)를 저리 하여 어이할꼬? 헐뜯어 기

운 집에 의논도 많기도 많구나. 뭇 지위(목수) 고자(먹통) 자[尺] 들고 헤매다가 말려느냐?

낡은 집을 수리하는 데다 견주어 국정 개혁을 논한다. 집의 기둥과 들보 노릇을 하는 국정 주역들의 잘못으로 나라가 위태롭다고 근심한다. 헐뜯어 기운 집이라고 하듯이, 낡은 나라를 여러 차례 손보아도 신통하지 않다. 이제는 어떻게 해야 하는지 의논만 무성하다.

기둥과 들보를 들어내고 집수리를 해야 하는 목수는 먹통과 자를 들고 헤매기나 한다. 길이를 재는 첫 번째 일도 감당하지 못하고 우왕좌왕하는 꼴을 보니 안타깝다. 목수를 나무라는 것이 능사는 아니다. 노래 지은 사람도 별 수 없다, "어이할꼬?", "말려느냐?" 하고 묻기만 한다.

鄭澈(1536~1593)이 노래를 짓는 안목이나 솜씨가 뛰어나다. 나라를 집에다 견준 이 노래의 발상도 비범하다. 국정 담당자로 참여해 요직을 역임하고도 이룬 공적이 있는 것 같지는 않다. 西人의 영수라는 이유에서 東人의 공격을 받기나 해서 오늘날까지 상처투성이다.

"어이할꼬?", "말려느냐?" 하고 묻는 것이 남들에게 하는 말이 아니다. 자기가 무력하다고 절감하는 고백이다. 정치에서는 무력해 노래는 빼어나게 지은 것이 비겁하다고 나무라야 할 도피인가, 우리 모두 자랑스럽게 여겨야 하는 행운인가?

(3181.1)(鄭澈) "어와 버힐시고 낙랑장송 버힐시고/ 적은덧 두던들 동량재 되리러니/ 어즈버 명당이 기울면 무엇으로 바치려뇨"라는 것도 있다.

「조정의 붕당론은」(4363.1)   趙榥

조정의 붕당론은 인재 없을 장본이요
과장의 말류폐는 선비 없고 말리로다

후생이 지우학한들 누굴 좇아 들으리오

- 율격 : 기본형
- 풀이 : 朝廷의 朋黨論은 人才 없을(없앨) 張本이요, 科場의 末流弊는 선비를 없애고 말리로다. 後生이 志于學한들 누굴 좇아(따라) (말을) 들으리오.

조정에서 당파 쟁론이 벌어지는 것은 인재를 없애는 원인이 된다. 과거 보는 데서 갖가지 나쁜 짓이 벌어지는 폐단이 선비다운 선비를 없애고 만다. 나라가 그릇되고 있는 두 가지 폐단을 지적하고 개탄한다.

세태가 두 가지 이유에서 잘못 돌아가 후유증이 심하다. 후생이 학문에 뜻을 두어도 따르면서 가르침을 들을 사람이 없다. 장래에는 좋아질 것이라는 기대마저 할 수 없어 더욱 개탄스럽다.

「저 건너 큰 기와집」(4240.1)　　　　　松桂烟月翁

저 건너 큰 기와집 위태히도 기울었네
저 집 사람들은 아는가 모르는가
어디 가 긴 나무 얻어 괴어두면 좋을다

- 율격 : 기본형
- 풀이 : 저 건너 큰 기와집 위태하게도 기울었네. 저 집 사람들은 아는가 모르는가? 어디 가 긴 나무 얻어다가 괴어두면 좋겠다.

저 건너에 있는 큰 기와집을 밖에서 보니 기울었다. 안에서 살고 있는 사람들은 기울어진 것을 아는가 모르는가? 이 의문에 대한 해답은 모르리라는 것이다. 집이 기울어진 것을 안에서는 모르고 밖에서는 안다. 노래 부르는 사람은 밖에 있어 아는 사실을 안에서는 모른다.

이것이 무슨 말인가? 큰 기와집이 국가라고 이해하면 의문이 풀린다. 큰 기와집에 사는 국정 담당자들이 잘못해서 나라가 위기에 처한 것을 자기네는 모르고 밖에 있는 사람들은 안다. 밖에 있는 사람들은 국정의 주체가 아니고 대상인 일반 백성이다. 일반 백성은 알고 있는 사실을 들어 경고한다. 국정의 주체는 비판의 대상이고, 국정의 대상은 비판의 주체가 되는 전환을 보여준다.

그러면 어떻게 해야 하는가? 어디 가 긴 나무 얻어 괴어두면 좋겠다는 것은 새로운 인재 등용을 말한다. 지금까지의 국정 담당자가 아닌 유능한 인재를 밖에서, 일반 백성 가운데서 찾아 위기 극복을 맡겨야 한다는 말이다. 그래도 "괴어두면"이라고 하는 정도의 임시방편을 마련할 따름이고 근본적인 해결책은 아니다. 임시방편이라도 실현 가능성은 의문이다.

작자 松桂烟月翁은『古今歌曲』이라는 가집을 편찬하고, 본명은 밝히지 않았다. 가집에 수록한 자작 시조 14수에서 벼슬에서 물러나 자연을 벗 삼아 한가롭게 지낸다고 했다. 국정 담당자의 말석에 끼었다가 그만두고 가객 노릇을 하면서 일반 백성으로 살아가고자 했다고 할 수 있다. 일반 백성의 견지에서 국정을 비판하는 노래를 지은 것이 우연이 아니다.

「칠산 바다 깊은 물에」(5063.1)

칠산 바다 깊은 물에 둥더실 배 띄워라
만고흉적 악한 당을 가득 실어 던지고져
알거라 수중의 저 어룡도 받지 않아

- 율격 : 기본형. 마지막 한 토막은 생략되어 있는데 "어쩌리"라고 생각된다.
- 풀이 : 七山 바다 깊은 물에 둥더실 배 띄워라. 萬古凶賊 惡한 黨을 가득

실어 던지고자. 알거다(알겠다), 水中의 저 魚龍도 받지 않아 (어쩌리).

七山 바다는 전라도 영광 앞 바다이다. 특정의 지명이 아니고, 바다가 넓은 곳이라고 생각해도 된다. 거기다 둥더실 배를 띄워, 만고흉적 악당들을 가득 실어 던지고자 한다. 그러나 水中의 魚龍도 받지 않아 어쩔 수 없는 것을 알겠다.

만고흉적 악당들은 누구라고 지적해 말하지 않았지만 나라를 망치는 무리이다. 나라를 망치는 무리를 다 없애고 싶은 간절한 소망을 말한다. 배에 싣고 가서 바다에 빠트리고 싶지만 수중의 어룡이 받아줄 것 같지 않다. 없애야 할 무리를 없애는 방법이 무엇인가?

43 생업 갖가지

사람이 살아가려면 생업이 있어야 한다. 士農工商을 四民이라고 하면서 사람에 따라 다른 네 가지 생업이 있다고 한다. 士는 관직을 얻어야 생업일 수 있다. 관직과 관련된 노래가 더러 있다. 農의 농사 노래는 아주 흔하고, 어업을 하는 노래도 있다. 商의 장사 노래는 더러 보이고, 工은 노래에 등장하지 않는다.

431 관직

士農工商의 하나인 첫 자리를 차지하는 士는 과거를 보거나 가문의 힘으로 官의 직위를 얻어 생업으로 삼는다. 이것은 자랑스러운 생업이 아니다. 녹봉으로 생활하지 않고 부정으로 치부하는 것이 예사여서, 또한 권력을 부당하게 행사하기 때문에 반감을 사서 관직은 더럽다고 하는 데 당사자가 반론을 제기하지 않는다. 관직이 훌륭하다는 노래는 없다. 관직은 노래에서 다룰 것이 못 된다고 여기는 것이 통념이다.

어쩌다가 보이는 관직에 관한 노래는 관직을 얻은 사람이 아닌, 얻지 못한 실패자들이 지은 것들이다. 관직을 좋아해 나아가려고 힘쓴다고 바로 말하지는 않고 다른 말만 한다. 관직을 얻고 높이 오른 사람들은 관직을 싫어해 물러나기를 바란다는 말이나 거듭 한다. 관직에서 물러나 자연을 벗 삼아 심신을 깨끗하게 하는 것이 마땅하다고 시조에서 거듭 말한다. 士는 農만큼 자랑스럽지 않아 農이 되려고 한다고 일관되게 술회한다. 이것이 다른 갈래에서는 찾을 수 없는 시조의 기본 성향이다.

관직에는 文官職도 있고 武官職도 있다. 문관이 으뜸이고, 무관은 지체가 낮다. 문관이 되고자 하는 소원이 이루어지지 않으면 차선책으로 무관으로 진출하는 길을 찾으면서, 열등의식을 감추고 무관이 더 좋다고 자랑하는 노래도 있다. 무관의 지휘를 받고 싸우러 나가는 병졸은 관직을 얻은 것과 거리가 멀고 고생만 하는 처지이지만, 푸념을 들어보면 무시할 것이 아니다.

「천지간 생민초에」(4643.1) 趙榥

천지간 생민초에 각구기직 하였으니
사농과 공상 외에 유의식은 못하리라
우리도 제 직업 있으니 부작자술 하리로다

■ 율격 : 기본형
■ 풀이 : 天地間 生民初에 各具其職 하였으니, 士農과 工商 외에 遊衣食은 못하리라. 우리도 제 職業 있으니 父作子述하리로다.

士農工商 네 직업이 사람들이 처음 생겨날 때부터 있었다고 한다. 이 네 직업 가운데 어느 하나도 하지 않고 먹고 노는 것은 부당하다고 한다. 관직을 얻지 못한 士는 어느 쪽인가? "우리"라고 하는 士의 직업도 農商

工과 같아 아버지에게서 아들로 이어받는다고 한다. 과거를 보는 것은 무엇 때문인가? 의문을 거듭 제기하지 않을 수 없는 말을 한다.

「남아의 입신양명」(0850.1)   趙榥

남아의 입신양명 현부모도 크다마는
사군자 출처간에 때 시자가 관중하다
아마도 주경코 야독하여 사하지청 하리로다

■ 율격 : 기본형

■ 풀이 : 男兒의 立身揚名 顯父母도 크다마는, 士君子(선비 군자) 出處間(나가는 기회)에 때 時字가 關中하다(중요한 관련이 있다). 아마도 晝耕코(낮에는 밭 갈고) 夜讀하여(밤에는 글 읽으면서) 俟河之淸하리로다(물이 맑아지기를 기다리리라).

위의 노래에서 士의 직업이 아버지에게서 아들로 이어진다고 한 말을 실제 상황에 맞게 재검토한다. 남아가 과거에 급제해 입신양명하는 것은 자기를 위함이 아니고 부모가 돋보이게 하는 도리라고 한다. 이런 이상론이 그대로 실현되지는 않는다. 남아가 선비이면서 군자인 士君子가 되어 급제하고 진출하는 데는 많은 어려움이 있다.

군자가 부름을 받으려면 소인이 득세하지 않아야 하니 때가 긴요하다. 農을 하면서도 士이기를 그만두지 않고 주경야독을 하는 것으로 위안을 삼고, 물이 맑아지기를 기다린다고 하는 말로 진출하기에 유리한 기회를 엿본다. 관직에 나아가기를 희망하는 士의 전형적인 모습을 다각도로 보여주는 노래이다.

시조의 넓이와 깊이

「통만고 사민중에」(5137.1)   趙榥

통만고 사민 중에 유자사가 어려워라
유이학 장이행이 일신으로 천하로다
그중에 시지시행을 천명대로 하나니라

- 율격 : 기본형
- 풀이 : 通萬古 四民 中에 儒者 事가 어려워라. 幼而學(어려서는 공부하고) 壯而行(자라서는 실행하는 것)이 一身으로 天下로다. 그중에 時止時行(때에 따라 머무르고 나아가는 것)을 天命대로 하느니라.

"通萬古"라고 한 아득한 옛적부터 四民 가운데 선비 노릇하는 것이 가장 어렵다. 어려서는 공부하고 자라서는 실행하는 한 몸으로 천하의 일을 모두 다 감당한다. 막중한 책임이 너무나도 큰 부담이다. 그중에도 때에 따라 멈추고 나아가는 것이 가장 힘들기 때문에, 스스로 결정하려고 하지 말고 하늘이 시키는 대로 하리라. 선비는 담당하는 임무도, 나아가는 시기 판단이 어려운 이중의 고난이 있다고 말한다.

「부귀하여도 부귀를 믿고」(2065.1)   朴良佐

부귀하여도 부귀를 믿고 문학을 아니치 말며
가난에 싸여도 문학을 말지 마라
가난하고 글하면 부귀영화가 절로절로 오느니라

- 율격 : 확대일탈형. 종장이 다섯 토막이다.
- 풀이 : 富貴하여도 富貴를 믿고 文學(글공부)을 아니치 말며, 가난에 싸여도 文學을 말지 마라. 가난하고 글하면 富貴榮華가 절로절로 오느니라.

부귀해도 부귀를 믿지 말고 글공부를 하라. 가난해도 가난을 한탄하지 말고 글공부를 하라. 누구든지 글공부를 하라고 권유하는 좋은 말을 하는 것 같지만, 글공부를 하는 목적이 부귀영화라고 한다. 글공부가 훌륭하다고 할 이유가 없다.

「글 가운데 옥 같은 계집과」(0512.1) 　　　　　　朴良佐

글 가운데 옥 같은 계집과 천금보화도 절로 생기고
적구충장 팔진미도 값없이 먹나니
아마도 남아로 나서 문학을 아니 할 것가

- 율격 : 기본형
- 풀이 : 글 가운데 玉 같은 계집과 千金寶貨도 절로 생기고, 適口充腸(입에 맞고 창자를 채울) 八珍味도 값없이 먹나니. 아마도 男兒로 나서 文學(글공부)을 아니 할 것인가?

관직을 얻으면 온갖 호강을 마음대로 하니 과거 급제를 위한 글공부를 열심히 하라고 권한다. 옥 같은 계집을 차지하고, 입에 맞고 창자에서 환영하는 팔진미를 값을 내지 않고 먹는 관원이 되는 것이 남아가 할 일이라고 한다. 관직을 예찬하면서 그 추악상을 스스로 폭로한다.

趙槐과 朴良佐는 한미한 가문에서 태어나 과거에 급제하지 못하고 자연과 더불어 살았다고 알려진 사람이다. 관직에 대한 선망을 버리지 못하는 노래를 여럿 지은 점도 같다. 그러면서 趙槐은 관직을 담당해야 하는 선비의 책무나 처신을 두고 심각하게 고민하고, 朴良佐는 관직은 욕망 추구의 수단이라고만 해서 가치관을 혼란시켰다.

「글하면 백면서생이요」(0521.1)　　　　　　朱嵂

글하면 백면서생이요 활 쏘면 호쾌무변이라
농사하면 초야 경부로다
세상에 이 세 가지는 남아 소업인가 하노라

- 율격 : 축소일탈형. 중장의 토막 수가 모자란다.

- 풀이 : 글하면 白面書生이요 활 쏘면 豪快武弁이라. 農事하면 草野 耕夫로다. 세상에 이 세 가지는 男兒 所業인가 하노라.

관직을 文武로 나누고, 農을 보태, 이 셋이 남아가 할 만한 직업이라고 한다. 工商을 빼놓은 것은 자랑스럽지 못하다고 여기기 때문이다. 文武를 나란히 들고 대등하다고 한 것은 주목할 만하지만, 둘 다 생업인가 의문이다. 글을 하면 백면서생이라고 한 것은 과거에 급제하지 못해 관직이 없는 사람이라는 말이다. 활을 쏘면 호쾌무변이라는 것도 행세를 한다는 말이고 벌이를 하는 것은 아니다.

「대장부 되어 나서」(1304.1)

대장부 되어 나서 공맹안증 못할진대
차라리 다 떨치고 태공병서 외워 내어 말만한 대장인을 허리 아래
비껴 차고 금단에 높이 앉아 만마천병을 지휘간에 넣어두고 좌작진퇴
함이 그 아니 쾌할쏘냐
우리는 심장적구하는 썩은 선비는 부뤄 아니 하노라

- 율격 : 확대일탈형. 사설시조.

- 풀이 : 大丈夫 되어 나서 孔孟顔曾(공 · 맹 · 안 · 증자) 못할진대, 차라리 다 떨치고 太公(姜太公)兵書 외워 내어 말[斗]만 한 大將印을 허리 아래

비껴 차고 金壇(금빛 연단)에 높이 앉아 萬馬千兵을 指揮間(지휘하는 범위)에 넣어두고, 坐作進退(앉아서 진퇴를 명령함)이 그 아니 快할쏘냐. 우리는 尋章摘句(문장에서 찾아 구절을 만듦)하는 썩은 선비는 부러워 아니 하노라.

문관보다 무관이 더 자랑스럽다고 한다. 글공부를 한다고 해서 孔·孟·顔·曾子가 다시 나올 것은 아니라는 말로 문관을 낮추어본다. 무관이 되면 역사상의 천하명장이 될 것은 아니라는 말은 하지 않는다. 남의 문장에서 찾아 자기 글 구절을 만드는 재주나 자랑한다고 흉을 보는 심장적구를 일삼는 문관을 썩은 선비라고 나무라고, 대장의 지위에 올라 수많은 군사를 지휘하는 무관이 대장부답다고 한다.

과연 그런지 의문을 제기하지 않을 수 없다. 무예를 연마한다는 말은 없고 姜太公이 지었다는 병서를 외워 대장이 된다면, 심장적구 선비를 썩었다고 나무랄 자격이 있는가? 무관이 자랑스러운 것은 위의가 대단하기 때문인가? 문무의 차별에 항의하려고 이치를 무시하고 과장된 발언을 하는 것이 아닌가?

「부러진 활 꺾어진 총」(2067.1)

부러진 활 꺾어진 총 퉁노구 메고 원하느니
황제헌원씨를 상탈여 아닌 적에 팔만천세를 살았거든
어쩌타 습용간과하여 이내 몸을 곤케 하나니

- 율격 : 기본형이지만, 글자 수가 늘어났다.

- 풀이 : 부러진 활, 꺾어진 총, 퉁노구(휴대용 솥) 메고, 원하느니 黃帝軒轅氏(중국 고대의 제왕)를 相奪也(서로 빼앗는 짓것) 아닌 적에 八萬千歲를 살았거든, 어쩌하다가 習用干戈(무기를 사용하는 관습)(만드는 짓

을)하여, 이내 몸을 곤케(곤란하게) 하나니.

병졸이 하는 말이다. 병졸이 관직의 맨 말단에서 고난을 겪기만 하는 사정을 말해준다. 부러진 활, 꺾어진 총을 메고, 휴대용 솥을 짊어지고 고생스럽게 옮겨 다니는 가련한 신세를 하소연한다.

누구를 원망해야 하는가? 무기를 만들어낸, 중국 고대의 제왕 黃帝軒轅氏를 원망한다. 황제헌원씨는 세상 사람들이 서로 빼앗는 짓을 하기 전 좋은 시절에 팔만사천 세나 살이나 살았으면서, 무기를 만들고 사용하는 관습을 마련해 이내 몸이 이렇게 곤란하게 하는가 하고 원망한다.

자기와 같은 병졸이 고생하도록 하는 책임자가 아닌 황제헌원씨를 원망하는 것은 무슨 까닭인가? 책임자는 누군지 몰라서 원망할 수 없다. 책임자를 원망해도 소용이 없다. 책임자를 원망하는 것은 허용되지 않는다. 이유가 이 셋 가운데 어느 것일 수 있다. 셋 다 일 수도 있다. 어느 쪽이든지 책임자에게 항변을 하며 대들려는 것은 아니다.

말머리를 돌려 엉뚱한 말을 하는 것을 이 작품의 묘미로 삼는다. 자기가 고생하도록 하는 책임이 무기를 처음 만든 황제헌원씨에 있다고 하는 유식한 무지로 웃음을 자아낸다.[6] 모든 것이 태초에 이루어졌다는 사고방식을 은근히 헐뜯는다. 빼앗지도 않고도 지내던 좋은 시설을 동경하는 마음을 전한다. 무지렁이 병졸이라고 무시하지 말라고 일러주면서, 밑바닥의 지혜를 알린다.

432 농사

시조의 농사 노래는 농민의 민요와 다르다. 선비가 농촌에서 생활하면

---

6 김흥규, 『사설시조의 세계―범속한 삶의 만인보』, 89면에서 이 작품은 "유식한 무지"로 웃음을 자아낸다고 했다.

서 농민에게 최대한 다가가 지은 것이 대부분이다. 농사가 훌륭하다고 예찬하고, 농사를 지으면서 사는 즐거움에 동참하고, 농촌에서 자연과 가까이 지내면 마음이 맑아진다고 한다. 농민을 대신해 농사일이 신명 난다고도 하고, 힘들다고 한다. 농민의 노고에 감사해야 한다고 한다. 농민을 도와주려고도 한다.

「종다리 나고 샛별이 떴다」(4370.1)

종다리 나고 샛별이 떴다 호미를 꽁무니 차고 들에 나니
찬 이슬 긴 수풀에 베잠방이 다 젖거다
아마도 농가 일락은 이뿐인가

- 율격 : 확대변이형. 초장 후반부가 8>4이다. 마지막 토막 "하노라"가 생략되었다.
- 풀이 : 종다리 나고 샛별이 떴다. 호미를 꽁무니에 차고, 들에 나가 찬 이슬 긴 수풀에 베잠방이 다 젖는다. 아마도 農家 一樂(한 가지 즐거움)은 이뿐인가 (하노라).

앞의 노래와 같은 말을 자세하게 해서 실감을 돋운다. 종다리가 나타나고 샛별이 뜬 이른 새벽에 일하러 들에 나가는 모습을 지금 보고 있는 듯이 알게 한다. "호미를 차고 들에 나가"라고 하면 기본형인데, 흥겨워 말을 익살스럽게 하느라고 "꽁무니에"를 넣어 확대변이형이다. 찬 이슬 긴 수풀에 베잠방이가 다 젖어도 상쾌하기만 하다.

이렇게 말한 것이 "農家 一樂"이라고 한 것을 보면, 이것도 농민이 스스로 하는 술회는 아니다. 농촌에서 농민으로 사는 즐거움에 동참하고 싶다고 한 노래이다. 들에 나가 구경을 하기만 하고 농사일을 시작한 것은 아니다.

「전원에 밭을 갈고」(4298.1)

전원에 밭을 갈고 달을 띠고 돌아오니
치자는 문에 맞고 노처는 술을 드네
아마도 농촌 흥미지락은 이뿐인가

- 율격 : 기본형. 마지막 토막 "하노라"가 생략되었다.

- 풀이 : 田園에 밭을 갈고 달을 띠고 돌아오니, 稚子(아이)는 門에(서) 맞고(맞이하고) 老妻는 술을 드네. 아마도 農村 興味之樂은 이뿐인가 (하노라).

밭을 갈고 늦게 돌아오면 아이는 문에서 맞이하고, 노처가 술을 주려고 들고 나오는 광경을 상상한다. 얼마나 즐거울 것인가 생각한다. 여기서도 농촌의 즐거움이 "이뿐인가 하노라"는 말을 되풀이한다. 농촌의 즐거움이 무엇인지 말하고 더 많은 것은 기대하지는 말자는 것이다. 부귀를 누리던 사람이 농촌에서 농민처럼 살아가려고 하니 마음을 다잡을 필요가 있어 이런 말을 되풀이한다.

(1962.1)(申欽文) "베잠방이 호미 메고 논밭 갈아 기음매고/ 농가를 부르며 달을 띄워 돌아오니/ 지어미 술 거르면거 내일 뒷밭 매음새 하더라", (1399.1) "동산에 포곡새 울고 남림에 창경이 운다/ 농부는 보리를 갈고 촌부는 뽕 눈을 본다/ 아마도 태평한 백성은 전가인가", (1502.1) "때 알아 오는 비는 농부 마음 위로한다/ 상평에는 모를 내고 하평에는 기음 매네/ 어디서 앞강 나루 묻는 자는 저익현을". 이런 것들도 있다.

「저 건너 명당을 얻어」(4234.1)

저 건너 명당을 얻어 명당 속에 집을 짓고
논 갈고 밭 만들어 오곡을 심은 후에 뫼 밑에 우물 파고 집 위에 박
올리고 장독엘랑 더덕 넣고 구월 추수 후에 남린북촌 다 청하여 백주
황계로 동락태평 하오리다
매세에 이 같이 즐거움이 긔 원인가 하노라

- 율격 : 확대일탈형. 사설시조.
- 풀이 : 저 건너 明堂을 얻어, 明堂 속에 집을 짓고, 논 갈고 밭 만들어 五
  穀을 심은 후에, 뫼 밑에 우물 파고, 집 위에 박 올리고, 장독엘랑 더덕
  넣고, 九月 秋收 후에 南隣北村 다 청하여 白酒黃鷄로 同樂太平 하오
  리다. 每歲에 이 같이 즐거움이 그것이 所願인가 하노라.

농촌 생활의 이상을 말한다. 명당을 얻어 집을 짓고 농사를 잘 지어 이
웃 사람들을 다 불러 함께 즐기고자 한다고 한다. 해마다 이런 즐거움을
누리기를 바란다고 한다. 서두의 "저 건너"가 이 모든 것이 현실이 아니고
소망임을 말해준다. 화려한 소망을 아주 구체적으로 말해 스스로 감격하
면 실현이 가능해지는 것은 아니다.

(4241.1) "저 건너 태백산 밑에 예 못 보던 채마전 좋을시고/ 이렁저렁
넌출에 둥실둥실 수박에 얽어지고 틀어졌는데 꿀 같은 참외 조롱조롱 열
렸어라/ 두었다가 다 익어지거든 우리 임에게 드리려 하노라"고 하는 것
도 있다.

「살구꽃 봉실봉실 핀」(2368.1)

살구꽃 봉실봉실 핀 밭머리에 이랴이랴 하는 저 농부야

그 무슨 곡식 심으려고 봄밭을 가오 예주리 천자강이 홀아비콩 눈끔
적이팥녹두 기장 청경 차조 새코찌르기 참깨 들깨 동부 쥐눈이 찰수
수를 갈랴 함나 그 무엇을 심으려 하노

그것도 저것도 다 아니오 구곡장신 신곡미등할 때에 제일 농량에 긴
한 봄보리 가오

- 율격 : 확대일탈형. 사설시조.

- 풀이 : 살구꽃 봉실봉실 핀 밭머리에 "이랴이랴" 하는 저 農夫야. 그 무슨
  곡식 심으려고 봄밭을 가오? 예주리, 천자강이, 홀아비콩, 눈꿈적이팥,
  녹두, 기장, 청경, 차조, 새코찌르기, 참깨, 들깨, 쥐눈이, 찰수수를 갈랴
  하나? 그 무엇을 심으려 하노? 그것도 저것도 다 아니오. 舊穀藏身 新
  穀未登할(묵은 곡식은 자취를 감추고, 새 곡식은 나타나지 않을) 때에 第
  一 農糧에 긴한(긴요한) 봄보리를 가오.

살구꽃 봉실봉실 핀 밭머리에서 소를 몰고 밭을 가는 농부에게 무슨 곡
식을 심으려고 봄에 밭을 가는가 묻는다. 물으면서 열거하는 것이 모두
곡식인데, "예주리, 천자강이, 홀아비콩, 눈꿈적이팥, 청경, 차조, 새코찌
르기"는 무엇인지 알기 어렵다. 곡식 이름을 많이 안다고 자랑하려고 잔
뜩 열거한다.

물음에 대답하면서 농부는 "舊穀藏身 新穀未登할" 때 제일 요긴한 봄
보리를 간다고 한다. 농사짓지 않은 사람이 곡식 이름을 많이 안다고 자
랑하는 것이 아니꼬워 자기는 글을 읽지 않고 농사를 지어도 문자를 쓸
수 있다고 응수한다. 긴요하지 않은 것을 묻고 대답하면서 지식 자랑을
숨은 주제로 한다.

「오늘도 다 새거다」(3386.1) 　　　　　　　　　鄭澈

오늘도 다 새거다 호미 메고 가자스라

내 논 다 매거든 네 논 좀 매어주마

올 길에 뽕 따다가 누에 먹여 보자스라

- 율격 : 축소변이형. 종장 전반부가 3 < 4이다.
- 풀이 : 오늘도 다 샜으니 호미 메고 가자꾸나. 내 논 다 매거든 네 논 좀 매어주마. 오는 길에 뽕을 따다 누에 먹여보자꾸나.

오늘도 날이 다 샜으니 더 자지 말고 일어나 호미 메고 집을 나서자. 시간을 아껴 부지런히 일하자. 내 논 다 매면 그만두고 돌아오지 않고 네 논 마저 매어주마. 다른 사람의 일을 도와주자. 들일을 하고 돌아오는 길에 그냥 지나치지 말고 길 가에 있는 뽕을 따다가 누에를 먹이자. 주업만 하지 말고 부업에도 힘쓰자.

누구나 할 수 있을 것 같은 이런 말을 절묘하게 한다. 아침에 나가고, 점심에 일하고, 저녁에 돌아오는 하루 일이 순서대로 한 줄씩이다. 한 줄을 한 문장으로 하고, 토막 구분을 적절하게 해서 절도를 갖춘다. 두 토막마다 동사로 마무리해 활력이 있다. "다"를 되풀이해 박력을, "좀"에서는 휴식을 보탠다. 크게 움직이는 모습을 미세하게 그리기도 해서 숨소리까지 감지된다.

鄭澈(1536~1593)은 강원감사가 되어 농민을 도와주려고 하는 노래를 지었다. 농민 생활의 모범을 누구나 알아들을 수 있는 쉬운 말로 일러 교훈이 아니게 교훈한다. 내가 하는 일을 다른 사람도 하자고 한다. "가자스라"와 "보자스라" 사이에 "매어주마"를 넣어, 베풀 것을 베풀면서 권유한다. 말하는 사람과 듣는 사람 사이에 간격이 없어 반발이 생길 수 없다. 말이 자연스러워 그대로 하는 데 무리가 없다고 생각되게 했다.

「가을에 곡식 보니」(0044.1)　　　　　　　　李徽逸

가을에 곡식 보니 좋음도 좋을시고
내 힘에 이룬 것이 먹어도 맛이로다
이 밖의 천사만종을 부뤄 무삼 하리오

- 율격 : 기본형
- 풀이 : 가을에 곡식 보니 좋음도(좋기도) 좋을시고. 내 힘에 이룬 것이 먹어도 맛이로다. 이 밖의 千駟萬鍾을 부러워 무삼(무엇) 하리오.

　스스로 농사 지어 추수한 곡식을 먹으니 기분이 좋고 맛이 있다. 농민 생활을 바라보면서 즐거움을 선망하지 않고 농사지으면서 농민이 하는 말을 직접 전한다. 네 마리 말이 끄는 수레 천 대, 만 되나 되는 많은 녹봉이라는 뜻인 "千駟萬鍾"이라는 문자를 쓰면서 출세한 사람을 부러워하지 않는다고 한 것은 농민답지 않은 어법이지만, 말하는 주체가 외부인은 아니다.

　(1836.1)(李徽逸) "밤에란 삯을 꼬고 낮에는 띠를 베어/ 초가집 잡아매고 농기점 차렸어라/ 내면에 봄 온다 하거든 결의종사 하리라"라고 하는 것도 있다.

「녹양은 자는 듯 깬 듯」(1063.1)　　　　　　　尹善道

녹양은 자는 듯 깬 듯 산머리에 해 돋는다
설멋진 농가에 아침 논매고 나니
눈앞의 만경옥야는 나날이 달라지네

- 율격 : 기본형
- 풀이 : 綠楊(푸른 버들)은 자는 듯 깬 듯 산머리에 해 돋는다. 설멋진 農歌에 아침 논매고 나니, 눈앞의 萬頃玉野(만 이랑 보배로운 들)는 나날이 달라지네.

농촌의 일출, 노동, 들판을 능숙한 솜씨로 생동하게 그려낸다. 푸른 버들이 자는 듯 깬 시간 산머리에 해 돋는 것만 보아도 감격스럽다. "설멋진 농가"를 부르며 나가 아침 논을 매니 상쾌하다.

"멋지다"고 하지 않고, "설익다"라고 할 때 쓰는 "설-"이라는 접두어를 넣어 "설멋지다"고 한다. 농민이 부르는 농가는 음률을 제대로 갖추지 않아 격이 떨어지고 멋이 모자란다고 해도 상관이 없다. 부르는 사람이 즐거우면 그만이다.

논을 매면서 수고한 보람이 바로 나타나 눈앞의 만경옥야는 나날이 달라지니 얼마나 대견한가. 농사짓지 않는 사람은 모를 일이다. 이런 일이 어디 더 있는가?

(0882.1)(南極曄) "남풍 부는 비에 누역 삿갓 저 농부야/ 밭 갈이 밥 먹기는 그 아니 직분인가/ 고잔들 다 저문 날 아름답다 농가로다"는 「514 바람」에서 고찰한다.

「오려논 물 실어 놓고」(3422.1)　　　　李鼎輔

　　오려논 물 실어 놓고 면화 밭 매오리라
　　울 밑의 외도 따고 보리 능거 점심하소
　　뒷집에 술이 익었거든 외자일망정 내어라

- 율격 : 기본형

■ 풀이 : 오려논 물 실어 놓고 면화 밭 매오리라. 울 밑의 외도 따고 보리
능거 점심 하소. 뒷집에 술이 익었거든 외자일망정 내어라. 풀이를 아래
에서 한다.

"오려"는 "일찍 여무는 벼"이다. "능거"는 "곡식 낟알의 껍질을 벗기려고
물을 붓고 애벌 찧는다"는 말이다. "외자일망정"은 "돈을 주지 않고 외상
으로 할망정"이다. 농민이 일상생활에서 흔히 쓰는 이런 말을 이어나가면
서, 긴박하게 움직이면서 사는 모습을 선명하게 보여준다. 이만하면 농민
의 노래이다.

가족 모두 바쁘다. 벼농사를 하고 면화를 가꾼다면서, "매오리라"는 자
기가 하겠다는 말이다. 아내도 농사에 몰두하다가 잊을까보아, 외를 따고
보리 능거 "점심하소"라고 깨우쳐준다. 정신없이 돌아가는 판국에도 뒷집
의 술을 외상으로 가져다가 마시는 여유를 누리고 싶어, 술을 "내어라"고
일손이 남아 있는 아이에게 시킨다.

「삼복 끓는 날에」(2404.1)　　　　　　　　李鼎輔

삼복 끓는 날에 땀 흘리며 기음맬 제
신고한 이 거동을 그 뉘라서 그려다가
임 계신 구중궁궐에 들여 뵐고 하노라

■ 율격 : 기본형
■ 풀이 : 三伏 끓는 날에 땀 흘리며 기음맬 적에, 辛苦(쓰디쓴 고생)한 이
舉動을 그 뉘라서 그려다가, 임 계신 九重宮闕에 들여 보일고 (하고 염
려)하노라

농민의 고생을 동정하고 대변하는 노래이다. 三伏 끓는 날에 땀 흘려

기음매는 것이 가장 심한 辛苦이다. 그 광경을 그려 九重宮闕에 들어앉아 있는 임금에게 보여야 하는데, 누가 할 수 있을지 염려된다. 자기는 하고 싶어도 임금 가까이 갈 수 있는 사람이 아니니 한탄스럽다.

李鼎輔(1693~1766)는 대제학과 예조판서를 역임한 고위 관직자인데 「322 저런 사랑」에서 고찰한 음란한 노래 「간밤에 자고 간 그놈」(0092.1)의 작자라고 하는 것이 사실인가 문제라고 했다. 여기서 든 몇 작품은 농민 생활을 이해하고 동정해 아주 다른 경향을 보여준다. 이런 사실을 어떻게 이해할 것인지 다시 문제가 된다. 앞의 것은 음란가, 지금 것은 애민가라고 하면서 논의를 전개해보자.

이정보는 음란가나 애민가를 포함한 여러 경향의 시조를 즐기는 폭넓은 감상자 또는 애호가였던 것은 분명한 사실이라고 할 수 있다. 음란가를 애호한 것을 두고 빈정대느라고 그런 작품의 작자라고 했으리라고 본다고 앞에서 말했다. 애민가에 관해서는 조금 다른 말을 할 수 없다. 애민가는 최상층의 특권이 비난의 대상이 되지 않게 하는 방패막이로 소중하므로 듣고 즐기기만 하지 않고 스스로 지어 작자 이름을 남기고자 했을 것이다.

「정월에 농기 닦고」(4331.1)   李世輔

정월에 농기 닦고 이월에 밭을 간다
장정은 들에 놀고 노약은 집에 있어
지금에 게으른 자부 신칙한다

- 율격 : 축소일탈형. 종장의 한 토막이 모자란다.

- 풀이 : 正月에 農器 닦고 二月에 밭을 간다. 壯丁은 들에 놀고 老弱은 집에 있어, 지금에 게으른 子婦(며느리) 申飭(타이르고 경계)한다.

농사일을 부지런히 하는 모습이다. 정월에는 농기구를 닦고, 이월이면 밭을 간다. 시간 낭비가 전연 없다. 장정은 들일을 즐기니 논다고 한다. 노약자만 나가지 못하고 집에 있다. 이런 판에 게으른 며느리가 있단 말인가? 만약 있다면 게으름을 피우지 못하게 타이르고 경계한다는 말이겠다.

「좌수에 잡은 춘광」(4376.1)　　　　　　　　李世輔

　좌수에 잡은 춘광 우수로 옮겨 내여
　농부가 흥을 겨워 수답에 이종하니
　아마도 성세낙민은 이뿐인가

- 율격 : 기본형. 마지막 토막 "하노라"가 생략되었다.

- 풀이 : 左手에 잡은 春光 右手로 옮겨 내여, 農夫가 興을(흥에) 겨워 水畓에 移種하니, 아마도 盛世樂民(태평성대에 즐겁게 사는 사람)은 이뿐인가 (하노라).

모내기를 하는 광경을 흥미롭게 묘사한다. 모를 봄빛을 뜻하는 "春光"이라고 한 것이 기발하다. 봄빛을 받고 자란 모를 봄빛을 받으면서 심는 것을 분명하게 알도록 한다. 그런데 늘어놓는 말이 모두 한자어이다. 왼손을 "좌수", 오른손을 "우수"라고 한다. 논은 "수답"이라고, 옮겨 심는 것은 "移種"이라고 한다. 이것은 무슨 까닭인가? 농민이야말로 "盛世樂民"이라고 존숭하려고 관련되는 말을 모두 격상해본 것 같다.

「그대 농사 적을 적에」(0473.1)　　　　　　　　李世輔

　그대 농사 적을 적에 내 추순들 변변할까
　저 건너 박부자 집에 빚이나 다 갚을는지
　아마도 가난한 사람은 가을도 봄인가

■ 풀이 : 그대 농사 적을 적에, 내 秋收인들 변변할까. 저 건너 朴富者 집에 빚이나 다 갚을는지. 아마도 가난한 사람은 가을도 봄인가 (하노라). 더 풀이할 말이 없다.

농민 둘이 하는 말이다. "그대"라고 한 상대방은 땅이 더 있어도 농사 지은 것이 적으니 내 추수가 변변치 못한 것이 어떻게 할 수 없는 일이다. "저 건너 박부자 집"에서 낸 빚이나 다 갚을지 염려된다.

"저 건너"라는 말을 앞에다 두어 부자와 가난뱅이의 거리를 분명하게 한다. 부자는 일 년 내내 가을일 수 있어도 가난뱅이는 가을도 봄이다. 가 을은 배부르고, 봄은 배고픈 계절이라는 것은 겪어본 농민이라야 아는 사 실이다.

李世輔(1832~1895)는 이미 말한 바와 같은 농민 생활에 깊은 관심을 가 지고 많은 노래를 지었다. 「421 나라」에서 국정이 그릇되어 농민이 살기 어려운 사정을 고발하는 작품을 여럿 들어 고찰했다. 여기서는 농민 생활 을 핍진하게 그리고 어려움을 동정한다.

「둘러내자 둘러내자」(1470.1)　　　　　　魏伯珪

둘러내자 둘러내자 길찬 골 둘러내자
바랭이 역고를 골골마다 둘러내자
쉬 짙은 긴 사래를 마조 잡아 둘러내자

■ 율격 : 기본형

■ 풀이 : 둘러내자(논을 한 골씩 매어나가자) 둘러내자. 길찬(아주 긴) 골(움 푹 들어간 곳) 둘러내자. 바랭이, 역고(여뀌)를 골골마다(논의 골마다) 둘 러내자. 쉬(시궁창) 짙은(색깔이 짙은) 긴 사래는(논의 긴 이랑 잡초는 힘

이 드니까) 마조(마주) 잡아 둘러내자. 바랭이와 여뀌는 흔히 보는 잡초
이다.[7]

논매기를 하는 사람들이 부르는 노래를 가져와 부른다. 일하는 동안 계
속 이어지는 민요를 시조 형식에 맞추어 잘라 작품 한 편을 만든다. 사설
을 줄일 수밖에 없지만, "둘러내자"를 되풀이하는 말은 원래대로 가져와
현장감을 살린다. 민요와 가장 가까운 시조이다. 농민을 대신해 농사가
신명 난다고 하는 노래를 아주 실감나게 지었다.

어려움을 무릅쓰고 농사일을 억척스럽게 한다. 혼자서는 할 수 없어 함
께 일하면서 서로 격려한다. 일을 하면 열이 올라 지치는 줄 모르고, 힘이
솟는다고 느낀다. 무성한 잡초를 다 걷어내니 얼마나 시원한가! 구경하는
사람들은 모르는 기쁨이다. 노래 지은 사람이 농사꾼이 되고 구경꾼은 아
니다.

魏伯珪(1727~1798)는 예사 사대부가 아니다. 전라도 시골에서 어렵게
살아가면서 농민의 고난을 가까이서 이해하고 민요에 근접한 작품세계를
이룩했다. 연시조 「農歌九章」에서 노동요를 받아들인 작품에 이것과 함
께 다음 둘도 있다. 농민의 노래를 한시로도 옮겨 「年年行」 두 편에서는
선후창 형식을 사용해 재해와 수탈에 시달리면서 살아가는 농민생활을
생생하게 나타냈다. 보리를 두고 지은 「罪麥」·「對麥」·「靑麥行」 같은 장
편 연작시에서 농민이 하는 말을 풋풋하게 전했다.[8]

---

7 바랭이는 볏과의 한해살이 풀이다. 높이는 40~70센티미터이다. 꽃이 7~8월에
   피고, 열매는 10월에 익는다. 여뀌는 마디풀과의 한해살이풀이다. 水蓼라고도 한
   다. 높이는 40~80센티미터이며, 잎은 어긋나고 피침 모양이다. 6~9월에 꽃잎의
   끝에 붉은색을 띠는 연녹색 꽃이 핀다. 잎과 줄기는 짓이겨 물에 풀어서 고기를
   잡는 데 쓴다.

8 김석회, 『존재 위백규 문학 연구 : 18세기 향촌사족층의 삶과 문학』(이회문화사,
   1995)에서 자세한 고찰을 했다.

「땀은 듣는 대로 듣고」(1499.1)   魏伯珪

땀은 듣는 대로 듣고 볕은 쬘 대로 쬔다
청풍에 옷깃 열고 긴 파람 흘려 불 제
어디서 길 가는 손님 내 아는 듯이 머무른고

- 율격 : 기본형

- 풀이 : 땀은 떨어지는 대로 떨어지고, (햇)볕은 쪼일 대로 쪼인다. 淸風
(맑은 바람)에 옷깃을 열고 긴 파람 흘려(흘리면서) 불 제(때에), 어디서
길 가는 손님이 내가 안다는 듯이 머무르는고.

이것은 농민을 대신해 농사일이 힘들지만 신명 난다고 하는 노래이다.
앞에서 든 「둘러내자」(1470.1)에서 말한 것처럼 허리를 굽히고 정신없이
일하다 잠깐 숨을 돌리려고 일어선다. 땀이 마구 흘러 온몸을 적시고, 햇
볕은 너무 뜨겁게 내려쪼인다. 그런데도 맑은 바람이 불어 옷깃을 열고
맞이하니 상쾌하다. 휘파람을 불듯이 숨을 길게 내쉬자 더욱 시원하다.
아주 즐거운 느낌이다.

이런 즐거움은 괴롭게 일하는 사람이 아니면 알지 못한다. 한가하게 길
이나 가는 손님이 무얼 안다고 머물러 바라보고 있는가? 무슨 말을 하려
는가? 사람 꼴이 아니어서 민망하다고 하려는가? 수고를 위로하려는가?
너무 더우니 그만두고 쉬라고 하려는가?

그 어느 말을 해도 먹혀들어가지 않고, 엇박자가 생긴다. 가까운 거리
에서 비슷한 자세로 서 있으면서 전혀 어울리지 않는 두 사람의 모습이
기이한 그림을 이룬다. 보고만 있으니 마음이 불편하다. 어느 쪽에라도
다가가 서로 통하도록 해야 한다.

이 노래를 듣거나 읽는 사람들은 거의 다 길 가다가 머물러 바라보는
사람 쪽이다. 지식은 많을지 몰라도 겪을 것을 겪지 않은 탓에 깨달아 아

는 바는 모자란다. 분수 모르고 개입하면 양쪽이 더 멀어지게 한다. 엇박자를 키우기나 해서, 유식이 무식이고, 유능이 무능임을 스스로 폭로한다. 이 노래는 그런 줄 알아야 한다고 깨우치는 최소한의 교훈이다.

일하다 몸을 일으킨 사람 쪽이라고 하려면 겪은 바가 상통해야 한다. 무엇이든 보람 있는 일을 혼신의 힘을 기울여 열심히 해서 괴로움이 즐거움임을 알아야 한다. 그래서 사는 보람을 얻고, 남들에게 도움을 줄 수 있어야 한다. 농사를 지어 먹거리를 나누는 것만 훌륭하다고 할 것은 아니다. 길 가다가 머물러 바라보는 사람들을 충격을 주어 깨우치는 정신요법을 마련하는 것이 또한 절실한 과제이다.

잘 먹이면 생각을 바르게 하는 것은 아니고, 오히려 그 반대일 수 있다. 농사짓는 사람을 억누르는 힘을 키울 수 있다. 충격을 주는 정신요법은 지금까지 인정되어온 갖가지 우열을 뒤집어, 누구나 서로 장단을 맞추어 함께 어울릴 수 있게 해야 한다. 상당한 수준의 파괴력을 비상한 논리로 가다듬어야 너무 어려워 포기하기 쉬운 임무를 감당할 수 있다.

「서산에 돋은볕 서고」(2514.1)　　　　　魏伯珪

서산에 돋은볕 서고 구름은 늦이로 낸다
비 뒤 묵은 풀이 뉘 밭이 짙었는고
두어라 차례 지은 일이니 매는 대로 매오리라

- 율격 : 기본형
- 풀이 : 서산에 돋은볕 서고, 구름은 늦이(알고 있는 시간보다 늦게) 낸다 (모습을 드러낸다). "돋은볕"은 아침에 해가 솟을 때의 볕이다. 그런 것이 서산에 서 있다고 한다. 비 뒤(비가 온 뒤) 묵은 풀이 뉘 밭이(누구의 밭에서) 짙었는고? 두어라(어떻게 하겠나), 차례를 정해놓은 일이니 (밭을) 매는 대로 매리라.

여기서는 농민에 대한 깊은 이해를 나타낸다. 농민은 일을 마치고 돌아올 때에도 쉬지 않는다. 오랜 경험과 지식을 살려, 천문기상을 관측한다. 관측한 바에 따라 농사를 예견하고 준비하고 실행한다. 이론과 실천을 겸비한 노련한 과학자이다.

아침 해 뜰 때의 찬란한 볕이 저녁 서산에서 보인다. 구름은 이미 알고 있는 시간보다 늦게 같은 모습을 다시 나타낸다. 기상 관측이 아주 정확해 조금 달라지는 것을 알아낸다. 비 온 뒤에 풀이 길어진 밭이 보이는데, 누구의 밭인가? 내 밭도 같은 상태일 것이 아닌가? 하나를 보면 다른 것도 안다. 기상 변화를 보고 서둘러 해야 할 일이 확인된다.

「용두레 물 푸는 곳에」(3554.1)　　　　　　　趙榥

용두레 물 푸는 곳에 저 농부야 말 들어라
네 근고 저렇거는 내 유식이 무삼 일고
언제나 산인의 침하천을 인간림우 지여볼꼬

- 율격 : 기본형

- 풀이 : 용두레(물 푸는 기구) 물 푸는 곳에 저 農夫야 말 들어라. 네 勤苦 저렇거는 내 遊食(놀고 먹는 것)이 무삼 일고 (무슨 일인고)? 언제나 山人의 枕下泉을 人間霖雨 지여 볼까?

용두레를 이용해 물을 푸는 농부의 모습을 구체적으로 그리고 자기 말을 들으라고 한다. 농부는 고생스럽게 일하는데, 자기는 놀고먹는 것이 무슨 일인가 하고 탄식한다. 여기까지는 이해하기 쉽고, 종장에서 하는 말은 많이 생각해보아야 알 수 있다.

"山人"은 속세를 떠나 산에 들어가 고결하게 살거나 도를 닦는 사람이다. 자기는 산인이라고 여기고 다음 말을 한다. "枕下泉"은 "베개 아래의 샘"인데 눈물을 말한다. 자기는 산인의 길을 택하고도 눈물이나 흘리고 있다고 탄식한다.

"人間霖雨"는 세상을 적실 장맛비이다. 눈물이나 흘리고 있지 말고 세상을 적셔 널리 윤택하게 하는 장맛비를 내리고자 하는 소망을 가지고 있다. 자기도 놀고먹지 않고 농부처럼 유익한 일을 하고자 한다. 그 소망이 언제 이루어질지 까마득하다고 한다.

단순하고 쉬운 말에서 복잡하고 어려운 말로 나아가면서 "물"·"泉"·"雨"라고 하는 물의 심상이 이어진다. "물"은 농사에 소용되는 것이고, "泉"은 쓰이지 못하는 한탄의 눈물이고, "雨"는 널리 베풀 혜택이다. 이런 중심축이 있어 유기적인 구성을 갖춘다.

趙槻(1803~?)은 몰락한 처지에서 빈곤하게 지낸 선비이다. 이루지 못한 소망을 이런 노래에서 나타냈다.『三竹詞類』라는 개인 가집을 남겼다.

(2944.1)(趙槻) "산야에 저 농부야 천민선각 네로구나/ 이 백성 건지려니 삼빙옥백 마다하랴/ 아마도 그 몸의 출처는 저 하늘이 시키니라"라고 한 것도 있다.

433 어업

강호에 은거하면서 낚시질에서 즐거움을 찾는 사대부 假漁翁의 노래는 흔하고, 고기잡이를 생업으로 하는 漁夫 노래는 드물게 보인다.[9] 어업의 노고에는 농사만큼 관심을 가지지 않으며, 어업민요와는 교섭이 없다. 배를 부리면서 물건을 운반하는 沙工이나 船人이 위험한 일을 한다고 걱정

하기도 하고, 大船團의 왕래가 장관이라고 길게 노래하기도 한다.[10]

「이 중에 시름 없으니」(3892.1) 李賢輔

이 중에 시름 없으니 어부의 생애로다
일엽 편주를 만경창파에 띄워두고
인세를 다 잊었거늘 날 가는 줄 안가

- 율격 : 기본형
- 풀이 : 이 중에 시름이 없으니 漁父의 生涯로다. 一葉 片舟(한 조각 작은 배)를 萬頃蒼波(수많은 이랑 푸른 물)에 띄워두고. 人世를 다 잊었거늘 날 가는 줄 아는가?

"이 중에"는 각기 자기대로 살아가는 여러 사람 가운데라는 말로 이해할 수 있다. 그 여러 사람 가운데 어부는 남들보다 시름이 더 없이 살아간다고 한다. 일엽편주를 만경창파에 띄워두고 무엇을 하는가 하는 말은 없다. 인간 세상을 잊었거늘 날짜 가는 것을 알겠느냐고 한다.

고기를 잡아 생계를 유지하는 어부라면 이럴 수 없다. 어부는 물때를 보고 드나들어야 하므로 날짜를 정확하게 알아야 한다. 이 어부는 이름만 어부이다. 어부처럼 행세하는 假漁翁이다. 벼슬을 버리고 물러난 선비가 산수에 묻히는 것만으로 부족해 가어옹이 되어 배를 타고 나가 아무것도 하지 않으면서 세상일을 아주 잊는 것을 동경하고 실행한다.

李賢輔(1467~1555)는 나아가 벼슬하다가 관직이 호조참판일 때 병을

---

10 일본의 『萬葉集』에는 바다, 어부, 해녀 등에 관한 노래가 많고 구체적인 사연을 갖춘 것과 아주 다르다. 생활 방식보다 노래 짓는 관습의 차이가 더 큰 이유이다. 이에 관련된 고찰을 이형대 · 임경화, 「한 · 일 고전시가 어부 형상의 전개와 그 대비적 특질」, 『한국시가연구』 22(한국시가학회, 2007)에서 했다.

핑계로 고향 예안 낙동강 가 汾川 마을로 물러나 은거했다. 누가 지었는지 모르는 채 전승되는 어부가를 즐겨 부르면서 장가와 단가로 나누었다. 단가 어부가의 하나로 이런 작품을 창작했다. 가어옹의 어부가가 크게 성행하도록 하는 계기를 마련했다.[11]

「아이야 배 띄워라」(3031.1)   李賢輔

아이야 배 띄워라 천색이 청제하니
바다에 나가 고기 낚다가
동령에 달 밝거든 회환신지 하리라

■ 율격 : 축소변이형, 중장이 3 > 2, 2 < 3이다.
■ 풀이 : 아이야, 배를 띄워라, 天色(하늘 빛)이 淸霽하니(맑게 개니). 바다에 나가 고기를 낚다가, 東嶺에 달 밝거든 回還信地하리라(땅으로 돌아오리라).

여기서는 바다에 나가 고기를 잡는다고 구체적으로 말하니 어부의 노래 같다. 그러나 배 띄우는 일을 스스로 하지 않고 아이에게 시켜 어부답지 않다. 어부라고 자처하면서 신선놀음을 한다. "바다에 나가 고기 낚다가"를 축소변이형이 되게 간단하게 말하기나 하고 구체적인 계획이 없다. 고기를 잡을 만큼 잡으면 돌아온다고 하지 않고, 동령에 달 밝거든 돌아온다는 것은 생계는 걱정하지 않고 풍광을 즐기는 사람의 말이다.

---

11 이우성, 「고려말·이조초의 어부가 : 唱과 詠을 통해 본 사대부문학의 일단」, 『한국중세사회연구』(일조각, 1991)에서 어부가의 전통과 그 시대적 의의에 관해 자세하게 고찰했다.

(3166.1)(金友奎) "어부 생애 보소 이 아니 허랑한가/ 풍범 낭즙으로 만경파에 띄워두고/ 낚시에 절로 무는 고기 긔 분인가 하노라"라고 하는 것도 있다.

「물외에 좋은 일이」(1748.1)　　　　　　　　尹善道

물외에 좋은 일이 어부 생애 아니러냐
어옹을 웃지 마라 그림마다 그렸더라
사시 흥이 한가지나 추강이 으뜸이라

- 율격 : 원초형. 종장 전반부가 4 4이다.
- 풀이 : 物外에 좋은 일이 漁父 生涯 아니러냐. 漁翁을 웃지 마라, 그림마다 그렸더라. 四時 興이 한가지나 秋江이 으뜸이다.

초장에서 말하는 物外는 세상 밖이다. 세상의 법도나 시비를 벗어나 자유를 누리는 곳이다. 物外에서 좋은 일하면서 잘 지내는 것이 漁父의 생애이다.

중장에서 "漁翁을 웃지 마라 그림마다 그렸더라"라는 것은 초장과 어떻게 이어지며, 무슨 뜻인가? 초장은 일반론이고, 이 말은 자기에게 관한 것이다. 늙은이인 내가 漁夫 노릇을 하니 漁翁이다. 내가 어옹이라고 세상 사람들은 웃지 마라. 어옹의 모습을 품격 높게 그림마다 그리지 않는가?

종장에서는 어부는 四時 어느 때이든 흥겹게 지내지만, 가을이 되어 秋江으로 나가는 興이 으뜸이라고 한다. 어부 노릇을 하는 이유가 고기를 잡아 생계를 유지하려는 데 있지 않고 오직 흥을 얻자는 데 있다.

尹善道(1587~1671)는 벼슬을 버리고 만년에 완도 甫吉島에 들어가 한적한 나날을 보내면서 바다에 나가 노니는 흥취를 자랑하는 「漁父四時詞」, 네 계절 노래 각 10수 모두 40수를 지었다. 이것은 그 가운데 가을 노

래의 하나이다. 작품은 모두 종장 둘째 토막이 5자 미만인 원초형 율격을
지니고 계속 이어져 40수를 노래 한 편으로 이해할 수 있게 한다. 가어옹
의 즐거움을 다채로운 표현을 갖추어 나타낸다.

「어촌에 낙조하니 (1)」(3269.1)

어촌에 낙조하니 강천이 한 빛이라
어선은 돌아오고 백구 모연 잠겼어라
지금에 수성 어적이 소상팔경도 이렇던가

- 율격 : 기본형
- 풀이 : 漁村에 落照하니(해가 지니), 江天(강과 하늘)이 한 빛이라. 漁船
  은 돌아오고, 白鷗는 暮煙(저녁 안개)에 잠겼어라. 지금에 數聲(몇 마디
  소리) 漁笛(어부의 피리)이 瀟湘八景도 이러한가?

어촌의 풍경을 그린다. 어촌에 해가 지니 강과 하늘이 한 빛이구나. 어
선은 돌아오고, 백구가 저녁 안개에 잠겼구나. 어부가 부는 피리 몇 마디
소리가 들리니 경치가 아주 빼어나다. 중국의 瀟湘八景이라는 곳도 이러
한가?

瀟湘八景은 중국 湖南省 洞庭湖 남쪽 瀟湘의 여덟 가지 아름다운 경
치이다. 미술과 시가의 소재로 중국뿐만 아니라 한국에서도 널리 애용되
어 전하는 작품이 많다. 문학에서는 瀟湘八景이라는 말이 좋은 경치를
뜻하기도 한다.

「강촌에 일모하니」(0150.1)

강촌에 일모하니 곳곳이 어화로다
만강 선자들은 북 치며 고사한다

밤중만 애내일성에 산경유를 하더라

- 율격 : 기본형
- 풀이 : 江村에 日暮하니 곳곳이 漁火로다. 滿江(강에 가득한) 船子(배)들은 북 치며 告祀한다. 밤중만 欸乃一聲(노 젓는 노래 한 마디)에 山更幽를 하더라.

어촌에서 굿을 하는 광경이다. 밤이 되니 곳곳에 漁火를 밝히고, 강에 가득한 배에서 북을 치며 굿을 한다. 굿하면서 부르는 노랫소리가 산의 그윽한 정서를 다시 돋운다.

산의 그윽한 정서를 다시 돋운다고 풀이한 "山更幽"는 유래가 있는 말이다. 중국 南朝 梁나라 시인 王籍이 「入若邪溪」에서 "鳥鳴山更幽(새가 우니 산이 다시 그윽해진다)"고 한 데서 가져왔다. 새가 우니 산이 다시 그윽해진다고 한 말을, 굿을 하니 강이 다시 그윽해진다는 것으로 바꾸어놓았다. 굿을 보고 노래를 지은 이가 식자층이어서 어울리지 않는 문자를 썼다.

「어촌에 낙조하고 (1)」(3268.1)

어촌에 낙조하고 강촌이 한 빛인 제
소정에 그물 싣고 십리사정 내려가니 양안 홍록에 황앵이 섞어 날고
도화유수에 궐어는 살졌는데 유교변에 배를 매고 고기 주고 술을 받
아 애내성중에 달을 띄워 돌아오니
아마도 강호지락이 이 좋은가 하노라

- 율격 : 확대일탈형. 사설시조.
- 풀이 : 漁村에 落照하고 江村이 한 빛인 제, 小艇(작은 배)에 그물 싣고,

十里沙汀 내려가니 兩岸 紅綠에 黃鶯(노란 앵무새) 섞어 날고 桃花 流
水에 鱖魚(쏘가리) 살졌는데, 柳橋邊(버드나무 다리 곁)에 배를 매고 고
기 주고 술을 받아 欸乃聲中에(노 젓는 노래를 부르면서) 달을 띄워 돌
아오니, 아마도 江湖之樂이 이 좋은가 하노라.

어촌의 경치가 아름답고, "십리사정 내려가니 양안 홍록에 황앵 섞어
날고"라고 하면서 즐거워한다. 배를 타고 나가 그물로 고기를 잡는다고
한다. 鱖魚(쏘가리)라는 고기 이름도 나온다. 그러나 강에서 잡은 고기를
술과 바꾸어 돌아온다. 소리 내어 노래를 부르면서 달을 띄워 돌아오니
江湖之樂이 좋다. 술을 아직 마시지 않았는데 취흥이 도도하다.

고기잡이하는 사람의 모습이 선명하다. 술과 바꾸려고 고기를 잡으니
어업을 하기는 한다. 생계를 위한 어업이 아니고 도락을 위한 어업이다.

「어촌에 낙조하니 (2)」(3271.1)

어촌에 낙조하니 건너 마을 연기 난다
종일토록 낚은 고기 오륙 수에 불과하다
유지에 <u>은린옥척</u> 꿰어 들고 행화촌 갈까

- 율격 : 축소변이형. 종장 전반부가 3<4이다.
- 풀이 : 漁村에 落照하니(해가 지니), 건너 마을 연기 난다. 終日토록 낚은
  고기 五六首에 不過하다. 柳枝(버드나무 가지)에 銀鱗玉尺(비늘이 은빛
  이고 크고 좋은 물고기) 꿰어 들고 杏花村(살구꽃 핀 마을)을 찾으리라.

초장은 위에서 든 「어촌에 낙조하고」(3269.1)에서처럼 그린 아름다운 어
촌 풍경이다. 건너 마을에 연기 나니 마음이 편안하고 다정스럽게 느껴진
다. 중장에서는 말을 바꾸어 종일토록 낚은 고기 오륙 수에 불과하다고

하니 서글프다. 노력이 헛된 것이 안타깝다. 어떻게 먹고 사는지 염려된다.

종장에서 다시 말을 바꾸어 잡은 고기가 銀鱗玉尺이라고 한다. 이 네 자 외에 다른 말이 더 필요하지 않아 축소변이형을 만든다. 먹고살려고 고기를 잡은 것이 아니다. 안줏감인 은린옥척을 잡았다고 자랑하면서 酒色으로 마음을 들뜨게 하는 杏花村을 찾아간다. 얼마나 즐거운가.

(4525.1) "창랑에 낚시 넣고 조대에 앉았으니/ 낙조 청강에 빗소리 더욱 좋다/ 유지에 옥린을 꿰어 들고 행화촌을 찾으리라"라고 하는 것도 있다.

「어옹이 해망을 잃고」(3169.1)

어옹이 해망을 잃고 석양 포구에 나드는 사공들아
내 구럭 혹 보셨나 보거든 찾아주오
우리도 게 사리 늦어가기 틈 없을까 하노라

- 율격 : 확대변이형. 초장 후반부가 5＜7이다.
- 풀이 : 漁翁(고기 잡는 늙은이)이 蟹網(게 잡이 구럭)을 잃고, "夕陽 浦口에 나드는 沙工들아, 내 구럭 혹 보셨나? 보거든 찾아주오." (이렇게 물으니, 沙工이 대답한다.) "우리도 게 서리 늦어가기에 틈 없을까 하노라."

"蟹網", "구럭", "게 잡이"라는 말이 이어져 나와 구럭을 이용해 게를 잡는 사람들의 노래이다. 어업의 실상을 말해주는 유일한 사례이다. 게 잡이를 하는 사람이 각기 다르다고 한다. 어옹이라고 하는 늙은이는 게 구덕을 잃어버리고 찾아달라고 한다. 沙工이라는 젊은이들은 게 서리 늦어 나기에 찾아줄 틈이 없다고 한다.

원문의 "스리"를 "잡이"라고 옮겨놓았는데, "서리"라고 보는 것이 적합하다. "서리"는 "떼를 지어 남의 과일, 곡식, 가축 따위를 훔쳐 먹는 장난"
이라는 말이다. 게가 많아 남의 물건 서리하듯이 쉽게, 신명 나게 잡는다
고 한 것 같다.

게 잡이 자체를 노래하는 것은 아니다. 게 잡이에서 나타나는 老少 · 失
得 · 凶豊 · 哀樂의 격차를 말한다. 글하는 곳에서뿐만 아니라 농사짓는
곳에서도 老翁이 존경받는다. 글하는 사람이 어부라고 자처하는 어옹은
신선처럼 돋보인다. 그러나 어업을 생계로 삼는 漁翁은 失 · 凶 · 哀의 고
난을 겪어, 得 · 豊 · 樂을 자랑하는 젊은이들과 아주 다르다.

노동은 힘들다. 현실이 냉혹하다. 어떻게 해야 하는가? 이런 생각을 하
게 한다.

「배 부리는 저 선인」(1852.1)

배 부리는 저 선인 세상 생애가 하고 많은데
구태여 위기를 타고 신명을 잊었는다
덧없는 세상에 어찌 비명에 즐러 죽을쏘냐

- 율격 : 기본형이지만, 토막 구분이 모호하다.
- 풀이 : 배 부리는 저 船人 世上 生涯가 하고(많고) 많은데, 구태여 危器
  (위험한 물건)를 타고 身命을 잊었는가? 덧없는 世上에 어찌 非命에 즐
  러(지레) 죽을쏘냐(죽을 것인가)?

세상에 생애의 일거리로 삼을 것이 많고 많은데 배 부리는 선인 노릇을
하는 것이 가엾다고 하면서 걱정을 늘어놓는다. 위험한 물건인 배를 타고
생명의 안전을 잊을 수 있는가? 덧없는 세상에서 살아가기는 하지만, 죽
을 때가 되기 전에 미리 죽으면 원통하지 않는가?

(5219.1) "풍파에 놀란 사공 배 팔아 말을 사니/ 구절양장이 물도곤 어려워라/ 이후란 배도 말도 말고 밭 갈기나 하리라"는 「514 바람」에서 고찰한다.

「물 위의 사공」(1749.1)

물 위의 사공 물 아래 사공 사공놈들이 삼사월 전세 대동 실어갈 제 일천 석 싣는 대중선을 자귀 대어 꾸며내어 삼색 실과 머리 갖은 것 잦추어 피리 무고를 둥둥 치며 오강성황지신과 남해용왕지신께 손 곧추어 고사할 제 전라도라 경상도라 울산 바다 나주 바다 칠산 바다 휘돌아 안흥목이라 손돌목 강화목 감돌아들 제 평반에 물 담듯이 만리 창파에 가는 듯 돌아오게 고수레 고수레 사망 일게 하옵소서

어어라 어어라 저어 이어라 배 띄워라 지국총 나무아미타불

■ 율격 : 확대일탈형. 사설시조.

■ 풀이 : "물 위의 沙工, 물 아래 사공 沙工놈들"이라고 하는 것은 북쪽과 남쪽의 사공들이 모두 모인다는 말이다. "三四月 田稅 大同 실어갈 제"는 삼사월에 나라에서 大同法에 의해 모든 세금을 받은 쌀을 전세 낸 배에 실어간다는 것이다. "一千 石 싣는 大重船을 자귀 대어 꾸며내어"는 일천 석 싣는 큰 배를 자귀를 대고 찍어 만들어낸다는 것이다. "三色 實果 머리 갖은 것 갖추어 피리 舞鼓를 둥둥 치며"는 배를 다 만들어 무사히 운행하게 해달라고 굿을 하면서 차린 상을 말한다. 세 색깔의 과일, 돼지머리 등 갖은 제물을 다 다 잦춘다는 것이다. "五江城隍之神과 南海龍王之神께 손 곳추어 고사할 제"는 서울 일대 漢江, 龍山, 삼개(麻布), 支湖, 西湖의 총칭인 五江의 서낭신과 남해의 용왕신에게 손 모아 빌면서 고사를 지낸다는 말이다. "全羅道라 慶尙道라 蔚山 바다 羅州 바다 七山 바다 휘돌아 安興목이라 손돌목 江華목 감돌아들 제"에는 여러 지명이 나온다. 칠산은 전라도 영광, 안흥은 충청도 태안에 있다. 손

404

돌목은 경기도 김포와 강화 사이의 물살이 센 곳이다. "平盤에 물 담듯이 萬里蒼波에 가는 듯 돌아오게"는 평평한 소반에 물을 담듯이 수월하게 만경창파에 가는 듯이 돌아오게 해달라고 기원하는 말이다. "고수레 고수레 事望 일게 하옵소서"는 일이 바라는 대로 이루어지게 해달라고 기원하는 말이다. "어어라 어어라 저어 이어라 배 띄워라 지국총 南無阿彌陀佛"은 배를 저으면서 하는 말이다. 아미타불에게 비는 말이 들어가 있다.

나라에서 大同法에 의거해 세금으로 받은 쌀을 배로 운반한다. 운반 주문을 받고, 각처의 사공들이 모여 일천 석 싣는 배를 건조하게 한다. 배를 건조하고 안녕을 기원하는 굿을 하면서 하는 말이 길게 이어진다. 제물은 三色 과일과 돼지머리이다. 피리를 불고 북을 친다. 서울 일대의 五江城隍之神, 南海 龍王之神, 阿彌陀佛 등 여러 신에게 기원한다.

전라도, 경상도, 울산 바다, 나주 바다, 칠산 바다, 휘돌아 安興목, 손돌목, 江華목이라고 열거한 곳들을 다 돌아다녀도, 만리창파를 평평한 소반에 물을 담듯이 수월하게 아무 사고 없게 넘나들게 해달라고 한다. 여러 곳을 열거하면서 사공들의 영업이 풍성하게 이루어지기를 기원한다. 굿을 하면서 부르는 노래의 사설을 그대로 옮겨 무가를 수용했다.

434 장사

장사는 士農工商의 최말단의 賤職이었다. 농부가 되고 어부 노릇을 하는 것이 멋지다고 여겨 선망의 대상이 되는 데 장사는 끼지 못했다. 장사 노래는 많지 않으며, 농부 노래나 어부 노래와 견줄 만한 틀이 없고 모두 파격이다. 파격이 충격을 주며 걷잡을 수 없이 퍼져나가기 시작했다. 사회를 바꾸고 사고를 고치는 작용을 마구 하는 놀라운 양상을 보여주었다. 장사 덕분에 시조가 새로운 노래로 다시 태어났다.

「떳떳 상 평할 평」(1506.1)

떳떳 상 평할 평 통할 통 보배 보자
구멍은 네모지고 사면이 둥글어서 댁대굴 구을러 간 곳마다 반기는
구나
어떻다 조그만 금조각을 두창이 다투거니 나는 아니 좋아라

- 율격 : 확대일탈형. 사설시조.
- 풀이 : 떳떳 常 평할 平 통할 通 보배 寶자. 구멍은 네모지고 사면이 둥글어서 댁대굴 구을러 간 곳마다 반기는구나, 어떻다, 조그만 금(금속)조각을 두창이(창 둘이, 또는 머리 터지게) 다투거니 나는 아니 좋아라.

떳떳하고 평평하게 통하는 보배라고 하는 常平通寶라는 이름이 좋다고 한다. 평평하다는 것은 평등하다는 말이다. 상평통보는 누구나 유용하는 보배이다. 밖은 둥글어서 널리 유통되면서 누구에게든지 환영을 받는다. 구분의 기능과 소통의 기능을 함께 지닌 돈의 양면성을 명확하게 보여준다.

"두창"은 두 가지로 이해할 수 있다. 돈 錢(전) 자에 창 戈(과) 자 둘 있어 두 창이 서로 싸운다. 머리가 터져서 상처 頭瘡(두창)이 생기도록 싸운다. 어느 쪽이 맞는다고 할 수 없다. 한 말이 두 뜻을 지녀 묘미가 있다. 어느 쪽이든지 흥미로운 과장법이다. 돈이 싸움을 일으킨다. 돈이 유통되면서 사람들 사이의 불화가 더 커진다. 이런 사실을 분명하게 알린다.

「장단은 자로 알고」(4174.1)

장단은 자로 알고 경중은 저울로 아네
아침에 얻은 금을 저자 값을 뵈니
어디서 눈 어두운 장사 주 놓을 줄 몰라 하더라

- 율격 : 기본형
- 풀이 : 長短은 자[尺]로 알고 輕重은 저울로 아네. 아침에 얻은 金을 저자 값을 보이니(저자 값이 얼마인지 보이니), 어디서 눈 어두운 장사 籌(계산 막대) 놓을 줄 몰라 하더라.

장단과 경중 측정이 상거래의 기본이다. 장단은 자로 재고, 경중은 저울로 단다. 그래서 값을 정해 사기도 하고 팔기도 한다. 물건 값은 아침과 저녁에 달라, 사기도 하고 팔기도 해서 이문을 남긴다. 아침에 산 金이 저녁에는 시세가 어떤지 알아보려고 장사에게 보이니, 눈이 어둡다고 할 정도로 멍청한 장사가 계산 막대 籌를 놓을 줄 모르다니 어처구니없는 일이다.

「각도 각선이」(0053.1)

각도 각선이 다 올라올 제 상고 사공이 다 올라왔네
조강 석골 막창들이 배마다 찾을 제 사내놈의 먼정이와 용산 삼포
당도리며 평안도 독대선에 장진 해남 죽선들과 영산 삼가 지토선과
미역 실은 제주 배와 소금 실은 옹진 배들이 스르르 올라들 갈 제
　어디서 각진 놈의 나룻배야 쬐어나볼 줄 있으랴

- 율격 : 확대일탈형. 사설시조.
- 풀이 : 各道(여러 도)의 各船(갖가지 배) 다 (서울로) 올라올 제(적에), 商賈(장사꾼)나 沙工(뱃사공)이 다 올라왔네. 祖江(임진강과 합류하는 한강 하류) 석골 幕娼(천막에 거처하는 창녀)들이 배마다 찾을 제(적에), 사내놈의 먼정이(뱃머리가 삐죽한 큰 배)와 龍山 삼포(麻浦) 당도리(큰 배)며, 평안도 獨大船(아주 큰 배)에, 康津 海南 竹船(대나무로 만든 배), 靈山 三嘉 地土船(그 지방 사람들의 배)과, 미역 실은 濟州 배와 소금 실은 瓮津 배들이 스르르 올라들 갈 제(적에), 어디서 各津(여러 나루) 놈의 나룻

배야 쬐어나볼(끼어들어볼) 줄 있으랴. "쬐어나볼"의 "쬐다"는 "불기운을 받다"는 뜻이다. 혜택을 받는 것을 "불"로 견주어 불을 쬐듯이 한 몫 끼어들어 혜택에 참여한다고 한 것 같다.

여러 고장의 갖가지 배가 한강 하류를 거쳐 서울로 모여드는 모습이다. 지역마다 배가 다르고 싣고 온 물건도 같지 않다. 먼 고장의 산물을 서울에서 팔아 이문을 남기려고 분주하게 설쳐 이목을 현란하게 한다.

지명·배·물건이 계속 등장하고, 많고 많은 것들이 빽빽하게 들어서서 분별하기 어렵다. 물자를 운반하는 통로는 바다와 강이고, 운반수단은 배이다. 형형색색의 배가 한강을 가득 메워 서울이 상업도시로 크게 성장하고 있다. 그 위세가 너무나도 놀라워, 장사는 하지 않고 행인이나 실어 나르는, 구시대의 유물인 나룻배 따위는 감히 끼이지 못한다고 한다.

용산, 삼포, 평안도, 강진, 해남, 영산, 삼가, 제주, 옹진 등 여러 지명을 들어 교역로가 넓게 열린 것을 알려준다. 먼정이, 당도리, 독대선, 죽선, 지토선, 전에는 이름도 들어보지 못한 이런 배들이 놀라운 모습을 나타내 시대 변화의 주역 노릇을 한다. 출발지가 각기 다른 배들이 한 곳에서 만나 자기네들끼리 물건을 거래하는 것 같다.

사람은 뒷전으로 몰려나, 상고나 사공이 다 올라왔다는 말 한 마디뿐이다. 장사가 세상이 달라지게 하자, 사람은 물건에 종속되어 존재가 없어진다. 강가 천막에서 거처하는 창녀들이 배마다 찾는다는 말은 어째서 하는가? 인체를 거래하는 물건으로 삼아 끼어드는 것이 흥미로워 예사롭기만 한 상고나 사공보다 시선을 더 끈다.

「개성부 장사」(0191.1)

개성부 장사 북경 갈 제 걸고 간 통노구 자리 올 제 보니 맹세코 통분히도 반가워라

저 통노구 자리 저리 반갑거든 돌쇠 어미 말이야 일어 무삼 하리
들어가 돌쇠 어멈 보옵거든 통노구 자리 보고 반기온 말씀 하리라

- ■ 율격 : 확대일탈형. 사설시조.
- ■ 풀이 : 開城府 장사 北京 갈 때, 걸고 간 통노구(놋쇠솥) 자리 올 때 보니 盟誓코 痛憤히도 반가워라. 저 통노구 자리 저리 반갑거든, 돌쇠 어미 말이야 일러 무삼 하리. 들어가 돌쇠 어멈 보옵거든 통노구 자리를 보고 반긴 말씀을 하리라.

개성 장사는 북경을 오가면서 무역을 한다. 갈 때 통노구를 걸고 밥을 해먹은 자리를 올 때 보고 반가워한다. 통노구는 놋쇠로 만든 작은 솥이며 이동하면서 취사를 하는 데 쓴다. 통노구 건 자리를 보고 너무나도 반가워 "맹세코 통분히도 반가워라"라고 한다. 장사를 하러 멀리 나다니는 사람이 무뚝뚝하지 않으며, 마음씨가 여리고 감격을 잘 한다.

통노구를 걸었던 자리가 그렇게 반가우니 돌쇠 어미는 말할 것도 없다. 돌쇠 어미는 아내이다. 집에 들어가 아내를 보면 통노구 자리를 보고 반가워한 말을 하리라고 한다. 아내를 바로 부르지 않고 아들 돌쇠 어미라고 하듯이, 아내를 보고 반가운 마음을 통노구 자리를 보고 반가운 것으로 대신하겠다고 한다. 그러면서 "보옵거든", "말씀"이라고 하고 아내를 극진하게 높인다.

하는 말이 모두 다른 노래에서 볼 수 없는 것들이다. 장사하는 생활을 다루면서 시조가 격식에서 벗어나 아주 달라졌다. 북경으로 가면서 밥을 지어 먹으려고 통노구를 건 자리를 보니 반갑다는 것이 신선한 충격을 준다. 아내를 사랑하고 존중한다는 것은 당연히 할 말인데 여기서 처음 들을 수 있어 더욱 놀랍다. 사농공상의 말석 장사꾼의 마음씨가 가장 진솔하다고 알려주어 그릇된 선입견을 일거에 깬다.

「북경 가던 저 역관들아」(2114.1)

북경 가던 저 역관들아 당사실로 부부침하세
매세 매세 그물을 치세 부벽루하에 그물을 치세
걸리소서 걸리소서 정든 사랑만 걸리소서

- 율격 : 축소변이형. 종장 전반부가 4 4이다.

- 풀이 : 北京 가던 저 譯官들아 唐絲실로 夫婦針하세. 매세, 매세 그물을
  치세. 浮碧樓下에 그물을 치세. 걸리소서, 걸리소서 情든 사랑만 걸리
  소서

역관은 사신과 함께 북경을 드나들면서 통역의 공무를 수행하면서 무
역상 노릇도 한다. 지위가 높고 돈이 많아 대인기이다. 역관을 유혹하고
싶은 여인이 이런 노래를 부를 만하다. 수입품 당사실로 꿰매 부부의 인
연을 맺게 하고, 평양 대동강 기슭 부벽루 밑에 그물을 쳐서 만날 곳을 마
련하자고 한다. 그물을 친다는 것은 고기를 잡듯이 잡는다는 말이기도 하
다. 그물에 정든 사랑만 걸리기를 바란다고 한다.

「밑남편 광주 싸리비 장사」(1762.1)

밑남편 광주 싸리비 장사 소대남편 삭녕 잇비 장사
눈정에 걸은 임은 뚜딱 두드려 방망이 장사 도르르 감아 홍두깨 장
사 빙빙 돌아 물레 장사 우물전에 치달아 간당간당하다가 워렁충창
풍 빠져 물 담뿍 떠내는 두레꼭지 장사
어디가 이 얼굴 가지고 조리 장사를 못 얻으리

- 율격 : 확대일탈형. 사설시조.

■ 풀이 : 밑男便(본남편) 廣州 싸리비 장사, 소대男便(다음 남편) 朔寧 잇비(메벼로 만드는 비) 장사, 눈情(눈을 맞춘 情) 걸은(관계를 맺은) 임은 뚜딱 두드려 방망이 장사, 도르르 감아 홍두깨 장사, 빙빙 돌아 물레 장사. 우물전(우물가)에 치달다 간당간당하다가 워렁충창 풍 빠져 물 담뿍 떠내는 두레꼭지 장사. 어디가 이 얼굴 가지고 조리 장사 못 얻으리.

여러 남편을 얻는 여인의 삶을 들어 잡다한 물건을 파는 장사를 열거한다. 생활에 필요한 것은 무엇이든지 파는 장사가 있다. 집에서 만들던 생활 용구를 전문적인 장사에게서 사서 쓰는 시대가 된 것을 알려준다.

본남편은 경기도 廣州 싸리비 장사라고 하고, 다음 남편은 경기도 연천과 강원도 철원 사이 朔寧의 잇비 장사라고 한다. 그 뒤에 눈을 맞춘 情으로 관계를 맺은 임이, 지역은 들지 않고 방망이 장사, 홍두깨 장사, 물레 장사, 두레꼭지 장사라고 한다. 그러는 동안에 얼굴이 잘못 되어 얼금얼금한 조리 장사도 못 얻으리라고 한다.

이 여인은 一夫從事하는 정절과는 무관하다. 남편이 없으면 다시 맞이한다. 눈을 맞춘 정으로 관계를 맺는 임이 얼마든지 있을 수 있다. 장사의 종류가 많은 것만큼 많은 남자를 거침없이 거친다. 아직은 얼굴을 내놓을 만해서 조리 장사는 남편으로 얻을 수 있다고 한다.

「댁들에 나무들 사오」(1326.1)

댁들에 나무들 사오 저 장사야 네 나무 값이 얼마 외는다 사자
싸리나무는 한 말 치고 검불나무는 닷 되 쳐서 합하여 헤면 마 닷
되 받습네 사 때어 보오소 잘 붙습나니
한적곳 사 때어 보면 매양 사 때이자 하리라

■ 율격 : 확대일탈형. 사설시조.

411

■ 풀이 : "宅들에 나무들 사오." "저 장사야, 네 나무 값이 얼마(얼마라고) 외느냐? 사자." "싸리나무는 한 말 치고, 검불나무는 닷 되 쳐서, 합하여 혜면 마 닷 되 받습네. 사 때어 보오소, (불이) 잘 붙습나니. 한 번만 사 때어 보면 매양 사 때이자 하리라."

"댁들에 … 사오"는 행상이 외치며 다니는 말이다. 행상이 외치고 다니는 말을 앞에다 내놓고 물건을 팔고 사는 사람이 주고받는 말로 노래를 만든 것이 사설시조에 여럿 있다. 이런 노래를 '댁들에 노래'라고 총칭한다.

여기서는 땔나무를 사라고 한다. 나무 값을 곡식으로 정해 한 말도 받고 닷 되도 받는다고 한다. 값이 지나친 것은 거래 과정을 재미있게 그리기 위한 과정이다. 능란한 말솜씨에 사는 사람들이 넘어가니 장사를 할 만하다.

「댁들에 연지나 분들 사오」(1329.1)

댁들에 연지나 분들 사오 저 장사야 네 연지분 곱거든 사자
곱든 비록 아니되 바르면 예 없던 교태 절로 나는 연지분이외
진실로 그러면 헌 속곳을 팔망정 대엿 말이나 사자

■ 율격 : 확대일탈형. 사설시조.
■ 풀이 : "宅들에 臙脂나 粉들 사오." "저 장사야 네 臙脂粉 곱거든 사자." "곱든 비록 아니되, 바르면 예 없던 嬌態(아양)이 절로 나는 臙脂粉이외 (이외다)." "진실로 그러면 헌 속곳을 팔망정 대엿 말이나 사자."

여기서는 화장품인 연지와 분을 사라고 한다. 연지분이 곱거든 사겠다고 하니, 곱지는 않아도 바르면 전에 없던 교태가 절로 난다고 하니, "진실로 그러면 헌 속곳을 팔망정 대엿 말이나 사자"고 한다. 여성 심리를 이

용한 상술이 기대 이상의 효과를 거두어, 사는 사람이 더욱 과장된 말을
하는 것이 흥미롭다.

「댁들에 동난지이 사오」(1328.1)

댁들에 동난지이 사오 저 장사야 네 황화 그 무엇이라 외는다 사자
외골 내육 양목이 상천 전행 후행 소아리 팔족 대아리 이족 청장 흑
장 아스슥 하는 동난지이 사오
장사야 하 거북히 외지 말고 게젓이라 하려문

- 율격 : 확대일탈형. 사설시조
- 풀이 : "宅들에 동난지이(게장) 사오." "저 장사야 네 荒貨(자질구레한 잡
  화), 그 무엇이라 외는가?" "外骨 內肉(겉은 뼈, 안은 살이고) 兩目이 上
  天(두 눈이 하늘을 향하고), 前行 後行(앞으로도 가고 뒤로도 가는) 小아
  리(작은 다리) 八足(여덟 다리) 大아리(큰 다리) 二足(두 다리), 靑醬(푸른
  장), 黑醬(검은 장), 아스슥하는 동난지이 사오." "장사야, 하 거북히 외
  지 말고 게젓이라 하려무나."

行商이 가지고 다니는 물건은 자질구레한 잡화라는 뜻의 荒貨라고 총
칭된다. 황화 가운데 게장을 파는 행상과 주고받는 말이다. "동난지이"는
"게장"을 고풍스럽게 일컫는 말이다. "동난지이"를 사라고 하니 알아듣지
못하고 무엇이냐고 묻는다.

이에 대해 대답하는 말이 길게 이어진다. "外骨 內肉 兩目이 上天, 前
行 後行 小아리 八足 大아리 二足"이라고 하면서 게의 모습을 형용하는
말로 대답한다. "靑醬. 黑醬, 아스슥 하는" 동난지이 사라고 외친다. 그러
자 살 사람이 "장사야 하 거북히 외지 말고 게젓이라 하려문" 하고 응수한
다.

유식한 말을 길게 하는 것도 장사 수단이다. 듣는 이들의 관심을 끌고 파는 물건이 돋보이게 하려고 한다. 여기서는 살 사람이 반격을 한다. 말을 간단하게 하라고 되받고, 사겠다고 하지는 않는다. 팔고 사는 사람들 사이의 말 시합이 묘미 있게 돌아간다.

「댁들에 단저 단술 사오」(1327.1)

댁들에 단저 단술 사오 저 장사야 네 황화 몇 가지나 외느니 사자
아래등경 웃등경 걸등경 조오리 수저 구기 동이 퉁노구 각읍네 대목
관 여기 소각관 주탕이 본시 뚫어져 물 조르르 흐르는 구멍 막히어
장사야 막힘은 막혀도 훗말 없이 막혀라

- 율격 : 확대일탈형. 사설시조

- 풀이 : "宅들에 단저 단술 사오." "저 장사야 네 荒貨 몇 가지나 외느니(외느냐) 사자." "아래燈檠(등잔 걸이) 웃등경 걸등경, 조오리(조리), 수저, 구기(국자), 동이, 퉁노구(놋쇠솥), 各邑內 大牧官(큰 고을 관원) 女妓, 小各官(작은 관원 각기) 酒湯이(술 파는 여자) 본시 뚫어져 물 조르르 흐르는 구멍 막히어." "장사야 막힘은 막혀도, 훗날 없이 막혀라."

등잔걸이 각종, 조리, 수저, 국가, 놋쇠솥 퉁노구를 팔러 다니는 장사가 구매자와 이상한 말을 주고받는다. 장사는 "댁들에 단저 단술 사오"라고 하면서 파는 물건과는 다른 말을 한다. "단저"는 무슨 말인지 알기 어려운데, "저"를 김치라는 뜻의 "菹"라고 보면 달게 담은 김치류이다. 단 것 둘을 판다고 외쳐 관심을 끌고서, 실제로 파는 물건은 엉뚱하게 딴 것이다.

물건을 열거하고 "각읍네 대목관 여기 소각관 주탕이 본시 뚫어져 물 조르르 흐르는 구멍 막히어"라고 하는 데 이르자, 구매자가 "장사야 막힘은 막혀도, 훗날 없이 막혀라"라고 응수한다. 각 읍내 큰 관원의 女妓, 작은 관원 각자와 관계를 가지는 술 파는 여자의 구멍이란 성기이다. 본디 뚫어져 있는데 성행위를 너무 하면 막히니 홋말 없이 막히게 하라고 한다. 자기와 상관없는 일을 두고 상상을 하고 공연한 간섭을 하면서 즐거워한다. 구매자가 장사의 농간에 넘어간 것이다.

등잔걸이에서 퉁노구까지를 파는 장사가 이런 소리를 왜 하는가? 파는 물건이 남녀가 만나 즐길 때 필요한 것들이라고 하려는 것이다. 당치 않은 용도를 그럴듯하게 설명해 물건이 잘 팔리도록 하는 상술을 쓴다. 고을 관원들이 감미로운 짓을 하는 데 소용되는 물건을 사라고 "댁들에 단저 단술 사오"라고 하는 말에 구매자가 현혹된다. 자기를 고을 관원과 동일시하고, 열거하는 물건을 사면 남녀관계가 이루어질 것 같은 이중의 착각에 빠지는 최면 상술에 걸려들게 한다.

44 처신의 어려움

세상에 살아가면서 처신을 잘 하기 어렵다. 불만도 적지 않다. 지체 구분 때문에 문제가 생긴다. 분수에 맞게 살아가려면 어떻게 해야 하는지 고민이다. 세태가 그릇된 것을 그대로 두고 볼 수 없다. 시비할 일이 한둘이 아니다. 시비해도 소용이 없으니 나는 모른다고 해야 할 것인가 의문이다.

441 지체

士農工商과 班常은 겹치면서 다르다. 사농공상은 생업이어서 각기 필요하지만, 양반과 상민을 나누는 반상은 사람을 차별하는 지체이기만 해서, 구분하는 것이 당연하다는 말은 없고, 줄곧 의문과 비판의 대상이 된다. 양반의 자격 · 특권 · 安危에 대해 시비를 벌이는 노래가 이어진다. 지체 구분 탓에 뛰어난 인재가 버려진다고 개탄하기도 한다.

「양반이 양반인들」(3127.1)

양반이 양반인들 양반마다 양반이랴
마음이 양반이지 가문이 양반인가
양반이 양반의 일을 <u>못하면은</u> 양반이라 할쏘냐

- 율격 : 확대일탈형. 종장 둘째 토막이 <u>5</u>>4로 늘어나 모두 다섯 토막이다.

- 풀이 : 兩班이 兩班인들(이라고 한들) 兩班마다 兩班이랴. 마음이 兩班이지 家門이 兩班인가? 兩班이 兩班의 일을 못하면 兩班이라 할쏘냐.

양반이라는 말이 아홉 번 나온다. 양반이 양반이라고 한들 다 양반은 아니다. 가문을 가려 양반이라고 하는 것은 마땅하지 않고 마음이 양반이라야 양반이다. 양반이 양반의 일을 하지 못하면 양반이라고 할 수 없다.

어떤 마음이 양반의 마음인지, 어떤 일이 양반의 일인지는 말하지 않는다. 말할 자리가 없고, 말하지 않아도 알 수 있다고 여긴다. 훌륭한 마음이 양반 마음이다. 훌륭한 일이 양반 일이다. 양반 가문에서 태어나면 양반이라고 하지 말고, 마음이 훌륭하고, 하는 일이 훌륭하면 양반이라고 해야 한다. 마음과 일 가운데 일이 더 중요해 "양반의 일을 못하면은" 5 4로 확대일탈형을 만든다.

가문의 혈통에 의한 사람 구분은 부정한다. 마음가짐과 하는 일이 훌륭하면 양반이라고 하는 것이 마땅하다고 한다. 지체는 버리고 가치만 취한다.

「양반이 글 못하면」(3126.1)

양반이 글 못하면 절로 상놈 되고
상놈이 글하면 절로 양반 되나니
두어라 양반 상놈 글로 구별 하느니라

- 율격 : 축소변이형. 종장 전반부가 3<u><4</u>이다.
- 풀이 : 兩班이 글 못 하면 절로 상놈 되고, 상놈이 글하면 절로 兩班 되나니. 두어라, 兩班과 상놈은 글로 구별하느니라.

여기는 양반과 상놈이라는 말이 다 나온다. 타고난 지체가 양반이라도 글 못 하면 절로 상놈이 되고, 타고난 지체가 상놈이라도 글을 하면 절로 양반이 된다고 한다. 이것이 무슨 말인가?

(가) 타고난 신분에 의한 지체 구분은 그대로 있더라도, 품격 구분은 글을 하는가 하지 못하는가에 따라서 이루어진다. 글을 하는 사람은 품격이 높아 양반과 다를 바 없고, 글을 하지 못하는 사람은 품격이 낮아 상놈이라고 해야 된다. 이런 말인가?

(나) 글을 하지 못하는 양반은 자격 미달로 몰락하는 과정을 거쳐 상놈이 되게 마련이다. 글을 하는 상놈은 양반 자격이 있어 양반으로 상승하게 되는 것이 또한 당연하다. 이런 말인가?

(다) 양반과 상놈의 지체 구분은 없어지고, 글을 하는가에 따른 품격 구분만 있어야 한다. 다른 자격은 없어지고, 글을 하면 양반, 글을 하지 못하면 상놈이어야 한다. 이런 말인가? 되풀이되는 말 "절로"가 이 셋에서 어떤 의미를 가지는가? (가)에서는 "즉시 아무 조건 없이"라는 뜻이다. (나)에서는 "예상되는 추세대로 된다면"이라는 뜻이다. (다)에서는 "이치를 보아 마땅히"라는 뜻이다. "절로"의 세 가지 의미를 다 받아들이면서 정리해 말해보자. 당장은 (가)이다. 장차는 (나)이다. 언젠가는 (다)이다.

「주문의 벗님네야」(4395.1)　　　　　　　　　金天澤

주문의 벗님네야 고거사마 좋다 마소
토끼 죽은 후면 개마저 삶기나니
우리는 영욕을 모르니 두려운 일 없어라

- 율격 : 기본형

- 풀이 : 朱門(붉은 문)의 高車駟馬(높은 수레, 네 마리 말) 좋다 마소. 토끼
  죽은 후면 개마저 삶기나니. 우리는 영욕을 모르니 두려운 일 없어라.

朱門은 고관이 사는 집의 붉은 문이다. 네 말이 끄는 높은 수레 高車駟
馬는 고관의 위의를 나타내준다. 그런 것들이 좋다고 자랑하지 말아라.
고위 관직자가 나라에서 크게 쓰이다가 버림받는 것이 토끼 죽은 후에 개
마저 삶기는 것과 같다.

토끼 죽은 후에 개마저 삶긴다는 것은 중국 옛적 越나라 文種이나 漢나
라 韓信이 공이 너무 커서 수난을 피하지 못한 고사에서 유래한 말이다.
최고 통치자가 자기 권력을 더욱 공고하게 하려고 집권을 가능하게 해준
공신을 숙청하는 비정함을 말해준다. 최고통치 권력뿐만 아니라 모든 권
력은 경쟁자 배제를 특징으로 하고, 대등한 관계에서의 공유가 불가능하
다.

"우리는 영욕을 모르니"라고 한 "우리"는 지체가 낮은 사람이다. 지체가
낮아 벼슬하는 영광이 없으니 수난의 치욕도 겪지 않는다. 그래서 두려워
할 일이 없다. 이렇게 말하면서 미천하게 태어난 것이 행운이라고 한다.

양반은 지체가 높고 사회적 위치의 절정에 오를 수 있다고 자랑하면서
낮은 사람들을 우습게 여길 것은 아니다. 높이 올라가면 서로 다투다가
정치적인 시련에 걸려 죽고 귀양 가고 해서 갑자기 비참하게 될 수 있다.
중인 이하의 평민은 양반에 비해 미천하다고 하지만 운명이 일시에 달라

시조의 넓이와 깊이

지는 시련을 겪지 않으니 두려워할 것은 없다.

「절정에 오른다 하고」(4309.3)　　　　　　　金壽長

> 절정에 오른다 하고 낮은 데를 웃지 마소
> 뇌정 된 바람에 실족이 괴이하랴
> 우리는 평지에서 앉았으니 두릴 것이 없어라

■ 율격 : 기본형

■ 풀이 : 絕頂에 오른다 하고, 낮은 데를 웃지 마소. 雷霆(우레와 천둥) 된 바람에 失足(발을 헛디뎌 넘어짐)이 怪異하랴(이상하랴). 우리는 平地에 앉았으니 두려워할 것이 없어라(없구나).

앞의 노래에서 한 말을 여기서 더욱 분명하게 한다. "주문의 벗님네야 고거사마 좋다 마소"라고 하는 데서 더 나아가 "절정에 오르다 하고 낮은 데를 웃지 마소"라고 한다. 사회적 위치에서 절정에 이른다고 낮은 데 있는 사람을 우습게 여기지 말라고 한다.

토끼 죽은 후면 개마저 삶긴다는 진부한 고사를 쓰지 않고, "뇌정 된 바람에 실족이 괴이하랴"고 한다. 우레와 천둥이 치는 된 바람에 발을 헛디뎌 실족하는 일이 흔히 있어 괴이하게 여길 것이 아니라고 한다. 말을 바꾸어 실감이 뛰어나다.

"우리는 두려울 것이 없다"는 말은 그대로 되풀이하면서 보탠 말이 다르다. "우리는 영욕을 모르니"라고 하지 않고 "우리는 평지에 앉았으니"라고 하니 미천하게 태어난 것이 행운이라고 하는 이유가 더욱 분명해진다. "영욕을 모르니"는 인지하고 선택하는 사항이지만, "평지에 앉았으니"는 의식 이전의 주어진 존재 자체이다.

높이 솟으면 위태롭고, 평평한 바닥은 안정되어 있는 것이 물리의 법칙

일 뿐만 아니라, 사회의 현실이라고 한다. 논거가 분명해 반론을 제기하기 어렵다. 高下와 安危는 반대가 된다는 것을 입증해 지금까지의 통념을 깨고 새로운 행복론을 제시한다. 평민은 위태로운 정치가 아닌 다른 활동을 편안하게 하면서 취미를 살리고 능력을 발휘하고 생업을 얻으니 오히려 자랑스럽다.

앞의 노래를 지은 金天澤과 이 노래를 지은 金壽長은 중인 신분의 하급 관원을 하다가 노랫말을 짓고 가곡창을 하는 가객으로 나서서 명성을 크게 떨치면서 신명 나게 살았다. 노래를 듣고 즐기는 고객이 양반에서 상민으로 바뀌는 추세에 맞추어 이런 노래를 지어 새로운 사회관과 행복론을 제시했다. 노래 모음 『靑丘永言』과 『海東歌謠』를 편찬해 두고두고 칭송된다. 동시대 최고의 고관보다 더 큰 영화를 살아서나 죽어서나 누린다.

「소금 수레에 매였으니」(2700.1)

소금 수레에 매였으니 천리마인 줄 제 뉘 알며
돌 속에 버렸으니 천하보인 줄 제 뉘 알리
두어라 알 이 알지니 한할 일이 있으랴

- 율격 : 기본형

- 풀이 : 소금 수레에 매였으니 千里馬인 줄 제 뉘 알며, 돌 속에 버렸으니 天下寶인 줄 제 뉘 알리? 두어라 알 이 알지니 恨할(한탄할) 일이 있으랴.

천리마가 소금 수레에 매이고, 천하보물이 돌 속에 버려져 있는 것 같은 일이 인간사회에 있다고 한다. 뛰어난 인재가 천한 신분을 타고나서

천한 일을 하고 있으니 누가 알겠는가 하고 묻는다. 그래도 알 사람은 알 것이니 한탄하지는 않는다고 한다.

「옥에 흙이 묻어」(3481.2)　　　　　　　尹斗緖

옥에 흙이 묻어 길가에 버렸으니
오고 가는 이 흙이라 하는구나
두어라 흙이라 한들 흙일 줄이 있으랴

- 율격 : 기본형
- 풀이 : 玉에 흙이 묻어 길가에 버렸으니, 오고 가는 이 흙이라 하는구나. 두어라, 흙이라 한들 흙일 줄이 있으랴.

옥은 뛰어난 인재이고, 흙은 예사 사람이다. 뛰어난 인재가 예사 사람들 사이에 묻혀 지낸다고 한다. 그래도 한탄할 것은 아니다. 뛰어난 인재는 남들이 알아주지 않아도 가치가 손상되지 않는다. 세태를 따르는 것이 잘못이 아니다.

「요순도 우리 사람」(3532.1)

요순도 우리 사람 우리도 요순 사람
저 사람 이 사람이 한가지 사람이라
우리도 한 가지 사람이니 한가진가 하노라

- 율격 : 기본형
- 풀이 : 堯舜도 우리와 같은 사람이고, 우리도 堯舜과 같은 사람(이다). 저 사람 이 사람이 한가지(같은) 사람이라, 우리도 한가지 사람이니 한가진 가 하노라

堯舜은 오늘날의 우리와 古今 · 君臣 · 賢愚의 차이가 있다고 한다. 옛적 임금이고 슬기로운 분인 요순을 오늘날 신하이고 어리석은 우리가 우러러 받들어야 한다고 세상에서 말한다. 그러나 요순이나 우리나 사람인 점에서는 같다. 오늘날 저 사람과 이 사람을 구별하고 차별하지만 모두 같은 사람이다. 우리도 다른 모든 사람과 평등하다.

442 안분

安分이란 분수에 만족하고 편안하게 지낸다는 말이다. 安分樂道라는 말을 써서 안분하면서 도의를 실행하는 즐거움을 누리는 것이 마땅하다고 한다. 미천하고 가난해도 헛된 희망을 버리고 불평하지 말면서 주어진 삶에 만족해야 한다. 벼슬해 영달한 사람도 물러나서 편안하게 지내는 안분의 즐거움을 알아야 한다. 이런 말을 하는 노래가 많다.

「벼슬을 저마다 하면」(1966.2)

**벼슬을 저마다 하면 농부 될 이 뉘 있으며
의원이 병 고치면 북망산천 저러하랴
우리는 천성을 지키어 내 뜻대로 하리라**

- 율격 : 기본형

- 풀이 : 벼슬을 저마다(사람마다) 하면 農夫 될 이 뉘(누가) 있으며, 醫員이 병 고치면 北邙山川 저러 하랴? 우리는 天性을 지키어 내 뜻대로 하리라.

벼슬하는 사람과 농부를 구분한다. 양반과 상놈이라는 말을 쓰지 않고 직분을 나누어 말한다. 사람마다 벼슬할 수 없으므로 농부도 있어야 한다.

사람마다 벼슬을 할 수 없는 것은 의원이라고 해서 반드시 병을 고칠 수는 없어 북망산천에 무덤이 많은 것과 같다고 한다. 두 사례의 공통점은 무엇인가? 벼슬하는 사람과 농부, 그 어느 쪽도 의원과 공통점이 없다. 초장과 중장이 호응되지 않는 것 같다.

다시 생각하면 북망산천 무덤에 누워 있는 사람과 농부는 공통점이 있다. 벼슬하고 싶은 소원을 이루지 못하고 농부 노릇을 하는 것이, 의원을 잘 만나 병이 낫고 싶었어도 죽어 묻힌 것과 다르지 않다. 농부 노릇을 하는 신세는 죽어서 묻힌 것만큼이나 처량하고 억울하다고 은근히 이른다.

그래도 원망하지는 않는다. 농부 노릇을 하는 것이 天性을 지키는 짓이다. 천성을 지키면서 내 뜻대로 농부 노릇을 한다. 그래서 즐겁다는 말은 하지 않고 감춘다.

「얻노라 즐겨 말고」(3280.1)　　　　　　李鼎輔

얻노라 즐겨 말고 못 얻노라 슬퍼 마소
얻은 이 우환인 줄 못 얻은 이 제 알쏜가
세상에 얻을 이 하 분분하니 그를 웃어 하노라

- 율격 : 기본형

- 풀이 : 얻노라 즐겨 말고 못 얻노라 슬퍼 마소. 얻은 이 憂患인 줄 못 얻은 이 제(자기가) 알건가? 세상에 얻을 이 하 紛紛하니(시끄러우니) 그것을 우스워 하노라.

얻고 못 얻고 하는 것은 富貴功名이다. 부귀공명은 우환이니 얻었다고 즐겨 말고 못 얻었다고 슬퍼 말라. 부귀공명을 얻은 사람은 우환인 줄 얻지 못한 사람이 알지 의문이다. 얻은 사람을 두고 세상에서 너무나도 시끄러운 것을 우스워한다. 쓸데없는 욕심도, 공연한 좌절감도 버리고 분수대로 살자. 얻을 것을 얻은 사람이 이런 말을 한다.

「내 빈천 보내려 한들」(0950.1)   金得研

내 빈천 보내려 한들 이 빈천 뉘게 가며
남의 부귀 오과다 한들 저 부귀이 내게 오랴
보내지도 청치도 말고 내 분대로 하리라

- 율격 : 확대변이형. 종장 전반부가 4<5이다.
- 풀이 : 내 貧賤 보내려 한들, 이 貧賤 뉘게(누구에게) 가며, 남의 富貴 오
  라고 한들, 저 富貴가 내게 오랴(오겠나)? (빈천을) 보내지도 말고 (부귀
  를) (오라고) 청하지도 말고, 내 分(分數)대로 하리라,

나는 나이고, 남은 남이다. 내 빈천을 남에게 보내려 하지 않고 내가 지
니고, 남의 부귀는 오라고 하지 않고 남이 지니도록 둔다. 남은 부귀하고
나는 빈천한 것이 다 타고난 분수이다. 남의 분수 부러워하지 않고 내 분
수대로 살리라. 나는 내 삶을 산다. 얻을 것을 얻지 못한 사람도 이렇게
말한다.

「늙는 줄을 내 모르니」(1156.1)   金得研

늙는 줄을 내 모르니 일신이 한가하다
시비인들 내 알며 영욕인들 내 알더냐
아마도 일단사 일표음이야 내 분인가 하노라

- 율격 : 확대변이형. 종장 전반부가 3<8이다.
- 풀이 : 늙는 줄을 내 모르니 一身이 한가하다. 是非인들 내 알며, 榮辱인
  들 내 알더냐. 아마도 一簞食 一瓢飮이야 내 分(分數)인가 하노라.

늙는 줄도 모르고 살아가니 일신이 한가하다. 시비도 영욕도 모르니 마음이 편하다. 『論語』雍也 제9장에서 孔子가 제자 顔回를 칭찬해 "子曰 賢哉 回也 一簞食 一瓢飮 在陋巷 人不堪其憂 回也 不改其樂 賢哉 回也(선생님께서 말씀하시길, 어질구나, 회는! 거친 밥 한 그릇과 물 한 그릇을 먹고, 누추한 집에 살면서도, 남들은 다 그 근심을 견디지 못하거늘, 회는 그 즐거움을 바꾸려 하지 않는도다. 어질도다, 회는!)"이라고 했다. 이 말대로 살아가는 것이 내 분수인가 한다.

「산 밑에 살자 하니」(2305.1)

산 밑에 살자 하니 두견이도 부끄럽다
내 집을 굽어보며 솥 적다 하는고야
저 새야 군자는 안빈이니 그도 큰가 하노라

- 율격 : 기본형

- 풀이 : 산 밑에 살자 하니 杜鵑이도 부끄럽다. 내 집을 굽어보고 "솥 적다"고 하는구나. "저 새야, 君子는 安貧이니 그것도 큰가 하노라."

군자라고 자처하는 선비는 가난을 불만스럽게 여기지 않는 安貧의 자세로 살아간다는 것을 흥미로운 발상을 갖추어 말한다. 소쩍새라고 여긴 두견이 "솥 적다, 솥 적다" 하고 우는 것이 자기 집을 내려다보고 하는 말이라고 한다. 열등의식 때문에 생긴 착각일 수 있다는 것을 알면서도 정색을 하고 "저 새야, 君子는 安貧이니 그것도 큰가 하노라"고 말해 웃음을 자아낸다.

「움막집 아스러지나따나」(3623.1)　　　　　　權燮

움막집 아스러지나따나 쪽박귀야 잘라지나따나

백세 인생에 분대로 지내스자
저 세간 저 고루거각 세워 무삼 하리

- 율격 : 확대변이형. 초장이 3<u><</u>7, 4<u><</u>6이다.
- 풀이 : 움막집 아스러지나따나, 쪽박귀야 잘라지나따나, 百歲 人生에 分(分數)대로 지내스자(지내자꾸나). 저 世間 저 高樓巨閣 세워 무삼(무엇)하리.

安貧을 익살스럽게 말하면서 마음이 태평이라고 한다. 움막집이 아스러지고, 쪽박이 잘라지는 것은 견딜 수 없는 가난인데 자수를 늘여 과장되게 일컫기나 하고 불만으로 여기지 않는다. 길어야 백년밖에 되지 않는 인생 쓸데없는 짓을 하지 말고 분수대로 살자. 세상에서 행세한다는 사람들이 高樓巨閣을 세워 무엇을 하겠느냐? 그것은 높고 큰 것만큼 헛된 꿈이다.

「공명을 즐겨 마라」(0331.1)

공명을 즐겨 마라 영욕이 반이로다
부귀를 탐치 마라 위기를 밟느니라
우리는 일신이 한가하니 두려운 일 없어라

- 율격 : 기본형
- 풀이 : 功名을 즐겨 마라, 榮辱이 半이로다. 富貴를 耽치 마라, 危機를 밟느니라. 우리는 一身이 閑暇하니 두려운 일이 없어라.

처음 두 줄만이면 당연하지만 범속한 말이다. "우리는 일신이 한가하니 두려운 일 없어라"에서 밝히고자 하는 바가 구체화된다 "일신이 한가하니"는 부귀공명을 탐내지 않고 물러나 한가롭게 지낸다는 말이다. 그래서 두려운 일이 없다. 경쟁에서 이기려고 하다가 져서 위태롭게 되는 일이 없다.

"우리"는 누구인가? 부귀공명을 바라도 이룰 수 없는 미천한 사람이다. 미천한 사람은 누구나 "일신이 한가하니 두려울 것 없다"는 행복을 누리고 있다. 처지를 비관하지 말고 주어진 행복을 찾아야 한다.

(0325.1)(朱義植) "공명에 뜻하지 마라 부귀를 생각 마라/ 사람의 궁달이 하늘에 매였으니/ 세상의 천만사를 되는대로 하오리다"라는 것도 있다.

「높으락 낮으락 하며」(1090.1)　　　　　安玫英

높으락 낮으락 하며 멀기와 가깝기와
모지락 둥그락 하며 길기와 자르기와
평생에 이러하였으니 무슨 근심 있으리

■ 율격 : 기본형

■ 풀이 : 높으락 낮으락 하며 멀기와 가깝기와, 모지락 둥그락 하며 길기와 짧기와, 平生에 이러하였으니 무슨 근심 있으리.

높고 낮고, 멀고 가깝고, 모지고 둥글고, 길고 짧고 한 것들을 "-락"과 "-와"로 연결시킨다. "-락"은 앞의 말이 뒤에서도 되풀이된다는 것이다. "-와"는 앞의 말과 뒤의 말이 나란히 함께 있다는 것이다. "-락"이랄 것과 "-와"랄 것이 따로 있지 않고 "-락"이기도 하고 "-와"이기도 하다고 한다.

높고 낮고, 멀고 가깝고, 모지고 둥글고, 길고 짧고 한 것들이 같은 양상을 지니고 함께 존재한다고 한다. 둘이 둘이면서 하나이고, 하나이면서 둘인 관계를 말한다. 높고 낮고, 멀고 가깝고, 모지고 둥글고, 길고 짧고 한 것들이 生克의 관계를 가지니, 성패니 빈부니 귀천이니 영욕이니 하는 것들도 둘이 아니다. 이렇다는 것을 알고 평생을 사니 무슨 근심이 있겠는가?

이것은 놀라운 말이다. 안빈을 넘어서고, 분수를 지키자고 하는 수준도 아닌 통찰이고 깨달음이다. 가객 安玫英(1816~1885)이 동시대의 대학자 崔漢綺(1803~1877) 못지않은 경지에 이르렀다.

443 세태

지체와 안분에서도 세태에 관한 노래를 다루었다. 그 두 항목에 포함되지 않은 세태 노래가 적지 않아 여기서 수습한다. 세태가 그릇되었다고 갖가지로 지적하고 분개하고 풍자한다.

「아마도 이내 인생」(2987.1)　　　　　權鑅

아마도 이내 인생 불쌍코 자닝할사
험한 일 궂은 일 실컷도 보안지고
두어라 자닝한 인생 일러 속절없어라

- 율격 : 기본형
- 풀이 : 아마도 이내 인생 불쌍코 자닝할사(애처로울사). 험한 일 궂은 일 실컷도 보안지고. 두어라 자닝한 인생 일러 속절없어라.

"아마도"라는 말을 앞세워 더 생각할 여지를 남기고, 자기 인생이 불쌍하고 자닝하다고 탄식한다. "자닝하다"는 "너무 애처로워 차마 보기 어렵다"는 말이다. 그 이유는 험한 일, 궂은 일 실컷 보았기 때문이라고 한다. "실컷"은 "아주 심하게"이다. "보았다"는 것은 "당했다"를 완곡하게 일컫는 말이다.

"두어라"로 말이 더 이어지지 않게 막고, 자닝한 인생을 일러 속절없다고 한다. "속절없다"는 "어떻게 할 수 없어 단념한다"는 말이다. 자기 인생이 비참한 것을 더 말하지 않는다면서 그릇된 세상에 대한 불만은 입에 올리지 않고 감추어둔다. 사회 비판 언저리까지 가고 만다. 뜻이 없어서가 아니고, 조심해야 하기 때문이리라.

「두문하면 벗이 없고」(1464.1)   安昌後

두문하면 벗이 없고 출입하면 실의하네
벗 없으면 기인이요 실의하면 망인이라
차라리 기인이 되언정 망인은 면하리라

- 율격 : 기본형
- 풀이 : 杜門(문을 닫음)하면 벗이 없고, 出入하면 失意(뜻을 잃음)네. 벗 없으면 棄人(버림받은 사람)이요, 失意하면 妄人(허망한 사람)이라. 차라리 棄人이 될지언정 妄人은 면하리라.

남들과 더불어 살기 어렵다. 문을 닫고 들어앉으면 벗이 없어 버림받은 사람 棄人이 된다. 밖으로 나다니면 지니고 있는 뜻을 잃어 허망한 사람인 妄人이 된다. 둘을 견주어보고, 차라리 기인이 될지언정 망인은 면하리라고 한다. 남들과 더불어 화합해 살기 어려워 소통을 거부하고 고독을 택한다.

「하늘이 밝다 하되」(5241.1)   尹陽來

하늘이 밝다 하되 밝은 줄 나 모를세
어진이 복 있던가 사오나온 화도 없네
하늘이 밝을작시면 사오나온 이 없으리라

- 율격 : 기본형

- 풀이 : 하늘이 (하는 처사가) 밝다 하되(공명정대하다고 하는데), 나(나는) 모를세(모를로다). 어진이 福 있던가? 사오나온(악한 사람) 禍도 없네. 하늘이 밝을 작시면(처사를 바르게 하면 사오나온(악한) 이(사람이) 없으리라.

하늘이라고 여기는 주재자가 만사를 관장한다고 여기고 하는 말이다. 하늘이 하는 처사가 공명정대하다고 하는데, 나는 그런 줄 모른다. 어진 사람이 복을 받는가? 악한 사람이 화를 받지도 않는다. 하늘이 알 것을 알고 처사를 바르게 하면 악한 사람이 없으리라.

세상은 아주 잘못되고 있다. 그 책임이 하늘에 있다. 하늘이 처사를 잘못 해서 선악이 구분되지 않는다. 악한 사람이 있다는 것은 근본적으로 잘못 되었다. 이렇게 개탄하고 원망하는 말만 한다.

「이고 진 저 늙은이」(3743.1)　　　　　　鄭澈

이고 진 저 늙은이 짐 풀어 나를 주오
나는 젊었거니 둘인들 무거우랴
늙기도 설워라커든 짐을조차 지실까

- 율격 : 기본형

- 풀이 : 이고 진 저 늙은이 짐을 풀어 나를 주오. 나는 젊었으니 돌인들 무거우랴. 늙기도 서러운데 짐조차 지실까.

어렵게 사는 늙은이가 짐을 이고 져야 하니 딱하다. 젊은이가 나서서 도와주겠다고 한다. 노인의 짐을 자기가 지겠다고 한다. 늙어서까지 고생하는 것을 위로한다.

五倫에서 말하는 長幼有序보다 월등하게 훌륭한 행실이다. 놀고 지내면 서열을 정하기만 하면 되지만, 수고하면서 살아가는 노인은 도와주어야 한다. 오륜에는 없는 사회윤리를 마련해 사회문제를 해결하려고 한다.[12]

「천하에 쌓인 곡식」(4690.1)

천하에 쌓인 곡식 일시에 흩어내어
억만만 창생을 다 살려 내고자
그제야 함포고복하여 동락태평 하리라

- 율격 : 기본형
- 풀이 : 천하에 쌓인 穀食 一時에 흩어내어, 億萬萬 蒼生(백성)을 다 살려 내고자. 그제야 含哺鼓腹(배불리 먹고 배를 두드림)하여 同樂太平(태평세월을 함께 즐김)하리라.

곡식을 쌓아두고 백성이 굶주리는 잘못을 일거에 해결하는 공상을 한다. 그 범위가 어느 한 고장이나 나라가 아닌 滿天下이다. 만천하의 모든 곡식으로 億萬萬 蒼生을 다 살려내 누구나 배불리 먹고 태평한 시대를 함께 즐길 것을 바란다. 웅대한 생각을 펼친다.

「두꺼비 저 두꺼비」(1459.1)

두꺼비 저 두꺼비 한 눈 멀고 다리 저는 저 두꺼비
한 나래 없는 파리를 물고 날랜 체하며 두엄 쌓은 위로 솟구다가 발

12 「훈민가에서 세계철학사까지」, 『세계·지방화시대의 한국학 2 : 경계 넘어서기』(계명대학교출판부, 2005)에서 이 작품을 거대한 논의의 출발점으로 삼았다.

딱 나뒤쳐지거고나

모처럼 몸이 날랠세망정 중인첨시에 남 웃길 뻔했다

■ 율격 : 확대일탈형. 사설시조.

■ 풀이 : 두꺼비, 저 두꺼비, 한 눈 멀고 다리 저는 저 두꺼비. 한 나래 없는
파리를 물고 날랜 체하며 두엄 쌓은 위로 솟구다가 발딱 나뒤쳐지는구
나. 모처럼 몸이 날랠망정이지, 衆人瞻視에(많은 사람이 쳐다보는데) 남
웃길 뻔했다.

두꺼비는 서술자가 거리를 두고 관찰하면서 못마땅하게 여겨 비웃고
자 하는 사람의 행실을 보여준다. 비정상으로 생긴 사람이 가소로운 짓
을 한다고 탈잡으면 지나치다고 할 수 있으므로, 사람 대신에 두꺼비를
등장시킨다고 할 수 있다. 한 눈 멀고 다리 저는 두꺼비 같은 녀석이 한
쪽 날개 없는 파리와 같이 나약한 사람들 해치면서 잘난 척하다가 실수
하는 것을 지적한다. 몸이 날래서 위기를 모면한다고 하고, "衆人瞻視에
남 웃길 뻔했다"고 하면서 물러난다. 사람을 직접 등장시키지 않고 동물
을 들어, 사람이 하는 고약한 짓을 풍자한다. 그런 동물에 다음에 드는 맹
꽁이도 있다.

「위대 맹꽁이 다섯」(3666.1)

위대 맹꽁이 다섯 아래대 맹꽁이 다섯 경모궁 앞 연못에 있는 맹꽁
이 연잎 하나 뚝 따 물 떠 두루쳐 이고 수은장수 하는 맹꽁이 다섯 삼
청동 맹꽁이 유월 소나기에 죽은 어린애 나막신짝 하나 얻어 타고 갖
은 풍류하고 선유하는 맹꽁이 다섯 사오 이십 스무 맹꽁이

모화관 방송리 이주명네 집 마당가에 포갬포갬 모이더니 밑의 맹꽁
이 아주 무겁다 맹꽁 하니 윗 맹꽁이 뭣이 무거우냐 잠깐 참아라 삿갑
스럽게 군말 된다 하고 맹꽁 그중에 어느 놈이 상스럽고 맹랑스러운

숫맹꽁이냐 녹수청산 깊은 물에 백수풍진 흩날리고 손자 맹꽁이 무릎
에 앉히고 저리 가거라 뒷태를 보자 이리 오너라 앞 태를 보자 짝짝궁
도리도리 질나래비 훨훨 재롱부리는 맹꽁이숫맹꽁이로 알았더니

　숭례문 밖 썩 내달아 칠패 팔패 청패 배다리 쪽제굴 네거리 이문동
사거리 청패 배다리 첫 둘 셋 넷 다섯 여섯 일곱 여덟 아홉 열째 미나
리 논에 방구 퉁 뀌고 눈물 꾀죄죄 흘리고 오줌 잘금 싸고 노랑머리
북 쥐어뜯고 엄지 장가락에 된 가래침 뱉어 들고 두 다리 꼬고 깊숙한
방축 밑에 남 알까 용 올리는 맹꽁이 숫맹꽁이인가

- ■ 율격 : 확대일탈형. 사설시조.

- ■ 풀이 : 위쪽 맹꽁이 다섯. 아래쪽 맹꽁이 다섯. 景慕宮 앞 연못에 있는 연
  잎 하나 뚝 따 물 떠 두루쳐 이고 水銀 장수 하는 맹꽁이 다섯. 三淸洞
  맹꽁이, 六月 소나기에 죽은 어린애 나막신짝 하나 얻어 타고 갖은 風流
  하고 船遊하는 맹꽁이 다섯. 사오 이십 스무 맹꽁이. 慕華館 芳松里 李
  周明네 집 마당가에 포갬포갬 모이더니 밑의 맹꽁이 "아주 무겁다 맹꽁"
  하니, 위의 맹꽁이 "무엇이 무거우냐? 잠깐 참아라. 작갑스럽게 군다" 하
  고 "맹꽁. 그중에서 어느 놈이 상스럽고 孟浪스러운 수맹꽁이냐? 綠水
  靑山 깊은 물에, 흰 머리로 겪은 고생 白首風塵 흩날리고 손자 맹꽁이
  무릎에 앉히고 "저리 가거라, 뒷태를 보자. 이리 오너라, 앞태를 보자.
  짝짝궁 도리도리 길노래비(호랑나비?) 훨훨." 재롱부리는 맹꽁이 수맹꽁
  이로 알았더니, 崇禮門 밖 썩 내달아, 서울의 여러 곳 七牌 八牌, 靑牌
  배다리 쪽제굴 네거리, 里門洞 사거리, 靑牌 배다리. 첫 둘 셋 넷 다섯
  여섯 일곱 여덟 아홉 열째 미나리 논에, 방구 퉁 뀌고, 눈물 꾀죄죄 흘리
  고, 오줌 잘금 싸고, 노랑머리 북쥐어 뜯고, 엄지 장가락에 된 가래침 뱉
  어 들고, 두 다리 꼬고, 깊은 방축 밑에 남이 알까 용 올리는 맹꽁이 수
  맹꽁이인가?

「맹꽁이타령」이라고 하는 이 노래는 민요이기도 하고 사설시조이기도

하다. 소견이 모자라 수준 이하의 행동을 하는 사람을 맹꽁이 같다고 한다. 맹꽁이 같은 짓을 하는 사람들의 모습을 흥미롭게 그려 세태를 풍자하는 동물우화풍자시이다. 대담한 발상과 기발한 표현을 주목할 만하다.

"景慕宮"은 정조가 즉위하면서 지은 부친 思悼世子 추모처이다. 가장 엄숙한 곳인데도 맹꽁이들이 몰려들어 재미있는 장난을 한다. "죽은 어린 애 나막신짝 하나 얻어 타고 갖은 풍류하고" 논다고 해서, 죽음을 우습게 여기고 향락을 일삼는다고 기발한 표현을 갖추어 말한다. 놀기 위해 작당을 하는 무리가 숫자를 과시한다고 한다.

"慕華館"은 중국 사신을 받들어 모시던 곳이다. 모화관이 있는 동네 "李周明"네 집 마당 가에서 맹꽁이들이 모여들어 이상한 짓을 한다고 한 것은 예사로운 일이 아니다. "李周明"이라는 성명은 이씨 왕조의 李, 중국 주나라의 周, 명나라의 明으로 이루어진다. 이씨왕조가 주나라의 정통을 이었다는 명나라를 섬기는 것을 비꼬려고 지어낸 성명이라고 생각된다. 이주명네 집에 맹꽁이들이 모여들어 한다는 이상한 짓은 성행위이다.

암수의 다툼을 문제 삼으려고 "어느 놈이 수맹꽁이냐?"고 한다. 위세를 과시하는 잘난 맹꽁이가 수맹꽁이다. 집안에 들어앉아 손자의 재롱을 보고 좋아하는 맹꽁이가 수맹꽁인가 하다가, 서울 여러 동네를 돌아다니면서 이상한 짓거리를 일삼는 녀석들이 더 잘났다고 한다.

위엄을 무시하고 금기를 어기고 향락을 일삼으면서 잘났다면서 뻐기고 다니는 무리가 출현한 것이 새로운 세태이다. 위엄을 무시하고 금기를 어기는 것은 기분 좋지만, 잘났다면서 뻐기고 다니는 것은 꼴사납다. 이 두 가지 상반된 평가를 한꺼번에 하는 아주 흥미롭고 효과적인 방법을 사람이 하는 짓을 맹꽁이로 바꾸어놓고 그리는 데서 찾는다.[13]

———

13 동물우화풍자시는 보편적인 갈래여서 사례가 많다. 유럽에서는 라 퐁텐(Jean de La Fontaine)의 『우화시집(Fables)』이 널리 알려졌다. 丁若鏞도 한시를 지으면서 동

444 시비

시비를 맡아 나서지 않는 것은 안분에 포함되는 자세이다. 그래도 시비할 것은 시비하지 않을 수 없다. 시비를 두고 시비하는 노래가 많아 모아서 다룬다. 시비를 가리기 어렵다고 한다. 시비가 반대로 되는 것을 바로잡지 못한다고 개탄한다. 시비를 바르게 해도 알아주지 않아, 시비를 잊고자 한다고도 한다. 훌륭한 일도 시비의 대상으로 삼아 시비가 지나치다고 나무라기도 한다. 각기 다른 시비 노래가 너무 많아 시비하기 힘들다.

「이 말도 거짓말이」(3786.1)

이 말도 거짓말이 저 말도 거짓말이
시비를 뉘 알더니 하늘이 알련마는
어즈버 구만리 위에 뉘 올라가 사뢰보리

- 율격 : 기본형
- 풀이 : 이 말도 거짓말이고, 저 말도 거짓말이니, 옳고 그른 것을 누가 알겠느냐. 하늘이야 알겠지만, 아아, 九萬里 위에 누가 올라가 사뢰어보리.

세상에서 하는 말이라는 것은, 이 말도 저 말도 거짓말이다. 하나하나 구체적으로 고찰할 수 없으므로, 세상이 온통 잘못되었다고 한다. 잘못을 시비하고 해결할 사람이 없다고 개탄한다.

하느님에게 알리면 되겠으나, 맡아 나설 사람이 없다. 하느님은 세상의

물우화로 사회 풍자를 자주 했다. 동물우화풍자시는 동물들끼리의 대립으로 사건을 전개하는 것이 예사인데, 여기서는 맹꽁이들만 등장시켜 풍속도를 그리는 것이 특이하다. 맹꽁이를 내세워 세태를 풍자하는 작품은 더 찾기 어렵다.

잘못을 이미 알고 있지 않고, 기도를 하면 들어준다고 하지도 않으며, 구만리 상공에 올라가야 만난다고 생각한다. 구만리 상공에 올라가는 것은 불가능하다. 하느님에게 알려 잘잘못을 가리고 해결하겠다는 것은 헛된 상상이다. 온통 절망이라고 여긴다.

「어와 가소롭다」(3171.1)　　　　　　　　　　　　金啓

어와 가소롭다 이 시절 가소롭다
왼 일을 옳다 하고 옳은 일을 외다 한다
황천이 하 분명하시니 나중 보려 하노라

- ■ 율격 : 기본형
- ■ 풀이 : 어와 가소롭다, 이 시절 가소롭다. 왼 일은 옳다 하고, 옳은 일 외다 한다. 皇天이 워낙 분명하시니 나중에 보겠다고 하는구나.

지금 살고 있는 이 시절이 가소롭다고 한다. 세상은 언제나 잘못 된다고 말하지는 않고, 지금은 가소롭다고 할 만큼 잘못 되고 있다고 한다. 시대 비판의 소리를 들려준다.

皇天이라고 한 하느님을 등장시키는 것이 「이 말도 거짓말이」(3786.1)와 같다. 하느님은 분명해 알 것을 알고 있다고 여기는 것은 다르다. 그렇지만 황천이 지금의 문제를 지금 해결하지 않고 나중에 보겠다고 하니 알아도 소용이 없다. 나중에 보겠다는 것은 누가 어떻게 알았는가? 아무 해결책이 없으므로 갑갑해서 하는 말이다. 구만리 상공에 올라가야 한다는 것과 같은 절망의 소리이다.

「말하면 잡류라 하고」(1590.1)　　　　　　　　　　　朱義植

말하면 잡류라 하고 말 아니면 어리다 하네

빈한을 남이 웃고 부귀를 새오는데
아마도 이 하늘 아래 사올 일이 어려워라

- 율격 : 기본형
- 풀이 : 말(을)하면 雜流라고 하고, 말(을) 아니면(아니 하면) 어리석다 하
  네. 貧寒을 남이 웃고, 富貴를 시기하는데. 아마도. 이 하늘 아래 살 일
  이 어려워라.

불만을 토로하는 말을 하면 잡스러운 부류라고 하고, 불만을 토로하지
않으면 어리석다고 한다. 빈한하게 지내면 남들이 비웃고, 부귀는 시기한
다. 이렇게 할 수도 없고 저렇게 할 수도 없어, 아마도 이 하늘 아래 살아
가기 어렵다고 한다.

사람은 혼자 살지 않고 남들과 함께 산다. 남들이 공연히 간섭을 해서
살아가기 어렵다. 이래도 간섭하고 저래도 간섭해서 어떻게 해야 할지 알
수 없다. 남들과 함께 사는 것이 불만이다. 그래도 어쩔 수 없다.

「지저귀는 저 까마귀」(4475.1)

지저귀는 저 까마귀 암수를 어이 알며
지나는 저 구름 비 올동말동 어이 알리
아마도 세사인정이 다 이런가 하노라

- 율격 : 기본형
- 풀이 : 지저귀는 저 까마귀 암수를 어이 알며, 지나는 저 구름 비 올지 말
  지 어이 알리. 아마도 世事나 人情이 다 이런가 하노라.

까마귀 암수는 멀리서 보아 분별할 수 없고, 분별해야 할 이유도 없다.

비 올동말동은 알아야 할 사항이지만 알기 어렵다. 그 어느 쪽인지 미리 알지 못한다고 걱정하지 말고, 어떻게 되든 차질이 생기지 않게 대비해야 된다. 이처럼 알기 어려운 것들이 세사나 인정에도 있게 마련이다.

"세사인정이 다 이런가 하노라"라고 한 말은 지나치다. "아마도"라는 말을 앞세워 책임을 경감했어도, "다"를 넣어 부분을 전체로 확대한 실언을 따지고 들지 않을 수 없다. 실언이 될 만한 말을 짐짓 하지 않았는가 하고 여기면, 따지고 드는 것이 부끄럽다. 한 번 더 읽고 생각을 더 깊이 해보자.

분별하기 어렵고 어느 쪽이든지 그리 문제가 되지 않는 작은 시비가 세상에 흔히 있다. 이런 것들을 두고 열을 올리고, 패를 가르고, 서로 원수가 된 듯이 싸우는 것은 어리석다. 작은 것들에 매이지 말고 큰 시비를 찾아야 한다. 닫힌 마음을 활짝 열고 세사와 인정을 크게 바로잡으려고 나서야 한다. 반어로 이루어진 이 노래가 이런 말을 위한 서론이라고 하면 지나친 해석인가?

「외어도 옳다 하고」(3524.1)

외어도 옳다 하고 옳으여도 외다 하니
세상 인사를 아마도 모를로라
차라내 내 왼 체하고 남을 옳다 하리라

- 율격 : 기본형
- 풀이 : 외어도 옳다 하고 옳아도 외다 하니, 세상 人事를 아마도 모를러라. 차라리 내 왼 체하고 남을 옳다 하리라.

옳고 그른 것을 반대로 말하는 세태를 이해할 수 없다. 그러나 그런 잘 못을 바로잡으려고 하면 힘이 모자라고 배척받기만 하니 물러서지 않을 수 없다. 올바른 말을 하는 자기가 그르다고 하고, 그른 말을 하는 상대방이 옳다고 하면서 스스로 물러나면 편안하다. 옳고 그른 것을 분명하게 하다가 뜻은 이루지 못하고 충돌하기만 하는 것보다, 옳고 그른 것이 반대로 되었어도 그대로 두고 물러나 충돌하지 않는 것이 낫다는 말이다.

(0230.1)(金壽長) "검으면 희다 하고 희면 검다 하네/ 검거나 희거나 옳다 할 이 전혀 없네/ 차라리 귀 막고 눈 감아 들도 보도 말리라"는 「245 차라리」에서 고찰한다.

「사람이 단 일만 위사하고」(2217.1)

사람이 단 일만 위사하고 쓴 일은 불위하면
나는 달거니와 남이 아닌 쓸까
달고 쓴 일을 남과 나눠 하면 시비에 걸릴까

- 율격 : 확대변이형. 종장 전반부가 5<6이다.
- 풀이 : 사람이 단 일만 爲事하고(일삼고) 쓴 일은 不爲하면(안하면), 나는 달지마는 남이 아닌 쓸까? 달고 쓴 일을 남과 나눠 하면 시비에 걸릴까?

사람마다 단 일만 하면 쓴 일은 누가 하나? 나는 달지만, 남은 쓰지 않겠느냐? 달고 쓴 일을 남들과 나누어 하자고 하면 시비에 걸릴까? 이렇게 하는 말에 함축된 뜻이 있다. 단 일은 적게 수고하고 보상은 많은 일이다. 쓴 일은 많이 수고하고 보상은 적은 일이다. 이 두 가지 일을 들어 사회적 불평등을 문제 삼는다.

단 일을 하는 사람과 쓴 일을 하는 사람이라는 말에 다스리는 관원과 다스림을 받는 백성, 지주와 소작인, 재산 소득자와 근로 소득자 등의 여러 경우가 포괄되어 있다. 누구는 단 일만 하고 누구는 쓴 일만 하는 것은 부당하다. 단 일과 쓴 일을 전담자를 두지 말고 공평하게 나누어 하자고 하면 시비의 대상이 될 것인가 한다. 단 일과 쓴 일의 구분을 없애자고 하지는 않으면서 박해를 염려한다.

「그러 하거니」(0478.1)

그러 하거니 어이 아니 그러 하리
이리도 그러 그러 저리도 그러 그러
아마도 그러 그러 하니 한숨 겨워 하노라

- 율격 : 기본형
- 풀이 : 그러 하거니 어이 아니 그러 하리, 이리도 그러 그러, 저리도 그러 그러, 아마도 그러 그러 하니 한숨 겨워하노라.

세상 사람들이 "그러 그러"하기만 한다. 사정도 이유도 묻지 않고 "이리도 그러 그러, 저리도 그러 그러"하니 불만이다. "그러 그러"라고 하고만 있으니, 한숨이 나와 감당하기 어렵다.

"그러 그러" 하기만 하면, 분별이 사라지고 되는 일이 없다. 시비할 것을 시비하지 않고 적당히 넘어가는 세태를 그냥 두고 볼 수 없다. 시비를 지나치게 하는 것도 문제이지만 그 반대가 되는 풍조도 잘못이다.

445 무지

시비를 하면 말이 많다. 그릇된 시비를 바로잡을 수 없다. 그릇된 소리가 너무 커서 바른 소리를 할 수 없다. 세상이 바르게 된다는 것을 기대하지 않는다. 이런 이유에서 모르고 지내고 말하지 않는다고 하는 무지의 노래도 적지 않다. 무지하다고 자처하면서 물러나는 것만은 아니다. 무지를 반어로 삼아, 가능하지 않는 비판을 가능하게 하려고 하기도 한다.

「귀 이미 닫았으니」(0470.1)

귀 이미 닫았으니 밝힌들 무엇 하며
평생에 닫은 입을 다시 열어 무삼 하리
만일에 그른 일 뵈거든 감아둘까 하노라

- 율격 : 기본형

- 풀이 : 귀 이미 닫았으니 밝힌들 무엇 하며, 평생에 닫은 입을 다시 열어
  무삼(무엇) 하리. 만일에 그른 일 보이거든 눈을 감아둘까 하노라.

귀를 이미 닫고 세상 소리를 듣지 않으니 잘못을 밝힌들 무엇을 하겠는
가? 평생 동안 말을 하지 않기로 결심하고 닫은 입을 다시 열어 무엇을 하
겠는가? 만일 그른 일이 보여도 눈을 감아둘까 하노라. 무력을 고백하면
서 감당할 수 없는 불의가 있다고 암시한다. 다른 방법이 없어 무지와 무
언으로 항변한다.

「먹거든 멀지 마나」(1628.1)　　　　　　　安瑞羽

먹거든 멀지 마나 멀거든 먹지 마나
멀고 멀거든 말이나 하련마는
입조차 벙어리 되니 말 못하여 하노라

- 율격 : 기본형

- 풀이 : 귀가 먹었으면 눈이라도 멀지 말든가, 눈이 멀었으면 귀라도 먹지
  말든가. 귀가 먹고 눈이 멀었으면 말이나 하련마는, 입조차 벙어리 되어
  말 못하여 하노라.

귀 먹고, 눈 멀고, 벙어리 되어 듣지도, 보지도, 말하지도 못한다고 한

다. 신체에 장애가 있다는 것은 아니다. 귀·눈·입의 기능을 자진해 정지할 수밖에 없는 끔찍한 사태가 벌어지고 있다고 암시한다. 무엇이 잘못 되었는지 지적하기 어렵고, 실상을 알아내 그대로 밝히면 감당할 수 없는 박해가 닥칠 것이므로, 不聞·不見·無言의 보호책을 공격술로 삼는다.

(0230.1)(金壽長) "검으면 희다 하고 희면 검다 하네/ 검거나 희거나 옳다 할 이 전혀 없네/ 차라리 귀 막고 눈 감아 듣도 보도 말리라"는 「245 차라리」에서 고찰한다.

「옳은 일 하자 하니」(3502.1)

옳은 일 하자 하니 이제 뉘 옳다 하며
그른 일 하자 하니 후에 뉘 옳다 하리
취하여 시비를 모르면 긔 옳을까 하노라

■ 율격 : 기본형

■ 풀이 : 옳은 일 하자 하니 이제 누가 옳다 하며, 그른 일 하자 하니 후에 누가 옳다 하리. 醉하여 是非를 모르면 그것이 옳을까 하노라.

"그른 일 하자 하니 후에 뉘 옳다 하리"는 끝말이 "뉘 그르다"여야 할 것 같으나, 깊이 생각하면 "누가 그것은 그르고 다른 무엇이 옳다 하리"를 줄인 말일 수 있다. 옳은 일을 해도 옳다고 인정되지 않고, 그른 일을 해도 알 사람이 없는 것을 그대로 두고 볼 수 없다. 차라리 술 취해서 시비를 모르는 것이 옳을까 한다. 이렇게 하는 말에 시비를 옳게 가려 세상을 깨우쳐주고자 하는 의지를 감추어 아는 사람은 알게 한다.

「조그만 이내 몸이」(4353.1) 　　　　　　　　李弘有

조그만 이내 몸이 천지간에 혼자 있어
청풍 명월을 벗 삼아 누웠으니
세상의 시시비비를 나는 몰라 하노라

- 율격 : 기본형
- 풀이 : 조그마한 이내 몸이 天地間 혼자 있어, 淸風明月을 벗 삼아 누웠으니, 世上의 是是非非를 나는 몰라 하노라.

"이내 몸", "천지", "청풍 명월"은 위치, 크기, 질량, 성분, 운동 등이 하나도 같지 않고 모두 다르다. 각기 그것대로 "혼자" 독립해 존재해 서로 경쟁하지도 다투지도 않으니 시비할 것이 없다. 이것을 (가)라고 하자. "세상의 시시비비"라는 것은 크기, 질량, 성분, 운동 등이 다르지 않고 같은 사이에서 생긴다. 서로 맞물려 함께 존재하면서 경쟁하고 다투니 시비를 피할 수 없다. 이것을 (나)라고 하자.

사람은 (나)의 조건에서 살아가게 마련인데, 어떻게 (가)일 수 있는가? 거주하는 곳을 세속에서 자연으로 옮기면 해결책이 생기는가? "청풍명월을 벗 삼아 누웠"으면 살아갈 방도가 없지 않은가? 문제는 장소가 아니고 마음이다. 세상에서 시시비비를 하면서 살아가는 동안에도 세상보다 더 큰 천지를 생각할 수 있고, "청풍명월"을 마음에 지닐 수 있다. 시시비비를 아주 떠날 수는 없다. (가)의 시시비비에서 살아가면서 (나) 시시비비 넘어서기를 희구하고 실행하는 것이 마땅하지 않은가?

「까마귀 검으나따나」(0608.1)

까마귀 검으나따나 해오리 희나따나

황새 다리 기나따나 오리 다리 자르나따나
평생에 흑백장단은 나는 몰라 하노라

■ 율격 : 기본형

■ 풀이 : 까마귀 검더라도, 해오리 희더라도, 황새 다리 길더라도, 오리 다
　리 짧더라도, 평생에 黑白長短은 나는 몰라 하노라.

까마귀는 몸이 검고, 해오리는 몸이 희다. 황새는 다리가 길고, 오리는
다리가 짧다. 검은 것은 검고, 흰 것은 희고, 긴 것은 길고, 짧은 것은 짧
은 것이 당연하다. 그런데 세상 사람들은 당연한 것을 두고 자기 마음에
들지 않는다고 시비한다.

　검은 것은 왜 검은가 따지고, 흰 것은 왜 흰가 나무란다. 긴 것은 어째
서 긴가 하고 핀잔을 주고, 짧은 것은 무엇 때문에 짧은가 괴롭힌다. 이렇
게 해서 벌어지는 흑백장단 논란이 참고 견디기 어려울 만큼 시끄럽다.
잘못을 바로잡을 수는 없으니, 모른다고 하면서 물러나기로 한다.

　흑백장단 논란이라는 것이 왜 생기는가? 이에 관해서 말은 하지 않고,
생각해보게 한다. 흑백장단 논란이라는 것이 단순한 판단 착오인가? 이
렇다면 심각한 문제는 아니며 모른다고 하면서 물러날 이유가 없어, 고려
대상으로 삼을 필요가 없다. 그것이 경쟁 관계에 있는 상대방이 이용하는
공격용 구실인가? 이렇다면 경쟁을 포기하고 물러나 흑백장단 구분이 왜
곡된 용도에서 벗어나 정상화되게 하는 것이 마땅하다. 여기까지 따지고
서 잘했다고 좋아하며 물러나면 헛똑똑이다.

　흑백장단 논란이라는 것이 크고 중요한 싸움의 변죽을 울리는 시비 거
리인가? 이렇다면 설불리 개입할 일이 아니다. 한 발 물러나 사태가 심각
하다고 일깨워주는 것이 마땅하다. "나는 몰라 하노라"라는 결말을 다시
보자. 독자는 눈을 크게 뜨고 마땅히 알아야 할 것을 알아야 한다고, 작자

가 자기는 어리석은 체하고 말을 반대로 하는 것을 알아차려야 한다.

「흰 것을 검다 하니」(5550.1)

흰 것을 검다 하니 이르도 말려니와
그른 일 옳다 하니 그 아니 애닯은가
세상에 <u>아는 이 있던지 없던지</u> 나는 몰라 하노라

- 율격 : 확대변이형. 종장 전반부가 3 <u><</u> 9이다.
- 풀이 : 흰 것을 검다 하는 것은 말할 것도 없고, 그른 일을 옳다고 하기까지 하니 그 아니 애닯픈가. 세상에 아는 이 있는지 없는지 나는 몰라 하노라.

두 가지 오류를 말한다. (가) 흰 것을 검다 하는 것은 사실 판단의 오류이다. 누구나 눈으로 보면 오류인 줄 안다. (나) 그른 일을 옳다고 하는 것은 가치 판단의 오류이다. 판단해야 할 사유가 드러나지 않고 판단의 기준이 모호할 수 있어 웬만한 사람은 오류인 줄 모른다.

(가)의 오류는 말할 것도 없고, (나)의 오류를 저지르기까지 하니 애닯프다. (가)와 (나)를 "말할 것도 없고"라는 말을 넣어 연결시킨 것을 어떻게 이해해야 하는가? (가)의 오류를 저지른 과오가 명백해 용서할 수 없는데, (나)의 오류를 보태기까지 한다고 나무라는가? (가)의 오류는 나무라지 않고 내버려두어도 되지만, (나)의 오류는 그대로 둘 수 없다고 하는가? 이 가운데 어느 쪽이 맞는지, 세상에 아는 이 있는지 없는지 나는 몰라 하노라고 한 다음 말을 보면 판가름할 수 있다. (가)의 오류에 관해서는 아는 이가 따로 필요하지 않다. (나)의 오류는 아는 이라야 안다. (가)의 오류는 누구나 알 수 있으므로 구태여 문제 삼지 않고 내버려두어도 되지만, (나)의 오류는 아는 이가 문제 삼아 모르는 이들을 깨우쳐주어야 한다. (나)를

아는 이가 없으면 문제가 심각하고 폐해가 시정되지 않는다.

작자는 지금까지 말한 사실은 안다고 명백하게 말한다. 그러면서 아는 이가 있는지 없는지는 모른다고 한다. 모른다고 알려주려는가? 판단을 신중하게 한다는 것인가? 알고 있으면서 모른다고 능청을 떠는가? 자기가 아는 이임을 감추어두고 멀찌감치 조금 퉁겨주는 작전을 쓰는가?

끝말이 "나는 모른다"이면 앞쪽의 추측이 타당하다. "나는 몰라 하노라"라고 해서 뒤의 추측이 타당하다고 넌지시 일러준다. 세상을 개탄한 노래를 자기에 관한 말로 끝낸다.

「본성이 무식하여」(2027.1)   金得研

> 본성이 무식하여 아무 일도 다 모르니
> 동서를 내 알며 남북인들 내 알더냐
> 아마도 모르는 것이니 모르는 대로 하리라

- 율격 : 기본형

- 풀이 : 本性이 무식하여 무슨 일이든지 다 모르니, 東西를 내 알며 南北인들 내 알겠느냐? 아마도 나는 무얼 모르는 사람이니 모르는 대로 하리라.

자기는 무식하니 무식한 대로 살겠다고 하는 것은 아니다. 왜 그런가? "동서를 내 알며 남북인들 내 알더냐"라고 한 것이 사실일 수 없기 때문이다. 동서남북을 모를 만큼 무식한 사람은 없다. 그러므로 자기는 무식하다고 과장해서 말하는 것이 반어인 줄 알면, 동서남북에는 숨은 뜻이 있는 것을 발견할 수 있다. 당쟁의 동인·서인·남인·북인을 말하는 것을 알아차릴 수 있다. 四色 당파가 싸우는 정치는 알려고 하지 않고 살고 싶은 대로 살고자 한다.

(3754.1)(申灦) "이래로 묵묵하고 저래도 묵묵하니/ 세상 시비를 모르는 듯 하다마는/ 알고도 모르는듯 하니 천성인가 하노라"고 하는 것도 있다.

5

자연과 만나

5 자연과 만나

"저절로 그렇다"는 뜻의 自然은 "사람이 하는 일"인 人事와 대조가 되는 말이다. 자연에 힘입어 살아가는 사람이 자연을 거역하는 인사를 일삼다가 차질을 겪는다. 그래서 괴로우면 잘못을 뉘우치고 자연과 다시 만나려고 한다. 시조는 인사보다 자연을 더욱 소중하게 여기고 자연과의 만남을 자랑스럽게 여기는 노래이다.

자연과의 만남은 여러 층위에서 이루어진다. 만남의 범위를 한껏 넓혀 산수, 달, 구름, 바람을 노래하는 작품부터 살핀다. 네 계절, 봄·여름·가을·겨울에 관한 노래를 그 다음에 든다. 매화, 이화, 소나무, 오동, 대나무 등의 초목을 벗 삼는 흥취를 자랑하기도 하고, 나귀, 기러기, 두견, 백구, 까마귀 같은 동물을 반려자로 삼기도 하는 노래도 찾아 정리한다.

51 대자연의 모습

산수·달·구름·바람은 자연을 크게 보여주므로 대자연이라고 한다. 산수가 대자연의 중심을 이루고 있고, 달·구름·바람은 그 상위나 주위에서 움직임을 보탠다. 이 모두가 어울려 대자연의 모습을 다채롭게 하고, 의미를 심오하게 한다.

511 산수

山水를 찾아간다는 노래가 많다. 산수는 江湖, 江山, 林泉 등으로도 일 컫는다. 人事에서 벗어난 그런 곳에서 심신을 맑게 하고 즐거움을 누린다 고 한다. 시조 전체의 가장 높은 봉우리의 하나가 산수의 노래이다.

산수 노래는 사대부의 작품이다. 사대부는 벼슬에서 물러나면 산수를 벗 삼아 고요하게 지낸다는 노래를 짓는다. 名利에 관한 욕망을 버리고 마음을 비워 안정을 찾으면서 그윽한 즐거움을 누린다. 일상생활을 하면 서 승려들이 참선을 해서 얻는 경지에 근접한다.[1]

「평생에 일이 없어」(5175.1)　　　　　　　　李侃

평생에 일이 없어 산수간에 노닐다가
강호에 임자 되니 세상일 다 잊어라
어떻다 강산풍월이 긔 벗인가 하노라

■ 율격 : 기본형

■ 풀이 : 平生에 일이 없어 山水間에 노닐다가, 江湖의 임자 되니 세상 일 다 잊어라. 어떻다 江山風月이 그것이 벗인가 하노라.

산수를 찾는 시조의 총론이라고 할 만한 작품이다. 산수를 찾아 그 속 에서 지내니, 일이 없고 세상 일을 잊어 즐겁기만 하다고, "노닐다가", "잊 어라", "하노라"로 알린다. "놀다"라고 하지 않고 "노닐다"라고 해서 흥겨

1　신연우, 『사대부 시조와 유학적 일상성』(이회문화사, 2000)에서는 "파편적이고 무 질서한 삶을 지향하고, 내면적인 질서를 찾고 공동체 속에서 개인의 삶을 의미 있 게 하는" 것이 유학적 일상성을 노래한 사대부 시조의 의의라고 하는 현대적인 해 석을 했다(230면). 신영명, 「숨어살기의 논리 : 삼국유사의 '피은'과 강호시조」, 『시 조학논총』 21(한국시조학회, 2004)에서 관심을 끄는 비교를 했다.

움을 나타낸다. "잊어라", "하노라"라고 하면서 감탄하는 말을 한다.

山水 사이에서 노닌다. 江湖의 임자가 된다. 江山이라고 하는 강과 산, 風月이라고 하는 바람과 달을 벗으로 삼는다. 이렇게 구분해 말하는 산수 · 강호 · 강산은 뜻하는 바가 다르지 않아 자리를 바꾸어도 된다. 노닌다, 임자가 된다, 벗으로 삼는다고 하는 행위를 하나씩 배정하려고 겉은 다르고 속은 같은 말을 셋 들었다.

「강호에 기약을 두고」(0167.1)　　　　　　李恒福

강호에 기약을 두고 십년을 분주하니
그 모를 백구는 더디 온다 하건마는
성은이 지중하시니 갚고 가려 하노라

- 율격 : 기본형
- 풀이 : 江湖에 期約을 두고 十年을 奔走하니, 그것을 모를 白鷗는 더디 온다 하건마는, 聖恩(임금의 은혜) 至重(아주 무거우니) 갚고 가려 하노라.

여기서는 江湖와 대립되는 人事가 聖恩이다. 임금의 은혜를 입고 벼슬을 하는 것보다 강호로 가는 것이 더 좋아 가겠다고 기약한다. 십년을 분주하다는 말은 이중의 의미를 지닌다. 강호로 가겠다고 기약한지 십년이나 된다. 성은을 갚고 가려고 십년 동안 분주하게 일한다.

강호에 가면 혼자가 아니다. 임금 대신 백구가 있다. 백구를 벗 삼아 함께 즐거워할 수 있다고 상상한다. 성은을 갚아야 하는 사정이 있는 줄 몰라 백구는 더디 온다는 것은 빨리 가고 싶은 심정을 나타내는 말이다. 흰 갈매기인 백구는 욕심이 없는 깨끗한 마음의 표상이어서 동경의 대상이고, 자연에서 은거하는 사람의 벗이 된다. 「544 백구」에서 이에 관해 자세하게 고찰한다.

임금의 은혜는 무거워 수고롭게 한다고 은근히 이른다. 중압감에서 벗어나고 수고에서 해방되어, 강호에서 조용하게 지내고 싶다고 드러내놓지 않고 말한다. 임금의 은혜를 누리는 고위직도 직무에서 벗어나고 싶은데 변변치 못한 일로 수고하는 처지라면 더 말할 나위가 없다.

「농암에 올라 보니」(1084.1)　　　　　　　　　李賢輔

농암에 올라 보니 노안이 유명이라
인사이 변한들 산천이야 가실까
암전의 모수모구이 어제 본 듯하여라

- 율격 : 기본형
- 풀이 : 聾巖에 올라 보니 老眼이 猶明이라, 人事가 변한들 山川이야 달라지겠는가? 巖前의 某水某丘가 어제 본 듯하여라.

여기서 人事라는 말을 내놓고, 인사와 山川은 분명하게 다르다고 한다. 인사는 변해도 산천은 변하지 않는다. 인사에서 벗어나 산천으로 돌아와 聾巖에 올라서 살펴보니 老眼이 猶明이다. 肉眼과는 다른 心眼이 있다. 인사에 시달리다가 육안은 노안이 되었지만, 변하지 않는 산천, 시간의 경과를 뛰어넘어 어제 본 듯한 모습을 간직하고 있는 某水某丘와 만나니 심안이 밝아진다. 산수자연은 정신을 맑게 하는 힘이 있다.

李賢輔(1467~1555)의 고향에는 聾巖이라는 바위가 있어 그 이름으로 호를 삼았다. 우리말로는 귀먹바위라고 하는 바위인데, 귀를 먹어 바깥의 소리가 들리지 않으므로 깊이 있는 내면을 온전하게 간직하고 있다고 여긴다. 관직에서 물러나고 고향에 돌아가 농암에 올라 산천을 바라본다고 하면서 이 노래를 지었다.

위의 노래 「강호에 기약을 두고」(0167.1)에서처럼 바라는 바를 실행하면서 백구를 벗 삼는다고 하지는 않았다. 산천을 조용히 바라보면서 불변하는 것의 가치를 발견한다. 즐거움을 누리는 데 그치지 않고 지혜를 얻는다고 한다.

「십년을 경영하여」(2965.1)

십년을 경영하여 초려 삼간 지어내니
나 한 간 달 한 간 청풍 한 간 맡겨두고
강산은 들일 데 없으니 둘러 두고 보리라

- 율격 : 기본형

- 풀이 : 十年을 經營하여 草廬 三間 지어내니, 나 한 間, 달 한 間, 淸風 한 間 맡겨두고, 江山은 들일 데 없으니 둘러 두고 보리라.

산수 속에 들어가 살려고 하면 십년의 노력이 필요하다. "經營하여"는 계획을 세우고 실현한다는 뜻이다. 십년 동안 계획을 세우고 실현해서 초가 삼간 지어내니 명월과 청풍을 불러들여 벗으로 삼을 자격을 얻는다. 그래도 강산은 들이지 못하고 둘러보고 본다. 자리가 비좁기 때문인가? 마음이 모자라기 때문일 것이다.

「청산은 높고 높고」(4539.1)   李重慶

청산은 높고 높고 유수는 길고 길고
산고 수장하니 이 아니 좋을쏘냐
산수간 일한인 되어 허물없이 사노라

- 율격 : 기본형
- 풀이 : 靑山은 높고 높고, 流水는 길고 길고, 山高 水長하니 이 아니 좋을쏘냐. 山水間 一閑人 되어 허물없이 사노라.

산은 높고 물은 긴 山高水長의 모습이 좋다. 그 속의 한가한 사람이 되어 허물없이 산다. 이렇게 하는 말에 여러 가지 의미가 있다. 산수는 서두르지 않아 산수 속에서 사는 사람도 한가하다. 산수는 허물이 없으니 산수 속에서 사는 사람도 허물이 없다. 산수에서 사는 것은 시비의 대상이 되지 않으니 한가하고 편안하다.

한가한 사람이라는 뜻의 閑人이 되는 것을 동경하고 이런 노래를 짓는다. 貴人이 아니고, 賢人도 아니라도, 한가하게 지내면서 아무것도 부러워하지 않는 閑人이면 더 바랄 것이 없다. 한인은 다투어 우열을 정하지 않고, 얼마든지 있을 수 있다. 수많은 한인 가운데 하나인 一閑人이 되고자 한다고 한다.

「잔 들고 혼자 앉아」(4151.1)　　　　　　　尹善道

잔 들고 혼자 앉아 먼 뫼를 바라보니
그리던 임이 오다 반가움이 이리하랴
말씀도 웃음도 아녀도 못내 좋아하노라

- 율격 : 기본형
- 풀이 : 盞 들고 혼자 앉아 먼 뫼를 바라보니, 그리워하던 임이 온다 해도 반가움이 이러하랴. 말씀도 웃음도 아니 해도 못내 좋아하노라.

산수에 대해 긴 말을 하지 않고, "먼 뫼를 바라보니"라고만 한다. 동반자가 없이 혼자이다. 잔을 들고 있으면서 마시지는 않는다. "먼 뫼"라고 하는 것이 특정한 산은 아니다. 반드시 산이어야 하는 것도 아니다. 자연의 특징을 집약해서 나타내는 의미를 지닌다. 자연은 움직임을 최소화한 고요한 상태에서 바라보면 즐겁다. 어떤 좋은 사람과 만나 무엇을 하는 것보다 더 즐겁다.[2]

「청산은 춤추거늘」(4772.1)　　　　　　　金得研

청산은 춤추거늘 녹수는 노래한다
저 노래 저 춤에 나도 좇아 즐기노라
진실로 이 산수간에 아니 놀고 어찌하리

■ 율격 : 기본형

■ 풀이 : 靑山은 춤추거늘, 綠水는 노래한다. 저 노래, 저 춤에 나도 좇아 즐기노라. 진실로 이 山水間에 아니 놀고 어찌하리.

청산과 녹수는 모습이 좋기만 하지 않고, 춤추고 노래한다. 그 노래, 그 춤을 따라 하면서 나도 즐긴다. 산수간에서 허물없이 지내는 데서 더 나아가 즐거워하면서 살아간다. 산수가 주는 즐거움을 적극적으로 수용하고 재현한다.

위에서 든 「농암에 올라 보니」(1084.1), 「청산은 높고 높고」(4539.1), 「잔

2 李白은 「獨坐敬亭山」에서 "衆鳥高飛盡 孤雲獨去閑 相看兩不厭 只有敬亭山(뭇 새들 높이 날다가 사라지고, 외로운 구름 홀로 한가하게 떠다닌다. 마주 보아도 둘다 싫지 않은 것은 오직 경정산뿐인가 하노라)"라고 하고, 「山中問答」에서 "問余何意栖碧山 笑而不答心自閑 桃花流水杳然去 別有天地非人間(무슨 생각으로 산에서 사느냐고 내게 물으니, 웃기만 하고 대답하지 않는 마음 저절로 편안해. 복숭아꽃 흐르는 물 아득히 멀어가니 별다른 천지이고 사람 사는 세상이 아니라오)"라고 했다. 尹善道는 이 두 시와 상통하는 생각을 최소한의 언사로 나타내고 여운을 남겼다.

들고 혼자 앉아」(4151.1)에서 고요하고 한가한 것을 동경하는 것과는 거리가 있다. 춤추고 노래하는 역동적인 삶이 자연과 합치된다고 한다. 선비가 숭상하는 잔잔한 흥과는 다른, 민중을 움직이는 신명과 연결되는 발상이라고 할 수 있다.

「말 없는 청산이요」(1577.1) 　　　　　　　　　　成渾

말 없는 청산이요 태 없는 유수로다
값 없는 청풍과 임자 없는 명월이로다
이 중에 일 없는 내 몸이 분별없이 늙으리라

- 율격 : 기본형

- 풀이 : 말 없는 靑山이요, 態 없는 流水로다. 값 없는 淸風과 임자 없는 明月이로다. 이 中에 일 없는 내 몸이 분별없이 늙으리라.

　자연의 모습을 靑山·流水·淸風·明月을 두루 들어 나타낸다. 이런 것들은 무엇이 있지 않고, 없어서 소중하다. 청산은 말이, 유수는 態가, 청풍은 값이, 명월은 임자가 없다. "態"는 "姿態"의 준말이다. 아름다운 모습을 갖추지 않으려고 하니 태가 없다.

　말이 많고, 자태를 자랑하고, 값을 흥정하고, 임자를 다투는 사람의 잘못이 하나도 없는 곳에서 지내니 나도 분별할 것이 없다. 늙는다는 것도 분별하지 않고 받아들인다. 늙어가면서 사는 지혜를 자연을 훌륭한 스승으로 삼아 배운다.

「청산도 절로절로」(4753.1) 　　　　　　　　　　宋時烈

청산도 절로절로 녹수도 절로절로
산 절로 수 절로 산수간에 나도 절로

이 중에 절로 난 몸이 늙기도 절로 하리라

- 율격: 기본형
- 풀이: 靑山도 절로절로, 綠水도 절로절로, 山 절로 水 절로 山水間에 나도 절로, 이 중에 절로 난 몸이 늙기도 절로 하리라.

청산과 녹수는 무엇이 없다고 하지 않고 "절로절로"라고 하니 생각의 차원이 높아진다. 없다는 것은 있다는 것의 부정이다. "절로절로"는 自然의 특성인 자연스러움이며, 부자연스러움의 부정이다. 자연과 다른 人事의 특성은 부자연스러움이다. 사람이 무엇을 바라고 부자연스러운 짓을 하는 것은 잘못이므로, 자연으로 돌아가야 한다.

산수에서 자연스러움을 배우고 받아들이니 그릇된 삶을 바로잡을 수 있다. 태어날 때 절로 태어났으면서 부자연스러운 짓을 하는 것은 잘못이다. 이제라도 깨달아 "늙기도 절로 하리라"고 하는 것이 마땅하다. 이 말은 위의 노래 「말 없는 청산이요」(1577.1)의 "분별없이 늙으리라"보다 한 걸음 더 나아간다. "분별없이"는 소극적인, "절로"는 적극적인 깨달음이다.

위의 노래 「말 없는 청산이요」(1577.1)에서는 늙는 것만 말하는데, 여기서는 태어난 것과 늙는 것을 말한다. 절로 태어나 절로 늙는다고 한다. 이런 생각은 죽음과 연결된다. 말은 하지 않았으나, 죽을 때에도 절로 죽으리라고 할 수 있다. 산수에서 많은 것을 깨닫는다.

「청산은 어찌하여」(4769.1)　　　　　　李滉

청산은 어찌하여 만고에 푸르르며
유수는 어찌하여 주야에 그치지 않는고
우리도 그치지 말아 만고상청 하리라

459

- 율격 : 기본형

- 풀이 : 靑山은 어찌하여 萬古에 푸르르며, 流水는 어찌하여 晝夜에 그치지 않는고? 우리도 그치지 말아 萬古常靑하리라.

이 노래에서는 靑山과 流水의 특징이 不變이라고 한다. 자연스러움에 몸을 내맡기는 즐거움을 누리자고 하지 않고, 불변하는 것을 본받자고 엄숙하게 말한다. 말이 자연스럽게 이어지도록 하지 않고, 초·중·종장이 질서 정연한 관계를 가지게 한다.

초장에서 "청산은 어찌하여 만고에 푸르르며"라고 한 말을 중장에서 받아 "流水는 어찌하여 주야에 그치지 않는고"라고 하는 대구를 이룬다. 종장에서는, 중장의 "그치지 말고"를 앞에 두고, 초장의 "만고에 푸르르며"를 뒤에다 두며 "우리도"를 넣어, "우리도 그치지 말아 만고상청 하리라"라고 한다.

이런 질서로 엄숙한 교훈을 제시한다. 사람인 우리도 청산처럼 만고상청하고, 유수처럼 그치지 않아야 한다고 다짐한다. 그것은 가능한 일이 아니라고 생각하지 못하도록 한다. 자연의 모습에서 교훈을 찾아 사람이 해야 할 일을 분명하게 하고자 한다.

(3766.1)(李滉) "이런들 어떠하며 저런들 어떠하료/ 초야 우생이 이렇다 어떠하료/ 하물며 천석고황을 고쳐 무삼 하료"는 「244 하물며」에서 고찰한다.

「무정히 섰는 바위」(1704.1)　　　　　　　　　朴仁老

무정히 섰는 바위 유정하여 보이나다
최령 오인도 직립불의 어렵거늘
만고에 곧게 선 얼굴이 고칠 적이 없도다

- 율격 : 기본형

- 풀이 : 無情히 섰는 바위 有情하여 보이는구나. 最靈 吾人도 直立不倚
  (곧게 서서 기대지 않음)하기 어렵거늘, 萬古에 곧게 선 얼굴이 고칠 적
  이 없도다.

여기서는 "無情"한 바위의 모습을 "有情"하다고 본다. 바위는 "直立不
倚"하게 서서 얼굴을 고치지 않는 것이 당연한데, "最靈 吾人"이라고 한
가장 신령스러운 존재인 사람이 본받아야 할 교훈이라고 한다. 「청산은
어찌하여」(4769.1)의 "萬古常靑"처럼, 여기서 말하는 "萬古直立"도 일관
성 있는 정신 자세를 말하면서 상당한 거리가 있다.

"萬古常靑"에는 있는 움직임이 "萬古直立"에는 없다. 움직임마저 없는
일관성을 요구하는 것은 지나치다. 움직임마저 없는 일관성을 지키라는
것은 자연스럽지 못하다. 자연에서 자연스럽지 못한 교훈을 찾아 엄격하
게 지키라고 하는 경색된 사고는 창조를 무시하고 생명을 부인한다.

(1807.1)(李愼儀) "바위에 섰는 솔이 늠연한 줄 반가우니/ 풍상을 겪어도
여위는 줄 전혀 없다/ 어찌타 봄빛을 가져 고칠 줄 모르나니"는 「533 소나
무」에서 고찰한다.

512 달

시조에서는 해는 지고 달이 뜬다. 해는 밝게 빛나는 것이 없고, "해
져 어둡거늘"(5367.1), "해 지면 장탄식하니"(5369.1), "백일은 서산에 지
고"(1933.2)라고 할 때나 언급되는 것이 예사이다. 달은 자주 보이고, 언
제나 높이 떠서 밝은 달이고, 많은 사연을 지니고 있다. 그러나 "돌하 노
피곰 도드샤 머리곰 비취오시라(달하 높이 돋으시어 멀리멀리 비치게 하시
라)"라고 하는 「井邑詞」의 달은 찾을 수 없다. 달을 숭상하고 기원하는 대

상으로 여기지는 않고, 다른 여러 가지 이유에서 친근하게 여기고 사랑한다.[3]

「인간에 유정한 벗은」(3916.1)　　　　　　李愼儀

인간에 유정한 벗은 명월밖에 또 있는가
천리를 멀다 아녀 간 데마다 따라오네
어즈버 반가운 옛 벗이 다만 넨가 하노라

- 율격 : 기본형

- 풀이 : 人間에게 有情한 벗이 明月밖에 또 있는가? 千里를 멀다 아니하고, 가는 데마다 따라오네. 어즈버 반가운 옛 벗이 다만 너인가 하노라.

사람에게 정다운 벗은 달 외에 또 있는가 하면서 달이 가장 친근하다고 한다. 달은 천리를 멀다 하지 않고 가는 곳마다 따라와 공간의 거리를 넘어선다. 또한 달은 다시 나타나는 반가운 옛 벗이라 시간의 경과에도 걸림이 없다. 변함없이 가까운 벗이라는 말을 달에 대한 최대의 찬사로 삼는다.

(5365.1) "해야 가지 마라 너와 나와 함께 가자/ 기나긴 하늘에 어디 가난 수이 가난/ 동산에 달이 나거든 보고 가다 어떠리"는 「221 시간」에서 고찰한다.

3　시야를 확대하면 달을 노래하는 시는 다양한 의미를 지닌다. 李白은 「靜夜思」에서 밝은 달을 보고 고향을 생각한다고 했다. 타고르(Rabindranath Tagore)가 시집 제목으로 삼은 『초생달(*The Crescent Moon*)』은 우주의 신비를 나타낸다고 했다. 보들레르(Charles Baudelaire)는 「달의 슬픔(Tristesses de la lune)」에서 가련한 여인처럼 슬픔에 잠긴 달을 노래했다.

「산촌에 달이 드니」(2360.1)   千錦

산촌에 밤이 드니 먼 데 개 짖어 온다
시비를 열고 보니 하늘이 차고 달이로다
저 개야 공산에 잠든 달을 보고 짖어 무삼 하리오

- 율격 : 확대변이형. 종장 전반부가 3 < 9이다.
- 풀이 : 山村에 밤이 드니 먼 데 개 짖어 온다. 柴扉(사립문)를 열고 보니 하늘이 차고 달이로다. 저 개야 空山에 잠든 달을 보고 짖어 무삼 하리 오.

"달"이라는 말이 세 번 나온다. "산촌에 달이 드니"에서는 사실을 그 자체로 전달한다. "하늘이 차고 달이로다"에서는 찬 하늘에 뜬 달을 바라보고 공감을 나눈다. "공산에 잠든 달을 보고 짖어 무삼 하리오"에서는 달이 공산처럼 마음을 비우고, 잠들었다고 할 만큼 헛된 관심을 버린 것을 확인하고 무얼 모르고 함부로 짖는다고 개를 나무란다.

달은 일정한 주기로 뜨고 지는 천체이고, 공감을 나눌 상대방이기도 하고, 비울 것은 비우고 버릴 것은 버려 있음이 없음이고 없음이 있음인 존재이기도 하다. 생애가 알려지지 않은 千錦이라는 기녀가 달이 지닌 세 가지 의미를 구비한 달 노래 총론을 제시했다. 달이 지닌 세 가지 의미는 하나씩 고양되는 인식의 단계이기도 하다. 사실을 알고, 공감을 나누고, 있음이 없음인 존재를 알아차리라고 일깨워준다.

「525 겨울」에서 고찰하는 (2359.1)(申欽) "산촌에 눈이 오니 들길이 묻혔어라/ 시비를 열지 마라 날 찾을 이 뉘 있으리/ 밤중만 일편명월이 그 벗인가 하노라"는 이 노래와 거의 같은 말을 하는 것 같지만, 달을 공감을 나눌 상대방으로 여기는 데 머문다. 한문학과 시조 양면에서 문학의 정상을 보여준다고 평가되는 申欽보다 미천한 기녀 千錦이 더 높이 오른 것은 놀라운가 당연한가?

「꽃 피면 달 생각하고」(0673.1)

꽃 피면 달 생각하고 달 밝으면 술 생각하고
꽃 피고 달 밝자 술 얻으면 벗 생각나네
언제면 꽃 아래 벗 데리고 완월장취 하려뇨

- 율격 : 기본형
- 풀이 : 꽃 피면 달 생각하고, 달 밝으면 술 생각하고, 꽃 피고 달 밝자 술 얻으면 벗 생각나네. 언제면 꽃 아래 벗 데리고 玩月長醉(달을 완상하면서 길게 취함)하려는가.

꽃 · 달 · 술 · 벗을 다 좋아한다. 꽃은 3회. 술은 長醉까지 포함해 3회, 벗은 2회, 달은 玩月까지 포함해 4회 언급한다. 꽃 아래 벗 데리고 玩月長醉하는 것이 큰 소원이다. 완월장취란 달을 구경하면서 흥이 나 술을 마시고 길게 취한다는 말이다. 지상에 가까이 있는 꽃 · 술 · 벗보다 천상 먼 곳에 뜬 달을 더 좋아한다.

(1240.1) "달이 있을 때는 저 본 듯 사랑터니/ 사랑은 달을 좇아 무정히 어디 간고/ 두어라 유정한 달이니 임 데리러 간가 하노라"는 「243 두어라」에서 고찰한다.

「초생에 비친 달이」(4902.1)   金振泰

초생에 비친 달이 낮 같이 가늘다가
보름이 돌아오면 거울같이 두렷하다

아마도 <u>인지성쇠</u> 저러한가 하노라

- 율격 : 축소변이형. 종장 전반부가 2<4이다.
- 풀이 : 初生에 비친 달이 낫 같이 가늘다가, 보름이 돌아오면 거울같이 뚜렷하다. 아마도 人之盛衰 저러한가 하노라.

달이 작아지다가 커지는 것이 사람의 성쇠와 같다. 사정이 나빠진다고 한탄하지 않고 기다리면 좋아진다. 달이 인생을 비추는 거울이다. 달을 보면서 위안을 얻는다. 해에서는 찾을 수 없는 가치가 달에는 있다.

「지난해 오늘 밤에」(4458.1)   安玟英

지난해 오늘 밤에 저 달빛을 보았더니
이해 오늘 밤에 그 달빛이 또 밝았다
이제야 세거월장재를 알았은저 하노라

- 율격 : 기본형
- 풀이 : 지난해 오늘 밤에 저 달빛을 보았더니, 이해 오늘 밤에 그 달빛이 또 밝았다. 이제야 歲去月長在(해가 가도 달은 길게 그대로 있다)를 알았는가 하노라.

달은 연도가 바뀌어도 그 모양 그대로 빛을 내고 있다. 이것이 불변의 사실임을 과거 시제의 형태 "-았-"을 거듭 사용해 확인한다. 사실 확인이 말하고자 하는 바는 아니다. 사실의 의미는 말하지 않고 독자가 발견하도록 한다.

달이 달만은 아니다. 달처럼 변하지 않고 빛을 내서 멀리까지 밝히는 것은 무엇이든지 훌륭하다. 달처럼 모습을 드러내지 않아 모르거나 잊고 있는 것이 달처럼 훌륭해 마음으로 우러러볼 수 있다.

그것을 마음속의 달이라고 하자. 마음속의 달은 무엇인가? 무엇인지 아는가, 모르는가? 이런 의문은 작품의 문면에 나타나 있지 않아, 독자가 발견하고 스스로 감당해야 한다.

「매영이 부딪친 창에」(1604.1)　　　　　　　　　安玟英

매영이 부딪친 창에 옥인금차 빗겼는데
이삼 백발옹은 거문고와 노래로다
이윽고 잔 들어 권할 제 달이 또한 오르더라

- 율격 : 기본형
- 풀이 : 梅影(매화 그림자) 부딪친 창에 玉人金釵(아름다운 사람의 금빛 비녀) 빗겨 있구나. 二三(두셋) 白髮翁(머리 흰 늙은이)은 거문고와 노래로다. 이윽고 盞 들어 勸할 적에 달이 또한 오르더라.

좋은 것들을 다 열거했다. 매화 그림자가 창에 비치는데, 금빛 비녀를 지른 아름다운 여인을 앞에 두고, 거문고 타고 노래 부르는 두셋 늙은이가 있다. 이런 즐거움에 무엇을 더 보태야 하는가?

달이다. 잔 들어 술을 권할 적에 "달이 또한 오르더라"고 마지막으로 말한다. 앞에서 든 것들, 매화, 미인, 음악, 벗들, 술보다 높은 등급의 즐거움을 높이 뜬 달이 준다고 한다.

「달더러 물으려고」(1206.1)

달더러 물으려고 잔 잡고 창을 여니
두렷이 밝은 빛은 예로 온 듯 하다마는
이제는 이태백 간 후니 흥을 알 이 적어 하노라

- 율격 : 기본형

- 풀이 : 달더러(달에게) 물으려고 잔(술잔을) 잡고 창을 여니, 뚜렷이 밝은 (달)빛은 옛적으로부터 온 듯하다마는, 이제는 李太白 간 후니(다음이 니) 흥을 알 이 적어 하노라. (알 사람이 적구나.) 字를 太白이라고 한 중국 당나라 시인 李白이 달을 보고 흥겨워한 것을 말한다.

　술잔을 잡고 창을 열어 달에게 물으려고 한 것이 무엇인가? 달에게 무엇을 물으려고 한 것이 이태백이 가서 흥을 알 이 적다는 것과 어떤 관련이 있는가? 이 두 가지 의문을 해결할 단서가 작품 문면에는 없으나 물러날 것은 아니다. 연결이 미비해 작품이 제대로 되지 않았다고 나무라기나 하면 더욱 어리석다.

　누구라도 맡아 나서서 의문을 풀어야 한다고 작품이 요구한다. 당황하게 여기면서 오래 헤맬 것은 아니다. 달에게 무엇을 묻는가는 긴요한 사항이 아닌 줄 알면 해답이 나타난다. 달과 무엇이든 묻고 답하면서 소통을 해서 흥이 일어나 즐겁기를 기대한다. 소통이 흥의 원천이다. 달이 옛날처럼 뚜렷이 밝으니 흥도 이을 수 있다.

　이태백이 가고 없어 지금 느끼는 흥을 알아줄 이가 적다. 달과 일차적 소통을 이태백처럼 해서 대등한 수준의 흥을 얻어도 다른 사람들과 이차적 소통을 제대로 하지 못해 김이 샌다. 주위의 몰취미를 나무라는 말을 반발을 사지 않게 은근히 둘러서 하느라고, 연결이 미비한 언사로 쉽게 풀리지 않을 것 같은 의문을 던진다. 이것보다 더 좋은 작전을 생각할 수 있는가?

「새 달은 밝다마는」(2468.1)　　　　　　　　姜復中

새 달은 밝다마는 옛 벗은 어디 간고

저도 달 보고 나같이 생각는지

달 보고 벗 생각하니 그를 설워 하노라

- 율격 : 기본형
- 풀이 : 새 달은 밝았다마는 옛 벗은 어디로 갔는가? 저도 달 보고 나같이 생각는지? 달 보고 벗 생각하니 그를 서러워하노라.

달은 사라졌다가 같은 자리에서 새로 밝아온다. 사람 사는 시간은 되돌아오지 않아, 옛 벗은 어디로 가고 없다. 달은 헤어진 사람들이 서로 생각하게 하고, 과거와 현재를 연결시켜줄 수 있다. 가고 없는 벗도 이렇게 생각하는지는 알 수 없다. 매개자 노릇을 하는 달이 있어도, 옛 벗과 다시 만나지 못하고 소통도 이루어지지 않아 서럽다.

모두 한 자씩인 '달'·'벗'·'나'가 절묘한 관계이다. 지금 '벗'은 없고, '달'과 '나'는 있다. '나'는 '달'을 보고 '벗'을 생각한다. '달'이 '벗'과 '나'를 연결시켜주기를 바란다. '나'는 재회의 소망을 지니고 고민하는데, '달'은 초연하고, '벗'은 반응이 없다. '달'은 원만하기만 하고, '나'와 '벗'은 분열되어 있고 소통되지 않는다.

무한한 달과 유한한 인간이 같을 수 없다. 무한한 달을 보면서 시공의 제약을 받고, 소통이 제한되어 있는 인간의 한계를 절감한다. 그러나 달을 숭배해 구원을 얻으려고 하지는 않는다. 사실을 있는 그대로 확인하면서 할 일을 한다.

누구나 쉽게 한 것 같은 몇 마디 말로 깊은 생각을 나타낸다. 한자어는 하나도 쓰지 않고 높은 수준의 철학을 한다. '달'·'벗'·'나'를 철학 용어로 이어받을 만하다.

「아이야 창 닫아라」(3037.1)

아이야 창 닫아라 뜰 밖이 보기 싫다

저 달이 왜 저리 밝아 남의 심사를 산란케 하나
아니다 임 보신 달이니 나도 볼까 하노라

- 율격 : 기본형이지만, 중장의 자수가 늘어난 것이 특이하다..

- 풀이 : 아이야, 窓 닫아라, 뜰 밖이 보기 싫다. 저 달이 왜 저리 밝아 남의
  心事를 散亂케 하나? 아니다. 임 보신 달이니 나도 볼까 하노라.

아이에게 창을 닫으라고 한다. 임을 이별하고 외롭게 칩거하는 처지라
뜰 밖의 달이 보기 싫다. "저 달이 왜 저리 밝아 남의 심사를 산란케 하나"
라는 말을 짜증스럽게 한다.

그러다가 생각을 바꾸어 창을 닫으라는 말을 취소한다. 말을 순탄하게
하면서 "임 보신 달이니 나도 볼까 하노라"고 한다. 임이 지금 달을 보는
지는 모르지만, 전에 본 것은 안다. 임이 전에 달을 본 것은 임과 같이 있
었기 때문에 안다.

달은 창을 닫고 칩거하는 내가 뜰 밖을 바라보게 한다. 헤어진 임과 마
음으로 소통할 수 있게 한다. 사라지고 없는 과거로 돌아가 임과 만날 수
있게 한다.

「청산리 벽계수야」(4755.1)　　　　　　黃眞伊

　청산리 벽계수야 수이 감을 자랑 마라
　일도 창해하면 다시 오기 어려우니
　명월이 만공산하니 쉬어 간들 어떠리

- 율격 : 기본형

- 풀이 : 靑山裏 碧溪水야 수이 감을 자랑 마라. 一到 滄海하면 다시 오기
  어려우니, 明月이 滿空山하니 쉬어 간들 어떠리.

"푸른 산속에서 흐르는 푸른 개울물"을 "靑山裏 碧溪水"라고 하니 축약이 되고 힘이 있다. "푸른 바다에 한 번 이르면"을 "一到 滄海"라고 하는 것도 같다. 순우리말의 '푸르다'가 한자에서는 '靑'·'碧'·'滄'으로 나누어져 있는 것을 잘 활용한다.

"靑山裏 碧溪水"가 "一到 滄海"한다는 말은 물이 거침없이 세차게 흘러 바다에 이른다고 하는 어감과 의미를 지니고 있다. 남성다운 힘을 느끼게 한다. 이에 대해 제동을 거는 순우리말 "수이 감을 자랑 마라", "다시 오기 어려우니", "쉬어 간들 어떠리"는 여성의 부드러운 소리이다. 힘이 모자라 밀리기만 할 것 같다.

그러다가 "明月이 滿空山하니"로 "靑山裏 碧溪水"를 누른다. 밝고 원만하고 가득 찬 달이 세차게 흐르는 물을 압도한다. 밝은 달빛을 받으니 청산이 푸른빛을 잃고 텅 빈 산인 공산으로 바뀐다. 한자어에는 한자어로 맞서면서, 남성의 溪水를 여성의 明月로 저지한다.

달은 언제나 여성이지만, 이 노래에서는 明月이 특별한 의미를 지닌다. 明月이라고 자처하는 黃眞伊가 碧溪水라고 하는 남성에게 가지 말라고 만류하면서 희롱한다. 황진이는 순우리말도 한자어도 능숙하게 구사하고, 시조도 짓고 한시도 지어, 주위 남성 시인들을 압도하는 능력을 보여주었다.

「작은 것이 높이 떠서」(4149.1)　　　　　　　尹善道

　작은 것이 높이 떠서 만물을 다 비추니
　밤중에 광명이 너만한 이 또 있느냐
　보고도 말 아니 하니 내 벗인가 하노라

■ 율격 : 기본형

■ 풀이 : 작은 것이 높이 떠서 萬物을 다 비추니, 밤중에 光明이 너만한 이 또 있는가? 보고도 말 아니 하니 내 벗인가 하노라.

달이 높이 떠서 만물을 다 비춘다는 것은 위의 여러 노래에 나타난 생각과 상통한다. 달이 "밤중에 광명"이라는 말은 낮의 광명인 해에는 미치지 못한다는 의미여서 달의 위상을 낮춘다. "작은 것이", "너만한", "내 벗인가 하노라"에서는 달을 대단치 않게 여긴다. 다른 달 노래에는 전연 없는 발상이다. "보고도 말 아니 하니"가 달을 벗으로 삼는 이유라는 것은 달에 대한 모독에 가깝다.

尹善道(1587~1671)는 시조 창작의 솜씨가 뛰어나지만, 실망스러울 때도 있다. 자연물에서 사람이 갖추어야 할 덕성을 찾으려고 하다가 이처럼 기이한 달 노래를 지었다. 물, 바위, 소나무, 대나무를 노래한 「五友歌」의 다른 작품도 교술적 시조여서 서정성을 훼손했다.

(0944.1)(尹善道) "내 벗이 몇이냐 하니 수석과 송죽이라/ 동산에 달 오르니 긔 더욱 반갑고야/ 두어라 이 다섯밖에 더하여 무엇 하리"는 「243 두어라」에서 고찰한다(3916.1)(李愼儀) "인간에 유정한 벗은 명월밖에 또 있는가/ 천리를 멀다 아녀 간 데마다 따라오네/ 어즈버 반가운 옛 벗이 다만 넨가 하노라"는 「242 어즈버」에서 고찰한다. (1238.1) "달이야 임 본다 하니 임 보는 달 보려 하고/ 동창을 반만 열고 월출을 기다리니/ 눈물이 비 오듯 하니 달이 좇아 어두워라"는 「314 눈물」에서 고찰한다.

513 구름

구름은 일정하지 않은 형체로 떠 있어 관심의 대상이 되면서 이름과 의미가 다양하다. 白雲이라는 흰 구름은 초탈한 경지에서 누리는 흥겨움을 말해주며, 은거하는 사람을 덮어 가리는 장막이기도 하다. 雲霧라고 하는 구름과 안개는 덮어 가리는 구실을 더 잘 한다. 구름이 멀리까지 가는 것을 보고 소식을 전하라고 하기도 한다. 구름이 햇빛을 가린다고 나무라기도 한다.

「용문산 백운봉에」(3559.1)　　　　　　　　李庭綽

용문산 백운봉에 높이 떴는 저 구름아
세상 영욕을 아는다 모르는다
저 구름 나와 같아서 대면무심 하도다

- 율격 : 기본형
- 풀이 : 龍門山 白雲峰에 높이 떴는 저 구름아. 世上 榮辱을 아는가, 모르는가? 저 구름 나와 같아서 對面無心하도다.

용문산은 경기도 양평에 있는 산이다. 여기서는 높은 산을 대표하는 구실을 한다. 그 산에 있는 백운봉은 흰 구름 백운이 떠다니는 곳이다. 백운을 보고 말한다. 세상 영욕을 아는가, 모르는가? 백운은 세상 영욕을 모르는 것이 당연한데, 하나 마나 한 질문을 하는 이유는 세상 영욕을 아는 괴로움에서 벗어나 백운의 경지에 이르고자 하기 때문이다.

對面無心이란 마주 보면서도 시기하거나 질투하는 감정이 없고 마음이 맑은 것을 의미한다. 나는 구름을 보면서 대면무심하고, 구름도 나와 같아서 나를 보면서 대면무심한다. 이런 말을 한다고 보면 뜻은 통하지만 맛이 모자란다. 말하지 않은 사연을 찾아내야 절실한 맛이 있다.

세상 영욕에 휘말려 지내는 동안 다른 사람들과 불편한 관계를 가져 힘들다. 이제 대면무심할 수 있는 자연을 찾아가 구름을 쳐다본다. 구름과 대면무심하니 구름도 나처럼 대면무심하는 것으로 응답을 삼는다. 자기가 구름을 본받으면서 구름이 자기를 따르는 것처럼 여기면서 즐거워

시조의 넓이와 깊이

한다.

「백운산 백운사를」(1919.1)

> 백운산 백운사를 예 듣고 이제 보니
> 만학 깊은 곳에 백운이 잠겼어라
> 세상에 바리인 몸이 백운 속에 늙으리라

- 율격 : 기본형
- 풀이 : 白雲山 白雲寺를 예 듣고 이제 보니, 萬壑(만 골짜기) 깊은 곳에 白雲이 잠겼어라(잠겨 있구나). 世上에 바리인(세상에서 버림받은) 몸이 白雲 속에서 늙으리라.'

백운산 백운사는 백운이 깊은 산이고 절이다. 이름을 전부터 듣다가 이제 찾아간다. 만 골짜기가 백운에 잠긴 것이 놀랍다. 세상에서 버림받은 몸이 백운 속에서 늙고자 한다. 백운은 자취를 가려 보이지 않게 하고, 마음을 편안하게 한다.

백운으로 뒤덮여 세상과 구분되는 별천지이고, 자취를 감추고 숨어 살기 좋은 곳이 있다고 상상하고 동경한다. 백운이 하늘에 떠다닌다고 하면 도움이 되지 않으므로 골짜기마다 잠겨 있다고 한다. 백운이 산도 되고 절도 되어 백운산 백운사가 있다고 한다.

「초당 지어 운무로 덮고」(4887.1)

> 초당 지어 운무로 덮고 연못 파 달 잠가놓고
> 구름 속에 밭 갈고 운무 중에 누웠으니
> 건곤이 날 불러 함께 늙세

- 율격 : 축소변이형. 종장 전반부가 3 3이다. 마지막 토막 "하더라"는 생략
  되었다.

- 풀이 : 草堂 지어 雲霧로 덮고, 연못 파 달 잠가놓고, 구름 속에 밭 갈고
  雲霧 中에 누웠으니, 乾坤(하늘과 땅)이 날 불러 함께 늙자 하더라.

은거하는 사람의 거처 초당을 지어 운무로 덮으니 아는 사람이 없고 찾
아내지 못한다. 구름과 안개를 함께 일컫는 운무는 구름보다 더 잘 가려
준다. "연못 파 달 잠가놓고"는 자연을 마음대로 휘어잡는다고 자랑하는
말이다.

중장에는 구름과 운무가 둘 다 나온다. "구름 속에 밭 갈고"는 밭가는
사람이 잘 보이지 않는 밭이 넓고 크다는 말이다. 농사를 지어 자급자족
하니 걱정이 없다는 암시이기도 하다. "운무 중에 누웠으니"는 세상을 등
지고 자취를 감춘 것을 만족스럽게 여기는 편안한 자세이다.

만족스럽고 편안하기만 한 상태에서 늙어가니 하늘과 땅이 부러워하면
서 불러 함께 늙자고 한다. "건곤이"에 이어 "날 불러"도 3으로 축소해 경
쾌한 느낌을 준다. 하늘과 땅을 동반자로 삼으니 아무 근심도 없다. 세상
사람들은 상상도 할 수 없는 경지에 이른다.

「대 심어 울을 삼고」(1293.1)   金長生

대 심어 울을 삼고 솔 가꾸니 정자로다
백운 덮인 데 나 있는 줄 뉘 알리
정반에 학 배회하니 긔 벗인가 하노라

- 율격 : 기본형
- 풀이 : 대 심어 울(울타리)을 삼고, 솔 가꾸니 亭子로다. 白雲 덮인 데 나 있
  는 줄 누가 알리. 庭畔(뜰 가)에서 鶴이 徘徊하니 그것이 벗인가 하노라.

여기서는 초당을 짓지도 않는다. 대를 심어 울타리를 삼고, 솔을 가꾸어 정자라고 여긴다. 백운 덮인 곳에 자취를 숨기고 있으니 누가 알 것이냐고 하면서 바깥 세상에 대한 관심을 없는 것처럼 감춘다.

건곤과 함께 늙는다고 하는 경지에는 이르지 않아 벗이 있어야 한다. 뜰 가에서 배회하는 학이 벗이다. 밭을 간다는 말은 없어 살아가는 방도는 말하지 않고, 학을 기른다는 것만 알린다. 은거하는 사람의 모습을 소박하게 그리기나 하고, 그 이상 하는 말은 없다.

「벗이 오마커늘」(1958.1)　　　　　　　　　金得研

> 벗이 오마커늘 솔길을 손수 쓰니
> 무심한 백운은 쓸수록 고쳐 난다
> 저 백운아 동문을 잠그지 마라 올 길 모를까 하노라

- 율격 : 확대변이형. 종장 전반부가 $4<8$이다.
- 풀이 : 벗이 오마하거늘 솔길을 손수 쓰니, 無心한 白雲은 쓸수록 고쳐 난다. 저 白雲아, 洞門을 잠그지 마라, 벗이 올 길 모를까 하노라.

백운 속에서 은거한다면서, 밖에서 오는 벗을 기다리는 이중의 태도를 보인다. 벗이 오는 길을 열기 위해 백운을 거두려고 해도, 은거의 관습에 따라 저절로 무심히 생기는 백운이 더욱 짙어진다. 백운의 방해로 벗이 찾아오지 못할까 염려한다.

길을 쓸수록 백운이 더 많이 일어난다는 것은 어떻게 할지 정하지 못하는 내심의 갈등이 심각하다는 말이다. 백운이 동문을 잠글 수는 없는데, "저 백운아 동문을 잠그지 마라"를 $4<8$로 늘여 힘주어 말한다. 마음속에 남아 있는 은거자의 자세가 세상과의 소통을 방해하지 않아야 한다는 다짐이다.

은거할 것인가 소통할 것인가, 이것이 줄곧 문제가 된다. 소통하기로 작정해도 은거하는 자세가 저항하고 방해한다. 결론을 내려도 실행하기 어렵다. 이런 고민이나 차질을 선명한 표현을 갖추어 나타내는 노래이다.

「초암이 적료한데」(4905.1)   金壽長

초암이 적료한데 벗 없이 혼자 앉아
평조 한 잎에 백운이 절로 돈다
어느 뉘 이 좋은 뜻을 알 이 있다 하리오

- 율격 : 기본형

- 풀이 : 草庵(초가 암자) 寂廖한데(쓸쓸한데) 벗 없이 혼자 앉아, 平調大葉
  한 곡조를 부르니 白雲이 절로 돈다. 어느 누가 이 좋은 뜻을 알 사람이
  있다고 하리오?

인가에서 떨어진 쓸쓸한 초가 암자에서 벗 없이 혼자 앉았어도 노래에서 위안을 얻고 즐거움을 찾는다. 平調大葉 가곡을 하나 부르니 백운이 절로 돈다. 이 좋은 뜻을 알아줄 사람이 없다. 고독한 예술가가 누리는 자기만의 희열을 말해준다.

"백운이 절로 돈다"고 한 "白雲"은 부르는 노래의 특성을 나타내는 몇 가지 의미를 한꺼번에 지닌다. 노래가 (1) 느리게 흐르면서, (2) 아무 거리낌이 없고, (3) 멀리까지 퍼져나가 감싸는 영역이 넓으며, (4) 맑고 깨끗하고 초탈한 느낌을 준다. 노래 한 곡조에서 거대한 백운을 찾은 것은 기발한 발상이고 탁월한 선택이다.[4]

---

4 李奎報가 자기 호로 삼은 白雲의 의미가 이 노래로 이어져 일단 축소되었다가 원래대로 펼쳐진다고 할 수 있다. 이규보는 白雲이 "油然而舒君子之出野 斂然而卷

「유유히 가는 구름」(3694.1)　　　　　　　安玟英

유유히 가는 구름 반갑고 부러워라
만강 수회를 가져 들어 붙이나니
다 가서 그치는 곳이거든 임을 보고 전하시소

- 율격 : 기본형

- 풀이 : 悠悠히 가는 구름 반갑고 부러워라. 滿腔愁懷(가슴에 가득한 근
  심)을 가져가 들어서 붙이나니, 다 가서 그치는 곳이거든 임을 보고 전
  하시소.

　여기에는 白雲이나 雲霧가 아닌 예사 구름이 등장한다. 구름을 전달자
로 삼아 멀리 있는 임에게 간절한 마음을 전해달라고 부탁한다. 유유히
떠가는 구름이라야 그럴 수 있으므로 불러서 반갑고 부럽다고 한다. 구름
을 전달자로 삼을 수 있어서 반갑다. 구름은 멀리까지 가는 것이 부럽다.
　전달하려고 하는 것은 滿腔愁懷라고 하는 가슴에 가득한 근심이다. 구
체적으로 명시하지는 않고 그 모두를 가져, 들어, 붙인다고 동사 셋을 사
용해 차근차근 말한다. 만강수회를 물건이라도 되는 듯이 손에 쥐어 가지
고, 구름이 있는 높은 곳까지 들어올리고, 구름에다 붙여 가져가도록 한
다. 전달에 차질이 생기지 않을까 염려해 세심한 배려를 한다.
　구름이 임이 있는 곳까지 다 가서 "그치는 곳이거든", 가져간 만단수회
를 임을 보고 전하라고 부탁한다. "그치는 곳이거든"은 7로 늘일 만큼 중
요한 말이다. 구름이 갈대로 가서 가기를 그치는 곳에 이르면 그곳에 임
이 있으니 부탁하는 것을 전해달라고 한다. 임은 그만큼 멀리 있다. 단단

　　古人之隱也"(「白雲居士語錄」)이고, "六合爲隘 天地爲搾"(「白雲居士傳」)이라고 했
다.

히 부탁해도 전달이 가능할지 의문이다.[5]

(4700.1)(李恒福) "철령 높은 고개 쉬어 넘는 저 구름아/ 고신 원루를 비삼아 띄웠다가/ 임 계신 구중심처에 뿌려본들 어떠리"는 「421 나라」에서 고찰한다.

「구름이 무심탄 말이」(0411.1) 李存吾

구름이 무심탄 말이 아마도 허망하다
중천에 떠 있어 임의로 다니면서
구태여 광명한 날빛을 따라가며 덮나니

- 율격 : 기본형
- 풀이 : 구름이 無心하다는 말이 아마도 虛妄하다. 中天에 떠 있어 任意로 다니면서 구태여 광명한 날빛을 따라가며 덮는구나.

이 노래에서는 구름이 햇빛을 가리는 방해자이다. 중천에 떠 있어 임의로 다니는 구름이 무심하다고 하는데, 광명한 날빛을 따라가며 덮는 것이 무슨 일이냐 하면서 불만을 나타낸다. 구름이 광명한 날빛을 따라가면서 덮는 것은 있을 수 없는 일이므로, 다른 말을 둘러서 하는 줄 바로 알아차

---

5 구름을 전달자로 삼아 멀리 있는 임에게 자기 심정을 전해달라고 하는 것은 산스크리트 시에서 흔히 볼 수 있는 심상이고, 칼리다사(Kalidasa)의 「구름의 使者(Meghaduta)」가 좋은 본보기이다. 『세계문학사의 전개』(지식산업사, 2002), 94면에서 이에 관해 고찰했다. 慧超가 멀리 인도에서 지은 시에서, 고향에 편지를 구름이 가는 편에 부치려 하는데도 뜻을 이루지 못한다고 "月夜瞻鄕路 浮雲颯颯歸 緘書參去便 風急不聽廻(달밤에 고향 길을 바라보니, 뜬구름만 너울너울 돌아가네. 가는 편에 편지라도 부치려 해도, 바람이 급해 말 듣겠다고 돌아보지 않네)"라고 한 것이 유사한 발상이다.

릴 수 있다. 구름에다 견준 신하가 광명한 날빛인 임금의 총명을 가리는 것이 마땅하지 않아 지은 노래이다.

514 바람

바람은 모습이 일정하지 않듯이 이름도 여럿이다. 그냥 '바람'만이 아닌, '청풍', '순풍', '광풍' 같은 것들이 있다. 방위를 지칭하는 말이 앞에 붙은 '동풍', '동남풍', '남풍', '서풍', '서북풍', '북풍' 등도 있다. 뒤에 다른 말이 오는 '풍파', '풍진' 등도 있다. 말이 달라지는 것만큼 뜻도 복잡하다. 바람 부는 모습을 나타내면서 율격의 변화가 다양하다. 이런 사정이 있어 바람 노래는 많은 작품을 들어 자세하게 살피지 않을 수 없다.[6]

「바람 불으소서」(1783.1)

바람 불으소서 비 올 바람 불으소서
가랑비 그치고 굵은 비 들으소서
한길이 바다가 되어 임 못 가게 하소서

- 율격 : 기본형

- 풀이 : 바람이 불으소서, 비 올 바람이 불으소서. 가랑비가 그치고 굵은 비가 들으소서. 한길이 바다가 되어 임 못 가게 하소서.

자연과 만나

---

6 프랑스 시인 폴 발레리(Paul Valéry)는 바람이 중요한 의미를 가지는 장시를 썼다. 「젊은 파르크(La jeune Parque)」 첫 구절에서 "누구 거기서 우는가, 아니면 다만 바람인가?(Qui pleure là, sinon le vent simple?)"이라고 해서 의식이 깨어나는 과정을 바람으로 나타냈다. 「해변의 묘지(Le cimetière marin)」 마지막 대목의 "바람이 일어난다!… 살려고 애써야 한다(Le vent se lève! … il faut tenter de vivre!)"에서는, 바람이 죽음을 극복하고 살고자 하는 의지를 일으킨다고 했다. 어떤 바람인가는 묻지 않고 바람을 들어 사람의 삶을 되돌아본 점이 시조와 다르다.

"–소서"라는 어미를 사용해 날씨를 좌우하는 신령에게 기원한다. 바람의 움직임이 아닌 기원하는 마음씨가 나타나 율격이 기본형이다. 군더더기 없이 말을 간결하게 한다.

바람이 불고 비가 오게 해달라고 기원한다. 바람이 불고 비가 오고, 가랑비 그치고 굵은 비가 시작되는 변화가 세차게 진행되어 한길이 바다 되어 임이 가지 못하게 해달라고 한다. 여기서는 바람이 원하지 않는 행동을 제약하게 하는 구실을 한다.

「바람 분다 지게 닫아라」(1773.1)　　　　　　　　　尹善道

> 바람 분다 지게 닫아라 밤 들거다 불 앗아라
> 베개에 히즈려 슬카지 쉬어보자
> 아이야 새야 오거든 내 잠 와 깨워스라

- 율격 : 기본형
- 풀이 : 바람 분다 지게(문) 닫아라. 밤이 들었다 불 앗아라(빼앗아라). 베개에 히즈려 싫도록 쉬어보자. 아이야, (날이) 새어 오거든 내 잠 와서 깨워라.

바람이 부니 문을 닫고, 밤이 되니 불을 끄고, 베개를 베고 흐드러지게 누워 싫도록 쉬어보자. 날이 새면 계속 자지 않고 깨어야 하니, 아이야 와서 깨워라. 이것은 누구나 흔히 할 수 있는 말이지만, 예사롭지 않게 생각할 수 있다.

"바람 분다"에서 문 닫고, 불 끄고, 누워서 쉬는 행동이 시작된다. 문을 닫게 하는 바람은 밖에서 닥치는 불운이고 침해이다. 바람이 불자 밤이 되니, 바람은 암흑의 시작이다. 싫도록 쉬어보자는 대목은 낮 동안의 피곤한 시련을 잊어버리고자 하는 마음을 나타낸다.

깊이 잠들었다가 날이 새면 일어나려고 하니 와서 깨워달라고 한다. 같은 날이 되풀이된다면 잠자리에서 일어나지 않을 것인데, 새 출발을 할 수 있는 날이 오기를 기다리고 하는 말이다. 바람이 부는 불운 탓에 생겨난 시련이 끝나기를 기다리면서, 그때까지는 물러나 쉬겠다고 한다.

작자가 이 노래에 「夜深謠」라는 제목을 붙였다. 밤이 오면 어떻게 처신해야 하는지 말했다는 것이다. 바람이 불어 시작되는 밤은 정치적인 시련을 뜻한다. 시련이 닥치면 물러나 쉬면서 다시 일어날 날을 기다리는 것이 마땅하다고 스스로 다짐했다.

「바람아 불지 마라」(1789.1)

바람아 불지 마라 휘어진 정자나무 잎이 다 떨어진다
세월아 가지 마라 옥빈홍안 공로로다
우리도 그런 줄 아오매 더디 늙네

- 율격 : 초장은 토막 구분을 하기 어려운 확대일탈형이고, 종장은 한 토막 모자라는 축소일탈형이다.
- 풀이 : 바람아 불지 마라. 휘어진 亭子나무 잎이 다 떨어진다. 歲月아 가지 마라, 玉鬢紅顔(옥 같은 귀밑머리 붉은 얼굴) 空老로다(공연히 늙는다). 우리도 그런 줄 아오매 더디 늙네.

초장에서 바람이 불어 이미 휘어진 정자나무 잎이 다 떨어진다고 확대일탈형으로 이른다. 걷잡을 수 없이 긴박하다. 중장에서 세월이 가지 말아 아직은 젊고 아리따운 모습 옥빈홍안이 공연히 늙지 않게 하라는 말은 기본형으로 한다. 바람에 휘둘리지 않고 정신을 차리려고 한다. 종장의 "우리도 그런 줄 아오매 더디 늙네"는 한 토막 모자라는 축소일탈형이다. 한 걸음 물러나 차분하게 하는 말이다.

"우리도 그런 줄 아오매"의 "우리"는 누구인가? 앞에서 "세월아" 하고 부른 말에 대답하는 "세월"이 "우리"이다. "그런 줄 아오매"는 바람이 불어 너무 서두르는 것이 잘못인 줄 안다는 말이다. "우리 세월도 더디 늙네"라는 것은, 바람이 불어 나무 잎이 다 떨어지는 데 휩쓸리지 않고 사람뿐만 아니라 세월도 더디 늙는다는 뜻이다.

여기서는 바람이 정상적인 질서를 어지럽히는 격정적인 선동자이다. 바람이 불어 재촉하는 데 휘말리지 않고 차분한 자세를 지녀야 한다. 세월이 흘러 사람이 늙는 데는 일정한 순서가 있으니 선동에 넘어가지 말아야 한다.

(1789.2) "바람아 불지 마라 정자나무 잎 다 진다/세월아 가지 마라 영웅호걸 다 늙는다/ 백발이 네 짐작하여 더디 늙게 하여라"는「341 백발」에서 고찰한다.

「청풍이 소슬 부니」(4847.1)　　　　　　　金得研

청풍이 소슬 부니 낮잠이 절로 깬다
호온자 일어 앉아 옛글과 말을 하니
어즈버 북창 희황을 꿈에 본 듯하여라

- 율격 : 기본형
- 풀이 : 淸風이 소슬 부니 낮잠이 절로 깬다. 혼자 일어앉아 옛 글과 말을 하니, 어즈버, 北窓羲皇을 꿈에 본 듯하여라.

청풍은 정신을 맑게 해주는 좋은 바람이다. 청풍이 소슬 불어 정신을 맑게 해주어 낮잠에서 깨어난다. 혼자 일어나 옛글을 읽는 것을 옛글과 말을 한다고 한다.

"北窓羲皇"은 陶淵明이 "五六月中 北窓下臥遇凉風暫至 自謂羲皇上人(오유월에 북창 아래 누워 시원한 바람이 잠깐 불어오면 스스로 희황 이전의 사람이라고 일컬었다)"이라고 한 데서 온 말이다. 羲皇은 伏羲氏이며 태평성대의 군주이다. 희황 이전의 사람들은 물욕의 속박이 없는 태고의 순박한 백성이라고 한다.

꿈에 본 듯하다는 北窓羲皇은 도연명이다. 도연명은 희황 이전의 사람들처럼 물욕이 없고 순박하다. 도연명을 통해 희황씨나 그 이전의 사람들과도 만난다. 이렇게 할 수 있게 하는 안내자가 청풍이다.

(4846.1)(李淨) "청풍을 좋이 여겨 창을 아니 닫았노라/ 명월을 좋이 여겨 잠을 아니 들었노라/ 옛 사람 이 두 가지 두고 어디 혼자 갔노"는 「221 시간」에서 고찰한다.

「동풍이 건듯 불어」(1437.1)   金光煜

동풍이 건듯 불어 적설을 다 녹이니
사면 청산이 옛 얼굴 나노매라
귀밑에 해묵은 서리는 녹을 줄을 모른다

- 율격 : 기본형
- 풀이 : 東風이 건듯 불어 積雪(쌓인 눈)을 다 녹인다. 四面 靑山이 옛 얼굴이 나는구나. 귀밑의 해묵은 서리는 녹을 죽을 모르는가?

동풍은 동쪽에서 불어오는 바람이고 봄바람이다. 봄바람은 좋은 바람이다. 동풍이 건듯 불기만 해도 쌓인 눈을 다 녹인다. 눈이 녹으니 사방 청산에 옛 얼굴이 나타난다. 동풍이 불어도 사람 귀밑의 해묵은 서리 백발은 녹이지 못하니 안타깝다. 동풍에 대한 기대를 너무 크게 하다가 실망한다.

「동남풍 불적마다」(1382.1)

동남풍 불적마다 옥풍경 소리 좋고 좋다
내 정은 청산이요 임의 정은 녹수로다
녹수는 흐르거니와 청산이야 변할쏘냐

- 율격 : 기본형
- 풀이 : 東南風 불적마다 玉風磬 소리 좋고 좋다. 내 情은 靑山이요, 임의 情은 綠水로다. 綠水는 흐르거니와 청산이야 변할쏘냐.

동남풍은 동남쪽에서 불어오는 바람이고 봄과 여름 사이의 바람이다. 부드럽고 따뜻해 마음을 상쾌하게 한다. 동남풍이 불 적마다 옥을 깎아 만든 옥풍경이 울리는 소리 맑고 깨끗해 좋고 좋다. 더 바랄 것이 없는 최상의 경지이다. 동남풍이 불어 옥풍경이 울릴 적에, 나와 임은 청산·녹수와 같이 잘 어울리는 정을 나눈다. 행복의 극치이다. 정이 영속하지 않을 수 있다. 녹수인 임의 정은 흘러가도 청산인 나의 정은 변하지 않는다.

「남풍 부는 비에」(0882.1)　　　　　　　南極曄

남풍 부는 비에 누역 삿갓 저 농부야
밭 갈아 밥 먹기는 그 아니 직분인가
고잔들 다 저문 날에 아름답다 농가로다

- 율격 : 기본형
- 풀이 : 南風 부는 비에 누역(도롱이) 삿갓 저 농부야, 밭 갈아 밥 먹기는 그 아니 직분인가. 古棧들 다 저문 날에 아름답다 農歌로다.

남풍은 남쪽에서 불어오는 바람이고, 여름바람이다. 풍요로운 느낌을 자아낸다. 남풍이 불고 비가 올 때 도롱이 입고, 삿갓 쓰고 들에 나가 일하는 모습을 본다. 밭 갈아 밥 먹는 것은 농부의 직분이다. 古棧이라는 지명은 여러 곳에 있는데, 작자가 호남 사람이니 김제에 있는 고잔이겠다. 고잔들 다 저문 날에 농사 노래가 아름답게 들린다.

(0107.1)(李世輔) "남풍에 가는 구름 한양 천리 쉬우리라/ 고신 눈물 싸다가 임 계신 데 뿌려주렴/ 언제나 우로를 입사와 환고향을"은 「513 구름」에서 고찰했다.

「촉석루 난간 밖에」(4926.1)   安玟英

촉석루 난간 밖에 남강수벽 백구비라
슬프다 일편석은 정충고혼 실었구나
서풍에 잔 들어 위로할 제 눈물겨워 하노라

- 율격 : 기본형
- 풀이 : 矗石樓 欄干 밖에 南江水碧 白鷗飛라(남강 물은 푸르고 백구가 난다). 슬프다. 一片石은 貞忠孤魂 실었구나. 西風에 盞 들어 慰勞할 제 눈물겨워 하노라.

촉석루는 진주 남강 가에 있는 누각이다. 임진왜란 때의 격전지이다. 그곳을 찾아가 우선 촉석루 난간 밖의 경치를 "南江水碧 白鷗飛"라고 하는 말로 그린다. "남강 물은 푸르고 백구가 난다"고 하면 말이 늘어지고 엄숙한 분위기와 어울리지 않아 한 시 한 줄을 짓듯이 한다.

그다음에는 "슬프다"는 말을 앞세우고, "一片石은 貞忠孤魂 실었구나"라고 한다. "한 조각의 돌에 곧은 충성 외로운 혼이 실려 있구나"라고 하

485

는 말을 한문으로 한 것이 앞에서 "南江水碧 白鷗飛"라고 한 것과 상응하면서, 뜻하는 바는 아주 다르다. 무심히 보아 넘길 수 있는 경치로 관심을 돌려 전란의 처참한 역사를 회고한다. 한 조각의 돌은 특정 사실이나 전설의 증거물이라고 생각되지 않는다. 물은 흘러가 과거가 사라졌지만, 돌은 남아서 왜란 당시와 지금이 바로 연결되게 한다.

수많은 사람이 싸우다 죽었다. 몇 사람인지 말하지 않고, 누구를 거명하지 않는다. "서풍"이라고 한 가을바람, 슬픈 바람에 잔을 들고 순국 혼령을 위로하면서 눈물겨워 한다. 이 경우에 다른 바람은 어울리지 않고, 오직 서풍이어야 한다.

安玫英(1816~1885)은 가객이어서 노래를 잘 부르고 짓기만 하지 않고 역사의식을 투철하게 지녔다. 「석양 고려국에」(2543.1)에서는 고려의 옛 도읍을 찾아 슬픔 젖고, 임진왜란 때 처참한 희생을 겪은 현장에서 이 노래를 남겼다. 시조 특유의 수법을 잘 이용해 생략할 말은 생략하고 순국한 사람 누구를 특별히 들지 않아, 긴장된 울림이 더욱 절실하다.[7]

(4927.1) "촉석루 밝은 달은 논낭자의 넋이로다/ 향국한 일편단심 천만 년에 비치오니/ 아마도 여중충의란 이뿐인가 하노라"에서는 논개를 기

---

7 촉석루를 찾아 순국의 혼령을 위로하는 한시는 三壯士라고 하는 黃進·金千鎰·崔慶會만 특별히 기리는 것이 예사이다. 金誠一「矗石樓」에서는 "矗石樓中三壯士 一盃笑指長江水 長江萬古流滔滔 波不渴兮魂不死(촉석루 세 장사, 술잔 들고 웃으며 긴 강물 가리키니, 장강 만고 도도히 흐르고, 물결 마르지 않듯 그 충혼 죽지 않으리)라고 했다. 申維翰,「題矗石樓」에서는 「晋陽城外水東流 叢竹芳蘭綠映洲 天地報君三壯士 江山留客一高樓(진양성 밖 강이 동쪽으로 흐르는 곳, 대숲과 함께 향기로운 난초 물에 비춰 푸르구나. 천지는 임금에게 보답하라고 삼장사를 내고, 강산은 나그네 머물라고 한 채 높은 다락 세웠다)라고 했다. 근래에는 論介가 순국한 전설만 널리 알려져 卞榮魯,「論介」이래로 여러 작품에서 논개만 들먹인다.

렸다.

「공산의 낙엽 주워」(0357.1)

공산의 낙엽 주워 세세원정 그려내어
서북풍 부는 바람에 높이 띄워 월명 장안의 임 계신 데 보내고져
임도 인비목석이라 보면 응당 슬프려니

- 율격 : 확대일탈형, 중장이 많이 늘어났다
- 풀이 : 空山의 落葉 주워 細細怨情(세세히 원망하는 정) 그려내어, 西北
  風 부는 바람에 높이 띄워, 月明 長安의 임 계신 데 보내고저. 임도 人
  非木石이라(사람은 목석이 아니라) 보면 應當 슬퍼하리.

서북풍은 서쪽에서 불어오는 바람이고, 가을과 겨울 사이의 바람이다.
슬픈 느낌을 서풍보다 더욱 강하게 자아낸다. 빈산의 낙엽을 주워 원망하
는 정을 세세히 그려내, 임에게 실어 보내는 바람은 서북풍이라야 어울린
다. 서북풍은 짙은 슬픔을 머금은 바람이다.

원망하는 정을 낙엽에다 띄워 달 밝은 서울의 임에게 보낸다는 말은 차
분하게 할 수 없다. 슬픔이 복받쳐 중장이 갑절이나 늘어난 확대일탈형이
다. 종장에서 임도 사람이니 목석이 아니라 보면 응당 슬퍼하리라고 할
때에는 안정을 찾아 기본형으로 돌아간다.

「북풍이 높이 부니」(2137.1)   辛啓榮

북풍이 높이 부니 앞 뫼에 눈이 진다
모첨 찬 빛이 석양이 거의로다
아이야 두죽이나 끓여라 먹고 자려 하노라

■ 율격 : 기본형

■ 풀이 : 北風이 높이 부는 앞 뫼에 눈이 진다(내린다). 茅簷(띠로 엮은 처마) 찬 빛이 夕陽이 거의로다. 아이야 豆粥(콩죽)이나 끓여라, 먹고 자려 하노라.

북풍은 북쪽에서 불어오는 바람이고, 겨울바람이다. 차가운 느낌을 준다. 북풍이 부니 눈이 오고, 띠로 엮은 처마에 차게 비치는 햇살이 거의 석양인 것을 알린다.

들어가 자기 전에 무얼 먹어야 한다고 "豆粥이나 끓여라"고 한다. "豆粥 끓여라"나 "豆粥을 끓여라"라고 하지 않고 "-이나"를 붙여 "豆粥"을 먹는 것이 불만임을 넌지시 이른다. 무슨 연유인지 알려면 띠로 처마를 엮은 "茅簷" 집에 산다는 것과 연결시켜 보아야 한다.

"茅簷"과 "豆粥"은 나가서 활동하다가 뜻을 이루지 못하고 시골로 물러나 사는 형편을 말한다. 북풍이 불어 눈이 온다는 것은 박해가 닥친다는 말이다. 「바람 분다 지게 닫아라」(1773.1)에서 尹善道는 "바람"이라고만 한 것을 "北風"이라고 해서 상황이 더욱 심각하다고 한다. 잠을 자면서 쉰다는 것으로는 모자라, "豆粥"이나 먹고 잔다고 한다.

「풍파에 놀란 사공」(5219.1)

풍파에 놀란 사공 배 팔아 말을 사니
구절 양장이 물도곤 어려워라
이후란 배도 말도 말고 밭 갈기나 하리라

■ 율격 : 기본형

■ 풀이 : 風波에 놀란 沙工 배 팔아 말을 사니, 九折(아홉 번 겹친) 羊腸(양의 창자)이 물보다 어려워라. 以後란(이후에는) 배도 말도 말고 밭 갈기나 하

리라.

風波는 바람에 일어나는 물결이다. 바람에 일어나는 물결에 놀라 사공이 배를 팔아 말을 산다. 말을 몰고 다니는 길은 아홉 겹 겹친 양의 창자처럼 꼬불꼬불해 물에서 가기보다 어렵구나. 다음에는 배도 말도 말고 밭갈기나 하리라. 다른 일을 하면 어느 것이든지 더 어려우니 농사나 지으라고 권고하는 노래이다.

風波는 바람에 일어나는 물결이기만 하지 않고, 비유적인 뜻도 있어 살아가는 동안에 생기는 시련을 말하기도 한다. 비슷한 말 風霜에도 두 가지 뜻이 있다. 문자 그대로 바람과 서리를 말하기도 하고, 살아가는 동안에 생기는 시련을 말하기도 한다. 그런데 시조에서는 이 두 말이 원래의 뜻으로만 쓰이고 비유적으로 쓰이는 사례는 보이지 않는다.

「광풍아 불지 마라」(0381.1)

광풍아 불지 마라 고운 꽃 상할세라
덧없는 춘광을 네 어이 재촉는다
우리도 새 임 걸어두고 이별될까 하노라

- 율격 : 기본형

- 풀이 : 狂風아 불지 마라, 고운 꽃 상할세라. 덧없는 春光을 네 어이 재촉는가? 우리도 새 임 걸어두고 離別 될까 하노라.

狂風은 미친 바람이다. 계절과는 무관하게 어느 때든지 함부로 불어 닥치고, 사납게 몰아쳐 소중한 것들을 파괴한다. 광풍이 불어 고운 꽃을 상하게 한다. 꽃이 잠시 동안 누리고 있는 봄빛 "덧없는 춘광"이 없어지도록 재촉한다.

종장에서는 "우리도"라는 말을 앞세우고, 광풍이 꽃뿐만 아니라 사람도 해친다고 한다. "걸어두고"는 사람들이 사랑하는 관계를 맺는 것을 사물에다 견주어 하는 말이다. 새로운 임을 만나 맺은 사랑하는 관계가 광풍으로 부서져 이별을 하게 될까 염려한다.

이런 노래는 광풍에 대해 더 생각해보게 한다. 광풍은 예측할 수 없는 불운이고, 대처할 방도가 없다. 질서정연하기를 기대하는 乾坤, 하늘과 땅, 자연과 인생에 숨어 있다가 나타나는 불가피한 불합리이다. 광풍이 분다고 한탄해도, 원망해도 소용없다. 당황하지 말고 차분한 마음으로 받아들이면서 피해를 줄이려고 애쓰는 것이 마땅하다.

「풍진을 다 떨치고」(5217.1)   傲南軒

풍진을 다 떨치고 서호에 누웠으니
장하 강촌에 일마다 한가하다
어즈버 낙양구유는 꿈인가 하노라

■ 율격 : 기본형

■ 풀이 : 風塵을 다 떨치고 西湖에 누웠으니, 長夏 江村에 일마다 閑暇하다. 어즈버, 洛陽舊遊(서울 예전 놀이)는 꿈인가 하노라.

風塵은 바람에 날리는 티끌이라는 말이다. 세상의 혼탁해진 모습을 풍진이라고 한다. 風塵을 다 떨치고 西湖에 가서 눕는다고 하는 西湖는 특정 지명이기도 하고, 어디든지 있는 호수를 품위 있게 지칭하는 말이기도 하다. 눕는다는 것은 아무 일도 하지 않고, 바라는 바도 없다는 말이다.

중장에서 긴긴 여름 長夏 강촌에 일마다 한가하다는 것은 서호에 누워 있는 사람 자신에 관해 다시 하는 말은 아니다. 서호에 누워서 본 인근 마을의 모습이라고 하는 것도 적절하지 않다. 杜甫의 시 「江村」에서 "長夏

江村事事幽(긴 여름 강 마을 일마다 한가하다)"라고 한 말 인용이라고 보는 것이 마땅하다. 서호에 누워 杜甫의 시를 읽고 이 대목의 한가한 정취에 마음이 끌린다고 한다.

종장의 "洛陽舊遊"는 "서울의 예전 놀이"라는 말이다. 낙양은 서울이다. 예전 놀이는 전에 즐거워하던 것이다. 즐거워하던 것이 모두 풍진에 휩싸여 하던 짓이어서, 지금 생각하니 꿈속의 일 같다.

風塵은 狂風보다 가벼운 재앙이다. 갑자기 닥치지 않고, 어느 때든지 있다. 이해관계에 사로잡혀 다투고 헐뜯는 사람들이 스스로 만들어내는 혼탁한 풍조이다. 광풍은 피할 수 없으나, 풍진은 더럽혀지지 않은 산수를 찾아 떠나가 마음을 깨끗하게 하면 벗어날 수 있다.

(0087.1)(俞應孚) "간밤에 불던 바람 눈서리 치단 말가/ 낙락장송이 다 기울어 가노매라/ 하물며 못다 핀 꽃이야 일어 무삼 하리오"는 「244 하물며」에서 고찰한다.

「바람은 지동 치듯 불고 (1)」(1795.1)

바람은 지동 치듯 불고 물결은 저절로 철철 뱃전을 친다
순풍도 아니고 왜풍도 아니요 세우 강남에 일엽풍도 아니요 만경창
파에 몰바람이로도
사공아 노대로 저어라 경포대로

- 율격 : 확대일탈형. 사설시조.
- 풀이 : 바람은 地動 치듯 (땅을 흔들듯) 불고, 물결은 뱃전을 친다. 順風도 아니고 倭風도 아니요, 細雨 江南에 一葉風도 아니요, 萬頃滄波(만이랑 푸른 물결)에 몰바람이로다. 沙工아, 노를 있는 대로 저어라, 景浦臺로 (가자꾸나).

'바람'이라는 범칭 외에 특칭이 여럿 있는 것을 여기서 말해준다. '順風'은 바라는 대로 알맞게 부는 바람이다. '倭風'은 '왜바람'이라고도 하며, 일정한 방향 없이 이리저리 부는 바람이다. '一葉風'은 한 가닥 바람, '몰바람'은 한쪽으로 몰리는 바람이 아닌가 한다.

바람이 함부로 부는 모습을, 토막 수가 초장에서는 두 갑절쯤, 중장에서는 세 갑절쯤 늘어난 확대일탈형으로 나타낸다. 사공에게 노를 저어 갈 곳으로 가자는 말은 차분하게 해야 하므로, 종장은 마지막 한 토막이 생략된 기본형이다. 확대일탈형을 펼쳐보이다가 기본형으로 마무리하면서 바람의 횡포에 대처하는 사람의 자세를 가다듬는다.

험한 바람이 불고 물결이 뱃전을 쳐서 위험하게 된 것은 인생의 시련이라고 할 수 있다. 그래도 희망을 잃지 않고 사공에게 노를 저어 경포대로 가자고 한다. 경포대는 경치가 빼어나 누구나 가보고 싶은 곳이다.

사설시조에 달 노래나 구름 노래는 없고 바람 노래는 있다. 달이나 구름은 고귀하거나 초연해 사설시조로 휘감기 어렵다. 바람은 여러 가닥으로 휘몰아치고 삶의 곡절과 깊이 연관될 수 있어 사설시조로 노래하기에 적합하다.

「바람은 지동 치듯 불고 (2)」(1794.1)

> 바람은 지동 치듯 불고 궂은비는 담아 붓듯 온다
> 눈정에 걸은 임이 오늘밤 서로 만나자 하고 판칙쳐 맹세 받았더니
> 이러한 풍우에 제 어이 오리
> 진실로 오기 곧 올 양이면 연분인가 하여라

- ■ 율격 : 확대일탈형. 사설시조
- ■ 풀이 : 바람은 地動 치듯 불고, 궂은비는 담아 붓듯 온다. 눈情(눈짓하는

情)에 걸은 임이 오늘밤 서로 만나자 하고 판칙쳐 盟誓를 받았더니(장담
을 하면서 하는 맹서를 받았더니), 이러한 風雨에 제(자기가) 어이 오리?
眞實로 오기 곧 올 양이면 緣分인가 하여라.

"바람은 지동 치듯 불고"는 사납게 부는 바람을 말할 때 거듭 사용되는
관용구이다. 눈짓을 해서 정분이 난 임이 오늘밤 만나러 온다고 장담하는
맹서를 받았는데, 풍우가 심하게 몰아치니 어찌 오겠나? 오기 어려운 상
황이지만, 단념하지 않고 기다린다.

"진실로 오기 곧 올 양이면 연분인가 하여라"는 한 마디 한 마디 풀이할
필요가 있는 말이다. "진실로"는 "정말"이고, "오기 곧 올 양이면"은 "오기
는 올 것 같으면"이고, "연분인가 하여라"는 "연분이 있는 덕분인가 하여
라"라고 풀어 이해할 수 있다. 풍우가 몰아치는 것을 무릅쓰고 임이 오는
믿을 수 없는 일이 정말로 일어나면, 어떤 난관이라도 극복할 수 있는 연
분이 있는 덕분이다.

바람과 연분이 대립적인 관계를 가진다. 바람이 마구 불어 닥치는 고난
을 연분이 있으면 이겨낼 수 있다. 사랑만으로는 바람과 맞설 수 있는 힘
이 모자란다고 여기고 연분을 찾는다.

52 계절의 변화

계절의 변화는 동서고금 서정시의 공통된 관심사이다. 우리는 계절의
변화가 뚜렷하고 선명해 할 말이 특히 많다. 다 좋은 계절이라고 한다. 계
절이 변하면 마음이 달라진다. 마음이 달라지는 것을 말하려고 계절을 내
세우기도 한다.

521 네 계절

봄, 여름, 가을, 겨울, 이 네 계절을 한꺼번에 말하는 노래부터 든다. 네 계절이 다 아름답다고도 한다. 네 계절이 다 지나가 세월이 빨리 흐른다고 하기도 한다.

「춘수는 만사택이요」(4994.1)   申墀

　　춘수는 만사택이요 하운은 다기봉이라
　　추월은 양명휘오 동령에 수고송이라
　　아마도 사시가흥이 사람과 한가진가 하노라

- 율격 : 기본형

- 풀이 : 春水는 滿四澤(네 못에 가득함)이요 夏雲은 多奇峰(기이한 봉우리 많음)이라 秋月은 揚明輝(높게 올라 밝게 빛남)오 冬嶺에 秀孤松(외로운 소나무 빼어남)이라. 아마도 四時佳興이 사람과 한가진가 하노라.

陶淵明의 「四時」 "春水滿四澤 夏雲多奇峯 秋月揚明輝 冬嶺秀孤松"을 그대로 옮기고 종장을 첨부했다. 종장에서 한 말이 소중하다. 춘하추동 네 계절이 각기 다 아름다워 四時佳興을 이룬다. 佳興은 아름다운 흥이다. 사시가 모두 아름다운 것을 美라고 하지 않고 興이라고 하는 것은 눈을 즐겁게 하기만 하지 않고 마음을 움직이게 하기 때문이다. 마음속의 흥이 경물의 아름다움에 이끌려 밖으로 나와 物我一體의 佳興이 된다. 어느 때든 가흥이 있으나 아는 사람이라야 안다.

「도리화발 춘절이요」(1339.1)

　　도리화발 춘절이요 녹음방초 하절이라

오동엽락 추절이요 육화분분 동절이라

아마도 사시가절은 이뿐인가

- 율격 : 기본형이지만, 초장과 중장이 4 4, 4 4 ; 4 4, 4 4;인 것이 특이하다.
  마지막 토막 "하노라"가 생략되었다.

- 풀이 : 桃李花發(복숭아꽃과 배꽃이 피니) 春節(봄)이요, 綠陰芳草(푸른
  그늘과 향기로운 풀) 夏節(여름)이라. 梧桐葉落(오동잎 떨어지니) 秋節
  (가을)이요, 六花紛紛(눈이 날리니) 冬節(겨울)이라. 아마도 四時佳節(네
  때의 좋은 계절)은 이뿐인가 (하노라).

春夏秋冬 네 계절의 변화를 특징을 들면서 열거한다. 네 계절을 좋고
싫은 것 없이 완전히 대등하게 취급하려고 동일한 토막 구성과 어절 선택
을 반복한다. 공통율격에서 허용하는 범위 안에서 변화는 버리고 반복만
선택해 유사한 예를 찾기 어려운 특이한 개별율격을 만든다.

「봄에는 꽃이 피고」(2034.1)   金得研

봄에는 꽃이 피고 여름에는 녹음이 난다

<u>금수</u> 추산에 밝은 달이 더욱 좋다

하물며 백설창송이야 일러 무삼 하리오

- 율격 : 기본형이면서, 중장 전반부가 2 < 3인 것을 특징으로 한다.

- 풀이 : 봄에는 꽃이 피고, 여름에는 綠陰(푸른 그늘) 난다. 錦繡(비단으로
  수놓은) 秋山(가을 산)에 달이 더욱 좋다. 하물며 白雪蒼松(흰 눈 푸른
  소나무)야 일러 무엇 하리오(이르지 않아도 더 좋다).

춘하추동 네 계절이 다 좋다. 계절이 바뀌면 더 좋아진다. 꽃이 피는
봄, 녹음이 푸른 여름도 좋지만, 비단으로 수놓은 산에 달이 밝은 가을이

더 좋다. 푸른 솔에 흰 눈이 덮이는 겨울은 말할 필요가 없이 가장 좋다. 찬탄을 보태려고 뒤로 가면서 말이 많아진다.

시간이 흐른다고 한탄하지 말자. 다음에 오는 것은 더 좋다. 봄 꽃, 여름 녹음, 가을 달, 겨울 눈, 한 단계씩 나아가면서 아름다움의 품격이 높아진다. 이것은 사람이 살아가는 과정과 같다. 꽃 피는 소년, 녹음 푸른 청년, 달 밝은 장년의 시기를 지나, 눈 덮인 노년에 이른 것이 얼마나 자랑스러운가?

(5364.1) "해빙하니 춘절인가/ 연이 피면 하절이요 단풍 들며 추절이라/ 지금에 청송 녹죽에 백설이 잦았으니 동절인가"라는 것도 있다.

「산중에 무역일하니」(2336.1)

산중에 무역일하여 철가는 줄 모르더니
꽃 피면 춘절이요 잎 피면 하절이요 단풍 들면 추절이라
지금에 창송녹죽이 백설에 젖었으니 동절인가

- 율격 : 확대일탈형. 중장이 여섯 토막이다. 종장 전반부가 세 토막이다. 마지막 토막 "하노라"가 생략되어 있다.

- 풀이 : 山中에 無曆日하여(달력이 없어) 철 가는 줄 모르더니, 꽃 피면 春節이요, 잎 피면 夏節이요, 丹楓 들면 秋節이라. 지금에 蒼松綠竹이 白雪에 젖었으니 冬節인가 하노라.

자연물이 달라지는 것을 보고 계절이 바뀌는 줄 안다. 꽃 피면 봄이고, 잎 피면 여름이고, 단풍 들면 가을이고, 눈이 오면 겨울이다. 너무나도 명확한 사실이다.

명확한 사실을 받아들이고 알리는 방식은 단순하지 않다. 초장에서 서

론을 펴고 나니, 중장과 종장을 활용해 계절 넷을 적절하게 소개해야 한다. 중장에 둘, 종장에 둘을 배정하면 짝은 맞지만 흥취가 모자라 불만이다. 흥취는 변형에서 생겨난다. 중장에서 봄·여름·가을 세 계절을 내친 김에 모두 다루어 네 토막을 여섯 토막으로 늘이는 확대일탈형의 거드름을 핀다. 종장에서는 겨울만 다루면서 수다를 떨면서 뒤지지 않는다. 어느 계절이든 다 좋지만 지금 보고 있는 겨울 풍경이 더욱 좋다고 한다.

계절의 변화는 달력을 보고 알아야 하는 것이 아닌데, "山中에 無曆日하여"라는 말은 왜 하는가? 밖으로 나가지 않고 산중에서 지내도 알 것은 안다는 말이다. 봄·여름·가을·겨울을 春節·夏節·秋節·冬節이라고 하는 것은 무슨 까닭인가? 무식하다고 여기지 않기를 바란다는 말이다. 자연현상에서 지식수준을 문제로 삼는다.

계절이 달라지는 것은 그 자체로 명백해 보태고 뺄 것이 없다. 계절을 느끼고 아는 사람 마음은 복잡하다. 계절이 주는 흥취를 분별해 우위를 가릴 수 있다. 계절에 관해 말하는 유무식이 문제될 수도 있다. 계절 노래에는 계절 자체의 모습과 계절 논의의 발상이 섞여 있다.

「봄은 어떠하여」(2035.1)   李鼎輔

봄은 어떠하여 초목이 다 즐기고
가을은 어떠하여 초쇠혜 목락인고
송죽은 사시장청하니 그를 부뤄하노라.

- 율격 : 기본형

- 풀이 : 봄은 어떻게 해서 草木이 다 즐기고, 가을은 어떻게 해서 草衰兮 木落인고(풀은 시들고 나뭇잎이 떨어지는고)? 松竹은 四時長靑하니(네 계절 동안 길게 푸르니). 그것은 부러워하노라.

봄에는 초목이 피어나 즐거워하더니, 가을에는 풀이 시들고 나뭇잎은 떨어지다니? 봄이 가고 가을이 오는 것이 불만이다. 무성하다가 시드는 양극단을 봄과 가을만으로 말할 수 있어, 여름이나 겨울은 들 필요가 없다. 계절의 변화는 어느 것이든 마땅하지 않다.

초목이 사람의 삶을 말해준다. 초목이 피어나고 시들듯이 사람이 사는 것도 허무하지 않은가? 松竹이 항상 푸르러 부러워하는 것은 사람은 그렇지 못해 안타깝게 여기기 때문이다. 계절의 변화를 보고, 사람의 삶에도 영고성쇠가 있는 것을 새삼스럽게 절감하고 한탄한다.

위에서 든「봄에는 꽃이 피고」(2034.1)(金得研)에서는 변화를 긍정하고 변화에서 발전을 찾는다. 존재하는 것이 그 자체로 소중하다고 하는 현실주의·낙관주의를 보여준다. 여기서는 변화가 불만이고 불변은 소망스럽다. 존재하는 것을 넘어서서 절대적인 가치를 찾는 이상주의·비관주의로 나아간다.

「춘풍에 화만산하고」(5012.1)　　　　　　　　李滉

춘풍에 화만산하고 추야에 월만대라
사시 가흥이 사람과 한가지라
하물며 어약연비 운영천광이야 어느 끝이 있을꼬

- 율격 : 확대변이형, 종장 전반부가 3 < 10이다.

- 풀이 : 春風(봄바람)에 花滿山하고(꽃이 산에 가득하고), 秋夜(가을밤)에 月滿臺라(달이 축대에 가득 찼도다). 四時(네 계절) 佳興(좋은 흥)이 사람과 한가지라(같도다). 魚躍鳶飛(고기가 뛰고 솔개가 난다), 雲影天光(구름 그림자 하늘의 빛)이야 어느 끝이 있을까?

봄에는 꽃이 피고 가을에는 달이 밝다고 하는 것이 위에서 든「봄에는 꽃이 피고」(2034.1)(金得研)과 같다. 여름과 겨울은 말할 겨를이 없어 생략하고, 네 계절의 좋은 흥인 "四時佳興"이 사람과 같다고 한다. 무엇이 같은가? 그 노래에서처럼 계절의 변화가 인생의 단계와 같은 것은 아니다.

계절의 변화에서 확인되는 자연의 모습이 사람의 정신과 같다. 계절의 변화보다 더 놀라운 魚躍鳶飛이나 雲影天光에서 자연이 끝없이 약동하니 놀랍지 않은가? 3<10의 확대변이형을 사용해 이 말에 주의하도록 한다. 선현이 남겼다고 어렴풋이 알아 더욱 존경스러운 사자성어의 무게에 눌리기까지 해서 "과연 놀랍다"고 감탄하면, 노래 지은 이가 뜻한 대로 설득된다.

자연의 놀라운 움직임에 하늘의 이치인 天理가 나타나 있는 것을 알고 따라야 한다. 천리를 따라 사람의 행실을 바르게 해야 한다. 이런 암시를 크나큰 가르침으로 삼아야 한다. 理와 氣의 관계에 관한 심각한 논란을 접어두고 理를 높이 받들어야 한다.

「봄에는 꽃이 피고」(2034.1)(金得研)에서처럼 계절의 변화를 긍정적으로 이해해 존재하는 것이 그 자체로 가치가 있다고 하는 낙관주의를 말한다고 하겠으나, 현실주의와는 거리가 멀다. 「봄은 어떠하며」(2035.1)(李鼎輔)에서와 같이 절대적인 가치를 추구하는 이상주의를 제시하면서, 절대적 가치가 존재하는 것에서 모습을 드러낸다고 해서 비관주의를 넘어선다. 고고한 자세에서 넌지시 일러주는 이치를 알아차리고 따르라고 한다.

「풍청 월백야에」(5218.1)   柳樸

풍청 월백야에 삼척금을 곁에 두고
사시 가흥을 백화중에 붙였으니
이 몸도 승평성택에 젖었는가 하노라

- 율격 : 기본형

- 풀이 : 風淸 月白夜(바람이 맑고 달이 밝은 밤)에, 三尺琴(석 자 거문고) 곁에 두고, 四時 佳興(네 계절의 좋은 흥취)을 百花中(백 가지 꽃 가운데) 붙였으니, 이 몸도 昇平聖澤(태평을 누리게 하는 임금님의 혜택)에 젖었는가 하노라.

바람이 맑고 달이 밝은 밤에 석 자 거문고를 곁에 두고 즐기는 것을 본보기로 삼아 사시가흥을 말한다. 사시가흥이 누구의 독점물일 수 없다. 태평한 시대를 누리게 하는 임금의 혜택이어서 만인 공유의 즐거움이다. 그 즐거움에 참여하면서 임금의 혜택에 젖어든다.

「산간 유한한 경을」(2296.1)

산간 유한한 경을 내 혼자 임자여니
사시 가흥을 다툴 이 뉘 있으리
세상이 험궂이 여기나 나눠볼 줄 있으리

- 율격 : 기본형

- 풀이 : 山間 幽閑한(그윽하고 고요한) 景(경치)을 내 혼자 임자여니(내 혼자 차지해 임자 노릇을 하니), 四時 佳興(네 계절의 좋은 흥취)을 다툴 이 누가 있으리. 세상이 험궂이(험악하게 잘못되었다고) 여기나, 나누어볼 줄 있으리. (누구에게도 나누어지지 않으리라.)

사시가흥이「춘풍에 화만산하고」(5012.1)(李滉)에서 보이고, 이 두 노래에도 나온다. 네 계절이 모두 즐겁다고 하면서 긍정적이고 낙관적인 자연관을 집약하는 이 말이 널리 사용되면서 경우에 따라 다른 구실을 한다. 이 두 노래에서는 사시가흥을 절대적 가치와 연관시키지는 않고 있는 그대로 소박하게 이해하면서, 향수자의 범위에 관해 다른 말을 한다.

여기서는 사시가흥이 산간 경치를 찾아가서 차지한 주인의 독점물이다. 다른 사람들은 무엇인지 알지 못해 다툴 것이 없다. 세상을 등지고 홀로 산간에 머무른 것이 잘못이라고 험악하게 나무라지만, 사시가흥을 나누어주어 깨우쳐줄 생각이 없다. 사시가흥은 이해관계 다툼에서 벗어나 고결한 가치를 추구하는 사람만 즐길 수 있는 특권이다.

522 봄

계절은 계속 순환하는데, 첫 계절이 봄이라고 한다. 봄은 좋은 일만 있는 계절이라고 하면서 갖가지 찬사를 바친다. 좋은 계절 봄이 빨리 가서 아쉽다고 한다. 네 계절 가운데 봄 노래가 가장 많다. 그다음은 가을이고, 겨울이다. 여름 노래는 가장 적다.[8]

「간밤에 불던 바람 (2)」(0086.1)

간밤에 불던 바람 봄소식이 완연하다
붉은 것은 진달래요 푸른 것은 버들이라
아이야 나귀에 술 실어라 봄 마중 가자

- 율격 : 기본형

- 풀이 : 간밤에 불던 바람 봄소식이 宛然(뚜렷)하다. 붉은 것은 진달래요, 푸른 것은 버들이라. 아이야, 나귀에 술 실어라, 봄 마중 가자.

봄소식이 완연하고, 진달래가 붉고 버들이 푸른 것을 보고, 봄 마중 가자고 한다. 봄이 왔는데 봄 마중 가자고 한다. 봄 마중 간다는 구실로 어

8 김흥규 · 권순희, 『고시조 데이터베이스의 계량적 분석과 시조사의 지형도』에서
   계절별 노래 수가 봄 270, 여름 43, 가을 164, 겨울 106이라고 했다.

디 가서 술을 마시고 놀려고 한다. 이런 발상을 율격의 적절한 선택을 갖추어 나타낸다.

초장은 잠결에 바람소리를 듣고 봄소식이 완연한 것을 안다고 3<4, 44로 차분하게 이르는 말이다. 눈앞에서 전개되는 봄의 모습을 중장에서 44, 44로 열거하면서 감탄한다. 봄에 도취되어 판단이 흐려진 탓에, 종장에 이르면 이미 와 있는 봄을 마중하겠다는 헛소리를 하면서 율격의 균형도 어긴다. "나귀에 술 실어라"를 7로 확대하다가, "가자"는 2로 축소한다. "나귀에 술 실어라"가 가장 하고 싶은 말이어서 들뜬 어조로 늘어놓는다. "가자"는 아직 실행되지 않은 착상이라 조금 내비치기만 한다.

봄이 어떤 계절인가? 초목이 달라진 것을 보고 기뻐하고, 마음이 들뜨고, 술을 마시면서 즐기고, 공상을 하고, 어디든지 가고 싶은 계절이 봄이다. 절묘한 표현으로 이 여러 가지 심정을 다 나타낸다.

(2040.1)(申欽) "봄이 왔다 하되 소식을 모르더니/ 냇가의 푸른 버들 네 먼저 아도고야/ 어즈버 인간이별은 또 어찌하리오"는 「242 어즈버」에서 고찰한다. (2033.1)(金壽長) "봄비 갠 아침에 잠 깨어 일어 보니/ 반개 화봉이 다투어 피는구나/ 춘조도 춘흥을 못 이겨 노래 춤 하느냐"는 「312 흥」에서 고찰한다. (0177.1)(孟思誠) "강호에 봄이 드니 미친 흥이 절로 난다/ 탁료 계변에 금린어 안주로다/ 이 몸이 한가하옴도 역군은이샷다"도 「312 흥」에서 고찰한다.

「공명 부귀는」(0322.2)

공명 부귀는 세상 사람 맡겨두고
말 없는 강산에 일 없이 누웠으니 '
봄비에 절로 난 산채 그 분인가 하노라

- 율격 : 기본형

- 풀이 : 功名 富貴는 世上 사람에게 맡겨두고, 말 없는 江山에 일 없이 누웠으니, 봄비에 절로 난 山菜, 그것이 (내) 分(차지할 것)인가 하노라.

세상의 부귀와 공명을 버리고 강산에서 일 없이 지내야 봄이 온 것을 제대로 안다. 봄비에 절로 난 산채가 봄의 표상이고 상징이다. 산채가 신선하다, 향긋하다, 감미롭다는 말을 하지 않아도 모두 내포되어 있다. 마음을 비운 사람이라야 그 진미를 차지하고 누릴 수 있다.

「봄날이 점점 기니」(2032.1)　　　　　辛啓榮

봄날이 점점 기니 잔설이 다 녹거다
매화는 벌써 지고 버들가지 누르렀다
아이야 울 잘 고치고 채전 갈게 하여라

- 율격 : 기본형

- 풀이 : 봄날이 점점 기니 殘雪(남은 눈)이 다 녹는구나. 梅花는 벌써 지고 버들가지 누렇게 되었다. 아이야, 울타리 잘 고치고, 菜田(채소밭) 갈게 하여라.

봄이 진행되는 모습을 살핀다. 봄날이 점점 길어지니 잔설이 다 녹는 것은 기상 변화이다. 매화는 벌써 지고 버들가지 누렇게 되어 초목도 달라진다. 그러면 사람도 할 일이 있다. 농사를 지어야 한다. 아이를 불러, 울타리를 잘 고치고 채전 갈도록 하자고 한다.

사람이 해야 하는 농사일을 조금만 이르고 아이에게 시킨다. 게으름인가 겸손인가? 만물이 생동하는 봄에 게으름을 피우는 것은 어울리지도 않으며, 마땅하다고 하기 어렵다. 해야 하는 농사일이 많고 많다고 자랑하지 않고 조금만 말하는 것이 봄의 주인이 대자연 앞에서 사람의 자세를 낮추는 겸손한 자세가 아닌가 한다.

「전원에 봄이 오니」(4300.1)

전원에 봄이 오니 이 몸 일이 하다
꽃남근 뉘 옮기며 약밭은 언제 갈리
아이야 대 베어 오너라 삿갓 먼저 결으리라

- 율격 : 기본형
- 풀이 : 田園에 봄이 오니, 이 몸이 일이 많다. 꽃나무는 누가 옮기며, 약 밭은 언제 갈리? 아이야, 대 베어 오너라, 삿갓 먼저 결으리라(짜리라).

위에서 든 「봄날이 점점 기니」(2032.1)(辛啓榮)와 아이를 불러 일을 시작하자고 하는 것은 같고 나머지는 다르다. 기상이나 초목의 변화는 말하지 않고, "전원에 봄이 오니"라고 말을 줄인다. 전원은 화초를 가꾸고 농사를 짓는 생활의 터전이다. 봄이 전원에 오니 해야 할 일이 많다.

화초 가꾸기를 먼저 생각한다. 약초 재배를 그다음에 든다. 곡식 농사를 지으려면 준비를 단단히 해야 한다. 아이가 대를 베어오면 들에 나갈 때 쓰는 삿갓을 먼저 만들어야 한다. 우선순위대로 말한 것은 아니다. 가까이 있어 쉽게 할 수 있는 것부터 말하고 본격적인 작업은 나중에 든다.

삿갓을 쓰고 들에 나가 할 일이 얼마나 많은가. 「봄날이 점점 기니」(2032.1)(辛啓榮)에서처럼 겸손한 자세를 가지기나 하면 감당할 수 없다. 폭염을 무릅쓰고 용감하게 나서야 한다. 전장에 나가는 군사가 투구를 쓰듯이 들에서 싸우는 농군도 삿갓 무장을 해야 한다.

(4299.1) "전원에 봄이 드니 하올 일이 하다/ 약밭은 매려니와 화초이종

누가 하리/ 아이야 소상강 긴 대 베어라 사립 곁게"라고 하는 것도 있다.

「강호에 봄이 드니 (1)」(0179.1)　　　　　黃喜

> 강호에 봄이 드니 이 몸이 일이 하다
> 나는 그물 깁고 아이는 밭을 가니
> 뒷뫼에 엄 기는 약은 언제 캐려 하나니

■ 율격 : 기본형

■ 풀이 : 江湖에 봄이 드니, 이 몸이 일이 많다. 나는 그물을 깁고, 아이는 밭을 가니, 뒷 메에 움이 길게 돋은 약은 언제 캐려 하느냐?

　초장이 바로 위의 「전원에 봄이 오니」(4300.1)와 같으며, '田園'을 '江湖' 라고 한 것만 다르다. '江湖'는 '山水'와 '田園'의 중간 영역이다. '山水'는 번잡한 세상에서 물러나 즐기는 아름다운 자연이고, '田園'은 화초를 가꾸고 농사를 짓는 생활의 터전이다. '江湖'는 아름다운 자연이면서 생활의 터전이다.

　강호에 봄이 드니 할 일이 많다. 나는 그물을 깁고, 아이는 밭을 간다. 뒷메에서 자라는 약초 움이 너무 길게 돋아 이제는 캐야 한다. 고기잡이, 농사, 採藥, 갖가지 일을 다 해야 한다. 이리저리 바쁘게 움직여야 한다. 春興을 행동으로 옮겨 생산을 늘려야 한다.

「강호에 봄이 드니 (2)」(0177.1)　　　　　孟思誠

> 강호에 봄이 드니 미친 흥이 절로 난다
> 탁료 계변에 금린어 안주로다
> 이 몸이 한가하옴도 역군은이샷다

■ 율격 : 기본형

■ 풀이 : 江湖에 봄이 드니 미친 興이 절로 난다. 濁醪(탁주) 溪邊(개울 가)
(에서) 錦鱗魚(비늘이 아름다운 물고기)(를) 안주로다(안주로 삼아 술을
마신다). 이 몸이 閑暇하옴도 亦君恩(이 또한 임금님 은혜)이샷다(이로구
나).

여기서도 江湖가 한쪽 의미만 지닌다. 생활의 터전은 아니고, 아름다운
자연이기만 하다. 강호에 봄이 들었다 하면서 들에 나가 일하려고 하지는
않고, 개울가에서 물고기를 안주로 술을 마시기나 한다.

초장에서 "강호에 봄이 드니 미친 興이 절로 난다"라고 한 말은 거창하
다. '미친 興'은 '春興'보다 강렬하다. 미친 흥이 중장에서는 술을 마시고
안주를 드는 것으로 축소되어 너무 조용하다. 이런 변화가 율격에 그대로
나타난다. 중장의 2<3, 3<4, 종장의 3<5, 33은 기본형의 범위를 벗어
나지는 않지만 자수를 지나치다고 할 만큼 줄인다. 움직임이 없다고 알려
주는 특단의 조처를 한다.

종장에서는 예사 기본형이 되살아나는 것 같다가 "역군은이샷다"에 차
질이 있다. 붙어 있는 말을 "역군은" 3, "이샷다" 3으로 끊어 읽어야 하니
어색하다. 강호에서 한가하게 지내는 것이 임금님의 은혜라고 하는 발상
이 무리여서 말이 경직되지 않은가 한다. 사 계절을 모두 노래하는「江湖
四時歌」를 지어 네 번 되풀이하는 "역군은이샷다"는 강호의 흥겨움을 무
색하게 하는 상투어이다.

黃喜와 孟思誠은 최고관직을 역임하고 老退해 강호에서 봄을 맞이해
즐거워한 것이 같으면서 노래는 다르게 지었다. 황희는 봄이 어떤 계절인
지 말하지 않고 몸을 바쁘게 놀리면서 닥치는 대로 일하는 모습을 보여주
었다. 맹사성은 봄이 되니 "미친 興이 절로 난다"는 말을 거창하게 하고서
움직임을 최대한 줄인 不勞安逸의 한가함이 임금님의 은혜라고 했다. 자

연스럽고 부자연스러운 것은 상당한 거리가 있다.

(2294.1)(李鼎輔) "산가에 봄이 오니 자연이 일이 하다/ 앞내에 살도 매며 울 밑에 외씨고 뼈고/ 내일은 구름 걷거든 약을 캐러 가리라"라고 하는 것도 있다.

「봄이 가려 하니」(2037.1)

봄이 가려 하니 내 혼자 말릴쏘냐
못다 핀 도리화를 어찌하고 가려는고
아이야 선술 걸러라 봄 전송 하리라

- 율격 : 기본형
- 풀이 : 봄이 가려 하니, 내 홀로 말릴쏘냐? 못다 핀 桃李花는 어찌하고 가려는고? 아이야, 선술 걸러라. 봄 전송하리라.

봄이 가려고 하니 홀로 말릴 수 없지만 아쉽다. 못다 핀 도리화는 어찌하고 가려는가 하고 묻는다. 봄을 전송하려면 술을 마셔야 한다. 술이 덜 익어 선술이라도 걸러야 한다. 「간밤에 불던 바람」(0086.1)에서는 봄 마중을 위해, 여기서는 봄 전송을 위해 술을 마셔야 한다고 한다. 춘흥이 술을 마시게 한다.

봄이 너무 빨리 간다고 두 가지 사안을 들어 나무란다. 도리화를 못다 피우고 가니 할 일을 다 하지 못한 잘못이 있다. 마음의 준비가 되어 있지 않은데 갑자기 가서 선술을 걸러야 하는 것도 불만이다. 봄은 느리게 움직이는 것 같은 느낌을 주다가 갑자기 사라져 비난받는 계절이다.

봄이 너무 빨리 가서 전송하지 못한다는 노래도 있다. (2038.1) "봄이 간다거늘 술 싣고 전송 가니/ 낙화 하는 곳에 간 곳을 모를러니/ 유막에 꾀꼬리 이르기를 어제 갔다 하더라"는 「221 시간」에서 고찰한다.

「삼월 동풍 삼경야에」(2413.1)

삼월 동풍 삼경야에 슬피 우는 두견아
명월 공산 어디 두고 내 창밖에 울음 우나
네 울음 한 곡조에 객한을 돋우냐

■ 율격 : 축소변이형. 종장 전반부가 3<4이다.

■ 풀이 : 三月 東風 三更夜에 슬피 우는 杜鵑아. 明月 空山 어디 두고 내 窓 밖에 울음 우나? 네 울음 한 곡조에 客恨(나그네의 한)을 돋우느냐?

봄은 흥이 나는 계절이고. 가는 것이 아쉽다고 하는 것만은 아니다. 신세가 처량한 사람은 봄을 견디기 힘들다. 동풍이 부는 삼월이라도 깊은 밤 창밖에서 두견이 슬피 울면 함께 울고 싶기도 하다. 두견이 우는 봄밤이면 고향을 떠나 나그네 신세를 한탄하는 심정을 더욱 절실해진다.

「버들은 실이 되고」(1944.1)

버들은 실이 되고 꾀꼬리 북이 되어
구십 춘광에 짜느니 나의 근심
누구셔 녹음방초를 승화시라 이르더냐

■ 율격 : 기본형

■ 풀이 : 버들은 실이 되고 꾀꼬리 북이 되어, 九十 春光에 짜느니 나의 근심. 누구가 綠陰芳草(푸른 그늘과 향기로운 풀)를 勝花時(꽃보다 나은 때)라고 이르더냐?

이 노래에서도 봄은 슬픔의 계절이다. 버들에 꾀꼬리가 날아다니는 것을 보고 버들이 실이 되고 꾀꼬리는 북이 되어 봄 석 달 내내 자기 슬픔을 짠다고 한다. 슬픔을 짜서 무엇을 만든다고 한다. 봄에는 꽃도 좋지만 綠陰芳草勝花時에는 푸른 그늘을 만드는 향기로운 풀도 좋다고 하는 사람을 원망한다.

523 여름

여름은 여름대로 좋다. 시원한 곳을 찾아 더위를 잊고 쉬면 여름이 가장 좋은 계절이라고 할 수 있다. 벼슬하는 사람은 더위를 참아야 하니 가련하다. 들에서 일하는 농부에게는 더위가 큰 고통이다. 봄에는 다 같이 즐거워하던 사람들이 여름이 되면 갈라진다.

「유서가 다 난 후에」(3688.1)　　　　　　　金得研

유서가 다 난 후에 녹음이 더욱 좋다
백전 앵가는 소리마다 새로워라
지당에 노는 고기도 좇아 즐겨 하노라

- 율격 : 기본형

- 풀이 : 柳絮(버들강아지)가 다 난 뒤에 綠陰이 더욱 좋다. 百囀(백 가지로 지저귀는) 鶯歌(앵무새 노래)는 소리마다 새로워라. 池塘(연못)에 노는 고기도 좇아(따라서) 즐거워하노라.

봄이 가고 여름이 시작되는 모습을 초·중·종장의 나무·새·물고기에서 살핀다. 위를 치어다보고 아래로 내려가는 순서이다. 위를 치어다보니, 버들강아지가 다 날리고 녹음이 짙어 더욱 좋다. 나무에 올라 앵무새가 백 가지로 지저귀는 소리마다 새롭다. 아래를 보니, 연못에 노는 고기도 다른 것들을 따라 함께 좋아한다.

여름은 풍요한 계절이다. 여름은 다채로운 계절이다. 여름은 즐거운 계절이다. 적절한 본보기를 들어, 세 문장에서 이렇게 말한다. 柳絮·百囀·鶯歌·池塘 같은 한자어로 품격을 높이고, 여름이 좋은 계절인 것이 어제 오늘의 일이 아니라고 알린다.

「마름 잎에 바람 나니」(1520.1)   尹善道

마름 잎에 바람 나니 봉창이 서늘코야
여름 바람 정할소냐 가는 대로 배 시켜라
북포 남강이 어디 아니 좋으리니

- 율격 : 원초형. 종장 전반부가 2<3이다.
- 풀이 : 마름 잎에 바람이 (일어)나니 篷窓(배에 난 창)이 서늘하구나. 여름 바람 정할소냐(가는 방향이 정해져 있을 것인가), 가는 대로 배 시켜라(배가 가게 해라). 北浦 南江이 어디 아니 좋으리니(좋지 않겠나).

「漁父四時詞」 여름 노래의 하나이다. 여름날에 배를 타고 바다에 나가 서늘한 바람을 맞으며 흥겹게 항해를 한다. 초장과 중장이 44, 3<4 ; 44, 44여서 시원스럽게 앞으로 나아가는 것과 잘 어울린다. 종장 서두에 마무리를 위한 신호가 없도록 "북포 남강이"를 2<3으로 줄이고, "어디 아니 좋으리니"에서 44를 되풀이한다.

사방이 트인 곳에서 어디로든지 신나게 나아가니 여름이 즐겁다. 이 노래는 더운 데서 고생하는 사람이라도 마음은 시원하게 해준다. 어부라고 하고서 고기는 잡지 않고 놀이만 하는 것을 시비할 겨를이 없게 한다.

「강호에 여름이 드니」(0182.1)　　　　　　　　孟思誠

강호에 여름이 드니 초당에 일이 없다
유신한 강파는 보내느니 바람이로다
이 몸이 서늘하옴도 역군은이샷다

- 율격 : 기본형

- 풀이 : 江湖에 여름이 드니 草堂에 일이 없다. 有信한 江波는 보내느니
  바람이로다. 이 몸이 서늘하옴도 亦君恩(이 또한 임금님 은혜)이샷다(이
  로구나).

草堂은 시골에 은거한다는 선비가 거실로 삼는 별채이다. 본채는 고대
광실이라도, 별채는 초가로 소박하게 지어 분수에 맞게 처신한다고 한다.
초당의 주인은 평소에도 특별하게 하는 일이 없지만 여름이어서 더욱 한
가하다. 벗이라고 자처하는 俗客이 더위를 무릅쓰고 찾아오지 않아 다행
이다.

초당이 강가에 있어, 강을 벗으로 삼고 함께 소일한다. 강은 반갑지 않
은 세상 소식 같은 것들은 그만두고 가장 요긴한 바람을 보내니, 믿음직
한 벗이라는 뜻으로 有信하다고 아주 적절하게 말한다. 여기까지는 발상
이나 표현이 신선하다. 물고기를 안주로 술을 마신다고 할 때보다는 품격
이 월등하게 높다.

이 노래는 「江湖四時歌」의 하나라 "역군은이샷다"를 되풀이하는 것이
문제이다. 이 구절을 "역군은" 3, "이샷다" 3으로 끊어 읽으면 역시 어색하
다. 충성 타령을 어울리지 않게 하다가, 강바람 덕분에 시원한 것을 임금
님의 은혜라고 하는 말이 억지임이 드러나게 한다.

「송하에 옷 벗어 걸고」(2778.1)

송하에 옷 벗어 걸고 물소리에 누웠으니
청량한 이 세계에 삼복증염 어디 간고
세로에 의관장속인은 저 더운 줄 모르는가

- 율격 : 기본형

- 풀이 : 松下에 옷 벗어 걸고 물소리에 누웠으니, 淸凉한 이 세계에 三伏
  蒸炎(찌는 듯한 더위) 어디 간고(갔는고)? 世路(세상 길)에 衣冠裝束人
  (옷과 갓을 꼭 여민 사람)은 저(자기가) 더운 줄 모르는가?

松下에 옷 벗어 걸고 물소리에 누워 시원함을 즐기며, 삼복의 찌는 듯
한 더위가 어디 갔는가 하는 사람은 산림처사이다. "世路에 衣冠裝束人"
이라고 한 조정관원과 다르다. "世路"는 세상에서 처세를 하면서 살아가는
길이다. "衣冠裝束人"은 옷과 갓을 꼭 여민 사람이다. 세상에서 처세하면
서 벼슬을 하면 옷과 갓을 여며 정장을 하고 더위를 견디어야 한다. "더운
줄 모르는가?"라고 하는 것은 비웃는 말이다.

여름은 산림처사가 조정관원을 가엽게 여길 수 있는 계절이다. 더위가
폭군 노릇을 하면서 지위를 역전시킨다. 난방은 있었으나 냉방은 생각하
지도 못한 오랜 기간 동안 이에 대한 반론 제기는 불가능했다.

「송음에 옷 벗어놓고」(2776.1)   趙榥

송음에 옷 벗어놓고 물소리에 누웠으니
삼복서증 잊은 곳이 청량대를 부를쏘냐
두어라 폭양에 저 농부는 병드는 줄 내 아노라

- 율격 : 기본형

■ 풀이 : 松蔭(소나무 그늘)에 옷 벗어놓고, 물소리에 누웠으니, 三伏暑蒸
  잊은 곳이(곳이어서), 清凉臺를 부러워할쏘냐? 두어라, 曝陽에 저 農夫
  는 병드는 줄 내 아노라.

　소나무 그늘에 옷 벗어놓고 물소리를 곁에서 듣고 누워 있으니 삼복의
찌는 듯한 무더위를 잊을 수 있다. 맑고 시원한 별세계 清凉臺를 부러워
할 필요가 없다. 이렇다고 하다가 "두어라"라고 하면서 자기가 하는 말을
막는다.

　다른 사람들의 사정도 생각해야 한다. 앞의 노래에서는 벼슬하는 사람
을 생각했으나, 여기서는 농부를 말한다. "폭양의 저 농부는"이라면서, 폭
양에서 일하는 농부가 눈에 보이는 듯이 말한다. 들에서 일하는 농부는
폭양에 시달려 병드는 줄 "내 아노라"라고 한다.

　형식상의 제약 때문에 자리가 없어, 더 할 말이 있어도 생략할 수밖에
없다. 생략한 말이 무엇일까? 폭양에서 일하느라고 병이 드는 농부가 있
는 것을 잊고 시원한 곳을 찾아다니기나 해서 미안하고 부끄럽다는 것이
아닐까 한다. 趙槻(1803~?)은 한미한 처지에서 가난하게 산 양반이어서
이런 노래를 지었다.

「여름날 더운 적에」(3304.1)　　　　　　李徽逸

여름날 더운 적에 단 땅이 불이로다
밭고랑 매자 하니 땀 흘러 땅에 듣네
어사와 <u>입립신고</u> 어느 분이 알으실고

■ 율격 : 축소변이형. 종장 전반부가 3 < 4이다.

■ 풀이 : 여름날 더운 적에 단 땅이 불이로다. 밭고랑 매자 하니 땀 흘러 땅에
  듣네. 어사와, 粒粒辛苦(곡식 한 알 한 알 쓴 고생)을 어느 분이 아실까?

초 · 중장은 농사꾼이 더운 여름 날 들노래를 부르면서 하는 말이다. 아주 더우면 단 땅이 불이다. 밭고랑을 매자 하니 땀이 흘러 땅에 떨어진다. 땅이라는 말이 두 번 나와 땅에 매여 사는 처지를 스스로 말한다.

종장에서는 들노래에는 없는 "어사와"를 마무리를 위한 신호로 삼고 말이 달라진다. 곡식 한 알 한 알이 쓴 고생이라는 "粒粒辛苦"는 농사꾼이 스스로 하는 말이 아니고, 중국 당나라 시인 李紳의 시에서 따온 문자이다. 글줄이나 읽는 유식자나 아는 말이다. 이 말을 돋보이게 하려고 축소변이를 택해 종장 서두가 3 <4이기만 하다.

"粒粒辛苦 어느 분이 알으실고?"는 농사꾼이 할 만한 말이지만 언어 선택이 부적절하다. 粒粒辛苦라는 문자는 유식자라면 으레 알고 농사꾼과는 거리가 멀다. 곡식 한 알 한 알이 농사꾼이 쓴 고생을 해서 얻은 결과임을 유식자도 알아야 한다고, 농사꾼의 대변자이고자 하는 유식자가 농민은 모르고 유식자는 아는 말을 써서 전한다.

李徽逸(1619~1672)은 영남 선비이다. 벼슬을 주어도 나아가지 않고 시골에서 살아가면서 농사꾼의 어려움을 대변하는 이런 노래를 지었다. 농요에 다가가려고 했다.

(1499.1)(魏伯珪) "땀은 듣는 대로 듣고 볕은 쬘 대로 쬔다/ 청풍에 옷깃 열고 긴 파람 흘려 불 제/ 어디서 길 가는 손님 내아는 듯이 머무른고"는 「432 농사」에서 고찰한다.

「각시네 더위들 사시오」(0060.1)　　　　　申獻朝

각시네 더위들 사시오 이른 더위 늦은 더위 여러 해 묵은 더위
오뉴월 복 더위에 정의 임 만나서 달 밝은 평상 위에 칭칭 감겨 누
웠다가 무슨 일 하였던지 오장이 번열하여 구슬땀 흘리면서 헐떡이는

그 더위와 동짓달 긴긴 밤에 고은 임 품에 들어 따스한 아랫목과 두터운 이불 속에 두 몸이 한 몸 되어 그러저러하니 수족이 답답하고 목구멍이 타올 적에 찬 숭늉을 벌컥벌컥 켜는 더위 각시에 사려거든 소견대로 사시옵소

　장사야 네 더위 여럿 중에 임 만난 더위 뉘 아니 좋아하리 남에게 팔지 말고 부디 내게 팔으시소

■ 율격 : 확대일탈형. 사설시조

■ 풀이 : 장사가 하는 말 : "각시네 더위들 사시오, 이른 더위 늦은 더위, 여러 해 묵은 더위. 오뉴월 伏 더위에 情의 임 만나서 달 밝은 平床 위에 칭칭 감겨 누웠다가, 무슨 일 하였던지 五臟이 煩熱하여 구슬땀 흘리면서 헐떡이는 그 더위와, 冬至ㅅ달 긴긴 밤에 고은 임 품에 들어 따스한 아랫목과 두터운 이불 속에 두 몸이 한 몸 되어 그러저러 하니 수족이 답답하고 목구멍이 타올 적에 찬 숭늉을 벌컥벌컥 켜는 더위, 각시에 사려거든 소견대로 사시옵소." 각시가 대답하는 말 : "장사야 네 더위 여럿 중에 임 만난 더위 누가 아니 좋아하리, 남에게 팔지 말고 부디 내게 팔으시소."

여름은 더위의 계절이다. "오뉴월 복더위에"라는 말이 있기까지 해서, 더위를 노래하는 이 작품을 여기서 다룬다. "오장이 번열하여 구슬땀 흘리면서 헐떡이는", "수족이 답답하고 목구멍이 타 올 적에"라는 말로 심하게 겪은 더위의 기억을 불러낸다.

노래가 물건을 파는 장사와 물건을 사는 각시 사이의 대화로 이어진다. '댁들에 노래'의 하나이다. 여자들에게 필요한 잡화를 파는 행상 방물장수는 구매자들의 거처까지 들어가고, 수작을 나눌 수 있다. 남녀 행실규범의 예외가 되는 이런 특이한 상황을 적절하게 이용해, 별별 이상한 물건을 다 판다고 말을 지어내는 흥미로운 작품이 여럿 있다.

여기서는 더위를 판다고 한다. 더위는 팔고 사는 상품이 아니다. 임 만난 더위는 입에 올리기도 어려운 것이다. 장사와 각시가 임 만나는 더위를 사고파는 것은 전연 있을 수 없는 일이다. 전연 있을 수 없는 일을 장사가 하는 상행위의 통상적인 과정인 듯이 꾸며내, 여자이기에 감추어둔 성행위의 정상적인 욕구를 드러낸다.

사설시조답게 초장과 중장의 구분이 모호하고, 특히 중장을 길게 늘인다. 여러 더위를 비슷한 말을 하면서 계속 열거해 성행위가 지속되고 열락이 가속되는 것을 강렬하게 나타낸다. 노래 전체가 여름밤의 꿈이라고 여겨도 된다.

524 가을

네 계절 가운데 가을은 사연이 가장 많다. 곡식이 익고, 달이 밝고, 단풍이 들어 좋다. 찬바람이 불기 시작해 외롭고, 낙엽이 날려 쓸쓸하다. 오동잎이 떨어지고, 기러기 높이 날아 마음이 착잡하게 한다.

「팔월 추석 오늘인가」(5150.1)　　　　　　李世輔

팔월 추석 오늘인가 백곡이 등풍이다
성대의 한민들은 원근없이 격양가를
하물며 담박옥륜이냐 일러 무삼

- 율격 : 기본형. 마지막의 한 토막 "하리오"가 생략되었다.
- 풀이 : 八月 秋夕 오늘인가, 百穀이 登豊(가지런히 풍년)이다. 聖代(좋은 시절) 閑民(한가한 백성)들은 遠近 없이 擊壤歌를 (부르는구나). 하물며 淡泊(맑고 깨끗한) 玉輪(달)이야 일러 무엇 (하리오).

가을이 좋은 계절이다. 팔월 추석을 맞이한 오늘 모든 곡식이 다 풍년이다. 계절과 농사를 먼저, 사람은 그다음에 말한다. 태평성대에 한가하게 사는 백성들 멀고 가까운 곳 없이 어디서나 격양가, 땅을 두드리면서 즐거워하는 노래를 부른다. 이렇게 말하고 하늘의 달을 본다. 맑고 깨끗하고 둥근 달이 하늘에 떠 좋은 것은 더 말할 나위도 없다.

추수를 하는 가을이 가장 좋은 계절이다. 가을이라도 항상 좋은 것은 아니지만, 좋기를 바라면 좋아진다. 좋다고 하면 좋아진다. 사실을 그대로 전하는 것은 아니다. 좋다는 말로 이어진 축원가이다.

「단풍은 난만하고」(1195.1) 　　　　　　　　李世輔

단풍은 난만하고 황국은 반개로다
'한 잔 먹고 또 먹으니 취안도 단풍이라
동자야 저 <u>불어라</u> 나도 신선

- 율격 : 축소변이형. 종장 전반부가 3 < 4이다. 마지막 토막이 생략되었는데 "되노라"라고 할 수 있겠다.

- 풀이 : 丹楓은 爛漫하고 黃菊은 半開로다. 한 盞 먹고 또 먹으니 醉顔도 丹楓이라. 童子야 저(젓대) 불어라. 나도 神仙 (되노라)

가을의 흥취를 산뜻하게 나타낸다. 단풍은 흐드러지고 국화는 노란 꽃이 반만 피어 아름다운 색깔이 어울린다. 흥겨워 술을 여러 잔 마시니 얼굴이 단풍처럼 붉다. 흥이 더욱 고조되어 동자더러 젓대를 불라고 하고 신선이 되리라고 한다. 종장의 자수를 줄여 가볍게 끝내면서 신선이 되어 떠나가는 느낌이 들게 한다.

「강호에 가을이 드니」(0159.1)

강호에 가을이 드니 무한청흥 절로 난다

추산은 금수장 둘러친 듯 추수는 공장 천일색이라
아마도 삼공불환 차강산 이를 즐겨

- 율격 : 확대변이형. 중장이 2<7, 3<7이다. 마지막 토막 "하노라"가 생략되었다.

- 풀이 : 江湖에 가을이 드니, 無限淸興(무한한 맑은 흥이) 절로 난다. 秋山 (가을 산)은 錦繡障(비단에 수를 놓은 장막) 둘러친 듯, 秋水(가을 물)는 共長(함께 길어) 天一色(하늘과 한 색)이라. 아마도 三公不換(삼정승과 바꾸지 않을) 此(이) 江山 이를 즐겨 (하노라).

강호에 가을이 드니, 무한한 淸興이 절로 난다. 봄의 흥 春興과 짝을 이루는 가을의 흥은 秋興이라고 하지 않고 淸興이라고 한다. 앞에 무한하다는 수식어를 붙인 無限淸興이 가을의 자랑이다. 가을 산은 비단에 수를 놓은 장막을 둘러친 듯하고, 가을 물은 하늘과 함께 길고 같은 색이다. 이렇다고 유식한 문자를 써서 말해 중장이 2<7, 3<7의 확대변이형이다.

"아마도"를 앞세우고 종장이 시작되어 말이 달라진다. "아마도"는 마무리를 위한 신호이면서, 좋은 경치를 최고의 관직 삼정승과도 바꾸지 않겠다는 말이 타당하리라는 뜻도 지닌다. 좋은 경치는 삼정승이 사는 서울을 떠나 "此 江山"이라고 하는 곳에 와야 있다. 이런 말을 "三公不換 此江山"이라고 간추려 다시 한다. 이 말은 중국 남송 시인 戴復古의 시에서 가져온 것이다.[9]

한자 어구를 많이 쓰는 것이 별나다고 할 수 있는데, 무슨 까닭인가? 가을을 칭송하는 언사가 시조에서는 감당하지 못할 만큼 말이 길어지지는 않게 한다. 가을은 맑고 깨끗한 것을 자랑하는 계절이므로 품격 높은 문

---

9 시 제목은 「釣臺」이고, 전문이 "萬事無心 一釣竿 三公不換此江山 平生誤識劉文叔 惹起虛名滿世間"이다.

구를 가려서 쓴다.

「설악산 가는 길에」(2586.1)　　　　　　　　　趙明履

설악산 가는 길에 개골산 중을 만나
중더러 이른 말이 풍악이 어떻더냐
이 사이 연하여 서리 치니 때 맞은가 하노라

- 율격 : 기본형
- 풀이 : 雪嶽山 가는 길에 皆骨山 중을 만나, 중더러 이르기를 楓嶽이 어떻더냐? 이 사이 연하여 서리 치니 때 맞은가 하노라.

가을은 단풍의 계절이다. 단풍의 명소는 설악산도 있고, 금강산도 있다. 금강산은 皆骨山이라고도 하고, 楓嶽山이라고도 한다. 개골산은 바위만 드러나 있는 겨울 이름이고, 풍악산은 단풍이 아름다운 가을 이름이다.

설악산 가는 길에 금강산 중을 만나 풍악이 어떻더냐 하고 묻는다. 설악산까지도 가지 못하고 더 멀리 있는 금강산의 단풍이 어떤지 알고 싶다. 중이 이 사이 연하여 서리 치니 때 맞은가 한다고 대답하고 이어지는 말은 없다. 형식의 제약 때문에 더 나아가지 못하기도 하지만, 말이 따르지 못하는 금강산 단풍을 상상에 맡긴다.

「추강에 밤이 드니」(4939.1)　　　　　　　　　月山大君

추강에 밤이 드니 물결이 차노매라
낚시 드리우니 고기 아니 무노매라
무심한 달빛만 싣고 빈 배 저어 오노라

■ 율격 : 기본형

■ 풀이 : 秋江에 밤이 드니 물결이 차노매라(차구나). 낚시 드리우니 고기
아니 무노매라(무는구나). 無心한 달빛만 싣고 빈 배 저어 오노라.

秋江은 가을 강이다. 가을이 되어 맑고 깨끗하고 차가운 강이다. 가을
이 어떤 계절인지 말하는 데 강이 적합해 秋江이라는 말을 애용한다. 春
江은 어쩌다가 보이고, 夏江이나 冬江이라고는 하지 않는다. "秋江에…"
라는 말로 시작되는 시조가 많다. 모두 강을 노래하면서 자기 마음을 되
돌아본다.

여기서는 "추강"의 "ㅊ"과 "차노매라"의 "ㅊ"이 호응되고, 가을 · 강 ·
밤 · 물결이 이어져 차분하다는 느낌이 분명한 세계가 사람 마음을 깨끗
하게 한다. 세계의 자아화를 본보기가 되게 보여준다. 낚시를 드리우는
것은 정화에 참여하자는 시도에 지나지 않으므로 고기를 잡는다는 기대
는 하지 않는다. "無心한" 달빛처럼 마음을 비우고, "빈" 배를 저어 오면서
기대하는 것이 없다.

고기는 잡으려 하지 않으면서 낚시를 한다는 오랜 전승이 새삼스러운
의미를 지닌다. 고기를 잡지 못하면서 왜 헛수고를 하는가 하고 나무라는
것은 무얼 모르고 하는 어리석은 말이다. 낚시하러 간 곳이 어디냐고 물
을 필요는 없다. 마음을 깨끗하게 비워서 바라는 바가 없다고 하려고 필
요한 것들을 선택한 줄 알아야 한다.

月山大君(1454~1488)은 추존국왕 德宗의 아들이고 成宗의 형이다. 왕
위에 오를 자격을 가졌으나 자연을 벗 삼아 한가롭게 지냈다. 이 노래를
지어, 권력을 추구하는 마음이 "없음"을 분명하게 했다. 시조 한 편으로
깨끗한 이름을 남겼다.

'秋江'은 여러 노래에 등장한다. (4937.1) "추강에 떴는 배는 향하는 곳

어디메요/ 눈같이 밝은 달을 가득히 실어 타고/ 우리는 흥 좇아 가노매로 원근 없이 하노라," (4938.1) "추강에 밤이 드니 물결이 참도 차다/ 만선풍월은 사람의 흥을 끄는데/ 낚은 고기 구럭에 담고 닻 드는 소리 더욱 좋다" (4936.1) "추강에 달 밝거늘 배를 타고 돌아보니/ 물 아래 하늘이오 하늘 아래 앉았으니/ 어즈버 신선이 되건지 나도 몰라 하노라", (4938.1) "추강에 밤이 드니 물결이 참도 차다/ 만성풍월은 사람의 흥을 끄는데/ 낚은 고기 구덕에 담고 닻 드는 소리 더욱 좋다" 이런 것들도 있다.[10]

「국화는 무삼 일로」(0433.1) 李世輔

국화는 무삼 일로 삼월 춘풍 다 버리고
낙목 한천에 네 홀로 피었는가
아마도 오상고절은 너뿐인가 하노라

- 율격 : 기본형
- 풀이 : 菊花는 무삼(무슨) 일로 三月 春風 다 버리고, 落木(잎이 진 나무) 寒天(추운 하늘)에 네 홀로 피었는가? 아마도 傲霜孤節(서리를 무시하는 외로운 절개)은 너뿐인가 하노라.

국화는 홀로 추운 날에 핀다고 한다. 생명의 계절인 三月春風을 버리고, 만물이 움츠러드는 落木寒天에 피어, 시련을 넘어서는 傲霜孤節의 기상을 보인다고 칭송한다. 국화에서 세태에 휩쓸리지 않고 고고한 자세

자연과 만나

---

10 중국에는 「秋江夜泊」이라는 악곡이 있고, 악곡의 노랫말인 시가 있다. 秋江에 배를 정박하고 주위의 풍경을 구경하는 감흥을 노래하고, 추강 자체에 특별한 의미가 있는 것이 아니다. '추강'을 '가을 강'이라고 하면 어감이 달라진다. 박재삼 「울음이 타는 가을 강」은 간절한 심정으로 들떠 있어 거의 정반대이다. 시대가 달라진 탓인가, 박재삼이 별나서인가?

를 간직한 선비의 모습을 본다.

(0434.1)(安玟英) "국화야 너는 어이 삼월동풍을 싫어한다/성긴 울 찬비 뒤에 차라리 얼지언정/ 반드시 군화로 더불어 한 봄 말려 하노라", (4957.1) "추월이 만정한데 국화는 유의하다/ 향매화 일지심은 날 못 잊어 피는구나/ 아마도 오상고절은 너뿐인가 하노라"라는 것도 있다.

「추월이 만정한데」(4958.1)

추월이 만정한데 슬피 우는 저 기러기
상풍이 일고하면 돌아가기 어려우리
밤중만 중천에 떠 있어 나를 깨우는고

- 율격 : 기본형
- 풀이 : 秋月이 滿庭한데(뜰에 가득 찬데), 슬피 우는 저 기러기. 霜風(서리 바람)이 日高하면(날로 높아지면) 돌아가기 어려우리. 밤중만 中天에 떠 있어 나를 깨우는가?

가을의 꽃은 국화이고, 가을의 새는 기러기이다. 달 밝은 가을밤에 기러기 하늘 높이 날아간다. 날이 더 추워지면 돌아가기 어려우니 지금 가야 한다는 것을 알지마는, 기러기 슬피 우는 소리를 들으니 마음이 동요해 잠을 깬다.

(4944.1) "추상에 놀란 기러기 슬픈 소리 울지 마라/ 가뜩이 이별이요 하물며 객리로다/ 어디서 제 슬피 울어 내 스스로 슬퍼하노라", (5335.1) "한천 야심한데 슬피 우는 저 기럭아/ 소상 기약 다 전하고 네 홀로 우짖나니/ 더구나 여관 한등에 잠 못 이뤄 하노라" 같은 것도 있다.

「추야장 밤도 길다」(4952.1)

추야장 밤도 길다 남도 이리 밤이 긴가
수심이 첩첩하여 잠을 자야 꿈을 꾸지
구태여 잠까지 가져간 임을 생각 무삼

■ 율격 : 기본형. 마지막 한 토막 "하리오"가 생략되었다.

■ 풀이 : 秋夜長 밤도 길다. 남도 이리 밤이 긴가? 愁心(근심)이 疊疊(겹겹)
하여, 잠을 자야 꿈을 꾸지. 구태여 잠까지 가져간 임을 생각해서 무엇
하리오.

가을은 좋은 계절이기만 한 것은 아니다. 가을이 되어 밤이 길어, 잠이
오지 않으면 고통스럽다. 밤이 긴 것을 원망하고, 남들도 밤이 이렇게 긴
가 하고 묻는다. 근심이 겹겹이 쌓여 잠이 오지 않아 꿈을 꾸지도 못한다
고 한다. 임이 구태여 "잠까지 가져간 임"이라고 길게 말한다.

(4949.1) "추야장 긴긴 밤에 잠 못 이뤄 원수로다/ 적적한 빈 방에 촛불
만 돋워 켜고 앉았으니/ 유정한 임은 아니 오고 개 소리뿐인가", (4951.1)
"추야장 밤도 길다 남도 밤이 그리 긴가/ 길기야 길지마는 임이 없는 탓이
로다/ 우리도 언제 좋은 임 만나 긴 밤 짧게"라는 것도 있다.

「임 그린 상사몽이」(4047.1)   朴孝寬

임 그린 상사몽이 실솔의 넋이 되어
추야장 깊은 밤에 임의 방에 들었다가
날 잊고 깊이 든 잠을 깨워볼까 하노라

■ 율격 : 기본형

자연과 만남

■ 풀이 : 임 그린 相思夢(상사몽)이 蟋蟀(귀뚜라미) 넋이 되어, 秋夜長(가을밤이 길어) 깊은 밤에 임의 방에 들었다가, 날 잊고 깊이 든 잠을 깨워볼까 하노라.

가을은 그리움의 계절이다. 가을밤이 길어 그리움이 더욱 사무친다. 가을밤에 우는 귀뚜라미는 임 그리워 우는 것 같다. 이런 생각에다 상상을 붙인다. "相思夢이 蟋蟀 넋이 되어"라는 것은 임을 그리워하는 꿈을 꾸는 넋이라도 귀뚜라미가 되어"라고 풀이할 수 있는 말이다. 그 귀뚜라미가 임의 방에 들어가 나를 잊고 깊이 든 잠을 깨워볼까 하노라고 하면서 말을 잇는다.

「머귀잎 지거다」(1625.1)　　　　　　　　　鄭澈

머귀잎 지거야 알와다 가을인 줄을
세우 청강이 서느럽다 밤기운이야
천리에 임 이별하고 잠 못 들어 하노라

■ 율격 : 기본형

■ 풀이 : 머귀[梧桐] 잎 지거야(지니까) 알와다(알겠다) 가을인 줄을. 細雨(가는 비) 淸江(맑은 강)에 서느럽다(서늘하다) 밤기운이야. 千里에 임 이별하고 잠 못 들어 하노라.

가을의 꽃은 국화이고, 가을의 나무는 오동이라고도 하는 머귀이다. 머귀의 넓은 잎이 뚝뚝 지면 가을이 깊은 증거이다. 이 노래는 머귀잎이 지니 가을인 줄 안다는 말로 시작된다. 맑은 강에 가는 비가 오니 밤기운이 서늘하다. 밖에 나가보려고 하지 않고도 가을의 정취를 기분 좋게 느낀다.

외롭다는 말을 하지 않다가 "천리에 임 이별하고 잠 못 들어 하노라"라고 하는 것이 뜻밖의 전환이다. 거리가 천리나 되는 곳에서 이별한 임이다. 다시 만날 수 없어 잠을 이루지 못한다. 임은 고고한 위치에 있어 찾아오는 것은 생각할 수 없다. 임에게 갈 생각도 하지 못하고 탄식하기만한다. 밖에 나가지 않는 것이 다시 보니 고립을 뜻한다.

「내 언제 무신하여」(0970.1)　　　　　　黃眞伊

내 언제 무신하여 임을 언제 속였관대
월침 삼경에 올 뜻이 전혀 없어
추풍에 지는 잎 소리야 낸들 어이하리오

- 율격 : 기본형
- 풀이 : 내 언제 無信하여(신의가 없어) 임을 언제 속였관데(속였기에), 月沈(달이 지는) 三更(한밤중)에 올 뜻이 전혀 없어(없구나). 秋風에 지는 잎 소리야 낸들 어이하리오.

가을은 사랑이 그리워지는 계절이어서 이 비슷한 노래가 여럿 있다. 여기서는 밤이 늦어 달이 지는 삼경인데 와야 하는 임은 올 뜻이 전혀 없다고 한다. 임에게 간청하면서 매달리지는 않고 잘못을 나무라면서 한마디한다. 증거를 대라면서 "언제"를 거듭 들먹이고 자기는 신의 없이 임을 속인 적이 없는데, 임은 신의를 저버리고 오지 않으니 나쁘다고 한다. 슬기로운 여인의 당당한 처신이다.

마음을 추스르며 외로움을 견디기로 작정하고 문을 닫는데, 추풍에 잎지는 소리가 들리는 것이 아닌가. 슬기로운 판단을 하는 당당한 자세가일거에 무너지고, 감당할 수 없는 사태에 휩싸인다. 아, 가을은 고독을 절감하게 하는 계절이다. 어찌 할 방도가 없다. 사랑을 갈구하지 않을 수 없다. 가을의 파괴력이 얼마나 큰가.

「시비에 개 짖거늘 (2)」(2899.1)

시비에 개 짖거늘 임만 여겨 나가보니
임은 오지 않고 명월이 만정한데 일진 추풍에 잎 지는 소리로다
저 개야 추풍낙엽을 헛되이 짖어서 날 속일 줄 어째오

- 율격 : 확대일탈형. 중장과 종장의 자수가 많이 늘어났다.
- 풀이 : 柴扉(사립문)에 개 짖거늘 임만 여겨 나가보니, 임은 오지 않고 明月(밝은 달)이 滿庭(뜰에 가득)한데 一陣(한 바탕) 秋風(가을바람)에 잎 지는 소리로다. 저 개야 秋風落葉(가을바람에 떨어지는 나뭇잎)을 헛되이 짖어서 날 속일 줄 어째오(날 속이는 짓을 어째 하느냐)?

이 노래에서는 마음을 추스르지 않고 열어놓는다. 개 짖는 소리를 듣고 임이 오는가 여겨 나가보니, 임은 오지 않고 달이 밝은데 바람이 불어 잎이 진다고 "명월이 만정한데 일진 추풍에 잎 지는 소리로다"를 길게 늘인다. 토막 수가 많은 확대일탈형을 만든다.

"명월이 만정"한 것으로 임에 대한 그리움을 나타내고, "추풍에 지는 잎"으로 자기 신세를 말한다. 임이 오지 않아도 시비를 차리지도 않는다. 임을 원망하지 않고 개를 원망하면서 "추풍낙엽을 헛되이 짖어서"도 길게 말해 확대일탈형이 되게 한다.

단풍과 낙엽은 가을의 양면이다. 단풍은 가을의 아름다움을 자랑하게 하고, 낙엽은 가을이 쓸쓸한 계절이게 한다. 단풍의 아름다움은 홀로 즐기고, 낙엽의 쓸쓸함은 이별한 사람을 생각하면서 절감한다.[11]

---

11 단풍과 낙엽이 가을의 양면인 것이 어느 나라의 시에도 공통된 것은 아니다. 일본

鄭澈(1536~1593)은 고위관직에 있다가 물러나「머귀잎 지거다」(1625.1)를 지었다. 가을밤이 쓸쓸한 것이 이별한 임을 멀리 두고 그리워하는 것과 같다는 느낌을 노래했다고 보면, 능숙한 언어구사를 평가할 만하다. 임금을 그리워하는 忠臣戀君의 노래를 지었다고 하면, 지나친 저자세가 역겨울 수 있다.

「내 언제 무신하여」(0970.1)를 지은 黃眞伊는 사랑해주기를 간청하지 않고 떠나간 임이 신의가 없다고 당당하게 나무란다. 사랑을 휘어잡고 있어, 이별당해도 상처를 받을 만큼 길게 탄식하지는 않는다. 「시비에 개 짖거늘」(2899.1)은 누군지 모를 여인의 작품이라고 생각되는데, 부는 바람, 지는 잎, 밝은 달, 짖는 개에다 외롭고 슬픈 마음을 내맡기는 것이 안쓰러워 위로하고 사랑하지 않을 수 없다.

의『萬葉集』에는 '黃葉(もみち)'이라고 한 단풍을 보고 감탄하는 노래가 많고, 낙엽을 보고 쓸쓸해하는 말은 없는 것 같다. 프랑스에서는 보들레르(Charles Baudelaire)가「가을의 노래(Chant d'automne)」에서 말했듯이, 가을이 차가운 어둠 속에 잠기는 계절이다. 단풍을 뜻하는 고정된 언사가 없고, 'feuille morte(죽은 잎)'이라는 말로 낙엽을 뜻한다. 죽은 잎이 떨어져 마음을 쓸쓸하게 한다고, 여러 시인이 거듭 노래했다. 베를렌(Paul Verlaine),「가을의 노래(Chanson d'automne)」"에서 "나는 떠나간다,/ 사나운 바람에/ 몸을 맡기고/ 여기저기/ 마치/ 낙엽처럼(Et je m'en vais/ Au vent mauvais/ Qui m'emporte/ Deçà, delà,/ Pareil à la/ Feuille morte)."이라고 하고, 구르몽(Remy de Gourmont),「낙엽(Les feuilles mortes)」에서 "시몬, 너는 좋으냐, 낙엽 밟는 소리가?(Simone, aimes-tu le bruit des pas sur les feuilles mortes?)"라고 한 것이 널리 알려져 있다. 프랑스 말과 시에 단풍은 없고 낙엽만 있는 것은 아름다운 단풍이 없기 때문이다. 일본 용어를 사용하면 樹種이 '紅葉은 없고 '黃葉'만 있는 것들인데, 가을 날씨가 나빠 단풍이 곱게 들지 않는다. 보지 않은 것을 말하고 노래에 올릴 수는 없다. 프랑스에서는 여름을 '아름다운 계절(belle saison)'이라고 한다. 긴긴 날 햇빛이 비치고 그리 많이 덥지는 않기 때문이다. 좋은 계절 반가운 햇빛을 즐기려고 바캉스를 간다고 법석을 떨어, 날씨가 다른 먼 나라 사람들까지 들뜨게 한다. 가을이 되면 날이 흐리고 이따금 비가 부슬부슬 온다. 어디 가도 즐길 단풍은 없고, 낙엽이 바람에 뒹군다.

지체 높은 남성은 사랑이 무엇인지 잘 모르면서 이용하려고 한다. 이름 난 기녀는 사랑에 달통해 희롱하기까지 하는 여유를 보인다. 누군지 모를 여인은 사랑하는 사람을 기다리면서 듣고 보는 모든 것에 그립고 아쉬운 마음을 준다.

525 겨울

겨울에는 눈이 와서 경치가 빼어나지만 추위는 견디기 힘들다. 고립되어 있어 남들과 소통하기를 바라는 계절이기도 하다. 이런 사연이 있어도, 많은 말을 하기에는 적합하지 않아 겨울 노래는 드물게 보인다.

「**하룻밤 찬 바람에**」(5258.1)   **朴良佐**

하룻밤 찬 바람에 황국 단풍 다 지거나
백설이 비비하여 해천이 한 빛인 제
동령에 낙락장송은 함만취로다

■ 율격 : 축소일탈형. 종장이 세 토막이다.

■ 풀이 : 하룻밤 찬 바람에 黃菊 丹楓 다 지는구나. 白雪이 飛飛하여(날리고 날리어) 海天이(바다와 하늘이) 한 빛인 적에, 東嶺(동쪽 고개) 落落長松은 含晩翠로다(만년에 이르러서도 푸르도다).

초장에서는 가을이 물러나고 겨울이 시작되는 계절의 변화를 말한다. 중장에서는 흰 눈이 날려 바다와 하늘이 한 색인 겨울의 모습을 그린다. 종장에서는 모든 것이 한 색이어도 동쪽 언덕의 낙랑장송은 푸르다는 것을 말하면서 사람이 본받아야 할 고고한 자세를 암시한다.

「천산에 눈이 오니 (2)」(4615.1)　　　　　　　李鼎輔

천산에 눈이 오니 건곤이 일색이로다
백옥경 유리계인들 이보다 더할쏜가
천수만수에 이화발하니 양춘 본듯 하여라

- 율격 : 확대변이형. 종장 전반부가 <u>5</u> 5이다.
- 풀이 : 千山에 눈이 오니 乾坤(하늘과 땅)이 一色(한 색)이로다. 白玉京
  琉璃界(천상에 있다는 백옥과 유리 궁전)인들 이보다 더할쏜가. 千樹萬
  樹(천만 가지 나무)에 梨花發하니(배꽃이 피었으니) 陽春(따뜻한 봄날)
  본듯 하여라.

　겨울은 눈이 아름다워 좋은 계절이다. 산마다 눈이 와 땅이 하늘과 한
색인 것을 바라보고 감탄한다. 천상에 있다는 백옥과 유리 궁전이라도 이
보다 더 좋을 수 없다. 흰 눈이 먼 여행을 떠나도록 이끌어, 하늘로 오른
다고 상상한다.
　환상에서 깨어나 다시 보니, 천만 그루 나무에 눈이다. 나무가 천만이
나 된다고 하려고 종장 전반이 5 5인 확대변이형을 사용한다. 눈이 배꽃
처럼 피어 따뜻한 봄날을 생각하게 한다. 천상의 궁전보다 봄날의 배꽃이
더욱 아름답다.

「백설이 분분한 날에」(1902.1)　　　　　　　任義直

백설이 분분한 날에 천지가 다 희거다
우의를 떨쳐입고 구당에 올라가니
어즈버 천상백옥경을 미처 본가 하노라

- 율격 : 기본형

■ 풀이 : 白雪(흰눈)이 紛紛한(날리는) 날에 天地가 다 희거다(희구나). 雨
衣(비옷)을 떨쳐 입고 丘堂(언덕에 있는 집)에 올라가니, 어즈버 天上白
玉京을 미처(미리) 본가 하노라.

앞의 노래는 내린 눈이 아름답다고 조용하게 바라보기만 하는데, 여기
서는 눈이 펄펄 날리는 움직임으로 마음을 흔든다. 집에 들어앉아 있지
못하고 눈을 무릅쓰고 밖으로 나가, 우의를 떨쳐입고 언덕에 있는 정자에
오른다. 높은 데서 내려다보니 천상의 백옥 궁전이 펼쳐져 있다. 죽어서
나 볼 수 있는 광경을 지금 미리 보는 것 같다. 눈 때문에 들뜬 상상력이
공간 이동에 이어서 시간 이동을 한다.

「만창 설월이요」(1562.1)

만창 설월이요 절역 풍성이라
외로운 촛불 아래 말없이 홀로 앉아
공연한 헛생각에 잠 못 이뤄 하노라

■ 율격 : 축소변이형. 초장이 2<4, 2<4이고, 종장 전반부가 3<4이다.
■ 풀이 : 滿窓(창에 가득) 雪月(눈에 비친 달)이요, 切域(모든 곳)에 風聲(바
람소리)이라. 외로운 촛불 아래 말없이 혼자 앉아, 공연히 헛생각에 잠
못 이루어 하노라.

창 너머로 온통 눈이 오고 달이 뜬 것을 보기나 하고, 밖으로 나가지
는 않는다. 사방을 다 비추는 밝은 달을 외면하고, 외로운 촛불 아래 말없
이 홀로 앉아 있다. 격리를 선택하니 공연한 헛생각이 맴돌아 잠을 이루
지 못한다. 초장이 2<4, 2<4이고, 종장 전반이 3<4인 축소변이를 택해,
말을 줄이고 몸을 움츠린다. 겨울은 견디기 힘든 계절이다.

「산촌에 눈이 오니」(2359.1)   申欽

산촌에 눈이 오니 돌길이 묻혔어라
시비를 열지 마라 날 찾을 이 뉘 있으리
밤중만 일편명월이 그 벗인가 하노라

- 율격 : 기본형

- 풀이 : 山村에 눈이 오니 돌길에 묻혔어라. 柴扉(사립문)를 열지 마라 날
  찾을 이 뉘(누가) 있으리. 밤중만 一片明月이 내 벗인가 하노라.

　겨울날에 격리를 선택하는 것이 위의 노래와 같다. 그러나 격리되어 있
는 공간이 방 안을 넘어서서 눈이 와 들길이 묻힌 데까지이다. "말없이 홀
로"라고만 하지 않고, 찾아올 사람이 없으니 시비를 열지 말라고 해서 단
절을 자청한다. 그런데도 벗이 있다. 밤중에 뜬 달 하나가 벗이어서 외롭
지 않다. 낮에 해가 비칠 때에는 기대할 수 없는 소통을 밤에 달이 가능하
게 한다.

　격리나 단절을 들어 겨울이 어떤 계절인지 말하려는 것은 아니다. 세상
을 등지고 은거하는 사람의 처지를 눈이 와서 길이 막힌 겨울날과 같다고
한다. 등져야 하는 이유를 설명하면서 세상을 나무라지는 않는다. 세상과
는 반대가 되는 자연에서 이중의 혜택을 얻는다고 하는 것으로 비판을 대
신하고 대안을 제시한다. 자연을 울타리 삼고 방해받지 않아 편안하다.
자연과 소통해 위안을 받고 즐겁게 지낸다.

　　　「공산 풍설야에」(0360.1)   安玟英

　　공산 풍설야에 돌아오는 저 사람아
　　시비에 개 소리를 듣느냐 못 듣느냐

석경에 눈이 덮였으니 나귀 혁을 놓으라

- 율격 : 기본형

- 풀이 : 空山 風雪夜에 돌아오는 저 사람아, 柴扉(사립문)에 개 소리 듣느냐 못 듣느냐? 石經(돌길)에 눈이 덮였으니 나귀 革(고삐)을 놓으라.

눈이 오고 바람이 부는 날 찾아오는 사람을 맞이한다. 겨울은 격리나 단절의 계절이라고 하는 것은 맞지 않다. 찾아올 벗은 겨울이 되어도, 눈이 와도 온다. 벗에게 하는 말로 노래가 이어진다. 벗은 아직 멀리 있어 듣지 못하지만, 마음이 앞서나가 하고 싶은 말을 한다.

시비에서 개 짖는 소리가 나는 것은 오는 사람을 알아차린 반응이다. 개 짖는 소리를 나는 듣는데, 너는 듣느냐 못 듣느냐 하고 벗에게 묻는다. 벗은 아직 개 짖는 소리도, 내가 하는 말도 듣지 못하는 것 같다. 그래도 반가움에 들떠 다음 말을 한다. 집으로 들어오는 돌길에 눈이 덮였으니 고삐 잡은 손을 놓고 나귀에서 내려 걸어서 오라고 한다.

눈 오고 바람 불고, 돌길에 눈이 덮여 있는 것은 살아가면서 겪는 시련일 수 있다. 시련이 있다고 해서 격리되고 단절되는 것은 아니다. "공연한 헛생각에 잠 못 이루는" 것은 바보이다. "시비를 열지 마라 날 찾을 이 뉘 있으리"라고 하는 것도 어리석다. 진실한 벗이 있으면 어려움을 넘어설 수 있다. 진실한 벗과의 유대나 소통은 시련이 있으면 더욱 강화된다. 벗이 누구인지 따지지 말고 뜨겁게 맞이하는 자세를 갖추어야 한다.

申欽(1566~1628)은 관직이 영의정까지 오른 사대부 명사이다. 安玟英(1816~1885)은 시정인으로 살아간 중인 가객이다. 사대부에게는 진퇴가 있어, 나아가 크게 활약하다가 벼슬을 그만두고 쓸쓸하게 물러나기도 한다. 시조는 물러나 있을 때 지어 마음을 다스리는 노래여서, 격리되고 단절된 곳에서 밝은 달이나 벗으로 삼는다고 한다. 시정인으로 살아가는 중인은 나아가지도 물러나지도 않고 일상적인 삶을 계속하면서 사람들과의 관계를 넓혀 힘을 얻는다. 風雪이 불어 닥친 것같이 어려울 때 도와주는 벗을 소중하게 여겨 어서 오라는 노래를 짓는 것이 당연하다.

「겨울날 따스한 볕을」(0235.1)

겨울날 따스한 볕을 임 계신 데 비추고저
봄 미나리 살진 맛을 임에게 드리고저
임이야 무엇이 없으랴만 내 못 잊어 하노라

- 율격 : 기본형
- 풀이 : 겨울날 따스한 볕을 임 계신 데 비추고저, 봄 미나리 살진 맛을 임에게 드리고저. 임이야 무엇이 없으랴만 내 못 잊어 하노라.

겨울은 춥기만 한 것이 아니다. 겨울에도 따스한 볕이 있다. 봄이 되면 미나리 살진 맛을 즐길 수 있다. 이런 것들을 임에게 드리겠다고 한다. 임을 극진하게 위해주고자 한다. 마음이 따스하면 겨울도 따스하다.

겨울을 노래하면서 춥다는 말은 하지 않고 따스하다고만 한 것은 겨울을 본보기로 삼아 사물의 이치를 깨우쳐주려 한다고 볼 수 있다. 사물에는 알려진 것과 다른 측면도 있으므로 속단하지 말아야 한다. 현재의 형편이 불만이어도 나아질 수 있다. 마음을 바람직하게 먹으면 바람직한 것이 이루어진다.

53 초목을 벗 삼아

시조에 자주 등장하는 초목은 梅花, 梨花, 소나무, 梧桐, 대나무이다.

李愼儀는 매화, 국화, 소나무, 대나무를 네 벗이라고 하면서 四友歌를 지었다. 尹善道의 五友歌에는 소나무와 대나무에 관한 노래가 있다. 시조의 초목 선택은 四君子라고 하는 梅蘭菊竹과 다르고, 松竹梅菊蓮을 六友에 포함시키는 것과도 차이가 있다.[12]

梅蘭菊竹은 盆에 심어 가까이서 즐길 수 있는 것들이다. 시조에서 노래하는 매화는 梅花盆이 아니고 밖에 서 있는 梅花木이다. 매화, 이화, 소나무, 오동은 실내로 가져올 수 없는 나무이다. 매화와 이화는 나무에 꽃이 핀다. 梅蘭菊竹은 선비의 단아한 모습을 보여주어 사랑스럽게 여긴다. 매화, 이화, 소나무, 오동은 누구나 살아가면서 겪는 사연과 얽혀 있다.

난초는 돌보지 않고 오동에 관해서 말이 많은 것이 시조의 특징이다. 오동은 난초처럼 품격이 높아 기림을 받지 않고, 세월의 풍랑에 몸을 내맡기는 폭이 넓어 친근하다. 시조를 자기 노래로 삼는 甲男乙女는 그윽한 향기라는 것에는 관심을 가지지 않고, 오동잎에서 울리는 소리에 귀를 기울이면서 삶을 되돌아본다.[13]

531 매화

매화가 초목 가운데 사랑을 가장 많이 받았다. 추위를 무릅쓰고 피는 꽃이 품격이 높고 아리따워 찬탄을 자아낸다. 선비의 정신을 나타내준다

---

12 李滉은 松竹梅菊蓮己가 六友라고 하고 시의 소재로 즐겨 다루었다. 己는 자기이다. 김영숙, 『퇴계 시 넓혀 읽고 깊은 맛보기』(영남퇴계학연구원, 2014), 119~144면에서 이에 관해 고찰했다.

13 임성철, 『만요슈와 고시조의 화조풍월』(제이엔씨, 2005)에서 소나무 · 대나무 · 매화는 양쪽에서 함께 애용한다고 했다. 일본에서 싸리 · 벚꽃 · 귤나무를 자주 노래한다고 한 것은 한국과 다르다.

고 한다.[14]

「꽃이 무한하되」(0662.1)　　　　　　　李愼儀

　꽃이 무한하되 매화를 심은 뜻은
　눈 속에 꽃이 피어 한 빛인 줄 귀하도다
　하물며 그윽한 향기 아니 귀코 어이리

■ 율격 : 기본형

■ 풀이 : 꽃이 無限하되 梅花를 심은 뜻은 눈 속에 꽃이 피어 한 빛인 줄
　(알게 하는 것이 참으로) 貴하도다. 하물며 그윽한 향기(가 나니) 아니 貴
　코(귀하게 여기고) 어이리.

「四友歌」의 하나이다. 무한하게 많은 꽃 가운데 梅花를 심은 것은 눈 속
에 피어 눈과 한 빛인 것을 귀하게 여기기 때문이라고 중장에서 말한다.
"하물며"를 앞세운 종장에서는 그윽한 향기가 매화를 더욱 좋아하게 한다
고 한다. 뒤의 것이 더욱 훌륭하다고 하는 또 하나의 좋은 본보기이다.

「설월이 만건곤하니」(2593.1)

　설월이 만건곤하니 천산이 옥이로다
　매화는 반개하고 죽림이 푸르렀다
　아이야 잔 가득 부어라 춘흥 겨워 하노라.

---

14 일본의 『萬葉集』에도 매화 노래가 많아, 매화 사랑을 일찍부터 공동의 관심사로
　삼은 것을 알 수 있다. 그러면서 매화를 남녀관계와 관련시켜 노래하고, 꽃과 함
　께 열매에도 관심을 가져 열매가 맺히면 인연을 맺자고 한 것이 다르다(이연숙
　역, 『만엽집』 2, 박이정, 2012, 193면).

- 율격 : 기본형

- 풀이 : 雪月(눈에 비친 달)이 滿乾坤(하늘과 땅에 가득)하니, 千山이 玉이로다. 梅花는 半開하고(반만 피고) 竹林이 푸르렀다. 아이야 盞 가득 부어라 春興 겨워하노라.

설월이 만건곤하고 천산이 옥인 겨울이다. 매화는 반쯤 피어 있고, 소나무 숲이 푸르다. 중장까지 말한 사실이 이 정도인데, 종장에서 갑자기 아이더러 술을 부으라고 하고, 춘흥 겨워한다.

반쯤 핀 매화를 보고 춘흥 겨워할 수 있는가? 봄을 간절하게 기다리고 봄을 맞을 준비로 마음이 들떠 있어 매화가 반만 핀 것을 보고도 춘흥이 감당하기 어려울 정도로 일어난다. 죽림이 푸르다는 말은 왜 하는가? 겨울에도 푸르지만 봄이 되어 더 푸르러, 매화를 도와 생명의 약동을 보여준다.

매화는 봄을 상징하는 꽃이다. 봄에 피는 꽃이 아주 많은데 매화를 특별히 좋아하는 것은 그럴 만한 이유가 있다. 매화는 눈 속에서도 피어 봄이 오는 것을 먼저 알린다. 봄에 피는 많은 꽃 가운데 매화가 가장 고결한 아름다움을 지닌다. 매화가 빼어난 만큼 매화 노래도 빼어나야 할 것인데, 이것은 좀 모자란다.

서술 어미에도 주목할 것이 있다. "푸르더라"라는 회상법이 아닌 "푸르렀다"라는 과거형을 사용해 초·중장과 종장의 차이를 명확하게 한다. 19세기 후반에 이루어졌으리라고 생각되는 『客樂譜』 소재 작품이어서 구어를 반영했다.

「매화 피다 커늘」(1617.1)

매화 피다 커늘 산중에 들어가니

봄눈 깊었는데 만학이 한빛이라
어디서 꽃다운 향내는 골골마다 나나니

- 율격 : 기본형

- 풀이 : 梅花 핀다고 하거늘 山中에 들어가니, 봄눈 깊었는데 萬壑이 한
  빛이라. 어디서 꽃다운 향내는 골골마다 나는구나.

기본형이지만 초·중장 전반부가 둘 다 2<4인 것은 특이하다. "매화"
와 "봄눈", 이 두 기본 어휘에 관심을 모으기 위한 선택이다. 초·중장 후
반과 종장은 예사 기본형이기만 해서 관심의 분산을 막는다.

"피다"라는 동사 원형을 사용해 "피다 커늘"이라고 하는 것도 눈여겨 볼
만하다. "피었다고 하거늘", "핀다고 하거늘", "피리라고 하거늘" 가운데
어느 쪽도 아닌 엉거주춤한 말을 하다니. 의식이 몽롱하고 멍청한 상태에
서 누군가 하는 말을 전해 듣고 나오는 반응이다.

의식의 분별이 없이 무턱대고 산중에 들어가다가, 어둡고 좁으리라고
여기는 곳이 밝게 열려 놀란다. 봄눈 깊은 골짜기에 한 빛이 가득하다. 눈
과 한 빛이어서 매화는 가려내 볼 수 없고 향내가 여기저기서 난다. 이른
봄에 피는 매화가 얼마나 경이로운가 말을 조금만 하고, 무어가 무언지
모르고 있는 독자를 깨우쳐준다.

「빙자 옥질이여」(2193.1) 安玟英

빙자 옥질이여 눈 속의 네로구나
가만히 향기 놓아 황혼월을 기약하니
아마도 아치고절은 너뿐인가 하노라

- 율격 : 기본형

■ 풀이 : 氷姿(얼음 같은 모습) 玉質(옥 같은 자질)이여, 눈 속의 너로구나.
가만히 향기를 놓아두고 黃昏月을 期約하니, 아마도 雅致古節(우아한
기품과 높은 절개)은 너뿐인가 하노라.

「梅花詞」 8수 가운데 첫째 것이다. 매화가 아름답고 품격 높다고 氷姿
玉質, 雅致古節 같은 관념어를 들어 말해 묘미가 모자란다. 매화가 "눈
속"에 피어 있다고 감탄하는 것도 상투적인 언사이다.

그래도 실망할 것은 아니다. "가만히 향기 놓아 황혼월을 기약한다"는
것은 앞 구절의 직설법에서 벗어나 작품을 살린다. 매화의 향기를 함부로
맡지 않고 그대로 놓아두고 黃昏에 달이 뜨면 다시 다가가리라고 기약한
다는 말이라는 것을 알아내면, 예민한 詩心과 만날 수 있다.

「어리고 성긴 매화」(3153.1)   安玟英

어리고 성긴 매화 너를 믿지 않았더니
눈 기약 능히 지켜 두세 송이 피었구나
촉 잡고 가까이 사랑할 제 암향부동 하더라

■ 율격 : 기본형
■ 풀이 : 어리고 성긴 매화, 너를 믿지 않았더니, 눈 期約 능히 지켜 두세
송이 피었구나. 燭(초) 잡고 가까이 사랑할 제 暗香浮動하더라.

「梅花詞」 8수 둘째 것은 이렇다. 여기서는 매화를 우러러보지 않고 친
근하게 여겨 기존의 관념을 타파한다. 어리고 성긴 매화가 과연 꽃을 피
울지 믿지 않았다는 말부터 한다. "눈 기약"은 '눈'은 '雪'로도 '눈[芽]'로도
'眼'으로도 볼 수 있어 묘미를 지닌다. '눈'을 '雪'로 보면, 매화나무가 눈

을 이겨내겠다는 기약을 지켰다는 말이다.[15] '눈'을 '눈[芽]으로 보면 눈을 추위를 이기고 發芽하겠다는 기약을 지켰다는 말이다. '눈'을 '眼'으로 보면, 매화나무가 눈 맞춤을 하면서 다짐한 기약을 지켰다는 말이다. 말 한마디가 세 가지 의미를 지닌다.

"暗香浮動"은 알아차릴 수 없을 정도로 그윽한 향기가 떠돈다는 뜻이다. 좋은 말이지만 매화를 두고 거듭 쓰면서 상투어가 되었다. 이런 말만 하지 않고, 향기가 나는 것 같으니 매화가 피었는지 살피려고 날이 밝기를 기다리지 않고 촛불을 들고 다가간다고 해서 예사롭지 않은 시상을 갖추었다. 이 대목에서 나타나는 예민하기 이를 데 없는 마음씨는 "눈 기약"의 "눈"이 밖의 눈[雪이나 芽]이 아닌 안의 눈[眼]임을 알려준다.

시인이 매화를 피운 것은 아니다. 매화가 시인을 길렀다. 매화를 보면서 시심을 기른 수많은 시인 가운데 이런 노래를 지은 안민영이 가장 높은 경지에 이른 것이 아닌가?

「매화 옛 등걸에」(1615.1)   梅花

매화 옛 등걸에 봄철이 돌아오니
옛 피던 가지에 피엄즉도 하다마는
춘설이 난분분하니 필동말동 하여라

- 율격 : 기본형

- 풀이 : 매화 옛 등걸에 (매화가 전에 피던 예전 나무 등걸에) 봄철이 돌아오니, 옛 피던 (전에 피던) 가지에 (매화가) 피엄즉도 (필만도) 하다마는, 春雪이 亂紛紛하니(어지럽게 날리니) 필동말동 하여라.

---

15 신연우, 『가려 뽑은 우리 시조』(현암사, 2004), 61면에서 '눈'을 "眼"과 '雪'로 해석했다.

이 노래는 기본형 율격을 착실하게 지킨다. 전체가 한 문장이고 중간에 끊어지지 않는다. "매화"와 "피다"라는 말을 생략할 수 있으면 생략하면서 되풀이한다. 이처럼 세심하게 단장해 자세가 단정하다.

봄이 돌아오니 옛 등걸에 전에 피던 가지에 매화가 필 만한데 필동말동 하니 안타깝다. 매화 피기를 기다리며 애태운다. 어지럽게 날리면서 방해를 하는 봄눈이 원망스럽다. 이런 절실한 사연으로 마음을 사로잡는다.

이름을 梅花라고 하는 기녀가 이 노래를 지어 자기 처지와 심정을 알린다. 봄눈이 어지럽게 날리는 시련을 이겨내고 매화가 피는 것과 같은 사랑이 다시 이루어지기를 소망한다고 한다. 형식과 표현에서 자세가 단정한 노래를 지어 나무람을 막고 신뢰를 얻는다.

이것은 기녀 매화의 노래만이 아니다. 봄눈이 어지럽게 날리어도 매화가 피기를 고대하는 것은 지은이만의 소망은 아니다. 누구나 하고 싶은 말을 해서 누구나 자기 노래이게 한다.

「매화야 너와 나와」(1613.1)　　　　　　　　尹陽來

매화야 너와 나와 한데 예자 원이러니
나는 너를 떠나 이곳에 와 있는데
연년에 날 찾아 이르니 깊은 정을 느끼노라

- 율격 : 기본형
- 풀이 : 梅花야, 너와 나와 한데 예자(가자)는 것이 願일러니, 나는 너를 찾아 이곳에 와 있는데, 年年에 날 찾아 이르니 깊은 情을 느끼노라.

매화를 너무 사랑해 살아서 같이 있는 것이 물론이고 죽어서도 함께 가는 것이 소원이다. 그런 매화가 항상 피어 있지 않고, 계절이 지나면 자취를 감춘다. 없어진 매화를 찾아 이곳에 와 있는데 소식이 없다. 중장과 종장 사이에 공백이 있다가, 시간이 경과하니 매화가 해마다 그랬듯이 올해에도 찾아와 깊은 정을 느끼게 한다.

계절이 지나면 자취를 감추는 매화를 보고 죽어서도 함께 가자고 한다. 매화가 작년에 피던 데 그대로 있지 않고 장소를 옮겨 다른 곳에 핀 것을 보고 해마다 찾아온다고 반긴다. 매화에 매혹되어 사리 분별이 흐려지고, 말이 되지 않는 말을 한다.

「매화 한 가지에」(1618.1) 柳心永

매화 한 가지에 새 달이 돋아오니
달더러 묻는 말이 매화 흥미 네 아느냐
차라리 내 네 몸 되면 가지가지

- 율격 : 기본형. 마지막 한 토막이 생략되었는데 무엇인지 알기 어렵다.

- 풀이 : 梅花 한 가지에 새 달이 돋아 오니, 달더러 묻는 말이, "梅花 興味 네 아느냐?" "차라리 내 네 몸 되면 가지가지…"

매화 한 가지에 새 달이 돋아오는 것은 매화의 아름다움을 잘 보여주는 풍경이다. 매화와 짝을 이루는 달에게 매화의 흥미를 아느냐고 묻는다. 興味는 흥겨운 멋이다. 味는 맛이라고만 하는데, 원래 맛과 멋은 같은 말이다.

이 물음에 달이 대답하는 말이 종장이다. "달이 매화의 몸이 되면 가지가지"라고만 하고, 다음 말은 생략되어 있다. "가지가지 빛이 나리라"라고 하려 한 것이 아닌가 한다. 매화가 너무나도 사랑스러워 멀리서 보면서 애태우는 것보다 차라리 한 몸이 되어 함께 빛나고 싶다고 달에게 맡겨

말한다. 매화는 상상력이 부풀게 하는 마력이 있다.[16]

「초당에 깊이 든 잠을」(4864.1)　　　　　李華鎭

초당에 깊이 든 잠을 새소리에 놀라 깨니
매화우 갓 핀 가지에 석양이 거의로다
아이야 낚대 내어라 고기잡이 저물었다

■ 율격 : 기본형

■ 풀이 : 草堂에 깊이 든 잠을 새소리에 놀라 깨니, 梅花雨 갓 핀 가지에
夕陽이 거의로다. 아이야 낚대 내어라, 고기잡이 저물었다.

초당에 "깊이 든 잠을" 5로 늘인 것은 세상을 등지고 은거한다는 것을
알아달라는 말이다. 새소리에 잠을 깨서, 다른 것은 할 일이 없으니 늦지
않게 낚시나 하러 가겠다고 한다. 아이더러 낚대를 내어놓으라는 것이 말
하고자 하는 용건이다.

중장은 "석양이 거의로다"만 늦지 않게 나서야 한다는 용건과 관련된
다. 앞의 말 "매화우 갓 핀 가지에"는 낚시하러 가겠다는 것과 아무 관련
도 없다. "매화우"는 매화에 오는 비이다. 매화에 비가 오면 아름답다. "갓
핀 가지"는 매화가 갓 핀 가지이다. 갓 핀 매화는 사랑스럽다. 아름답고
사랑스러운 것을 말해 무얼 하는가?

초장 서두와 연결시켜보면 의문을 풀 수 있다. 초당에서 잠들어 있는

---

16 李滉은 매화를 사랑해 매화시를 한시로 지었다. 陶山 달밤의 매화를 읊은「陶山月
夜詠梅」 첫 수에서 "獨倚山窓夜色寒 梅梢月上正團團 不須更喚微風至 自有淸香滿
院間"라고 했다. 이런 말을 시조에서 하기는 어려워 매화시를 시조로는 짓지 않은
것 같다.

것이 망각은 아니다. 세상은 잊고 자연과 더불어 살아가는 처신이다. 세상은 혼탁하고 추악하며, 자연은 고결하고 아름답다. 자연이 고결하고 아름다운 것을 매화가 잘 보여주어 은거하는 선비는 매화를 가까이 한다. "매화우 갓 핀 가지"를 바라보면서 마음을 깨끗하게 한다.

낚시를 한다는 것은 다른 일에 뜻이 없고 마음을 비운다는 말이다. 마음을 비우기만 하면 되는 것은 아니고 깨끗하게 해야 한다. 마음을 깨끗하게 하려면 낚시만으로는 부족하고 매화를 본받아야 한다.

(5204.1) "풍설 산재야에 상대 일수매라/ 웃고 저를 보니 저도 나를 웃는구나/ 웃어라 매즉농방이오 농즉매인가 하노라"는 「313 웃음」에서 고찰한다.

532 이화

매화 다음으로 사랑을 많이 받는 꽃은 梨花 배꽃이다. 매화와 이화는 백색이 고결한 공통점이 있으면서 색조와 모양이 조금 다르다. 매화는 그 자체의 아름다움이 칭송되고, 배꽃은 달이나 비와 연관되어 비범한 정감을 빚어낸다.

「이화에 월백하고」(3901.1)   李兆年

이화에 월백하고 은한이 삼경인 제
일지 춘심을 자규야 알랴마는
다정도 병인양 하여 잠 못 들어 하노라[17]

---

17 이희승, 「시조 감상 일 수」, 『조선문학연구초』(을유문화사, 1946)에서 이 작품을 자세하게 고찰했다.

- 율격 : 기본형

- 풀이 : 梨花에 月白하고(달이 밝고) 銀漢(은하수)이 三更(한밤중)인데, 一枝(한 가지) 春心(봄 마음)을 子規야 알랴마는, 多情도 病인양 하여 잠 못 들어 하노라.

梨花, 月白, 銀漢은 모두 희고 차분한 음기이다. 春心, 子規, "多情도 病", "잠 못 들어"는 모두 붉게 격동하는 陽氣이다. 둘은 서로 다르면서 호응한다. 희고 차분한 정경을 바라보면서 사람의 마음은 붉게 격동한다. 희고 차분한 정경의 으뜸인 이화가 붉게 격동하는 마음 춘심과 바로 연결된다. 봄이 와서 피어난 이화를 보고 춘심을 일으킨다. 月白이나 銀漢까지 갖추어져 있어 춘심이 더욱 뜨거워진다.

春心은 봄에 느끼는 정감이며 春情이라고도 할 수 있다. 만물이 소생하는 봄을 맞이해 뜨거워진 마음이 춘심이고 춘정이다. 춘심은 미처 자라지 않아도, 간직하고 있기만 할 수 없고 소통의 대상이 필요하다. 한 가지만 뻗은 "一枝 春心"을 "자규야 알랴마는"이라고 한다. 월백한 이화 가지에 앉아 있어도, 정감이 있는 자규는 양기 쪽이다. 자기 나름대로 간절한 사연이 있어 슬피 우니 내 마음을 조금은 알 것 같다. 사람은 누구도 알지 못하는 나의 춘심을 자규라면 알 것 같다.

자규는 두견이라고도 한다. 여름에 밤낮으로 처량하게 울어 심란하게 한다. 옛적 중국의 작은 나라 蜀의 임금, 이름이 杜宇인 望帝가 나라를 원통하게 빼앗겨 죽은 혼이 이 새가 되었다는 전설이 있다. 이 두 가지 이유 때문에 시에 많이 등장한다. 「543 두견」에서 자규 또는 두견에 관한 노래를 모아 고찰한다. 처량하게 운다고 하지 않고 자규라는 말만 해도 이런 내력이 함축되어 있다.

중장의 "일지 춘심"을 종장에서는 "다정"이라고 한다. 누르지 못해 넘치는 정이 多情이다. 다정은 병이 아니지만 병과 다를 바 없어 잠을 이루지 못한다. 이화, 월백, 은한은 밤에도 모습이 변하지 않는 것이 당연한데, 사람은 삼경이면 잠을 자야 한다. 잠들지 못하는 것은 불행이고 비정상이다.

"춘심", "다정도 병", "잠 못 들어"가 누구를 사랑해서 생긴 번민인가? 어느 누구에 원인과 해법이 있는 것은 아니다. 누구든지 사랑하고 그리워하고 애태우는 것이 사람이 타고난 운수이고, 인간의 조건이다. 노래 서두의 이화가 이 모든 것을 생각하게 하는 시발점을 제공한다.

「이화우 흩어지고」(3903.1)

이화우 흩어지고 행화설이 날릴 적에
청려에 술을 싣고 어디로 향하느뇨
무릉에 봄 간다 하매 전송코자 하노라

- 율격 : 기본형

- 풀이 : 梨花雨 흩어지고 杏花雪 날릴 적에. 靑驢에 술을 싣고 어디로 향하는가? 武陵에서 봄이 간다 하매 餞送하려고 하노라.

여기에도 "梨花雨"가 나온다. "杏花雪"과 짝을 이룬다. "杏花雪"은 살구꽃에 오는 눈이다. 배꽃에 비가 흩어지고, 살구꽃에 눈이 날리는 것은 겨울로 되돌아가는 징조가 아니고, 봄이 아름답기만 할 수는 없어 겪게 되는 시련이다. 시련을 겪으면서 봄은 간다고 알린다.

武陵은 꽃이 만발한 좋은 곳이다. 아무리 좋은 곳이라고 항상 봄일 수는 없다. 때가 되어 봄이 떠나간다고 하니 아쉽다. 털빛이 검푸른 좋은 나귀 청려에 술을 싣고 전송하고자 한다. 나귀에 술을 싣고 봄을 전송하러 간다는 말을 노래에서 흔히 한다.

왜 술을 나귀에 싣는가? 준비한 술이 들고 가기에는 너무 무겁다. 나귀를 타고 가는 봄을 따라잡으려고 한다. 그 술을 다 마시지 못한다. 나귀를 아무리 바삐 몰아도 어디로 가는지 모르는 봄을 따라잡지 못한다.

「엊그제 두던 바둑」(3293.1)　　　　　　　　　姜復中

엊그제 두던 바둑 아이들이 어디 가니
이화에 풍동하니 흩듣나니 아니인가
이 긔요 긔 이 같으니 시비 몰라 하노라

- 율격 : 기본형
- 풀이 : 엊그제 바둑을 두던 아이들이 어디 갔나? 梨花에 風動하니(바람이 부니) 흩어진 것이 아닌가? 이것이 그것이고, 그것이 이것 같으니 是非 몰라 하노라.

여기서는 이화가 꽃 자체가 아니다. 급격한 변동을 말하는 비유로 삼으려고 이화를 든다. 바람이 불어 이화가 흩어지는 것 같은 급격한 변동이 일어나 바둑 두던 아이들이 어디 갔는가 하고 묻는다. 아이들이 바둑을 둔다는 것은 이상하다. 무엇을 말하는지 생각해보아야 한다.

아이들이라고 하는 것은 아이들처럼 무얼 모르는 사람들이 아닐까? 바둑을 둔다는 것은 정치적인 승패를 다툰다는 말이 아닐까? 예상하지 않던 변동이 급격하게 일어나 정치적 승패를 다투는 사람들이 다 몰려난다는 말이 아닐까? 승패를 다투면서 하는 말이 이것이 그것 같고, 그것이 이것 같아 시비를 모른다고 한다.

533 소나무

소나무는 사랑을 가장 많이 받는 나무이다. 풍상을 겪으면서도 늠름한 모습, 겨울에도 변하지 않는 푸름이 빼어나다. 소나무를 가까이하면 마음이 깨끗해진다. 가지가 밑으로 길게 처진 落落長松은 기상이 놀라워 칭송하면서 본받을 만하다. 솔은 땅이나 하늘의 정기를 받은 신이한 나무라고도 한다.[18]

「바위에 섰는 솔이」(1807.1)　　　　　　　　李愼儀

　　바위에 섰는 솔이 늠연한 줄 반가우니
　　풍상을 겪어도 여위는 줄 전혀 없다
　　어쩌타 봄빛을 가져 고칠 줄 모르나니

- 율격 : 기본형
- 풀이 : 바위에 서 있는 솔이 凜然한(의젓한) 것이 반갑고, 風霜을 겪어도 여위는 것이 전혀 없다. 어찌하다가, 봄빛을 가지고 고칠 줄 모르나니.

　솔은 바위 위에 늠연한 자세로 서 있고, 풍상을 겪어도 여위지 않는다. 어찌하다가 봄빛 같은 생명력을 지니고 달라질 줄 모르는가. 이런 말로 솔을 찬양한다. 「四友歌」의 하나이다.

　솔이 어떤 줄 알아야 한다면서, "줄"이라는 말을 세 번 되풀이한다. 앞의 두 "줄"은 오늘날의 "것"이고, 뒤의 "줄"은 그대로 "줄"이다. 조금은 부자연스럽지만, 그 나름대로 묘미가 있다.

18　정병욱, 「시조와 소나무」, 『증보판 한국고전시가론』(신구문화사, 1994)에서 시조에 나타난 소나무를 (1) 절개와 지조의 상징, (2) 아름다운 자연으로서의 소나무, (3) 실용적인 면에서 본 소나무, (4) 사랑의 메타포의 관점에서 고찰했다. 마지막으로 드는 두 작품은 (4)의 견해를 받아들여 풀이한다.

「더우면 곷 피고」(1331.1)　　　　　　　　尹善道

더우면 꽃 피고 추우면 잎 지거늘
솔아 너는 어찌 눈서리를 모르는가
구천에 뿌리 곧은 줄을 글로 하여 아노라

- 율격 : 기본형
- 풀이 : (다른 나무는 모두) 더우면 꽃이 피고 추우면 잎이 지거늘, 솔아 너
  는 어찌 눈서리를 모르는가? 九泉에 뿌리가 곧게 내린 줄 그것으로 하
  여 아노라.

　다른 나무는 모두 더우면 꽃이 피고 추우면 잎이 지지만, 솔은 눈서리
를 모르고 언제나 푸르다. 솔의 모습을 보고 九泉에 뿌리가 곧게 내린 것
을 안다. 이런 말로 솔을 칭송한다. 「五友歌」의 하나이다.
　九泉은 땅속 아주 깊이 있는 신이한 곳이다. 솔은 구천에까지 뿌리를
곧게 내려 어떤 시련에도 흔들리지 않는 놀라운 자세를 보여준다. 사람이
보고 본받아 신념을 굳게 해야 한다는 것을 일러준다.

「눈 속의 푸른 빛이」(1110.1)　　　　　　　　黃極曄

눈 속의 푸른빛이 그 아니 솔일런가
만산 초목 황락 진하니
너 혼자 늦은 절을 세한 후에 알리로다

- 율격 : 축소변이형. 중장이 2 2, 2<3이다.
- 풀이 : 눈 속의 푸른빛, 그것이 솔일런가? 滿山의 草木이 黃落(누렇게 떨
  어져) 盡하니(없어지니), 너 혼자 늦은 절을 歲寒(한겨울 추위) 後에 알리
  로다.

548

눈 속에서 푸른빛이 나는 것이 솔이 아니겠는가 하고, 예사 나무들과 다른 점을 말한다. 온 산의 초목이 누렇게 떨어져 없어진다고, 한자를 이용해 자수를 최대한 줄인 축소변이형을 만들어 "만산 초목 황락 진하니"라고 하니 메말라 비틀어진 느낌이 분명하다.

"너"라고 부른 솔이 홀로 대단한 것을 한겨울 추위 세한을 겪고서야 안다고 한다. "늦은 절"은 "늦게까지 지키는 절개"라는 뜻이 아닌가 한다. 소나무가 겨울에도 푸르니 절개를 지킨다고 하고, 사람이 본받아야 한다고 넌지시 이른다.

「낙락한 저 장송아」(0762.1) 金覆翼

낙락한 저 장송아 너는 어떤 기품으로
세한 상설에 본색이 완전한다
아마도 대하동량은 너뿐인가 하노라

- 율격 : 기본형

- 풀이 : 落落한 저 長松아, 너는 어떤 氣稟으로, 歲寒 霜雪(서리와 눈)에 本色이 完全한가? 아마도 大廈棟梁(큰 집의 기둥과 들보)은 너뿐인가 하노라.

"낙락한 저 장송아"라고 부른 낙락장송은 가지가 밑으로 길게 처진 소나무다. 소나무 가운데 가장 크고 우람하다. 어떤 기품을 지녀 한겨울 추위에도 본색이 완전한가 묻고 대답은 듣지 않고 칭송하는 말을 한다.

큰 집을 지을 때 기둥과 들보로 삼을 수 있는 재목은 낙락장송뿐이라고 한다. 당연한 말을 한 것 같은데, 함축하는 의미가 있다. 낙락장송 같은 인재는 나라에서 크게 쓰일 것이니 우러러보아야 한다고 은근히 이른다.

「낙랑 장송들아」(0760.1)

낙락 장송들아 너는 어이 홀로 서
비바람 눈서리에 어이하여 푸르렀난
우리도 청천과 한 빛이라 변할 줄이 있으랴

- 율격 : 기본형

- 풀이 : 落落 長松들아, 너는 어이 홀로 서서, 비바람 눈서리에 어이하여
푸르렀나? 우리도 靑天과 한 빛이라 變할 줄이 있으랴?

낙락장송이 홀로 서서 비바람 눈서리에도 푸른 것은 어찌된 일인가?
초·중장에서 이렇게 묻는 말에, 종장에서 낙락장송이 대답한다. 절개
를 지키고자 한다고 하지 않고, "우리도 청천과 한 빛이라 변할 줄이 있으
랴?"라고 하는 뜻밖의 대답을 한다.

이것이 무슨 말인가? 문자 그대로 이해하면, 소나무는 청천과 같은 푸
른빛이라 변하지 않는다는 것이다. 녹색과 청색을 구분하지 않고 푸르다
고 하는 것은 관례이므로 시비할 필요가 없다. 다른 초목도 모두 푸른데.
소나무만 청천과 같은 빛이라 변하지 않는다고 하는 이유는 무엇인가? 이
런 의문이 다시 제기된다.

의문을 풀려면, "청천과 한 빛이라"라고 한 것을 살펴야 한다. 이것은
범속한 말이 아니고, 심오한 의미를 지니고 있다. "靑天"의 "靑"은 "不變",
"天"은 "天理"라고 이해할 수 있다. 영원히 변하지 않는 항구적인 이치를
둘 다 푸른 하늘과 낙락장송이 공유하고 있다고 한다. 이것이 낙락장송을
대단하다고 하는 이유이다.

(3809.1)(成三問) "이 몸이 죽어 가서 무엇이 될꼬 하니/ 봉래산 제일봉

에 낙락장송 되어 있어/ 백설이 만건곤할 제 독야청청 하리라"는 「411 역사」에서 고찰한다.

「용 같은 저 반송아」(3550.1)　　　　　　　金振泰

　　용 같은 저 반송아 반갑고 반가워라
　　뇌정을 겪은 후에 네 어이 푸르렀노
　　누구서 성학사 죽다던고 이제 본듯 하여라

- 율격 : 기본형
- 풀이 : 龍 같은 저 盤松아, 반갑고 반가워라. 雷霆(우레와 천둥)을 겪은 후에(도) 네 어찌 푸르렀나? 누가 成學士(成三問)가 죽었다던고? 이제 본듯 하여라.

용같이 생긴 거대한 盤松이 우레와 천둥을 겪고도 푸른 것을 보고 成三問이 죽어서 낙락장송이 되겠다고 한 노래를 생각한다. 눈앞의 소나무가 그 소나무라고 여기고 반가워하면서 과거와 현재를 연결시킨다. 우레와 천둥을 겪고도 소나무가 푸르다는 말로 성삼문이 남긴 정신은 어떤 시련이 있어도 시들지 않는다고 한다.

「솔 속에 지은 집이」(2756.1)　　　　　　　徐文澤

　　솔 속에 지은 집이 이름도 좋거니와
　　호수 둘린 곳에 경치도 그지없다
　　아이야 주자 불러라 사선 보러 가리라

- 율격 : 기본형
- 풀이 : 솔 속에 지은 집이 이름도 좋거니와, 湖水 둘린 곳에 景致도 그지

없다. 아이야, 舟子(뱃사공) 불러라 四仙 보러 가리라.

여기서는 솔이 마음을 흐뭇하게 한다. 솔 속에 집을 지어 松자 들어간 이름을 지으니 아주 좋다. 밖으로는 호수가 둘러 있어 경치가 아주 좋다. 아이에게 뱃사공을 부르라고 하고, 배를 타고 四仙이라고 하는 신선을 만나러 가리라고 한다.

「솔 아래 길을 내고」(2757.1)   金得研

솔 아래 길을 내고 못 위에 대를 싸니
풍월 연화는 좌우로 오는고야
이 사이 한가히 앉아 늙는 줄을 모르리라

- 율격 : 기본형
- 풀이 : 솔 아래 길을 내고 못 위에 대를 싸니, 風月(바람과 달) 煙霞(안개와 노을)는 左右로 오는구나. 이 사이 한가히 앉아 늙는 줄을 모르리라.

솔·대·바람·달·안개·노을이 차례대로 등장한다. 이런 좋은 데서 한가하게 지내니 늙는 줄 모른다. 신선 노릇을 하고 있으니, 배를 타고 四仙을 만나러 갈 필요가 없다. 가지 않아도 즐겁게 하는 것들이 찾아온다.

솔·대·바람·달·안개·노을 가운데 솔이 으뜸이다. 솔 아래서 혼자 즐기기만 하지 않고 왕래가 가능하게 길을 낸다. 대는 못 위에 심어 길을 둘러싼다. 길이 나니 바람과 달, 안개와 노을이 좌우에서 온다. 마음을 열고 맞이하면 된다. 마음의 길도 좌우로 내니 한가하고, 한가하니 늙는 줄을 모른다.

(2763.1)(松伊) "솔이라 솔이라 하니 무삼 솔만 여기는가/ 천심 절벽에

552

낙랑장송 내 긔로다/ 길 아래 초동의 접낫이야 걸어볼 줄 있으랴"는 「321 이런 사랑」에서 고찰한다.

「미운 임 괴려나니」(1757.1)

> 미운 임 괴려나니 괴는 임 치괴리라
> 새임 변치 마오 옛임을 좇으리라
> 눈 속의 솔가지 꺾어 이내 뜻을 아뢰리라

- 율격 : 기본형
- 풀이 : 미운 임 사랑하라고 하니, 사랑하고 있는 임을 위로 올려 사랑하리라. 새임은 변하지 마오, 옛임을 좇으리라. 눈 속의 솔가지 꺾어 이내 뜻을 아뢰리라.

임이 둘이다. 하나는 미운 임이고, 또 하나는 사랑하는 임이다. 새임은 미운 임이고, 옛임이 사랑하는 임이다. 미운 임을 사랑하라고 하니 사랑하는 옛임을 높이 받들면서 사랑하리라. "치괴다"는 "치사랑하다"라는 말이고, "올려 사랑하다"는 뜻으로 이해된다. 아랫사람에 대한 "내리사랑"은 있어도 윗사람에 대한 "치사랑"은 없다고 흔히 하는 말을 거역한다.

새임은 변치 말라는 것은 사랑을 기대해도 소용이 없다는 말로 이해된다. 옛님에 게 "눈 속의 솔가지"를 꺾어 드리고 변하지 않는 사랑의 징표로 삼으리라. 솔은 변하지 않으니, 솔가지로 한결같은 마음의 한 자락을 나타낼 수 있다.

「잔솔 밭 언덕 아래」(4154.1)

> 잔솔 밭 언덕 아래 굴죽 같은 고래논을
> 밤마다 쟁기 메워 물 부침에 씨 지으니

두어라 자기매득이니 타인병작 못하리라

■ 율격 : 기본형

■ 풀이 : 잔솔 밭 언덕 아래 좋은 논이 있다고 한다. "굴죽"은 굴을 넣고 쑨 죽이다. "고래논"은 바닥이 깊고 물길이 좋아 기름진 논이다. 밤마다 쟁기를 메워 농사를 짓는다고 한다. "물 부침"은 물에 뜨기고 하고 잠기기도 한다는 말로 이해된다. "씨 지으니"는 씨를 뿌리고 농사를 짓는다는 말이다. 두어라 "自己買得이니 他人竝作 못하리라" 자기 소유로 구입한 논이니 다른 사람과 함께 농사를 짓지는 못하겠다는 말이다.

농사에 관한 노래를 비유로 삼아 다른 말을 한다. "밤마다" 농사를 짓는다고 한 것은 다른 뜻을 생각하라는 지시이다. "잔솔 밭"은 음모이고, "굴죽 같은 고래논"은 음부라고 이해하면 앞뒤가 다 풀린다. "쟁기"는 남성 생식기이다. "씨 지으면"은 자식을 만드는 농사를 짓는다는 말이다. 종장에서 한 말은 자기가 독차지한 여성을 다른 사람과 공유하지 못하겠다는 것이다. "잔솔 밭"이라는 말을 아주 다른 의미로 사용한 특이한 사례이다.

534 오동

소나무 다음으로 살필 나무가 오동이다. 오동은 머귀라고도 한다. 오동에 듣는 빗발 소리가 듣기 좋고, 오동에 떠오르는 달이 보기 좋다. 오동잎은 넓어 수심을 자아낸다. 오동은 계절의 정서를 나타내면서 내심의 번민을 말해주는 다양한 의미가 있다.

「오동에 듣는 빗발」(3411.1)

오동에 듣는 빗발 무심히 듣건마는
나의 시름이 잎잎이 수성이라

이후에 잎 넓은 나무야 심을 줄이 있으랴

- 율격 : 기본형
- 풀이 : 梧桐에 듣는 빗발 無心히 듣건마는, 나의 시름이 잎잎이 愁聲(시름 소리)이라. 이후에 잎 넓은 나무야 심을 줄이 있으랴.

오동의 특징을 명료하게 말해준다. 오동은 잎이 넓어 비 듣는 소리가 크다. 비는 무심히 듣지마는, 민감하게 들으니 잎잎이 시름을 자아내는 소리다. 초 · 중장에서 할 말을 다 하고 끝낼 수 없어, 불필요한 설명을 종장에다 붙였다.

(1127.1) "뉘라서 나 자는 창밖에 벽오동을 심었던고/ 명월 정반에 영파 사는 좋거니와/ 밤중만 굵은 빗소리에 애끊는 듯하여라"라는 것도 있다.

「오동 성긴 비에」(3410.1)　　　　　　　李世輔

오동 성긴 비에 추풍이 사기하니
가뜩이 시름한데 실솔성은 무삼 일고
강호에 소식이 어떤지 기러기 알까 하노라

- 율격 : 기본형
- 풀이 : 梧桐 성긴 비에 秋風이 乍起하니(갑자기 일어나니), 가뜩이나 시름하는데 蟋蟀聲(귀뚜라미 소리)은 무슨 일인고? 江湖의 소식이 어떤지 기러기 알까 하노라.

오동이 가을을 알린다. 오동에 성긴 비가 내리는 소리를 듣고 처연한 느낌이다가, 가을바람이 갑자기 일어나 마음을 흔들어놓는다. 그렇지 않아도 시름을 견디기 어려운데, 귀뚜라미가 우는 것은 무슨 일인고? 멀리 떠나와 가을을 맞이한 처지여서 고향 江湖의 소식이 궁금하다. 하늘 높이 날아가는 기러기는 그곳 소식을 알까 한다.

오동 노래이면서 기러기 노래이다. 기러기가 소식을 알고 전한다고 하는 생각이 많은 노래에 나타나 있다. 「542 기러기」에서 이에 관해 고찰한다.

「가을밤 채 긴 적에」(0042.1)　　　　　　　　　　金天澤

가을밤 채 긴 적에 임 생각 더욱 깊다
머귀 성근 비에 남은 간장 다 썩노매
아마도 박명한 인생은 나 혼잔가 하노라

- 율격 : 기본형
- 풀이 : 가을밤 채 긴 적에 임 생각 더욱 깊다. 머귀 성근 비에 남은 肝腸 다 썩는구나. 아마도 薄命한 人生은 나 혼잔가 하노라.

가을밤이 길기 시작하는 때에 임 생각이 더욱 깊다. 가을의 나무는 머귀이다. 머귀 성근 잎에 듣는 빗소리를 들으니 슬픔이 복받쳐 남은 간장이 다 썩는다. 이런 시련을 겪을 만큼 박명한 인생은 나 혼자인가 한다.

(1625.1)(鄭澈) "머귀 잎 지거야 알와다 가을인 줄을/ 세우 청강이 서느럽다 밤기운이야/ 천리에 임 이별하고 잠 못 들어 하노라"는 「324 가을」에서 고찰한다.

「오동에 월상하고」(3414.1)

오동에 월상하고 양류에 풍래한 제
수면 천심에 소요부를 마주 본 듯
이 중에 일반청의미를 어느 분네 알리오

- 율격 : 기본형
- 풀이 : 梧桐에 月上하고(달이 오르고), 楊柳(버들)에 風來할(바람이 불어
  올) 제, 水面(물 위) 天心(하늘 가운데)에 邵堯夫(邵擁의 字)를 마주 본
  듯, 이 中에 一般淸意味(한 가닥 맑은 뜻이 주는 맛)를 어느 분이 알리
  오.

梧桐에 月上하고 楊柳에 風來하니, 水面에 비친 天心에서 邵擁을 만
난 듯하다. 이런 가운데 얻은 一般淸意味를 다른 사람 누가 알리오. 알고
나니 상쾌하다. 만물의 이치를 깨달은 北宋 때의 성리학자 邵擁을 만난
듯하다. 문면에 나타난 그대로 이렇게 이해하는 데 그치지 않고 보충설명
을 조금 할 필요가 있다.

중국 송나라 문인 邵擁은 「淸夜吟」이라는 시에서 "月到天心處 風來水
面時 一般淸意味 料得少人知(달이 하늘 가운데 이르고 바람은 물 위로 불
어올 때, 한 가닥 맑은 뜻이 주는 맛을 헤아려 아는 이 적구나)"라고 했다. 달
이 하늘 가운데 이르고 바람이 물 위로 불어오는 경치를 보니 마음이 맑
고 깨끗해진다는 것만은 아니다. 그런 경치를 그냥 보는 데 그치지 않고
천지만물이 운행하는 이치를 헤아리는 즐거움을 누리는 사람은 드물다고
했다.

이 시를 시조에다 옮기면서, "月到"와 "風來"를 "天心"과 "水面"에서 떼
어내고, 앞에다 나무 이름을 하나씩 붙여 "梧桐에 月上하고 楊柳에 風來
하니"라고 한다. "梧桐에 月到"라고는 할 수 없어 "梧桐에 月上"이라고 한

다. "梧桐"을 맨 앞에 내놓고 "梧桐에 月上"하는 것이 천지만물이 운행하는 놀라운 이치를 가장 잘 보여준다고 한다. "楊柳에 風來하니"는 대구를 만드는 두 번째 구절이며 신선함이 모자란다. "月到"와 "風來"에서 분리된 "天心"과 "水面"은 움직임이 없어지고, 邵雍을 만날 수 있는 신이한 장소이기나 하다.

"天心"이나 "水面"과 멀어진 "一般淸意味"를 "梧桐에 月上하고 楊柳에 風來하니"에서, 그 가운데서도 "梧桐에 月上"에서 알아볼 수 있다. "月到天心處"를 "梧桐에 月上"으로 바꾼 것이 가장 큰 변화이다. 무슨 말인지 알기 어려운 추상적 관념 "天心"을 물리치고, 어딘지 모를 "天心"에 이르도록 기다렸다가 달을 보라고 하는 기이한 수작을 걷어치운다. 누구나 다 아는 오동에 달이 이제 막 뜨는 것을 보고 천지만물이 운행하는 이치를 헤아리자고 한다. 邵擁의 시 제목 「淸夜吟」과 대응되는 제목을 붙인다면 이 시조는 「梧桐月」이라고 할 수 있다.

「이화 도화 홍도화는」(3899.1)

> 이화 도화 홍도화는 삼월이면 잔춘이요
> 오동 명월 밝은 달도 그믐이면 무광이라
> 아마도 설부화용인들 아껴 무삼

- 율격 : 기본형. 마지막의 한 토막 "하리오"가 생략되었다.

- 풀이 : 梨花 桃花 紅桃花는 三月이면 殘春이요. 梧桐 明月 밝은 달도 그믐이면 無光이라. 아마도, 雪膚花容(눈 살갗 꽃 얼굴)인들 아껴 무삼(하리오)

이화·도화·홍도화는 봄이 가면 시든다. 밝은 달도 그믐이면 빛이 없다. 雪膚花容 고운 자태도 젊음이 가면 사라지는데 아껴서 무엇을 하겠는가? 아름답다고 자랑하는 것이 무엇이든 시간이 가면 소용없게 된다. 이렇게 말하는 데서 밝은 달이 돋보인다.

달은 "梧桐 明月"이라고 해서 오동에서 떠오른다고 해야 잘 어울린다. 특히 아름다워 보는 사람들을 가장 기쁘게 한다. 이런 생각이 오래 축적되어 "오동 명월"이라는 말을 누구나 한다. 위의 노래「오동에 월상하고」(3414.1)에서도 "梧桐에 月上하고"라고 한다.

오동은 달과 짝을 이루는 나무이다. 오동은 가을의 정취를 나타내고, 달은 가을 한가위 무렵에 가장 밝다. 달 밝은 밤에 오동잎이 지면 형언하기 어려운 감회가 생긴다.

「벽오동 심은 뜻은」(1986.1)　　　　　李世輔

벽오동 심은 뜻은 봉황 올까 하였더니
봉황은 아니 오고 오작만 날아든다
동자야 오작 날려라 봉황 오게

- 율격 : 기본형. 마지막의 한 토막 "하여라"가 생략되었다.

- 풀이 : 碧梧桐을 심은 뜻은 鳳凰 올까(오게 할까) 하였더니, 鳳凰은 아니 오고 烏鵲(까마귀와 까치)만 날아든다. 童子야, 오작 날려라 鳳凰 오게 (하여라).

벽오동은 오동 비슷하면서 다른 종이다. 줄기가 초록색이라 벽오동이라고 한다. 상서로운 새 봉황은 벽오동에 깃들어 산다고 한다. 벽오동이 그만큼 상서로운 나무이다.

벽오동을 심은 뜻은 봉황이 오게 하려는 데 있다면서 대단한 기대를 건다. 그런데 봉황은 오지 않고 오작만 날아들어 실망이다. 그대로 두고 볼수 없어 동자더러 오작을 날려 봉황이 오게 하라고 한다.

봉황은 상서롭고 희귀하다. 오작은 옹졸하고 비근하다. 두 새를 견주면서 사람에 관한 말을 한다. 봉황 같은 대인군자가 나타나기를 기대하는데 오작 수준의 소인잡배나 모여든다고 개탄한다.

노래가 끝나도 의문이 남는다. 소인잡배를 쫓아낼 수 있는가? 소인잡배를 쫓아내면 대인군자가 나타나는가? 대인군자가 있기나 한가?

535 대나무

그림에서 四君子라고 하는 梅蘭菊竹 가운데, 매화와 대나무만 시조에서 한몫을 한다. 매화는 특히 애용되어 앞에 내놓고, 대나무에도 말석을 배정한다. 난초나 국화 노래는 찾기 어려울 정도로 미미하다. 그림을 그리면 멋이 있고, 그림을 본떠서 한시도 짓지만, 노래를 만들 만한 자료는 되지 못한다.

대나무 노래에서 대나무는 충절을 나타내고, 고결한 정신을 말해준다고 한다. 대나무가 숲을 이룬 竹林이 시원한 바람으로 마음을 상쾌하게 한다고는 거듭 일컫는다. 대나무를 가지고 여러 가지 용구를 만드는 것도 노래를 만드는 자료이다.

「눈 맞아 휘어진 대를」(1108.1)   元天錫

눈 맞아 휘어진 대를 뉘라서 굽다던고
굽은 절이면 눈 속의 푸를쏘냐
아마도 세한고절은 너뿐인가 하노라

- 율격 : 기본형
- 풀이 : 눈 맞아 휘어진 대나무를 누가 굽었다던고? 굽은 節이면 눈 속에서 푸를쏘냐? 아마도 歲寒孤節은 너뿐인가 하노라.

눈 맞아 휘어진 대를 누가 굽었다고 하는가? 겉만 보고 판단하지 말아라. "굽은 節이면"은 "마디가 굽었으면"이라는 말이고, "절개를 굽혔으면"이라는 뜻을 지닌다. 이 대목까지 읽으면 대나무는 절개를 지키고 사는 사람의 자세를 말하는 것을 알 수 있다. "歲寒孤節"은 한 해가 끝나고 설이 될 때에 홀로 푸름을 유지하고 있는 松柏을 두고 하는 말인데 대나무에도 해당된다.

元天錫(1330~?)은 왕조 교체기에 조선왕조에 참여하지 않고 치악산에 들어가 자취를 감추었다. 드러내놓고 항거하지 못하고 내심으로 시대변화를 거부하고 고려를 위해 충절을 지키는 자세를 이 노래에서 나타냈다. 마지막 대목에서 "너"라고 한 것은 "나"이다. 대나무를 충절의 표상으로 삼아 자기 마음을 알렸다.

「나무도 아닌 것이」(0740.1)　　　　　　　　尹善道

> 나무도 아닌 것이 풀도 아닌 것이
> 곧기는 뉘 시키며 속은 어이 비었는고
> 저러고 사시에 푸르니 그를 좋아 하노라

- 율격 : 기본형
- 풀이 : 나무도 아닌 것이 풀도 아닌 것이 곧기는 뉘(누가) 시키며(시켰으며), 속은 어이 비었는고? 저러고 四時(사철) 푸르니 그를 좋아 하노라.

이것은 水 · 石 · 松 · 竹 · 月을 다섯 벗이라고 하는 「五友歌」의 하나이다. 다섯 벗이 자연의 아름다움을 보여준다고 하지 않고, 사람이 갖추어야 할 덕목을 알려주어 훌륭하다고 한다. 서정의 최고봉에 이른 尹善道가 한 걸음 물러나 뒤를 돌아보려고 교술적인 쪽으로 기울어진 시조를 지었다.

竹(대나무)를 노래한 이 작품은 「五友歌」 가운데 덜 기울어진 편이다.

"竹"이나 "대"라는 말은 한 번도 쓰지 않고 외형을 정확하게 묘사하고 특성을 흥미롭게 말하는 재능을 자랑한다. 관심을 끄는 어법을 사용해 하고 싶은 말을 넌지시 이른다.

나무도 아니고, 풀도 아니다. 곧은 것은 누가 시켰는가? 속은 어이 비었는가? 이렇게 말해 대나무가 낯설게 보이도록 하는 것은 관심을 끄는 어법이다. 자세가 곧고, 마음을 비우고, 변함없는 것이 높이 평가할 정신 자세여서 본받을 만하다는 것이 하고 싶은 말이다.

「五友歌」 서두의 노래 (0944.1)(尹善道) "내 벗이 몇이냐 하니 수석과 송죽이라/ 동산에 달 오르니 긔 더욱 반갑고야/ 두어라 이 다섯밖에 더하여 무엇 하리"는 「243 두어라」에서 고찰한다.

「창승이 쏫더시니」(4541.1)   尹善道

창승이 쏫더시니 파리채를 놓으시되
낙엽이 느꺼우니 미인이 늙은 게고
대숲에 달빛이 맑으니 그를 보고 노노라

■ 율격 : 기본형
■ 풀이 : 蒼蠅(쉬파리)이 쓰러졌으니 파리채를 놓으시되, 落葉이 느꺼우니 美人이 늙은 것이고, 대숲에 달빛이 맑으니 그것을 보고 노노라.

尹善道의 이 노래는 앞의 것과 아주 다르다. 앞의 것을 보고 만만하게 생각하다가 이해하기 어려워 쩔쩔매게 된다. 상투적인 교훈이나 하니 대단치 않다면서 내려다보다가, 높은 뜻을 알아차리려고 올려보는 것을 힘겹게 하게 된다. 알 것은 안다면서 방심하고 있다가 혼이 나서, 尹善道를 다시 보고, 시 공부를 새로 하게 한다. 독자를 우롱하니 나쁜 시인인가?

우롱당해 마땅한 독자에게 잘못이 있다.

"쏫더시니"는 "쓰러졌으니"일 것 같다. "느껍다"는 "어떤 느낌이 마음에 북받쳐서 벅차다"이다. 이렇게 풀이하면 무엇을 말하는지 알 수 있는 것이 아니다. 앞뒤의 연결을 이해하기 어렵다, 창승이라고 한 쉬파리가 쓰러졌으니 파리채를 놓는 것, 낙엽을 보고 서글픈 느낌이 복받쳐 미인이 늙는 것은 어떤 관계가 있는가?

둘 다 시간의 경과여서 의문을 푸는 단서가 있다. 앞의 것은 바람직한 시간의 경과여서 좋아하겠으나, 바람직하지 않은 시간도 있다는 것을 알아야 한다고 한다. "-시"라는 어미를 사용해 "놓으시되"라고 하는 것을 보면 자기가 아닌 다른 누구를 두고 말한다. 자기는 대숲에 달빛이 맑은 것을 보고 논다고 한다.

길이 열리니 더 나아가자. 쉬파리가 없어져 다행이라고 하고, 낙엽을 보고 서글퍼하다가 미인이 늙는다고 염려하는 것은 속된 삶이다. 대숲에 달빛이 맑은 것을 보고 노는 것은 탈속한 삶이다. 속되게 사는 사람은 시간의 경과에 사로잡혀 희비에서 벗어나지 못한다. 탈속한 삶은 시간에 구애되지 않고 언제나 즐거울 수 있다. 대숲에서는 낙엽을 보고 서글퍼할 것이 없다. 달은 때가 되면 항상 밝은 빛을 낸다.

앞의 노래에 등장한 대나무는 단독으로 교훈적인 의미를, 이 노래의 "대숲"은 "달빛"과 어우러져 상징적인 의미를 지닌다. 사람은 마땅히 자세가 곧고, 마음을 비우고, 변함없어야 한다는 교훈은 진부해 반발을 불러일으킬 수 있다. "대숲에 달빛이 맑으니"에서 탈속한 삶의 고결한 경지를 말하는 상징적인 의미를 찾아내는 것은 신선하고 즐거운 탐색이다.

이 노래에서 쉬파리와 달빛은 微弱과 壯大, 汚濁과 高潔, 短命과 永續의 차이가 극명하다. 낙엽을 보고 상심해 늙어가는 미인은 두 극단 사이에 있어 세 단계의 구조를 이룬다. 처음과 끝만 보면, 미약·오탁·단명에 머무르면서 잘난 척하는 무리여, 장대·고결·영속의 경지에 이른 나를 보아라고 말한다. 그러면서 중단 단계가 있어 극단론에 빠지지 않도록 경계하고, 차이나 가치가 상대적임을 일깨워주기도 한다.

"蒼蠅"·"美人"·"대숲"은 삶에 세 등급이 있다고 알려주는 핵심 상징어이다. "蒼蠅"은 덧없는 명리를 다투느라고 더러운 짓을 일삼는 하위 등급이다. "美人"은 미화된 대상을 사랑하면서 기뻐하고 슬퍼하는 중위 등급이다. 대숲은 헛된 욕망 없이 마음을 비운 고결한 경지에 이르러 시간의 흐름에도 흔들리지 않는 상위 등급이다.[19]

"쉬파리"를 "蒼蠅"이라고 유식하게 일컬어 추악함을 감추려는 술책, 시인묵객이라면 으레 "竹林"이라고 해온 것을 "대숲"이라고 하는 소탈한 어법, 이 둘이 또한 대조가 된다. "竹林"에는 중국 竹林七賢, 고려 竹林高會 따위의 유산이 덕지덕지 붙어 있어 더럽혀진 것을 마땅하지 않게 여겨 제거해 씻어내고, "대숲"의 해맑은 모습을 되살렸다. "竹林"을 버리고 "대숲"을 노래하는 것은 한시에서는 불가능하고 시조에서만 가능한 혁신이다.

---

19 이 세 등급 삶 비교론을 단테(Dante Alighieri)가 『신곡(*Divina commedia*)』에서, 지옥·연옥·천국의 연결 통로를 거쳐 천국에 이르러, "지옥이나 연옥에서 헤매는 무리들아, 나는 사랑하는 베아트리체(Beatrice)와 함께 천국 맨 위에 와 있다."고 요약할 수 있는 말을 한 것과 상통한다. 단테의 "천국의 맨 위"와 尹善道의 "대숲에 달빛이 맑게 비치는 곳"을, 시적 표현과 사상 양면에서 비교해 많은 말을 할 수 있다. 단테는 아퀴나스(Thomas Aquinas)의 철학을 수용해 지옥·연옥·천국을 만들면서 천국 내부 공사는 자기 나름대로 진행해, 아퀴나스는 맨 아래에, 베르나르도(Bernardo)라는 성자는 중간에, 베아트리체는 맨 위에 자리 잡도록 하고, 철학보다는 신앙이, 신앙보다는 사랑이 한층 훌륭하다고 했다(이에 대한 고찰을 「아퀴나스와 단테」, 『철학사와 문학사 둘인가 하나인가』, 지식산업사, 2000, 228~252면에서 자세하게 했다). 아퀴나스-단테가 이룩한 거대하기 이를 데 없는 담론과 상응하는 말을 尹善道는 혼자 생각해 단 세 줄 시로 가볍게 응축해 전하고, 핵심 내용을 다르게 했다. 베아트리체(Beatrice)에 해당하는 美人의 자리를 중위 등급에다 배정해 사랑이란 그리 대단치 않다고 하고, 상위 등급에는 철학이나 신앙마저 넘어서서 마음을 비워야 이른다고 했다.

유식이 무식이고, 무식이 유식임을 시조라야 알려준다.

「대숲동 의의녹죽」((1292.1)   李世輔

대숲동 의의녹죽 놀던 군자 어디 가고
적막 공산리에 풍죽 되었구나
우리도 풍상을 겪고 임자 다시

- 율격 : 기본형. 마지막 한 토막이 생략되었는데 "만나리"라고 생각된다.
- 풀이 : 대숲洞 猗猗綠竹(무성하고 아름다운, 푸른 대나무)(에서) 놀던 君
  子 어디 가고, 寂寞 空山裏(적막한 빈 산 속)의 風竹이 되었구나. 우리도
  風霜을 겪고 임자 다시 (만나리)

대숲이 있는 마을이 좋은 곳이다. 대숲이 상쾌하고 만족스러운 삶의 터
전을 마련해준다. 그런데 대숲 마을의 綠竹이 風竹이 되고, 風霜에 시달
리게 되었다고 한탄한다. 한 字씩 교체되는 綠竹·風竹·風霜을 열거해
시련이 닥친 변화를 말한다.

綠竹 앞에는 "대숲洞 猗猗"(무성하고 아름다운)라는 말이 있어, 군자가
놀 만한 곳이다. 風竹 앞에는 "寂寞 空山裏"(적막한 빈 산 속)라는 말이 있
어, 무성하고 아름다운 것이 없어지고 살 수 없는 곳이 되었다고 한다. 風
霜은 설명이 없으나 사람이 대나무보다는 더 심하게 겪는 시련이다. 풍상
이 그치고 그리운 사람과 다시 만날 것을 기대한다.

「내 집이 어드메오」(1029.1)

내 집이 어드메요 이 뫼 넘어 긴 강 위에
죽림 푸른 곳에 외사립 닫힌 집이
그 앞에 백구 떴거든 거 가 물어 보소서

565

- 율격 : 기본형
- 풀이 : "내 집이 어드메요?" "이 뫼 넘어 긴 강 위에. 竹林 푸른 곳에 외사립 달린 집이. 그 앞에 白鷗 떴거든 거 가 물어 보소서."

"내 집이 어드메요?"라고 누가 누구에게 묻는가? 자기가 자기에게 묻는다. 자기 집이 어딘지 몰라 묻는 것이 말이 되는가? 지금 사는 집을 묻는 것이 아니다. 장차 살고 싶은 집이 어디 있는 어떤 집일까 하고 자문자답한다.

"이 뫼 넘어 긴 강 위에"는 먼 곳이라는 말이다. 살고 싶은 집에 이르려면 공간뿐만 아니라 시간도 아득하다. "죽림 푸른 곳에 외사립 달린 집"이 이루고자 하는 꿈이다. "죽림 푸른 곳"이니 싱싱해서 좋다. "외사립 달린" 것은 세상과 최소한의 왕래도 거의 하지 않겠다는 각오를 나타내는 말이다. 그러면 쓸쓸하지 않은가? 은자의 벗인 백구가 있어 안내를 한다.

이 모든 것이 장차 이루고자 하는 소망이다. 지금은 혼탁한 세속에 있으면서 탈속을 동경한다. 탈속의 중심에 죽림이 있다. 직접 눈으로 보지 않고 상상하면서 의미를 부여하기부터 하니 "대숲"이 아니고 "竹林"이다.

「동창에 비친 달이」(1428.1)

동창에 비친 달이 임의 얼굴 같으도다
죽림에 가는 바람 임의 오신 자취로다
금침에 <u>누웠으니</u> 임도 잠도 아니 온다

- 율격 : 축소변이형. 종장 전반부가 3 < 4이다.
- 풀이 : 東窓에 비친 달이 임의 얼굴과 같도다. 竹林에 가는 바람이 임의 오신(오시는) 자취로다. 衾枕(이불)에 누웠으니 임도 잠도 아니 온다.

"죽림에 가는 바람"이 "동창에 비친 달"과 짝을 이루는 가벼운 의미를 지닌다. "동창에 비친 달"은 임의 얼굴 같고, "죽림에 가는 바람"은 임이 오는 자취라고 하는 흥미로운 상상을 한다. 그런데도 "금침에 누웠으니 임도 잠도 아니 온다"고 하면서 말을 재미있게 한다. "누웠으니"는 특별한 의미가 없어 가볍게 여겨야 하므로 축소변이형이다.

「백초를 다 심어도」(1934.1)

백초를 다 심어도 대는 아니 심을 것이
젓대는 울고 살대는 가고 그리나니 붓대로다
울고 가고 그리는 대를 심어 무삼 하리

- ■ 율격 : 기본형
- ■ 풀이 : 百草를 다 심어도 대는 아니 심을 것이, 젓대는 울고 살대는 가고 그리나니 붓대로다. 울고 가고 그리는 대를 심어 무삼(무엇) 하리.

대나무로 만든 물건을 두고 기묘한 말을 한다. 젓대는 불면 우는 소리가 난다. 살대라고 하는 화살은 쏘면 가고 오지 않는다. 붓대를 잡고 글을 쓰면 그리워하는 사연을 적는다. 모두 사랑하는 사람과 이별한 슬픔을 말하는 것들이다. 이별해 "울고 가고 그리는" 것이 싫어 대나무는 심지 않는다고 한다.

54 반려자들

초목을 벗 삼기만 하지 않고, 동물을 사랑하는 노래를 부르기도 한다. 소, 개, 돼지, 닭 같은 가축을 사랑한다고 하는 것은 아니다. 가축 가운데는 출입을 같이 하는 나귀만 소중하게 여긴다. 기러기, 두견, 백구, 까마귀 등의 조류도 반려자로 삼아 가까이 지내면서 마음을 주고, 하고 싶은 말을 한다.

541 나귀

걸어 다니기만 할 수 없어 나귀도 타고 말도 타는데, 나귀에 관한 노래가 더 많다. 나귀는 으레 다리를 저는 전나귀이다. 걷기 힘든 전나귀나 타고 느리게 거동하는 것이 시골로 물러나 소탈하게 사는 데 어울리는 거동이다.[20] 말은 자주 등장하지 않고, 자기 자신과 동일시되지 않는 거리를 지닌 점이 나귀와 다르다.

「철령 넘은 후에」(4699.1)   申灝

철령 넘은 후에 화신을 알려 하여
전나귀 바삐 몰아 만세교 돌아오니
아마도 봄눈 깊으니 핀 곳 몰라 하노라

- 율격 : 기본형
- 풀이 : 鐵嶺 넘은 후에 花信(봄 소식)을 알려 하여, 전나귀 바삐 몰아 萬世橋로 돌아오니, 아마도 봄 눈 깊으니 핀 곳 몰라 하노라.

---

20 나귀 노래를 많이 한 시인에 프랑스의 프랑시스 잠(Francis Jammes)이 있다. 잠은 도시에서 먼 시골에서 살면서, 타고 다니는 순박하고 착한 나귀를 사랑해 「나귀와 함께 천국에 가기 위한 기도(Prière pour aller au paradis avec les ânes)」라는 시를 썼다. 스페인 시인 후안 라모스 히메네스(Juan Ramón Jiménez)는 『플라테로와 나(Platero y yo)』라는 산문시 연작에서, 플라테로라는 이름의 은빛 나귀를 타고 다니면서 자연과 삶을 돌아보고 사랑, 선량함, 정겨움을 찾는 말을 나귀에게 했다. 김현창 역, 『플라테로와 나』(동서문화사, 1994)가 있다.

鐵嶺 넘은 북쪽에도 花信이 이르러 봄이 왔는가 알려고, 전나귀를 바삐 몰아 멀리 萬世橋가 있는 곳까지 돌아온다. 갈 길이 바쁘지만 탈것은 전나귀뿐이어서 바삐 몰 수밖에 없다. 마음이 앞서 길을 재촉한 것이 실수여서, 봄눈이 깊어 꽃이 핀 곳을 알지 못한다.

작자 申濯(1641~1703)는 北部參奉이 되어 함경도 임지에 가면서 이 시조를 지은 것 같다. 鐵嶺은 강원도 회양과 함경도 안변 사이의 고개이다. 萬世橋는 함경도 함흥 城川江에 놓은 다리이며, 조선왕조 태조가 이름을 지었다고 한다. 먼 북쪽에서도 봄소식을 찾는다는 것은 벽지에 배정되는 신세이지만 희망을 가진다는 말로 이해된다. 조정관원이면 말을 탔을 것인데, 전나귀를 몬다고 하면서 산림처사의 정신을 버리지 않으려고 했다.

「석양에 취흥을 겨워」(2556.1)

석양에 취흥을 겨워 채를 잊고 오도고야
가뜩이 저는 나귀 전혀 아니 가는고야
아이야 낚대로 거워라 갈 길 멀어 하노라

- ■ 율격 : 기본형
- ■ 풀이 : 夕陽에 醉興을 겨워(누르기 어려워), 채(채찍)를 잊고 왔구나, 가뜩이나 저는 나귀 전혀 아니 가는구나. 아이야, 낚대로 거워라(집적거려 성나게 하라), 갈 길 멀어 하노라.

석양에 취흥에 겨워 가만있지 못하고 밖으로 나온 걸음이다. "가뜩이 저는 나귀"라고 풀어 말한 전나귀를 정신없이 타고 나와 채찍이 손에 없다. 낚시할 생각인지 낚대는 가지고 있다. 나귀가 전혀 아니 가자, 시중드는 아이에게 낚대로 집적거려 성나게 하라고 한다.

취흥에 겨워 무턱대고 밖으로 나간다. 타는 것이 전나귀이다. 탄 사람은 가려고 하는데, 나귀는 가지 않는다. 채찍이 없어, 낚대를 휘두른다. 낚대를 가지고 나와 엉뚱한 데다 쓴다. 사람이 철없는 짓을 하는 것을 나무라기라도 하는 듯이, 전나귀는 중심을 잡고 서 있다.

「전나귀 모노라 하니」(4287.1)

전나귀 모노라 하니 서봉에 일몰이라
산로 험커든 간수나 얕으려문
죽림에 문견폐하니 다 왔는가 하노라

- 율격 : 기본형
- 풀이 : 전나귀 모노라 하니 西峰(서쪽 봉우리)에 日沒이라(해가 지는구나). 山路(산길) 險하거든 澗水(시냇물)나 얕으려문(얕을 것이지). 竹林(대숲)에 聞犬吠하니(개 짖는 소리 들리니) 다 왔는가 하노라.

전나귀를 몰고 서쪽 봉우리에 해가 질 때까지 먼 길을 간다. 산길이 험하고 시냇물이 얕지 않다. 대숲에서 개 짖는 소리가 나니 마침내 목적지에 도착하는가 한다. 전나귀를 괴롭히면서 위태로운 짓을 한 것을 후회해야 하지 않는가 싶다.

「전나귀 바삐 몰아」(4288.1)　　　　　　　羅緯素

전나귀 바삐 몰아 다 저문 날 오신 손님
보리 피 궂은 메에 찬물이 아주 없다
아이야 배 내어 띄워라 그물 놓아 보리라

- 율격 : 기본형

■ 풀이 : 전나귀 바삐 몰아 다 저문 날 오신 손님, 보리, 피 궂은 메(밥)에 饌物(반찬)이 아주 없다. 아이야, 배 내어 띄워라. 그물 놓아 보리라.

전나귀 바삐 몰아 다 저문 날에 온 손님을에게 대접할 것이 보리와 피로 지은 험한 밥뿐이고 반찬이 전연 없다. 주인 체면이 말이 아니지만 당황해하는 기색은 없다. 배를 띄우고 그물을 놓아 물고기를 잡아 반찬을 하려고 한다. 그 주인에 그 손님인 것 같다. 전나귀를 바삐 몰아 온 것과 손님을 보고서 그물을 들고 나서는 것이 파격이라는 점에서 그리 많이 다르지는 않다.

(4297.2) "전원에 남은 흥을 전나귀에 모두 싣고/ 산천 맑은 길로 흥치며 내려가/ 백구야 날 본 체 마라 세상 알까 하노라"고 하는 것도 있다.

「말이 놀라거늘」(1587.1)

말이 놀라거늘 혁을 잡고 굽어보니
금수 청산이 물 아래 비치었다
저 말아 놀라지 마라 그를 보려 하노라

■ 율격 : 기본형
■ 풀이 : 말이 놀라거늘, 革(고삐) 잡고 굽어보니, 錦繡 靑山이 물 아래 비치었다. 저 말아, 놀라지 마라, 그를(그것을) 보려 하노라.

물 아래 비친 빼어난 경치를 보고, 말이 놀라 타고 가는 주인을 위태롭게 하는 동작을 한다. 이 경우에는 느리고 조용한 나귀를 타고 간다고 하면 어울리지 않고, 빠르고 민감한 말이라야 한다. 먼 길을 달려야 할 때에는 말을 타야 한다.

(1582.1) "말은 가려 울고 임은 잡고 우네/ 석양은 산을 넘고 갈 길은 천리로다/ 저 임아 가는 나를 잡지 말고 지는 해를 잡으려문"은 「212 구성」에서 고찰한다.

「적토마를 살지게 먹여」(4284.1)

적토마를 살지게 먹여 두만강에 씻겨 세고
용천검 드는 칼을 선뜻 빼어 둘러메고
장부의 입신양명을 시험할까 하노라

- 율격 : 기본형
- 풀이 : 赤免馬를 살지게 먹여 豆滿江에 씻겨 세우고, 龍泉劍 드는 칼을 선뜻 빼어 둘러메고, 丈夫의 立身揚名을 시험할까 하노라.

적토마는 널리 알려진 명마이고, 용천검은 으뜸가는 보검이다. 적토마를 타고 용천검을 휘둘러 싸움에서 큰 공을 세워 높은 지위에 올라 이름을 내고 싶다고 한다. 전나귀에 몸을 의지하고 겨우 길을 가는 초라한 행색과는 아주 다르다. 적토마 노래는 이것 하나뿐이다.

「굴레 벗은 천리마를」(0448.1)　　　　　金聖器

굴레 벗은 천리마를 뉘라서 잡아다가
조죽 삶은 콩을 살지게 먹여 둔들
본성이 왜양하거늘 있을 줄이 있으랴

- 율격 : 기본형
- 풀이 : 굴레 벗은 千里馬를 뉘라서 잡아다가, 조죽, 삶은 콩을 살지게 먹여 둔들, 本性이 왜양하거늘 있을 줄이 있으랴.

시조의 넓이와 깊이

"千里馬"는 하루에 천리를 간다는 빼어난 말이다. 굴레 벗은 천리마를 잡아다가 아무리 잘 잘 먹여도 본성이 "왜양"하니 있지 않고 간다. "왜양"은 "규칙이나 규범 따위에 구애받지 아니하고 분방하다"는 뜻이다.

이렇게 말하는 천리마는 가상의 존재이다. 천리마 같은 사람은 속박하지 말아야 한다고 말하려고 가상의 존재를 이용한다. 자기가 그런 사람이라고 은근하게 이른다.

「여위고 병든 말을」(3310.1)   庾世信

여위고 병든 말을 뉘라서 돌아볼꼬
때때로 길게 울어 멀리 마음 두거니와
차라리 방초장제에 오락가락 하리라

- 율격 : 기본형
- 풀이 : 여위고 병든 말을 뉘라서 돌아볼까? 때때로 길게 울어 멀리 마음
  두거니와, 차라리 芳草長堤(풀이 향기로운 긴 뚝)에 오락가락 하리라.

천리마와는 반대가 되는 여위고 병든 말의 가련한 처지를 말한다. 종장에서 "하여라"라고 하지 않고 "하리라"라고 해서 가련한 말이 자기 자신임을 직접 이른다. 말 노래를 빌려 자기 노래를 하니 조금 실망스럽지만 들어주기로 한다.

돌보아주는 이가 없다. 때때로 길게 울어 멀리 마음을 두는 것을 나타낸다. 이렇게 말하면서 임금에게 버림받고 관직을 잃고 물러난 사정을 넌지시 이른다. 관직에 다시 나아가고 싶은 뜻을 이루지 못하니 "차라리" 이하의 것을 차선책으로 택한다. 먹을 풀과 뛰놀 공간이 있는 芳草長堤에서 오락가락하는 말처럼 지내리라고 한다.

庾世信은 영조 때의 가객이니, 자기 처지를 술회한 것은 아니다. 벼슬

에서 물러나서 쓸쓸하게 지내는 고객의 마음을 달래주려고 이 노래를 지어 불렀다고 생각한다. 여위고 병든 말이 주인을 잃고 길게 운다고 하는 것은 武班에게 어울리는 사설이다. 이 노래를 들으면서 기운차게 말을 달리던 시절을 생각했을 것이다.

542 기러기

기러기는 가을의 정취를 나타내 시조에 자주 등장하면서 다른 여러 가지 의미도 지닌다. 기러기가 나란히 나는 雁行은 형제를 뜻한다. 외기러기는 고독의 상징이다. 기러기는 소식을 전해준다고 여긴다. 중국 漢나라 때 蘇武가 흉노에 포로로 잡혀가 있을 때 기러기 발에 편지를 매달아 소식을 전했다고 『漢書』「蘇武傳」에서 한 말에서 유래되는 전승이다.[21]

「기러기 저 기러기」(0570.1)

기러기 저 기러기 네 행렬 부럽구나
형우 제공이야 네 어이 알랴마는
다만지 주야에 함께 낢을 못내 부뤄 하노라

- 율격 : 기본형
- 풀이 : 기러기, 저 기러기 네 行列이 부럽구나. 兄友弟恭이야 네 어이 알랴마는, 다만지 晝夜에 함께 날아가는 것을 못내 부러워하노라.

기러기 여러 마리가 나란히 날아가는 것이 부럽다고 하면서, 형제를 雁

---

21 일본의 『萬葉集』에도 같은 전승이 수용되어, 기러기가 소식을 전한다고 한다. 1708번 노래에서 "雁使者"라고 했다(이연숙 역, 『만엽집』 7, 박이정, 2014, 70~71 면).

行이라고 하는 이유를 말한다. 형은 아우를 돌보고 아우는 형에게 공손한 兄友弟恭의 도리를 기러기가 알랴마는, 기러기가 날아가는 모습이 형제가 화목하게 지내는 것을 보여주는 것 같다. 기러기가 주야에 함께 나는 것은 "주야에 함께 낢을"이라고 줄여서 말한다.

「기러기 높이 뜬 뒤에」(0556.1)   安玟英

기러기 높이 뜬 뒤에 서리 달이 만리로다
네 네 짝 찾으려고 이 밤에 날았느냐
저 건너 노화총리에 홀로 앉아 울더라

- 율격 : 기본형
- 풀이 : 기러기 높이 뜬 뒤에 서리 달이 萬里로다. 너는 네 짝을 찾으려고 이 밤에 날았느냐? 저 건너 蘆花叢裏(갈대 꽃 무더기 뒤에) 홀로 앉아 울더라.

서리가 내리고 달이 만리나 비치는데 높이 뜬 기러기를 보고 말한다. "너는 네 짝을 찾으려고 이 밤에 홀로 날았으냐?" 이렇게 묻고는 대답한다. "저 건너 갈대 꽃 무더기 뒤에서 홀로 앉아 울더라." 홀로 날아가는 기러기는 외로움이 묻고 대답하는 나와 다르지 않다.

「뫼는 길고 길고」(1667.1)   尹善道

뫼는 길고 길고 물은 멀고 멀고
어버이 그린 뜻은 많고 많고 하고 하고
어디서 외기러기는 울고 울고 가나니

- 율격 : 기본형

고(많고) 하고(많고), 어디서 외기러기는 울고 울고 가느냐?.

길고 긴 산, 멀고 먼 물 저쪽에 계신 어버이를 간절하게 그리워하는 뜻
이 많고 많다고 한다. 같은 말을 되풀이해서 절박함을 강조한다. 그래서
갈 수 없어 기러기를 바라본다. 어디선가 기러기가 울고 울고 가는 것이
자기 모습 같다고 한다. 기러기는 울고 가지만, 자기는 가지도 못하고 울
기만 한다는 말은 차마 하지 못한다.

「기러기 우는 밤에」(0568.1) 康江月

기러기 우는 밤에 내 홀로 잠이 없어
잔등 돋워 켜고 전전불매 하는 차에
창밖의 굵은 빗소리에 더욱 망연하여라

■ 율격 : 기본형
■ 풀이 : 기러기 우는 밤에 내 홀로 잠이 없어, 殘燈 돋우어 켜고 輾轉不寐
(뒤척거리면서 잠을 이루지 못함)하는 적에 창밖의 굵은 빗소리에 더욱
茫然하여라.

기러기는 슬픔을 돋운다. 기러기가 울고 가는 밤에 홀로 잠이 없어 잔
등을 돋우어 켜고 뒤척거리기만 한다. 그럴 때 창밖의 굵은 빗소리는 마
음을 더욱 아득하게 한다.

康江月은 평안도 孟山의 기생이라고 알려져 있다. 기러기 울음이 여인
의 심사를 더욱 외롭게 했다. 예리한 감수성으로 이 노래를 지었다.

康江月이 지은 노래에 (2914.1) "시시로 생각하니 눈물이 몇 줄기요/ 북
천 상안이 어느 때에 돌아올꼬/ 두어라 연분이 미진하면 다시 볼까 하노

라"라는 것도 있다.

「기러기 울지 마라」(0575.1)

기러기 울지 마라 네 소리 슬프구나
예부터 이르기를 소식만 전한다 이르더니
지금에 울기만 울어 심사 산란

- 율격 : 기본형. 종장 한 토막 "하노라"가 생략되었다.
- 풀이 : 기러기 울지 마라. 네 소리 슬프구나. 예부터 이르기를 소식만 전한다 이르더니, 지금은 울기만 울어 心事가 心亂(하노라).

기러기 우는 소리가 슬픔을 자아낸다. 예부터 이르는 말에는 소식을 전한다고 하는 기러기가 지금은 마음이 어지럽게 하기만 한다. 들어서 아는 바와 실제가 다르다.

「기러기 아니 나니」(0565.1)　　　　　　　　　李聃命

기러기 아니 나니 편지 뉘 전하리
시름이 가득하니 꿈인들 이룰쏜가
매일에 노친 얼굴이 눈에 삼삼 하여라

- 율격 : 기본형
- 풀이 : 기러기 아니 나니 편지를 누가 전하리. 시름이 가득하지만 꿈엔들 이룰 수 있는가? 매일에 老親 얼굴이 눈에 삼삼 하여라.

어버이를 멀리 두고 그리워하면서 소식 전하지 못해 안타깝다. 기러기가 날지 않으니 편지를 누가 전하리? 사람을 시켜 편지를 전하려고 하지 않고, 편지는 기러기가 전해야 한다고 여긴다. 그만큼 먼 곳에 와서 연락이 어렵다는 말이다. 가득한 시름을 꿈에서도 전하지 못한다. 늙으신 어버이의 모습이 눈에 삼삼하기만 하고, 소통은 가능하지 않다.

「청천에 떠서」(4807.1)

청천에 떠서 울고 가는 저 기럭아
너 가는 길이로다 한양성내 들어가서 부디 내 말 잊지 말고 외외쳐
이르기를 월침침 야삼경인 제 임 그려 차마 못 살러라 하고 부디 한
말 조금 전해주렴
우리도 임보러 가는 길이오매 전할동말동 하여라

- 율격 : 확대일탈형. 사설시조.
- 풀이 : "靑天에 떠서 울고 가는 저 기럭아, 너 가는 길이로다, 漢陽 城內 들어가서 부디 내 말 잊지 말고 외외쳐 일렀다. "'月沈沈 夜三更인 적에는 임 그려 차마 못 살러라'하고 부디 한 말 조금 전해주려무나." 이에 대해 대답했다. "우리도 임 보러 가는 길이오매 전할동말동 하여라."

기러기가 소식을 전해주기를 기대하고 말한다. 가는 길에 "월침침 야삼경인 적에는 임 그려 차마 못 살러라'라는 말을 전해달라고 한다. 한양 성내라고만 하고 어느 동네의 누구라고 하지 않아도 말이 전해진다고 여긴다. 이 말에 대해 기러기가 대답하기를, 자기네도 임 보러 가는 길이니 전할동 말동 하다고 한다.

몇 가지 상상을 한다. 기러기가 말을 알아듣는다. 알아듣고 대답한다. 기러기는 소식 전해달라는 부탁을 듣지 않을 것이다. 그 이유가 기러기도 임을 보러 가는 길이기 때문이다. 임을 그리워하는 처지가 같다. 기러기를 보면서 외로움을 느끼고, 기러기와 말을 주고받는다고 상상하면서 조

금이나마 위로를 받는다.

(0573.1) "기러기 풀풀 다 날아나니 소식인들 뉘 전하리/ 수심이 첩첩하니 잠이 와야 꿈인들 아니 꾸랴/ 차라리 저 달이 되어서 비취어나 보리라"는 「245 차라리」에서 고찰한다. (1212.1) "달 밝고 서리 찬 밤에 울고 가는 저 기러아/ 상사로 병이 되어 차마 슬퍼 못 살레라 전하여주렴/ 우리도 짝 잃고 가는 길이라 전할지 말지"는 「231 소통」에서 고찰한다.

543 두견

두견은 두견이과에 속하는 새이다.[22] 뻐꾸기와 비슷하다. 두견새·두견이·子規·杜魄·杜宇·不如歸·思歸鳥·時鳥·住刻啼禽·周燕·歸蜀道·蜀魄·蜀鳥·蜀魂·蜀魂鳥·望帝魂이라고도 한다. 소쩍새는 올빼미과의 다른 새인데 흔히 혼동된다.[23]

두견은 여름에 밤낮으로 처량하게 울어 듣는 이를 심란하게 한다. 옛적 중국의 작은 나라 蜀의 임금, 이름이 杜宇인 望帝가 나라를 원통하게 빼앗겨 죽은 혼이 이 새가 되었다는 전설이 있다. 이 두 가지 이유 때문에 시에 많이 등장한다.[24]

22　학명은 'Cuculus poliocephalus'이다. 길이가 날개 15~17cm, 꽁지 12~15cm, 부리 2cm가량이다. 몸빛이 등은 암회청갈색이나 석반회색이다. 윗가슴은 회청색이고, 그 아래쪽은 백색 바탕에 흑색 가로무늬가 있다. 배는 황갈색이다. 꽁지는 흑색에 백색 무늬가 있다. 숲 속에서 단독으로 살고, 둥지를 짓지 않는다. 꾀꼬리 등의 다른 새 집에 한 개의 알을 낳아 그 새가 기르도록 내맡긴다. 5월에 건너 와서 8~9월에 간다. 한국 외에, 중국, 일본 등지에서도 서식하고, 대만, 인도, 오스트레일리아 등지에서 월동을 한다.

23　송원호, 「두견 및 소쩍새 모티프의 특징과 고시조의 수용 양상」, 『시조학논총』 17(한국시조학회, 2001)에서 둘의 상관관계를 고찰했다.

24　일본의 『萬葉集』에도 두견 노래가 많이 있다. 두견을 "霍公鳥"라고 적고 "はとと

「공산이 적막한데」(0358.1)

공산이 적막한데 슬피 우는 저 두견아
촉국 흥망이 어제 오늘 아니어늘
지금에 피나게 울어 남의 애를 끊나니

■ 율격 : 기본형

■ 풀이 : 空山(빈 산)이 寂寞한데 슬피 우는 저 두견아, 蜀國 흥망이 어제
오늘 아니거늘, 지금에도 피나게 울어 남의 애(창자)를 끊는구나.

아무도 없는 빈산은 그 자체로 적막한데 거기서 두견이가 슬피 울기까
지 한다. 마땅하지 못하다고 여기고, 두견이를 불러 말을 물어본다. 촉나
라가 망한 것은 이미 오래전의 일인데, 그 나라 임금의 혼이라고 자처하
고 지난날을 잊지 않고 지금도 울고 있는가? 피나게 울어 왜 타인인 나를
창자가 끊어질 만큼 애통하게 하는가?

두견이는 대답이 없다고 나무랄 일은 아니다. 두 물음 가운데 앞의 것
은 대답을 기대하지 못한다. 두견이가 촉나라 임금의 혼이라고 사람들이
지어내 하는 말에 관해 아는 바 없을 것이다. 뒤의 물음, 왜 타인인 나를
창자가 끊어질 만큼 애통하게 하는가 하는 것에 관해서는 두견이가 아닌
내가 대답해야 한다.

내가 우는 것이 두견이 탓인가? 두견이 울음이 나의 울음이 되는 것이
두견이 때문이라고 할 수는 없다. 두견이는 원통한 사정이 있어서 우는

ぎす"라고 읽는다. 두견이 울면 괴로워 두견이 없는 나라에 가고 싶다는 노래도
있다(이연숙 역, 『만엽집』 6, 박이정, 2014, 83면). 신은경, 「두견의 시적 내포 : 비
교시학적 관점」, 『한국시가연구』 6(한국시가학회, 2000)에서 한일 두견시를 비교
해 고찰했다.

데, 나는 무엇 때문에 애통해하는가? 나도 말 못 할 사정이 있어 운다는 것을 감추고, 두견이 울음을 듣고 따라 운다고 하는 것이 아닌가?

이런 노래의 두견이는 사람이 생각하는 두견이다. 세계의 자아화에 이용되는 두견이다. 슬피 운다고 하려면 두견이가 필요하다. 두견이 노래를 한다면서 사람이 애통해 하는 노래를 한다.

「두견아 울지 마라 (1)」(1446.1)

두견아 울지 마라 네 울어도 속절없다
울려거든 너만 울지 나를 어이 울리느냐
두어라 네 울음소리에 나의 간장 다 녹인다

- 율격 : 기본형
- 풀이 : 두견아 울지 말라, 네 울어도 속절없다(아무 소용도 없다). 울려거든 너만 울지 나를 어이 울리느냐? 두어라(그만두어라), 네 울음소리에 나의 肝腸(간과 창자) 다 녹인다.

앞에서 든 「공산이 적막한데」(0358.1)와 비슷한 말을 조금 다르게 한다. 두견이 울음을 나무라고 울지 말라고 한다. 울어도 아무 소용이 없다. 울어서 해결될 것은 없다. 울기만 하면 스스로 상처를 내기나 한다. 두견이에게 하는 이처럼 이치에 맞는 말을 나는 받아들이지 못한다. 남의 사정을 잘 살펴주는 슬기로움이 내 사정에서는 사라지니 어쩐 일인가?

두견이 울음을 따라 우는 내가 두견이보다 더 슬퍼한다. 울어서 간장을 다 녹인다. 이것은 단순한 전염이 아니다. 눌러두고 있던 원통한 사정이 폭발해 어떻게 할 수 없구나. 사람은 슬기로워야 하지만, 슬기로움으로 감당할 수 없는 사정도 있다는 것을 알아야 한다.

(3645.1)(梅花) "월명 창외하고 두견이 슬피 울 제/ 독수공방 이내 정사/ 아마도 세상에 짝 없는가 하노라"는 「211 율격」에서 고찰한다. (4118.1) "자 규야 울지 마라 네 울어도 속절없다/ 울려거든 너만 울지 나를 어이 울리 느냐/ 아마도 네 울음소리 들을 제면 가슴 아파 하노라"는 「241 아마도」에 서 고찰한다. (2515.1) "서산에 일모하니 천지 가이없네/ 이화 월백하니 임 생각이 새로워라/ 두견아 너는 뉘를 그려 밤새도록 우나니"는 「212 구성」 에서 고찰한다.

「공산야월 달 밝은 밤에」(0352.1)

공산야월 달 밝은 밤에 슬피 우는 저 두견아
천금 사랑 곁에 두고 말 못하는 나의 심사
두어라 천고한원이야 네오 내오 다를

- 율격 : 기본형. 마지막 토막이 "다를소냐"여야 하는데 "-소냐"가 생략되 었다.

- 풀이 : 空山夜月 달 밝은 밤에 슬피 우는 저 두견아, 千金 사랑 곁에 두 고 말 못하는 나의 심사로다. 두어라(더 말하지 말자), 千古恨怨이야 너 와 내가 다를(소냐)?

여기서는 두견이처럼 자기도 애통해하는 이유를 말한다. 두견이의 사 정은 제쳐놓고 내 말을 바로 한다. 천금처럼 귀하게 생각되는 사랑하는 사람을 곁에 두고 사랑한다고 말하지 못하는 심사가 원망스럽고 원통하 다고 하소연한다.

이렇게 말하니 두견이와 거리가 너무 멀어진다. "千古恨怨"이라는 말 로 나타낸, 너무나도 오랜 시간 동안 한을 품고 원망하는 사정이 다르지 않다고 하면 어떨까? 두견이와 내가 같다는 것을 마무리로 삼고 나를 너무 드러내지 않았으면 한다.

천고한원이라는 말을 대등하게 공유할 수 있는 것은 아니다. 옛적 촉나라 임금의 혼이라고 여기니 두견이는 천고한원을 품었다고 할 만하다. 사랑하는 사람을 곁에 두고 사랑한다는 말을 못하는 것은 천고한원인 듯이 생각될 수 있을 따름이다. 짝사랑의 번민이 너무나도 커서 원통한 사정이 두견이와 같다고 하면 잘못인가?

「서산에 일모하니」(2515.1)

서산에 일모하니 천지 가이없네
이화 월백하니 임 생각이 새로워라
두견아 너는 뉘를 그려 밤새도록 우나니

- 율격 : 기본형
- 풀이 : 西山에 日暮하니(해가 저무니) 天地 가이없네(천지가 무한하네). 梨花(배꽃)에 月白하니(달이 밝으니) 임 생각 새로워라. 두견아 너는 뉘를(누구를) 그려(그리워하면서) 밤새도록 우나느냐?

서산에 해가 저무니 천지에 보이는 것이 전혀 없다는 말에 두 뜻이 있다. 낮이 끝나고 어두운 밤이 되어 불만이다. 보이는 것이라고는 없어 절망적인 느낌이 든다. 그러나 다행스럽게도 배꽃에 달이 밝다. 아주 어둡지는 않다. 절망에서 벗어나 희망을 찾게 한다. 배꽃에 밝은 달 같은 임이 새삼스럽게 생각난다.

위의 여러 노래에서는 초장에 등장해 크게 행세하는 두견이 여기서는 종장에 이르러 비로소 모습을 조금 드러낸다. 주역 노릇을 하지 못하고 말단 조역이기만 하다. 그러나 두견이 조연 노릇을 착실하게 해서 묘미 있는 작품을 만드는 것을 눈여겨보아야 한다.

절망에 사로잡혀 희망을 찾으면서 임을 생각한다. 이 말은 그리 심각한 것이 아니어서 직접 해도 된다. 임을 그리워하면서 밤새도록 우짖는다. 이 말은 너무 처절해 두견이를 조연으로 삼아, 너는 어떤가 물으면서 한다. 품위를 잃지 않고 격동을 전하는 더 좋은 방법이 있을까?

「두견아 울지 마라 (2)」(1447.1)　　　　　　李鼎輔

두견아 울지 마라 이제야 내 왔노라
이화도 피어 있고 새 달도 돋아 있다
강산에 백구 있으니 맹세 풀이 하리라

- 율격 : 기본형
- 풀이 : 杜鵑아 울지 마라. 이제야 내 왔노라. 梨花(배꽃)도 피어 있고, 새 달도 돋아 있다. 江山에 白鷗(갈매기) 있으니 盟誓풀이 하리라.

두견이 슬피 우는 것은 외롭기 때문이라고 여기고 함께 지내려고 왔다고 한다. 이화도 피고 새 달이 돋아, 깨끗한 것들이 좋은 계절을 빛내니 근심을 잊고 즐거워할 만하다. 갈매기는 강산에 은거하는 사람의 벗이다. 좋은 조건을 다 갖추어놓고 하고 싶은 말을 한다.

세상에 나가 명리를 취하지 않고 강산에 은거하겠다고 전에 한 맹세를 확인한다. 두견이 울고, 이화가 피고, 새 달이 돋은 곳에서 백구를 벗 삼아 맹세를 확인하니, 함께 어울려 춤이라도 추면서 무엇이든 풀어내는 것 같아 풀이라는 말을 쓰고, 맹세풀이를 하리라고 한다.

서두에서 두견이 슬피 운다고 한 것은 두견만이 아니다. 두견과 함께 지내려고 찾아가는 나도 외롭고 슬프다. 그런데 이제 두견, 이화, 달, 백구와 함께 맹세풀이를 신명풀이를 하는 듯이 하니 외로움이나 슬픔이 다 사라지고 기쁨이 넘친다. 명리를 버리고 은거하는 즐거움이 무엇인지 분명하게 알게 된다.

「기다리는 꾀꼬리는」(0554.1)

기다리는 꾀꼬리는 아니 오고
듣기 싫은 두견만 우는고야
하물며 월락참횡시에 올빼미 소리 더욱 싫다

- 율격 : 축소변이형. 중장 전반부가 2 2이다.
- 풀이 : 기다리는 꾀꼬리는 아니 오고, 듣기 싫은 두견만 우는구나. 하물며 月落參橫時(달이 지고 이것저것 뒤섞이고 얽힐 적)에 들리는 올빼미 소리는 더욱 싫다.

새 소리에 듣기 좋고 싫은 등급이 있다. 소리가 아름다운 꾀꼬리는 기다려도 오지 않는다. 소리가 처량해 듣기 싫은 두견이만 울고 있다. 달마저 져서 이것저것 뒤섞이고 얽히는 어둠 속에서 올빼미가 불길한 소리를 내는 것은 더욱 듣기 싫다. 이렇게 갈라 말한다.

셋 가운데 지금 울고 있는 것은 두견이뿐이니 이것은 두견이 노래이다. 다른 노래에서는 슬픔으로 사로잡는다고 하는 두견이 소리를 여기서는 듣기 싫다고 한다. 두견이 소리는 싫고 꾀꼬리 소리를 원한다. 두견이가 가장 싫은 것은 아니다. 올빼미 소리는 더욱 싫다고 나무란다.

꾀꼬리·두견이·올빼미는 성격이 다른 사람일 수도 있다. 노래의 세 가지 양상일 수도 있다. 아름다움의 요건일 수도 있다. 두견이 같은 사람이 없는 임을 그리워한다면서 두견이 소리 같은 슬픈 노래를 부르는 관습에 반발해 딴소리를 할 수 있다. 꾀꼬리 소리가 가장 좋다고 할 수 있다.

세 가지 소리에 대한 비교 평가가 간단히 끝나는 것은 아니다. 좋고 나쁘다는 등급과 기울인 관심은 상반된다. 꾀꼬리에 관해서는 "기다리는"이라고 하는 것뿐이다. 두견이는 "듣기 싫은 두견만 우는고야"라고 해서 실감이 나게 말한다. 두견이 소리를 지금 듣고 있는 것 같다.

올빼미 소리와 연관시킨 "月落參橫"은 인상 깊은 표현이다. 달마저 지고 이것저것 뒤섞이고 얽히는 어둠 속에서 그런 분위기와 어울리게 올빼미가 우는 것을 생각해 이 노래를 오래 기억하게 한다. 구어를 사용해 "더욱 싫다"고 한 것이 가장 가까이 다가온다.

544 백구

물가를 찾아 은거하는 사람의 벗은 白鷗이다. 백구는 갈매기인데, 갈매기라고는 하지 않고 백구라고 하는 것이 예사이다. 갈매기라고 하면, 희다는 말이 없고 품격이 낮아 보이는 것 같다. 백구는 이름에도 나타나듯이 흰 빛이어서 깨끗해 보이고, 무심히 날고 있어 명리에 대한 집착이 없는 것 같다. 백구를 벗 삼는다고 하면서 시름을 잊고, 고결하다는 것을 입증한다. 때로는 실수로 백구를 더럽히기도 한다.

「낚대를 둘러메고」(0793.1)　　　　　　　　　金起泓

　낚대를 둘러메고 석양을 띠어 가니
　조대 높은 곳에 백구만 모여 있다
　백구야 놀라지 마라 네 벗 되려 하노라

■ 율격 : 기본형
■ 풀이 : 낚대를 둘러메고 夕陽을 띠어 가니, 釣臺 높은 곳에 白鷗만 모여 있다. 白鷗야 놀라지 마라, 네 벗 되려 하노라.

낚대를 둘러메고 석양을 띠어 간다는 것이 야간 낚시를 하자는 말은 아니다, 세상의 명리를 버리고 은거하는 사람의 자세이다. 假漁翁일 따름이고 고기를 잡으려고 하는 것은 아니다. 낚시를 하는 장소 조대 아래의 물은 내려다 보지 않고, 위의 백구만 치어다본다. 놀라지 말라고 안심시키고 백구의 벗이 되려고 물가를 찾아간다고 이른다.[25]

(0209.1)(申瀗) "거문고 빗겨 안고 산수를 희롱하니/ 청풍은 건듯 불고 명월도 돌아온다/ 하물며 유신한 갈매기는 오명가명 하나니"는「244 하물며」에서 고찰한다.

「백구야 놀라지 마라」(1860.1)

백구야 놀라지 마라 너 잡을 내 아니로다
성상이 버리시니 갈 곳 없어 예 왔노라
이제는 찾을 이 없으니 너를 좇아 놀리라

■ 율격 : 기본형

■ 풀이 : 白鷗야 놀라지 마라, 너 잡을 내 아니로다. 聖上(임금)이 버리시니 갈 곳 없어 예 왔노라. 이제는 찾을 이 없으니, 너를 좇아 놀리라

"백구야 놀라지 마라"는 말을 앞세우고 갑작스러운 방문을 미안하게 여긴다. "너 잡을 내 아니로다"라고 하면서 경계심을 버리라고 한다. "성상이 버리시니" 갈 곳 없어 백구가 있는 물가를 찾아왔다고 한다. 백구를 좇아 놀면서 벗으로 삼고자 한다고 한다. 임금에게 버림받은 탓에 강호를

---

25 최진원, 『국문학과 자연』(성균관대학교출판부, 1977)에서는 假漁翁의 노래가 無爲 속에서 절대적 자유를" 얻는 것을 목표로 한다고 했다(98~121면). 『한국고전시가의 형상성』(성균관대학교 대동문화연구원, 1988)에서는 백구를 벗으로 삼는 것이 "忘世하기 위함이다"라고 했다(21~22면).

찾아 백구를 벗 삼는다고 여러 노래에서 거듭 말한다.

(0167.1)(李恒福) "강호에 기약을 두고 십년을 분주하니/ 그 모를 백구는 더디 온다 하건마는/ 성은이 지중하시니 갚고 가려 하노라"는 「511 산수」에서 고찰한다.

「환해에 놀란 물결」(5484.1)　　　　　　　　李鼎輔

환해에 놀란 물결 임천에 미칠쏜가
값없는 강산에 말없이 누웠으니
백구도 내 뜻을 아는지 오락가락 하더라

- 율격 : 기본형
- 풀이 : 宦海에 놀란 물결 林泉에 미칠쏜가? 값없는 江山에 말없이 누웠으니, 白鷗도 내 뜻을 아는지 오락가락 하더라.

宦海는 벼슬살이 바다이다. 벼슬살이를 하면서 바다에 떠도는 것같이 고난을 겪는다고 해서 하는 말이다. 환해에서 벗어나 쉴 곳은 임천이고 강산이다. 宦海의 물결은 林泉에는 미치지 못하고, 임천과 같은 의미의 강산에 누워 있다.

강산에 누워 있으면서 아무것도 하지 않는다. 강산은 돈을 내지 않고도 즐기니 값이 없다. 불만도 소원도 버려 말이 없다. 은거를 제대로 하는 모범이 될 만한 자세이다. 江山에 있는 것은 아니고 동반자인 백구가 있다. 백구는 내 뜻을 아는지 오락가락한다. 누워 있기만 해도 즐거운 마음을 백구가 오락가락하면서 나타내준다.

「백구 백구들아」(3165.2)   李重慶

　백구 백구들아 내 네오 네 내로라
　내 벗이 네이니 네 나를 모를쏘냐
　차중의 한가한 계산에 너와 나와 놀리라

■ 율격 : 기본형

■ 풀이 : 白鷗 白鷗들아 내가 네고 네가 나로구나. 내 벗이 네이니 네 나를
　모를쏘냐? 此中의 閑暇한 溪山(개울과 산)에 너와 나와 놀리라.

　백구더러 너가 나이고 내가 너여서 둘은 구별이 없다고 한다. 내 벗이
너이니 너가 나를 모르는가 하고 묻는다. 강호나 강산 대신 溪山이라는
말을 쓰면서 이곳 계산에서 둘이 함께 놀자고 한다. 둘이 하나라고 하는
데까지 나아가다가 한 단계씩 물러난다. 백구처럼 지내고자 하는 간절한
소망이 잘 이루어지지 않아 안타까워하는 심정을 은근하게 나타낸다.

　(4357.1)(朴文郁) "조문도 석사 가의라 하니 뉘더러 물을쏘냐/ 인정은 알
았노라 세사는 모를노라/ 차라리 백구의 벗이 되어 낙여년을 하리라"는
「245 차라리」에서 고찰한다.

　　「어촌에 낙조하고 (2)」(3267.1)

　　어촌에 낙조하고 강천에 일모로다
　　소정에 그물 싣고 십리사장 내려가니
　　백구야 날 본 체 마라 침어 알까

■ 율격 : 기본형. 마지막 토막 "하노라"는 생략되었다.

■ 풀이 : 漁村에 落照하고 江川에 日暮로다. 小艇(작은 배)에 그물 싣고 十里沙場 내려가니, 白鷗야 날 본 체하지 마라 沈漁 알까 (하노라).

어촌에 해가 질 무렵에, 작은 배에다 그물을 싣고 모래톱을 따라 십리나 내려가는 한가로운 풍경이다. 백구더러 날 본 체 하지 말라는 것은 물에 잠겨 있는−고기가 알고 잡으러 온 줄 알고 도망갈까 염려하는 말이다. 고기를 잡으려고 하는 것은 아니다. 백구 때문에 자기 행적이 세상에 알려질까 염려한다.

「소상강 긴 대 베어」(2717.1)

소상강 긴 대 베어 낚대 매어 둘러메고
불원 공명하고 벽파로 돌아올 제
백구야 날 본 체 마라 세상 알까 하노라

■ 율격 : 기본형
■ 풀이 : 瀟湘江 긴 대 베어 낚대 매어 둘러메고, 不願 功名하고 碧波로 돌아올 적에, 白鷗야 날 본 체 마라 세상 알까 하노라.

중국 瀟湘江은 은거자가 찾는 강이다. 碧波는 고유명사일 수 있으나 "푸른 물결"이라고 이해해도 된다. 빼어난 경치를 탐내지 않고 몸을 숨기려고 그런 데로 간다. 가서 낚시로 소일하는 행적을 백구가 본 체 해서 세상이 알게 될까 염려한다.

(0174.1)(金聖器) "강호에 버린 몸이 백구와 벗이 되어/ 어정을 흘리 놓고 옥소를 높이 부니/ 아마도 세상흥미는 이뿐인가 하노라"는 「312 흥」에

서 고찰한다. (4732.1)(李滉) "청량산 육륙봉을 아는 이 나와 백구/ 백구야 헌사 마라 못 믿을손 도화로다/ 도화야 떠나지 마라 어주자 알까 하노라"는 「412 강토」에서 고찰한다.

「강호에 벗이 없어」(0175.1)

강호에 벗이 없어 백구만 벗을 하니
자네 희고 저도 희니 웃을 일이 전혀 없다
세상의 막흑비조는 웃는 법도 있느리라

■ 율격 : 기본형

■ 풀이 : 江湖에 벗이 없어 白鷗만 벗을 하니, 자네 희고 저도 희니 웃을 일이 전혀 없다. 世上의 莫黑非鳥는 웃는 법도 있느리라.

자연과 만나

무슨 말인지 알기 어렵다. 예사 사람은 알지 못하게 소통을 비밀로 하는 것 같다. 자세하게 살피고 깊이 생각해야 이해의 단서를 얻을 수 있다.

"백구만 벗을 하니"는 다른 벗은 없다고 강조해 하는 말이다. "자네 희고 저도 희니"는 백구에다 "나"를 보태 "자네 희고 나도 희고, 저도 희고 나도 희니"라고 하는 말을 줄여서 하는 것 같다. 백구가 희다고 하면서 나도 희다고 은근히 이른다. 희다는 것은 마음이 깨끗하다는 말이다. 웃는다는 것은 비웃는다는 말이다, 나도 백구처럼 마음이 깨끗해 다른 사람 누구를 흠잡아 비웃지 않는다고 한다.

"莫黑非"는 "黑"을 부정하고 부정해 되돌아가는 말이다. 검지 않지 않아 검은 새인 "莫黑非鳥" 같은 사람이라면 남을 비웃을 수도 있다. 이 말을 하면서 자기는 누구를 비웃지 않는다고 거듭 강조한다. 비웃을 일이 얼마든지 있지만 모르는 체한다는 말이다. 이런 속내까지 쉽사리 엿보지는 못하도록 한다.

「책 덮고 창을 여니」(4571.1)

책 덮고 창을 여니 문 앞이 강호로다
우연히 뱉은 침이 백구 등에 지거고나
백구야 <u>날지 마라</u> 너 미워 뱉은 <u>침</u> 아니

■ 율격 : 축소·확대변이형. 종장 전반부 3<<u>4</u>는 축소변이형, 후반부 6>2
는 확대변이형이다. 마지막의 "아니"는 "아니다"나 "아니노라"이어야 하
는데 끝말이 탈락되었다.

■ 풀이 : 冊 덮고 窓을 여니 문 앞이 江湖로다. 우연히 뱉은 침이 白鷗 등
에 지거구나(떨어졌구나). 白鷗야, 날지 마라, 너 미워 뱉은 침 아니다.

물러나 책이나 읽는다. 책을 덮고 창을 여니 문 앞이 江湖다. 강호에서
백구와 함께 즐거움을 누릴 수 있다. 이런 줄 알면서도 의식이 혼미한 상
태이다. 누적된 불만의 표시인 침을 함부로 뱉어 백구 등에 떨어진다. 벗
으로 삼아야 할 백구를 더럽히고 모욕한다.

잘못된 줄 알고 종장에서 하는 말은 종잡을 수 없다. 축소·확대변이형
을 사용하는 것이 안정을 잃고 있는 증거이다. 백구가 미워 뱉은 침은 아
니라고 하는 것은 이해할 수 있지만, "백구야 날지 마라"는 것은 무슨 뜻
인가? 날지 말고 앉아 있어 봉변을 피하라는 말인가? 백구가 나니 마음이
착잡하다는 말인가?

(0154.1)(鄭澈) "강호 둥실 백구로다/ 우연히 뱉은 침이 지거구나 백구
등에/ 백구야 성내지 마라 세상 더러 하노라"는 것도 있는데, 「211 율격」
에서 고찰한다.

「지당에 비 뿌리고」(4459.1) **趙憲**

> 지당에 비 뿌리고 양류에 내 끼인 때
> 사공은 어디 가고 빈 배만 매었는고
> 석양에 짝 잃은 갈매기는 오락가락 하노매

- 율격 : 기본형
- 풀이 : 池塘(못)에 비 뿌리고 楊柳(버들)에 안개가 끼인 때에, 사공은 어디 가고 빈 배가 매여 있는고? 夕陽에 짝 잃은 갈매기는 오락가락 하노매라.

白鷗를 갈매기라고 해서 예외가 되는 작품이다. 말이 다를 뿐만 아니라 뜻하는 바도 다르다. 초탈한 경지에서 노니는 백구를 따르자고 하는 것과 반대가 되는 말을 한다. 짝을 잃고 오락가락하는 갈매기는 불행한 사람의 처지를 나타내준다.

못에 비가 뿌리고 버들에 안개가 끼어 있는 것은 바람직하지 못한 상황이다. 자연 경치만이 아닌 사회적 여건이다. 사공은 어디 가고 빈 배가 매여 있는 것은 진행되어야 할 일이 막혀 갑갑하다는, 지도자가 없어 나라 형편이 말이 아니라고 개탄하는 말이 수 있다. 그래서 자기는 짝 잃은 갈매기처럼 헤맨다고 한탄하는 노래인 것 같다.

545 까마귀

백구와 까마귀는 아주 다르다고 한다. 까마귀는 그리 반갑지 않은 동반자이다. 혼란스럽기만 하다고 나무라고, 죽음을 알리는 흉조라고 여기기도 한다. 색깔이 흰 백로는 좋게 여기고, 까마귀는 검어 더럽고 흉물스럽다고 하는 것이 예사이다. 이에 대해 반론을 제기하기도 한다. 까마귀는 부모를 봉양하니 본받아야 한다고 한다. 까마귀는 사람이 살아가는 모습을 보여주므로 나무라기만 할 것은 아니라고 한다.[26] 논란을 제기하는 범위가 넓은 점에서는 까마귀가 백로보다 앞선다.

「까마귀 까마귀를 따라」(0610.1)

까마귀 까마귀를 따라 들거고나 뒷동산에
늘어진 고양남게 휘듣느니 까마귀로다
이튿날 뭇 까마귀 한 데 내려 뒤범벙 뒤범벙 두루 덥적여 싸우니 아
무 어제 그 까마귄 줄 몰라라

- 율격 : 확대일탈형. 종장이 가장 긴 것이 특이하다.

- 풀이 : 까마귀가 까마귀를 따라 들어갔구나 뒷동산에. 늘어진 고양남게
  (회양목에) 휘듣느니(휘휘 떨어지나니) 까마귀로다. 이튿날 뭇 까마귀 한
  데 내려 뒤범벙 뒤범벙 두루 덥적여(마주 참견하면서) 싸우니 아무도 어
  제 그 까마귄 줄 몰라라.

까마귀들이 뒤얽혀 혼란스럽다는 말을 길게 한다. 길게 하는 말이 무슨
뜻인지 정확하게 알 수 없어 혼란스러워 분별이 가능하다는 인상을 준다.
의식의 흐름을 그냥 보여주듯이 열거하는 말이어서 논리가 아닌 느낌으
로 그림을 보듯이 이해해야 한다.

뒷동산으로 따라 들어가는 까마귀들은 무슨 비밀이 있는 것 같다. 늘어
진 고양나무에 휘듣는 까마귀들은 무서운 생각이 들게 한다. 다음 날 한
데 내려 뒤범벙 뒤범벙 두루 덥적여 싸우는 까마귀들은 저승에서 온 것

---

26 신연우, 「까마귀 소재 시조에 나타난 세계인식의 틀과 문학적 기능 고찰」, 『조선
    조 사대부 시조문학 연구』(박이정, 1997)를 뒤따른다.

같다.

「까마귀 깍깍 아무리 운들」(0611.2)

까마귀 깍깍 아무리 운들 내 가며 영감 가며
들에 간 아들 가며 베틀에 앉은 딸아기 가랴
아마도 부엌에 앉은 며느리 아기 네나 갈까 하노라

■ 율격 : 확대일탈형. 종장이 다섯 토막이다.
■ 풀이 : 까마귀 깍깍 아무리 운들, 내 가며 영감 가며, 들에 간 아들 가며, 베틀에 앉은 딸아기 가랴. 아마도 부엌에 앉은 며느리 아기 네나 갈까 하노라.

까마귀는 죽음을 알리는 흉조이다. 까마귀가 깍깍 우는 것은 누가 죽는다는 말이다. 누가 죽는가? 나·영감·아들·딸은 죽지 말아야 한다. 며느리나 죽어야 한다. 소중한 사람은 살아 있고, 며느리는 미우니 죽어야 한다는 고약한 마음씨를 드러낸다.

「까마귀 싸우는 골에」(0619.1)

까마귀 싸우는 골에 백로야 가지 마라
성낸 까마귀 흰빛을 새울세라
청강에 좋이 씻은 몸을 더럽힐까 하노라

■ 율격 : 기본형
■ 풀이 : 까마귀 싸우는 골에 白鷺야 가지 마라. 성낸 까마귀 흰빛을 시기할세라. 清江에 좋이 씻은 몸을 더럽힐까 하노라.

까마귀는 더럽고 백로는 깨끗하다. 더러운 까마귀 싸우는 곳에 몸을 깨끗하게 씻은 백로는 가지 말라. 까마귀가 백로를 시기한다. 갖가지 대조법을 사용해 까마귀를 나무라고 백로를 옹호한다. 단순 논법을 사용한 교훈가이다. 鄭夢周의 어머니가 지었다고 하는데 믿기 어렵다.

「까마귀 검다 하고」(0606.1)

까마귀 검다 하고 백로야 웃지 마라
겉이 검을손 속조차 검을쏘냐
아마도 겉 희고 속 껌을쏜 너뿐인가 하노라

- 율격 : 기본형
- 풀이 : 까마귀 검다 하고 白鷺야 웃지 마라. 겉이 검을손 속조차 검을쏘냐(검을 것이냐)? 아마도 겉 희고 속 검을쏜(검은 것은) 너뿐인가 하노라.

흰 것이 검은 것보다 우월하다는 통념은 그대로 인정하면서 다른 말을 한다. 겉을 보면 백로는 희고, 까마귀는 검지만, 속은 반대일 수 있다고 한다. 백로는 겉이 희고 속은 검을 수 있고, 까마귀는 겉은 검고 속이 흴 수 있다고 한다. 사람도 이와 같아, 겉만 보고 평가하지 말라는 말이다.

「수풀에 까마귀를」(2813.1)   申獻朝

수풀에 까마귀를 아이야 쫓지 마라
만포 효양은 미물도 하는구나.
나 같은 고로여생이 저를 부뤄 하노라

- 율격 : 기본형

■ 풀이 : 수풀에 (앉아 있는) 까마귀를 아이야 쫓지 마라. "반포효양"은 "反 哺孝養"이고, 양육의 은혜를 입은 까마귀가 먹이를 물어다가 노년의 부 모에게 먹여 보답한다는 말이다. 까마귀 같은 微物도 효도를 한다고 한 다. 나 같은 "고로여생"은 "孤露餘生"이라고 표기되어 있는데 "孤老餘 生"이 적합하다. "홀로 늙는 남은 삶이" 까마귀의 효도를 부러워하노라.

"反哺孝養"이라는 말을 써서, 양육의 은혜를 입은 까마귀가 먹이를 물 어다가 노년의 부모에게 먹여 보답한다는 것은 사실과는 무관한 전설이 다. 까마귀 같은 微物도 효도를 하는데 사람이 불효할 수 있는가 하고 나 무랄 때 이 전설을 이용한다. 이 말만 하고 말면 노래를 지었다고 할 것이 없으므로 구체적인 상황을 설정했다. 수풀에 앉아 있는 까마귀를 쫓으려 고 하는 아이를 나무라는 노인이 서술자로 등장해, 홀로 늙어 남은 삶이 얼마 남지 않은 것을 탄식한다.

자연과 만나

「까마귀 눈비 맞아」(0614.1)　　　　　　　　朴彭年

까마귀 눈비 맞아 희는 듯 껌노매라
야광 명월이 밤인들 어두우랴
임 향한 일편단심이야 고칠 줄이 있으랴

■ 율격 : 기본형

■ 풀이 : 까마귀 눈비 맞아 희는 듯 검노매라(검구나). 夜光明月이 밤인들 어두우랴. 임 向한 一片丹心이야 고칠 줄이 있으랴?

까마귀가 눈비 맞아 흰 것 같지만 검은색을 잃지 않고 있다. 까마귀의 검은색을 높이 평가하고, 흰빛을 띠는 것은 신념을 감추고 세태를 따르는 듯한 처신이라고 한다. 밤에도 빛을 내는 밝은 달은 어두워도 변하지 않

597

는다. 임을 향한 한 가닥 뜨거운 마음은 버릴 수 없다. 까마귀의 검은색, 밤에도 빛나는 달, 한 가닥 붉은 마음이 겉보기로는 달라도 모두 변함없는 충성을 상징한다. 사육신의 한 사람인 朴彭年이 세조의 찬탈을 인정하지 않고 단종을 임금으로 계속 받드는 열렬한 마음을 나타냈다.

「까마귀 칠하여 검으며」(0624.1)

까마귀 칠하여 검으며 해오리 늙어 희더냐
천생 흑백은 예부터 있건마는
어떻다 날 보신 임은 검다 희다 하나니

- ■ 율격 : 기본형
- ■ 풀이 : 까마귀는 (누가 색을) 칠해 검으며, 해오라기는 늙어서 희더냐? 天生(하늘이 낸) 黑白은 예로부터 있건마는, 어떻다 날 보신 임은 검다 희다 하나니.

까마귀가 검은 것은 누가 색을 칠했기 때문이 아니고, 해오라기가 흰 것은 늙은 탓이 아니다. 각기 자기 나름대로 타고난 색깔이어서 우열이나 등급은 없다. 하늘이 검은 것은 검게, 흰 것은 희게 내는 것이 예부터 항상 있는 자연스러운 일이고 조금도 이상하지 않다. 그런데 임은 나를 보고 검다느니 희다느니 하고 시비를 하는가?

「까마귀 뉘라 물들여」(0617.1)

까마귀 뉘라 물들여 검다 하며 백로 뉘가 마전하여 희다더냐
황새 다리 뉘라 이어 길다 하며 오리 다리 뉘라 분질러 자르다 하리
아마도 검고 희고 길구 자르고 흑백장단이야 일러 무삼

- 율격 : 확대일탈형 사설시조, 마지막 토막 "하리오"가 생략되었다.

- 풀이 : 까마귀는 누가 물을 들여 검다고 하는가? 백로는 누가 만들어 희다고 하는가? 황새 다리는 누가 이어서 길다고 하는가? 오리 다리는 누가 분질러 짧다고 하는가? 모두 헛소리이다. 검다느니 희다느니, 길다느니 짧다느니 하면서 黑白長短을 일러 무엇 하겠는가?

위의 노래와 같은 수작을 더 길게 하면서 임이 보고 무어라고 한다는 말은 하지 않는다. 흑백과 함께 장단도 각기 타고난 그대로 지니고 있으므로 비교나 시비의 대상이 될 수 없다. 까마귀는 검다고 나무라고 낮추어보는 것은 잘못된 사고방식이다. 갖가지 생명체뿐만 아니라 사람도 서로 다르다는 이유에서 차별을 받아서는 안 된다. 생물은 어느 것이든 物物均이고, 사람과 다른 생물은 人物均이고, 사람들끼리는 人人均의 원리를 알고 실행해야 한다.

「까마귀가 까마귀를 좇아」(0604.1)

> 까마귀가 까마귀를 좇아 석양사로 날아든다 떠돈다 임의 송정 뒤로
> 오르며 골각 내리며 길곡 갈곡길곡 하는 중에 어느 까마귀가 수까마귀냐
> 그중에 먼저 날아 앉았다가 나중 날아가는 그 까마귀인가

- 율격 : 확대일탈형. 사설시조.

- 풀이 : 까마귀가 까마귀를 좇아 夕陽斜路 날아든다, 떠돈다, 임의 松亭 뒤로. 오르며 "골각", 내리며 "길곡 갈곡길곡" 하는 중에 어느 까마귀가 수까마귀냐? 그중에 먼저 날아 앉았다가 나중 날아가는 그 까마귀인가?

암수 까마귀가 날고 따르고 하는 모습을 정겹게 바라본다. "골각", "길

곡 갈곡길곡" 하는 까마귀 울음소리도 친근하게 느껴진다. 암수가 노니는 가운데 어느 것이 수까마귀냐? 까마귀가 임의 松亭 뒤로" 날아간다는 말을 하면서, 나는 내 임을 생각한다. 까마귀는 사랑을 나누는데 나는 임이 남긴 자취나 바라보고 있다. 사람보다 더 나은 까마귀를 부러워한다.

(4475.1) "지저귀는 저 까마귀 암수를 어이 알며/ 지나는 저 구름 비 올 동말동 어이 알리/ 아마도 세사인정이 다 이런가 하노라"는 「444 시비」에서 고찰한다.

시조의 뜻풀이와 감상

6

마무리

6 마무리

시조의 넓이와 깊이를 탐구하는 여행이 일단 끝났다. 넓이를 살피면서 깊이를 찾는 작업을 여러 단계에 걸쳐 하느라고 논의가 너무 복잡해졌다. 무엇을 얻었는지 간추리고, 얻은 것이 어떤 의미를 지니는지 생각해보자. 앞으로 더 해야 할 일도 알아보자.

시조를 다시 살피는 작업은 율격론에서 시작된다. 시조는 정형시이면서 자유시이고, 공통율격과 개별율격을 겸비한다. 초·중·종장 세 줄, 줄마다 네 토막, 토막의 기준자수 4, 종장 첫 토막<4, 둘째 토막>4인 기본형이 정형시임을 보장한다. 이것을 축소와 확대 두 방향에서 조금 바꾸는 변이형, 많이 바꾸는 일탈형에서 자유시의 성향이 나타난다. 작품마다의 개별율격에서 공통율격의 정형시가 자유시이기도 한 모습도 갖추고 구체화된다.

시조는 시간과 공간 설정을 순조롭게 하다가 특이하게 바꾼다. 구성이 긴밀하게 하면서 느슨해지는 것을 허용해 폐쇄되지 않게 한다. 소통에 힘쓰면서 생략할 것은 생략해 독자의 참여를 유도하고, 불통이기까지 한 것들도 있다. 네 줄이 아닌 세 줄로 말을 줄여, 초장과 중장의 연속이 아닌 비약적 결말을 종장에서 마련한다. 질서와 교란, 순리와 역설을 갖가지로 구현해 예사롭지 않은 작품을 만들어낸다.

시조는 삶에 대해 성찰하는 노래이다. 마음이 무엇인지 묻고, 웃음과 눈물을 돌아다보고, 노래와 놀이의 즐거움을 말하기도 한다. 사랑과 이별, 백발과 죽음을 심각하게 다룬다. 젊은 여성이 사랑과 이별의 노래를 부를 때에는 물러나 있던 남성이 늙어서야 기회를 얻어 백발과 죽음 타령에서 자기 말을 찾는다.

시조는 세상살이를 시비하는 노래이다. 역사를 회고하고, 강토와 고향을 사랑하고, 나라를 염려한다. 지체 차별에 분개하고, 그릇된 세태를 시비하다가 역부족임을 탄식하기도 한다. 농부나 어부가 되어 살아가는 것이 즐겁다고 하다가, 농사짓고 배타는 것이 얼마나 고된 일인지 알아차린다. 농민이 힘들게 일하면서 하는 말을 그대로 전하려고 애쓰기도 한다. 장사 노래는 본보기가 없어 사고와 표현을 쉽사리 혁신한다.

시조는 자연과 만나는 노래이다. 세상살이의 어려움에서 벗어나 자연을 찾아 마음을 편안하게 하는 것을 소망으로 한다. 산수와 더불어 살면서 달, 구름, 바람을 벗으로 삼고자 한다. 어느 계절이든 즐겁다고 하고, 매화, 이화, 소나무, 오동, 대나무를 사랑한다. 돌아다닐 일이 있으면 오직 나귀나 타고, 은거의 동반자라고 여겨 백구를 가까이 한다. 두견이 울음을 듣고, 기러기 날아가는 것을 보고 함께 슬퍼한다.

삶에 대한 성찰, 세상살이, 자연과 만남에서 시조의 넓이가 확인된다. 이것이 시조 에 나타난 한국문화의 모습이다. 시조는 각계각층 사람들이 널리 참여해 이룩한 창작물이어서 한국문화 이해의 대표적인 예증으로 삼을 수 있다. 上下·男女·老少가 상생하면서 상극하는 관계를 가진 것을 시조의 세 영역에서 분별해 인식할 수 있다. 이에 관한 논의는 여기저기 흩어놓기만 했으므로 모아서 정리할 필요가 있다.

자연과의 만남은 上·男·老 쪽이 주도하지만, 다른 쪽에서 반론을 제기하지 않아 갈등이 나타나지 않는다. 삶에 대한 성찰에서는 女·少가 앞서서 부르는 사랑의 노래와 男·老에서 하는 소리인 백발의 노래가 각기 우뚝하면서, 표면상으로는 상생이고 이면에서는 상극인 관계를 가진다. 세상살이는 男의 관심사를 집중적으로 나타내면서, 上과 下의 상극이 심각하게 나타나고 上에서도 분열이 있다. 上의 지배를 비판하면서 下에서는 평등이 화합의 길이라고 한다.

시조는 문학이면서 철학이고, 철학이면서 문학이다. 순우리말의 형태소와 구문을 다채롭게 활용해 생동하는 언술을 하면서 한자 개념어를 적절하게 삽입해 긴장을 조성하고 사고의 차원을 높인 언어 표현을, 문학과 철학 양면에서 주목하고 평가할 만하다. 논술이 아닌 표현의 방법을 사용해 생극론을 일깨워준 전례를 오늘날의 철학을 위해 소중한 지침으로 삼을 만하다. 대표적인 본보기를 몇 개 들어보자.

「산촌에 달이 드니」(2360.1)(千錦) "山村에 달이 드니 먼 데 개 짖어 온다/ 柴扉를 열고 보니 하늘이 차고 달이로다/ 저 개야 空山에 잠든 달을 보고 짖어 무삼 하리오". 이 노래에서 달은 일정한 주기로 뜨고 지는 천체이고, 공감을 나눌 상대방이기도 하다. 비울 것은 비우고 버릴 것은 버려, 있음이 없음이고 없음이 있음임을 깨우쳐주기도 한다. 생애가 알려지지 않은 千錦이라는 기녀가 달이 지닌 세 가지 의미를 구비한 달 노래 총론을 제시했다. 세 가지 의미는 하나씩 고양되는 인식의 단계이기도 하다. 사실을 알고, 공감을 나누고, 있음이 없음인 존재를 알아차리라고 일깨워준다.

「창승이 쏫더시니」(4541.1)(尹善道) "蒼蠅이 쏫더시니 파리채를 놓으시되/ 落葉이 느껴우니 美人이 늙은 게고/ 대숲에 달빛이 맑으니 그를 보고 노노라". 이 노래에서 쉬파리와 달빛은 微弱과 壯大, 汚濁과 高潔, 短命과 永續의 차이가 극명하다. 낙엽을 보고 상심해 늙어가는 美人은 두 극단 사이에 있어 세 단계의 구조를 이룬다. 처음과 끝만 보면, 미약·오탁·단명에 머무르면서 잘 난 척하는 무리여, 장대·고결·영속의 경지에 이른 나를 보아라고 말한다. 그러면서 미인이라는 중단 단계가 있어

605

극단론에 빠지지 않도록 경계하고, 차이나 가치가 상대적임을 일깨워주기도 한다.

「마음이 어린 후니」(1526.1)(徐敬德) "마음이 어린 후니 하는 일이 다 어리다/ 萬重 雲山에 어느 임 오리마는/ 지는 잎 부는 바람에 행여 긘가 하노라." 이 노래에서 기대하는 것이 어리석다고 하면서도 기대를 버리지 않고 실현 가능성을 믿는다. 어리석음이 슬기로움이고, 슬기로움이 어리석음이다. 기대는 부정되면서 실현되고, 가능은 불가능이어서 가능이라고 한다. 이것은 徐敬德이 "生則克 克則生"(생하면 극하고, 극하면 생한다)고 한 생극론의 이치이다. 철학 논설과 함께 한시도 여러 편 지으면서 다른 데서는 미처 하지 못한 말을 이 시조에서 선명하게 했다.

「천군이 태연하니」(4585.1)(金壽長) "天君이 태연하니 百體 從令하고/ 마음을 정한 후니 分別이 다 없거다/ 온몸에 병 된 일 없으니 그를 좋아하노라." 이 노래는 "天君"·"마음"·"몸"이라는 말을 내세워, 세 단계의 논의를 편다. "天君"이라고 한 마음이 태연하니 百體라고 하는 모든 신체가 명령을 따른다. "마음"이 편안해 모든 것을 원만하게 받아들이고 공연히 분별하지 않는다. "몸"은 그 자체로 바라는 바가 있어 병나지 않고 건강해야 즐겁다. 儒學의 가르침, 佛敎와 가까워지는 발상, 모든 사람의 한결같은 지닌 일상적 삶의 소망이 함께 나타나 생극의 관계를 가진다.

「높으락 낮으락 하며」(1090.1)(安玟英) "높으락 낮으락 하며 멀기와 가깝기와/ 모지락 둥그락 하며 길기와 자르기와/ 평생에 이러하였으니 무슨 근심 있으리." 이 노래는 높고 낮고, 멀고 가깝고, 모지고 둥글고, 길고 짧고 한 것들을 "-락"과 "-와"로 연결시켜 형태소를 철학의 언어로 활용한다. 높고 낮고, 멀고 가깝고, 모지고 둥글고, 길고 짧고 한 것들이 같은 양상을 지니고 함께 존재한다고 한다. 둘이 둘이면서 하나이고 하나이면서 둘인 生克의 관계를 말한다. 높고 낮고, 멀고 가깝고, 모지고 둥글고, 길고 짧고 한 것들이 생극의 관계를 가지니, 성패니 빈부니 귀천이니 영욕이니 하는 것들도 둘이 아니다.

시조는 한시의 자극을 받고, 한시를 수용하면서 성장했으나, 한시를 넘어서서 후진이 선진임을 입증했다. 한시는 변이의 폭이 적고 혁신이 어려우나, 시조는 틀을 만들면서 깨고 혁신을 하고 싶은 만큼 했다. 우리말의 다채로운 변이형을 갖가지로 활용해 줄곧 변모했다. 한시는 개념화된 사고를 체언으로 전달하지만, 시조는 생각하는 바를 용언의 활용으로 미묘하게 나타내 새로운 철학을 창조했다. 지위가 다르고 주장이 상반된 상하·남녀·노소의 경쟁적 합작을 언어표현으로 보여주면서, 한시에서는 볼 수 없는 역동성과 긴장감을 지녔다. 시조를 외국의 여러 시형과 비교하는 작업도 힘써해야 한다.

시조의 넓이도 더 살펴야 하지만, 깊이에 관한 일거리가 더 많다. 시조가 어떤 노래인지 사고와 표현의 결함 양상에서 한층 정밀한 고찰을 하는 것이 앞으로 해야 할 일이다. 여기서 표제작을 들어 고찰한 연구를 정밀하게 가다듬어 여러 가집에 다양하게 전하는 異本들끼리의 차이를 면밀하게 분석하면 더 많은 것을 얻어낼 수 있을 것이다. 전승 과정에서 이본의 차이가 확대되고 다양해진 것이 가사나 소설에서도 확인되는 한국문학의 특징이므로 총체적인 연구가 요망된다. 이본에서 작가와 수용자, 동질적이면서 이질적인 수용자들끼리의 토론을 찾아내면 연구가 더욱 심화된다.

이 책에서 밝힌 고시조의 특징이나 가치에 견주어 현대시조를 재검토해야 하는 과제가 또한 제기된다. 글자 수를 고정시켜 정형시를 만들어야 한다는 망상 탓에 현대시조는 율격이 그릇된 것을 지적하고 비판해야 한다. 고시조가 얼마나 뛰어난 시인지 이해하지 못하고 상식 수준의 설명이나 따르면서, 국수주의적 예찬을 창작의 이유로 내세우고 말 꾸미는 재주를 장기로 삼으면서 수준 이하의 작품을 너무 많이 양산하는 것을 이제는 부끄럽게 여겨야 한다. 고시조를 잘못 알고 이해를 그릇되게 한 전공 학자들의 실수를 시정해야 바른 길을 찾을 수 있다.

현대시는 고시조를 비롯한 모든 고시가를 심하게 나무라고 새로운 출발을 정당화했다. 상투적인 언사를 버리고 형식의 구속에서 벗어나, 생동하는 언사를 자유롭게 구사하면서 자연과 인생의 깊은 의미에 대한 새로운 인식을 참신한 심상으로 나타낸다고 자부했다. 유럽의 선례와 관련을 가지면서 전혀 새로운 시를 써서 세상을 놀라게 한다고 했다. 그래서 얻은 결과가 어느 정도인가? 「산촌에 달이 드니」에서 「높으락 낮으락 하며」까지 위에서 든 본보기와 대등한 수준의 현대시가 이루어졌는지 심각하게 반성해야 한다. 이제는 현대시에 대한 총체적 비판을 해야 한다. 고시가에 대한 비난을 철회하고 배울 것을 배워 재출발하도록 해야 한다.

이 연구는 시조를 새롭게 고찰하는 출발점을 마련하는 데 그쳤다. 오래 누적된 인습에서 벗어나 새로운 눈으로 접근하면서 시조가 어떤 시인지 진지하게 캐물었다. 자료와 사실을 열거하면 연구자는 할 일을 한다는 풍조 탓에 멍이 깊이 든 시조를 되살려, 우리 고전문학을 재평가하고 문학 연구를 제대로 하며, 한국문화론을 풍부하게 하는 본보기를 제시하고자 했다.

다

마

시조의 넓이와 깊이

바

작품 색인

사

시조의 넓이와 깊이

작품 색인

아

시조의 뜻과 풀이

작품 색인

시조의 넓이와 깊이

작품 색인

저자 조동일 趙東一

서울대학교에서 불문학과 국문학 공부, 문학박사. 계명대학교, 영남대학교, 한국학대학원, 서울대학교 교수 역임. 현재 서울대학교 명예교수, 대한민국학술원 회원. 『한국문학통사』『서정시 동서고금 모두 하나』『한국문화, 한눈에 보인다』(공저) 외 저서 다수.

시조의 넓이와 깊이

1판 1쇄 · 2017년 11월 30일
1판 2쇄 · 2018년 10월 15일

지은이 · 조동일
펴낸이 · 한봉숙
펴낸곳 · 푸른사상사

편집 · 지순이 | 교정 · 김수란 | 마케팅 · 이영섭
등록 · 1999년 7월 8일 제2−2876호
주소 · 경기도 파주시 회동길 337−16(서패동 470−6)
대표전화 · 031) 955−9111~2 | 팩시밀리 · 031) 955−9114
이메일 · prun21c@hanmail.net
홈페이지 · http://www.prun21c.com

ⓒ 조동일, 2017
ISBN 979−11−308−1237−3 93800
값 45,000원

이 도서의 국립중앙도서관 출판예정도서목록(CIP)은 서지정보유통지원시스템 홈페이지(http://seoji.nl.go.kr)와 국가자료공동목록시스템(http://www.nl.go.kr/kolisnet)에서 이용하실 수 있습니다.(CIP제어번호:CIP2017029715)